EMPE
THO
OF

Copyright © 2013 by Mark Lawrence
Tradução para a língua portuguesa
© Dalton Caldas, 2014
© Jason Chan, ilustração de capa

Tradução autorizada da edição original
através de acordo com Bobalinga Ltd.
Todos os direitos reservados.

Os personagens e as situações desta obra
são reais apenas no universo da ficção;
não se referem a pessoas e fatos concretos,
e não emitem opinião sobre eles.

Diretor Editorial
Christiano Menezes

Diretor Comercial
Chico de Assis

Editor Assistente
Bruno Dorigatti

Assistente de Marketing
Bruno Mendes

Design e Capa
Retina 78

Designer Assistente
Guilherme Costa

Revisão
Marlon Magno
Retina Conteúdo

Impressão e acabamento
RR Donnelley

DADOS INTERNACIONAIS DE CATALOGAÇÃO NA PUBLICAÇÃO (CIP)
Angélica Ilacqua CRB-8/7057

Lawrence, Mark
    Emperor of Thorns / Mark Lawrence; tradução de Dalton Caldas.
-- Rio de Janeiro : DarkSide Books, 2014.
    528 p. : 16 x 23cm (Trilogia dos espinhos, v. 3)

    ISBN: 978-85-66636-35-2

    1. Fantasia 2. Literatura inglesa 3. Ficção I. Título
II. Caldas, Dalton

14-0800   CDD 813

Índices para catálogo sistemático:
    1. Literatura inglesa - fantasia.

DarkSide® *Entretenimento LTDA.*
Rua do Russel, 450/501 - 22210-010
Glória - Rio de Janeiro - RJ - Brasil
www.darksidebooks.com

VOLUME III

MARK LAWRENCE
TRILOGIA DOS ESPINHOS
EMPEROR OF THORNS

TRADUÇÃO
DALTON CALDAS

DARKSIDE

Dedicado a meu filho Bryn.

MARK LAWRENCE

A História Até Agora

Para vocês que tiveram de esperar por este livro, aqui está uma breve sinopse dos livros I e II, para que sua memória seja refrescada. Aqui eu recapitulo apenas o que é de importância para a história que se segue.

I   A mãe e o irmão de Jorg, William, foram mortos quando ele tinha nove anos: ele ficou pendurado nos espinhos e testemunhou o crime. Seu tio foi quem mandou os assassinos.

II O pai de Jorg, Olidan, não é um homem legal. Ele matou o cachorro de Jorg quando o menino tinha seis anos e apunhalou Jorg no peito quando ele tinha catorze.

III O pai de Jorg ainda reina em Ancrath, agora casado com Sareth. A irmã de Sareth, Katherine, é meio que uma obsessão dele.

IV Jorg acidentalmente (embora não sem culpa) matou seu meio-irmão Degran ainda bebê.

V   Um homem chamado Luntar pôs a lembrança de Jorg do incidente em uma caixa. Jorg já recuperou a lembrança.

EMPEROR OF THORNS

VI Um número de indivíduos com dons mágicos atua por trás dos muitos tronos do Império Destruído, competindo uns com os outros e manipulando eventos para expandir seu próprio controle.
VII Nós deixamos Jorg ainda no trono de seu tio em Renar. Os príncipes de Arrow estavam mortos, seus exércitos destroçados e as seis nações sob Orrin de Arrow prontas para serem tomadas.
VIII Nós deixamos Jorg no dia seguinte de seu casamento com a Rainha Miana, de doze anos.
IX Jorg enviara homens para recuperar seu chanceler, Coddin, gravemente ferido na montanha.
X O diário de Katherine foi encontrado na destruição do lado de fora do Assombrado – não se sabe se ela sobreviveu, ao contrário de seu comboio de bagagem.
XI Kent, o Rubro, foi gravemente queimado na luta.
XII Jorg descobriu que há fantasmas dos Construtores na rede de máquinas que eles deixaram para trás.
XIII Jorg descobriu por um dos fantasmas, Fexler Brews, que o que ele chama de mágica existe porque os cientistas Construtores mudaram a maneira como o mundo funciona. Eles tornaram possível que a vontade de uma pessoa afetasse diretamente a matéria e a energia.

xiv A arma que Jorg usou para concluir o cerco ao Assombrado foi a mesma do suicídio de Fexler Brews.
xv Os poderes sobre a necromancia e o fogo de Jorg se esgotaram quando quase o destruíram ao final da batalha pelo Assombrado.
xvi O Rei Morto é um poderoso indivíduo que observa os vivos da terra dos mortos e demonstrou um interesse especial por Jorg.
xvii Chella, uma necromante, tornou-se uma agente do Rei Morto.
xviii A cada quatro anos os governantes da centena de fragmentos do Império se reúnem na capital Vyene para o Congresso – um período de trégua durante o qual eles votam em um novo imperador. Nos cem anos desde a morte do último comissário, nenhum candidato conseguiu garantir a maioria necessária.
xix No segmento anterior "Quatro anos atrás", nós deixamos Jorg no castelo de seu avô, na Costa Equina. O matemágico Qalasadi havia fugido após a tentativa fracassada de envenenar os nobres. O fantasma-Construtor Fexler deu a Jorg o anel de visão que proporciona visões interativas do mundo através de satélites e outros recursos ópticos.

TRILOGIA DOS ESPINHOS

EMPEROR OF THORNS

PRÓLOGO

ai estava diante da pedra antiga, um único bloco irregular erguido na época em que os homens conheciam apenas madeira, rocha e caça. Ou talvez eles conhecessem mais que isso, pois haviam posto a antiga pedra em um lugar de observação. Um ponto onde os véus se afinavam e se erguiam, e segredos podiam ser ouvidos ou contados. Um lugar onde os céus ficavam um pouco mais baixos, de tal modo que os jurados pelo céu pudessem tocá-los com mais facilidade.

Os habitantes locais chamavam o promontório de "o Dedo", o que Kai achava apropriado, porém bobo. Se aquilo fosse um dedo, a pedra antiga ficava sobre a junta. Daqui, o dedo ficava a sessenta metros de distância e caía das bordas, a uma distância semelhante, para encontrar o pântano em uma série de passos íngremes e rochosos.

Kai respirou fundo e deixou o ar frio encher seus pulmões, deixou a umidade infectá-lo, desacelerou seu coração e escutou a voz aguda e triste da pedra antiga, que não era bem um som, mas a lembrança de um som. Sua visão ergueu-se com apenas um sussurro de dor. O ponto da percepção de Kai arqueou-se para cima, deixando seu corpo ao lado do monólito. Ele agora observava de um vale iluminado entre dois grupos de nuvens, vendo a si mesmo como um ponto sobre o Dedo, e o próprio promontório como uma mera lasca de terra estendendo-se para a imensidão do Mar do Canavial. A essa distância, o Rio Rill tornava-se uma fita prateada correndo para o Lago de Vidro.

Kai voou mais alto. O chão desapareceu, ficando mais abstrato a cada batida de suas asas imaginárias. As névoas rodopiaram e as nuvens o seguraram novamente em um abraço frio.

É assim que a morte é? Uma brancura fria, por todo o sempre amém?

Kai resistiu ao puxão das nuvens e encontrou o sol outra vez. Os jurados pelo céu podiam se perder tão facilmente em sua amplidão. Muitos se perdiam, deixando o corpo morrer e assombrando os espaços vazios acima. Um pouco de egoísmo prendia Kai à sua existência. Ele se conhecia bem o bastante para admitir isso. Uma velha ponta de ganância, uma incapacidade de perdoar. Defeitos naturais, talvez, mas aqui eram qualidades que o manteriam inteiro.

Ele voou sobre o brilho suave das nuvens, costurando o caminho entre as torres. Um seris rompeu o alabastro acolchoado, esmaecido até mesmo para o olho da mente de Kai, suas formas sinuosas entrando e saindo de vista, com trinta metros de comprimento e mais robusto que um homem. Kai o chamou. A cobra de nuvem se enrolou, descrevendo círculos preguiçosos conforme se aproximava.

"Velho amigo." Kai o chamou. Às vezes, cem seris se aglomeravam entre as nuvens carregadas quando as tempestades vinham, mas cada seris sabia o que todos os seris sabiam; então, na cabeça de Kai, só havia um. Talvez os seris fossem resquícios dos jurados pelo céu que haviam se esquecido, esquecido de tudo que eles eram para dançar por entre as nuvens. Ou talvez eles sempre tenham existido, sem precisar nascer e sem conhecer a morte.

O seris fitou Kai com o brilho azulado e frio de suas órbitas oculares. Ele sentiu o arrepio do toque de sua mente, lento e curioso. "Ainda a mulher?"

"Sempre a mulher." Kai observou a luz sobre as nuvens. Nuvens arquitetônicas, prontas para serem moldadas pela mão de Deus, prontas para se tornarem catedrais, torres, monstros... Divertia-se com o fato de os seris acharem que ele sempre levava a mesma garota ao Dedo.

Talvez os seris achassem que só havia um homem, uma mulher e muitos corpos.

O seris moveu-se ao redor de Kai em espiral, como se estivesse lá em pessoa, encasulando-se em serpentina. "Você teria uma sombra?"

Kai sorriu. O seris pensava no amor humano como nuvens se reunindo, às vezes encostando-se umas às outras, às vezes criando uma tempestade, às vezes uma perdendo-se na outra – lançando uma sombra.

"Sim, ter uma sombra." Kai se surpreendeu com o calor em sua voz. Ele queria o que o seris tinha. Não apenas rolar sobre o urzal. Não desta vez.

"Faça." A voz do seris saiu por baixo de sua pele, como se a tivesse deixado lá embaixo.

"Fazer acontecer? Não é tão fácil."

"Você não quer?" O seris se ondulou. Kai sabia que era para rir.

"Ah, eu quero." *Ela só precisa entrar no recinto e eu fico em chamas. O cheiro dela! Eu fecho os olhos e estou nos Jardins de Bethda.*

"Uma tempestade vem." Uma tristeza coloriu a voz do seris.

Kai ficou confuso. Ele não vira sinal de uma tempestade se formando.

"Eles levantam", o seris disse.

"Os mortos?" Kai perguntou, com o velho medo pairando sobre ele.

"Pior." Uma palavra, muitos significados.

"Lichkin?" Kai olhava, mas não conseguia ver nada. *Os lichkin só saem no escuro.*

"Eles levantam", o seris disse.

"Quantos?" *Que não sejam todos os sete! Por favor.*

"Muitos. Como a chuva." O seris foi embora. A névoa com a qual ele fez seu corpo vagou sem forma. Kai nunca vira um seris se desfazer daquela maneira. "Faça uma sombra." A voz ecoou pelo ar.

O olhar de Kai direcionou-se ao chão. Ele mergulhou para o Dedo. Sula estava na ponta, bem na beirada, um pontinho branco, crescendo rapidamente. A visão chocou-se contra seu corpo, forte o bastante para fazê-lo cair de joelhos. Ele se levantou, desorientado por um momento, e em seguida disparou em direção a Sula. Ele a alcançou em menos de um minuto e se curvou diante dela, respirando com dificuldade.

"Você demorou muito." Sula virou-se quando ele se aproximou. "Achei que havia se esquecido de mim, Kai Summerson."

"Perdoe-me, minha dama", ele suspirou e sorriu, e a beleza dela afastou seu pânico. Agora parecia bobagem. Lá de cima ele não viu nada para se preocupar.

O beicinho de Sula virou um sorriso, o sol saiu para iluminar seu rosto, e por um momento Kai se esqueceu do aviso do seris. *Os lichkin viajam à noite.* Ele pegou as mãos dela e ela se aproximou. Ela cheirava a flores. A suavidade dos seios dela contra o peito dele fazia seu coração parar. Por um momento, só conseguia ver os olhos e os lábios dela. Os dedos de uma mão entrelaçados aos dela, e a outra passando por seu pescoço, sentindo seu calor pulsante.

"Você não deveria ficar tão perto da beirada", ele disse, embora ela lhe roubasse o fôlego. A apenas um metro atrás dela a ponta do Dedo se desmoronava em sessenta metros de penhascos, caindo bruscamente até o pântano ao redor.

"Você parece o papai." Sula ergueu a cabeça e recostou-se nele. "Sabe, ele até me disse para não vir com você hoje. Que Kai Summerson é um lixo malnascido, ele disse. Ele queria que eu ficasse confinada em Morltown enquanto fazia seus negócios."

"O quê?" Kai soltou as mãos de Sula. "Você disse que ele concordou."

Sula riu e fez uma voz grossa. "Não quero minha filha vagabundeando com um capitão guardião!" Ela riu e voltou ao seu tom normal. "Sabia que ele acha que você tem uma 'reputação'?"

Kai realmente tinha uma reputação, e um homem como Merik Wineland podia tornar as coisas muito difíceis para ele.

"Sula, é melhor a gente ir embora. Pode vir problema por aí."

As pequenas linhas tensas de uma testa franzida marcaram a fronte perfeita de Sula. "Problema?"

"Eu tive segundas intenções ao trazer você aqui", disse Kai.

Sula sorriu, enquanto outras garotas teriam enrubescido.

"Não é isso", Kai disse. "Bem, isso também, mas eu estava agendado para checar a área. Observar o pântano."

"Eu estive observando do penhasco na sua ausência. Não há nada lá embaixo!" Sula se virou e fez um gesto em direção à infinidade verde do lamaçal. E então ela viu. "O que é aquilo?"

Ao longo do Mar do Canavial, uma névoa estava surgindo, correndo em filetes brancos, espalhando-se do leste, tingida de sangue pelo sol poente.

"Eles estão vindo", Kai esforçou-se para falar. Ele encontrou sua voz e tentou dar um sorriso confiante. Pareceu uma careta. "Sula, nós precisamos nos mexer rapidamente. Preciso informar o Forte Aral. Vamos atravessar as Mextens e eu a deixo nas Redrocks. Você estará a salvo lá. Uma carroça a levará a Morltown."

Dardos voaram, com um ruído de assoprar de velas, uma série de sopros curtos e repentinos. Três deles se agruparam logo abaixo da axila direita de Sula. Três dardos pretos e finos, gritantes contra a brancura de seu vestido. Kai sentiu a picada em seu pescoço, como uma picada de mutuca.

Os monstros do pântano aglomeraram-se na ponta do Dedo, cinzentos, como aranhas, rápidos e silenciosos. Kai sacou sua espada curta da bainha. Ela parecia mais pesada que chumbo. A dormência já estava em seus dedos e a espada caiu de sua mão desajeitada.

Uma tempestade está vindo.

TRILOGIA DOS ESPINHOS

EMPEROR OF THORNS

1

Eu falhei com meu irmão. Fiquei pendurado nos espinhos e o deixei morrer, e o mundo está errado desde aquela noite. Eu falhei com ele e, embora tenha deixado muitos irmãos morrerem desde então, aquela primeira dor não diminuiu. A melhor parte de mim ainda está pendurada lá, naqueles espinhos. A vida pode arrancar o que é vital a um homem, surrupiar um pedaço de cada vez, deixando-o de mãos vazias e à míngua ao longo dos anos. Todo homem tem seus espinhos, não os que saem dele, mas os que estão dentro dele, profundos como os ossos. As cicatrizes da roseira-brava me marcam, uma caligrafia de violência, uma mensagem escrita a sangue que requer uma vida para traduzir.

A Guarda Gilden sempre chega no meu aniversário. Eles vieram quando eu fiz dezesseis anos e foram até meu pai e meu tio no dia que fiz doze anos. Eu estava com os irmãos naquela hora e nós vimos a tropa da guarda indo em direção a Ancrath, ao longo da Estrada do Grande Oeste. Quando completei oito anos eu os vi em primeira mão, atravessando os portões do Castelo Alto em seus garanhões brancos. Will e eu observamos boquiabertos.

Hoje eu os observei com Miana a meu lado. Rainha Miana. Eles atravessaram ruidosamente outros portões de outro castelo, mas o efeito foi bem parecido, uma onda dourada. Eu me perguntei se O Assombrado comportaria todos eles.

"Capitão Harran!", eu gritei. "Que bom que veio. Quer uma cerveja?" Acenei em direção às mesas montadas sobre cavaletes diante dele. Eu mandara levar nossos tronos até a varanda para que pudéssemos observar a chegada.

Harran se jogou da sela, brilhando em seu aço dourado. Atrás dele, guardas continuavam a chegar ao pátio. Centenas deles. Sete tropas de cinquenta, para ser exato. Uma tropa para cada uma de minhas terras. Quando eles vieram, quatro anos antes, garanti apenas uma única tropa, mas Harran estava na liderança tanto naquela época quanto agora.

"Obrigado, Rei Jorg", ele gritou. "Mas precisamos cavalgar até o meio-dia. As estradas até Vyene estão piores que o esperado. Teremos que nos empenhar para atingir o Portão até o Congresso."

"Certamente você não apressará um rei em suas celebrações de aniversário apenas pelo Congresso." Eu sorvi minha cerveja e segurei o cálice no alto. "Eu completo meu vigésimo ano hoje, sabe."

Harran encolheu os ombros, desculpando-se, e se virou para analisar suas tropas. Mais de duzentos já estavam aglomerados ali dentro. Eu ficaria impressionado se ele conseguisse enfileirar o contingente inteiro de trezentos e cinquenta dentro do Assombrado. Mesmo após a expansão durante a reconstrução, o pátio frontal não era exatamente o que se podia chamar de espaçoso.

Eu me inclinei em direção a Miana e pus a mão em sua volumosa barriga. "Ele está preocupado com o fato de eu não comparecer e haver outro voto nulo."

Ela sorriu. O último voto que chegou perto de uma decisão havia sido no segundo Congresso – o trigésimo terceiro provavelmente não chegaria mais perto de colocar um imperador no trono do que os trinta anteriores.

Makin passou pelos portões ao fundo da coluna da guarda com mais ou menos uma dúzia de meus cavaleiros, que fizeram a escolta de Harran pelas Terras Altas. Uma escolta puramente simbólica, já que ninguém em sã consciência – e até alguns em má consciência – atrapalharia o caminho de uma tropa da Guarda Gilden, muito menos sete delas juntas.

"Portanto, Miana, você vê por que tenho de deixá-la, mesmo que meu filho esteja prestes a lutar para vir ao mundo." Eu o senti chutar sob minha mão. Miana se ajeitou em seu trono. "Realmente não posso dizer não a sete tropas."

"Você sabe que uma dessas tropas é para Lorde Kennick", ela disse.

"Quem?" Eu perguntei só para provocá-la.

"Às vezes, acho que você se arrepende de ter transformado Makin em meu Lorde de Kennick." Ela fez sua costumeira careta rápida.

"Eu acho que ele se arrepende também. Ele não deve ter passado mais do que um mês lá nos últimos dois anos. Ele mandou colocar o bom mobiliário do salão do barão em seus aposentos aqui."

Nós caímos em silêncio, observando a guarda se ordenar dentro do exíguo limite do pátio. A disciplina deles envergonhava todas as outras tropas. Até a cavalaria de meu avô na Costa Equina parecia uma ralé perto da Guarda Gilden. Eu já havia ficado maravilhado com a qualidade da guarda de viagem de Orrin de Arrow, mas esses homens estavam em outra categoria. Cada um das centenas brilhava ao sol, o dourado de suas armaduras sem o menor sinal de poeira ou uso. O último imperador tinha bolsos profundos e sua guarda pessoal continuava a mergulhar neles quase dois séculos após sua morte.

"Eu devo ir." Fiz menção de me levantar, mas não me levantei. Eu gostava do conforto. Três semanas de viagem eram pouco atraentes.

"Você deve." Miana mastigou uma pimenta. Seus gostos haviam mudado de forma radical nos últimos meses. Ela voltara aos paladares escaldantes de sua terra natal na Costa Equina, o que tornava seus beijos uma aventura e tanto. "Mas eu preciso lhe dar seu presente antes."

Eu ergui uma sobrancelha e dei um tapinha em sua barriga. "Ele já está assado e pronto?"

Miana tirou minha mão e acenou para um serviçal nas sombras do salão. Às vezes, ela ainda parecia a criança que havia chegado e encontrara O Assombrado quase cercado, quase condenado. A um mês de fazer quinze anos, a menor das serventes ainda parecia grande perto dela, mas pelo menos a gravidez lhe deu algumas curvas, preencheu seu peito, pôs um pouco de cor em suas bochechas.

Hamlar surgiu com alguma coisa sob um pedaço de seda, longa e fina, mas não longa o bastante para ser uma espada. Ele me entregou com uma leve reverência. Ele serviu meu tio por vinte anos, mas nunca me dera um olhar azedo desde que dei fim a seu antigo emprego. Eu arranquei o pano.

"Um bastão? Minha querida, não precisava." Eu apertei os lábios. Era bastante bom, verdade seja dita. Eu não reconheci a madeira.

Hamlar pôs o bastão na mesa entre os tronos e saiu.

"É um báculo", Miana disse. "É de pau-santo, resistente, pesado o bastante para afundar na água."

"Um bastão que pode me afundar..."

Ela acenou novamente e Hamlar voltou segurando um grande volume de minha biblioteca, aberto em uma página com um marcador de marfim.

"Diz aí que Lorde de Orlanth ganhou o direito hereditário de usar seu bastão de gabinete no Congresso." Ela apontou o dedo para a passagem adequada.

Eu peguei o báculo com interesse renovado. Parecia uma barra de ferro em minha mão. Como Rei das Terras Altas, Arrow, Belpan, Conaught, Normardy e Orlanth, sem mencionar suserano de Kennick, parecia que agora eu tinha carta régia para carregar um bastão de madeira enquanto todos os outros deveriam andar desarmados. E graças à minha pequena rainha de rostinho de fada e bochechas rosadas, eu tinha um bastão de pau-santo que podia quebrar a cabeça de um homem de capacete.

"Obrigado", eu disse. Nunca fui de demonstrar afeto ou sentimento, mas gostava de pensar que nós nos entendíamos bem o suficiente para que ela soubesse quando alguma coisa me agradava.

Dei um giro experimental com o báculo e encontrei inspiração suficiente para sair de meu trono. "Vou dar uma olhada em Coddin na descida."

As enfermeiras de Coddin anteciparam-se a mim. A porta de seus aposentos estava aberta, as persianas arreganhadas, incensos de almíscar acesos. Mesmo assim, o fedor de sua ferida pairava no ar. Logo faria dois anos que aquela flecha o atingiu, mas a ferida ainda supurava e se abria sob os curativos do médico.

"Jorg." Ele acenou para mim de sua cama, instalada perto da janela e erguida para que ele também pudesse ver a guarda chegar.

"Coddin." A velha sensação de culpa generalizada me rondou.

"Você se despediu dela?"

"Miana? Claro. Bem..."

"Ela vai ter um filho seu, Jorg. Sozinha. Enquanto você estiver viajando."

"Ela dificilmente ficará sozinha. Ela tem um sem-fim de criadas e damas de companhia. Até parece que eu sei os nomes delas ou reconheço a metade delas. Parece haver uma nova a cada dia."

"Você tem sua parte nisso, Jorg. Ela saberá da sua ausência quando chegar a hora e será mais difícil para ela. Você deve ao menos fazer uma despedida apropriada."

Só Coddin podia me dar um sermão assim.

"Eu disse... obrigado." Eu girei meu novo bastão para que ele o visse. "Um presente."

"Quando você terminar aqui volte lá em cima. Diga as coisas certas."

Eu fiz o gesto que significava talvez. Pareceu ser o bastante para ele.

"Eu nunca me canso de assistir a esses rapazes no cavalo", ele disse, olhando mais uma vez às fileiras brilhantes abaixo.

"A prática leva à perfeição. Seria melhor eles praticarem a guerra, porém. Ter a habilidade de colocar um cavalo em um canto apertado é um espetáculo bonito, mas..."

"Então aproveite o show!" Ele balançou a cabeça, tentou esconder uma esgar e depois olhou para mim. "O que posso fazer por você, meu rei?"

"O de sempre", eu disse. "Aconselhar-me."

"Você não precisa. Eu nunca vi Vyene, nem cheguei perto. Não tenho nada para lhe dizer que seja de alguma ajuda na Cidade Sagrada. Perspicácia e todas aquelas coisas que se aprendem nos livros devem lhe servir bastante bem. Você sobreviveu ao último Congresso, não sobreviveu?"

Eu deixei aquela lembrança arrancar um pequeno sorriso de mim. "Talvez eu tenha um pouco de esperteza, meu velho, mas o que eu preciso de você é sabedoria. Sei que mandou trazer minha biblioteca inteira para este quarto, um livro de cada vez. Os homens lhe trazem contos e rumores de todos os cantos. Onde estão meus interesses em Vyene? Onde devo depositar meus sete votos?"

Eu me aproximei, passando pelas pedras descobertas. Coddin era um soldado inveterado: nada de tapetes ou juncos para ele, mesmo inválido.

"Você não quer ouvir minha sabedoria, Jorg, se é isso que ela é." Coddin se virou para a janela novamente, o sol refletindo sua idade, capturando as linhas que a dor marcou.

"Esperava que você tivesse mudado de ideia", eu disse. Há caminhos difíceis e há os caminhos mais difíceis.

O fedor de sua ferida estava mais forte agora que eu me aproximara. A corrupção rói nossos calcanhares desde a hora que nascemos. O cheiro de podre apenas nos relembra aonde nossos pés estão nos levando, não importa em qual direção eles apontem.

"Vote com seu pai. Fique em paz com ele."

Bons remédios frequentemente têm gosto ruim, mas algumas pílulas são amargas demais para se engolir. Eu fiz uma pausa para eliminar a raiva de minha voz. "Tem sido quase impossível não marchar com meus exércitos até Ancrath e mandar ver. Se já é difícil prevenir a guerra declarada... como pode haver paz?"

"Vocês dois são parecidos. Seu pai talvez seja um pouco mais frio, mais austero e menos ambicioso, mas você saiu da mesma árvore e males semelhantes os forjaram."

Somente Coddin podia me dizer que eu era filho de meu pai e sair vivo. Somente um homem que já havia morrido trabalhando para mim e estava apodrecendo a meu serviço, mesmo que por obrigação – somente este homem poderia dizer aquela verdade.

"Não preciso dele", respondi.

"Aquele seu fantasma, o Construtor, não lhe disse que dois Ancrath juntos acabariam com o poder das mãos ocultas? Pense, Jorg! Sageous pôs seu tio contra você. Sageous queria você e seu irmão debaixo da terra. E, ao fracassar, ele criou um abismo entre pai e filho. E o que mais acabaria com o poder de gente como Sageous, a Irmã Silenciosa, Skilfar e toda aquela laia? Paz! Um imperador no trono. Uma única voz no comando. Dois Ancrath! Você acha que seu pai esteve parado esse tempo todo, os anos em que você cresceu e os anteriores? Ele pode não ter sua alta ambição, mas ele tem lá sua medida. O Rei Olidan é influente em muitas cortes. Eu não direi que ele tem amigos, mas inspira lealdade, respeito e medo na mesma proporção. Olidan conhece segredos."

"Eu conheço segredos." Muitos que eu nem queria conhecer.

"A Centena não seguirá o filho enquanto o pai estiver diante deles."

"Então eu o destruirei."

"Seu pai trilhou esse caminho – ele tornou você mais forte."

"Ele falhou no final." Eu olhei para minha mão, lembrando-me de quando a tirei de meu peito, escorrendo sangue. Meu sangue, a faca de meu pai. "Ele falhou. Eu não falharei."

Se foi o bruxo dos sonhos que abriu um abismo entre nós, ele fez seu trabalho muito bem. Eu não tinha intenção de perdoar meu pai. E duvido que ele tivesse intenção de aceitar tal perdão.

"As mãos ocultas podem pensar que dois Ancrath acabarão com seu poder. Eu já acho que um é suficiente. Foi o bastante para Corion. O bastante para Sageous. Eu serei o bastante para todos eles se tentarem me impedir. Em todo caso, você sabe o que eu acho de profecias."

Coddin deu um suspiro. "Harran está esperando você. Eu já dei meu conselho. Leve-o consigo. Não vai atrapalhá-lo."

Os capitães de meus exércitos, nobres das Terras Altas, uma dúzia de lordes em visitas de petição, de vários cantos dos sete reinos, e bandos de filões, todos esperavam por mim na entrada, antes das portas da fortaleza. A época em que eu podia escapar simplesmente... escapou. Eu reconheci a aglomeração com uma mão levantada.

"Meus lordes, guerreiros de minha casa, estou de saída para o Congresso. Assegurem-se de que eu levarei os interesses de vocês até lá, juntamente com os meus, e os apresentarei com minha mistura habitual de tato e diplomacia."

Isso causou uma risada. Eu havia feito muitos homens sangrarem para ter meu pequeno canto do Império, portanto achava que devia jogar o jogo pela minha corte, contanto que não me custasse nada. E, além do mais, os interesses deles eram os mesmos que os meus, então não menti.

Avistei o capitão Marten entre a multidão, alto e amadurecido, sem nada daquele fazendeiro. Eu não concedia posto mais alto que o de capitão, mas o homem havia conduzido cinco mil soldados ou mais em meu nome.

"Proteja-a, Marten. Mantenha ambos a salvo." Eu pus a mão em seu ombro. Nada mais precisava ser dito.

Cheguei ao pátio flanqueado por dois cavaleiros de minha távola, Sir Kent e Sir Riccard. A brisa da primavera não dissipava o aroma de suor de cavalo rápido o bastante e o grupo de mais de trezentos deles parecia estar fazendo de tudo para deixar o lugar com esterco até os joelhos. Eu acho que uma cavalaria reunida é sempre melhor vista de certa distância.

Makin passou com seu cavalo entre as fileiras até nos alcançar. "Muitas felicidades, Rei Jorg!"

"Veremos", eu disse. Parecia tudo confortável demais. Famílias felizes com minha minúscula princesa lá em cima. Felicitações de aniversário e uma escolta dourada lá embaixo. Vida suave demais e paz também podem sufocar um homem tanto quanto qualquer corda.

Makin ergueu uma sobrancelha, mas não disse nada, com o sorriso ainda no lugar.

"Seus conselheiros estão prontos para partir, majestade." Kent havia começado a me chamar de majestade e parecia mais feliz assim.

"Você deveria estar levando cabeças pensantes, não homens armados", disse Makin.

"E quem você está levando, Lorde Makin?" Eu havia decidido deixá-lo escolher o único conselheiro que seu voto lhe dava direito a levar ao Congresso.

Ele apontou para o outro lado do pátio, para um senhor magro, com o rosto espremido e uma capa vermelha voando em torno de si conforme o vento rodopiava. "Osser Gant. Camareiro do falecido Barão de Kennick. Quando me perguntarem quanto custará meu voto, Osser é o homem que saberá o que vale e o que não vale a pena para Kennick."

Eu tive de sorrir com aquilo. Ele podia fingir que não era o caso, mas parte de Makin queria cumprir sua nova função como parte da Centena em grande estilo. Se ele seguiria o modelo de governo de meu pai ou do Príncipe de Arrow, ainda não estava claro.

"Não há grande parte de Kennick que não seja pântano, e o que os Pântanos de Ken precisam é de madeira. Palafitas, para que as casas de seus camponeses lamacentos não afundem da noite para o dia. E isso você obtém de mim agora. Então não deixe seu homem se esquecer disso."

Makin tossiu como se um pouco daquele pântano estivesse em seu peito. "Então, quem exatamente você está levando como conselheiro?"

Não fora uma escolha difícil. A viagem final de Coddin veio quando eles o carregaram montanha abaixo depois da batalha do Assombrado. Ele não viajaria mais. Havia muitas cabeças brancas na corte, mas nenhuma cujo conteúdo eu valorizasse. "Você está olhando para dois deles." Eu acenei para Sir Kent e Sir Riccard. "Rike e Grumlow estão esperando lá fora. Keppen e Gorgoth estão com eles."

"Por Cristo, Jorg! Você não pode levar Rike! É da corte do imperador que estamos falando! E Gorgoth? Ele nem gosta de você."

Eu saquei minha espada em um movimento suave e resplandecente, e centenas de capacetes dourados se viraram para acompanhar seu arco. Eu segurei a espada no alto, virando-a para um lado e para o outro para refletir o sol. "Eu já fui ao Congresso antes, Makin. Eu sei quais jogos eles jogam lá. Este ano nós iremos jogar um jogo novo. O meu. E estou levando as peças certas."

TRILOGIA DOS ESPINHOS

EMPEROR OF THORNS

2

árias centenas de cavaleiros levantam muita poeira. Nós deixamos as Matteracks em uma nuvem feita por nós mesmos, com a Guarda Gilden estendendo-se por oitocentos metros de um caminho sinuoso de montanha. O brilho deles não durou muito e nós viramos uma tropa cinzenta ao chegarmos às planícies.

Makin e eu viajamos juntos pelas curvas da estrada na qual uma vez encontramos o Príncipe de Arrow indo em direção aos meus portões. Makin parecia mais velho agora, com alguns cabelos brancos, rugas de preocupação em sua fronte. Na estrada, Makin sempre parecera feliz. Desde que conquistamos fortuna e castelos ele havia começado a se preocupar.

"Você vai sentir falta dela?", ele perguntou. Durante uma hora, apenas o plic ploc dos cascos no chão de pedra, e aí, do nada, "Você vai sentir falta dela?".

"Não sei." Eu havia me afeiçoado à minha rainhazinha. Quando queria, ela sabia me excitar, como a maioria das mulheres; e eu não sou difícil de agradar. Mas eu não ardia por ela, não precisava tê-la, mantê-la à minha vista. Mais do que carinho, eu gostava dela, respeitava sua mente ágil e suas tendências ocultas implacáveis. Mas eu não a amava, não aquele amor irracional e bobo que pode dominar um homem, levá-lo embora e fazê-lo encalhar em uma praia desconhecida.

"Você não sabe?", ele perguntou.

"Nós vamos descobrir, não vamos?", respondi.

Makin balançou a cabeça.

"Como se você fosse o defensor do amor verdadeiro, Lorde Makin", eu lhe disse. Nos seis anos desde que chegamos ao Assombrado, Makin não teve mulher nenhuma e se havia uma amante ou até mesmo uma puta favorita ele a mantinha bem escondida.

Ele deu de ombros. "Eu me perdi na estrada, Jorg. Aqueles foram anos negros para mim. Não sou boa companhia para nenhuma mulher que eu desejasse."

"O quê? E eu sou?" Eu me virei na sela para observá-lo.

"Você era jovem. Um menino. O pecado não gruda na pele de uma criança do jeito que se prende à de um homem."

Minha vez de dar de ombros. Ele parecera mais feliz quando estava matando e roubando do que ao se lembrar daquilo em seus salões abobadados. Talvez ele apenas precisasse se preocupar com alguma coisa novamente, para que parasse de se preocupar.

"Ela é uma boa mulher, Jorg. E fará de você um pai em breve. Já pensou nisso?"

"Não", respondi. "Eu me esqueci." Na verdade, porém, aquilo surgia em meus pensamentos em cada hora do dia e em muitas horas da noite. Eu não conseguia encontrar uma maneira de lidar com a ideia e ela realmente escapou de mim. Eu sabia que uma criança berrante apareceria em breve, mas o que isso significaria para mim – o que significava ser pai – eu não fazia ideia. Coddin me disse que eu saberia o que sentir. O instinto me diria – algo escrito no sangue. E talvez aquilo viesse até mim, como um espirro quando há pimenta no ar, mas até isso acontecer eu não tinha como imaginar.

"Talvez você seja um bom pai", disse Makin.

"Não." Não importava se eu havia compreendido o processo ou não, eu seria um péssimo pai. Havia falhado com meu irmão e sem dúvida falharia com meu filho. De alguma forma, a maldição que Olidan de Ancrath lançou sobre mim, e que provavelmente recebeu de seu próprio pai, infectaria qualquer criança minha.

Makin apertou os lábios, mas teve a elegância ou a sabedoria de não discutir.

Não há muito das Terras Altas de Renar que seja plano o bastante para plantações, mas perto da fronteira com Ancrath a terra para de subir e descer por tempo suficiente para o cultivo e para uma espécie de urbe: a Cidade de Hodd, a minha capital. Dava para ver sua mancha no horizonte.

"Vamos acampar aqui", eu disse.

Makin inclinou-se em sua sela para avisar a Sir Riccard, e ele ergueu minhas cores em sua lança.

"Nós podíamos chegar até a Cidade de Hodd", Makin disse. "Estaríamos lá uma hora depois do pôr do sol."

"Camas ruins, oficiais sorridentes e pulgas." Eu desci da sela de Brath. "Prefiro dormir em uma tenda."

Gorgoth se sentou. Ele deixou a guarda trabalhar em volta dele, amarrando seus cavalos, organizando a comida deles, montando os pavilhões, cada um com lugar para seis homens, com duas fitas penduradas no centro, com as cores preta e dourada do imperador. Keppen e Grumlow jogaram seus alforjes do lado da leucrota e se sentaram sobre eles para jogar dados.

"Devíamos ao menos passar pela cidade amanhã, Jorg." Makin amarrou a bolsa de alimentação no nariz de seu cavalo e se virou para mim. "As pessoas adoram ver a guarda passar. Dê-lhes isso, ao menos."

Dei de ombros. "Já basta eu manter a corte nas Terras Altas. Você acha que eles se esqueceram de que eu tenho um *palácio* maior do que a Cidade de Hodd inteira lá em Arrow?"

Makin manteve seus olhos nos meus. "Às vezes, parece que você se esqueceu, Jorg."

Eu me virei e me agachei para ver os dados rolarem. A dor em minhas coxas me avisava que eu ficara tempo demais no trono, na cama e no salão de banquete. Makin estava certo: eu devia viajar através dos meus sete reinos, mesmo que fosse apenas para passar o tempo e manter as lições da estrada frescas em minha memória.

"Filho da puta!", Keppen cuspiu. Todos os cinco dados de Grumlow deram seis. Keppen começou a esvaziar seu saco de moedas, cuspiu novamente e jogou a coisa toda aos pés de Grumlow. Eu balancei a cabeça. Parecia um desperdício de boa sorte desafiar tais probabilidades por um saco de moedas.

"Não use toda a sua sorte, irmão Grumlow. Você pode precisar dela depois." Eu me levantei novamente, contendo-me para não amaldiçoar minhas pernas.

Eu não queria morar no palácio que o Príncipe Orrin havia construído para Katherine. Passei algumas semanas lá após garantirmos a lealdade dos senhores sobreviventes de Arrow. O prédio me lembrava Orrin, austero porém esplêndido, arcos altos, colunas de pedra branca. Poderia ter sido copiado das ruínas da Macedônia onde Alexandre conquistou a grandeza. Eu perambulei pelos muitos aposentos com os irmãos como meus guardas e meus capitães planejando a captura das conquistas remanescentes de Arrow. O palácio parecia abandonado, apesar de ter centenas de funcionários, todos eles estranhos. No fim, eu fiquei feliz de viajar para assegurar Normardy, o que de alguma maneira foi um alívio, embora tenha sido a mais sangrenta das campanhas daquela primavera.

Se a vida no Assombrado havia me deixado mole demais para um dia na sela, então era melhor eu evitar o luxo daquele palácio.

Melhor as montanhas do que as planícies, melhor o uivo do vento em picos cobertos de neve do que o ar desagradável do Mar Calmo, carregado com o fedor das Ilhas Submersas. Além disso, em Ancrath e em Renar o sangue de minha linhagem corria mais grosso. Eu podia não ansiar pelo calor da família, mas em tempos problemáticos é mais prudente estar rodeado de súditos que seguem por hábito do que por medo recém-conquistado.

Uma chuva suave começou a cair conforme a luz se apagava. Eu apertei mais minha capa e fui até uma das fogueiras do acampamento.

"Uma tenda para o rei!", Sir Riccard gritou, segurando o braço de um guarda que passava.

"Uns pinguinhos não vão me fazer mal", eu lhe disse. Um bom espadachim, Riccard, e corajoso, mas muito apegado a seu posto e dado a gritar.

Passar o tempo em volta da fogueira, em meio ao agito dos guerreiros, era mais do meu agrado do que ficar observando as paredes de uma tenda se balançando e batendo, e imaginando o que poderia estar por trás delas. Eu assisti aos guardas organizando o acampamento deles e deixei o aroma das panelas provocar meu nariz.

Quando você está em uma tropa de mais de trezentos, um pequeno exército, todos os simples assuntos da estrada requerem disciplina. Trincheiras de latrina precisam ser cavadas, uma vigília organizada em um perímetro defensável, cavalos levados até pasto e água. Lá se foram as facilidades que serviam ao nosso grupo de irmãos nas estradas de minha infância. A escala muda tudo.

Um capitão da guarda trouxe uma cadeira para mim, uma peça de mobília de campanha que se dobrava em um pacote achatado, com cantos em latão para resistir às batidas da viagem. Capitão Harran me encontrou sentado nela com uma tigela de carne de cervo e batatas em meu colo, comida de meus próprios depósitos no Assombrado, sem dúvida. A guarda esperava se abastecer onde quer que parasse – uma espécie de roubo legalizado pelos últimos ecos do Império.

"Há um padre querendo vê-lo", disse Harran. Eu o deixei soltar um "Rei Jorg" em meu silêncio expectante. Os capitães da Guarda Gilden têm um leve desprezo pela Centena e são propensos a rir de nossos títulos por trás de seus capacetes tão lustrosos.

"Um padre? Ou talvez o bispo da Cidade de Hodd?", perguntei. A Guarda Gilden também tem pouco respeito pela Igreja de Roma, um legado de séculos pontuado por disputas ferrenhas entre imperadores e papas. Para os partidários do imperador, Vyene é a cidade sagrada e Roma é irrelevante.

"Sim, um bispo", Harran assentiu com a cabeça.

"O chapéu idiota os entrega", eu disse. "Sir Kent, se você puder vá e escolte padre Gomst até nosso pequeno círculo de piedade. Eu não quero que ele se magoe no meio da guarda."

Eu me recostei em minha cadeira e bebi de um caneco de cerveja que me trouxeram, um troço amargo das cervejarias do Ost-Reich. Rike observava o fogo, roendo um osso de sua refeição. A maioria dos homens olha para as chamas como se procurando respostas no mistério daquela dança brilhante. Rike apenas franzia o rosto. Gorgoth chegou e se ajeitou, perto o suficiente para que o brilho o iluminasse. Assim como eu, ele tinha uma medida de compreensão quando olhava para dentro das chamas. A mágica que eu tomara emprestada de Gog se extinguiu de mim no dia que derrotamos os homens de Arrow no Assombrado – ela nunca havia sido realmente minha. Acho, porém, que Gorgoth molhou as mãos na fonte em que Gog bebia. Não que fosse jurado pelo fogo como Gog, mas com um toque daquilo correndo em suas veias.

Grumlow nos alertou sobre a chegada do bispo Gomst, apontando para a mitra balançando sobre as cabeças dos guardas enfileirados diante da tenda de refeições. Nós o observamos conforme se aproximava, chegando em seu traje completo, com seu cajado para se apoiar e arrastando os pés, embora ele não fosse mais velho do que Keppen, que podia subir uma montanha correndo antes do almoço, se fosse preciso.

"Padre Gomst", eu disse. Eu o chamara assim desde sempre e não via motivos para mudar simplesmente porque ele havia mudado de chapéu.

"Rei Jorg." Ele curvou a cabeça. A chuva começou a engrossar.

"E o que faz o bispo da Cidade de Hodd sair em uma noite úmida como esta quando podia estar se aquecendo diante das velas votivas postas em sua catedral?" Um ponto sensível, já que a construção da catedral estava pela metade. Eu ainda cutucava o velho Gomsty como se ele estivesse preso naquela jaula onde o encontramos anos atrás. Meu tio havia exagerado quando encomendou o projeto da catedral, um plano malfeito concebido no mesmo ano que minha mãe me pôs no mundo. Talvez outra decisão ruim. Em todo caso, o dinheiro acabara. Catedrais não saem baratas, mesmo na Cidade de Hodd.

"Preciso falar com você, meu rei. E é melhor aqui do que na cidade." Gomst ficou de pé, com a chuva escorrendo pelas curvas de seu cajado e a roupa enlameada.

"Peguem uma cadeira para o homem", gritei. "Vocês não podem deixar um homem de Deus em pé na lama." Em seguida, com voz mais baixa: "Diga-me, padre Gomst".

Gomst levou um tempo para se sentar, ajeitando suas vestes, as barras grossas com lama. Eu esperava que ele viesse com um padre ou dois, ou ao menos com um coroinha para carregar a cauda de seu traje, mas meu bispo se sentou diante de mim desacompanhado, ensopado da chuva e parecendo mais velho do que era.

"Houve um tempo que os mares se elevaram, Rei Jorg." Ele segurou com força seu cajado e olhou para a outra mão em seu colo. Gomst nunca contava histórias. Ele repreendia ou elogiava, dependendo da posição de sua plateia.

"Os mares se elevam todos os dias, padre Gomst", eu disse. "A lua influencia as águas profundas assim como influencia o sangue das mulheres." Eu sabia que ele estava falando da Inundação, mas era muito fácil atormentá-lo.

"Houve anos não contados quando os mares eram baixos, quando as Ilhas Submersas eram a grande terra de Brettan e as Terras do Nunca alimentavam um Império, antes de o Mar Calmo roubá-las. Mas as águas se elevaram e mil cidades se afogaram."

"E você acha que os oceanos estão se aprontando para outra mordida?" Sorri e estendi a mão para aceitar a chuva. "Vai chover por quarenta dias e quarenta noites?"

"Você teve uma visão?" Uma pergunta áspera de pulmões chamuscados. Kent, o Rubro, chegou e se agachou ao lado da cadeira de Gomst. Desde que sobrevivera ao incêndio no Assombrado, Sir Kent sofria de um caso grave de religião.

"Parece que escolhi bem ao constituir a corte nas montanhas", eu disse. "Talvez as Terras Altas se tornem o reino ilhado mais rico do novo mundo."

Sir Riccard riu-se daquilo. Eu raramente fazia uma piada que não encontrasse um eco nele. Makin contorceu um sorriso. Eu confiava mais naquilo.

"Estou falando de outra elevação, uma maré mais escura", disse Gomst. Ele parecia determinado a bancar o profeta. "A mensagem está chegando de todos os conventos – de Arrow, Belpan, Normardy, do norte frio e dos Reinos Portuários. As freiras mais devotas da fé sonham com isso. Eremitas deixam suas cavernas para falar sobre o que a noite lhes traz, ícones sangram para testemunhar a verdade. O Rei Morto está se preparando. Navios negros aguardam ancorados. As sepulturas se esvaziam."

"Nós já lutamos com os mortos antes e vencemos." A chuva estava fria agora.

"O Rei Morto submergiu o último dos senhores de Brettan e controla todas as ilhas. Ele tem uma frota pronta para zarpar. Os mais santos veem uma maré negra se aproximando." Gomst ergueu o olhar agora, encontrando meus olhos.

"Você viu isso, Gomst?", eu perguntei.

"Eu não sou santo."

Aquilo me convenceu de sua crença e de seu medo, pelo menos. Eu sabia que Gomst era um trapaceiro, um ímpio com uma barba de bode, de olho em seu próprio conforto e com uma predileção por discursos grandiosos porém vazios. Sinceridade vinda dele valia mais do que de outro homem.

"Você virá ao Congresso comigo. Envie esta notícia à Centena."

Seus olhos se arregalaram, a chuva gaguejou de seus lábios. "Eu... eu não pertenço àquele lugar."

"Você virá como um de meus conselheiros", eu lhe disse. "Sir Riccard lhe cederá o lugar."

Eu me levantei, sacudindo a água de meu cabelo. "Maldita chuva. Harran! Aponte-me minha tenda. Sir Kent, Riccard, levem o bispo de volta a sua igreja. Não quero nenhum monstro ou fantasma importunando-o em seu retorno."

Capitão Harran me aguardava na fogueira seguinte e me conduziu a meu pavilhão, maior que o dos guardas, com chão de pele e almofadas pretas e douradas. Makin entrou depois de mim, tossindo e sacudindo a chuva, meu guarda-costas, embora um pavilhão tenha sido armado para ele como Barão de Kennick. Eu tirei minha capa e ela caiu provocando barulho, fazendo escorrer um bocado de água.

"Gomst nos manda para a cama com bons sonhos", eu disse, olhando em volta. Um baú de mantimentos estava à minha direita e uma cômoda havia sido colocada no outro lado. Lampiões de prata queimando óleo sem fumaça iluminavam minha cama, de madeira esculpida, com dossel, montada com partes carregadas por uma dúzia de guardas.

"Não tenho fé em sonhos." Makin pôs sua capa de lado e se balançou como um cachorro molhado. "Ou no bispo."

Um jogo de xadrez havia sido armado sobre uma delicada mesa ao lado da cama; um tabuleiro de mármore preto e branco, com peças de prata encravadas de rubis ou esmeraldas para indicar o lado correto.

"A guarda monta suas tendas com mais imponência que meus aposentos no Assombrado", eu disse.

Makin inclinou a cabeça. "Eu não confio em sonhos", ele repetiu.

"As mulheres de Hodd não usam azul." Comecei a desafivelar minha couraça. Eu podia mandar um garoto fazer isso, mas criados são uma doença que deixam você aleijado.

"Você é um observador de moda agora?" Makin desfazia sua própria armadura, ainda pingando sobre as peles.

"O preço do estanho está quatro vezes maior do que quando conquistei o trono de meu tio."

Makin sorriu. "Eu me esqueci de algum convidado? Você está falando com outra pessoa que não seja eu?"

"Aquele soldado seu... Osser Gant? Ele me entenderia." Deixei minha armadura onde ela caiu. Meus olhos continuavam se voltando para o tabuleiro de xadrez. Ele havia armado uma para mim, também na minha última viagem ao Congresso. Todas as noites. Como se ninguém pudesse chegar ao trono sem ser um jogador desse jogo.

"Você me trouxe até a água, mas não consigo bebê-la. Fale claramente comigo, Jorg. Sou um homem simples."

"Comércio, Lorde Makin." Eu empurrei um peão, experimentalmente. Um peão com olhos de rubi, criado da rainha negra. "Nós não temos comércio com as Ilhas, estanho, pastel-dos-tintureiros, redes de Brettan, nem aqueles machados legais deles ou aqueles carneirinhos resistentes. Nós não temos comércio e navios negros são vistos saindo de Conaught, navegando o Mar Calmo, mas as embarcações nunca chegam ao porto."

"Houve guerras. Os senhores de Brettan estão sempre brigando."
Makin deu de ombros.

"Chella falou sobre o Rei Morto. Eu não confio em sonhos, mas confio na palavra de um inimigo que acha que me tem completamente em seu poder. Os mortos do pântano mantêm os exércitos de meu pai ocupados na fronteira. Nós teríamos tido nosso acerto de contas anos atrás, meu pai e eu, se ele não estivesse tão preocupado em se agarrar ao que possui."

Makin assentiu com a cabeça. "Kennick também sofre. Todos os homens armados que respondem a mim estão empenhados em manter os mortos confinados nos pântanos. Mas um exército deles? Um rei?"

"Chella era rainha do exército que reuniu em Cantanlona."

"Mas navios? Invasões?"

"Há mais coisas entre o céu e a terra, Makin, do que sonha vossa vã filosofia." Eu me sentei na cama e girei o tabuleiro de xadrez para que a rainha branca e seu exército ficassem na direção dele. "Faça sua jogada."

Makin teve seis vitórias antes de eu mandá-lo apagar os lampiões. O fato de ele levar suas seis vitórias ao chão e eu levar minha única vitória ao luxo de uma cama não me confortou. Eu caí no sono com as peças piscando diante de mim, quadrados pretos, brancos, o brilho de rubis e esmeraldas.

Durante a noite, uma violenta tempestade desabou, açoitando a lona. Tendas são presunçosas, contando histórias exageradas do clima contra o qual elas protegem. O som era de um dilúvio pronto para afogar o reino e um vento que podia varrer as rochas das encostas das montanhas. Debaixo de um cobertor natural, enrolado sob uma cerca viva, talvez a chuva forte não me acordasse, mas sob a grande batucada no teto da tenda fiquei olhando para a escuridão.

Às vezes, é bom ouvir a chuva sem ficar molhado, saber que o vento está uivando mas não sentir a respiração dele. Eu esperei naquela escuridão confortável e atemporal, e finalmente o cheiro de almíscar branco apareceu, seus braços em volta de meu peito, e então ela me puxou para os sonhos. Parecia não haver urgência nesta noite.

"Tia Katherine." Com certeza meus lábios contorceram as palavras enquanto eu dormia.

No começo, Katherine me mandava apenas pesadelos, como se ela se considerasse minha consciência e precisasse me atormentar com meus crimes. Várias vezes, o bebê Degran morreu em minhas mãos e eu acordei gritando, ensopado de suor, um perigo para quem quer que compartilhasse minha cama. Eu passei noites assando no fogo lento do sofrimento de Sareth, mostrado de todos os ângulos pelas artes que sua irmã aprendeu enquanto era casada com o Príncipe de Arrow. Miana não conseguiu ficar em meu quarto e colocou uma cama para si na torre leste.

Prometida pelo sonho, eu disse a mim mesmo. Ela é uma bruxa do sonho. Da laia de Sageous. Mas isso não me impedia de desejá-la. Eu pintei a imagem de Katherine sobre a tempestade escura de minha imaginação. Como ela nunca se mostrou, gerei minha primeira imagem dela, aquela memória gravada de quando nos trombamos nos corredores do Castelo Alto.

Katherine me mostrou seus entes queridos – aqueles que eu havia matado. Sir Galen, defendendo-a durante sua juventude iluminada em Scorron, e sua criada Hanna, em uma época quando ela parecia menos azeda e proporcionava um conforto de criança-princesa em uma corte sem amor. Em sonho, Katherine fez eu me importar com suas preocupações, seu povo, torcendo-me com a estranha lógica da mente adormecida de tal modo que elas pareciam importantes, reais, tão reais quanto as memórias de antes dos espinhos. E tudo isso na luz forte demais do sol de Gelleth, o brilho avassalador daquele sol dos Construtores, sempre atrás de mim, lançando minha sombra como um dedo escuro no meio de suas vidas.

Deixei seus braços me afundarem depois da meia-noite. Eu nunca resistira a ela, embora achasse que podia, e ainda acho que talvez fosse seu desejo que eu o fizesse. Mais do que me mostrar os erros que eu havia cometido, mais até do que me fazer sentir como ela havia se sentido, acho que queria que eu lutasse com ela, resistisse a seu feitiço, fechasse meus olhos sonhadores e tentasse escapar. Mas eu não o fiz. Disse a mim mesmo que escolhi enfrentar o que temia. Que os tormentos dela me arderiam até me libertar do sentimento. Mas na verdade eu gostava dos braços dela em volta de mim, a sensação de tê-la ao alcance da mão, tocando porém intocável.

Suspiros de luz me atingiram através da noite sem estrelas. Ultimamente, os sonhos para os quais me atraía eram mais confusos, desfocados, como se ela também estivesse sonhando. Eu a via ou a tocava, nunca as duas coisas. Nós andávamos pelo Castelo Alto ou pelo Palácio de Arrow, seu vestido esvoaçava, o silêncio nos amarrava, as paredes envelheciam e desmoronavam conforme passávamos. Ou eu sentia o cheiro dela, abraçava-a, mas estava cego, ou via apenas as sepulturas de Perechaise.

Esta noite, porém, o sonho veio frio e nítido. Pedras quebradas eram trituradas sob meus sapatos, a chuva me açoitava. Eu escalei uma encosta, curvado contra a tempestade. Meus dedos se mexiam sobre a rocha natural, uma muralha erguendo-se à minha frente. Conhecia cada sensação, mas não tinha o menor controle, como se eu fosse um fantoche e outrem segurasse os fios.

"Que lição é esta, Katherine?"

Ela nunca falava comigo. Assim como eu nunca resistia a ela, ela nunca falava. Inicialmente, os sonhos que ela causava em mim eram todos de raiva e vingança. Frequentemente ainda carregavam esse ranço, mas também acho que ela experimentou, treinou seu talento – como um espadachim aprimora sua técnica e acrescenta novos golpes a seu repertório. Essas eram as habilidades de Sageous. Agora que vivia novamente sob o teto de meu pai, talvez minha tia fizesse o papel do pagão, embora eu não soubesse se ela, como Sageous, espalhava uma sutil teia de influências e aos poucos virava a Centena para os caminhos de Olidan Ancrath ou, na verdade, para os dela próprios.

A tempestade passou sem avisar e o vento parou, embora eu o tenha escutado gemer atrás de mim. Uma caverna de alguma espécie. Eu havia passado pela entrada estreita de uma caverna. Eu me agachei e tirei a bolsa de meu ombro. Dedos certeiros encontraram uma pederneira e um pavio. Em instantes, acendi o lampião que peguei em um bolso da sacola. Eu teria ficado orgulhoso de meu trabalho, mas as mãos que o realizaram, as mãos que seguraram a pederneira e acenderam a chama não eram minhas. O lampião as exibiu pálidas, como a pele que fica tempo demais debaixo d'água, e com dedos longos. Eu tenho dedos longos, mas estes eram aranhas brancas rastejando sob as sombras da lanterna.

Eu segui adiante, ou melhor, o homem cuja pele eu compartilhava seguiu adiante e me levou consigo. O brilho do lampião se estendia e não encontrava quase nada que o refletisse. Minha visão ficou no ponto a que foi dirigida pelo dono dos olhos através dos quais eu enxergava – no chão, na maior parte do tempo, de rocha natural suavizada pela passagem de muitos pés. Uma olhada ocasional à direita e à esquerda mostrava cachoeiras de pedra congelada e galerias sobrenaturais onde estalagmites alcançavam as estalactites. E eu sabia por onde andava. A poterna de ataque leste do Assombrado. O homem pálido havia escalado no escuro da tempestade e adentrado a poterna pela fenda camuflada no alto da lateral do Runyard.

O homem se movia confiantemente. Embora muitas viradas e curvas levassem ao desconhecido escuro, não eram necessárias habilidades especiais para encontrar o caminho, polido como estava por incontáveis antecessores. O sonho parecia correto, contando com minhas memórias para se materializar. Um calafrio passou por mim, embora não pelo homem pálido. Se Katherine almejava a precisão, então logo uma mão negra envolveria o intruso, vinda das sombras, e o puxaria com uma força inexorável e uma velocidade misericordiosa até a bocarra escancarada de um troll. Eu esperava não sentir aqueles dentes pretos pressionando minha carne, mas parecia provável. O fedor deles já chegava ao meu nariz e o colarinho irritava meu pescoço.

Ele andou pelo caminho e nenhuma mão veio pegá-lo. Se pudesse segurar a respiração eu teria soltado um suspiro entredentes. Por um momento, o sonho me convencera de que eu estava ali, mas não estava; os trolls de Gorgoth guardavam os caminhos subterrâneos até O Assombrado e muitas outras rotas secretas.

Nós chegamos agora a túneis cavados a mão, talhados na pedra para unir O Assombrado às cavernas naturais. O homem parou, não muito longe do mais profundo dos porões do Assombrado. À frente, uma mancha de escuridão engolia a luz do lampião e não dava nada em troca. Por longos momentos, ele ficou parado, imóvel, quase inumano em sua falta de movimento ou tremor. Quando avançou, ele se moveu com os pés ligeiros, o cabo frio de uma faca em seu punho, embora eu não pudesse ver a lâmina. Um único troll estava do outro lado da pedra bruta, esparramado com seus longos braços estendidos. O rosto da fera estava aninhado, escondido atrás da mancha escura de seu ombro. Ele podia estar morto, mas, ao observar com cuidado, o homem pálido e eu vimos o lento sobe e desce de suas costas conforme a criatura respirava.

Sem pressa, o homem passou em torno do troll adormecido, abaixando-se onde o teto do túnel descia, escolhendo o caminho sobre pernas pretas.

"Um sonho pobre, Katherine", eu falei, sem a necessidade dos lábios dele. "Trolls são feitos para a guerra. Está escrito na cara deles. O cheiro deste homem teria acordado uma dúzia deles e feito suas bocas salivarem de fome."

Meu acompanhante encontrou a porta de madeira que dava para as adegas do Assombrado. Ele arrombou a fechadura com golpes pesados, apropriados para um mecanismo tão velho e sólido. Uma gota de óleo para retirar qualquer rangido das dobradiças e ele a abriu, atravessando-a sem a menor hesitação. Foi então que vi sua faca, uma ferramenta de assassino, longa e fina, com o torneado cabo de osso branco.

Ele apareceu na frente falsa do enorme barril que disfarçava a saída. Escorado em um barril de verdade, em frente ao falso e quase do mesmo tamanho, estava um guarda vestindo minhas cores, com o capacete de lado, pernas esticadas à frente, a cabeça também pendendo para a frente, dormindo. Eu me agachei diante dele. Senti meus quadris se apoiarem em meus calcanhares, senti o esforço dos músculos de minhas coxas, a aspereza do cabelo loiro e sujo do guarda ao puxar sua cabeça para trás. Eu o conhecia. O nome tremulou por trás de meus pensamentos. Rodrick, um cara pequeno, mais novo que eu, que uma vez eu encontrara escondido em minha torre, quando Arrow cercou o castelo. Minha faca estava fria contra o pescoço dele agora e ainda assim o sujeito não se mexeu. Eu estava quase abrindo seu pescoço só por ser um guarda tão inútil. Ainda assim, foi um choque quando minha mão desceu mais e enterrou a lâmina em seu coração. Aquilo o acordou! Rodrick me observou com olhos magoados, a boca contorcida porém silenciosa, e morreu. Eu esperei. Todos os sinais de movimento deixaram o garoto, mas eu ainda esperei. E então puxei minha faca. Saiu muito pouco sangue. Limpei minha lâmina em sua túnica.

O homem pálido tinha mangas pretas. Reparei naquilo antes de seu olhar encontrar as escadas e ele ir até elas. Deixou seu lampião ao lado de Rodrick e sua sombra abriu o caminho.

O homem andou pelos corredores e pelas passagens do Assombrado como se pertencesse àquele lugar. O castelo estava no escuro, apenas com uma luminária ocasional iluminando um canto ou porta. As persianas se agitavam, balançadas pelo vento, a água da chuva se empoçava embaixo, passando pelas soleiras e correndo sobre o chão de pedra. Parecia que meu pessoal se encolhia em suas camas enquanto a tempestade uivava, porque nenhum deles perambulava, nenhum criado carregando lampiões, nenhum cobrador pelo solo noturno, nenhuma empregada ou prostituta escapulindo das barracas dos guardas... nenhum guarda, aliás.

Finalmente, quando o assassino chegou à porta interna da torre leste, nós encontramos um guarda que não havia abandonado seu posto: Sir Graeham, cavaleiro de minha távola, dormindo em pé e mantendo-se a postos graças a uma combinação da armadura, de uma alabarda e da parede. Mãos pálidas posicionaram a faca no espaço entre o gorjal e a ombreira. O assassino pôs a palma da mão sobre o cabo de osso da faca, posicionada para que um golpe forte perfurasse tanto o couro quanto a cota de malha e encontrasse a jugular por baixo. Ele parou, talvez pensando o mesmo que eu – que o cavaleiro faria um barulho e tanto se caísse. Nós paramos tão próximos que eu podia aspirar o fedor de Sir Graeham a cada respiração dele. O vento uivou e eu enterrei a faca. Seu cabo machucou a mão que não era minha, mas a ponta machucou mais Sir Graeham, que caiu, contorcendo-se. Seu peso o afastou da faca.

De novo o assassino limpou sua lâmina. Desta vez, na capa vermelha do cavaleiro, lambuzando-a com um tom mais claro. Era impertinente, este aqui.

Ele encontrou a chave no cinto de Graeham e destrancou a porta de carvalho, presa com ferro e forçosamente polida pelo constante toque de mãos. Embora a porta fosse velha, seu vão era ainda mais velho. Os pergaminhos de meu tio contavam histórias de um tempo quando O Assombrado era apenas a torre leste, uma única torre de vigília erguida no ombro da montanha, com um acampamento militar na base. E mesmo esses homens, que lutaram com as tribos de Or e forjaram uma fortaleza nas Terras Altas, não foram os que construíram a torre. Há coisas escritas naquele arco, mas o tempo esqueceu até mesmo o nome do texto. Seu significado ultrapassou o conhecimento.

O assassino ficou sob o vão da porta e as runas cravadas na chave. A dor me atravessava, os espinhos encontraram minha pele, enganchando-se na carne e no sangue de modo que não se soltariam facilmente, como a flecha farpada que precisa ser cavada para se soltar, ou o cachorro travado que precisa matar antes que os músculos e tendões em sua mandíbula possam se abrir e seus dentes se soltem do osso. Doeu, mas encontrei minha liberdade, separada do corpo que me aprisionava. Ele andou adiante, sem parar, e eu cambaleei atrás, seguindo-o conforme ele subia a escada. Na parte de trás de sua capa preta, uma cruz havia sido costurada em seda branca. Uma cruz sagrada.

Eu corri para cima dele, mas o atravessei como se eu fosse o fantasma, embora na verdade tenha sido eu a me arrepiar com o contato. A luz do lampião me apresentou seu rosto quando me virei, apenas por um instante antes de ele me atravessar e me deixar de pé nas escadas. O homem não tinha cor, seu rosto era da mesma palidez, da mesma cor desbotada de suas mãos, o cabelo grudado sobre a cabeça, a íris de seus olhos combinando com a brancura do entorno. Ele carregava uma cruz bordada em seda branca na frente de sua túnica, ecoando a de suas costas. Era um assassino papal, então. Somente o Vaticano envia assassinos para o mundo com um endereço de retorno. O restante de nós preferia não ser pego usando tais agentes. O assassino papal, no entanto, é meramente uma extensão da infalibilidade da papisa – como pode haver vergonha de executar a palavra de Deus? Por que tais homens se utilizam do anonimato?

Esparramado em uma alcova saindo da escadaria, o irmão Emmer estava morto para o mundo. O assassino se ajoelhou e cravou sua faca para garantir que fosse um estado permanente das coisas. Emmer havia demonstrado pouco interesse em mulheres na estrada e parecia uma boa escolha para vigiar minha rainha. Observei o homem da papisa subir as escadas até a curva da torre tirá-lo de vista.

O sangue de Emmer jorrava escada abaixo, degrau por degrau, numa cascata carmesim.

Eu nunca resisti a Katherine, nunca tentei escapar de suas ilusões, mas isto não significava que eu tinha de cooperar. De alguma maneira, eu havia me libertado do assassino e não tinha motivo para observar o que mais ele pudesse fazer. Matar minha rainha, sem dúvida. Miana estaria dormindo no quarto ao final das escadas, se Katherine se ativesse à planta do castelo que havia roubado de minha memória. Será que devo segui-lo, feito um idiota, e ver a garganta de Miana ser cortada? Vê-la se debater em seu sangue com meu filho morrendo dentro dela?

Eu fiquei parado na escuridão apenas com os ecos da luz do lampião vindos da curva da escadaria acima e abaixo.

"Sério? Você acha que pode me mostrar algo que vá me machucar?", falei para o ar. "Você já caminhou em minhas lembranças." Eu a deixava vagar por onde quisesse quando ela vinha com seus pesadelos. Achei que talvez desafiá-la pelos longos corredores de minha memória fosse mais tormento para ela do que seus castigos eram para mim. Mesmo com a chave de cada uma de minhas portas em sua mão, eu sabia que havia lugares em mim aonde ela não ia. Quem em sã consciência iria?

"Vamos jogar este jogo, princesa, até o fim. Vamos descobrir se você acha o fim amargo demais."

Corri escada acima; o contato entre pé e pedra era leve e sem esforço, como se apenas dentro do corpo do assassino eu pudesse de fato tocar este sonho. Eu o alcancei em instantes e o ultrapassei, vencendo a corrida até o topo.

Marten estava aguardando, agachado diante da porta da rainha, a espada e o escudo no chão, seus olhos vermelhos e ferozes. O suor grudava o cabelo escuro em sua testa e caía até os tendões tensos de seu pescoço. Empunhava uma adaga, golpeando constantemente sua palma aberta. Sua respiração vinha em suspiros curtos e o sangue escarlate escorria de sua mão.

"Resista", eu lhe disse. Apesar de minha determinação, eu me vi atraído por sua dificuldade de ficar acordado e proteger Miana.

O assassino apareceu no campo de visão – a minha visão, não a de Marten. Ele parou, farejou o ar sem fazer barulho e levantou a cabeça para ouvir a leve arfada da dor de Marten. Quando parou, saltei para cima dele, determinado a me estabelecer em volta de seus ossos, agarrando-me a qualquer coisa tangível. Um momento de agonia cega e eu mais uma vez enxergava pelos olhos dele. Senti gosto de sangue. Ele também sentiu a dor de se reunir a mim e, embora não tenha gritado, uma respiração bem funda passou por seus lábios. Talvez fosse o suficiente para alertar Marten.

O homem da papisa pôs a mão em sua túnica, substituindo a faca longa de cabo de osso e sacando duas adagas curtas e pesadas, cruciformes, perfeitas para se atirar. Ele se mexeu bem rápido e mergulhou no campo de visão de Marten, lançando ao mesmo tempo a primeira de suas facas, com apenas um movimento do pulso, mas com uma força letal.

Marten se atirou quase no mesmo instante que o encaramos, talvez um instante mais lento devido ao peso do sono que ele negava. A adaga do assassino atingiu algum lugar entre o pescoço e a barriga – eu escutei os elos da cota se rompendo. Ele passou por nós com um rugido e o pé do assassino voou, batendo no queixo de Marten e atirando-o contra a parede curvada. O impulso o carregou ruidosamente para baixo das escadas, tombando. Nós hesitamos, como se não soubéssemos se devíamos continuar e checar se algum osso permanecia inteiro. A umidade quente abaixo de nosso joelho convenceu o assassino do contrário. De alguma maneira, Marten o havia cortado ao passar. O homem da papisa cambaleou em direção à porta, chiando pela dor que agora se espalhava do corte que Marten deixou em nós. Ele parou para amarrar uma atadura, uma faixa de seda arrancada de um bolso, apertou-a bem forte e em seguida avançou pelos degraus.

As chaves haviam caído escada abaixo com Marten e o homem da papisa pegou suas ferramentas mais uma vez para arrombar a fechadura. Demorou mais do que antes, pois a porta da rainha possuía um mecanismo complicado que talvez fosse tão velho quanto a torre. Antes de ela ceder ao nosso paciente trabalho, as pedras do chão já estavam empoçadas com o sangue do assassino, tão vermelho quanto o de qualquer homem, apesar da palidez de sua pele.

Nós ficamos de pé e eu senti sua fraqueza – perda de sangue e alguma outra coisa. Ele torceu algum músculo que eu não compartilhava, mas eu sabia que o esforço o cansara. Talvez o sono abrangente tenha lhe custado caro.

A porta se abriu sem som. Ele pegou o lampião do gancho onde Marten havia se agachado e entrou. A força de sua imaginação começou a me alcançar conforme sua excitação finalmente aumentava. Eu vi as imagens surgindo em sua mente. De repente, com sonho ou sem sonho, eu queria que ele fracassasse. Não queria que ele mutilasse Miana, que ele a cortasse, a abrisse. Eu não tinha o menor desejo de ver a ruína vermelha de meu futuro filho, arrancado de dentro dela. O medo me surpreendeu, brutal e primevo, e eu sabia que era somente meu, não algo compartilhado com Katherine. Eu me perguntei se aquilo podia ser um eco do que Coddin me avisara que eu sentiria por meu filho (ou filha) ao vê-lo pela primeira vez. Se isso fosse verdade, então eu tive minha primeira noção de quão perigosa essa união podia ser.

Na penteadeira ao lado da cama, o brilho da corrente de prata que eu dera a Miana no dia de sua santa protetora. Sob as cobertas, uma forma amontoada nas sombras, mãe e filho, em sono suave.

"Acorde." Como se dizer fosse fazer acontecer. "Acorde." Toda a minha vontade e nem mesmo um tremor nos lábios dele.

A certeza fria me agarrou pelo pescoço. Era real. Era agora. Eu estava dormindo em minha cama em uma tenda, Miana dormia na dela a quilômetros de mim, e a morte pálida aproximava-se dela.

"Katherine!" Eu gritei seu nome dentro da cabeça dele. "Não faça isso!"

Ele se aproximou da cama com uma das facas erguida e pronta. Talvez apenas o tamanho da protuberância sob as cobertas o tenha impedido de atirar a faca imediatamente. Miana não poderia ser considerada uma mulher grande, nem mesmo com um bebê prestes a sair dela. Parecia que estava acompanhada. Eu podia até ter pensado nisso, se não fosse por Marten à porta.

Outro passo, com sua perna machucada dormente e fria agora, seus lábios resmungando algum feitiço silenciosamente, como se suas mágicas refletissem seu andar instável e precisassem de apoio. Eu não tive aviso; meu braço – o braço dele – estirou-se para trás a fim de atirar a lâmina. Naquele momento, as cobertas se agitaram, eu ouvi um "tum" abafado e um punho me atingiu de lado, forte o bastante para me jogar para trás, girando duas vezes antes de bater contra a parede. Deslizei até o chão, com as pernas esticadas à frente, e olhei para baixo. Ambas as mãos pálidas tapavam minha lateral, com sangue jorrando entre os dedos e pedaços de carne pendurados.

As cobertas se levantaram e Miana me encarou, agachada em volta da massa negra da balestra do nubano, com os olhos arregalados e bravios por cima dela.

Minha mão direita encontrou o cabo de osso da faca maior. Cuspindo sangue, rastejei até ficar de pé, com o mundo girando à minha volta. Vi que nenhuma flecha restava na balestra. Dentro do assassino, eu me esforcei com todas as partes de meu ser para paralisar suas pernas, para abaixar a arma. Acho que desta vez ele sentiu. Moveu-se lentamente, mas permaneceu entre Miana e a porta. Ele abaixou os olhos até a barriga dela, esticada sob sua camisola.

"Pare!" Segurei seu braço com toda a minha força, mas ainda assim ele se mexeu para a frente.

Miana parecia ter raiva em vez de medo. Pronta para um assassinato sangrento.

Minha mão começou a avançar, atacando com a faca, mirando baixo, abaixo da balestra de Miana. Eu não podia impedir. A lâmina reluzente perfuraria seu útero e o cortaria, e em uma poça de sangue ela morreria. Junto com nosso filho.

O assassino estocou e a um palmo de encontrar a pele nosso braço tremeu para fora, com toda a sua força eliminada por um golpe que cortou meu ombro. Eu me contorci ao cair, com as ferragens da balestra batendo em meu rosto. Marten estava a meu lado, um diabo vestido de sangue, com o rosnado velado de escarlate. Minha cabeça bateu no tapete e minha visão ficou turva. As vozes agora estavam distantes.

"Minha rainha!"

"Não estou ferida, Marten."

"Eu sinto muito, eu falhei com você, ele passou por mim."

"Não estou ferida, Marten... Uma mulher me acordou nos meus sonhos."

TRILOGIA DOS ESPINHOS

EMPEROR OF THORNS

3

"stá calado esta manhã, Jorg."
Eu mastiguei meu pão: do Assombrado, de véspera e levemente duro.

"Ainda está se remoendo por causa do xadrez?" Senti o cheiro de cravo-da-índia conforme ele se aproximou. "Eu lhe disse que jogava desde os seis anos."

O pão se partiu e espalhou farelos quando eu o abri. "Mande Riccard vir aqui, sim?"

Makin se levantou, bebendo seu café, uma infusão preta e fedorenta que os guardas adoram. Ele saiu sem questionar – Makin sabia ler as pessoas.

Riccard entrou com ele momentos depois, enlameando as peles do chão, com farelos de seu próprio desjejum em seu bigode amarelo.

"Majestade?" Ele fez uma reverência, provavelmente alertado por Makin.

"Quero que vá até O Assombrado. Fique um tempo lá. Fale com o chanceler Coddin e a rainha. Alcance-nos assim que puder com quaisquer informações. Se tais informações mencionarem um homem de pele branca, traga o cofre preto de minha tesouraria, o que tem uma águia prateada gravada na tampa, e dez homens para protegê-lo. Coddin providenciará."

Makin ergueu uma sobrancelha, mas nem chegou perto de fazer uma pergunta.

Puxei o tabuleiro de xadrez para perto e peguei uma maçã da mesa. A maçã respingou quando foi mordida e gotículas de suco brilharam nos quadrados pretos e brancos. As peças estavam prontas em suas fileiras. Pus o dedo na rainha branca, fazendo um círculo lento para que ela rolasse em torno de sua base. Ou havia sido um sonho falso, com Katherine inventando tormentos melhores que antes, e Miana estava bem, ou havia sido um sonho real e Miana estava bem.

"Outra partida, Jorg?", perguntou Makin. Por toda parte, do lado de fora, ouviam-se os sons do acampamento sendo desmontado.

"Não." A rainha caiu, derrubando dois peões. "Cansei de jogos."

TRILOGIA DOS ESPINHOS

EMPEROR OF THORNS

4

— CINCO ANOS ATRÁS —

Eu tomei O Assombrado e a coroa das Terras Altas em meu décimo quarto ano e suportei seu peso por três meses até sair para a estrada outra vez. Viajei para o norte até Heimrift e para o sul até a Costa Equina, e aos quinze alcancei o Castelo Morrow, sob a proteção do Conde Hansa, meu avô. Embora tenha sido sua cavalaria pesada que me atraíra até lá, e a promessa de um forte aliado ao sul, foram os segredos que estavam debaixo do castelo que me detiveram. Em um porão esquecido, um pequeno canto de um mundo perdido chegava até o nosso.

"Saia, saia de onde estiver." Bati o cabo de minha adaga contra a máquina. No porão apertado, ela fez bastante barulho até meus ouvidos doerem.

Nada ainda. Apenas o tremeluzir e o zumbido das três lâmpadas que ainda funcionavam acima.

"Vamos lá, rabugento. Você aparece para importunar todos os visitantes. Você é famoso por isso. E agora vai se esconder de mim?"

Batuquei o metal no metal. Um ritmo pensativo. Por que Fexler Brews se esconderia de mim?

"Pensei que fosse seu favorito." Girei o anel de visão dos Construtores em minha mão. Fexler não me fizera trabalhar duro por ele e eu o considerava um presente melhor do que qualquer um que meu pai jamais me dera.

"Isto é um tipo de teste?", perguntei. "Você quer alguma coisa de mim?"

O que um fantasma de um Construtor poderia querer de mim? O que ele não poderia tomar, ou fazer? Ou pedir? Se queria algo, por que não pedia logo?

"Você quer alguma coisa."

Uma das lâmpadas piscou, faiscou e se apagou.

Ele precisa de alguma coisa minha mas não pode pedir.

Ergui o anel de visão até a altura do meu olho e mais uma vez vi o mundo – o mundo todo visto de fora, uma joia azul e branca pendurada na negritude que segura as estrelas.

Ele queria que eu visse alguma coisa.

"Onde você está, Fexler? Onde está se escondendo?"

Eu me mexi para tirar o anel de visão com desgosto quando um minúsculo ponto de luz chamou minha atenção. Um único ponto vermelho em todo aquele azul rodopiante. Apertei o anel mais forte contra os ossos de minha testa e da bochecha. "Onde você está?" E girei a lateral do anel para que o mundo crescesse embaixo de mim, como se eu caísse em direção a ele. Eu girei e conduzi, aproximando-me de minha presa, um ponto vermelho constante, atraindo-me até ele agora, cada vez mais rápido, até o anel não conseguir mostrar mais e o ponto ficar fixo acima de um monte árido em uma cordilheira que se estendia por terras erodidas a oeste da Costa Equina.

"Você quer que eu vá ali?", perguntei.

Silêncio. Outra lâmpada se queimou.

Permaneci um momento diante da luz tremeluzente da última lâmpada, dei de ombros e subi as estreitas escadas em espiral até o castelo.

A sala de mapas de meu avô fica em uma torre alta com vista para o mar. Os rolos de mapas ficam em tubos de couro oleados, com um selo de cera em cada um com sua insígnia. Sete janelas estreitas deixavam a luz entrar, pelo menos nos meses em que a proteção contra tempestades não as deixam fechadas. Um escriba é empregado para cuidar do local e passa os dias ali, do nascer do sol até o anoitecer, pronto para abrir os tubos para qualquer um autorizado a ver o conteúdo e para selá-los novamente quando o trabalho terminar.

"Você nunca pensou em sugerir outro aposento?", perguntei ao escriba quando o vento tentou levar o mapa pela vigésima vez. Eu estava ali fazia uma hora, correndo atrás de documentos pela câmara, prestes a cometer um assassinato. Eu não sabia como Redmon não pegava uma balestra e atirava no pessoal lá embaixo, através de suas sete janelas. Peguei o mapa antes que voasse para fora da mesa e substituí os quatro pesos que ele havia deslocado.

"A boa ventilação é essencial para preservar o velino", Redmon disse. Ele mantinha o olhar em seus pés, girando a pena sem parar em sua mão. Acho que ele estava preocupado que eu pudesse estragar seus protegidos com meu temperamento. Se me conhecesse, teria se preocupado com sua própria saúde. Ele parecia estreito o suficiente para passar por uma das janelas.

Localizei os acidentes geográficos que o anel de visão me mostrou e encontrei a área geral do morro em particular onde o ponto vermelho permaneceu tão pacientemente. Eu me perguntei se haveria realmente uma luz vermelha brilhando naquele morro, tão forte que poderia ser vista dos recantos escuros do céu, mas raciocinei que ela não havia ficado mais forte conforme minha visão se aproximou; portanto, devia ser algum artifício inteligente, como uma marca de cera em um espelho que parece passar por cima de seu reflexo.

"E o que isto significa?", perguntei, com um dedo em cima de um símbolo que cobria a região. Eu tinha quase certeza de que sabia. Havia símbolos parecidos marcados nos mapas de Ancrath na biblioteca de meu pai, abrangendo as regiões da Sombra do Mal, Leste Escuro e da Cicatriz de Kane. Mas talvez elas tivessem um propósito diferente no sul.

Redmon aproximou-se da mesa e se inclinou. "Regiões prometidas."

"Prometidas?"

"As terras de meia-vida. Não são lugares para se viajar."

Os símbolos tinham o mesmo propósito que tinham em Ancrath. Eles alertavam sobre impurezas remanescentes da guerra dos Construtores, manchas de seus venenos ou sombras do Dia dos Mil Sóis.

"E a promessa?", perguntei.

"A promessa do nobre Chen, é claro." Ele pareceu surpreso. "Que quando a meia-vida passar, essas terras serão devolvidas ao homem, para arar e plantar." Redmon empurrou os óculos de leitura com moldura de arame para cima do nariz e voltou a seus livros de registro na grande mesa em frente às prateleiras altas de escaninhos, cada um abarrotado de documentos.

Enrolei o mapa e o segurei como uma batuta. "Vou levar este para mostrar a Lorde Robert."

Redmon me observava com angústia conforme me aproximava da saída, como se eu houvesse roubado seu único filho para praticar tiro ao alvo. "Vou cuidar dele", eu disse.

Encontrei meu tio nos estábulos. Ele passava mais tempo lá do que em qualquer outro lugar e desde que eu conhecera a megera da sua esposa passei a compreender. Ouvi dizer que os cavalos a faziam espirrar, cada vez mais a cada minuto, até que seus olhos parecessem estar a ponto de serem espirrados para fora da cabeça. Robert encontrava a paz entre as cocheiras, falando de linhagens com o mestre cavalariço e examinando seus cavalos. Ele tinha trinta cavalos nos estábulos do castelo, todos exemplares primorosos de suas linhagens, e os melhores cavaleiros para montá-los, soldados de cavalaria alojados longe da guarda da casa e da muralha, com muito mais luxo, como convém a nobres.

"O que você sabe sobre o Ibérico?", gritei enquanto caminhava em sua direção, entre as cocheiras.

"E boa tarde para você também, jovem Jorg." Ele balançou a cabeça e afagou o pescoço de um garanhão preto com a cabeça para fora.

"Eu preciso ir até lá", eu disse.

Ele balançou a cabeça de forma enfática desta vez. "O Ibérico é uma terra morta. Prometida, mas não dada. Você não quer ir até lá."

"É verdade. Eu não quero. Mas eu *preciso* ir até lá. Então, o que você pode me dizer?", insisti.

O garanhão deu um ronco e revirou os olhos como se desafogasse a frustração de Robert.

"O que eu posso lhe dizer é que homens que passam tempo em lugares assim ficam doentes e morrem. Alguns levam anos até que o veneno os coma por dentro; outros duram semanas ou dias, perdendo os cabelos e os dentes, vomitando sangue."

"Serei breve, então." Por trás de minha mandíbula, as dúvidas tentaram assumir o controle de minha língua.

"Há lugares nos morros do Ibérico que não estão marcados, a não ser por seu visual ermo, em que a pele de um homem se solta conforme ele caminha." Meu tio afastou o cavalo e se aproximou de mim. "O que cresce naquelas colinas é pervertido, o que vive lá não é natural. Duvido que sua necessidade seja maior que os riscos."

"Você tem razão", eu disse. E ele tinha. Mas será que o mundo era tão simples quanto certo e errado? Pisquei duas vezes e o ponto vermelho me observou da escuridão por trás de minhas pálpebras. "Sei que você está certo, mas muitas vezes não está em mim trilhar o caminho sensato, tio. Sou um explorador. Talvez você também sinta essa comichão."

Ele esfregou a barba, com um leve sorriso por trás da preocupação. "Explore outro lugar."

"Eu devo correr meus riscos idiotas enquanto sou jovem, não? Melhor agora do que quando aquela garotinha que você arranjou para mim estiver crescida e depender de mim para mantê-la em sedas e esplendor. Se meus erros provarem ser fatais, encontre outro marido para ela."

"Isto não tem nada a ver com Miana. Você simplesmente não deve fazê-lo, Jorg. Se achasse que fosse impedi-lo, eu lhe diria 'não' e colocaria a guarda para vigiá-lo."

Fiz uma reverência, me virei e saí. "Levarei um burro. Não faz sentido arriscar um bom cavalo."

"Nisso nós concordamos", ele gritou atrás de mim. "Não deixe que beba nenhuma água parada por lá."

Eu voltei à claridade do dia. O vento ainda varria o pátio, frio, vindo do mar, mas o sol o queimava mesmo assim.

"Visite as Termas Carrod primeiro!" O grito de Robert me alcançou enquanto ainda caminhava até meus aposentos.

"Qalasadi e Ibn Fayed." Os nomes tinham sabor exótico.

"Um homem de poder e um homem poderoso." Meu avô descansava na cadeira onde os condes de Morrow se sentaram por gerações, de frente para o mar.

Um círculo de vidro dos Construtores, mais forte que as paredes em volta dele, de uns três metros de diâmetro, mostrava-nos o Mar Médio, com a curvatura da Terra transformando-o em uma infinidade de azul salpicada de ondas brancas. Além da vista, do outro lado daquelas profundezas, além da Ilhas Corsárias, tão distante de nós quanto a Cidade de Crath, estavam Roma e todos os seus domínios.

O Califa Ibn Fayed podia manter sua corte no meio do deserto, mas seus navios saíam por aquele mar, com mãos mouras procurando reivindicar as terras que haviam passado para a cristandade e para os muçulmanos desde sempre. O matemágico de Ibn Fayed, Qalasadi, havia provavelmente voltado à sombra do trono do califa a fim de calcular o melhor momento para o próximo ataque e as probabilidades de seu sucesso.

Muito abaixo de nós, uma onda estapeou as falésias, sem nenhum tremor alcançar o recinto, mas com respingos marcando o vidro. Duas vezes por dia eles içavam um rapaz, equipado com balde e um pano, para garantir que nada além da idade embaçasse a vista de vovô.

"Quatro velas", ele disse.

Eu só vira três. O navio mercante, de casco vermelho, transportando sua carga ao longo da costa, e dois barcos de pesca, sacudindo mais além.

Vovô viu minha careta. "Lá longe, no horizonte." Um homem de voz suave, apesar dos rangidos da idade.

Um clarão branco. As velas de alguma embarcação ampla. Um navio de guerra? Um guarda-costas pirata da ilha? Ou uma barcaça achatada saída do Ægito, cheia de tesouros?

Eu cheguei mais perto do vidro e pressionei a mão contra sua frieza. Há quantos séculos atrás ele fora pilhado e de qual ruína? Redmon certamente tinha um pergaminho em sua torre açoitada pela ventania que guardava o segredo.

"Não posso permitir que eles vivam", eu disse. O califa era apenas um nome para mim, Qalasadi preenchia meus pensamentos. O homem marcado.

Meu avô riu em sua cadeira, com o encosto de marfim de baleia espalhando-se sobre ele como os respingos de uma onda arrebentando. "Você caçaria cada homem que lhe fez mal, Jorg? Não importa quão distantes? Não importa por quanto tempo fujam? Parece-me que um homem assim é um escravo do acaso, sempre caçando, sem tempo para viver."

"Eles o veriam morrer gritando conforme o veneno o corroía", eu disse. "Sua esposa também. Seu filho."

"E teriam posto a culpa em você." Ele bocejou o bastante para estalar seu maxilar e esfregou as palmas das duas mãos nos pelos grisalhos de sua barba.

"Veneno é uma arma suja", eu disse. Não que eu não o tivesse usado em Gelleth. Mantenho uma visão equilibrada do mundo, mas esse equilíbrio está sempre a meu favor.

"Nós jogamos um jogo sujo." Meu avô assentiu e me observou de suas rugas, com aqueles olhos escuros tão parecidos com os de minha mãe.

Talvez não fosse o veneno que me irritava. Ou armar para que eu levasse a culpa – uma inspiração fortuita, certamente, que não tinha a ver com Ibn Fayed. Eu me lembrei de Qalasadi naquele pátio, na única vez que nos encontramos, de sua avaliação, de seu cálculo conforme ele considerava as probabilidades. Talvez aquela falta de malícia tenha tornado isso tão pessoal; ele me reduziu a números e acertou nas probabilidades. O fantasma de Fexler fora construído reduzindo o homem verdadeiro a números. Eu descobri que não gostava do processo.

"Eles atingiram minha família", eu disse, e dei de ombros. "Eu construí um reino por não permitir que tais atos fiquem impunes."

Ele me observou nesse momento, com a luz do sol entrando pela janela ao meu redor, fazendo de mim uma sombra cortada pela luz. O que se passava debaixo daquele fino aro de ouro, eu me perguntei, que cálculos? Todos nós os fazemos. Não tão frios quanto Qalasadi, mas ainda assim uma espécie de aritmética. O que ele pensava de mim, esta diluição de sua semente, a filha adorável misturada ao detestável Ancrath? Nada além de um nome para ele, até um mês atrás. Nenhuma criança para se recordar, nenhuma inocência infantil de anos passados para suavizar os ângulos agudos do jovem matador diante dele – sangue de seu sangue.

"Como você faria isso? O Califa de Liba vive em terras que não são como as nossas. Você seria um homem branco onde quase não há homens brancos. Um estranho em terras estranhas. Marcado a cada virada. Delatado no momento que pisar na costa de Afrique. Você não encontrará amigos lá, apenas areia, doença e morte. Eu ficaria feliz se Ibn Fayed e Qalasadi morressem. Fayed por me golpear em meus corredores e o matemágico por sua traição. Mas se um único assassino, especialmente um único assassino branco, pudesse eliminá-lo, eu já teria enviado um. Não em resposta aos ataques de Fayed – como um homem de honra eu combato guerra com guerra –, mas em resposta a seu assassino."

Todos os homens ambiciosos devem rezar para serem postos contra homens de honra. Embora eu tivesse pena de meu avô naquele momento, aquilo também me fazia feliz por saber que pelo menos em algum ponto da mistura da qual eu surgi havia um traço daquele homem.

"Você tem razão em dizer que não seria fácil, Conde Hansa." Fiz uma reverência. "Talvez eu espere até que seja fácil... certamente preciso aprender mais, considerar mais."

Vovô chegou a uma decisão. Eu vi seu rosto mudar e ficar mais sério. Ele seria um péssimo jogador de pôquer.

"Deixe Ibn Fayed e suas criaturas comigo, Jorg. Eles atacaram Morrow, a mim e aos meus no Castelo Morrow. A vingança é minha e eu a assumirei."

O velho havia pesado suas probabilidades. De um lado, a vida de um parente desconhecido, maculado por sangue ruim; de outro, a chance de destruir um inimigo. Se "parente desconhecido" havia se transformado em "o filho de Rowan, a criança de minha filha", e prevalecido, ou se ele julgava minhas chances de sucesso pequenas demais para superarem qualquer parentesco, eu não sabia.

"Eu os deixarei, então." Fiz outra reverência. A mentira veio facilmente. Escolhi acreditar que ele me via como filho de sua filha.

Eu me abasteci bem, carregando meu burro com odres de água e carne seca. Eu encontraria frutas no caminho: na Costa Equina, durante o verão, você só precisa esticar o braço para encontrar uma maçã, um damasco, ameixa, pêssego, pera ou até uma laranja. Levei uma tenda, pois sombra é raridade nas colinas secas atrás do litoral, e sem as brisas do mar a terra cozinha. Fiquei sabendo que os mouros vez ou outra tomam os reinos do sul – Kadiz, Kordoba, Morrow, Wennith, Andaluth, até Aramis. Eles não acham tão diferentes das poeiras de Afrique.

"O Ibérico, então, não é?"

Terminei de amarrar a faixa embaixo de meu burro e olhei para cima.

"Sunny!" Eu sorri enquanto ele fez uma careta. Meses atrás, escolhi esse nome para o guarda após ele tentar de tudo para impedir que eu entrasse no castelo, naquele primeiro dia quando cheguei incógnito.

"Eu estava cuidando da minha vida e lá veio o Conde Hansa. 'Greyson', ele disse. Ele gosta de saber o nome de todos os soldados. 'Greyson', ele disse, e pôs a mão em meu ombro, 'o jovem Rei Jorg vai fazer uma viagem e eu gostaria que você fosse com ele.' 'Voluntariado', é como ele chamou."

"Sunny, não consigo pensar em outro homem que preferia ter comigo." Eu me levantei e dei um tapinha na anca do mulo. Parecia um bicho resistente, gasto porém forte. O moço da estrebaria disse que ele tinha mais de quarenta anos e era sagaz por isso. Eu achei que era bom ter pelo menos um grisalho no grupo.

"Isso é vingança por fazer você beber do cocho dos cavalos, não é?", disse Sunny. Ele estava com uma cara azeda que me fazia pensar no irmão Algazarra.

Eu balancei a mão. "Um pouquinho." Na verdade, eu não sabia que ganharia um acompanhante, muito menos que o escolheria. "Em todo caso, você vai gostar de sair por aí", eu disse. "Com certeza, ir até os Montes Ibéricos é melhor do que ficar um dia inteiro montando guarda no Portão Lowery, não?"

Ele cuspiu, reforçando ainda mais sua semelhança com irmão Algazarra. "Sou guarda de muralha, não uma flor de casa." Uma estendida de braço exibiu a mancha marrom do sol. Guardas de casa nunca são tão bronzeados.

Com a rédea do burro na mão, saí em direção ao portão. Sunny veio atrás. Seu cavalo de carga estava do lado de fora do muro do castelo, à sombra de uma oliveira, tão carregado como se estivéssemos prestes a cruzar os Aups.

Não importa o quão relutante Sunny parecia estar, meu burro ganhava dele. Tive de arrastar a besta além do cocho dos cavalos. Eu o batizei de Teimoso e o incentivei com um porrete. No final, eu ganhei, mas o fato de que o Teimoso não queria ir aonde eu mandava nunca esteve em questão. Acho que ele realmente era o mais esperto, no fim das contas.

TRILOGIA DOS ESPINHOS

EMPEROR OF THORNS

5

— CINCO ANOS ATRÁS —

O Castelo Morrow, assim como O Assombrado, fica separado da cidade principal da região. Ambos os castelos estão posicionados de forma a defender seus ocupantes. Na Guerra Centenária, a conquista de reinos é o negócio da avareza. A Centena quer que suas novas terras sejam ricas e abundantes, cheias de contribuintes e recrutas. A maioria dos ataques almeja matar o governante do território para que o agressor reclame seu trono e assuma o reino ileso. Guerras de atrito em que os camponeses são assassinados, as cidades queimadas e as plantações destruídas são menos comuns e acontecem mais quando os dois lados são equivalentes, ambos esforçando-se para ganhar a vantagem necessária para atacar o castelo do inimigo.

A Cidade de Albaseat fica em planícies férteis, talvez a oitenta quilômetros do Castelo Morrow em direção ao interior. Levou três dias para Sunny e eu caminharmos a distância, tendo começado tarde no primeiro dia e parando para negociações à base de porrete com o Teimoso. O Rio Jucca alimenta as fazendas ao redor. Nós chegamos à cidade pela Estrada da Costa, que pelos últimos quilômetros segue ao longo do rio, passando por pomares de todos os tipos, por vinhedos, por encostas cheias de olivais. Ao virarmos para os portões de Albaseat, nós caminhamos entre campos cultivados cheios de tomate, pimenta, feijão, cebola, repolho, batata – comida suficiente para alimentar o mundo.

Os muros e as torres de Albaseat brilhavam sob o sol do sul.

"Faz a Cidade de Hodd parecer uma pilha de carniça", eu disse.

"Onde fica isso?", perguntou Sunny.

"Capital das Terras Altas de Renar", respondi. "A única cidade, na verdade. Mais como uma grande vila. Bem, uma vila, em todo caso."

"Terras Altas de Renar? Onde fica isso?"

"Agora você está querendo me irritar." Eu não achava que estivesse, porém. Ele piscou e olhou para as torres de Albaseat.

"Ah, *essa* cidade, desculpe." Não era frequente Sunny se lembrar de que eu era o rei de algum lugar e aquilo sempre parecia deixá-lo surpreso.

"Cidade de Hodd!"

Os guardas dos portões da cidade nos deixaram passar sem questionar. Não era sempre que *eu* me lembrava que Sunny era Greyson Landless, guarda real da corte do Conde Hansa.

Albaseat não só deixava Hodd parecendo uma vila em ruínas, mas fazia a Cidade de Crath parecer pobre em comparação. Os mouros governaram Albaseat por gerações e deixaram suas marcas por toda parte – dos grandes salões de pedra que abrigavam a cavalaria de meu avô até as altas torres de cujos minaretes se podia olhar para a fonte de sua riqueza, disposta em muitos tons de verde. Eu fiz exatamente isso, pagando um cobre para subir a escadaria em espiral da Torre Fayed, um edifício público no centro da grande praça diante da nova catedral. Sunny ficou no chão, vigiando seu cavalo, e o Teimoso permaneceu à sombra da torre.

Mesmo cem metros acima das pedras escaldantes da praça, a sensação era de um forno. Só a brisa que passava pelo minarete já valia a moeda de cobre. Sem as águas lentas e verdes do Jucca, os campos seriam desertos. O verde dava lugar a marrons sedentos conforme a terra se elevava e eu pude ver os primeiros trechos dos Montes Ibéricos ao norte. Qualquer mácula que eles carregassem parecia manchar o próprio ar, transformando-o em um amarelo sujo onde o horizonte começava a reivindicar as colinas.

Eu me inclinei para fora, com as mãos no parapeito, para ver Sunny lá embaixo. A cidade se espalhava em todas as direções, com ruas amplas e organizadas, cheias de casas grandes e caiadas. A oeste, havia mansões maiores; a leste, as casas baixas e vielas estreitas dos pobres. O povo de meu avô vivendo na paz de seu reino, seus nobres tramando, seus comerciantes vendendo, ferreiros, curtidores e açougueiros trabalhando duro, putas deitadas, empregadas ajoelhadas, lavadeiras carregando trouxas até os prados da beira do rio onde cavaleiros treinavam seus corcéis, a pulsação da vida, uma dança complexa e antiga de muitos parceiros. Rápido, rápido, lento.

Deixar tudo isso para trás e desafiar antigos venenos, arriscar um fim como o que eu dera ao povo de Gelleth – não fazia sentido. E mesmo assim eu o faria. Não pelo vazio dentro de mim, nem pelo peso da caixa de cobre que guardava o que havia sido tomado, nem pela promessa de velhas mágicas e o poder que elas ofereciam, mas apenas para saber, simplesmente fazer mais do que saltitar pela superfície deste mundo. Eu queria mais do que podia ver de uma torre, não importa quão alta, ou mesmo dos olhos dos Construtores postos entre as estrelas.

Talvez só quisesse saber o que eu desejava. Talvez seja isso que signifique crescer.

Eu saí da torre a passos lentos, perdido em pensamentos. Acenei para Sunny se aproximar e pedi que me conduzisse até a Casa dos Lordes.

"Eles não vão querer tipos como..." Ele olhou de volta para mim, percebendo a capa fina, o peitoral de prata. "Ah." E ao se lembrar de que eu era um rei, embora de um reino que ele mal conhecia, seguiu adiante.

Nós passamos a catedral, a melhor que já vira, uma construção de pedra que alcançava os céus azuis. Os santos me observavam de seus nichos e galerias. Eu sentia sua reprovação, como se eles se virassem para olhar após passarmos. As multidões se aglomeravam diante dos degraus da catedral, talvez atraídas pela promessa refrescante do grande salão lá dentro. Sunny e eu nos acotovelamos para passar, empurrando um padre ou um monge ocasional até atravessar.

Eu cheguei em bicas às portas da Casa dos Lordes. Eu teria tirado a camisa e deixado o Teimoso carregar minhas coisas, mas talvez isso causasse uma má impressão. Os guardas nos deixaram entrar, um garoto pegou nossos animais e nós nos sentamos em cadeiras com assento de veludo enquanto um lacaio vestindo quantidades ridículas de rendas e sedas foi anunciar nossa chegada para a preboste.

O homem voltou vários minutos depois, tossindo educadamente para indicar que eu deveria pôr no lugar o grande vaso ornamental que estava analisando e acompanhá-lo. Quando minhas mãos estão ociosas, elas encontram maldade de um jeito ou de outro. Deixei o vaso escorregar, peguei-o a dois centímetros do chão e o deixei ali. Tosses educadas me fazem querer sufocar um outro tipo de tosse. Eu deixei que Sunny colocasse o enfeite em seu lugar e acompanhei o serviçal.

Um corredor curto nos levou às portas da câmara de recepção. Assim como o hall de entrada, cada centímetro dela era azulejado em padrões geométricos, em azul, branco e preto, absurdamente complexos. Qalasadi teria gostado: até um matemágico teria dificuldade em desvendar todos os segredos que ela continha. Janelas altas capturavam o pouco de brisa que existia e aliviavam o calor do dia.

O lacaio bateu três vezes com um pequeno bastão que ele parecia carregar com aquele único propósito. Uma pausa e nós entramos.

A sala do outro lado tirou meu fôlego, complexa nos detalhes, mas de uma beleza esparsa e simples em grande escala, uma arquitetura de números, muito diferente dos salões góticos de minhas terras ou das caixas enfadonhas que os Construtores nos deixaram. A preboste estava sentada do outro lado em uma cadeira de ébano de encosto alto. Afora dois guardas à porta e um escriba em uma pequena mesa ao lado do assento da preboste, a grande câmara estava vazia e meus passos ecoaram conforme eu me aproximei.

Ela ergueu o olhar de seu pergaminho enquanto cruzei os últimos metros, uma mulher velha e curvada com olhos pretos e brilhantes, lembrando um corvo que ficou cinzento e esfarrapado.

"Honório Jorg Ancrath, Rei das Terras Altas de Renar. Neto de Conde Hansa." Ela me apresentou a si mesma.

Eu fiz a pequena fração de reverência que sua posição requeria e respondi conforme o costume local. "Você está com a razão, senhora."

"Nós estamos honrados em recebê-lo em Albaseat, Rei Jorg", ela disse por entre lábios finos e secos, e o escriba rabiscou as palavras sobre seu pergaminho.

"É uma bela cidade. Se eu pudesse carregá-la, levaria comigo."

Outra vez o rabisco da pena – minhas palavras vertidas rapidamente para a posteridade.

"Quais são seus planos, Rei Jorg? Espero que possamos tentá-lo a ficar. Dois dias seriam suficientes para preparar um banquete oficial em sua homenagem. Muitos comerciantes da região brigariam pela oportunidade de encher seus ouvidos e nossa nobreza competiria para hospedá-lo em suas mansões, embora eu saiba que já está prometido a Miana de Wennith. E é claro que o cardeal Hencom requisitará sua presença na missa."

Eu tinha prazer em não esperar o escriba acompanhar, mas resisti à tentação de salpicar minha resposta com palavras difíceis e raras ou com ruídos aleatórios para ele se atrapalhar.

"Talvez na volta, preboste. Primeiro planejo visitar os Montes Ibéricos. Tenho interesse nas terras prometidas: o reino de meu pai tem várias regiões onde o fogo dos mil sóis ainda queima."

Percebi a pena hesitar. A velha, porém, nem piscou.

"O fogo que arde nas terras prometidas é invisível e não tem calor, Rei Jorg, mas queima a pele do mesmo jeito. Melhor aprender sobre tais lugares na biblioteca."

Ela não falou em adiar minha viagem até os nobres e comerciantes terem dado suas mordidas em mim. Se eu estava de partida para os Montes Ibéricos, tais esforços seriam desperdiçados – dinheiro jogado na sepultura, como se dizia por lá.

"Bibliotecas são bons lugares para se começar jornadas, preboste. Na verdade, eu vim até você na esperança de que Albaseat tivesse, em uma de suas bibliotecas, um mapa melhor do Ibérico do que o copiado dos rolos de meu avô. Eu consideraria um grande favor se tal mapa me fosse providenciado..."

Perguntei como eu devia lhe parecer, quão jovem em minha armadura e confiança. De longe, os espaços entre as coisas são reduzidos. Do final de seu túnel de anos, eu me perguntei quão diferente, para ela, eu era de uma criança, de um bebê que arriscava uma queda alta sem a menor noção da consequência.

"Eu recomendaria começar e terminar essa viagem em meio aos mapas, Rei Jorg." Ela se mexeu em sua cadeira, com certeza atormentada pela dor em suas juntas. "Mas quando a velhice fala à juventude ela não é ouvida. Quando você pretende partir?"

"Ao amanhecer, preboste."

"Mandarei meu escriba procurar um mapa e o que ele encontrar estará esperando por você no Portão Norte ao primeiro raio de luz."

"Obrigado." Eu inclinei minha cabeça. "Espero ter novas histórias para contar em seu banquete quando eu voltar."

Fui dispensado com um aceno impaciente. Ela não esperava me ver de novo.

TRILOGIA DOS ESPINHOS
EMPEROR OF THORNS

6

— CINCO ANOS ATRÁS —

Sunny e eu chegamos ao Portão Norte de Albaseat à luz cinzenta que toma conta do mundo antes do amanhecer. As ruas estavam apinhadas. No verão, a Costa Equina é um forno e somente as primeiras horas do dia dão uma trégua. Ao meio-dia, os habitantes se recolhem atrás de paredes brancas, sob telhas de terracota, e dormem até o apogeu do sol arrefecer.

Nas ruelas que levavam ao portão e à ampla praça que ficava diante dele, o comércio já estava funcionando. As portas das tavernas estavam abertas enquanto homens carregavam barris nos ombros ou os arriavam até os porões através dos alçapões da rua. Mulheres de rostos cinzentos esvaziavam baldes de água suja nos bueiros. Nós passamos em frente à oficina de um ferreiro que dava para a rua, para que qualquer transeunte pudesse ver as marteladas e o resfriamento e ficasse tentado a comprar o que demandava tanto suor e força para fabricar. Um rapaz se curvava diante da fornalha, trazendo de volta à vida o fogo que se apagara durante a noite.

"Ai, se eu ainda estivesse na cama." Sunny puxou seu cavalo de carga para longe de algum entulho tentador.

Um grito nos fez virar novamente para o ferreiro. Déramos apenas uma dúzia de passos. O garoto do ferreiro estava caído na rua agora. Ele se levantou das pedras do chão, com o rosto ralado, balançando a cabeça, trêmulo. O ferreiro saiu de sua oficina e chutou o garoto com bastante força para levantá-lo do chão. O ar deixou seus pulmões com um chiado. Por baixo da sujeira, o cabelo do garoto parecia claro, quase dourado, o que era raro tão ao sul.

"Aposto no grandão", eu disse. Meu irmão Will tinha o cabelo daquele jeito.

"Ele é grandão mesmo", Sunny assentiu com a cabeça. O ferreiro usava apenas um avental de couro, dos ombros até os joelhos, e calças amarradas com corda. Os músculos de seus braços brilhavam. Balançar um martelo de dois quilos o dia inteiro faz um homem ter muita carne.

A criança estava deitada de costas, com um braço meio levantado, sem fôlego para resmungar, com sangue escorrendo no canto da boca. Ele podia ter uns oito, nove anos.

"Será que você só aprende a lição no chute?" O ferreiro não gritou, mas tinha a voz de um homem que fala mais alto que a bigorna. Ele meteu o pé na cabeça do garoto e a força o fez rolar uma vez. Agora o sangue estava na bota do ferreiro e manchando o cabelo do garoto.

"Ah, inferno." Sunny balançou a cabeça.

Nós observamos enquanto o ferreiro se aproximou.

"Eu devia parar com isso", Sunny disse, relutando com todo o seu ser. Alguma coisa no rosto do ferreiro me fazia lembrar de Rike. Não era um homem para se tentar impedir.

"Garotos são chutados todos os dias", eu disse. "Crianças morrem todos os dias." Algumas têm as cabeças quebradas em marcos de milha.

O ferreiro ficou em cima do garoto, que agora se curvava como se estivesse debruçado sobre a dor. O homem se afastou para dar outro chute e em seguida parou, chegando a uma decisão. Ele ergueu sua bota para pisotear o garoto até a morte. Supus que o ferreiro tenha pensado que o garoto estava inutilizado, então era melhor acabar logo com ele.

"Eles não morrem todo dia com um dos guardas do Conde Hansa assistindo. O conde não desejaria isso." Mas ainda assim Sunny não se mexeu. Em vez disso, ele gritou: "Você, ferreiro, pare!"

O homem parou, com o calcanhar alguns centímetros acima da lateral da cabeça do garoto.

"Já peguei crianças errantes antes e ambas morreram", eu disse com um sabor amargo. Vi o sangue nos cachos dourados e senti a ponta-da dura dos espinhos. Aprendi essa lição muito novo, uma dura lição ensinada com sangue e chuva. O caminho para os portões do Império estava atrás de mim. Um homem que se distraísse desse caminho por causa de errantes, sobrecarregado pelas necessidades dos outros, nunca se sentaria no trono definitivo. Orrin de Arrow salvaria as crianças, mas elas não o salvariam.

"Ele é um menino de rua", o ferreiro disse. "Burro demais para aprender. Dei comida a ele por um mês. Pus sob o meu teto. Eu posso acabar com ele." O homem fez o calcanhar desabar com força, colocando o peso sobre ele.

Um barulho áspero de couro sobre a pedra. O garoto havia rolado para o lado, mas não teve força para se levantar. O ferreiro esbravejou um xingamento que abafou o meu. A abrasão que se espalhava em meu rosto, do queixo até a testa, como se uma mão ardente houvesse me marcado, agora queimava novamente com a mesma dor da primeira vez. Já ouvi dizer que a consciência fala com a voz baixa no fundo da cabeça, nítida para alguns, abafada e fácil de ignorar para outros. Eu nunca ouvi dizer que ela queimava o rosto de um homem em uma agonia vermelha. Ainda assim, com ou sem dor, não gosto de ser induzido ou pressionado. Talvez tenha escolhido o Teimoso como uma alma gêmea, porque eu não aceitava ordens, nem mesmo de minha própria consciência, nas raras ocasiões que ela tentava assumir o controle.

Sunny passou por mim em direção ao ferreiro. Ele nem havia sacado sua espada.

"Eu o compro de você!", gritei. Sunny podia ser útil e eu achei que o ferreiro quebraria os braços dele antes que o idiota pensasse em pegar a espada.

Aquilo fez o ferreiro parar, Sunny também, com um suspiro de alívio, e acalmou a dor. O ferreiro olhou a prata de meu peitoral, o corte de minha capa e pensou que talvez sua satisfação pudesse valer menos que o conteúdo de meu saco de moedas.

"Qual é a sua oferta?"

"Uma disputa à sua escolha. Se você ganhar, eu lhe pago isto pelo garoto." Segurei uma moeda de ouro diante de meu rosto, entre o indicador e o dedo médio. "Se perder, você não ganha nada por ele." Fiz a moeda desaparecer com uma mágica.

Ele fez uma boa careta ao ouvir aquilo. O garoto conseguiu rolar outra vez e se escorou na parede da loja de arreios do outro lado.

"Quem sabe você não ache que pode segurar um ferro quente por mais tempo que eu", sugeri.

A careta se aprofundou em fendas cobertas pela faixa preta de suas sobrancelhas. "Força", ele disse. "Quem segurar a bigorna acima da cabeça por mais tempo."

Dei uma olhada para a bigorna dentro da oficina do ferreiro, a alguns metros. Talvez dois homens de peso normal pudessem pesar a mesma coisa. "Regras?", perguntei.

"Regras? Sem regras!", ele riu. O homem flexionou um braço: era só músculos. Ron – ou melhor, o incrível Ronaldo – ficaria impressionado se o circo de Raiz-Mestra um dia passasse por Albaseat. "Força! Essa é a regra."

"Mostre-me como se faz, então." Eu andei até a oficina. O brilho do fogo da fornalha e de dois lampiões fumacentos iluminava o bastante para desviar da bancada e dos vários baldes. O lugar tinha um agradável cheiro de queimado, ferro e suor, o que me fez lembrar de Norwood, de Mabberton, de muitas outras batalhas.

O ferreiro veio atrás. Eu pus a mão em seu peito quando ele passou por mim. "Seu nome?"

"Jonas."

Ele andou em volta da bigorna. Eu olhei para o teto, onde ferramentas pendiam das vigas. Ele teria o espaço exato. Eu teria bastante, já que ele era um palmo mais alto do que eu.

Sunny apareceu atrás de mim.

"O menino ainda está vivo, não está? Não estou fazendo isso por um cadáver."

"Ele está vivo. Talvez bem machucado."

Jonas se agachou ao lado da bigorna. Ele fechou uma das mãos grandes sobre o chifre e pôs a base da outra mão sob a parte lisa da bigorna.

"Você já fez isso antes", eu disse, e sorri para ele.

"Sim." Ele mostrou seus dentes. "Já consigo sentir o gosto do seu ouro, garoto."

Ele se retesou, preparando-se para a explosão que levantaria a peça de ferro. Foi quando eu o atingi, com um martelo da bancada mais próxima. Eu bati do lado de sua cabeça, bem perto do olho. O barulho não foi muito diferente do de sua bota batendo na criança. O martelo caiu ensanguentado e Jonas tombou para a frente, por cima da bigorna.

"O quê...?", Sunny perguntou, como se de alguma maneira ele não tivesse visto aquilo à meia-luz.

Eu dei de ombros. "Sem regras. Você mesmo ouviu."

Nós deixamos ambos estirados em seu próprio sangue. Não importa o fogo que consumiu meu rosto, eu não precisava de outro errante e, mesmo que o garoto pudesse andar, levá-lo ao Ibérico seria mais cruel do que mais um mês sob os cuidados de Jonas. Pelo menos o garoto estava sentado e olhando em volta, o que era mais do que se podia dizer sobre seu mestre.

Uma esquina e outra rua nos levaram até a praça. Abrimos caminho entre meninos da padaria com bandejas de pães sobre a cabeça e carrinhos de fazenda cheios, prontos para serem descarregados nas barracas armadas dos dois lados das torres do portão. O lugar se agitava, comerciantes atrasados se apressavam para montar suas mesas e toldos, e os habitantes da cidade apareciam aos montes para comprar, com moedas chacoalhando em seus bolsos, os olhos dardejantes, caçando pechinchas antes do amanhecer.

"Teremos sorte se encontrarmos o homem da preboste no meio disso tudo." Sunny tentou apanhar uma bisnaga que passava e errou.

"Tenha um pouco de fé, homem", eu disse. "É tão difícil avistar um rei?" Eu enrolei as rédeas do Teimoso sobre sua albarda e passei as duas mãos pelo cabelo, jogando o comprimento dele sobre meus ombros e as costas.

Nós chegamos aos portões, com os muros lisos estendendo-se acima de nós até o céu que clareava. Os cascos faziam barulho nas pedras ao conduzirmos nossos animais por baixo e atravessamos um túnel escuro sob dez metros de muro.

"Eu devo viajar com você", disse uma voz vinda das sombras escuras, do lado da saída.

"Viu, Sunny, nós somos conhecidos." Eu me virei e sorri para ele. O brilho do leste refletiu os traços do seu rosto.

O estranho saiu das sombras, uma mancha negra se mexendo para unir-se a nós. Uma mulher.

Ela se aproximou com seu cavalo, um garanhão alto e preto, e uma capa escura envolvendo-a como se esperasse sentir frio.

"Você trouxe um mapa para nós?" Eu estendi a mão.

"Eu *sou* o mapa", ela respondeu. Eu só conseguia ver a curva de seu sorriso.

"E como você nos reconheceu?", perguntei, colocando a mão de volta nas rédeas.

Ela não disse nada, apenas tocou sua bochecha com os dedos. Minhas cicatrizes arderam por um momento, outro eco do fogo de Gog, sem dúvida, pois eu certamente já havia me esquecido, muito tempo atrás, de como ficar ruborizado.

Sunny segurou a língua, mas eu podia sentir o convencimento irradiando dele atrás de mim.

"Eu sou Honório Jorg Ancrath, rei de algum lugar que você nunca ouviu falar. O idiota sorridente atrás de mim é Greyson Landless, filho bastardo de uma linhagem venerável que possui alguns hectares poeirentos ao longo da Costa Equina, mais usados para o cultivo de pedras. Você pode me chamar de Jorg; ele é Sunny. E nós vamos andando."

"Lesha. Parte da horda de dezesseis netos da preboste."

"Neta dela? Estou surpreso. Tive a impressão de que a preboste não esperava nos ver voltar."

Parecia que Lesha não nos responderia, pois ela cavalgou cem metros em silêncio ao nosso lado enquanto levávamos nossos animais para fora da cidade.

"Tenho certeza de que a avaliação de minha avó a respeito da expedição está correta e permanece inalterada."

Eu ainda não conseguia ver nada dela, dentro do capuz de sua capa, mas a maneira como se portava me fez ter certeza de que ela era adorável aos olhos, talvez bonita.

"Então por que ela a enviaria, Lady Lesha?", perguntou Sunny. Ele quebrou o silêncio que eu havia deixado para ela preencher. Geralmente, a falta de uma pergunta incita uma resposta – às vezes, a resposta de uma pergunta que você talvez nem tenha pensado em perguntar.

"Ela não me enviou – eu decidi vir. Em todo caso, não sentirá muito a minha falta. Ela tem muitos netos e eu estou longe de ser sua favorita."

Essa declaração causou um longo silêncio que nenhum de nós quis quebrar. Lesha desmontou do cavalo e o conduziu ao nosso lado.

O dia nasceu, o suave esmaecer do cinza até o céu do leste ficar claro e promissor. Finalmente, a primeira quina brilhante do sol irrompeu no horizonte, lançando longas sombras em nossa direção. Eu olhei para Lesha nesse instante e perdi qualquer ardência de quando ela tocou sua bochecha para indicar minha cicatriz. Cada parte do rosto dela havia sido queimada tão gravemente quanto o ferimento que eu carregava. Sua pele possuía um aspecto derretido, como se houvesse escorrido como rocha fundida e depois congelado novamente. As queimaduras me surpreenderam, mas menos que o fato de ela ter sobrevivido às chagas. Ela me olhou nos olhos. Seus olhos eram muito azuis.

"Você ainda tem certeza de que quer ir ao Ibérico?" Ela tirou o capuz. O fogo não havia deixado cabelo. Seu couro cabeludo era malhado de branco, rosa mórbido e bege, com buracos onde suas orelhas ficavam.

"*Eu*, com certeza, não tenho", Sunny suspirou.

Eu estendi a mão e peguei as rédeas dela para que parássemos na estrada. Teimoso ficou ombro a ombro com o cavalo de Lesha e Sunny alguns metros à frente, olhando para trás.

"E por que você está tão interessada em voltar, lady?", perguntei. "Por que não está duplamente assustada, já que certamente foi mordida?"

"Talvez eu não tenha nada a perder agora", ela disse, com os lábios de linhas enrugadas. Ela não desviou o olhar de mim.

Eu fechei os olhos por um segundo e um ponto de luz vermelha piscou atrás de minhas pálpebras. O ponto vermelho minúsculo de Fexler, me arrastando por todos esses quilômetros.

"E que desejo a atraiu até lá, em primeiro lugar? Você achou que encontraria riqueza nas ruínas ou que voltaria a Albaseat como uma grande e famosa exploradora?" Eu balancei a cabeça. "Acho que não. Esses são palpites ruins, não são para uma filha da família da preboste.

Creio que os segredos a seduziram. Você queria respostas. Saber o que os Construtores esconderam lá, não é mesmo?"

Ela então desviou o olhar e cuspiu feito um homem. "Não encontrei resposta alguma."

"Mas isso não significa que não haja respostas em algum lugar." Eu me inclinei em sua direção. Ela recuou, sem esperar intimidade. Minha mão a segurou por trás daquela cabeça careca, com a pele enrugada e desagradável sob meus dedos. "Isso não significa que fazer nossas perguntas não seja a coisa mais verdadeira que criaturas como eu e você possamos fazer." Eu a puxei bem para perto de mim, embora ela resistisse. Ela era alta para uma mulher. "Nós não podemos ser aprisionados pelo medo. As vidas vividas dentro de tais paredes são apenas mortes mais lentas", falei sussurrando, abaixando a cabeça até nossos rostos ficarem a um centímetro de distância. Eu meio que esperava que ela tivesse cheiro de queimado, mas não havia cheiro algum, nem de perfume, nem de suor. "Vamos lá cuspir no olho de quem disser que o velho conhecimento é proibido para nós, que tal?" Beijei sua bochecha em seguida, porque eu sentia medo de fazê-lo; apesar de o bom senso às vezes me cegar, foda-se o medo.

Lesha se soltou com um puxão. "Você é apenas uma criança. Não sabe do que está falando." Mas ela não pareceu ofendida.

Nós viajamos até o meio-dia e nos abrigamos do sol à sombra de um grupo de oliveiras. A esposa do fazendeiro se mostrou bastante empreendedora ao atrasar sua própria sesta e subir as encostas para nos oferecer vinho, queijos e pão integral de ervas. A senhora se assustou brevemente ao ver Lesha, mas teve a elegância de não ficar olhando. Nós começamos a comer e a mandamos de volta com uma cesta vazia e um punhado de cobres, o bastante para o dobro da quantidade de comida, se fosse servida em uma taverna fina.

"Fale-me dos mouros", eu disse a ninguém em particular. O pedaço de queijo que eu lambi de meu dedo era ao mesmo tempo macio e quebradiço. O cheiro era de algo que nunca deveria ser comido, mas tinha um sabor agradavelmente complexo e pungente.

"Quais deles?", perguntou Lesha. Ela parecia estar dormindo, esticada no chão de terra, com a cabeça apoiada em sua capa enrolada na base da árvore que lhe provia sombra.

Lesha tinha razão. Eu vira pelo menos uma dúzia de mouros em Albaseat, todos enrolados em túnicas brancas, a maioria sob o capuz do albornoz, alguns ocupados com o comércio, outros apenas cuidando de seus afazeres.

"Fale do Califa de Liba." Parecia um bom lugar para começar.

"Ibn Fayed", Sunny murmurou. "O espinho no rabo de seu avô."

"Há muitos como Qalasadi trabalhando para ele?", perguntei.

"Matemágicos?", Sunny perguntou. "Não."

"Não há muitos como ele", disse Lesha. "E eles não trabalham para mestres, de todo modo. Eles seguem um caminho puro. Não há muita coisa que homens como aquele querem."

"Nem ouro?", perguntei.

Lesha levantou sua cabeça arruinada para olhar para mim e em seguida se sentou, encostando-se à árvore. "Apenas raridades são de interesse para a espécie deles. Maravilhas como as que podemos encontrar no Ibérico, mas provavelmente também velhos pergaminhos do tempo dos Construtores, formas de calcular, conhecimentos antigos, o tipo de sabedoria que parece nunca ser escrita em nada que dure ou pelo menos que possamos ler."

"E Ibn Fayed navega contra a Costa Equina para roubar ou para se estabelecer, ou é um castigo por não seguir o profeta dos mouros?" Eu sabia das opiniões de meu avô e de meu tio sobre isso, mas é bom ver tais coisas por outros ângulos.

"O povo dele quer voltar", disse Lesha.

Isso era novidade. A neta da preboste usou sua sabedoria do livro inteiro, não apenas da última página.

"Voltar?" Eu vi as mãos mouras por trás de muita coisa em Albaseat, embora ninguém parecesse querer admitir.

"Os califas reinaram aqui por tanto tempo quanto os reis. Antes e depois dos Construtores. Os escribas de hoje os chamam de corsários, queimadores, pagãos, mas há a inteligência moura misturada em tudo aquilo de que nós nos orgulhamos."

"Não é só um rostinho bonito, então", eu disse. Ela lia, porque suas opiniões não eram do tipo que se formavam a partir do que os outros julgavam seguro ensinar. A Igreja mantinha os reinos da Costa Equina e os portos ocidentais próximos – se ficassem mais próximos, eles se sufocariam. Os padres tinham uma opinião ruim sobre pagãos e, no sul, discordar de um homem do clero costuma se mostrar um passatempo perigoso. Em todas as cidades, um escriba da Igreja se ocupava em reescrever a história – mas eles não podiam reescrever o que estava escrito em pedra ao redor de todos eles.

Lesha não se ofendeu com minha brincadeira, ou pelo menos eu acho que não, já que suas cicatrizes não refletiam as emoções por baixo delas.

Nós ficamos em silêncio por um tempo. Quase sem som, a não ser pelo toque distante de um sino de cabra. Não dava para entender por que a velha não estava deitada na sombra. O calor nos envolvia como um cobertor, levando embora qualquer vontade de se mexer.

"Você demorou a salvar aquele garoto, Jorg", Sunny disse. Achei que estivesse dormindo, mas ele claramente estava recontando aquela manhã por trás de seus olhos.

"Eu não o salvei. Eu salvei você. Você é de alguma valia."

"Você o teria deixado morrer?" Sunny pareceu perturbado com aquilo.

"Teria", eu disse. "Ele não era nada para mim." Cachos dourados e sangue, a imagem se reproduziu em minha cabeça. Eu abri os olhos e me sentei. Eles quebraram a cabeça de William em um marco de milha, balançaram-no pelos pés e o bateram na pedra. Foi o que aconteceu. O mundo seguiu em frente, indiferente. E eu aprendi que nada importava.

"Não dava para ficar parado e deixar aquilo acontecer enquanto eu assistia", Sunny disse. "Não se pode chutar uma criança até a morte na frente da guarda do Conde Hansa."

"Você interferiu por si mesmo ou por meu avô?", perguntei.

"Era minha obrigação."

Peguei uma azeitona que ficou no fundo da cesta de comida. A polpa firme se rompeu sob meus dentes. O sabor quente e complicado se espalhou ao mastigar.

"Você teria interferido se não fosse sua obrigação?", perguntei.

Sunny fez uma pausa. "Se o maldito não fosse tão grande, sim."

"Porque você não podia ver aquilo acontecer?"

"Sim", ele disse.

"Não viva por meias medidas, Greyson." Arregacei o linho empoeirado de minha manga para trás até as cicatrizes da roseira-brava aparecerem, sinais pálidos contra a pele bronzeada. "Certa vez, ouvi um padre falar sobre um negócio de salvação. Ele nos rogou para não deixarmos o fato de não conseguirmos salvar todo o mundo de seus pecados nos impedir de tentar salvar as pessoas à nossa frente. Assim são os padres. Prestes a desistir em um instante. Atrapalhando-se para admitir suas fraquezas como se fossem virtudes." Eu cuspi o caroço da azeitona. "Ou as crianças são dignas de salvamento porque são apenas crianças, ou não são dignas de salvamento. Não deixe que seus atos sejam ditados pelo acidente que coloca uma diante de seus olhos e oculta a próxima. Se elas são dignas de salvamento, salve-as todas, encontre-as, proteja-as, faça disto o trabalho de sua vida. Se não são, pegue outra rua para que nem veja aquela que podia ter visto, vire a cabeça de lado, cubra os olhos com as mãos. Problema resolvido."

"Você salvaria todas elas, é?" Lesha falou do outro lado, com a voz suave.

"Conheço um homem que está tentando", respondi. "E se eu não tivesse aprendido, então sim, eu salvaria todas elas. Sem meias medidas. Algumas coisas não podem ser cortadas ao meio. Não se pode amar alguém pela metade. Não se pode trair ou mentir assim."

Silêncio depois disso. Até a cabra dormiu.

A sombra nos manteve no mesmo lugar até começar a se alongar e o calor do sol se tornar algo que podia ser tolerado.

Nós seguimos adiante à tarde. À noite, nosso grupo acampou em um vale seco dezesseis quilômetros ao norte, com um teto de estrelas e o zumbido de insetos nos fazendo serenata. As oliveiras e os sobreiros ficaram lá atrás. Nada crescia nos vales exceto espinhos inclementes, arbustos de algaroba e creosoto, fazendo do ar noturno um rico perfume, mas sem oferecer nada para queimar. Nós comemos pão duro, maçãs, algumas laranjas do mercado de Albaseat e bebemos uma jarra de vinho, um tinto tão escuro que era quase preto.

Eu me deitei na escuridão observando as estrelas se moverem, escutando o relincho dos cavalos, o bufo e o estampido do Teimoso e o ronco de Sunny. De tempos em tempos, Lesha gemia em seu sono, algo suave, mas cheio de dor. E elevando-se em torno de tudo isso, a orquestra implacável dos insetos noturnos, o som vindo em ondas como se um oceano surgisse à nossa volta conforme o sol se punha. Segurei a caixa de cobre em uma das mãos e a outra tocava o chão, com areia sob meus dedos. No dia seguinte, nós andaríamos novamente. Parecia certo andar, não só para salvar um bom cavalo de terras envenenadas. Um homem precisa de suas próprias pernas para levá-lo a alguns lugares. Algumas viagens requerem uma perspectiva diferente. Os quilômetros têm mais sentido se você os atravessa um passo de cada vez e sente o chão mudar debaixo de seus pés.

Finalmente, fechei os olhos e deixei a infinidade de estrelas ser substituída por uma única, vermelha. Uma única estrela levou os sábios até um berço em Belém. Eu me perguntei se um sábio seguiria a estrela de Fexler.

TRILOGIA DOS ESPINHOS

EMPEROR OF THORNS

7

A HISTÓRIA DE
CHELLA

Seis anos atrás
Derrotada nos Pântanos de Cantanlona

O cheiro do solo, da terra vermelha que se esfarela nas mãos, só isso lhe avisa que está em casa. O sol que acendeu uma vida, de bebê até um jovem obstinado, arqueia-se entre o amanhecer e o ocaso carmesins. No escuro, leões rugem.

"Este não é seu lugar, mulher."

Ela quer que seja seu lugar. A força do desejo dele a atraiu até aqui, com ele, seguindo o rastro de sua partida.

"Vá embora." A voz dele é grossa ao ordenar. Tudo que ele diz parece sabedoria.

"Dá para ver por que ele gostou de você", ela diz. Ela não tem para onde ir.

"Você também gosta dele, mas é fraca demais para saber o que fazer com isso."

"Não ouse ter pena de mim, Kashta." A raiva que ela pensara ter se extinguido arde outra vez. O solo vermelho, o sol branco, as cabanas baixas, tudo parece mais distante.

"Pare de evocar meu nome, Chella. Vá para trás."

"Não me dê ordens, nubano. Eu posso torná-lo meu escravo novamente. Meu brinquedo." O mundo dele agora é uma mancha brilhante no canto da visão dela, com os detalhes perdidos na beleza de uma joia.

"Eu não estou mais lá, mulher. Estou aqui. Na roda dos batuques, à sombra da cabana, na pegada do leão." Cada palavra mais distante e mais grave.

Chella levantou o rosto da lama fétida e cuspiu água podre. Seus braços desapareciam no lamaçal na altura dos cotovelos, com uma grossa gosma escorrendo. Ela cuspiu outra vez, os dentes raspando a lama de sua língua. "Jorg Ancrath!"

A teia de necromancia que ela havia tecido pelo pântano, mês após mês, até permear cada poça movediça e cada atoleiro, atingindo níveis profundos até mesmo para o mais antigo dos mortos do pântano, agora estava destruída, com sua força se esvaindo, corrompida mais uma vez pelas vidas de rãs, minhocas, pássaros e aves pernaltas. Chella se viu afundando e reuniu força suficiente, que restava, para se debater em terreno mais sólido, um pequeno monte que se elevava na lama.

O céu trazia a lembrança de azul, desbotado, como se houvesse ficado muito tempo no sol. Ela estava deitada de costas, ciente das mil picadas debaixo dela, de estar muito frio dos lados e muito quente em seu rosto. Um gemido escapou. Dor. Quando um necromante usou poder demais, quando a morte se extingue deles, resta apenas a dor para preencher o vazio. Afinal, a vida é isso. Dor.

"Maldito." Chella estava ofegante, mais viva do que estivera em décadas, mal chegando às margens das terras mortas. Seus dentes rangiam uns sobre os outros, os músculos como ferro, a dor passando sobre ela em ondas. "Maldito."

Um corvo a observava, preto e brilhante, empoleirado na pedra que marcava o ponto alto do monte.

O corvo falou, um grasnido rouco que assumiu significado de um segundo para o outro. "Não é a dor de voltar que afasta o necromante da vida. Não é isso que os mantêm tão distantes – o máximo a que podem chegar sem perder o controle sobre ela. São as lembranças."

As palavras saíram do bico do corvo, mas eram de seu irmão, anos atrás, quando ele a ensinou pela primeira vez, quando primeiro a tentou com o que significava ser jurada pela morte. Em momentos de arrependimento, ela o culpava, como se ele a houvesse convencido de se corromper, como se meras palavras a separassem de tudo que estava certo. Jorg Ancrath havia posto um fim a todos os falatórios de seu irmão, no entanto. Decapitando-o sob o Monte Honas, comendo seu coração, roubando parte de sua força.

"Fora daqui, corvo", ela chiou entre os dentes. Mas as lembranças começaram a vazar por trás de seus olhos, como pus de uma ferida, inchando onde os dedos apertam.

O corvo a observou. Por baixo de suas garras, finas e apertadas, a pedra estava respingada de líquen, manchada de laranja opaco e verde desbotado, como se estivesse doente. O pássaro encarou Chella com os olhos pretos e brilhantes. "Nenhum necromante realmente sabe o que espera por ele ao atravessar o caminho cinzento até as terras mortas." Em seguida, ele grasnou, rouco e breve, como a voz de corvos devem ser, antes de retornar à voz de seu irmão e a suas lições. "Cada um deles tem seus motivos, geralmente motivos terríveis que revirariam os estômagos de seus semelhantes, mas não importam suas motivações – por mais estranhas e frias que suas mentes sejam, eles não sabem ao que deram início. Se lhes fosse explicado previamente, mostrado em uma tela podre, nenhum deles, nem mesmo o pior de todos, daria o primeiro passo."

Ele não mentiu. Era a mais pura verdade. Mas palavras são apenas palavras e elas raramente desviam alguém de seu caminho, a menos que ele queira ser desviado.

"Eu segui você, Cellan. Eu segui o seu caminho." Ela se lembrou do rosto dele, o rosto de seu irmão, em um ano quando eles eram jovens, crianças. Um ano feliz. "Não!" A dor era melhor que isso. Ela tentou não pensar, transformar sua mente em pedra, não deixar nada entrar.

"É apenas a vida, Chella." O pássaro soou contente. "Deixe-a entrar."

Por trás de olhos bem fechados, as imagens lutaram por seu momento, para prender a atenção dela mesmo que só por um instante, antes que a onda de lembranças as varresse para o lado. Ela viu o corvo ali, enfiando sua cabeça escarlate em um corpo aberto.

"A vida é doce." Novamente o grasnido. "Saboreie-a."

Ela foi para cima do corvo, dando um bote, uma mão entrevada de dor se estendendo. Apenas para não encontrá-lo. Nenhuma batida de asa, nenhuma voz repressora vinda do alto, apenas uma pena quebrada e suja, como se isso fosse tudo que sempre houve.

O sol passou lá em cima, testemunha do longo sofrimento de Chella, e finalmente, na escuridão, sob um manto de estrelas, ela se sentou. Sua cabeça latejava com lembranças. Não um mapa completo da vida da qual ela se afastara, mas um esqueleto com carne suficiente para corresponder à sua posição no limiar entre a morte e a vida. Ela abraçou a si mesma, sentindo de uma só vez como suas costelas se destacavam, como sua barriga era funda, como seu peito era murcho. O fato mais frio, porém, o julgamento mais cruel veio da soma de todas as suas recordações. Nenhuma tragédia a impelira ao caminho que escolheu. Ela não estava fugindo de nenhum horror em especial, nenhuma ofensa vil demais para suportar, nenhum terror puxando seus pés. Nada além da ganância comum: ganância por poder, ganância por coisas e curiosidade, do tipo que mata gatos todos os dias. Essas foram as necessidades que a fizeram caminhar entre os mortos, buscando a depravação, rejeitando toda a humanidade. Nada de poético, sombrio ou digno, apenas os pequenos desejos malignos de uma vidinha ordinária.

Chella respirou fundo. Ela se ressentiu de ter de fazê-lo. Jorg Ancrath lhe fizera isso. Ela sentiu o coração pulsar em seu peito. Um pouco maior que uma criança, e ele a havia derrotado duas vezes. Deixando-a caída aqui, mais viva do que morta. Feito-a sentir!

Ela tirou uma sanguessuga de sua perna, depois outra, gorda com seu sangue. Sua pele coçava onde os mosquitos haviam se fartado. Fazia anos desde que ela se interessou por tais criaturas, anos que eles podiam tocá-la sem apagar as minúsculas centelhas de vida em seus corpos macios e frágeis.

O pântano fedia. Ela percebeu isso pela primeira vez, embora tenha passado meses envolvida nele. Ele fedia e o sabor era pior do que o cheiro. Chella se levantou, com as pernas fracas, tremendo. O frio da noite, em sua nudez enlameada, era responsável por parte de sua tremedeira, fome e cansaço por mais outra parte, mas a maior parte era medo. Não da escuridão ou do pântano, ou da longa jornada por terrenos difíceis; o Rei Morto a assustava. A ideia de seu olhar frio, de suas perguntas, de estar diante dele em qualquer coisa morta que ele escolhesse usar, de estar envolvida nos farrapos de seu poder e de falar em fracasso.

Como foi que chegamos a isso? Os necromantes eram os mestres da morte, não seus criados. Mas quando o Rei Morto surgiu espontaneamente pela primeira vez, em meio a seus trabalhos mais escuros, os necromantes conheceram o medo mais uma vez, embora pensassem que ele estivesse abandonado e esquecido pelo caminho. E não era só a pequena intriga de Chella sob o Monte Honas. Agora ela sabia disso, mas por mais de um ano Chella pensou que o Rei Morto fosse um demônio desperto porque ela se meteu em lugares que não foram feitos para os homens, uma criatura focada apenas nela, e depois em seu irmão e nos poucos ao redor deles. Mas o Rei Morto falava a todos que viam além da vida. Qualquer um que estendesse a mão e puxasse de volta o que fosse encontrado para recarregar o restante daqueles que haviam morrido. Qualquer um que buscasse tal poder se veria, mais cedo ou mais tarde, segurando a mão do Rei Morto. E ele jamais os soltaria.

E por que ele a enviara contra aquele garoto? E como ela havia fracassado?

"Maldito Jorg Ancrath." E Chella caiu de joelhos e vomitou uma porcaria escura e azeda.

TRILOGIA DOS ESPINHOS
EMPEROR OF THORNS

8

Nos seis reinos que tomei do príncipe de Arrow, há muitas cidades maiores, mais limpas, mais bonitas, e de todas as maneiras superiores à Cidade de Hodd. Havia cidades em meus domínios que eu ainda não conhecera, cidades onde as pessoas me chamavam de rei, com minha estátua postada em mercados e praças, nas quais eu não estivera sequer a vinte quilômetros de distância – e até essas eram mais bonitas que a Cidade de Hodd. Ainda assim, Hodd parecia mais minha. Eu a detinha há mais tempo, conquistei-a pessoalmente, pintei as ruas de vermelho quando Jarco Renar provocou uma rebelião. Não era um lugar onde eles se lembravam de Orrin de Arrow. Ninguém em Hodd falava de sua bondade e visão, nem exprimia a crença comum de que ele seria denominado santo antes que sua lembrança esfriasse.

A Cidade de Hodd inteira saiu para saudar nossa chegada. Ninguém fica em casa quando a Guarda Gilden atravessa os portões de sua cidade. Altaneiros encheram as ruas aplaudindo e agitando quaisquer bandeiras que tivessem. Dos hodditas que ficariam roucos no dia seguinte, com as cabeças estourando com os ecos da celebração, nem um em cada dez seria capaz de contar por que eles aplaudiram, mas em um lugar como as Terras Altas é difícil não ficar animado com qualquer toque do que é exótico ou estrangeiro – contanto que esteja apenas de passagem e não olhe para a sua irmã.

Eu fui à frente da coluna e a conduzi até os portões da mansão de Lorde Holland, o maior prédio da cidade, ou pelo menos o maior prédio completo. Um dia a catedral o ofuscaria.

Lorde Holland abriu seus portões em pessoa, um homem robusto, suando em suas vestes, com sua esposa balançando-se atrás dele, uma admiradora de pratas e pérolas que escondiam sua papada.

"Rei Jorg! Você honra minha casa." Lorde Holland fez uma reverência. Seu rosto dizia que seu cabelo deveria ser grisalho da idade, então eu meio que esperei que a peruca preta e lustrosa caísse quando ele se curvou, mas ela ficou no lugar. Talvez o cabelo fosse dele e ele usasse negro de fumo.

"Eu honro mesmo", concordei. "Decidi passar a noite enquanto espero notícias do Assombrado."

Desci de minha sela, com a armadura fazendo barulho, e acenei para que ele conduzisse. "Capitão Harran." Eu me virei, estendendo a mão para que sua boca se mantivesse fechada. "Ficaremos aqui até o amanhecer. Não há discussão. Teremos de compensar o tempo quando voltarmos à estrada."

Harran ficou sério nessa hora, mas nós nos conhecíamos bastante bem e, após alguns momentos me encarando, ele se virou e ordenou à guarda que montasse um perímetro ao redor da mansão de Holland.

A guarda residencial dos Holland se mexeu para bloquear o caminho de Gorgoth quando ele acompanhou Makin e eu até a porta da frente. Precisei elogiar a coragem deles. Eu já vi Gorgoth estender as duas mãos e esmagar os crânios de dois homens sem esforço. Lorde

Holland parou nos degraus à minha frente, pressentindo problemas. Ele se virou com um olhar questionador.

"Estou levando Gorgoth para atravessar o Portão Gilden em Vyene, então acho que o posto dele seja alto o bastante para atravessar a sua porta, Holland." Eu acenei para que prosseguisse.

Os guardas se afastaram com alívio aparente e nós entramos.

Os quartos de hóspedes de Lorde Holland se mostraram mais do que bem decorados. Eram mais do que luxuosos. Tapetes grossos cobriam o chão, tecidos de seda dos hindus e trabalhados com toda a sorte de deuses pagãos. Nenhuma parede ficava sem arte, fosse tapeçaria ou óleo e pincel, e sancas de gesso elaboradas, em dourado brilhante, decoravam os tetos. Holland me oferecera seus próprios aposentos, mas eu não queria ficar em meio ao cheiro de velho dele. Além do mais, se eles fossem mais ricos do que os quartos de hóspedes, eu ficaria tentado a roubar alguma coisa.

"A decadência começa quando o orçamento para embelezar o lar de um homem supera o dinheiro gasto para garantir sua defesa." Eu me virei para Makin. Gorgoth fechou as portas atrás de si e ficou ao lado dele.

Makin alisou o cabelo para trás e sorriu. "É bonita. Não estou duvidando disso."

Gorgoth deixou seu olhar vagar. "Há um mundo inteiro nesta sala."

Ele tinha razão. Holland havia montado peças de todos os cantos do Império e além. As obras de homens brilhantes. Anos de esforços concentrados entre quatro paredes para agradar o olhar dos hóspedes de um lorde rico.

Gorgoth levantou uma cadeira elegante com uma mão bruta, os dedos enrolados em torno de arabescos complicados. "A beleza que se encontra nas montanhas é mais... robusta." Ele pôs a cadeira de volta. Eu imaginei as pernas da cadeira se estilhaçando se ele tentasse se sentar. "Por que estamos aqui?"

Makin assentiu com a cabeça. "Você disse camas ruins, oficiais sorridentes e pulgas. E aqui estamos, mesmo assim. As camas parecem ótimas. Talvez um pouco macias e..." – ele olhou para Gorgoth – "...fracas, e pode até haver pulgas, embora uma categoria melhor de pulgas, sem dúvida – e sim, os oficiais sorriram."

Eu contraí os lábios e me atirei na cama grande. Afundei no edredom, com as cobertas quase se fechando em cima de mim como se eu houvesse caído em águas profundas.

"Há algo em que preciso pensar", eu disse.

Precisei fazer um esforço para levantar a cabeça e avistar Gorgoth. "Vocês dois se divirtam. Mando chamar se precisar de vocês. Makin, seja charmoso. Gorgoth, não coma nenhum criado."

Gorgoth soltou um ronco. Eles se viraram para sair.

"Gorgoth!" Ele parou diante da porta, uma porta tão alta que nem ele precisava se abaixar para passar. "Não deixe que encham seu saco. Pode comê-los, se eles tentarem. Você está indo ao Congresso como Rei Sob a Montanha. A Centena pode não saber disso ainda, mas vai ficar sabendo."

Ele inclinou a cabeça e ambos saíram.

Eu tinha meus próprios motivos para levar a leucrota ao Congresso, mas, por melhores que esses motivos fossem, foi a chance de representar seu novo povo, os trolls, que convenceu Gog – e Deus sabe que ele precisava se convencer, já que eu não conseguia lhe dar ordens. E isso por si só era outro bom motivo. Eu tinha poucos homens à minha volta que falariam com franqueza e me diriam se achassem que eu estava errado. Havia apenas um homem que eu não comandava e que em último caso arrancaria minha cabeça, em vez de me obedecer contrariando seus instintos. Todo o mundo precisa de alguém assim por perto, às vezes.

Eu me sentei na delicada cadeira de Lorde Holland, em uma mesa de nogueira tão polida que parecia brilhar, e brinquei com o jogo de xadrez que havia surrupiado do pavilhão dos guardas. Matei algumas horas olhando para os quadrados, mexendo as peças da maneira permitida. Sentindo o peso delas em minha mão, o deslize delas sobre o mármore. Eu li que os Construtores fizeram brinquedos que podiam jogar xadrez. Brinquedos tão pequenos quanto o bispo de prata em minha mão, que podiam derrotar qualquer jogador, sem demorar para escolher jogadas que arruinavam até as melhores mentes entre seus criadores. O bispo fazia um estalo agradável quando encostava no tabuleiro. Eu batuquei um ritmo e me perguntei se restava algum propósito em jogar um jogo que brinquedos dominavam. Se nós não conseguíamos encontrar um jogo melhor, então talvez as mentes mecânicas que os Construtores deixaram para trás sempre ganhariam.

Holland aceitou meu pedido e não permitiu visitas, solicitações, convites. Eu me sentei sozinho no luxo de seu quarto de hóspedes e me lembrei. Houve um tempo que uma lembrança ruim foi tirada de mim. Eu a carreguei em uma caixa de cobre até que finalmente tive de saber. Qualquer caixa fechada, qualquer segredo, irá corroê-lo, dia após dia, ano após ano, até chegar ao osso. Ela sussurrará a velha rima: abra a caixa e encare o perigo ou se questione – até aquilo o enlouquecer, o que poderia acontecer? Há outras lembranças que eu preferia afastar para longe de mim, além do uso e da recordação, mas a caixa me ensinou uma lição. Até a pior de nossas lembranças é parte da fundação que nos mantém neste mundo.

Enfim me levantei, derrubei os reis, tanto o preto quanto o branco, e caí outra vez na cama. Desta vez eu a deixei me engolir e me afundei no almíscar branco dos seus sonhos.

Eu estava no Castelo Alto, diante das portas da sala do trono de meu pai. Eu conhecia essa cena. Eu conhecia todas as cenas que

Katherine me apresentava por trás daquelas portas. Galen morrendo, mas com minha indiferença substituída por todo o passado dela, para que ele caísse como um machado atravessando a vida de nós dois. Ou a faca de meu pai, enterrada em meu peito no auge de minha vitória, conforme me aproximei dele, de filho para pai, um lembrete afiado de todo o seu veneno, mirando o coração.

"Estou farto de jogos", eu disse.

Pus os dedos sobre as maçanetas das grandes portas.

"Eu tive um irmão que me ensinou uma lição duradoura. Irmão Hendrick. Um louco, sem medo de nada."

E assim que se falou nele, eis que surgiu ao meu lado – como o pior dos demônios invocados pelo nome. Ele estava ao meu lado diante das portas de meu pai, rindo e batendo a bota no chão. Irmão Hendrick, escuro como um mouro, com os longos cabelos em tranças negras que chegavam abaixo dos ombros, musculoso e esguio como um troll, o corte rosado e irregular de uma cicatriz, que ia de seu olho esquerdo até o canto da boca, gritante em sua pele suja.

"Irmão Jorg." Ele inclinou a cabeça.

"Mostre a ela como você morreu, irmão", eu disse.

O irmão Hendrick deu um largo sorriso ao ouvir aquilo e o lanceiro de Conaught atacou novamente, de uma repentina nuvem de fumaça. A lança de Conaught é uma arma feia, farpada várias vezes como se fosse feita para nunca mais sair, com lâminas cortantes no comprimento.

Hendrick foi atingido pela lança na barriga, exatamente como eu me lembrava, até mesmo com o som dos elos da cota se rompendo. Seus olhos se arregalaram, seu sorriso ficou mais largo, agora contorcido e escarlate. O homem de Conaught o pegou, espetado naquela lança, fora do alcance da espada de Hendrick, mesmo que ele tivesse forças para segurá-la.

"Agora estou duvidando que o irmão Hendrick pudesse se soltar daquela lança", eu disse por sobre fantasmas de gritos e a lembrança das espadas contra espadas. "Mas ele poderia ter lutado e talvez, apenas talvez, conseguisse se libertar. Ele teria largado mais metros de tripas naquelas farpas do que restariam em seu corpo, contudo. Ele poderia ter tentado lutar, mas às vezes a única opção é aumentar as apostas, atirar-se para o outro lado, forçar seu adversário a ir mais longe pelo caminho que ele escolheu, mais longe do que eles queriam ir."

Irmão Hendrick largou sua espada e sacudiu o escudo de seu braço. Com as duas mãos, ele agarrou a lança pela empunhadura, depois das lâminas, e forçou o próprio corpo contra ela. A ponta apareceu, negra e pingando, em suas costas, um metro de madeira e pontas cortantes trespassando sua barriga, abrindo uma ferida terrível, e em dois largos passos ele chegou a seu inimigo.

"Observe", eu disse.

E o irmão Hendrick bateu com a testa no rosto do lanceiro. Duas mãos vermelhas agarraram o pescoço do homem de Conaught por trás e o puxaram ainda mais para perto. Hendrick caiu, agarrado ao homem, com os dentes enterrados no pescoço exposto. A fumaça passou por cima de ambos.

"Aquele lanceiro devia ter soltado, naquele dia", eu disse. "*Você* precisa se soltar agora, Katherine."

Eu segurei as maçanetas das portas da sala do trono e puxei, não o metal, mas a maré escura de meu sonho, os sonhos febris de tempos idos quando eu suava com a decomposição das minhas feridas dos espinhos. O gelo se espalhou a partir de meus dedos sobre o bronze, passando para a madeira e, de cada dobra e emenda das portas, pus começou a escorrer. O fedor adocicado daquilo me atraiu à noite em que acordei, suando e com dor, e encontrei o homem de frei Glen, Polegada, com suas mãos sobre mim. Como uma criança de nove anos, eu não entendia muita coisa, mas a forma como ele se afastou de mim, o olhar naquele rosto suave, as gotas de suor como se também estivesse com febre – tudo me ajudou a compreender sua mente. Ele se virou sem palavras e saiu apressado em direção à porta, mas sem correr. Ele deveria ter corrido.

Minhas mãos, brancas sobre o bronze gélido das maçanetas, não sentiram o metal frio, mas o peso e o calor do atiçador que eu havia pegado antes do fogo. Eu deveria estar fraco demais para ficar em pé, mas deslizei da mesa onde eles me sangraram e me purgaram, deixei o lençol cair e corri nu até o fogo feroz. Alcancei Polegada na porta e, quando ele se virou, enterrei o atiçador entre suas costelas. Ele gritou como os porcos fazem quando o açougueiro dá cabo deles. Eu tinha apenas uma palavra para ele. Um nome. "Justiça."

Espalhei o fogo não para me aquecer, embora a febre me fizesse bater os dentes e tremer as mãos tanto que não conseguia usá-las. Acendi o fogo para ficar limpo novamente. Para queimar qualquer sinal do toque de Polegada e de seu erro. Para devorar toda a lembrança de minha fraqueza e meu fracasso.

"Eu quis ficar lá", eu disse, sussurrando. Ela me ouviria mesmo assim. "Eu não me lembro de ir embora. Eu não me lembro de quão perto as chamas chegaram."

Eles me encontraram na floresta. Eu queria ter chegado até a menina-que-aguarda-a-primavera, deitado no local onde enterrara meu cachorro, e esperado com ela, mas me pegaram antes que eu chegasse lá.

Eu levantei a cabeça. "Mas não é para lá que estou indo esta noite, Katherine."

Há verdades que você sabe, mas não diz. Nem para si mesmo, no escuro, onde estamos todos sós. Há lembranças que você vê, mas não vê. Coisas separadas, que se tornaram abstratas e desprovidas de significado. Algumas portas, quando abertas, não podem ser fechadas de novo. Eu sabia disso, mesmo aos nove anos eu sabia. E aqui estava uma porta que eu fechara havia muito tempo, como a tampa de um caixão, e seu conteúdo não estava mais apto para inspeção. O medo tremia em minhas mãos e eu apertei os punhos para combatê-lo. Nenhuma parte de mim queria isso, mas eu afugentaria Katherine de meus sonhos e seria dono de minhas noites outra vez – e a sinceridade continuava sendo minha arma mais afiada.

Puxei as maçanetas daquelas portas de gelo e corrupção, eu as puxei e parecia que estava enterrando uma lança em minhas entranhas, centímetro após maldito centímetro. E, com um grito de protesto, as portas se abriram, não para a sala do trono, não para a corte de meu pai, mas para um dia sem graça de outono em um caminho esburacado que serpenteava vale acima até onde ficava o monastério.

"Nem fodendo que eu vou!"

O irmão Mentiroso já estava fodido havia muito tempo, mas nenhum de nós mencionou isso. Nós apenas ficamos de pé na lama da estrada e no frio da brisa úmida do oeste observando o monastério.

"Vá você lá em cima e peça a eles para olharem seu ferimento", Burlow, o Gordo, disse novamente.

Burlow sabia usar uma espada melhor do que a maioria e lançava olhares gelados para cima de um homem. Ele não era alegre com toda aquela banha, mas não tinha a autoridade que o irmão Price costumava exercer.

"Nem fodendo que..."

O irmão Rike deu um tapa na nuca do Mentiroso e ele caiu para a frente, na lama. Grumlow, Roddat, Sim e os outros se aglomeraram em volta de Rike.

"Ele não veria muita coisa", eu disse.

Eles se viraram para olhar para mim, deixando Mentiroso de quatro, pingando lama. Posso ter matado Price com três pedradas, mas eu ainda era uma criança magricela de dez anos e os irmãos não obedeceriam a ordens minhas. O fato de eu ter sobrevivido deve-se, em partes iguais, ao rápido manejo da faca e à proteção do nubano. Levaria mais dois anos, após Sir Makin me encontrar e tanto ele quanto o nubano me protegerem, até que eu abertamente tomasse as decisões dos irmãos por eles.

"Como é que é, nanico?" Rike não havia me perdoado pela morte de Price. Acho que ele pensava que eu a roubara dele.

"Ele não veria muita coisa", eu disse. "Eles o levariam à enfermaria. Normalmente é um prédio separado. E ficariam de olho, porque ele parece que vai roubar as ataduras enquanto estão sendo amarradas."

"Como você sabe?" Gemt errou de propósito um chute em mim. Ele não teria os colhões de arriscar me acertar.

"Sei que eles não guardam o ouro na enfermaria", eu disse.

"Nós devíamos enviar o nubano", o irmão Algazarra disse. Ele cuspiu em direção ao monastério, atirando o catarro grosso a uma distância impressionante. "Deixe que ele exerça seu jeito pagão naqueles devotos..."

"Enviem a mim", eu disse.

O nubano não demonstrou o menor entusiasmo pela empreitada desde o momento que Burlow, o Gordo, sonhou com aquilo. Acho que Burlow só sugeriu irmos até o São Sebastião para fazer Rike parar de reclamar. Para isso e para dar aos irmãos algo melhor para se unirem do que seu próprio comando hesitante.

"Que que cê vai fazer? Pedir para eles terem pena de você?" Gemt soltou uma risada pelo nariz. Maical o arremedou no fim da fila, sem fazer ideia de qual era a piada.

"Sim", eu disse.

"Bem... realmente há um orfanato lá." Burlow esfregou sua barba, dobrando mais algumas papadas em seu queixo.

Nós montamos acampamento alguns quilômetros antes, ao longo da estrada, em um matagal de olmos retorcidos e amieiros fedendo a raposas. Burlow havia decidido, em sua sabedoria, que eu me aproximaria do monastério um pouco após o amanhecer, quando tivessem terminado suas orações matinais.

Os irmãos acenderam fogueiras entre as árvores e Gains pegou seu caldeirão do carro-chefe e o pôs sobre a labareda mais alta. A noite estava suave e as nuvens se desfizeram conforme a escuridão caía. O aroma de cozido de coelho começou a se espalhar. Nós éramos em torno de vinte pessoas. Burlow se movimentou para convencer os homens de suas obrigações – Sim e Gemt deveriam vigiar a estrada, o velho Elban ficaria onde os cavalos estavam encurralados para prestar atenção nos lobos.

O irmão Grillo começou a dedilhar aquela harpa dele de cinco cordas – bem, *dele* desde que a tomara de um homem que realmente sabia tocá-la – e em algum lugar no escuro uma voz aguda percorreu a "Tristeza da Rainha". O irmão Jobe foi quem cantou naquela noite. Ele só cantava quando ficava escuro demais para enxergar, como se na noite preta ele pudesse ser outro rapaz em outro lugar e cantar as músicas que foram ensinadas àquele rapaz.

"Você não acha que devemos roubar o São Sebastião?", perguntei à escuridão.

Ela respondeu com a gravidade da voz do nubano: "Eles são seus homens santos. Por que você quer roubar deles?"

Abri a boca e depois fechei. Eu só pensei que queria construir minha reputação com meus irmãos de estrada e aliviar um pouco da raiva me corroendo por dentro. Mas mais do que isso... eles *eram* meus homens santos, aqueles monges na fortaleza de seu monastério, repetindo salmos em seus salões de pedra, carregando cruzes douradas da capela até a igreja. Eles falavam com Deus e talvez Ele respondesse, mas os males feitos a mim não haviam sequer ondulado seu grande lago de serenidade. Eu queria bater à porta deles. Minha boca podia pedir santuário, eu podia bancar a criança órfã, mas no fundo eu estaria perguntando por quê. O que quer que estivesse quebrado dentro de mim havia começado a ficar apertado demais para ser ignorado. Eu chacoalharia o mundo até seus dentes caírem, se era isto que fosse preciso para fazê-lo cuspir uma resposta. *Por quê?*

O irmão Jobe terminou sua canção.

"É algo a fazer, um lugar a ir", eu disse.

"Eu tenho um lugar aonde ir", disse o nubano.

"Que lugar?" Se eu não perguntasse, ele não diria. Não dava para deixar um espaço grande o bastante para forçar o nubano a preenchê-lo.

"Casa", ele disse. "Onde faz calor. Quando eu tiver dinheiro suficiente irei à Costa Equina, a Kordoba, e pegarei um barco para atravessar os estreitos. Do porto de Kutta eu posso andar até minha casa. É um longo caminho, leva meses, mas sobre terras que eu conheço, povos que eu conheço. Aqui, porém, neste Império de vocês, um homem como eu não pode viajar para longe, não sozinho, então espero até que o destino nos leve todos ao sul juntos."

"Por que você veio para cá, se odeia tanto este lugar?" Sua rejeição me atingira, embora não fosse direcionada a mim.

"Eu fui trazido para cá. Acorrentado." Ele se deitou, invisível. Quase pude ouvir as correntes quando ele se mexeu. Ele não falou mais.

...

A manhã atravessou a mata trazendo uma névoa consigo. Eu tive que deixar minhas facas e a espada curta com o nubano. E sem fazer o desjejum. Um estômago roncando deporia a meu favor diante do portão dos monges.

"Analise a situação do terreno, Jorg", Burlow me disse como se fosse ideia dele desde o início.

Os irmãos Rike e Hendrick me observaram sem comentários, além do raspar de suas pedras de amolar nas lâminas de ferro.

"Encontre onde os homens armados se deitam", Kent, o Rubro, disse. Nós sabíamos que os monges tinham guardas mercenários, homens de Conaught, talvez soldados de Reams enviados por Lorde Ajah, mas mantidos e pagos pelo abade.

"Cuidado lá em cima, Chorg", Elban sibilou. O velho se preocupava demais. Eu pensava que, à medida que os anos se passassem, um homem se preocuparia menos – mas não.

Então comecei a subir a estrada e deixei a neblina engolir meus irmãos atrás de mim.

Uma hora depois, enfim cheguei, úmido e com os pés enlameados, à curva da estrada de onde se via o monastério pela primeira vez. Andei mais algumas centenas de metros até a névoa permitir um vulto escuro do edifício e em mais dez passos ele passou de sugestão a fato, um grupo de prédios dos dois lados do Rio Brent. A reclamação das águas me atingia conforme caía da roda do moinho, antes de escapar até as fazendas mais abaixo do vale ao leste. Fumaça de madeira fazia cócegas em minhas narinas, um leve cheiro de fritura, e meu estômago roncou obedientemente.

Eu passei pela padaria, pela cervejaria e pela despensa, prédios sombrios de pedra identificados pelos aromas de pão, malte e cerveja. Tudo parecia deserto, as orações matinais exigiam que até mesmo os irmãos seculares parassem seus trabalhos nos campos, nos viveiros de peixe ou no chiqueiro. O caminho até a igreja passava pelo cemitério, com as lápides todas tortas como se estivessem no mar. Duas grandes árvores ficavam entre os túmulos, empurrando as pedras mais gastas para o lado. Eram dois teixos alimentados por cadáveres, ecos de uma fé mais antiga, nascidos orgulhosamente onde os homens viviam suas vidas a serviço do Cristo branco. Eu parei para colher uma fruta vermelha desbotada da árvore mais próxima. Firme e empoeirada. Eu a rolei entre o polegar e o indicador, talvez uma repercussão dos corpos perdidos que aquelas raízes bebiam, afogadas no néctar da vida dos fiéis apodrecidos.

Ecos de cantochão atravessaram o cemitério, os monges estavam chegando ao final das preces matinais. Decidi esperar.

Burlow tinha planos de rumar ao norte com os tesouros do São Sebastião e chegar à costa, onde em um dia claro podia-se olhar para o Mar Calmo e avistar as velas de meia dúzia de nações. O porto de Nemla podia até pagar imposto a Reams, mas não prestava atenção às leis de Lorde Ajah. Os piratas tinham poder por lá e era possível vender qualquer coisa em um lugar assim, de relíquias sagradas a carne humana. Na maioria das vezes, os compradores seriam homens das ilhas, brettans das terras submersas, todos marinheiros. Dizia-se que, se todos os homens de Brettan deixassem os navios ao mesmo tempo, as ilhas não teriam espaço para eles ficarem.

O nubano uma vez resmungou uma cantiga das Ilhas Brettan. Ela dizia que eles tinham corações de carvalho, mas o nubano contou que, se os corações deles eram de carvalho, o sangue deles era produzido pelo teixo, uma árvore mais escura e mais antiga. E do teixo vêm seus arcos, com os quais os homens de Brettan mataram mais pessoas durante os longos anos do que as que morreram de bala ou de bomba durante os curtos anos dos Construtores.

Eu esperei às portas da igreja quando as canções acabaram, mas, apesar dos bancos se arrastando e do murmúrio de vozes, ninguém apareceu. Tudo ficou em silêncio e finalmente eu pus as mãos nas portas e as empurrei até o salão calmo.

Um monge permanecia rezando, ajoelhado diante dos bancos, de frente para o altar. Os outros devem ter se retirado por outra saída que dava para o complexo do monastério. A luz das janelas de vitral caía sobre o homem em muitas cores, com um pedaço verde sobre sua cabeça, fazendo algo estranho em sua careca. Ocorreu-me, enquanto o aguardava terminar de importunar o Todo-Poderoso, que eu não sabia *como* pedir santuário. Atuar nunca esteve em destaque no grupo de minhas habilidades e mesmo quando as palavras necessárias surgiram em minha mente eu podia ouvir quão falsas elas soariam, caindo amargamente de uma língua cínica. Para alguns, "desculpe" é a palavra mais difícil de se dizer, mas para mim sempre foi "socorro".

No fim, decidi lançar mão de minhas qualidades. Eu não esperei o monge acabar seus gemidos silenciosos e não pedi ajuda.

"Eu quero ser um monge", eu disse, com a condição silenciosa de que o inferno congelasse e o céu ardesse antes de deixar que cortassem meu cabelo.

O homem se levantou sem pressa e se virou para me encarar, com as cores da janela deslizando sobre seu hábito cinza. Sua tonsura deixou uma coroa de cachos pretos em volta da careca lustrosa.

"Você ama a Deus, garoto?"

"Não poderia amá-Lo mais."

"E você se arrepende de seus pecados?"

"Quem não?"

Ele tinha olhos calorosos e um rosto suave. "E você é humilde, garoto?"

"Não poderia ser mais humilde", respondi.

"Você usa as palavras de maneira inteligente, garoto." Ele sorriu. As rugas que se espalharam no canto de seus olhos afirmavam que ele era propenso a sorrir. "Talvez inteligente demais. Inteligência demais pode ser um tormento para um homem, pondo seu juízo contra sua fé." Ele dispôs os dedos em formato de campanário. "Em todo caso, você é jovem demais para se tornar um noviço. Vá para casa, garoto, antes que seus pais percebam que você sumiu."

"Eu não tenho mãe", eu disse. "E não tenho pai."

Seu sorriso diminuiu. "Bom, agora a coisa mudou. Nós temos órfãos aqui, resgatados das corrupções da estrada e educados à maneira de nosso Senhor. Mas a maioria vem até nós ainda bebês e não é uma vida fácil. Nossos meninos trabalham duro, tanto no campo quanto nos estudos, e há regras. Muitas regras."

"Eu vim aqui para ser monge, não um órfão, um irmão, nem um filho." Eu não queria ser monge, mas só de me dizerem "não" um pequeno fogo se acendeu em mim. Sabia que eu era difícil, que ardia a cada recusa, que sentia meu sangue ferver diante da menor provocação – mas saber e ter certeza são coisas diferentes.

"Uma boa quantidade de nossos noviços é escolhida entre meninos que mantemos aqui." Se ele percebeu minha raiva, não deixou transparecer nem por um momento. "Eu mesmo fui abandonado nos degraus da igreja quando bebê, muitos anos atrás."

"Posso começar dessa maneira." Dei de ombros, como se deixasse me convencer.

Ele assentiu e me observou com aqueles olhos bondosos. Eu me perguntei se suas orações ainda estavam ecoando por trás deles. Será que Deus falava de volta com ele ou os Velhos Deuses sussurravam do teixo, ou talvez os deuses do nubano chamassem por ele do outro lado dos estreitos, nos céus jubilantes de Afrique?

"Eu sou o abade Castel", apresentou-se.

"Jorg."

"Se você me acompanhar, podemos pelos menos providenciar uma refeição." Ele sorriu novamente, o tipo de sorriso que dizia que gostou de mim. "Se escolher ficar, nós podemos ver se você realmente pode amar a Deus um pouco mais e ser de alguma maneira mais humilde."

...

Eu passei aquele primeiro dia colhendo batatas com os doze órfãos atualmente sob os cuidados do São Sebastião. Os meninos, com idades variando dos cinco aos catorze anos, formavam um grupo bastante heterogêneo. Alguns eram sérios, outros selvagens, mas todos animados em ter um garoto novo entre eles para quebrar a monotonia da lama e das batatas, das batatas e de mais lama.

"Sua família deixou você aqui?" Orscar – um garoto baixo, magro, com cabelos pretos desgrenhados, como se cortados com pressa, e lama em ambas as bochechas – fez as perguntas e o restante deles escutou. Calculei que tivesse oito anos.

"Eu caminhei", eu disse.

"Meu avô me trouxe aqui", disse Orscar, apoiado em seu forcado. "Mamãe morreu e meu pai nunca voltou da guerra. Eu não me lembro deles muito bem."

Outro garoto, mais alto, riu da história do pai de Orscar, mas não disse nada.

"Eu vim ser monge", eu disse. Enterrei o forcado bem fundo e puxei uma meia dúzia de batatas, a maior delas espetada em um dos dentes.

"Idiota." O maior dos meninos me empurrou de lado e levantou a ponta do meu forcado. "Se as arranhar, elas não duram uma semana. Você precisa ir sentindo o solo e cavar em torno delas." Ele arrancou o legume perfurado.

Imaginei como seria dar um salto e empalá-lo, com o dente do meio do forcado espetando seu pomo de adão e os outros dois segurando seu pescoço. Eu me perguntei se o perigo sequer passou por sua cabeça, quando ele fez uma careta para mim por cima da arma, apontada para ele. Ele não duraria uma semana.

"Quem quer ser monge?" Um garoto da minha idade se aproximou, arrastando um saco cheio. Ele parecia pálido por baixo da sujeira, com o sorriso constante, como se soubesse exatamente o que eu estava pensando.

"Tem de ser melhor que isso." Eu abaixei o forcado.

"Eu ficaria louco", ele disse. "Rezando, rezando e rezando mais. E lendo a Bíblia todo santo dia. E todas as cópias. Todo aquele trabalho com a pena, copiando as palavras de outras pessoas, nunca escrevendo as suas próprias. Você quer passar cinquenta anos fazendo isso?" Ele ficou quieto quando um dos irmãos seculares veio pisoteando da cerca viva.

"Mais trabalho, menos conversa!"

E nós nos pusemos a cavar.

Eu acabei descobrindo que há certa satisfação em escavar. Em retirar seu jantar da terra, em erguer o solo e puxar dele belas e duras batatas, imaginando-as assadas, amassadas, fritas em óleo... todos os jeitos são bons. Especialmente se não foi você que teve de cuidar do campo pelos seis meses anteriores. Esse tipo de trabalho esvazia a mente e deixa novos pensamentos entrarem, de cantos insuspeitos. E em momentos de descanso, quando nós órfãos nos encarávamos, com as bochechas enlameadas, apoiados em nossos forcados, há uma camaradagem que se constrói sem que você perceba. No fim do dia, acho que o garoto grande, David, até poderia ter me chamado de idiota uma segunda vez e sobrevivido.

Nós marchamos de volta ao monastério quando as sombras do fim da tarde caíram sobre os campos esburacados. Fomos alimentados na casa de fraternidade, com os irmãos ordenados em uma longa mesa de cavaletes, os irmãos seculares em outra e os órfãos aglutinados em volta de uma mesa baixa quadrada. Comemos bolinhos de batata amassada fritos em banha de porco com salada verde. Nunca havia comido nada melhor. E os meninos conversaram. Arthur contou que seu avô costumava fazer sapatos antes de sua vista escurecer. Orscar mostrou a cruz de ferro que seu pai lhe deu quando foi embora. Um troço pesado com um círculo vermelho esmaltado no cruzamento. Pelo sangue de Cristo, Orscar disse. E David contou que talvez se alistasse para ser soldado de Lorde Ajah, como Bilk e Peter, que vimos patrulhando ao longo do Brent. Todos eles falaram, muito e ao mesmo tempo, rindo, enfiando comida no meio das palavras, comentando sobre bobagens, jogos que jogavam, sonhos que tinham, do que podia ter sido e do que pode vir a ser. A conversa fácil que crianças têm, que Will e eu tínhamos. É estranho pensar nesses meninos, limitados por tantas regras e parecendo tão livres, e em meus irmãos da estrada, desvinculados das leis ou da consciência, mas tão cautelosos e amargos em suas conversas, afiando e pesando cada palavra como se elas estivessem aprisionadas e procurassem fugir a cada momento de suas vidas.

Os órfãos dormiam em seu próprio dormitório, um prédio sólido de pedras, com teto de ardósia, limpo por dentro, embora vazio como a cela de um monge. Eu me deitei entre eles, confortável em meu colchão de palha. O sono chegou rapidamente. O trabalho honesto faz isso com você. Mas acordei na hora mais escura e escutei a noite, os camundongos passeando no meio de nossa palha, os roncos e os resmungos de línguas sonolentas, as corujas caçadoras e os estalos da água passando pelo moinho. Pensei em meus irmãos da estrada, aprisionados em sonhos sombrios enquanto seus corpos se espalhavam entre as árvores. Eles acordariam em breve, sedentos de sangue, e viriam nesta direção.

Um monge veio nos buscar antes do amanhecer para que ficássemos limpos e prontos para as orações matinais.

"Nada de trabalho!" Orscar sussurrou ao meu lado enquanto se vestia.

"Não?"

"É domingo, seu idiota." David usou uma vara comprida para abrir as janelas. Não fez muita diferença.

"Domingo é para rezar." Isso veio de Alfred, o pacificador do campo de batatas.

"E estudar", disse Arthur, um menino alto e sério, mais ou menos da minha idade.

O domingo acabou sendo para estudos além daqueles que os monges arranjaram para nós. Primeiramente, porém, eu assisti a lições de escrita, instrução sobre as vidas dos santos e uma sessão de ensaio do coral – eu, aliás, grasnei como um corvo. Um monge idoso chegou para a última lição do dia, curvado sobre uma bengala preta, de olhos brilhantes, mas pálido por baixo da franja grisalha de seu cabelo. Ele tinha uma aparência azeda, mas os meninos pareciam gostar dele.

"Ah. Novato. Qual o seu nome, meu jovem?" Ele falou rápido e agudo, com apenas um rangido da idade.

"Jorg", eu disse.

"Jorg, é?"

"Sim", eu disse. "Senhor."

"Eu sou o irmão Winter. Nada de senhor. E estou aqui para ensinar teologia." Ele parou e franziu o rosto. "Jorg, né?"

"Sim, irmão."

"Nunca ouvi falar em um São Jorg. Não é um negócio curioso? São Alfredo, São Oscar, São David, São Arthur... você não tem dia santo, garoto?"

"Minha mãe dizia que o dia de São Jorge serviria. Por Jorg ser uma forma de Jorge."

"O santo brettan?" Ele fez que ia cuspir mas se conteve. "Ele caiu do céu quando o mar engoliu aquelas terras."

O irmão Winter deixou meu nome e seus maus agouros quietos depois disso e nos ensinou teologia, como prometido. Ele se mostrou divertido e elogiou meu pensamento rápido, então nós nos despedimos como amigos.

Nas duas horas entre os serviços de Vésperas e as Completas, nós ficamos livres de preces e lições. Ao menor sinal, Orscar implorou para me mostrar o monastério – todos os terrenos e prédios. Ele correu comigo o máximo que a escuridão do fim da tarde permitia, ansioso para agradar, como se eu fosse seu irmão mais velho e minha aprovação valesse mais do que todo o ouro da capela. Nós subimos na pilha de lenha perto da velha capelania, aonde os camponeses iam pedir donativos em épocas difíceis, e de nossa posição privilegiada espionamos os soldados de Ajah que se aquartelavam lá quando não estavam em serviço.

"O abade diz que não precisamos de soldados espalhados por aí." Orscar desceu, enxugando o nariz em sua manga. "Mas David diz que ficou sabendo que o São Goodwin, perto de Farfield, foi invadido seis meses atrás e incendiado completamente. Ele ouviu do noviço Jonas na oficina do ferreiro."

"Se uma invasão acontecer, não confie nos soldados", eu lhe disse. "Corra até o rio e siga-o contra a corrente. Não pare por nada."

Eu me desvencilhei de Orscar no escuro e fui até a estrada, onde o caminho do monastério se unia à via mais larga. Até deixar o menino, com uma rápida virada nas sombras, parecia uma traição. Ele começou a me amar cegamente, como Maical com aquele sorriso idiota dele seguindo Gemt. Como Justiça costumava andar atrás de mim e de William, hora após hora, apenas feliz por estar conosco, radiante se nós fizéssemos carinho nele, extasiado se Will o abraçasse com seus bracinhos e enterrasse seu rosto naquele monte de pelos. O cachorro ficava ali como se estivesse tolerando o abraço, como se não fosse por aquilo que ele havia nos seguido durante metade do dia, mas sua cauda não mentia.

Elban estava aguardando um pouco adiante na estrada, um fantasma à luz do luar. "Qual o veredicto, Chorg?"

Eles enviaram Elban porque ele parecia pacato, mas eu o escolheria em vez de dois soldados de Ajah sem pestanejar. Bem, não em uma briga limpa, mas isso praticamente não existe.

"O veredicto é ouro precioso e mais guardas do que o irmão Burlow gostaria de enfrentar, bem-armados, com pontos fortes de defesa. O lugar é feito para durar."

"Eles não vão gostar dessas notícias, Chorg." "Notífiaf", ele disse, com dificuldade no "s". Elban pareceu preocupado, embora tenha rido para esconder.

"Diga a Burlow que você é apenas o mensageiro", sugeri. "E fique fora do alcance de Rike."

"Você não vem comigo, então?" Elban franziu o rosto. Sua língua deslizou pela carne pálida de suas gengivas.

"Há uma ou duas peças que valem a pena roubar. Se puder afaná-las, eu venho correndo. Se não, eu me encontro com você aqui amanhã, no mesmo horário, e nós todos vamos embora."

Eu o deixei resmungando "eles não vão gostar disso, eles não vão gostar disso".

Eu contara doze guardas, nenhum deles muito mais jovens que Elban, e só o crucifixo que o abade usou nas Vésperas já valia o esforço de abatê-los. Na verdade, apesar das lições cruéis que me foram ensinadas por meu próprio pai e pelos espinhos, eu havia encontrado um sussurro de uma maneira diferente de viver nos campos, corredores e sacrários do São Sebastião e, embora escutasse com um ouvido cético, eu ainda queria ouvir aquele sussurro um pouco mais.

Meu pai me ensinou a não amar ou me comprometer e os espinhos me ensinaram que até os laços familiares são fraquezas fatais: um homem deve andar sozinho, esperar sua vez e atacar quando a força estiver em suas mãos. Às vezes, porém, parecia que tudo que me prendia àquelas lições eram as cicatrizes que elas deixaram em mim.

Ao me arrastar de volta, raciocinei que o que eu queria da estrada, de meus irmãos da estrada, não era ouro nem trucidar monges. Eu vinha da riqueza, sabia como os inocentes morriam. O que eu buscava era o poder que estava nas mãos desvinculadas de amarras sociais, não restritas por códigos morais, preceitos de cavalheirismo, regras da guerra. Eu queria conquistar a força que o nubano demonstrou nas masmorras de meu pai, ser feito para a batalha. E eu encontraria essas coisas nos tempos difíceis. Eu conduziria meus irmãos a tribulações onde a Centena molharia suas espadas e veria o que aconteceria.

Eu me disse tudo isso, mas sem dizer. Por baixo daquelas palavras, eu sabia que talvez só quisesse uma passagem de volta para dias mais calmos, quando minha mãe me amava. Eu era, afinal, uma criança de dez anos, fraca, burra e imatura. As lições certas me foram ensinadas, mas todo professor sabe que um aluno irá reincidir se as lições difíceis não forem reforçadas por repetição.

O cheiro de almíscar branco chegou a mim, chegou aonde quer que o sonhador fique para ver seu pesadelo se desdobrar. Ela estava comigo, invisível e intocável, mas próxima, quase pele com pele conforme eu puxava essas velhas lembranças através dela. E eu sabia que ela sentia a ameaça, contava sua aproximação pelas batidas de seu coração, sem saber a natureza nem a direção de seu ataque.

Voltei e encontrei os guardas do monastério colocando tochas em hastes de ferro diante da sala capitular. Mais monges do que eu suspeitava estarem alojados no São Sebastião já estavam reunidos nas sombras perto da parede. Evidentemente, nem todos compareciam às refeições.

"Aonde você foi?", Orscar perguntou, vindo em minha direção a partir do escuro. Se eu tivesse uma faca, ele teria ficado espetado nela.

"O bispo está vindo!" A notícia se mostrou importante demais para esperar minha resposta.

"Que bispo? Onde?" Não parecia uma história muito provável.

"O bispo Murillo! Seu criado acabou de chegar, à frente da procissão, para nos avisar. Ele está na estrada norte. Nós veremos as luzes deles aparecendo no Morro Jedmire logo, logo." Orscar ficava pulando de um pé para o outro, como se precisasse fazer xixi. Provavelmente precisava.

"O irmão Miles disse que o Vaticano mandou a carruagem da papisa buscá-lo." Arthur estava atrás de nós agora. "Murillo está a caminho de Roma."

"Ele vai se tornar cardeal! Com certeza!" Orscar parecia bem mais animado com a política da Igreja do que uma criança de oito anos deveria ficar.

"Onde estão todos os outros?", eu perguntei. Além de Orscar e Arthur, nenhum dos órfãos fora presenciar o espetáculo.

Orscar piscou. "Eles devem tê-lo visto antes. Ele ministra na Santa Chelle. Ele já visitou antes, o irmão Winter contou."

Eu não deixei aquilo me importunar. Eu já vira bispos antes. Bem, dois deles. O bispo Simon, que pregava na Nossa Senhora, na Cidade de Crath, e o bispo Ferr, que substituiu Simon quando os anjos o arrastaram em uma noite fria. Mesmo assim, eu esperaria para dar uma olhada nesse terceiro. Ele podia ter tesouros em sua carruagem que fariam meus irmãos da estrada felizes. Se os outros meninos encontraram algo para ocupá-los, boa sorte.

"Ele é neto do Duque de Belpan, sabia?", disse Arthur.

"O bispo?"

Ele assentiu. Eu dei de ombros. Abades, em uma ordem dedicada à vida simples e trabalho pesado, podem progredir de uma caixa de um órfão abandonado à porta. Bispos, em seus veludos e residências suntuosas, tendiam a ser postos ali por parentes poderosos, por segurança, sendo escolhidos dos galhos mais distantes de alguma família ilustre.

Demorou um bocado. As tochas começaram a derreter e o sino das Completas ameaçou quando finalmente avistamos a procissão, com cavaleiros armados à frente, padres andando, a carruagem papal rangendo atrás de dois cavalos de arado, mais clérigos marchando atrás, e por fim mais dois cavaleiros em cota de malha com a cruz sagrada escarlate sobre tabardos brancos.

A carruagem sacudiu pela estrada, parando com a porta entre a linha dupla de tochas que formavam um corredor até a grande entrada da sala do capítulo. O motorista da carruagem, que parecia um duende com sobrancelhas grossas e grisalhas, ficou imóvel, com seus cavalos de cabeça baixa, roncando de vez em quando como bois. O maior dos três padres que precediam a carruagem correu para abrir a porta e dar o braço ao bispo Murillo, embora o homem não parecesse precisar dele. Ele se espremeu dos confins sombrios, com seu corpanzil esticado em sua batina roxa. Ao sair, ele se voltou para a carruagem e pegou a mitra oferecida das sombras. Eu achava que não havia espaço para um segundo passageiro. Murillo enfiou o chapéu na cabeça, com o suor e seus cachos pretos imediatamente molhando a faixa vermelha em volta de sua base. Ele ficou de pé, com as mãos na lombar, empurrando a barriga para a frente. Eu meio que esperei um enorme arroto de sua boca carnuda, mas em vez disso ele resmungou e saiu batendo os pés em direção ao monastério. O padre principal e dois homens armados seguiram logo atrás. Embora gordo, o bispo tinha uma energia incomum. Ele me lembrava um javali caçando um cheiro. Um pouco de Burlow também. Seus olhos encontraram Orscar, depois a mim, conforme foi em direção à porta.

Ele sorriu para nós, uma convulsão dos lábios, e murmurou algo ao guarda próximo antes de desaparecer lá dentro.

A missa do bispo nos tirou de nossas camas, um troço monótono de rezas em latim no salão lotado da igreja. Nós órfãos ficamos espalhados entre os monges e vimos pouco mais do que as costas de cabeças tonsuradas. Santos ou não, monges são um bando de mal-lavados. O irmão velho à minha frente frequentemente soltava cheiros malignos que a corda ao redor de seu hábito não conseguia conter. Ele tinha dois carrapatos gordos atrás da orelha – a imagem não me sai da cabeça; pareciam duas pérolas roxas e inchadas.

Finalmente a comunhão, e a longa fila a ser dispensada. Na frente da fila, vi o abade Castel pegar o cálice ofertado e beber de sua taça dourada.

"O sangue de Cristo", o padre servente entoava sob o olhar atento do bispo.

Vinho. Pelo menos não era uma hóstia seca.

Nós nos arrastamos para a frente, mais devagar do que uma vela se queima. Na fila, percebi outra vez que a maioria dos órfãos estava ausente – apenas Orscar à minha frente e, em algum lugar atrás da fila, Arthur.

Eu vi o abade esperando, nas sombras da parede, conforme nós nos aproximávamos do altar. Ele estava com cara de um recruta relutante, reunindo forças para sacar sua espada e se atirar à batalha. O bispo, em seu vestuário elegante, lançou um olhar cruel a Castel. Ele era mole e gordo, mas em outra vida talvez pudesse ter sido um de meus irmãos da estrada, com os dentes e garras vermelhos. Em outra vida, Castel seria apenas um tipo diferente de vítima para homens como Rike, Algazarra e Mentiroso.

Mais três monges até a nossa vez. Mais dois. Um. Orscar se aproximou, seco pelo vinho da comunhão. Os órfãos normalmente tinham o corpo, não o sangue. E, mais rápido do que achei que ele pudesse ser, o abade caminhou para a frente, levantou o menino e o carregou para fora da igreja. Orscar, mudo pela surpresa e pela rapidez de sua abdução, não soltou nenhum uivo antes de a porta da sala capitular se fechar atrás deles. Todas as outras pessoas do grande salão ficaram paradas, observando a porta até os ecos de seu fechamento diminuírem. Murillo, que já estava com o rosto vermelho, ficou roxo. Mais um instante de silêncio e então o bispo olhou na minha direção, furioso por motivos que eu não podia imaginar. Ele bateu com seu cajado no chão. O padre, com fios de prata que contornavam a faixa que cobria o veludo preto de sua batina, fixou os olhos gelados em mim e segurou o cálice da comunhão, quase vazio agora. Eu o bebi; o vinho era amargo.

Mais monges, mais fileiras se passaram, mais vinho, enquanto nós esperávamos de pé. O vinho ainda queimava minha língua, como se tivessem fermentado fel em vez de uvas. Uma letargia subiu através de mim, da pedra fria do chão, atravessando a perna e a barriga, até meus pensamentos nadarem nela e a monotonia da liturgia perder o significado. E finalmente, depois da meia-noite, o bispo disse as palavras que todas as crianças querem ouvir em qualquer missa.

"*Ite, missa est.*" Vocês estão dispensados.

Eu cambaleei até a porta, segurando o braço de um monge para me apoiar. Ele se afastou de mim, com um olhar petrificado em seu rosto, como se eu fosse doente. A igreja se esticou e se achatou, as paredes e colunas dançavam como reflexos em um lago.

"O q-quê...?" Eu senti o amargor novamente e minha língua ficou sem palavras. Minhas mãos procuraram a faca que deveria estar em meu cinto. Minhas mãos conheciam o perigo.

"Jorg?" Eu ouvi a voz de Arthur e o vi ser carregado pelo monge dos carrapatos e do cheiro podre.

De alguma maneira, cheguei até as portas que davam para o lado de fora e me apoiei nelas. O ar frio da noite ajudaria. Elas cederam, abrindo pouco a pouco, e eu as atravessei. Braços fortes me envolveram. Um dos homens armados de Murillo. Um capuz preto roubando o mundo, mãos sufocantes. Joguei minha cabeça para trás e ouvi um nariz se quebrar e caí em uma confusão sem altos nem baixos, sem enxergar, esforçando-me contra amarras, e me afogando, sufocando, engasgando no escuro.

A memória me traz apenas fragmentos do tempo que passei nos aposentos do bispo, mas tais fragmentos são nítidos e afiados. Eu nunca resisti a Katherine quando ela me puxava para um pesadelo. Agora eu resistia quando ela tentava ir embora. Eu resisti a ela ao atrair cada parte daquelas lembranças fragmentadas pelo canal que ela havia aberto – como o irmão Hendrick e sua lança de Conaught, eu não me importava se me dilacerassem, contanto que ela também sentisse alguma fração daquilo.

    O cheiro de Murillo – perfume e suor. A maciez corrompida de seu corpanzil. A força que torcia meus braços até eles rangerem, até a dor me atingir através da névoa da droga que o vinho ocultara, e soltava gritos finos através da mordaça. Eu fiz Katherine observar e participar, eu a fiz participar da poluição, do fedor bruto de seu desejo, do prazer que ele obtinha em seu poder, do horror de estar indefeso. Eu deixei que ela ouvisse os grunhidos dele. Eu a fiz entender como a sujeira pode se entranhar em você, profunda demais para ser esfregada, profunda demais para sair com o sangue, talvez até profunda demais para sair com o fogo. Eu lhe mostrei como aquela mancha pode se espalhar, ao longo dos anos, transformando todas as lembranças de uma criança em podridão e sujeira, até o futuro, tomando todas as cores e direções.

    Eu a mantive comigo, deitada e ensopada de sangue e sujeira, com dor, amarrada, vendada, enjoada pela droga mas agarrando-se a ela pelo medo da clareza que uma mente limpa traria.

    Não direi que a fúria me manteve vivo. Aquelas horas envenenadas não ofereciam saída, nada tão tentador quanto a morte, mas talvez, se eu pudesse ter deslizado até a morte, se isso fosse uma opção, então minha raiva talvez tenha sido o que me manteve aqui. Conforme o efeito da droga foi passando e minha concentração voltava, uma necessidade de vingança começou a crescer, rapidamente ofuscando todos os desejos menores como fugir e aliviar a dor ou a necessidade de respirar.

Correntes podem segurar um homem. Uma manilha bem fechada requer que ossos sejam quebrados antes que o prisioneiro se liberte. Cordas em geral não podem ser quebradas, mas com determinação podem afrouxar. Lubrificação é a chave. O suor normalmente começa o processo, mas em pouco tempo a pele cede e o sangue ajuda aquelas fibras ásperas a escorregarem sobre a carne viva.

O bispo não acordou. Eu não fiz barulho ao libertar minhas mãos, amarradas às minhas costas. Desci da cama, rastejando sobre os lençóis de seda manchados. Apanhei no chão a faca de fruta da mesa de cabeceira e, sob o brilho do fogo fraco, serrei as amarras em meus tornozelos. Eu saí nu do quarto. Como se pudesse haver vergonha maior. Levei a faca e o atiçador da lareira comigo.

Nas altas horas da noite, os corredores do monastério estavam vazios. Eu os percorri cego, arrastando a ponta da faca pelas paredes de tempos em tempos para contar o caminho. Ouvi cânticos ao caminhar, embora ninguém estivesse acordado para cantá-los. Mesmo assim, ouvi cânticos, puros em sua promessa, como se todas as coisas sagradas e boas fossem comprimidas em notas e derramadas das bocas dos anjos. Eu os ouço até agora quando me lembro daqueles meninos órfãos, a escavação naquele campo de lama e de batatas, de lições e de jogos. Eu os ouço como se chegassem fracos até mim, através de uma porta fechada. E o cântico arrancou uma lágrima de mim, ó meus irmãos. Não pela dor ou vergonha, nem pela traição ou pela última chance perdida de redenção – apenas pela beleza daquela canção. Uma lágrima quente deslizando lentamente pela minha bochecha.

Saí pela porta dos estábulos, destravando-a e girando o pesado círculo de ferro. Ambos os soldados do outro lado se viraram, piscando contra o tédio. Eu os derrubei com dois golpes do atiçador: o primeiro golpe na têmpora esquerda do guarda da direita; o segundo, à esquerda, em sua têmpora direita. Pam, pam. Eles não mereciam ser chamados de soldados, derrotados por uma criança pelada. Um ficou em silêncio, o outro, Bilk, eu acho, contorcia-se e gemia. Eu o espetei na garganta. Aquilo calou seu barulho. Deixei o atiçador cravado em seu corpo.

Os estábulos cheiravam como qualquer outro estábulo. No escuro, entre os cavalos, eu poderia estar em qualquer lugar. Eu me mexi sem fazer barulho, ouvindo o som dos cascos, o ronco agitado e o arrepio de cavalos perturbados, os ratos correndo. Peguei o máximo de corda que podia carregar e uma faca mais afiada usada para cortar couro. A corda pinicava meu ombro e minhas costas ao voltar pelos corredores escuros.

Eu deixei a corda do lado de fora do quarto do bispo e voltei para pegar um fardo de palha e o lampião dos soldados. Os grandes cavalos que puxavam a carruagem da papisa estavam abrigados na cocheira mais próxima das portas do estábulo. O maior deles saiu quando abri a cocheira, de cabeça baixa, parecendo mais adormecido do que acordado. Amarrei uma corda em seu pescoço grosso e o deixei ali. Ele parecia que ia ficar ali parado para sempre ou pelo menos até alguém lhe dar motivo para se mexer novamente.

Eu imaginei que os cavaleiros armados de Murillo estariam aquartelados com os soldados de Lorde Ajah na capelania para passar a noite. Em algum momento, os monges estariam em movimento para a oração da noite. Eu não sabia quando isso aconteceria, nem me importava de fato: eu simplesmente mataria qualquer um em meu caminho. A noite ainda tinha uma qualidade onírica, talvez o finalzinho do veneno que Murillo mandou o padre colocar no vinho.

O lampião balançando perseguiu sombras finas pelas paredes, cópias de meus membros. Atochei punhados de palha embaixo dos beirais do telhado, onde eu conseguia alcançar trepando em um barril ou no peitoril. Enfiei mais um pouco no meio da lenha cortada e empilhada para o inverno contra a parede da sala do capítulo. Não há muito que queimar em um monastério feito de pedra, mas o telhado é sempre a melhor opção. E, claro, os aposentos de hóspedes onde o bispo dormia ofereciam mais combustíveis, com várias tapeçarias, mobília de madeira, janelas com persianas de madeira. Fui até os aposentos dos padres, dois padres no quarto à esquerda do bispo e três do outro lado. Cortei seus pescoços enquanto dormiam, com uma mão sobre a boca conforme eu passava a faca de cabo de couro afiada através da pele, da carne, da cartilagem e do tendão, rompendo veias, artérias e a traqueia. Homens cortados assim fazem barulhos estranhos, como foles molhados arfando, e se debatem antes de morrer, mas não é um som tão alto no emaranhado de seus lençóis. Coloquei a palha e os lençóis prontos para queimarem nos quartos dos padres também.

O sumo sacerdote, o homem que envenenou o cálice, preparado para Orscar e bebido por mim, eu também cortei. Sabia que estava morto, mas eu cortei seu rosto e observei a carne se abrir sob minha lâmina. Fatiei seus lábios e fiz o líquido de seus olhos vazarem – e rezei. Não rezei para Deus, mas para qualquer diabo que guardasse sua alma para que ele carregasse as feridas consigo até o inferno.

Quando voltei ao quarto de Murillo, eu estava vestido mais uma vez – com o sangue escarlate dos padres. Durante um tempo, observei seu corpo em cima da cama, uma massa preta sob o brilho das brasas, e escutei a respiração que bufava e roncava. Ele apresentava uma dúvida. Um homem forte que talvez acordasse facilmente. Eu não queria ser obrigado a matá-lo. Isso seria bondade demais.

No fim, levantei as cobertas de leve para expor seus pés. Afrouxei a corda sob seus tornozelos para que um metro ficasse de um lado e o restante do outro. Um laço de forca é um nó simples, e eu o usei para juntar seus tornozelos antes de apertar o nó em volta deles. Em seguida, saí com a corda, soltando-a conforme me afastava.

    Na volta, a caminho dos estábulos, ateei fogo às várias pilhas de palha e de roupas de cama preparadas anteriormente. Já nos estábulos, cortei a corda e amarrei a ponta em volta do pescoço do cavalo de carga. Antes de levá-lo dali, meu olho viu um saco de cânhamo caído no chão, derramando longos pregos pretos. Eu me agachei para pegá-lo.

O irmão Gains, que Burlow mandou para vigiar o monastério, conta que atravessei o cemitério conduzindo o maior cavalo do mundo e que, atrás de mim, o céu estava aceso, pintado de carmesim e laranja conforme o fogo saltava dos telhados do São Sebastião. Disse também que cheguei pelado e coberto de sangue e que pensou que fosse eu gritando, mas só quando cheguei mais perto é que ele viu minha boca fechada. O irmão Gains, que nunca fora um homem dado à religião, fez o sinal da cruz e deu um passo para o lado sem dizer uma palavra quando passei por ele. Ele viu a corda esticada e se encolheu ainda mais conforme os gritos ficavam mais altos e mais penetrantes. E saindo da escuridão, iluminado pelas chamas do São Sebastião, o bispo Murillo veio arrastado, deixando seu próprio rastro de pele e sangue pela areia e pelo cascalho do caminho do cemitério, com os ossos brancos saltados por baixo da corda que amarrava seis tornozelos quebrados.

    Deixei Katherine participar daquela noite. Eu a deixei ver os irmãos pegarem os cavalos e galoparem aos gritos estrada acima, na direção do brilho alaranjado distante. Ela viu como amarrei Murillo e como o pavor corria tanto pelo bispo que ele se esqueceu do sofrimento de seus tornozelos estraçalhados. E eu ensinei a ela quanto tempo pode se levar para martelar treze pregos no crânio de um homem, pou pou pou. Como a noite se transforma em dia e os irmãos se reúnem outra vez, cobertos de pilhagem e relíquias, pretos de carvão. Os irmãos eram minha plateia, alguns fascinados, como Rike, com sua nova cruz de ferro em volta de seu pescoço, com um círculo vermelho esmaltado no cruzamento – vermelho pelo sangue de Cristo. Alguns observavam horrorizados, outros com ressalvas, mas todos eles assistiram, até o nubano, que não tinha nada escrito em seu rosto além das linhas profundas de tristeza.

"Nós somos carne e sujeira", eu lhes disse. "Ninguém está limpo e nada pode lavar nossa mancha, nem o sangue dos inocentes, nem o sangue dos cordeiros."

E os irmãos assistiram a uma criança aprender o que a vingança pode fazer e o que ela não pode. Juntos, Katherine e eu assistimos àquela criança aprender como um simples prego de ferro pode destruir a mente de um homem, fazendo-o rir, chorar, perder alguma habilidade básica, alguma lembrança ou alguma limitação que o tornava humano ou lhe dava alguma medida de dignidade. Deixei Katherine ver como algo tão simples quanto martelar um prego pode causar mudanças tão profundas, tanto no bispo cuja cabeça é martelada quanto no menino que segura o martelo. E depois eu a libertei. E ela correu.

Meus sonhos seriam somente meus novamente. Eu estava farto de jogos.

TRILOGIA DOS ESPINHOS

EMPEROR OF THORNS

9

Eu acordei com o som da voz de Makin.

"Levante-se, Jorg."

No Assombrado, tenho um pajem treinado na arte das tossidas discretas e um aumento gradual de volume até que sua alteza real se digne a se mexer. Na casa de Lorde Holland, parecia que "levante-se" era o melhor que se podia oferecer. Com dificuldade, consegui ficar sentado, ainda com as roupas que vestia na noite anterior e mais cansado do que quando caí na cama.

"E um muito bom-dia para você, Lorde Makin." Meu tom de voz deixou claro que eu não quis dizer nada daquilo.

"Miana está aqui", ele disse.

"Certo." Desci da cama e fiquei de pé, ainda grogue de sono. "Vamos lá."

"Não vai fazer a barba?" Ele me ofereceu a capa que estava na cadeira.

"É o novo estilo", eu disse, e saí para o corredor, passando pelos guardas de plantão do lado de fora. "Esquerda ou direita?"

"Esquerda. Ela está no salão azul."

Sim, Lorde Holland tinha um salão inteiro, do tamanho de um salão de igreja, dedicado a exibir a cor azul. Miana estava de pé, pálida, bonita, com as mãos sobre a barriga esticada e Marten a seu lado, apoiado em um bastão e com o rosto preto de hematomas. No fundo do salão, dez homens de minha guarda, com as capas afiveladas com o javali de Ancrath em prata, rodeavam um cofre preto, Sir Riccard entre eles.

Atravessei o salão e pus os braços em volta de Miana. Eu precisava tocá-la com minhas próprias mãos após ser aprisionado no sonho com mãos que não possuía e que tentaram matá-la. Ela pôs a cabeça em meu peito e não disse nada. Ela cheirava bem. Não era nada específico, apenas um cheiro bom. Makin entrou atrás de mim e fechou a porta.

"Eu vi o assassino", eu disse. "Um homem branco, enviado pelo Vaticano ou para que assim parecesse. Eu a vi matá-lo. Você e Marten juntos." Eu acenei para ele. Ele sabia o que aquilo significava para mim.

Miana levantou a cabeça, com os olhos arregalados de surpresa começando a se estreitar, confusos, até desconfiados. "Como?"

"Acho que ele usou mágicas de sonho para fazer o castelo dormir, até os trolls lá embaixo. Quando alguém usa esses métodos e gasta seu poder tão descuidadamente, ele se deixa aberto a outras pessoas com tais habilidades. Talvez algo de Sageous tenha passado para mim quando o matei." Eu dei de ombros. "Em todo caso, você sabe que tenho pesadelos. Talvez seja mais fácil cair em tais encantos de um pesadelo do que de um sono honesto." Eu não fiz menção a Katherine. Não parecia prudente lembrá-la de que outra mulher preenchia minhas noites.

"Nós encontramos isto nele." Marten segurou um pergaminho, três moedas de ouro e um anel de sinete.

O anel tinha um entalhe montado em prata, com a cornalina trabalhada em um padrão complexo, o selo papal com uma barra. Ele dava a seu portador autoridade um pouco menor que a de um cardeal. Eu o larguei de volta na palma da mão de Marten e peguei o pergaminho.

"Um mandado para a sua morte, Miana."

"A minha!" Ultraje em vez de medo.

"É muito bonito." O escriba o havia iluminado a uma alta ordem, sem economizar na folha de ouro. Deve ter consumido uma semana de trabalho, no mínimo. "É possível que sejam falsificações, mas eu duvido. O trabalho que o falsificador teria não compensaria o ganho. E, além do mais, a papisa tem um bom motivo."

Miana deu um passo para trás, com os olhos em chamas. "Bom motivo? Que mal eu já fiz à Igreja?" Ela se apertou mais ainda.

"É para me punir, minha querida." Abri os braços para oferecer minha culpa. "O Vaticano deve finalmente ter me ligado ao saque do São Sebastião e, o mais importante para eles, à mutilação do bispo Murillo Ap Belpan."

"Mas você é senhor de Belpan agora. Essa linhagem já era." A raiva desnorteou sua lógica.

"Provavelmente é a parte do 'bispo' que os aborreceu", eu disse.

"O mandado devia ser para você, então!", disse Miana.

"A Igreja desaprova a matança de reis. Vai contra o que eles pensam sobre direito divino. Eles prefeririam bater em meu pulso e me mostrar penitente. Se isso não der certo, talvez eu possa morrer de malária durante o inverno, mas nada tão óbvio quanto um assassino garantido."

"O que faremos?", perguntou Marten. Ele manteve a voz calma, mas acho que seu eu lhe dissesse para pegar dez mil homens e fechar cerco sobre Roma ele teria saído para fazê-lo sem mais perguntas.

"Acho que devemos abrir a caixa", eu disse. "Espero que alguém tenha pensado em trazer a chave."

Miana pescou o pesado pedaço de ferro de suas saias e o pôs em minha mão, ainda quente de seu corpo. Gesticulei para afastar os guardas e pus a chave na fechadura.

"Algum tipo de arma?", perguntou Makin. Ele estava ao lado de Miana agora, com um braço em volta dela.

"Sim", eu disse. "Um tipo de arma."

Eu abri a tampa. Moedas de ouro, empilhadas e fortemente amarradas em colunas, chegando quase até a tampa, um mar delas, o suficiente para comprar a mansão de Holland dez vezes seguidas.

"Isso", disse Makin, deixando sua mão cair do ombro de Miana ao se aproximar, "é um bocado de ouro."

"Dois anos de impostos recolhidos de sete nações", eu disse.

"Você vai contratar seus próprios assassinos?", perguntou Marten.

"Você poderia contratar um exército com isso aí. Um bem grande." Makin se abaixou tanto que a luz refletida fez seu rosto ficar dourado.

"Não." Fechei a tampa e Makin se ressaltou.

"Você vai construir a catedral", Miana disse.

"Obrigado, Senhor, por mulheres inteligentes. Esse menino que você está preparando para mim aí dentro vai ser assustadoramente esperto."

"Construir uma catedral?" Makin piscou. Marten ficou em silêncio. Ele confiava em meu julgamento. Demais, às vezes.

"Um ato de contrição", disse Miana. "Jorg comprará o perdão mais caro da história."

"E a papisa, claro, é obrigada, por tradição e dever, a comparecer à consagração de qualquer nova catedral." Eu virei uma das moedas de ouro da assassina em meus dedos. A palavra "contrição" mordeu a ponta de meu orgulho.

"Jorg!" Miana estreitou os olhos para mim, sabendo o que eu estava pensando. Ela sabia desde o início e tentou me fazer mudar de ideia com diplomacia.

A papisa me encarava no ouro do Vaticano. Ouro de sangue por meu filho e minha esposa. Pio xxv. Quando mostravam uma pessoa gorda no dinheiro é porque ela devia ser realmente enorme. Ergui a moeda para analisá-la. "Não se preocupe, minha querida. Vou bancar o bonzinho. Quando vier espiar a nova catedral que construí para ela, eu lhe agradecerei por ter vindo. Só um louco ameaçaria a papisa. Mesmo que ela seja uma vaca."

"E o que vai impedir outro assassino de vir enquanto você estiver fora?", perguntou Miana.

"Nada."

Nunca é uma boa ideia provocar uma mulher perto de dar à luz e raramente era uma boa ideia provocar Miana em qualquer circunstância, a menos que queira uma resposta pior do que a que você já deu. Ela veio para cima de mim, com os punhos levantados.

"Você vem comigo." Eu falei rapidamente, protegendo-me atrás de Makin.

"Você disse que esposas não podiam ir!" Miana precocemente dominara a arte dos olhares fulminantes.

"Você é minha assessora agora", eu gritei, recuando até a porta já que nenhum dos guardas achou que era necessário me defender.

Aquilo a apaziguou o suficiente para que ela parasse de avançar e abaixasse as mãos. "Eu não posso cavalgar assim", ela disse.

"Você pode ir em um dos vagões." Cada tropa de guarda tinha um vagão para equipamentos.

"Bem, isso vai arrancar o bebê de mim em dois tempos!" Sua voz soou zangada, mas a ideia parece tê-la agradado. "Então eu vou ficar sozinha balançando em um vagão e ser carregada por meio Império?"

"Você terá Marten como companhia. Ele não está em estado de cavalgar", eu disse.

"Marten? Então qualquer um pode ir agora?"

"Assessor!" Eu ergui as mãos novamente. "Makin, diga a Keppen e a Grumlow que eles podem voltar ao Assombrado." Achei que faltar ao Congresso não incomodaria Keppen nem um pouco e Grumlow tinha uma mulher em alguma parte de Cidade de Hodd com quem provavelmente preferia passar o tempo.

"Então isso está resolvido." Espanei as mãos e dei uma olhada nos lúgubres azuis do salão. "Vamos fazer do bispo Gomst um homem feliz."

Nós deixamos a mansão de Holland em uma tropa. Gorgoth carregou o cofre e me agradou ver que até os braços dele se esforçavam com o peso de todo aquele ouro. Lorde Holland, sua esposa e serventes reuniram-se à nossa volta dos degraus da frente até os portões de sua propriedade. Makin fez todas as gentilezas; os resquícios de meu sonho ainda azedavam o dia. Diante dos portões, Marten apontou um dos vagões da guarda para Miana, um veículo desconfortavelmente funcional. Ela se virou imediatamente, com Sir Riccard dando um pulo para evitar o balanço da barriga da rainha.

"Lorde Holland!" Ela parou o homem em pleno movimento. "Eu gostaria de comprar sua carruagem particular."

Deixei Miana fechar o negócio, protegida por Marten, Riccard e oito dos dez homens que a acompanharam desde O Assombrado. Rike, Grumlow, Keppen e Kent, o Rubro, nos acompanharam quando liderei o caminho até a catedral parcialmente construída de Hodd. Gomst havia citado planos de nomeá-la Sagrado Coração em homenagem a uma catedral lendária que existiu em Crath. De minha parte, eu achava São Jorge um nome ótimo.

Instalei os irmãos dentro do grande salão, diminuídos pelos imensos pilares que estavam prontos para receber o teto fazia uma década ou mais. Clérigos inferiores, meninos do coral e os cidadãos mais devotos e envolvidos da Cidade de Hodd os observavam, sem disfarçar a curiosidade. Gorgoth pôs seu fardo no chão, o pé descalço sobre a tampa, e encarou de volta, fazendo vários coristas darem no pé.

Um padre de plantão me conduziu até o grande vestíbulo onde Gomst tinha seu escritório, devido principalmente ao fato de que a câmara tinha um teto concluído. Ele se levantou detrás de sua mesa para me cumprimentar. Pela sua cara, ele não havia dormido melhor que eu. A idade nunca fez bem a Gomst e agora ela se dependurava nele como correntes invisíveis.

"Dizem que você faz um bom trabalho aqui, padre Gomst."

Ele abaixou a cabeça e não disse nada. Nos seis anos desde que nos encontramos naquele caminho, antes de os fantasmas chegarem, o grisalho havia se espalhado de sua barba e afugentado o preto de seus cabelos.

"Eu lhe trouxe ouro suficiente para completar a catedral. Quero o maior número possível de homens trabalhando aqui todas as horas de todos os dias."

Gomst levantou a cabeça franzindo o rosto e fez que ia falar.

"Aos domingos eles podem descansar", eu disse.

"Você acha que a fé e as igrejas nos salvarão do Rei Morto?", perguntou Gomst.

"Você não, bispo?" Pensei que seria bom que um de nós achasse.

Ele respirou fundo e fixou os olhos brilhantes e escuros em mim. "É mais fácil ter fé quando a gente faz parte do bando. Quanto mais eu me aproximo do topo desta longa escada que chamamos de Igreja de Roma, quanto mais próximo da Santa Sé onde Deus fala, menos eu O escuto, mais distante eu me sinto."

"É bom que você tenha um pouco de dúvida em si, Gomsty. Homens que têm certeza de tudo... bem, talvez eles não sejam homens de verdade."

Gomst se aproximou, saindo da sombra para a luz do lampião, e parecia que eu o estava vendo pela primeira vez, colocado contra a lembrança de outro bispo, um mais certo de seus caminhos e de seus direitos. Eu me perguntei por quanto tempo a sombra de Murillo havia escondido Gomst de minha vista. Ele era, na pior das hipóteses, culpado por ser leal a reis ruins, por uma mente estreitada pela vida na corte e por ostentação. Não eram os crimes mais capitais, e eram crimes antigos.

"Você se lembra dos fantasmas na Estrada dos Cadáveres, padre Gomst?"

Ele assentiu.

"Você me disse para fugir, para deixá-lo lá sozinho. E, quando eles apareceram, você rezou. A fé foi o seu escudo. Nós os encaramos juntos, você e eu, quando todos os meus irmãos fugiram."

Gomst deu um sorriso triste. "Eu estava em uma jaula, se é que você se lembra, senão eu teria fugido com eles."

"Nós jamais saberemos, não é?" Eu lhe dei o brilho de meu próprio sorriso, enrugando as cicatrizes das queimaduras em minha bochecha. "Todos os homens são covardes. Eu posso não ter fugido naquele dia, mas sempre fui covarde, nunca mais corajoso do que minha imaginação."

De meu cinto puxei a ordem para ele assinar, atestando a aceitação de meu baú de ouro pela Igreja. Gomst olhou para ela.

"Eu teria fugido, se não fosse aquela jaula." Ele se arrepiou.

Pus a mão em seu ombro. "E aqui estou, construindo-lhe uma nova jaula, padre Gomst, por apenas quarenta mil ducados."

Nós nos sentamos, padre Gomst e eu, e bebemos cerveja, pois a água em Hodd mal dá para a limpeza.

"Então aqui estou, Gomsty, com uma caixa cheia de metal brilhante, tornando uma catedral realidade. Fazendo a própria papisa sair de Roma para vir até a minha porta."

O bispo inclinou a cabeça e enxugou um pouco de espuma de seu bigode. "Os tempos mudam, Jorg. Os homens mudam."

"E como consegui minha caixa de ouro? Pondo minha vontade atrás de uma ponta afiada e usando uma quantidade doentia de determinação." Eu bebi de minha jarra. "Quando você mexe as peças grandes no tabuleiro, o mundo se parece mais com um jogo do que nunca. Essa ilusão, de que os que estão no topo sabem o que estão fazendo, a sensação que algumas pessoas têm de que o mundo é seguro e sólido e bem-comandado... bem, essa ilusão se desfaz quando somos nós que estamos no comando. Eu não duvido que, a cada passo que você dê em direção a Roma, Deus pareça estar três passos mais distante."

As mãos de Gomst tremiam em seu copo, com suas juntas grandes e feias empalidecendo. "Você precisa vigiar seus entes queridos mais de perto, Jorg. Rei Jorg. Triplique seus guardas."

"Como...?" O que ele quis dizer me escapou. O suor brilhava em sua fronte.

"Eu... eu ouço rumores, entre os bispos, de monges visitando, padres passeando..."

"Conte-me."

"A papisa sabe. Não por mim. Sua confissão permanece entre nós. Mas ela sabe. Eles dizem que ela mandará alguém." Ele pôs seu copo sobre a mesa, fazendo barulho. "Proteja quem você ama."

Eu me admirei com Gomst, surpreso após todos esses anos. Ele me conhecia há mais tempo do que qualquer outro homem com quem ainda mantinha contato. Após meu pai queimar meu cachorro, ele chamou Gomst para me instruir. Talvez ele pensasse que um pouco de religião fosse fortalecer a lição. Ou talvez aquele martelo, com o qual quase o matei quando ele acendeu o fogo, o fizera pensar que eu precisasse ser educado no direito divino. Ele deve ter pensado que, se eu achasse que Deus estava por trás dele, eu demoraria mais a levantar a mão para ele da próxima vez. Não importa a razão, ele largou minha assistência espiritual no colo de Gomst em meu sétimo ano de vida. Ou pelo menos pediu um padre no Castelo Alto para aquele objetivo. Pode ter sido minha mãe quem escolheu aquele clérigo em especial para cumprir a função.

É estranho dizer, mas Gomst me viu crescer por mais tempo do que minha mãe, mais do que Makin, ou o nubano, ou Coddin. Ele viu a passagem de meus anos mais do que qualquer um, inclusive meu pai.

"O homem da papisa já apareceu, padre Gomst. Duas noites atrás. Ele não aparecerá outra vez. Miana virá conosco ao Congresso. Na verdade, se fizer tudo direitinho, você pode ir com ela na carruagem de Lorde Holland assim que ela tirá-la dele."

"Eu..."

"Você precisa estar no portão oeste daqui a duas horas. Você tem esse tempo para soltar seus padres em cima desse projeto. Vou querer ver sérios avanços quando voltarmos. Diga a eles de onde o ouro está vindo. Diga-lhes que, se eu voltar do Congresso e ainda não for imperador, não vou estar no clima para ouvir desculpas."

TRILOGIA DOS ESPINHOS
EMPEROR OF THORNS

10

inquenta cavalos revolvem muita lama. Com o outono chegando e sete vezes mais essa quantidade de cavalaria, nós fizemos um rio de lama. Os vagões, dispostos perto do final da coluna, derrapavam nela, e suas rodas eram pouco mais do que trenós na maioria das vezes. Acabou sendo mais confortável do que sacudir sobre buracos. Na verdade, se for necessário viajar de carruagem, recomendo ter um exército montado para borrar a estrada à sua frente.

"Isso é bom", eu disse.

De fato, para uma carruagem, era o melhor possível. Lorde Holland havia pagado para ter quase tanta atenção esbanjada no interior dela quanto em casa. A parte de fora também havia sido finamente trabalhada, mas uma grossa camada de lama encobria tudo aquilo.

Gomst espirrou e procurou seu lenço. O bispo havia adquirido um resfriado durante a viagem. Quando padre, ele costumava esfregar o nariz na manga preta de sua batina. Bispos têm padrões diferentes, aparentemente. "Estou surpreso que não tenha decidido navegar, Rei Jorg", disse ele.

"Eu cogitei." A viagem de quase quatro mil e oitocentos quilômetros por mar cortava a distância terrestre em oitocentos quilômetros fáceis, mais cento e sessenta sobre as montanhas. Por mais que gostasse de minha nova nau capitânia, eu não consegui me convencer de tal plano.

Osser Gant se sentou ao lado do bispo, compartilhando seu resfriado. Dois homens velhos fungando e cuspindo juntos. Miana, Marten e eu nos sentamos do lado oposto, de frente para o sentido da viagem. Eu havia me espremido lá dentro para dar uma olhada e pus os pés enlameados no tapete.

"Você precisa de uma enfermeira e uma parteira", eu disse. "Um bispo, um camareiro e um general não serão de muita valia quando chegar a hora."

"Eu tenho três enfermeiras e duas boas parteiras", Miana me encarou com aquele olhar dela. "Jenny e Sarah estão lá no Assombrado. Eu não estava esperando ser carregada até Hodd e em seguida ser arrastada até o Congresso!"

"Nós teremos de pegar algumas substitutas no caminho", eu lhe disse.

"Algumas crianças abandonadas e mendigos? Fazendeiras com experiência no parto de vacas e cabras?"

Não se deve esperar que mulheres sejam razoáveis quando estão prestes a ter uma criança. Até eu ainda tinha minhas próprias dúvidas sobre o processo todo. Parecia uma coisa muito difícil e eu estava feliz por não ter que passar por aquilo. "Camponeses têm filhos também, Miana. Um monte deles. Mas não, não será uma fazendeira. Nós vamos atravessar a Teutônia. Ao menos são semicivilizados, pelo que dizem. Nós daremos uma passada em um dos senhores locais e pediremos que ele voluntarie algumas mulheres de qualidades e experiências apropriadas."

Espiei pela grade da janela, com vontade de estar lá fora. Passei um minuto inteiro na carruagem e já foi o bastante para mim. Trocar o banco da carruagem e todas as suas belas almofadas pela sela de Brath parecia uma troca justa, já que eu também trocava Gomst e Osser por uma vista, e suas fungadas e corizas por uma brisa fresca. Do lado de fora, as planícies de Gelleth passavam, verdes e agradáveis, campos em sua maioria, com trechos de bosques salpicados com as cores do outono. Nenhum sinal aqui do caos que causei no Castelo Vermelho ao norte.

Nossa rota nos levou a atravessar Gelleth sob a paz do Império e continuaria por Attar até a ponte sobre o Rima na Cidade de Honth. De lá, o capitão Harran planejou nos levar pelo Rio Danub, atravessando meia dúzia de reinos teutônicos até chegarmos a Vyene. Uma viagem estimada em pouco mais de três semanas. Nós podíamos fazer um tempo melhor e uma viagem mais fácil em uma barca quando chegássemos ao Danub, mas, com mais de trezentos cavalos e seus cavaleiros a bordo, a maioria das barcas tende a afundar e sem eles a bordo qualquer barca que me carregue pela Teutônia certamente afundaria. Meu pai tinha muitas alianças com os reinos teutônicos, especialmente com Scorron, e a Teutônia nunca gostou da ideia de os reinos costeiros se unirem a oeste deles.

"Jorg?", Miana disse ao meu lado.

"Desculpe?"

Miana suspirou e cruzou as mãos minúsculas sobre a barriga.

"Sim." Eu adivinhei uma resposta. Pareceu satisfazê-la. Ela assentiu com a cabeça e se virou para falar com Marten.

Não demoraria muito para ele querer sair dali também. Alguns dias para seus hematomas diminuírem, talvez um pouco mais, pois não era jovem, e ele gostaria de cavalgar. Alguma coisa me incomodava, culpa talvez, por estar tão pronto a abandonar Miana. Parecia provável que eu devesse querer passar tempo com ela, mas eu simplesmente não queria. Gostava bastante dela, mas não o bastante para passar três semanas em uma carruagem com ela. Eu me perguntei se algum homem gostaria de passar três semanas sentado ao lado de sua esposa. Será que eu me sentiria diferente se a tivesse escolhido? Se ela tivesse me escolhido? Se fosse Katherine ao meu lado?

"E em que você está pensando, Jorg?", ela perguntou. Ela me fitou com olhos escuros. Não pretos, mas uma insinuação de verde, folhas ao luar. Eu nunca havia reparado na cor deles antes. É estranho o que chama atenção e quando.

"Estou pensando que devo tirar minhas botas enlameadas desta carruagem e checar se Harran não está nos levando pelo caminho errado."

Ela não disse, mas dava para ver a decepção no canto de sua boca. Desci me sentindo menos que um rei. A vida pode ser bem complicada mesmo quando ninguém está tentando matá-lo.

• • •

Eu cavalguei ao lado da carruagem por um tempo com um humor terrível. Uma chuva fina caía, atipicamente quente e leve o bastante para o vento soprá-la em meu rosto, em qualquer ângulo que eu segurasse a cabeça. Makin cavalgava com seu sorriso habitual, cuspindo a chuva e enxugando-a de suas bochechas.

"Clima adorável."

"Seria melhor que as pessoas que falam sobre o tempo admitissem que não têm nada a dizer, mas gostam do som de suas próprias vozes."

O sorriso de Makin ficou maior. "E as árvores não ficam lindas nessa época do ano?" Suspeitei que ele tivesse tomado um pouco de cravo-da-índia, pois o cheiro exalava bastante dele ultimamente.

"Você sabe por que as folhas mudam de cor, Makin?" Elas realmente estavam espetaculares. A floresta havia crescido à nossa volta conforme viajávamos e as copas ardiam com cores, do vermelho mais profundo ao laranja-fogo, um incêndio de outono se espalhando e desafiando a chuva.

"Não sei", disse ele. "Por que elas mudam?"

"Antes de uma árvore perder uma folha ela a bombeia com todos os venenos de que não consegue se livrar de outra maneira. Aquele vermelho ali, aquilo é a pele de um homem se manchando com veias estouradas após um assassino envenenar sua última refeição com ervas daninhas. O veneno se espalhando até ele morrer."

"Eu nunca achei que a morte pudesse ser tão bonita", disse ele, incansável.

Nós viajamos em silêncio por um tempo e eu me perguntei se as pessoas eram as folhas do mundo. Se, conforme envelhecíamos, o mundo nos enchia com seus venenos para que, na velhice, cheios até a boca com o fel mais amargo, nós caíssemos até o inferno e levássemos tudo conosco. Talvez se não houvesse morte o mundo se sufocaria com seus próprios males. Os homens do norte, o povo de Sindri, contam que uma árvore, Yggdrasil, fica no centro, com tudo – até mundos – dependurado nela. E com Sindri vieram imagens de sua irmã com os cabelos de leite, Elin, alta e de olhos claros. Venha até mim no inverno, ela dissera. Reparei nos olhos dela no momento que a conheci. Nos de Miana, após três anos. Uma árvore podia até estar no centro do mundo de um homem velho. Mas quando virava meu próprio rosto para o centro, no entanto, eu via uma mulher. Como a maioria dos homens jovens.

Três dias depois, os soldados de Lorde Redmal abriram os portões da estrada para nos deixar atravessar a fronteira até Attar. O avô de Redmal havia construído um forte cruzando a estrada cinquenta anos atrás, para avisar ao povo de Gelleth que eles não eram bem-vindos. Merl Gellethar o destruíra em uma disputa uma década antes de eu reduzi-lo a pó envenenado. Os soldados de Attar agora infestavam as ruínas do forte e observavam a Guarda Gilden com admiração indisfarçável enquanto ela passava.

No mapa, Attar é uma terra de tamanho considerável, mas o Motor do Mal ainda gira e gira em Nathal, como tem sido há dez séculos, e o norte de Attar é uma área deserta. Dizem que não é um veneno ou uma doença que afasta as pessoas de Nathal e das terras ao redor, mas apenas uma sensação, apenas a certeza de que nada ali está certo.

• • •

Demorou um dia para cruzar a região montanhosa de Attar, onde eles mantêm os vinhedos nas encostas do sul e plantam as uvas das quais o Sangue de Attar é fermentado, um vinho encontrado em muitas mesas da realeza. Às margens das terras do vinho, conforme as colinas se aplainavam para campos de tabaco e pequenas chácaras, Kent, o Rubro, veio até mim cavalgando de volta da dianteira da coluna com notícias.

"Outra coluna de guarda à frente, majestade", disse ele, tão humilde e leal quanto possível. Acho que Kent amava ser um cavaleiro mais do que tudo e, queimado como estava, com aquela voz rouca assustadora, seria bom empurrá-lo em direção ao problema para acabar com ele.

"Não será a última que veremos, suponho. Quem são?"

Ele fez uma pausa e eu soube. Quem mais poderiam ser? Eu possuía todas as outras terras a leste de nós até o mar.

"São de Ancrath, cem guardas."

Os votos de Ancrath e Gelleth, ambos nas mãos de meu pai.

Pensei novamente nas folhas cadentes e me perguntei se não era hora de outro velho, cheio até a boca com veneno, fazer a queda final.

TRILOGIA DOS ESPINHOS

EMPEROR OF THORNS

11

A HISTÓRIA DE
CHELLA

Cinco anos marchando para lá e para cá. Cinco anos correndo para cumprir as ordens do Rei Morto. Sempre rondando as coisas, o mais distante possível de sua corte e ainda assim dentro do Império. Chella passou cinco anos chafurdando na lama e na merda simplesmente para subir o suficiente no conceito do Rei Morto para que ele a chamasse à corte e quisesse uma prestação de contas por seu fracasso. E ela comparecera toda ansiosa, correndo pelo Império Destruído apenas para encarar o julgamento dele, apenas para estar diante da desumanidade dos lichkin e para o Rei Morto observá-la do corpo que ocupava mais profundamente. Cinco anos desperdiçados, cada um deles por culpa de Jorg Ancrath.

"Há um motivo pelo qual tenho de machucá-lo."

Chella rodeou o pilar de pedra, um círculo lento, escondendo sua irritação. O jovem a acompanhou com os olhos até o pilar a ocultar da vista. Ela ouviu o retinir de correntes quando ele esticou o pescoço para procurar por seu retorno. Seus olhos eram azuis, como muitos homens de Brettan, e ele a observava tanto quanto olhava para a agulha de ferro entre o indicador e o polegar dela.

"Onde está Sula?" Ele fez sua pergunta novamente. Nos poucos trechos sem lama, seu cabelo parecia loiro, de um tom dourado. Ele a observou através de mechas empapadas de poeira e sangue. Monstros do lamaçal o haviam prendido junto com uma mulher perto do Mar do Canavial durante o ataque do Rei Morto. Símbolos em seu uniforme o marcaram como jurado pelo vento e o levaram a esta inspeção.

"Kai." Chella manteve sua voz suave, aproximando-se rapidamente, enfiando a agulha cinco centímetros para dentro do músculo da parte interna de sua coxa. "Kai Summerson." Os lábios dela estavam tão próximos da orelha dele que o cabelo loiro se mexeu. "Você precisa se libertar dessas amarras."

Ele rangeu os dentes, com a tensão se acumulando em volta de seu maxilar. Após um momento, ele levantou a cabeça outra vez. "Onde..."

Chella puxou a agulha de volta. "A dor ajuda a lembrar o que é importante. O primeiro fato importante é que não tenho muito tempo a perder e, se você não cooperar logo, eu simplesmente o devolverei aos monstros e deixarei que eles o comam pedacinho por pedacinho. O segundo fato importante é que você está vivo e que dor não é a única coisa que pode sentir. Estou lhe oferecendo uma oportunidade rara. Poder, prazer, um futuro."

"Onde está S..."

Chella o estapeou no rosto, forte o bastante para machucar sua mão. "Aqui." Ela não precisou dizer. Ela simplesmente puxou o fio que a amarrava de volta. Sula se aproximou da sombra até a linha de visão de Kai. Os monstros não a deixaram bonita. Carne e pele pendiam em uma aba úmida, revelando a maçã de seu rosto, sua mandíbula, dentes quebrados e o toco escuro de sua língua. A garota morta observou Kai sem curiosidade. Ele puxou uma respiração, ofegando uma dor mais profunda do que a agulha infligira. Ela talvez tenha sido sua namorada. Certamente mais do que um desejo passageiro.

"Sula?" As lágrimas molharam seus olhos.

"Ah, não seja infantil." O tédio e a ansiedade estavam corroendo Chella e isto não a ajudaria a transformá-lo. "Ela está morta. Você não. Você pode aceitar a morte dela e encontrar para si uma nova direção ou então pode unir-se a ela. O mundo está mudando. Você vai mudar com ele, Kai?"

Chella estalou os dedos para Sula e o corpo desabou, desajeitado, expelindo ar conforme sua barriga se dobrava.

"Ela ainda é 'sua garota', Kai? O amor verdadeiro sobrevive quando a matéria se corrompe? O que ela significava para você? Um rosto bonito, um alívio rápido da respiração ofegante? Não há romance na morte, Kai, e a morte está no outro lado de nossa moeda." Ela passou os dedos naquele cabelo loiro dele. "Nós somos apenas carne sobre ossos, esperando para apodrecer. Encontre seu prazer onde quiser, claro, mas não o enfeite com doçuras e promessas. Não resta mais nada em prender sua lealdade, Kai. Desista."

Ela pegou o pulso dele por baixo da manilha e enfiou a agulha em sua palma, atravessando os dedos cerrados. Ele berrou nesse momento, meio uma praga, meio um grito, começando a desabar. Logo tudo seria grito.

"O-o que você quer?" Ele engasgou as palavras através de dentes cerrados.

"Eu? Eu quero o que você deveria querer", Chella disse. "Eu quero o que o Rei Morto desejar que eu queira. O Rei Morto não precisa da sua lealdade, ele simplesmente requer que você faça o que ele diga. E, quando ele não tem nada para fazermos, aí sim nosso tempo é nosso."

Chella puxou a agulha de volta e lambeu o sangue dela. Ela deslizou a outra mão sobre as costelas de Kai e o músculo duro de sua barriga, escorregadia de suor.

"Para que você me quer?", ele perguntou.

Esse não era burro. E era um sobrevivente – em seu âmago, um sobrevivente pronto para fazer o que fosse necessário. Conduza-o lentamente, todavia, passo a passo.

Chella passou a mão mais embaixo. Até sobreviventes empacam se o caminho for mostrado todo de uma só vez. Há uma estrada para o inferno pavimentada com boas intenções, mas é uma rota longa. O caminho mais rápido é pavimentado com o melhor tipo de ignorância – a de homens inteligentes que simplesmente não querem saber.

"Você tem talentos raros, Kai."

"O Rei Morto agora quer recrutar jurados pelo céu?"

"Jurados pelo céu, pela rocha, pelo fogo, pelo mar." Chella espetou as costelas dele com cada palavra. "Eles são todos jurados. E homens que podem jurar uma vez podem jurar de novo. Nós somos iguais, você e eu, nós atravessamos e chegamos a outros lugares. O que você acha que os necromantes são, Kai? Monstros? Seres mortos?"

"Você está morta. Todo o mundo sabe que os necromantes se levantam da cova."

Chella se inclinou mais para perto, tão perto que ele podia morder o pescoço dela se quisesse, com os lábios dela em sua orelha mais uma vez. "Jurados pela morte."

Em cinco anos, o Rei Morto havia passado de apenas uma nova complicação na arte da necromancia a uma força que mudaria o mundo. Não negociava mais com necromantes, não os manipulava mais – ele os conduzia ou simplesmente os aterrorizava para fazerem sua vontade. Ele os possuía. Ele não assistia mais das Terras Secas, espiando a vida através de olhos mortos onde eles caíssem, falando com lábios de cadáver. Ele habitava o mundo dos vivos em corpos roubados, andando por onde bem quisesse. Um exército havia crescido à sua volta. Os lichkin haviam surgido de alguma fonte inexplorada de horror, tenentes das hordas de seus mortos.

Enquanto Chella definhara, o Rei Morto havia crescido além da conta. Sua invocação à corte poderia marcar um fim terrível para o pequeno e sombrio conto de sua existência ou um novo começo. Ela se apresentaria com Kai como oferenda. Carne fresca. Mesmo entre as forças do Rei Morto, necromantes não eram comuns. Ao levar presentes, ela responderia ao seu chamado e responderia por seu fracasso com o garoto de Ancrath – que também havia crescido além da medida e da expectativa.

TRILOGIA DOS ESPINHOS

EMPEROR OF THORNS

12

— CINCO ANOS ATRÁS —

As Termas Carrod fedem. Não um fedor humano de lixo e podridão, mas uma ofensa química aos sentidos, o odor de enxofre e de ovos podres combinado a aromas mais pungentes, próprios para deixar os olhos vermelhos e arrancar a mucosa de seu nariz.

"Agora você entende por que a trilha se desvia tão longe para se aproximar do oeste, com o vento a favor", Lesha disse.

"Por que alguém viveria aqui?", perguntou Sunny.

Uma pergunta justa. Verdade seja dita, a água tornara-se raridade conforme caminhamos ao norte até o terreno devastado, mas aquela coisa borbulhante nas Termas Carrod certamente não podia ser potável. Ela surgia quente e fumegante das entranhas do planeta. E cheirava como tal.

As instalações, sete cabanas e dois celeiros de armazenamento, agrupavam-se em uma elevação a oeste, um ponto onde a brisa ofereceria ar limpo – se é que havia alguma brisa. As construções pareciam cobertas de gelo, mas ao chegar mais perto podia-se ver o que era: sal, grudado à madeira, incrustando os beirais. Nós passamos pelo primeiro celeiro, com as portas escancaradas e montes de sal expostos, como grãos amontoados da colheita, algumas pilhas brancas, algumas cinzentas, ao fundo pilhas de um alaranjado ferruginoso e à esquerda pilhas menores de um azul escuro, porém desbotado.

Teimoso teve de ser encorajado com um porrete. Nenhum dos animais queria estar ali. Eles lambiam seus focinhos, cuspiam e lambiam novamente. Eu também podia sentir o gosto em meus lábios, como a borrifada de sal do oceano, só que mais forte e mais penetrante. Minhas mãos ficaram secas como se a pele delas tivesse morrido e virado um pergaminho.

Nós amarramos os cavalos e Lesha nos levou até uma das cabanas menores – imaginei que fosse uma latrina. Um punhado de habitantes nos observava de suas portas, todos eles com véus, o sal grudado ao tecido por onde eles respiravam. Um deles tinha uma papeira enorme que envolvia seu pescoço em dobras sufocantes de pele mosqueada. Chegando à cabana, Lesha bateu e entrou. Sunny e eu ficamos na entrada olhando para as trevas. Parecia improvável que todos nós coubéssemos lá dentro.

"Lesha." Uma figura, sentada no outro canto, acenando com a cabeça para ela.

"Toltech." Ela se agachou diante dele.

Toltech olhou para ela com olhos brilhantes por cima de seu véu. Ele mexeu com um pilão em suas mãos o tempo todo, moendo alguma coisa.

"Você vai voltar lá?" Ele não pareceu surpreso.

"Somos três, com três animais. Precisaremos de pílulas para uma semana."

"Uma semana é muito tempo no Ibérico." Toltech olhou para mim e depois para Sunny. "Uma hora pode ser muito tempo lá."

"Se levarmos uma hora, ficaremos lá uma hora", disse Lesha. Toltech largou o pilão e estendeu o braço até uma prateleira baixa. Ele pegou uma tigela cheia de embrulhos pequenos de papel untado, fortemente amarrados. Cicatrizes corriam por sua mão. As mesmas cicatrizes derretidas que cobriam Lesha.

"Tome uma ao amanhecer e outra ao anoitecer. Engula-as com o papel, se puder. O sal rouba toda a umidade do ar e se dissolve nela, então as pílulas não irão durar muito em um lugar úmido. Leve cem. Cinco pratas."

Os sais certos ajudavam a afastar a doença causada pelos resquícios do incêndio dos Construtores. Ninguém sabia por quê. Os sais necessários podiam ser separados das águas das Termas Carrod com prática suficiente. Cinco moedas de prata pareciam um preço pequeno a se pagar. Eu contei as moedas, uma delas estampada com a cabeça de meu avô, e as passei para Lesha.

Toltech começou a contar as pílulas de sal e a jogá-las em um saco de algodão. "Se vocês encontrarem alguma coisa nos morros, mesmo que sejam apenas pedaços quebrados, tragam para mim. Talvez eu devolva sua prata."

"O que já lhe trouxeram do Ibérico antes, mestre Toltech?", perguntei. "Também sou uma espécie de colecionador." Eu me inclinei um pouco pela entrada. Sob a adstringência do sal, o cheiro de doença me pegou.

"Pequenas coisas." Ele apontou para duas pequenas garrafas de vidro verde na prateleira onde a tigela estava. Ao lado delas, uma bandeja coberta de pedaços quebrados de plastik de várias cores e formatos. Atrás de si, ele pegou uma grande roda dentada de metal prateado, manchada pelo tempo. Parecia um parente enorme de uma das peças minúsculas de dentro de meu relógio em minha bagagem. "Nada muito importante. As melhores eu vendo."

"E como sabe sobre os Construtores, mestre Toltech? Você aprende o segredo deles ao vasculhar o que eles deixaram?", eu perguntei.

"Sei apenas o que todos nós aqui sabemos sobre os Construtores. O que nossos pais sabiam."

"O quê?" Algumas pessoas gostam de ser incentivadas.
"Que eles não se foram e que não se pode confiar neles."

Naquela noite, nós acampamos bem na beira da serra do Ibérico, onde um riacho envenenado chamado Cuyahoga corria pelos terrenos erodidos. Engoli minha pílula de sal, sentindo o amargor apesar do invólucro de papel. Toltech não quis falar mais sobre os Construtores, então, após nos estabelecermos, ao anoitecer, interroguei Lesha.

"O que seu amigo quis dizer ao afirmar que os Construtores não se foram?"

Eu não vi, mas a senti dar de ombros. Nós estávamos próximos, apesar do peso do calor sobre nós. "Alguns dizem que os Construtores são espíritos agora, em tudo à nossa volta, escritos nos elementos."

"Não apenas ecos em máquinas?" Eu pensei em Fexler piscando para a vida conforme eu descia os degraus do porão.

Lesha se levantou para me encarar, franzindo o rosto, o bastante para que suas cicatrizes virassem sulcos. "Máquinas? Coisas de rodas e polias? Não entendo."

"Você disse espíritos?" Decidi guardar os motores debaixo do castelo de meu avô para mim mesmo. "Espíritos bons ou maus?"

Outra vez o balanço dos ombros. "Apenas espíritos. No ar, nas pedras, correndo por rios e córregos, até olhando para você de dentro do fogo."

"Ouvi dizer que os Construtores pegaram o que era real, antes de incendiarem o mundo, e mudaram", eu disse.

"Mudaram o quê?" Eu havia até me esquecido que Sunny estava ali.

"Tudo. Eu, você, o mundo, o que é *real*. Eles fizeram o mundo ouvir um pouco mais o que está nas cabeças das pessoas. Eles tornaram os pensamentos e os medos importantes, fizeram com que eles pudessem mudar o que está à nossa volta."

"Eles não fizeram o mundo me ouvir."

Eu sorri pelo resmungo de Sunny.

"O Conde Hansa tinha um mago jurado pela rocha trabalhando para ele", Sunny acrescentou. "Um camarada jovem. Isso deve ter sido uns dez, quinze anos atrás. Arron. Era isso. Ele podia trabalhar com pedra em suas mãos como se fosse manteiga. Certa vez, ele pôs o dedo em minha espada e ela ficou tão pesada que eu não conseguia segurá-la. Eu não consegui tirá-la do chão até o dia seguinte."

"O que aconteceu a ele?" Parecia uma pessoa útil para se conhecer, esse Arron.

"Afundou."

"Ah."

"Mas não no mar. Ortens diz que viu, e Ortens não é de mentir. Ele simplesmente afundou no chão uma manhã. Bem no meio do pátio central. E ninguém o viu novamente. Há só uma mancha cinza onde ele entrou na rocha."

"Que coisa", eu disse.

E todos nós ficamos em silêncio.

Eu fiquei deitado por um tempo, em meu cobertor sobre a poeira, escutando o silêncio. Algo estava errado. Tentei descobrir o que era, apalpando como se faz durante a noite quando sua faca não está onde deveria. Por um bom tempo, eu não conseguia saber o que me incomodava.

"Não há barulho." Eu me sentei.

"Quê?" Lesha, com a voz sonolenta.

"Aquelas coisas, aquelas malditas cigarras que cantam a noite toda. Onde elas estão?"

"Não aqui", ela disse. "Nós estamos perto demais. Nada vive no Ibérico. Nem ratos, nem insetos, nem líquen nas pedras. Se você quiser voltar, esta é a hora."

TRILOGIA DOS ESPINHOS
EMPEROR OF THORNS

13

— CINCO ANOS ATRÁS —

O silêncio fez com que fosse difícil dormir. A calmaria pareceu infectar todos nós e até os cavalos ficaram mudos, mal soltando um ronco ou arrastando um casco, indefinidamente. Em lugar dos murmúrios da noite, meus ouvidos inventaram seu próprio roteiro para a escuridão. Eu ouvi sussurros da caixa de cobre, uma voz sarcástica quase inaudível e, por trás dela, o som de meu próprio grito. Talvez a morte de todas aquelas cigarras, queimadas pelo fogo do fantasma dos Construtores, tenha me salvado. Ou talvez, desconfiado como sou, eu tivesse ouvido os agressores chegando aonde quer que nós dormíssemos. Em algum lugar, uma pedra se arrastou sob a sola de um sapato.

Meu chute encontrou Lesha primeiro. Uma mão esticada encontrou alguma parte de Sunny e eu a belisquei. Se fossem irmãos da estrada, eles teriam, de acordo com sua natureza, dado um salto de espada em punho ou ficado congelados onde estivessem, alertas e aguardando até que entendessem o que se passava. O irmão Grumlow teria apunhalado a mão que o sacudira; o irmão Kent, fingido dormir, só escutando. Lesha e Sunny haviam dormido por tempo demais em camas seguras e começaram a se levantar confusos, resmungando perguntas.

A madrugada me mostrou os inimigos como montes de negrume, rentes ao chão escuro e se mexendo.

"Corram!"

Atirei minha faca na direção da ameaça mais próxima, rezando para que não fosse uma pedra, depois rolei por cima de Lesha e saí em disparada. O grito que saiu do novo dono de minha adaga foi mais útil para convencer os outros do perigo do que minha saída repentina.

Correr no escuro é tolice, mas eu havia observado os arredores antes de o sol se pôr. Nada de arbustos para emaranhar os pés e a maioria das pedras não era grande o bastante para representar problema. Ouvi os outros atrás de mim, as botas de Sunny batendo no chão e Lesha descalça. Nunca deixe um inimigo escolher o terreno. O único consolo de correr às cegas pela noite era que quem quisesse nos fazer mal agora tinha de fazer o mesmo – correr.

A memória me disse que um vale raso ficava à frente, dividindo os primeiros sopés do Ibérico. Olhei para trás, sabendo que se o inimigo estivesse muito próximo eu já teria ouvido os outros sendo derrubados. Os perseguidores haviam descoberto várias lanternas e suas luzes balançavam conforme eles corriam. Sunny manteve um bom passo e eu estava meros vinte metros à frente dele. Já Lesha estava perdida na escuridão, dura demais na armadura de suas cicatrizes para correr muito rápido.

Eu parei e agarrei Sunny quando passou correndo por mim. Ele quase me estripou. "Abaixe-se." Eu o empurrei para o chão. O Cuyahoga estava ali, passando por cima de seu leito pedregoso, e Lesha havia nos aconselhado a não molhar nossos pés naquelas águas – se quiséssemos continuar andando.

"Quê? Por quê?" Pelo menos ele teve o bom senso de sussurrar suas perguntas.

"A guia!" Eu fiquei abaixado, de cócoras, esperando ficar parecido com uma pedra. Os pés de Lesha faziam um barulho estranho ao bater no chão poeirento quando ela corria. Ela parecia estar perto, com os ruídos dos perseguidores quase tão próximos. Ela apareceu e passou em disparada por nós. Deixei Sunny acabar com o primeiro homem atrás dela enquanto eu ataquei os dois seguintes. Atrás deles, as luzes de pelo menos quatro lanternas balançavam vigorosamente nas mãos dos homens correndo.

Nós os pegamos de surpresa. Eu ataquei à direita e à esquerda, aleijei dois homens e novamente corri. Vi o suficiente para saber que ainda tínhamos mais de uma dúzia nos perseguindo, aparentemente um bando irregular. Irmãos da estrada. Só não eram os *meus* irmãos nem a *minha* estrada.

Alcancei Lesha em pouco tempo. Eles também alcançariam. Sua única chance seria chegar até seu cavalo, mas não havia tempo.

"Para onde?", eu gritei.

"Não sei." Ela arquejou. Uma resposta inútil, porém razoável.

Nós deixamos o vale nos guiar entre as colinas. Conforme corríamos, a luz aumentou, ou melhor, os cinzas empalideceram, revelando trechos do mundo. Sunny esperou por nós onde o vale se dividia, de espada em punho, respirando com dificuldade. Os gritos da perseguição ecoavam ao fundo. Berros e uivos de lobos, como se fosse um jogo para eles. Parecia haver muito mais que uma dúzia em nosso caminho.

Ocorreu-me que estávamos sendo arrebanhados. Eu tive alguns segundos para considerar a descoberta antes de o chão ceder sob os pés Sunny. Ele desapareceu em um buraco negro e eu evitei acompanhá-lo por um triz. Lesha bateu em mim por trás enquanto eu oscilava, com os braços girando, à beira do buraco, e nós caímos juntos.

"Merda."

Nós aterrissamos ao lado de Sunny, com a queda amortecida por uma pilha de gravetos e grama seca. Ao olhar para cima, ganhei um punhado de terra que caiu no meu olho e tive um vislumbre do céu que clareava, agora ainda mais quando visto das profundezas de um buraco. Para escapar, seria necessária uma escalada de quatro, talvez cinco metros. Nós havíamos caído em alguma espécie de sumidouro natural, coberto para se transformar em uma armadilha.

"Quem são eles?", eu perguntei.

"Bandidos." A voz de Lesha veio suave de pavor. "*Perros Viciosos*, na velha língua. Cachorros Malvados. Eu não sabia que eles chegavam tão perto do Ibérico."

"Diga a eles quem você é, Jorg. Eles pedirão resgate por nós." Sunny tentou escalar, mas escorregou de volta em um monte de terra seca.

"Nem *você* acredita quem eu sou na maior parte do tempo, Sunny. Acha mesmo que vai convencer esse bando de que eles capturaram um rei?"

Os gritos ficaram mais próximos, mais altos. Risos agora. "Nós os pegamos!"

"*Viciosos*? Isso significa 'malvados'?" Não parecia certo.

"Cruéis", Lesha disse, gaguejando as palavras. "Pelo que eles fazem aos prisioneiros."

O buraco tinha cheiro de queimado.

"Dê-me uma faca", eu disse.

"Deixei a minha em um Cachorro Malvado." Sunny apalpou sua lateral.

"Está tudo em Garros", disse Lesha. Ela havia deixado suas armas em seu cavalo. Quem dorme desse jeito?

Eu saquei minha espada e fiz um lento arco para checar o local. Nós tínhamos espaço para balançar um gato se sua cauda não fosse muito longa. As risadas e os murmúrios de vozes lá em cima cresceram. Os Cachorros Malvados estavam se reunindo.

Pus a mão sobre o ombro de Lesha e senti o choro inaudível estremecer através dela. A morte rápida não esperava por nenhum de nós. "Fique aqui." Eu a empurrei até um espaço aberto, tropeçando sobre os galhos quebrados. Ela se virou para mim, apenas com o brilho de seus olhos marcando-a no escuro.

Luz vinda de cima. Uma tocha e um homem segurando-a. Ele podia passar pelo irmão menor e mais feio de Rike. "Está vendo no que dá correr?"

Eu girei e decepei o pescoço de Lesha com um único e rápido golpe, deixando a espada enterrar sua lâmina na parede. Antes que ela pudesse cair, segurei sua cabeça com ambas as mãos, pesada e marcada, ainda sem compreensão nos olhos, e a atirei com o máximo de força que podia. Ela atingiu o bandido bem na cara, não na testa como eu gostaria, mas no nariz, boca e queixo. Ele cambaleou um passo para trás, dois passos para a frente, e caiu praguejando sem palavras. Ele aterrissou no corpo de Lesha. Eu peguei a tocha.

"Mas que diabos?" Sunny olhava com horror e perplexidade. Principalmente perplexidade.

"Olhe para as paredes", eu disse. Elas eram pretas. Enfiei a tocha onde o solo arenoso pudesse segurá-la.

O bandido provou ser tão pesado quanto parecia. Eu o retirei de cima de Lesha e soltei minha espada para levá-la contra o pescoço dele. "Levante-se, Cachorro Malvado." A borda afiada o ajudou a ficar de pé. "Sunny, espalhe o sangue dela por aí."

"O quê?"

Eu chutei os galhos em volta de meus tornozelos e pus a mão esquerda na parede do fosso. "Isso não foi colocado aqui para amortecer nossa queda." Meus dedos saíram cobertos de fuligem. "Eles queimam pessoas aqui."

Mais barulhos lá de cima, um debate irritado.

"É melhor vocês jogarem uma corda se quiserem este idiota vivo", eu gritei.

Uma risada estridente, mais palavras exaltadas trocadas.

"Ah, a quem eu quero enganar?" Cortei a garganta dele com a lâmina de minha espada e o carreguei ao redor para não desperdiçar o sangue que borrifava dele. "Quem olha pela beirada? Ele nem sabia que nós não tínhamos uma faca para jogar."

Cinco tochas foram atiradas juntas antes de o pescoço do idiota parar de pulsar. Com os galhos umedecidos e nossa esperteza, conseguimos pegar as tochas e apagar alguns pontos que queimavam. A fumaça cobriu o fedor de sangue e de corpos sujos. Quando terminamos, Sunny me olhou nos olhos.

"Você a matou para que tivesse algo para jogar?"

"Isso teria sido motivo suficiente. Você viu como ela se movia, ela não ajudaria em uma briga. Mas não."

"Pelo sangue?"

"Para que eu não tivesse que vê-los levar o tempo que quisessem para matá-la. Se soubesse como esse tipo de gente opera, você também estaria me pedindo para arrancar sua cabeça."

"Mas eu posso escolher?"

"Você ainda pode ser útil", eu disse.

Nossa prisão parecia ser uma depressão de uns quinze metros de comprimento, com três metros na parte mais larga onde nós caímos.

Eu revistei o idiota e encontrei não uma, mas duas facas, uma de briga e outra balanceada para atirar. Deixei Sunny ficar com a maior.

"E agora?", ele perguntou. Eu podia sentir seu medo, mas ele o manteve sob controle. Segurar uma espada sempre o deixa com uma pequena ponta de esperança.

"Agora nós esperamos eles resolverem como nos matar." A raiva manteve meu medo longe. Eu queria levar o maior número deles comigo – o quanto fosse possível. Morrer em um buraco empoeirado no meio do nada não estava em meus planos e saber que eu faria exatamente isto deixou um gosto amargo em minha boca. Como é que nós conseguimos cair em um buraco com todo esse espaço ao nosso redor, afinal?

"Vocês aí no fosso!" Um grito vindo de fora. Nenhuma cabeça espiando desta vez.

Eu fiquei em silêncio. Outras duas tochas foram atiradas, deixando um rastro de fagulhas e fumaça no céu claro. Parecia inútil, já que cinco não haviam feito o serviço. A picada forte em meu ombro veio quando me abaixei para pegar o galho mais próximo.

"Quê?" Eu ouvi a exclamação de Sunny. Se tirassem a palavra "quê" dele, ele não teria dito muito naquele dia.

Eu poderia ter-lhe dito que parecia algum tipo de veneno, mas ele provavelmente já havia deduzido àquela altura. Uma dormência se espalhou por meu ombro antes de eu conseguir me levantar, virar e atirar minha faca no rosto escuro por trás da zarabatana, do outro lado do fosso. Eu errei. Outro dardo me atingiu no peito, uma coisinha preta de meio dedo de comprimento.

"Caralho."

O terceiro dardo fez eu me curvar por cima de minha espada, sem força para olhar para cima. Dizem que nunca está quente demais para se usar armadura, mas eu teria corrido mais devagar que Lesha se eu a estivesse usando.

Homens entraram no buraco e nos tiraram de lá como pedaços de carne, com cordas em volta de nossos peitos, os membros se arrastando sem sensação. Não é tão difícil manter o medo afastado com uma espada. Quando você está indefeso e nas mãos de homens cuja única diversão em quilômetros é a sua dor, você seria louco se não ficasse apavorado.

Dois homens seguravam meus braços e a criatura que me dardejou me seguia pelo rastro que meus tornozelos deixavam na poeira. Minhas pernas estavam vermelhas até acima dos joelhos, com a poeira se empapando no sangue. A criatura parecia uma garota, de uns onze anos talvez, quase esquelética, bastante queimada pelo sol. Ela sorriu e sacudiu a zarabatana para mim.

"Dardos dos espíritos. De Cantanlona." Sua voz era aguda e límpida.

"Difíceis de conseguir", disse um dos homens segurando meus braços. "É melhor você valer a pena."

Eles nos arrastaram por uns trezentos metros até um acampamento. Nossos cavalos e o Teimoso já estavam lá, amarrados a um parapeito.

Os cavalos puxavam suas cordas, nervosos, talvez com sede. Teimoso só parecia entediado. O acampamento parecia semipermanente, com algumas cabanas com alpendres, em condições ainda piores do que as das Termas Carrod; avistei uma carroça, alguns barris d'água, uma ou duas galinhas e, no meio, quatro grossos postes fincados no chão. Dizia muito sobre os *Perros Viciosos* o fato de eles colocarem mais material de construção e esforço em sua infraestrutura de tortura do que em suas próprias moradias.

Eu contei cerca de trinta homens, tão variados em suas origens e aparência quanto meus próprios irmãos da estrada, mas com predominância de homens de cabelos escuros, espanos do interior, uma linhagem mais antiga e pura do que a encontrada nas regiões costeiras, quase todos magros e com uma aparência perigosa. Pelos meus cálculos, nós deixamos cinco deles mortos. Nenhum daqueles à vista tinha ferimentos recentes.

Dois homens amarraram Sunny a um poste e depois voltaram para me pegar. O restante observava ou comia, ou batia boca por causa de nossos pertences, ou tudo isso. Vários homens tentaram pegar a caixa em meu quadril, mas suas mãos sempre se afastavam, seu interesse sempre desaparecia. Nenhum deles deu sequer um chute ou soco, como se quisessem nos manter saudáveis, dentro do possível, até a diversão começar.

"Aquele é Jorg Ancrath", Sunny lhes disse. "Rei das Terras Altas de Renner, neto do Conde Hansa."

Os Cachorros Malvados não se preocuparam em responder, apenas apertaram nossas cordas e saíram para seus afazeres. Esperar faz parte do exercício. Deixar a tensão crescer, como a massa dos padeiros na forma. Sunny continuou falando, continuou dizendo a eles quem eu era, quem ele era, o que aconteceria se não nos libertassem. A garota veio nos assistir. Ela estendeu a mão segurando um besouro grande tentando escapar.

"Mutante", ela disse. "Conte as pernas."

Ele tinha oito. "Coisa feia", eu lhe disse.

Ela arrancou duas de suas pernas. O inseto era grande o suficiente para que eu ouvisse o estalo conforme as patas eram arrancadas. "Melhor ainda."

Ela o pôs no chão e ele saiu atravessando a poeira.

"Você matou Sancha", disse ela.

"O idiota grandão e feioso?"

"Sim", ela disse. "Eu não gostava dele."

Os homens fizeram uma fogueira no espaço enegrecido em frente aos postes. Pequena, pois madeira é coisa rara no Ibérico.

"Ele é o Rei das Terras Altas de Renner", Sunny gritou para eles. "Ele tem exércitos!"

"Renar", eu disse. A dormência começou a desaparecer de meus braços e minha força retornava lentamente.

Uma mulher saiu de uma das cabanas, uma velha com cabelos ralos e brancos e um longo nariz. Ela desenrolou uma pele pelo chão, exibindo uma variedade de facas, ganchos, brocas e pinças. Sunny começou a se debater. "Vocês não podem fazer isso, seus desgraçados."

Só que eles podiam.

Sei que não demoraria para que ele me implorasse para que o livrasse daquilo e em seguida me amaldiçoasse por metê-lo numa enrascada. Pelo menos eu não tinha Lesha fazendo isso do meu outro lado. Eu sabia o que ia acontecer porque já vira aquilo antes. Também sabia que os quietos, os que esperavam a sua hora como eu, gritariam igualmente alto e implorariam inutilmente no final. Observei os homens se reunirem, pegando os nomes que podia: Rael, alto e magro, com uma cicatriz de um lado a outro do pescoço; Billan, barrigudo, com uma barba grisalha e olhos de porco. Murmurei os nomes para mim mesmo. Eu os caçaria no inferno.

TRILOGIA DOS ESPINHOS
EMPEROR OF THORNS

14

— CINCO ANOS ATRÁS —

Enquanto a velha trabalhava para expor as costelas de Sunny, a menina me trouxe sua última descoberta. Ela segurava as pinças do escorpião juntas no punho apertado e mantinha o ferrão esticado com a outra mão. Oito patas se contorciam em movimentos furiosos. O bicho devia ter uns trinta centímetros da ponta da pinça ao ferrão. Dava para ver o esforço de segurá-lo nos pequenos grupos de músculos ao longo dos ossos de seu braço.

"O quê?"

"Não está certo!" Ela teve de gritar para ser ouvida em meio aos gritos de Sunny.

"Mutante?" Ele parecia normal para mim, apenas muito maior do que os escorpiões que prefiro.

A velha jogou no chão outro pedaço de pele e duas galinhas magricelas foram atrás. Os homens, aglomerados diante dos postes, aplaudiram. A maior parte deles estava sentada, de pernas cruzadas, segurando alguma espécie de bebida em tubos de couro encerado nos quais eles bebiam. Todos pareciam contentes em deixar a velha exercer seu ofício. Alguns conversavam entre si, mas a maioria demonstrava interesse e aplaudia a habilidade com a faca ao final de cada estágio. Notei que um homem havia encontrado a cabeça de Lesha e a segurava em seu colo, virada na direção dos postes. Havia poucos entre os Cachorros Malvados que se equiparavam à intensidade com que ela nos observava.

"Não é mutante. Errou." Ela tentou partir as costas da criatura, mas não conseguiu. As pernas continuavam no frenesi contorcionista. "Você não está ouvindo?"

Eu mal podia ouvi-*la* por cima dos berros de Sunny, muito menos seu novo bicho de estimação. Na verdade, acho que ele gritava para se distrair do que estava sendo feito, pois a dor real ainda não havia começado. Tortura é mais do que dor – e os *Perros Viciosos* sabiam disso. Certamente a velha sabia. Ela ainda não havia começado com ele, mas a mutilação doía mais do que a agonia que não deixa marcas. Quando o torturador faz um estrago que obviamente não cicatrizará, ele ressalta a irreversibilidade de tudo aquilo. Isto não vai melhorar. Isto não vai sumir. Isso faz com que o homem saiba que ele é apenas carne, veias e tendões. Carne para o açougueiro.

A menina, Gretcha, segurou o escorpião no meu rosto. Eu me estiquei para me afastar e fui recompensado com uma visão completa do peito de Sunny, com o branco dos ossos das costelas aparecendo pelas fendas estreitas cortadas. As veias se destacavam em relevo por seu pescoço, os olhos muito apertados.

Foi então que ouvi o estranho zumbido, clique e tique por trás das pernas se debatendo secamente. Aquilo me fez lembrar do barulho do relógio dos Construtores quando o colocava perto do ouvido, o som de engrenagens, de dentes de metal se articulando com uma precisão impossível. Eu me virei e encarei o troço e, por uma fração de segundo, seus olhos pretos piscaram vermelhos.

Gretcha atirou o escorpião ao chão e começou a correr atrás dele, batendo nele com um bastão pesado. Um golpe quebrou a maioria das pernas do lado esquerdo. Ela sumiu do canto de meu olho, ainda perseguindo o aracnídeo aleijado. Eu não podia mais virar a cabeça. O clarão vermelho ecoou por trás de minhas pálpebras e por algum motivo eu vi a estrela vermelha de Fexler outra vez, piscando sobre o Ibérico.

Demorou quase uma hora para a mulher terminar seu serviço e durante esse tempo ela usou quase todas as ferramentas do embrulho que havia aberto no começo. Ela fez uma obra de arte com o peito e os braços de Sunny, cortando, queimando, arrancando pedaços, descascando camadas, prendendo-as de volta. Ele berrava com ela, claro, e comigo, exigindo ser libertado, que eu fizesse algo, implorando-me, e pouco depois jurou uma vingança terrível, não a seus algozes, mas a Jorg Ancrath, que o conduzira àquele destino.

O medo corria solto em mim – como poderia ser de outro modo? O pavor me atravessava quente e em seguida como gelo pelas veias, fazendo meus dedos e meu rosto pinicarem com alfinetes e agulhas. Mas eu tentei me enganar, dizendo a mim mesmo que estava sentado na plateia, observando com a crueldade casual de irmãos de estrada descansando. E até certo ponto isso deu certo, pois eu já me sentei e assisti, em muitas ocasiões, desde os tempos antes de eu realmente entender tal sofrimento, até os tempos que eu compreendia, mas não me importava. O forte machuca o fraco, é a ordem natural. Mas amarrado ali, sob o sol quente, esperando minha vez de gritar e desabar, eu sabia do horror iminente e me desesperei.

Finalmente, a velha se afastou, vermelha até os cotovelos, mas quase sem uma gota em suas roupas ou rosto. Ela se virou para sua plateia, fingiu uma reverência e voltou para a cabana, com suas ferramentas enroladas debaixo do braço.

Aplausos e vivas da plateia, alguns já bastante bêbados. Sunny respirava com dificuldade, de cabeça baixa, com um olho arregalado e fixo, o outro bem fechado. O homem alto, Rael, levantou-se e aproximou-se para amarrar a cabeça de Sunny ao poste com faixas de couro. Lá perto das cabanas alguém mijava e outro homem jogava grãos para as galinhas.

"Gretcha!" O homem da barriga redonda, Billan, chamou a garota.

Ela saiu de trás dos postes com o traço de um sorriso em seu rosto de caveira, deixando cair um punhado de partes quebradas de inseto, pernas e partes pretas brilhantes. Billan colocou uma banqueta para a menina ficar de pé, perto do poste de Sunny.

Gretcha foi até a fogueira, sem que a mandassem, e pegou o ferro que havia sido colocado lá. Eu não o vi ser posto ali. Ela o pegou pela ponta enrolada com panos e segurou a ponta alaranjada na nossa direção. "Não!" Sunny entendeu o que significavam aquelas faixas de couro em volta de sua testa. Não podia culpá-lo por seus esforços. Eu também estaria me debatendo e dizendo-lhes não quando chegasse minha hora.

Na fogueira, formas estranhas dançavam. O sol fez fantasmas da chama e tive que semicerrar os olhos, mas eu as vi, formas e cores que não deviam estar ali. Eram os delírios do calor e do pavor se estabelecendo. Talvez a loucura tomasse conta de minha mente antes que eles começassem a mexer comigo.

"Você faz barulho demais." Gretcha empurrou o ferro quente para dentro da boca de Sunny. Seus lábios fechados se enrugaram diante do brilho intenso do ferro. Dentes se racharam ao tocarem o ferro. Deu para ouvir. Eles ficaram frágeis e se estilhaçaram conforme ela empurrava. Fumaça saía de sua boca – fumaça, gritos medonhos e cheiro de torrado.

Desviei o olhar, cegado pelas lágrimas enquanto a garotinha arrancou os olhos dele. Eu podia dizer que chorei por Sunny, ou pelo horror de um mundo onde tais coisas acontecem, mas na verdade chorei por mim, por medo. No fim das contas, só existe espaço para nós mesmos.

Os Cachorros Malvados gritavam e aplaudiam o esporte. Alguns gritavam nomes, provavelmente dos homens que havíamos matado, mas aquilo não significava nada. Nós teríamos sofrido as mesmas torturas se eles tivessem nos capturado durante nosso sono, sem perdas.

"Gretcha." Billan novamente. "Chega com esse daí. Mary encontrará mais alguma coisa nele depois. Arranca o olho do outro. Só um. Eu não gosto da maneira como está olhando para mim."

A garota enfiou a ponta do ferro na brasa quente e ficou lá assistindo, de costas para mim. Eu puxei minhas amarras. Eles sabiam como amarrar um homem, não só nos pulsos, mas também nos cotovelos e mais acima. Eu puxei mesmo assim. A raiva cresceu em mim. Ela não resistiria ao ferro, mas por um momento, pelo menos, minha ira afugentou um pouco do medo. Raiva de meus carrascos e raiva da bobagem daquilo, morrer em algum acampamento sem sentido, cheio de pessoas vazias, pessoas que não iam a lugar algum, pessoas para quem meu sofrimento seria uma distração passageira.

Quando Gretcha se virou, eu olhei nos olhos dela e ignorei o calor do ferro.

"Mantenha a mão firme, menina." Eu dei um sorriso selvagem para ela, odiando-a com uma intensidade repentina, tão forte que doía.

Você é perigoso? Eu perguntara ao nubano quando seguraram os ferros em cima dele. Eu havia lhe dado sua chance, soltado uma das mãos, e ele a agarrou. *Você é perigoso?* Sim, respondeu, e eu pedi para ele me mostrar. Eu queria aquela chance agora. Deixe que ela diga as palavras. *Você é perigoso?*

Em vez disso, seu sorriso desapareceu e sua mão vacilou, só um pouco.

"Pare!", gritou Rael. "A cabeça dele não está amarrada. Ele podia morrer."

Ele se aproximou e me amarrou com mais faixas. Eu o observei, tentando guardar cada detalhe de seu rosto na memória. Ele seria uma das últimas pessoas que veria.

"Dê o ferro aqui." Ele disse as palavras bruscamente, tirando-o das mãos de Gretcha. "Eu mesmo faço este aqui." Devolvendo meu olhar, ele disse: "Você deve ser um lorde de alguma espécie. Você tinha bastante ouro consigo. E isto". Ele levantou o pulso para mostrar o relógio da tesouraria de meu tio. "Mas nós dois sabemos que se pedíssemos o seu resgate você não faria outra coisa senão nos caçar, na hora que estivesse livre e a salvo. Dá para ver isso em você."

Eu não podia mentir para ele. Não fazia sentido. Se estivesse livre, eu iria atrás deles a qualquer distância, a qualquer preço.

"Parece que você já fez isso antes." Rael fez sinal para minha bochecha. "Talvez nós devamos começar por onde eles pararam, só para lembrá-lo da sensação."

A ponta incandescente do ferro se aproximou da cicatriz grossa que atravessava o lado esquerdo de meu rosto. A mão de Rael não hesitava, não importava quão feroz fosse meu olhar. Gretcha ficou ao lado de Rael e sua cabeça chegava apenas pouco acima da cintura dele.

O calor chamuscou meus lábios e ressecou a umidade de meus olhos, mas na cicatriz não houve dor, apenas um calor, quase agradável. A queimadura havia matado toda a sensibilidade da pele, eu podia arranhá-la com minhas unhas e só sentir o puxão da pele intocada logo abaixo de meu olho. O ferro encostou um pouco abaixo da maçã de meu rosto com a pressão de um dedo apontado. A perplexidade remodelou a testa de Rael.

"Ele não q..."

Uma pulsação repentina de prazer passou pela cicatriz, quase orgástica, e um lampejo de calor fechou meus olhos. O cheiro de meu cabelo se queimando preencheu minhas narinas. Rael gritou e quando olhei novamente a dança o possuíra. Aquela dança que os homens fazem quando a dor inesperada toma conta deles; uma topada no dedão ou pancada naquele ossinho traiçoeiro do cotovelo geralmente a faz começar. Ele segurou o pulso de sua mão direita com a esquerda. E ali, cauterizada na palma exposta, funda o bastante para alcançar os pequenos ossos que formam a mão, a marca que o ferro deixara nele. O ferro mesmo estava caído na poeira, claro e brilhante, tão branco de calor como se estivesse na boca de uma fornalha, com o pano enrolado em volta em chamas.

Eu tive que rir. O que eles iriam fazer se eu risse deles – me machucar? Com o choque da coisa, eu havia mordido a língua e agora ria deles com o gosto de sangue enchendo minha boca e o calor dele correndo vermelho sobre meus lábios.

"Idiota." Billan se levantou e empurrou Rael para fora de seu caminho. Ele apertou dolorosamente meu queixo e mandíbula. "O que você fez, garoto?"

"Garoto?" Doeu ter que dizer a palavra com os dedos dele enterrados nos músculos de meu maxilar. Eu não sabia o que havia feito, mas estava contente por isso. Suspeitei que algo nos fragmentos de Gog embutidos naquela cicatriz tenha reagido ao toque de tanto calor.

"Responda."

Mesmo agora, Billan achava que tinha algo com que me ameaçar. Cuspi sangue em seu rosto. Ele saiu cambaleando com um grito de menina e aquilo me fez rir ainda mais. A histeria havia colocado suas garras sobre mim. Outros, entre os *Perros Viciosos*, ficaram de pé. Um pedaço de músculo chamado Manwa, irmão de Sancha que eu matei no fosso, pegou o braço de Billan e tentou sossegá-lo. Um trapo sujo posto em cima do sangue pareceu não ter conseguido enxugá-lo. Segundos mais tarde, uma visão melhor mostrou que a própria pele havia ficado escarlate onde o sangue tocou e em seus olhos o sangue havia escaldado sua córnea até ficar branca como leite. Parecia que a necromancia que se espreitava dentro de mim, e matava pequenas coisas só com o toque de meus dedos, realmente corria em minhas veias.

"Chame a velha Mary de volta!", Billan gritou em sua cegueira. O esforço para se conter, para negar a vontade de me estrangular até matar, o fazia tremer. "Eu quero que ele grite durante um mês."

"Você não vai viver um mês, Billan. Quando seus irmãos entenderem que sua visão não vai voltar... Quanto tempo acha que tem até eles amarrarem você a este poste?" Eu não conseguia parar de sorrir. A histeria e a bravata seriam arrancadas de mim muito em breve quando a velha aparecesse com suas facas, eu sabia disso, mas porra, ria enquanto puder, não?

Manwa sacou sua espada, que na verdade era a minha espada. "Ele tem uma espada do aço antigo e faz mágica." Ele virou a lâmina em seu enorme punho. Ele era um homem grande, mas suas mãos pertenciam a um gigante. "Talvez devêssemos pedir algum resgate por ele? O outro disse que o Conde Hansa pagaria por eles."

Rael cuspiu, com o rosto apertado de dor. Uma mão queimada não deixa um homem em paz. "Ele morre. Ele morre com força."

Manwa deu de ombros e se sentou, com minha espada sobre seus joelhos.

Dois homens levaram a velha Mary de volta aos postes. Eu os vi primeiro pelo canto de meu olho e os observei tão atentamente que quase não percebi a corda se afrouxar em volta de meus tornozelos. Por baixo das reclamações e pragas dos Cachorros Malvados, por baixo dos soluços úmidos e anormais de Sunny, ouvi um clique, um zumbido e uns arranhões como dedos raspando madeira. Alguma coisa trilhou um caminho subindo o poste às minhas costas. Flic. A corda em volta de meus joelhos caiu. Ninguém percebeu.

Mary desenrolou seu embrulho de ferramentas sobre a poeira novamente. Ela me lançou um olhar maligno como se eu fosse realmente levar uma por perturbar seu descanso. Mais uma vez, o absurdo daquilo se contraiu nos cantos de minha boca. Ela pegou a mais afiada de suas lâminas, com uma ponta pequena em uma haste cilíndrica de metal, o tipo de coisa que os médicos gregos talvez usassem para cortar uma gangrena. Três passos trouxeram Mary até mim, instável nos pés, mas segura nas mãos. Ela cortou os resquícios manchados de minha camisa. A lâmina não puxou conforme o tecido se partia diante dela.

"Que verruga horrorosa que você tem aí, velha Mary", eu disse.

Ela parou e olhou para mim. Seus olhos eram de velha malvada, muito escuros.

"Ah, desculpe. Eu estava falando da que fica em seu queixo. Coisa feia. Não dava para você arrancá-la? Com essa sua faquinha afiada? Aparar um pouco dessas barbelas também? A gente não quer que eles a chamem de Mary feia e velha, não é?"

Algo seco e desagradável passou por cima de minhas mãos amarradas. Eu tremi conforme pequenas pernas duras se moviam em cima de meus pulsos. Precisei de toda a compostura que me restava para não repelir o negócio de cima de mim.

"Você é burro?", Mary perguntou, após a pausa mais longa. Ela não havia dito uma única palavra a Sunny durante todo o tempo que trabalhara nele.

"Eu a magoei, velha Mary?" Sorri para ela, com meus dentes carmesins, sem dúvida. "Você sabe que não importa quanto eu grite e implore, essas palavras não podem voltar para dentro da caixa, não sabe? Você é feia e velha. Não há nada que possamos fazer a respeito, Mary. Suponho que a pequena Gretcha fará seu trabalho muito em breve e você será a obra de arte dela. Eu imagino as formas em que ela a cortará."

Os Cachorros Malvados me observavam agora, esquecendo suas discussões. Até Rael e Billan desistiram de suas dores por um momento para me dar atenção. As vítimas ameaçam ou imploram. A velha Mary não sabia o que fazer com deboche.

Flic. Meus pulsos estavam livres. Sangue começou a fluir para eles. Aquilo doeu mais do que qualquer coisa que eu havia sofrido no poste de tortura até o momento.

A velha Mary balançou a cabeça e afastou uma mecha de cabelo grisalho. Ela parecia irritada, menos confiante em si mesma. Aqui estava ela, prestes a me abrir, peça por peça, e eu a deixei constrangida com comentários irrelevantes sobre suas verrugas. Estampei um sorriso tão largo que podia rachar meu rosto. Eu estava bastante seguro de que eles teriam de me matar quando eu me libertasse. A ideia de atacá-los, em vez de morrer naquele poste, simplesmente me encheu de alegria. Eu não conseguia parar de sorrir.

"Maluco, este aqui." Mary pôs a ponta de sua faca na extrema direita de minha última costela.

Eu me estiquei para ouvir o barulho distante de meu salvador rastejando poste acima. Se ele cortasse a corda de meu peito e da parte superior dos braços, todos a perceberiam cair e eu ainda estaria preso pela cabeça. Eles não haviam amarrado uma corda em nossos pescoços, provavelmente para que não engasgássemos ao nos contorcer para escapar da dor.

Mary fez seu corte. Dizem que faca afiada não traz lágrimas. O corte não doeu, mas uma torrente ácida de dor acompanhou o rastro da faca. Eu precisei de todo o meu controle para não chutá-la para longe e me trair.

"Ai", eu disse. "Isso dói."

Mary se afastou para fazer um corte mais baixo, paralelo ao primeiro. Atrás de mim a criatura escorregou e caiu.

"Ah, droga!", eu gritei. Espantada, a velha Mary se assustou e vários Cachorros Malvados recuaram. De alguma forma, a criatura se prendeu em minha mão, mordendo ou agarrando, eu não sabia, só sabia que doía muito. "AI! Caralho!"

Mary piscou. Eu só tinha um corte fino em mim – ela não entendia.

"Você vai fazer a mesma coisa de novo?", perguntei. A criatura se soltou e escalou de volta de minhas mãos até o poste. Parecia um siri gigante ou uma aranha. Porra, eu odeio aranhas. "Você vai fazer as costelas todas de novo, como fez com Sunny?" Eu pisquei os olhos na direção dele. "Achei que você fosse boa nisso, que fosse interessante de assistir! Não me admira que estejam aprontando Gretcha para substituí-la."

"As costelas são chatas", alguém gritou atrás dela.

"É bom quando ela as quebra." Isso foi Rael.

"Nós já temos um pronto para isso."

"Algo novo!"

Senti leves vibrações quando a criatura atingiu as cordas que me atavam na altura do peito. Merda. Fiquei tenso, pronto para me debater feito o diabo quando ela se soltasse. Mais vibração e a coisa seguiu em frente, para cima, com a corda intacta.

"Vamos lá, Mary feiosa, mostre-nos algo novo." Um jovem de pele escura, perto do fundo.

Mary não gostou nada daquilo. Ela fez uma careta para mim, mostrando tocos amarelados de dente. Resmungando, ela se virou e abaixou para pegar um gancho fino.

A criatura se moveu atrás de minha cabeça. Meu cabelo puxava onde os fios estavam amarrados com a faixa de couro. Uma pinça deslizou por baixo da faixa que amarrava minha testa.

Mary me encarou, endireitando-se o máximo que suas costas permitiam. Ela manteve o gancho abaixado enquanto se aproximava, na altura da minha virilha, sorrindo pela primeira vez.

Flic.

Fiz força para a frente e a corda em torno de meu peito cedeu. A criatura deve tê-la puído, deixando apenas um fio para segurá-la.

Ilusionistas prendem sua atenção onde querem e assim o deixam cego para as outras coisas que estão acontecendo diante de seus olhos. O gancho de Mary prendeu a atenção dos Cachorros Malvados. A última corda que me prendia caiu e, como mágica, ninguém a viu cair.

A loucura em mim, alguma mistura virulenta de pavor e alívio, deu-me a ideia de coçar o nariz e em seguida pôr a mão de volta para atrás. A sanidade prevaleceu. Eu superei a tentação de desperdiçar o momento enterrando o gancho de Mary em um de seus olhos. Em vez disso, eu me mexi para a frente, muito rápido, e apanhei minha espada no colo de Manwa.

Eu andei no meio deles.

Para evitar ser agarrado e capturado, é melhor ir pelas beiradas, mas eles tinham arcos e, em algum lugar, mais daqueles dardos. Ao atacar no meio, eu os mantive desorganizados, próximos. E conforme passei entre eles eu saí atacando. Antes de o primeiro Cachorro ficar de pé, quatro homens tiveram feridas abertas por mim – feridas que nunca se fechariam.

Há uma liberdade em ficar cercado de inimigos por todos os lados. Em tais circunstâncias, com uma espada pesada que seja afiada o suficiente para fazer o vento sangrar, você pode fazer movimentos circulares grandiosos e viciosos. Seu único cuidado deve ser assegurar que sua arma não fique presa no corpo de sua última vítima. De muitas formas, eu vivera a maior parte de minha vida em uma condição exatamente como aquela, atirando em todas as direções sem me preocupar com quem poderia morrer. A experiência me foi de grande valia à beira dos Montes Ibéricos.

Os Cachorros Malvados morreram, separados de cabeças, de membros, sem tempo de deixar um homem cair antes que a ponta de minha espada abrisse um sulco vermelho no próximo. Nunca, antes ou depois disso, eu tive uma alegria tão autêntica na carnificina. Alguns pegaram suas armas, espadas, facas, machadinhas afiadas, cutelos, mas nenhum durou mais do que dois golpes comigo: uma defesa rápida e eles caíam no contra-ataque. Eles me cortaram em três lugares. Eu não soube até bem mais tarde, até perceber que um pouco do sangue não saía quando me limpei.

Em determinado momento, com homens atacando de muitas direções, girei e encontrei Manwa na minha frente. O instinto me fez agarrar, com minha mão livre, a mão com que ele segurava a faca e me girou para o lado. O ódio levou minha testa ao nariz dele. Ele era um homem alto, forte, mas eu havia ficado alto e se a raiva multiplicara minha força ou se meus músculos eram páreo para os dele eu não sei, mas sua faca não me encontrou. Na verdade, eu fiquei com ela por mais uma dúzia de momentos sangrentos, cortando e estocando, até deixá-la no pescoço de Rael.

Ajudou o fato de que muitos deles estavam bêbados, alguns tão embriagados de aguardente que não conseguiam nem achar suas armas, muito menos usá-las com resultados satisfatórios. Também ajudou o fato de odiá-los com tanta pureza, além de ter treinado a esgrima durante meses, dia após dia, até minhas mãos sangrarem e a canção da espada ecoar em meus ouvidos.

Um homem gordo caiu perto de mim, vomitando as tripas em rolos azulados de sua barriga aberta. Outro homem, já correndo, eu cortei por trás. Ao me virar, percebi mais dois Cachorros correndo em direção ao vale. Um eu abati em cinquenta passos, com um machado apanhado do chão. O outro escapou. O silêncio foi repentino e total.

Perto dos postes, Mary estava com Gretcha a seu lado. A garota estava com uma mão enrolada na saia da velha, a outra segurando sua zarabatana apontada para mim. Andei em direção a elas. Pfft. O dardo de Gretcha atingiu minha clavícula. Arranquei o canudo dela e o atirei para trás.

"Nós somos muito parecidos, Gretcha, você e eu."

Eu me agachei para ficar na altura da menina. O dardo saiu com um puxão e eu o deixei cair na poeira. Ela olhou para mim com olhos escuros. Eu vi muito de Mary nela. Uma neta, talvez.

"Eu posso ajudar." Sorri, triste por ela, triste por tudo. "Se alguém tivesse feito isso por mim quando eu era criança, teria evitado muitos problemas para todo o mundo."

Sua boca fez um "oh" de surpresa enquanto a espada passou através dela, raspando pelos ossos finos. Ela deslizou para fora da lâmina quando eu me levantei.

"Feia. Velha. Mary", eu disse.

Ela ainda segurava o gancho. Eu a segurei pelo pescoço magricelo, mas ela não tentou me espetar com ele. A necromancia formigou na ponta de meus dedos, talvez reagindo à idade da menina. Meus dedos encontraram as saliências de sua espinha e eu deixei a morte fluir para ela, o suficiente para fazê-la desabar ao chão.

Sunny ainda estava vivo. Sua respiração ofegante era o único som naquele silêncio que se estabelece em um massacre. Alguns dos Cachorros Malvados estariam feridos, porém vivos. Se estavam mesmo vivos, no entanto, eles ficaram quietos e tiveram a sensatez de não chamar minha atenção.

De perto, as feridas de Sunny gritavam para mim. Eu senti a dor passando por ele em rios vermelhos. A necromancia sabe dessas coisas. Com a mão contra o peito dele, parecia que eu o conhecia por completo, que eu conhecia a ramificação de suas veias, o formato de sua coluna, as batidas e as palpitações de seu coração. Eu não sabia curar – só sabia matar. Um muco grosso, salpicado de carvão, escorria de suas órbitas oculares. Sua língua estava queimada e inchada dentro da boca quebrada.

"Eu não posso ajudá-lo, Greyson Landless."

O esforço que ergueu sua cabeça sem olhos na minha direção rasgou os laços necromânticos entre nós e arrancou um suspiro de mim. Cortei suas cordas e o pus no chão. Eu não queria que ele morresse amarrado.

"Paz, irmão." A ponta de minha espada repousou em cima de seu coração. "Paz." E eu lhe dei um fim.

O sofrimento de Greyson ainda tremia em minhas mãos. Eu me ajoelhei ao lado da velha Mary, caída no chão, observando-me com olhos brilhantes, com poeira sobre o rastro de baba em sua bochecha. Com uma mão em seu pescoço magro e outra em cima de sua cabeça eu libertei a dor de Sunny. Parece que os dedos de um necromante podem fazer em instantes, com golpes e beliscões, o que todos os seus instrumentos afiados levaram horas para realizar. O coração dela não aguentou por muito tempo e a morte apareceu para buscá-la. Ela morreu fácil demais.

A cabeça de Lesha estava entre os corpos. Eu a recuperei, matando um remanescente pelo caminho. A maioria dos corpos ecoava algum resquício da pessoa quando eu os tocava. O corpo de Algazarra fedia como ele. Mas a cabeça de Lesha parecia vazia, não literalmente, não oca, mas sem nenhum traço dela, apenas uma casca. De alguma maneira, aquilo me agradou, ela ter ido além do alcance. A algum lugar melhor, espero.

Eu pus a cabeça dela ao lado do corpo de Sunny, pronta para enterrar. Antes, porém, andei em volta dos postes. O escorpião, sem três pernas de um lado e com parte de sua couraça arrancada de suas costas, estava agarrado, imóvel, à parte de trás do poste em que eu fora amarrado. A faixa de couro que segurava minha cabeça ainda pendia de sua garra. A cabeça do escorpião se levantou uma fração quando me aproximei dela e mais uma vez as contas pretas de seus olhos brilharam vermelhas.

"Fexler?", perguntei.

Ele se contorceu duas vezes e caiu do poste, aterrissando de costas. Mais uma convulsão e ele se enrolou com um barulho alto de estalo, com as placas de sua couraça prendendo-se em um abraço permanente.

"Caramba."

TRILOGIA DOS ESPINHOS

EMPEROR OF THORNS

15

A HISTÓRIA DE
CHELLA

"Conte-me de novo."

Ele está acorrentado e sangrando em um calabouço, rodeado de mortos-vivos, e lá em cima há toda a sorte de coisas piores; espíritos do lodo e destroçadores são o de menos... e ele continua a fazer perguntas!

"Você é um homem incomum, Kai Summerson." Chella andou em volta da coluna outra vez. Ela não conseguia ficar com os pés parados. Talvez tivesse vida demais neles.

"Isso vindo de uma necromante, com o corpo de minha mulher no chão."

Chella se aproximou, com a agulha de ferro em sua mão, mas ela sabia que o equilíbrio já havia se afastado dela. Em algum momento, este jovem incomum deduziu que ela precisava de sua cooperação. Talvez fosse apenas óbvio demais que ela o tivesse matado se sua necessidade não fosse tão grande.

"O que foi que você não entendeu?" Ela sussurrou no ouvido dele. Ele não tinha como saber o quanto ela precisava de algum êxito, qualquer coisa que a tirasse da fria sombra do desdém do Rei Morto.

"Sula está no céu... e também aqui?"

Ela deixou escapar um suspiro, acentuado pela frustração. Até homens inteligentes podiam ser tolos. "O que não passa pelo céu pode ser devolvido ao corpo. O quanto é devolvido depende da pessoa e da necessidade. Não precisa de muito para fazer um cadáver recente ficar de pé. Um pouco de vontade, ganância, talvez alguma raiva. Sula tinha bastante ganância."

"Então nem todo o mundo pode ser devolvido. Algumas pessoas fazem a passagem limpas e por completo?"

"Um santo, talvez. Nunca conheci um." Crianças também. Mas ela não disse. Seja lá o que pavimenta a estrada para o inferno, o importante é dar um passo de cada vez.

"E, depois de me lembrar do céu, você espera que eu me amaldiçoe a arder pela eternidade só para evitar uma morte dolorosa?" Kai cuspiu sangue no chão. Ele deve ter mordido a língua. Ele não parecia, nem de longe, tão assustado quanto deveria estar. Provavelmente parecia um sonho para ele, um pesadelo, estranheza demais rápido demais. Se ela tivesse tempo, Chella o deixaria um ou dois dias. O medo infiltra-se em um homem. Em um lugar frio e escuro, sozinho, apenas com a imaginação como companhia, o terror se acumularia nele. Mas ela não tinha dois dias, nem mesmo um.

"A morte está destruída, Kai. O inferno está crescendo. Por quanto tempo você acha que o céu o manterá a salvo? O Rei Morto está acabando com tudo isso. A eternidade será aqui, neste mundo, neste corpo. Tudo que você precisa decidir é se vai alimentar o fogo ou ser o combustível."

TRILOGIA DOS ESPINHOS

EMPEROR OF THORNS

16

alvez o Motor do Mal tenha encontrado uma nova engrenagem, pois nada parecia direito após Kent trazer a notícia de que a carruagem de meu pai nos precedia. Eu cavalguei até a frente de nossa coluna, com Makin e Rike vindo atrás de mim. Ao lado do capitão Harran, alguns minutos depois, em cima de uma pequena elevação, eu vi o brilho opaco da coluna de Ancrath à frente. É necessário mais que um rio de lama para impedir a Guarda Gilden de brilhar.

Eu parei para olhar para a carruagem balançando entre os cavaleiros. Andei nela pela última vez quando tinha nove anos. O velho desgraçado a havia recuperado.

"Ele me dá medo também", disse Makin.

"Eu não tenho medo de meu pai." Eu fiz uma careta para ele, mas ele apenas sorriu.

"Eu não sei como ele mete medo em alguém", disse Makin. "Quero dizer, sou melhor com a espada, e tudo bem, ele tem um temperamento frio e modos duros, mas isso muitos reis e duques, condes, barões e lordes também têm. Qualquer homem que dá ordens exagera um pouco só para manter o controle. Ele nem é dado à tortura: seu irmão, seus sobrinhos, todos são conhecidos por isso, mas Olidan simplesmente manda enforcar você e pronto."

Rike rosnou ao ouvir aquilo. Ele vira as masmorras de meu pai pelo outro lado. Ainda assim, Makin tinha razão, havia muitos homens por ali que faziam Olidan Ancrath parecer razoável.

"Eu disse que não tenho medo dele." A batida de meu coração denunciava minha mentira, mas só eu podia ouvi-la.

Makin deu de ombros. "Todo o mundo tem. Ele dá calafrios na gente. Ele tem aquele olhar. É isso. Olhos frios. Fazem você se arrepiar."

Eu sou conhecido por fazer jogadas ousadas, por aceitar o desafio mesmo quando sei que não deveria. Debaixo daquele céu cinzento, no entanto, com um vento frio soprando úmido do norte, eu não sentia a menor inclinação de alcançar a carruagem avançando à nossa frente e exigir uma prestação de contas do passado. Meu peito doía ao longo da fina costura daquela velha cicatriz e, pela primeira vez, eu me vi querendo deixar algo passar.

Nós prosseguimos sem falar, com a coluna se movendo ao nosso redor, tantos guardas em suas belas armaduras, tão certos de seu propósito. A brisa fria me importunava e todo o meu passado se reuniu em volta de meu ombro, esperando sua vez de chacoalhar dentro de minha cabeça.

"Cerys", eu disse.

Makin empurrou seu capacete para trás e olhou para mim.

"Morta quando tinha três anos de vida. Conte-me." Eu achei que se um dia falássemos sobre a filha de Makin seria na embriaguez sentimental das horas antes do amanhecer, ou talvez fosse preciso um ferimento mortal para virar nossa conversa a assuntos importantes, como aconteceu com Coddin. Não me ocorreu que aquilo pudesse acontecer cavalgando na lama, à fria luz do dia, rodeado de estranhos.

Makin ainda me observava, sacudindo em sua sela, com incomum rigidez naquele rosto flexível dele. Por um longuíssimo momento, eu achei que ele não fosse falar.

"Meu pai tinha terras em Normardy, uma pequena propriedade nos arredores da Cidade de Trent. Eu não era o primeiro filho. Arranjaram-me um casamento com a filha de um homem rico. O pai dela e o meu concordaram em alguns hectares para nós e uma casa. A casa veio uns anos depois da nossa união oficial. Menor que uma mansão, maior do que uma casa de fazenda. O tipo de lugar que você invadia quando liderava os irmãos na estrada."

"Era ilegal?", perguntei.

"Não." Seus olhos brilhavam, cheios de lembranças. "Alguma disputa oficial, mas mesquinha demais para ser chamada de guerra. Trent e Merca brigando por causa de suas fronteiras. Cem soldados e homens armados de cada lado, não mais. E eles se encontraram em meu campo de trigo. Nós dois tínhamos dezessete anos, Nessa e eu, e Cerys três. Eu tinha alguns lavradores, duas criadas da casa, uma camareira, uma ama de leite."

Até Rike teve bom senso e não disse nada. Nada além do barulho dos cascos na lama, as pisadas pesadas de Gorgoth, o rangido das armaduras, o tilintar chato de metal com metal, a discussão aguda dos pássaros invisíveis no céu.

"Eu não as vi morrer. Eu devia estar caído no chão perto da porta da frente segurando meu peito. Provavelmente cortaram Nessa quando eu estava lá olhando para as nuvens. Eu apaguei depois. Cerys se escondeu na casa e o fogo deve tê-la atingido após eu ter sido arrastado inconsciente até uma vala. As crianças fazem isso, elas se escondem do fogo em vez de correr, e a fumaça as encontra."

"Levei seis meses para me recuperar. Perfuração no pulmão. Mais tarde, invadi Merca com um bando que sobreviveu àquele dia. Eu descobri que o filho do lorde que liderou aquele ataque havia sido enviado à casa de um primo em Attar para se proteger. Nós nos encontramos um ano depois. Eu o localizei em uma cidadela a cerca de trinta quilômetros daqui."

"Minha rota de volta me levou por Ancrath e eu fiquei lá. Com o tempo, encontrei trabalho com seu pai. E isso é tudo."

Makin não estava sorrindo, embora eu já o tivesse visto sorrir para a morte várias vezes. Seus olhos se mantiveram no horizonte, mas eu sabia que ele via além daquilo. Através de anos. "Isso" nunca é tudo. A dor se espalha e cresce e sai para quebrar o que há de bom. O tempo cura todas as feridas, mas muitas vezes somente com o uso da sepultura e, enquanto vivemos, algumas dores vivem conosco, ardendo, fazendo-nos contorcer e virar para escapar delas. E, conforme nos contorcemos, viramos outros homens.

"E quanto tempo leva para uma criança pela qual você cruza nações para castigar, já que você não a salvou quando isso era uma opção, transformar-se em uma criança que você esfaqueia por não conseguir aceitá-la, quando isso era uma opção?"

Makin deu um meio sorriso, mas não desviou o olhar do passado que o segurava. "Ah, Jorg, mas você nunca foi tão doce quanto Cerys, e eu nunca fui tão frio quanto Olidan."

Outro dia se passou e nós seguimos a coluna de Ancrath pela região central de Attar. De todos os cantos, camponeses vieram com os pés amarrados em farrapos para nos ver passar, envolvidos na fumaça dos campos onde linhas vermelhas de fogo comiam o restolho. Eles abandonavam os ritos funerários da ceifa, o assentamento e o empilhamento da colheita, a salmoura e a secagem para o inverno, para assistir à Guarda Gilden e ver os galhardetes negros e dourados se agitarem no alto. O Império significava algo para eles. Algo antigo e profundo, um sonho meio esquecido de coisas melhores.

No fim da tarde, a luz do sol irrompeu por uma fissura nas nuvens e Miana surgiu da carruagem de Lorde Holland para cavalgar calmamente um pouquinho, de lado na sela, enquanto nós atravessávamos uma poça em uma cidade com o improvável nome de Mijo. Marten também veio em uma sela e quando Miana se retirou ele continuou ao meu lado.

"Ela está achando difícil, majestade", ele disse, sem ser solicitado.

"Mais difícil do que ficar no Assombrado esperando por hóspedes do Vaticano?"

"É um trabalho difícil carregar uma criança no último mês." Marten deu de ombros, mas eu senti que ele se importava com aquilo.

Às vezes, dói ver outros homens serem mais veementes do que eu com coisas que deveriam me importar. Sabia que se o assassino enviado pela papisa houvesse matado Miana e nosso futuro filho eu teria sofrido. Mas também sabia que uma parte terrível de mim, lá no fundo, teria erguido o rosto para o mundo com um sorriso vermelho, recebendo a chance, a desculpa, dos momentos vindouros de pureza em que minha vingança navegaria em uma maré de sangue. E eu sabia que a ira levaria embora todo o resto, inclusive a tristeza.

"É um mundo difícil, Marten." Ele olhou de relance, confuso por um instante, já que havíamos percorrido quatrocentos metros desde que ele falara pela última vez. "Não deveria ser fácil trazer alguém a um mundo difícil. Já é fácil demais fazer uma nova vida, fácil demais tirar uma vida antiga. É apenas justo que alguma parte do processo apresente um pouco de dificuldade."

Ele manteve o olhar em mim, um direito conquistado várias vezes em meu serviço, e o peso de seu julgamento cresceu sobre mim.

"Droga." Eu bufei minha exasperação. "Eu me sinto em desvantagem naquela carruagem."

Marten sorriu. "Um homem casado está sempre em desvantagem."

Eu cuspi na lama e puxei as rédeas de Brath praguejando. Cinco minutos depois, eu estava sentado na carruagem mais uma vez ao lado de Miana.

"A carruagem de meu pai está logo à frente de nós", eu disse.

"Eu sei."

Era estranho falar sobre ele, especialmente com Gomst e Osser sentados observando-nos. Gomst pelo menos teve o bom senso de pegar sua Bíblia, um livro grande o bastante para esconder os dois e ocupar o mais velho com uma discussão sobre esse ou aquele salmo.

"Coddin quer que eu vote com meu pai no Congresso. Para fazer as pazes com ele." As palavras fizeram minha boca ficar suja.

"E você preferiria... não fazê-lo?" Um sorriso se arqueou no canto de seus lábios, mas eu não me senti ridicularizado.

Um trecho da conversa de Gomst chegou até mim. "'Pai, onde está o cordeiro que será sacrificado?' E Abraão respondeu: 'Meu filho, Deus fornecerá o cordeiro'."

"Eu tenho muitos motivos para querê-lo morto. E quase tantos motivos para querer ser quem irá fazê-lo."

"Mas você *quer* fazê-lo? O Jorg que eu conheço tende a fazer o que quer e, se os motivos lhes são contrários, ele os muda."

"Eu..." Eu queria entender como tudo funcionava, esse negócio de viver e de criar filhos. Eu queria fazer o serviço melhor do que ele fizera. "As pessoas dirão ao nosso filho o que aconteceu entre mim e meu pai."

Miana se aproximou, com os cabelos pretos-graúna caindo em volta de seu rosto pálido. "E o que elas dirão à nossa criança?" Ela se recusava a chamá-lo de "nosso filho" até ele sair para se provar.

"Nem o rei consegue controlar a fofoca das pessoas", eu disse.

Miana olhou para mim. Ela usava um arco de ouro trançado, mas seu cabelo fazia o que queria, necessitando de pelo menos duas criadas e um punhado de grampos para dominar. Pelo menos minha incompreensão a fez explicar. "Como é que um homem tão inteligente pode ser tão burro? O que aconteceu entre você e seu pai não terminou. A história que será contada ainda não foi escrita."

"Oh."

Eu deixei que ela me enxotasse da carruagem.

Só depois que o acaso deu uma mão, no entanto, foi que eu finalmente criei coragem de cavalgar até a carruagem de meu pai. Um capitão da guarda veio trazer notícias e me encontrou escondido no meio da coluna, com Gorgoth a meu lado. Gorgoth sempre era uma boa companhia quando você não estava a fim de falar.

"A carruagem de Ancrath quebrou um eixo." Ele não se preocupou com meu título. "Será que há espaço na sua? Há certa objeção em usar um dos vagões de bagagem."

"Eu irei até lá discutir o assunto." Prendi um suspiro. Às vezes, você sente o fluxo do universo e nada pode negar sua vontade por muito tempo.

Todos os meus homens me seguiram. As notícias se espalharam rapidamente. Até Gorgoth me seguiu, talvez curioso para ver de onde um filho como eu havia saído. Nós passamos as centenas da Guarda Gilden, todos parados na trilha. Todas as cabeças viraram-se na nossa direção. E em uma estreita faixa da estrada, sem nada de especial, a não ser pelo córrego em cujo leito pedregoso a carruagem de meu pai quebrou seu eixo, eu mais uma vez fui falar com o Rei de Ancrath.

Achei que pelo menos Coddin ficaria contente. Eu podia não ter aceitado seu conselho, mas o destino pareceu discordar de minha decisão, empurrando os Ancrath mais um passo ao longo do caminho da velha profecia. Dois Ancrath trabalhando juntos eram necessários para arrebatar o poder das mãos ocultas e aqui estavam os dois últimos Ancrath. Bem, você pode levar um cavalo até a água, mas eu escolho o que diabos vou beber e tenho uma péssima opinião sobre profecias. Seria preciso que o inferno congelasse para me ver aliado à causa de meu pai.

Eles haviam arrastado a carruagem uns vinte metros acima da encosta perto do córrego. Eu desci do cavalo ali perto, com minhas botas afundando quinze centímetros na lama. Uma brisa puxava os galhos nus dos arbustos, uma árvore mais alta passava por cima de nós, como dedos negros contra o céu claro. A mão nas rédeas de Brath tremia como se o vento a puxasse também. Eu praguejei contra minha fraqueza e encarei a porta da carruagem. Mil anos atrás, o Grande Jan havia me puxado por aquela porta, de um mundo a outro.

Eu fiquei ali parado, frio, com minha bexiga cheia demais, um tremor em minhas pernas, transformado, em segundos, de rei de sete nações dirigindo-se ao Congresso a uma criança assustada outra vez.

O capitão da guarda da coluna de Ancrath bateu à porta, com a mão em cota de malha. "Honório Jorg Ancrath solicita uma audiência."

Eu queria estar em qualquer outro lugar, mas me aproximei. Ninguém da guarda, além do capitão, havia desmontado para prevenir violência. Ou não sabiam das histórias que os homens contavam sobre mim ou não se importavam. Talvez eles vissem o trabalho deles como retribuição por quebrar a paz, em vez de prevenir tais brechas.

A porta se abriu e do interior escuro surgiu uma mão magra e pálida. A mão de uma mulher. Eu me aproximei e a peguei. Sareth? Meu pai havia trazido sua esposa?

"Sobrinho."

E ela desceu até o degrau, toda em sedas sussurrantes e golas de renda rígida, sua mão fria porém ardente sobre a minha. A carruagem atrás dela estava vazia.

"Tia Katherine", eu disse, faltando com as palavras mais uma vez.

TRILOGIA DOS ESPINHOS

EMPEROR OF THORNS

17

eis anos a haviam deixado ainda mais bonita. O que Katherine Ap Scorron escondia em sonhos estava diante de mim em um dia frio às vésperas do inverno.

"Katherine." Eu ainda segurava sua mão, erguida entre nós. Ela a retirou. "Meu pai a enviou ao Congresso? No lugar dele?"

"Ancrath está em guerra. Olidan está com seus exércitos para garantir que a guerra não seja perdida."

Ela vestia preto, um vestido fluido, com pregas de cetim que atingiam uma larga barra de camurça preta, da qual a lama pudesse ser escovada quando secasse. Renda em volta de seu pescoço como tatuagens de tinta, brincos de prata e azeviche. Ainda de luto por seu príncipe.

"Ele mandou você? Com dois selos de voto e nenhum assessor."

"Nossar de Elm vinha, mas ficou doente. Eu tenho a confiança do rei." Ela me observou, com os olhos duros e os lábios apertados em um rosto pálido. "Olidan passou a apreciar meus talentos." Metade de um desafio – mais da metade. Como se ela pudesse favorecer o pai sobre o filho e substituir sua irmã ao lado dele.

"Eu mesmo passei a apreciar seus talentos, senhora." Esbocei uma reverência apenas para organizar meus pensamentos. "Posso oferecer-lhe um lugar na carruagem de Renar? Os consertos de meu pai nesta aqui parecem ter sido malcalculados." Eu puxei as rédeas de Brath, trazendo-o próximo o suficiente para que ela o montasse do degrau de embarque.

Katherine deixou a carruagem sem mais incentivos, subindo para cavalgar de lado e acomodar o comprimento de seu vestido. Por um momento, o cetim ficou esticado sobre a saliência de seu quadril. Eu a desejava por mais do que o formato de seu corpo, mas eu desejava aquilo também.

Kent desmontou rapidamente para que eu pudesse pegar seu cavalo e cavalgasse com Katherine de volta até a coluna. Eu fiquei perto, querendo falar, mas sabendo quão fracas minhas palavras soariam.

"Eu não quis matar Degran. Eu teria lutado para salvá-lo. Ele era meu..."

"E ainda assim você o matou." Ela não olhou em minha direção.

Eu poderia ter falado sobre Sageous, mas o pagão havia apenas colocado a corda em minhas mãos. O fato de que ele sabia que alguém seria enforcado não me desculparia. No fim, eu só podia concordar. Eu realmente matei meu irmão.

"Orrin também merecia mais de seu irmão", eu disse. "Ele teria sido um bom imperador."

"O mundo devora os homens bons no café da manhã." Ela balançou as rédeas para persuadir Brath a ir mais rápido.

As palavras me soaram familiares. Eu chutei o cavalo de Kent e a alcancei. Ela parou ao lado da carruagem de Lorde Holland. "Eu não sabia que seu gosto era tão suntuoso, Jorg."

"Escolha de minha esposa", eu disse.

Eu acenei para o guarda à porta da carruagem e ele bateu para anunciar Katherine. Seus dedos mal fizeram contato com a madeira laqueada quando a porta se abriu e Miana inclinou-se para fora, com os olhos escuros em Katherine e os lábios apertados. Ela estava inexplicavelmente bonita.

"Trouxe uma parteira para você, querida – minha tia Katherine."

Eu espero sinceramente que a expressão de choque de Katherine tenha sido mais espetacular que a minha quando tomei sua mão cinco minutos antes.

Entrei primeiro na carruagem e me sentei entre a jovem rainha e a princesa mais velha. Eu não confiava em Gomst para ter a habilidade de parar o derramamento de sangue caso as coisas fossem mal.

"Rainha Miana de Renar", eu disse, "esta é a Princesa Katherine Ap Scorron, representante de meu pai no Congresso e viúva do Príncipe de Arrow. Nós conhecemos o exército de Arrow dois anos atrás, você deve se lembrar." Eu acenei para os homens velhos. "Osser Gant de Kennick, assessor de Lorde Makin, e é claro que você conhece o bispo Gomst."

Miana pôs as mãos sobre a barriga. "Sinto muito por sua perda, Katherine. Jorg me contou que matou o homem que assassinou seu marido."

"Egan, sim. O irmão mais novo de Orrin. Embora a melhor ação naquele dia tenha sido dar um fim ao pagão, Sageous. Ele envenenou a mente de Egan. Ele não teria traído Orrin, de outra maneira."

Eu pressionei as costas sobre as almofadas. Duas mulheres, ambas dadas a falar o que pensavam e a passar por cima de qualquer gentileza social que as atrapalhassem, costumam ter conversas curtas que acabam de maneira interessante. O fato de Katherine permitir a mão de Sageous no fratricídio de Orrin parecia cruel quando ela não deixava eu me esconder em tais desculpas. Na verdade, porém, eu não podia jogar minha culpa nele.

"O primogênito muitas vezes é o melhor que a árvore oferece", disse Miana. "Antigamente, oferecia-se o primeiro fruto aos deuses. Talvez seja por isso que o primeiro filho carregue o que quer que seus pais tenham de bom para dar." Ela entrelaçou os dedos sobre a grandiosidade de sua barriga.

Um leve sorriso tocou os lábios de Katherine. "Minha irmã é a primogênita. Tudo de gentil ou bondoso foi para ela, em vez de para mim."

"E meu irmão, que um dia reinará em Wennith, é um bom homem. Qualquer maldade ou astúcia que meus pais tinham veio para mim." Miana fez uma pausa quando a carruagem deu um solavanco e entrou em movimento, e todas as colunas começaram a se mover. "E você tem Orrin e Egan para sustentar minha teoria."

"Claro que isso faria de Jorg o modelo exemplar dos Ancrath." Katherine olhou para Gomst, que teve a elegância de olhar para longe. "Conte-nos, Jorg, como era William?"

Aquilo me surpreendeu. Eu estava feliz em deixá-las discutir por cima de mim. "Ele tinha sete anos. É difícil dizer", eu disse.

"O tutor Lundist dizia que William era o mais inteligente dos dois. O sol para a lua de Jorg." Gomst falou, mas manteve os olhos baixos. "Ele me disse que a criança tinha uma vontade de ferro, tanta que nenhuma babá podia desviá-lo do caminho de sua escolha. Nem Lundist com sua astúcia oriental podia distrair o menino. Eles o trouxeram até mim uma vez, um menino de seis anos determinado a sair a pé para encontrar a Atlântida. Eu falei sobre seu dever, sobre o plano de Deus para cada um de nós. Ele riu de mim e disse que ele é que tinha um plano para Deus." Gomst levantou a cabeça, mas não nos viu, com os olhos fixados no passado. "Loiro como se tivesse saído do sangue do próprio imperador." Ele piscou. "E uma força. Eu acredito que ele poderia ter feito qualquer coisa, aquele menino – caso pudesse ter crescido. Qualquer coisa. Boa ou má."

Minhas próprias lembranças pintavam um quadro mais suave, mas eu não podia contestar Gomst. Quando William botava algo na cabeça, quando decidia como uma coisa deveria ser, não havia quem discutisse com ele. Até quando meu pai era chamado, ele segurava as pontas. E, apesar do que eu conhecia da crueldade de meu pai, quando se tratava de William, nunca passava pela minha cabeça que o assunto já estivesse decidido, mesmo quando ouvíamos os passos de meu pai no corredor. Talvez o motivo pelo qual meu pai me odiava fosse simples assim. Eu sempre fora o mais fraco dos dois. O filho errado havia morrido naquela noite, o filho errado ficou pendurado nos espinhos.

Miana quebrou o silêncio desconfortável. "Diga-me, Katherine, como é meu sogro? Eu ainda não o conheci. Gostaria de conhecê-lo. Eu esperava que ele fosse ao Congresso para que Jorg pudesse nos apresentar."

Aquilo seria uma imagem e tanto. O que meu pai pensaria sobre minha pequena esposa-criança que incinerou seus próprios soldados para abrir um rombo enorme no inimigo?

"O Rei Olidan nunca muda", disse Katherine. "Passei anos em sua corte e não o conheço, então duvido que você aprendesse muita coisa se ele tivesse vindo ao Congresso. E estou longe de ter certeza se minha irmã o conhece após seis anos em sua cama. Nenhuma de nós sabe quais são seus sonhos para Ancrath."

Eu li aquele código claramente. Ela não havia conseguido usar suas mágicas noturnas em meu pai, e talvez Sageous também não. Talvez a mão de meu pai tenha sido a única sobre a faca a me apunhalar. Tudo isso supondo que Katherine não estivesse mentindo, é claro, mas suas palavras pareciam verdadeiras. Não parecia que ela achasse valer a pena manchar seus lábios para me dizer falsidades.

"Como está essa guerra, princesa?" Osser Gant inclinou-se para a frente. Ele tinha movimentos rápidos para alguém grisalho, os olhos escuros e ardilosos. Dava para ver por que Makin o valorizava.

"Os mortos continuavam a avançar dos pântanos, raramente em grande número em um mesmo lugar, mas o suficiente para drenarem a terra. Camponeses são mortos em suas vilas, seus corpos arrastados aos pântanos, e fazendeiros morrem em suas propriedades. Os mortos se escondem na lama quando as tropas de Ancrath os perseguem, ou eles se abrigam na Sombra do Mal, em qualquer lugar onde a terra é nociva demais aos homens. Gelleth tem lugares assim." Ela olhou para mim mais uma vez. "Os ataques enfraquecem o moral, escasseiam a comida. Antes de eu sair, falava-se de um lichkin andando pelo pântano."

Gomst fez o sinal da cruz.

"E o que eles dizem na corte de Olidan a respeito da direção desses ataques?", perguntou Osser. Uma questão de interesse considerável para todos os homens de Kennick, pois embora eles tenham perdido os pântanos para os mortos, muitos anos antes, muito pouco da predação aconteceu nas terras secas de Kennick. As tropas de Makin não tinham com que se preocupar, contanto que mantivessem os pés em terra firme.

"Dizem que o Rei Morto odeia o Rei Olidan", disse Katherine.

"E o que você diz, Katherine?" Miana inclinou-se sobre mim, cheirando a lírios, com nossa criança chutando minhas pernas através de sua barriga.

"Eu digo que os navios negros irão navegar até o estuário de Sane e desaguar suas tropas nos pântanos quando o Rei Morto estiver pronto para atacar. E que de lá eles irão se mover através de Ancrath, abrigando-se nas cicatrizes que os Construtores nos deixaram, a Sombra do Mal, o Leste Escuro, a Cicatriz de Kane, o que seu povo chama de 'terras prometidas', rainha. Ele chegará até Gelleth pelos caminhos que Jorg abriu com a destruição do Monte Honas e continuará dessa maneira, reunindo forças de muitas fontes até chegar a Vyene, onde as intermináveis votações do Congresso deixarão de ter importância."

"E é isso que o Rei Olidan mandou você dizer à Centena?", perguntou Gomst. Ele segurava seu crucifixo com tanta força que o ouro se dobrou em sua mão, com um fogo fanático em seu olhar. Tal paixão transformou o homem em um estranho, após tantos anos de devoção vazia. "É o que o divino diz. Deus lhes diz isso."

Uma risada insegura escapou de Katherine. "Olidan sabe que os navios negros irão na direção dele. Ele diz que Ancrath resistirá, que esta nova propagação será erradicada, que Ancrath salvará o Império. Ele pede apenas que seu direito ao trono seja reconhecido e que, enquanto ele lidera seus exércitos para salvar a Centena, eles ponham a coroa em seu colo e restabeleçam o comissariado. Claro que ele pede em linguagem mais discreta, em muitas mensagens apropriadas para muitos ouvidos, relembrando velhas dívidas e promessas." Seus olhos verdes me encontraram, nossos rostos próximos, minha perna pressionada à dela e gerando calor. "Incluindo deveres filiais", disse ela.

"Por que..."

Katherine me cortou. "Seu pai diz que conhece o Rei Morto. Sabe de seus segredos. Sabe como derrotá-lo."

TRILOGIA DOS ESPINHOS
EMPEROR OF THORNS

18

A HISTÓRIA DE
CHELLA

"O que você viu até agora não vai prepará-lo para isso. Transforme sua mente em pedra. Faça qualquer juramento que lhe pedirem." Chella ajeitou a gola do manto de Kai e se afastou para olhar para ele novamente.

"Sim."

O rapaz havia envelhecido dez anos da noite para o dia, com linhas apertadas em torno de sua boca, os lábios franzidos. O cansaço estava em volta de seus olhos e dentro deles. Ela não o havia destruído. Não se pode fazer necromantes de homens destruídos. É um contrato no qual se deve entrar por vontade própria e Kai tinha instinto de autopreservação suficiente para desejar aquilo. Por trás de seu charme e dos modos tranquilos, Chella imaginou que uma dureza sempre houvesse existido. Ela prosseguiu e ele a acompanhou pelo corredor.

"Não olhe para nenhum deles. Principalmente para os lichkin", disse ela.

"Credo! Lichkin!" Ele parou e, quando ela se virou, deu para trás, com o rosto ficando sem cor. Por um momento, ele achou que seus joelhos iriam se dobrar. "Pensei que a corte do rei fosse de necromantes..."

"Os lichkin devem ser a menor de suas preocupações." Chella não podia culpá-lo. Era preciso conhecer o Rei Morto para entender.

"Mas..." Kai franziu o rosto. Ela viu a mão dele se mexer por baixo da roupa. Ele estava segurando a faca que ela lhe dera, consolando-se com uma ponta afiada. Homens! "Mas se eles estão mortos, não deveríamos ser nós a lhes dar as ordens?"

Medo e ambição, uma boa combinação. Chella sentiu seus lábios se retorcerem em um sorriso azedo. Ele mal havia começado a sentir as terras mortas, fazendo seu primeiro cadáver se mexer apenas horas antes, e já se considerava um necromante querendo tomar as rédeas. "Se eles fossem abatidos, sim. Um necromante os ressuscitaria e os dominaria."

"Eles não estão mortos?" Outra vez a careta.

"Claro que estão mortos. Mas nós nunca os comandaremos. Os lichkin estão mortos, mas nunca morreram. É escolha nossa chamar de volta os que não podem entrar no céu e recuperá-los, sob nosso comando, restituí-los à carne e aos ossos que uma vez possuíram. Mas nas terras mortas, de onde chamamos os que são abatidos, há coisas que são mortas e que nunca viveram. Os lichkin são criaturas assim, soldados do Rei Morto. E nos recantos mais escuros das terras mortas, em meio a tais criaturas, o Rei Morto surgiu do nada e se coroou em menos de dez anos."

Ela continuou a andar e após um momento de hesitação Kai a seguiu. Aonde mais ele iria?

Eles passaram por várias portas à esquerda e janelas fechadas à direita. Uma tempestade de vento chacoalhava as tábuas pesadas, mas a chuva ainda estava por cair. Dois guardas aguardavam no canto, homens mortos de armaduras enferrujadas, com um leve aroma de decomposição em torno deles ofuscado pelos lacrimejantes produtos químicos usados para curar seus corpos.

"Estes aqui são fortes. Posso sentir." Kai parou, erguendo sua mão na direção da dupla como se a pressionasse contra algo no ar.

"Pouca coisa deles foi transmitida", disse Chella. "Homens ruins. Vidas ruins. Astúcia, certa medida de inteligência, algumas lembranças úteis. A maioria dos guardas aqui é assim. E quando encontra um corpo que consegue preencher quase até a boca você não quer que ele apodreça na sua mão, não é mesmo?" Os mortos a observavam com olhos encolhidos, os pensamentos sombrios e desconhecidos.

Mais corredores, mais guardas, mais portas. O Rei Morto assumiu o castelo apenas meses antes do último lorde brettan de alguma importância, Artur Elgin, cujos navios saíram do porto abaixo durante vinte anos, aterrorizando as costas continentais ao norte e ao sul. Os dias de terror de Artur Elgin não haviam terminado. Na verdade, eles haviam apenas começado, embora agora ele servisse ao Rei Morto, ou melhor, o que havia sido recuperado das terras mortas, e Chella suspeitava que aquilo fosse quase o homem inteiro.

Chella sempre sentia o Rei Morto; a mil quilômetros de distância ela o sentia como algo rastejando sob sua pele. No castelo onde fazia seus planos, nenhum lugar estava livre do sabor amargo dele sobre a língua.

Finalmente, eles chegaram às portas da corte de Artur, de tábuas de carvalho antigo com dobradiças de ferro preto espalhadas sobre elas. O fedor do pântano enrugou o nariz dela. Monstros do lodo os observavam das sombras dos dois lados, alguns com dardos negros apertados nas mãos manchadas. Em frente às portas, estavam dois gigantes, cada um com mais de dois metros e meio, aberrações das terras prometidas. Seu dena havia sido queimado no fogo dos Construtores, por isso eles cresceram errados. Grandes, porém errados. E agora mortos. Fantoches de carne comandados pela vontade dos necromantes.

Os gigantes deram um passo para o lado e Chella foi em direção às portas. A presença do Rei Morto prevalecia à de sua corte, atravessando a pedra e a madeira para assolar os sentidos dela. Na plenitude do poder necromântico de Chella, quando se afastava da vida o máximo possível e ainda podia voltar, ela sabia da presença do Rei Morto como se fosse uma luz negra, um sol preto cujo brilho congelava e corrompia, mas que ainda assim a atraía. Agora, porém, vestida apenas com os farrapos de sua antiga força, com seu sangue pulsando outra vez, Chella sentia seu mestre como uma ameaça, como algo esculpido com todas as lembranças de mágoa ou mal ou dor, gritando ódio em um registro que não dava para ouvir.

Ela pôs as mãos sobre as portas e as viu tremendo.

O fedor dos lichkin nos atinge como a tinta atinge o papel mata-borrão: ele se impregna até os ossos, passando por cima de irrelevâncias como o nariz. As pessoas estão ocupadas em morrer desde o instante em que nascem, mas vão rastejando do berço até o túmulo. Estar perto de um lichkin transforma isso em uma corrida.

A corte do Rei Morto estava no escuro, mas conforme Chella abria as portas um brilho frio começou a se espalhar dentro da câmara. Fantasmas, enrolados em volta de seus mestres, começaram a se desenrolar, como uma pele exterior esfolada dos lichkin pela presença de vida. Os espíritos ardiam com a luz de seu próprio sofrimento, aparições pálidas, tecidos delicados de memórias, membranas de vidas usurpadas. Os próprios lichkin eram pontos cegos nos olhos vivos dela, como se pedaços de sua retina houvessem morrido, dobrando a imagem da sala sobre si mesma naqueles locais. Nos tempos em que a necromancia corria fundo nela e seu sangue estava parado, Chella vira os lichkin, brancos e magros como ossos, com a fenda de suas cabeças sem olhos preenchida com dentes pequenos e afiados, e cada mão dividida em três dedos como raízes.

"Kai!" Ela o sentiu recuar. O som de seu nome o fez parar. Ele sabia que era melhor não fugir.

O Rei Morto estava sentado no trono de madeira flutuante de Lorde Artur Elgin. Ele estava usando o manto de Artur Elgin. Ficava bem nele. Ombros de couro azul, uma frente rendada presa com fivelas de prata decoradas com pedra marinha, com o couro dando espaço para um veludo grosso de cor azul-meia-noite. Ele usava o corpo de Artur Elgin também, o que não lhe caía tão bem, corcunda e esquisito, e quando levantou a cabeça para Chella o sorriso que ele deu com a boca do homem morto foi uma coisa horrível.

TRILOGIA DOS ESPINHOS

EMPEROR OF THORNS

19

— CINCO ANOS ATRÁS —

Duas facas se quebraram na tentativa de desenrolar o escorpião. Quando eu travei a cauda no lugar com uma das pinças da velha Mary e a mantive afastada usando uma espada, o corpo se abriu com uma série de movimentos espasmódicos, acompanhados de barulhos como o de vidro se quebrando sob os pés.

"Você é uma coisa feita", eu disse a ele. "Um mecanismo inteligente."

Eu não conseguia ver engrenagens ou rodas, no entanto, não importava o quanto eu apertasse os olhos. Apenas cristal preto, traços de gelatina incolor brilhante e uma infinidade de fios, a maioria deles tão finos que eram quase invisíveis.

"Algo quebrado." Eu o coloquei no alforje de Lesha para levar comigo.

Levei horas para cavar duas covas. Meus ferimentos ardiam. Mais tarde, doeram e latejaram. Eu usei um machado para romper o solo e um escudo para escavar a terra. A terra tinha sabor ácido, pior do que os sais das Termas Carrod.

Enterrei Greyson primeiro. Encontrei um capacete com visor, esfreguei-o com areia e o coloquei nele para cobrir seu rosto. "Continue a resmungar onde quer que você esteja, Sunny." Duas escudadas de terra e a sujeira ocultou os detalhes dele. Apenas mais um cadáver. Mais quatro e ele era pouco mais que uma ondulação no solo. Mais dez e eu alisei o chão.

Eu pus a cabeça de Lesha sobre seu pescoço. Achei que fosse o certo a fazer, já que eu é que a havia separado inicialmente. As peças pareciam não encaixar.

"Todos os cavalos do rei e os soldados do rei não podiam montar Lesha novamente."

Eu me sentei ao lado da cova sem olhar para ela, observando o sol se pôr no oeste. "Estes homens não eram nada diferentes de mim e dos meus." Meus cortes ardiam e latejavam. Pensei de quanta dor eu havia escapado e as reclamações desapareceram. "Estar do lado afiado do porrete muda sua percepção da cutucada, com certeza. Você precisava ser muito burro para não adivinhar isso." Eu parei de falar. Não tanto porque não havia ninguém para ouvir. Quando você tem a morte dentro de si e está rodeado de cadáveres, sempre há algum tipo de plateia. Era mais porque o que me pegou era fluido demais, incerto demais para ser compreendido e dito. As palavras são instrumentos cegos, mais apropriados para matar do que para fazer o mundo ter sentido. Eu fechei a cova. Era hora.

O sol se agarrava ao horizonte com dedos escarlates. Eu me endireitei e parei no meio do passo. Olhos vermelhos me observavam, com o céu refletido no olhar dos mortos. Cabeças demais estavam viradas para mim para ter sido coisa do acaso. A frieza pulsou na velha ferida em meu peito, necromancia, uma dormência como a que os dardos dos monstros trouxeram, ou um distanciamento talvez, como se alguma mão invisível estivesse se fechando em volta de mim, afastando a vitalidade do mundo. Ali perto estava Rael, com uma faca em seu pescoço, espetando a velha cicatriz de alguma tentativa antiga que fracassara. Eu dei um passo e seus olhos acompanharam o movimento.

"Rei Morto." As palavras borbulharam. O sangue tão escuro que correu roxo sobre seus dentes.

"Hummm." Peguei o machado descartado mais robusto. Os *Perros Viciosos* gostavam de machados. O peso dele trazia certo conforto. Uma rápida sacudida me libertou do cansaço e eu comecei minha tarefa. É um trabalho árduo arrancar os membros de um homem. As pernas, principalmente, requerem muitas machadadas, e carne é um negócio muito mais resistente do que você possa imaginar. Assim que você perde o jeito com o machado ele tende a rebater na coxa coberta de couro se seu golpe não for perfeito. Com sorte, você quebrará o osso, em todo caso – mas decepar o membro inteiro? Pense em cortar árvores: sempre é bem mais difícil do que você pensava que seria. No fim, minha respiração estava ofegante e o suor pingava de meu nariz. Eu me conformei em tirar as mãos e os pés dos últimos dez homens antes de cair de pernas cruzadas diante de Rael mais uma vez.

"A vida era muito mais fácil quando a morte se contentava com o que lhe era dado", eu disse.

Eu não sabia se Rael ainda me observava, mas a presença do Rei Morto permanecia no fedor de sangue velho.

"Acho que se pudesse fazer esses caras se levantarem de novo você já o teria feito, mas melhor prevenir do que remediar, né?"

Nada ainda. O Rei Morto parecia ter Chella em sua mão, então aquilo fazia seu interesse em mim ser... perturbador.

Eu me inclinei sobre o corpo de Rael e bati em sua testa. "Alô?" Reunir meus próprios traços de necromancia e cutucar não parecia ser a melhor ideia, assim como usar os dedos para tirar o osso de um cachorro faminto.

Nada. Talvez o rei tivesse muitos olhos mortos a partir dos quais espiar, pessoas demais para assustar para saber o nome de cada uma. Eu dei de ombros. No fim das contas, os *Perros Viciosos* não eram mais assustadores mortos do que vivos. Isso não significava que eu queria passar minha noite dormindo entre eles, contudo. Eles certamente fediam mais mortos.

Conduzi o cavalo de Lesha para longe do acampamento e me estabeleci a uns cem metros de uma serra baixa. Apesar do cansaço, dormi mal, amaldiçoado pelos gritos de Sunny e acordado por cada barulhinho da escuridão.

• • •

Ao amanhecer, voltei ao acampamento dos Cachorros Malvados. Eu agradeci aos venenos do Ibérico pela falta de moscas e ratos. A beleza que existe na guerra está no momento. Após um dia, qualquer campo de batalha é pouco mais do que carniça e carniceiros. No Ibérico, pelo menos, a carniça não fica cheia de moscas. Na verdade, fora minha própria indulgência com o machado, os mortos pareciam intocados, apenas com uma ou outra enorme barata procurando seu café da manhã.

Eu peguei minhas coisas. Teimoso me lançou um olhar de reprovação quando eu o carreguei. Amarrei o burro ao garanhão de Lesha e saí com ambos para a terra prometida.

Sem a orientação de Lesha, eu não tinha nada que me impedisse de andar pelos fogos invisíveis que a queimaram tão gravemente. Mas andamos na corda bamba todos os dias e a maioria de nós nem desconfia. Pelo menos nas terras prometidas, no Ibérico, na Cicatriz de Kane e na Sombra do Mal, lá em Ancrath, em tais lugares não existe fingimento, não há a mentira da segurança, nada de engano como na música de antigamente, "amor é tudo que você precisa". Com um único passo em falso, você pode e irá se queimar. Como sempre.

Às vezes, eu deixava o cavalo de Lesha ir na frente, mas cavalos gostam de ser conduzidos e aquilo fazia com que fôssemos mais devagar.

A primeira vez que o vi, eu não sabia o que meus olhos estavam me dizendo. Em uma encosta à nossa direita, uma saliência desbotada de pedra dos Construtores saía pelo xisto. Em cima e em volta dela, o ar brilhava em uma névoa quente. O lado queimado de meu rosto latejou e na hora que eu fechei o olho fazendo uma careta, a névoa desapareceu. Olhando outra vez, e apenas com o olho que quase se cegou quando Gog me queimou, eu vi o brilho novamente, como os fantasmas do fogo que dançaram sobre Jane ao pé do Monte Honas.

"Vamos logo." Eu puxei Teimoso pela rédea. Ele soltou um zurro alto o suficiente para rachar as pedras. A ideia de empurrá-lo através daquele brilho caiu por terra. Tirando outras considerações, eu teria de carregar minha própria bagagem. Se uma daquelas baratas do tamanho de camundongos estivesse à mão, eu teria atirado uma ali. Um devaneio me ocorreu. Catei o anel de visão em minha bolsa e o segurei para ver o fenômeno através dele. Em um instante, tons de vermelho envolveram o mundo, pintado de carmesim grosso em volta da saliência da velha pedra, esvanecendo para tons menos violentos mais abaixo da encosta. Ao longo de nosso caminho ao pé do vale seco, o anel mostrou regiões casuais de um laranja opaco flutuando como uma névoa.

"Caramba, isso é muito útil. O que mais você pode me mostrar?"

E como o gênio da lâmpada de Aladim, Fexler Brews apareceu à minha frente na estrada, nem maior nem menor que a vida. Eu dei um passo para trás, o tipo de passo que não pede permissão e que vem da época em que o medo dos homens estava escrito na medula de nossa raça. O tipo de passo do qual sempre me arrependo. Afastei o anel para o lado e Fexler desapareceu junto com os tons de vermelho e laranja. Eu o trouxe de volta e ele retornou com o anel.

"O que estou fazendo aqui, Brews?" Eu me senti idiota falando com algo visto apenas através de um pequeno aro de aço, mesmo ali nos confins, sem ninguém para me ver a não ser o cavalo e o mulo.

Fexler abriu os braços. Ele vestia o mesmo branco do Castelo Morrow, sem um grão de poeira sequer.

"Para que o mistério? Apenas me diga clara e..."

Ele se virou e saiu andando vale abaixo.

"Diacho." E eu fui atrás, arrastando o Teimoso.

TRILOGIA DOS ESPINHOS

EMPEROR OF THORNS

20

— CINCO ANOS ATRÁS —

O fantasma de Fexler Brews me guiou através dos Montes Ibéricos. Nós andamos desde muito antes do meio-dia até bem depois, o bastante para eu ficar cansado e para os cortes em minhas costas, logo acima de meu quadril, começarem com aquela dor incômoda e uma ardência que indica infecção.

Os montes tinham todas as cores, do branco-osso passando pelos cinzas até o ocre. Lama seca, terra esfarelada, rocha exposta. E, de tempos em tempos, ruínas enferrujadas, erodindo daquela maneira teimosa que os trabalhos dos Construtores têm, rejeitando os elementos século após século. A maioria eram blocos de metal sem o menor sinal de função, parecendo aço, esburacados, alguns do tamanho de casas, alguns tombados como se fossem empurrados por gigantes, todos manchados de corrosão, um verde escorrido e branco como pó. Nós passamos por um que zumbia, um gemido agudo que doía meus dentes, e Fexler desapareceu até aquilo ficar bem distante de mim. Em outro lugar, uma coluna inclinada de metal, enterrada até a metade, ou talvez nove décimos enterrada, cantava com uma voz de beleza estonteante e uma língua desconhecida para mim. Eu fiquei ali com o calor do sol me castigando e os pelos de minha nuca arrepiados, apenas me envolvendo naquilo.

Eu só conseguia ver Fexler através do anel de visão, e talvez o anel simplesmente o desenhasse para mim, sobrepondo-o à paisagem como uma pintura no vidro. Mesmo assim, ele me guiou pelos vales secos e ravinas poeirentas da terra prometida, sem falar, parando apenas quando eu parava.

Nós passamos por uma máquina em que o revestimento de metal havia sido arrancado para revelar cilindros girando, rodas girando em rodas, tudo se movendo em silêncio, reluzente. Aquilo me lembrou o interior do relógio em minha bolsa. Fexler não falou a respeito.

As sombras haviam ficado longas quando nosso caminho por uma ravina chegou a um impasse, encurralado por paredes desmoronadas de terra e areia. Fexler parou, olhando para mim.

"Por que nós paramos?", perguntei. Não que eu não estivesse feliz por ter parado; é que parecia não haver motivo para isso.

Fexler desapareceu.

Bater com o anel no cabo de minha espada não o trouxe de volta. Eu me virei lentamente, completando o círculo com meus braços abertos. O cavalo de Lesha observava com ligeiro interesse. Teimoso parecia apenas vazio.

Andei na direção da última posição de Fexler e topei o dedão. Um dia antes, uma especialista havia me torturado, embora muito brevemente. Topar o dedo do pé se revelou mais intenso e mais chocante. Eu cavei fundo em meu poço de obscenidades e soltei uma sequência de exemplos um bocado espetaculares. Aquilo merecia uma plateia melhor. Em seguida, após todos os pulos e xingamentos, manquei para descobrir o que havia me aleijado.

Com algumas raspadas e varridas, descobri uma tampa de pedra dos Construtores, circular e de cerca de um metro de diâmetro. Manchas de ferrugem indicavam que a coisa fora mantida no lugar por algo mais do que seu peso. A espada sobressalente que amarrei ao cavalo de Lesha se mostrou útil para alavancar a tampa os poucos centímetros necessários a fim de movê-la aos poucos para o lado. Foi necessário meio cantil de água para repor o que o esforço tirou com suor. O sol naqueles montes é inclemente.

Debaixo da tampa estava um poço, apagado, liso pelo que eu podia ver e sem nenhum cheiro vindo dele. Peguei uma pequena pedra e a atirei na escuridão. Não é algo a que eu poderia resistir, mesmo que não tivesse motivo para fazê-lo. A pausa antes do barulho distante me indicou que eu não queria acompanhar a pedra.

"Você podia ter dito para eu trazer uma maldita corda!" Eu tinha uma, apesar da falta de aviso de Fexler, mas duvidava que fosse suficiente.

Em um poço estreito como aquele diante de mim, é possível apoiar as costas na parede, os pés do lado oposto, e descer. No entanto, se o poço se alargar, ou entrar em um salão, ou for mais liso do que o esperado... voltar para cima pode ser difícil. Eu fora ao Ibérico preparado para desafiar fogos invisíveis. De alguma maneira, porém, ficar preso em um buraco e morrer de sede parecia um fim patético demais para arriscar.

Peguei o isqueiro de minha bolsa e tirei a atadura que havia amarrado em volta do machucado em meu braço. Tive de descamá-la e fedia onde o linho grudou, adocicado e enjoativo. As pontas secas se acenderam rapidamente e queimaram conforme desciam atrás da pedra que eu atirara. Os lados pareciam ser paralelos até o fim. Estimei que tivesse uns doze metros de profundidade. Achei que houvesse um túnel no final, mas era difícil afirmar de onde eu estava.

Apertei a ferida descoberta, tentando forçar o pus a sair. "Jesus de bicicleta!" Esse era um dos xingamentos de Makin. Eu não sei o que é bicicleta, mas parece doloroso. As beiradas de minha pele pareciam um rosa doentio, rodeadas de cascas pretas. Não dava para imaginar as duas metades se unindo novamente.

Os Cachorros Malvados tinham bastante corda em seu acampamento e eu havia trazido um bocado dela comigo. Nunca saia para explorar sem um pedaço de corda, pelo menos é assim que as histórias contam. Meus três pedaços amarrados juntos chegavam a cerca de dois terços da altura do buraco. Eu amarrei um nó maior em uma ponta e o coloquei debaixo da tampa de pedra, em vez de confiar em minhas companhias equinas para a ancoragem. Em meu cinto, amarrei o lampião que pegara no acampamento e um frasco extra de óleo. Enfiei uma pedra de isqueiro, aço e pavio no bolso. Melhor não carregar nada aceso na descida; uma queda pode me deixar com as pernas quebradas *e* em chamas.

A dor e o cansaço tornavam cada ação desajeitada. Eu engoli outra pílula amarga dos sais das Termas Carrod e peguei a corda com as duas mãos. Mais uma olhada para as colinas poeirentas, para o azul desbotado do céu, e comecei a descer.

Longe do sol, senti frio bastante para tremer, embora isso se deva mais à febre do que à queda de temperatura. Eu desci de mão em mão, agarrando-me à corda com meus joelhos. Quando meus joelhos descobriram que não havia mais nada a que se agarrar, o topo do poço, parcialmente oculto pela tampa, exibia um claro crescente de céu. Um calafrio me atravessou, junto com a repentina convicção de que alguém deslizaria a tampa de volta e taparia a luz.

Resmungando pelo esforço, ergui os dois pés para encostar na parede do poço e empurrei até meus ombros e costas ficarem contra o lado oposto. Eu não tinha grandes convicções de que a pressão me impediria de cair se eu soltasse a corda, mas ainda menos convicção de que conseguiria subir de volta.

Eu me soltei.

Centímetro a centímetro, deslizei poço abaixo. Minhas pernas tremiam pelo esforço e tinha certeza de que estava deixando um rastro de pele e sangue sobre a pedra dos Construtores: minha camisa não teria durado muito tempo com a fricção.

Luz suficiente chegava ali para me avisar quando as paredes do poço terminassem e logo descobri que, embora as solas de minhas botas ainda estivessem grudadas à pedra, meus calcanhares não tinham nada em que se apoiar. Quando uma decisão é inevitável, é melhor tomá-la o mais rápido possível para que você ainda tenha algo para lidar com as consequências que surgirem. Eu me soltei, fazendo o possível para balançar meus pés embaixo de mim. O esforço foi parcialmente bem-sucedido e terminou com calcanhares machucados, joelhos batidos, cotovelos atirados ao chão e, por fim, a lateral de minha cabeça batendo no chão. Uns dois centímetros de poeira que cobriam o chão de pedra serviram para amenizar o impacto, protegendo-me de um crânio fraturado e me deixando consciente, engasgado e com um rio de sangue escorrendo de meu nariz. Eu me levantei para conseguir sentar segurando os joelhos e apoiei as costas na parede mais próxima.

"Ai." A reclamação saiu anasalada.

A dor levou meus dedos até um pedaço do vidro do lampião enterrado em minha coxa. Eu o arranquei e fechei a ferida com a mão até o sangue parar de pulsar em volta de meus dedos. Em seguida, peguei o pavio do lampião, pus dentro do frasco de óleo e com o aço e a pedra, e mais atrapalhado do que o necessário, eu o acendi. O túnel saía para a frente e para trás, com um corte transversal circular e parecendo-se bastante com um esgoto. O fim da minha corda estava três metros acima de minha mão esticada e para voltar ao poço seria preciso uma ginástica que eu achava estar além da minha capacidade, mesmo sem ferimentos ou febre.

Supondo que um dia houve água correndo pelo túnel, eu dei meu melhor palpite em qual direção ela poderia seguir e comecei a andar "contra a corrente". Quando se está em um lugar escuro e sua luz vai acabar em breve, não se perde tempo. É incrível como tão poucas pessoas aplicam a mesma lógica em suas vidas.

Três vezes novos túneis se uniram ao meu e em cada ocasião analisei minhas escolhas pelo anel de visão dos Construtores, o que lançou uma luz sobre a questão, uma luz vermelha piscante que pedia para eu virar à direita duas vezes e depois seguir em frente. Em duas curvas, traços de ferrugem indicavam que no passado grades de metal bloqueavam o caminho. Um grande sábio disse uma vez que há poucos problemas que não desaparecem se você os ignorar por tempo suficiente. Felizmente, tais obstáculos haviam sido ignorados – por mil anos.

Perto do final, o tubo subia em um ângulo acentuado e me levava a um salão circular, vazio em sua maior parte, mas repleto de fragmentos de plastik. Quebradiços pelo tempo, eles faziam um agradável barulho sob os pés. Alguns pedaços podiam ter sido braços de cadeiras, pequenas rodas; outros estavam grudados a restos de armários de metal. Um corredor saía dali e eu o segui, com as sombras dançando por toda parte. O lugar não tinha cheiro, como se até aquele ranço que assombra salões abandonados houvesse desistido e ido embora.

Um longo corredor me levou a passar por muitas entradas, todas abertas e escuras, decoradas com os fragmentos de portas que as protegiam. No teto, faixas achatadas de vidro esbranquiçado pontuavam o caminho e, ao passar sob certo ponto, quando eu passei embaixo, duas delas tentaram piscar de volta à vida como as lâmpadas do Castelo Alto.

Eu já perambulei pelas ruínas de fortes onde gerações viveram, vi a marcha dos séculos vazios passarem pela pedra antiga, desgastando a nitidez que definiu vidas. Nesses lugares, a cada curva, esses habitantes perdidos são lembrados. A marca da raspagem onde uma porta se fechou década após década, degraus frouxos pelo uso, o nome em sulco profundo onde uma criança deixou sua marca na soleira da janela. É possível ler ruínas assim, não importa quão destruídas. Quase dá para ver os soldados nos muros, os cavalariços levando os cavalos para se exercitarem. Mas nos corredores secos desta toca dos Construtores, sem sofrer com a ação da chuva ou do vento, não perturbada, eu vi nada além de enigmas e tristeza. Talvez eu fosse o primeiro homem a andar pelo lugar em mil anos. Mil outros poderiam passar antes do próximo. Em um local assim, o silêncio e a poeira esperam enquanto a vida dos homens passa. Sem o tremeluzir de minha chama para contar os instantes, horas podiam correr, anos podiam escapar, e eu podia sair rastejando, velho e insensato.

O corredor terminava em um grande salão com muitas portas, aparentemente de madeira, mas intocadas pelo tempo.

Silêncio.

Nas vezes em que fui atrás dos mortos para puxar de volta o que fosse preciso para fazê-los ressuscitar, parecia que eu alcançava um lugar como este. Quando atraí Algazarra de volta a seu corpo, eu o segui até terras secas apesar de ele ter morrido na lama dos pântanos de Cantanlona. Pensei por um momento em William, em meu irmãozinho caindo para um lugar como este após eles o destruírem. Quando eu estava quase morto após a faca de meu pai tocar meu coração, imaginei que um anjo veio me buscar e eu o recusei. Eu desejava que, anos antes daquele dia, ele tivesse descido às terras secas para fazer aquela mesma oferta a William. E que ele não houvesse recusado.

Minha cabeça se levantou rapidamente, sacudindo-me de minha quase soneca.

"Chega disso!" O delírio havia começado a me puxar. Eu o afastei e me concentrei. Segui adiante, rindo da ideia de William e do anjo. Mesmo com sete anos, ele podia dar mais trabalho ao anjo do que eu com catorze.

Do outro lado do salão, uma passagem arqueada dava para um salão menor e mais baixo. Aquilo chamou minha atenção, pois os Construtores não eram propensos a arcos. Uma dúzia ou mais de cubículos se abriam para ambos os lados do salão inferior, como celas de monges, cada uma coberta de poeira, cheia de fragmentos de plastik espalhados e pedaços de metal corroídos. Eu peguei uma tira de metal. Mais leve do que o esperado, não era ferro e não estava enferrujada, mas empoeirada com um resíduo branco. Oxidação. A palavra saiu dos ensinamentos de Lundist sobre alquimia.

A sétima cela da esquerda tinha algo espantoso. Um homem esperava ali, sem movimento, de costas para mim. E do lado de sua cabeça, um jato de sangue escarlate, fragmentos de osso voando pelo ar... tudo congelado no momento. Um quadro, mas não um quadro. Algo real e sólido, mas que estava fora do tempo. Enquanto todas as outras celas possuíam um círculo de corrosão no centro do teto, esta tinha um círculo de metal prateado, preso em partes com cobre, e em volta uma luz branca. O homem estava sentado com sua túnica cinza diretamente sob a luz. De alguma forma, iluminação alguma escapava até o salão – e ainda assim eu via a luz. Ele estava sentado em uma cadeira que parecia frágil demais para suportá-lo, estranha em seu formato fino e fluido, sem decoração ou artifício. Ao lado dele, parte de uma cama. Não uma parte quebrada ou um componente, mas uma seção, como se fossem biscoitos cortados da massa, terminando em algum perímetro invisível que a cercava e também ao homem. Além desse pequeno círculo no centro da cela, que continha o homem, a cadeira, e parte da cama, o restante do recinto estava em ruínas empoeiradas como todos os outros.

Eu me aproximei para tocar o homem – ou a imagem. Talvez fosse uma imagem, como o fantasma de dados de Fexler, apenas desenhado mais convincentemente. Algo que os Construtores consideravam arte? Vidro invisível deteve meus dedos. Eu não podia me aproximar do homem. Minha mão deslizou sobre uma superfície invisível, fria e escorregadia aos dedos.

A cela era grande o bastante para que eu margeasse a área proibida, atravessando a poeira até as bordas do recinto. A mão do homem apareceu, segurando um pedaço complexo de metal em sua cabeça, um tubo de ferro que se projetava dali e tocava sua têmpora.

"Eu conheço isso." Os livros mais velhos de meu pai tinham figuras de objetos semelhantes a este. "É uma arma."

Outro passo e eu vi o rosto, capturado no instante, imaginando a dor mas ainda não sentindo, apesar da pluma de sangue, cérebro e osso atrás dele.

"Fexler!" Eu havia encontrado o próprio homem. Não a lembrança.

O anel de visão mostrava apenas o recinto, com Fexler iluminado de vermelho pela luz, como se durante todo aquele tempo a luz vermelha pulsando em meio aos Montes Ibéricos fosse este círculo preso no tempo.

Eu dei outra volta no quadro vivo. "Você parou o tempo!" Eu pensei naquilo, em seguida dei de ombros. Dizem que os Construtores podiam voar. Quem sabe o que é mais difícil: parar o tempo ou subir aos céus? Eu pensei no relógio enterrado em minha bagagem nas costas do Teimoso. Um dispositivo da antiguidade. Talvez se impedisse seus ponteiros de girarem eu parasse o tempo, assim como eles fizeram.

"Você me trouxe aqui, Fexler", eu disse ao homem. "O que você quer? Eu não posso consertá-lo."

Era óbvio que eu não podia consertá-lo. O que o fantasma de Fexler estava pensando? A resposta era muito fácil. Jorg quebra as coisas. Fexler não me enviou para consertar – ele me enviou para acabar com aquilo.

É claro que quebrar coisas que estão seladas atrás de vidro inquebrável pode ser difícil. Conforme a ponta de minha faca deslizava sobre a barreira invisível, comecei a duvidar que o vidro existisse. Parecia claro que algo tinha de haver entre um espaço onde o tempo corria e outro onde não. Os paradoxos de Zeno vieram à mente. Os gregos amavam paradoxos. Talvez eles os usassem como moeda. Em todo caso, eu não fiz progresso.

Eu me afastei, com um leve tremor por causa da febre. Em todas as outras celas nada sobreviveu inteiro. Acho que o dispositivo no teto parou o tempo e com isso paralisou o processo de sua própria decomposição.

A lembrança me levou de volta à base do Monte Honas. Nos salões dos Construtores eu encontrara os vestígios de muitos tubos estreitos, a maioria apenas leves traços de verdete, alguns fixados à pedra, alguns indo de encontro às paredes, alguns tão finos que só podiam ser fios de arame. As histórias contam que o fogo secreto dos Construtores passava por tais caminhos para despertar seus dispositivos. Meu relógio não precisava desse fogo, mas talvez uma mola enrolada não bastasse para mecanismos tais como o que prendeu Fexler. Com certeza ele não ficou sem corda durante todos os séculos. Será que a máquina precisava ser alimentada para manter o tempo estático?

Uma lenta e minuciosa inspeção das paredes não revelou sinal de caminhos ocultos levando fogo ao círculo no teto. Demorei muito tempo caçando pelos corredores para encontrar alguma coisa na qual me apoiar para que eu pudesse verificar o teto. Por fim, encontrei uma coleção de garrafas, como garrafas de vinho, mas transparentes e cilíndricas, e finas como meu braço. Ao amarrar todas as nove, lado a lado, com minha camisa, construí uma plataforma bem precária na qual subir. De todos os artefatos dos Construtores, apenas vidro atravessou os anos sem perda.

De minha plataforma bamba e barulhenta, descobri que a barreira que rodeava Fexler se estreitava enquanto subia, então no teto eu podia chegar a uns dois ou três centímetros do anel de metal. Usei minha faca para cutucar a pedra em torno dela. Um péssimo tratamento para uma boa arma, mas eu tinha outras facas no cavalo de Lesha, se é que eu iria voltar, e não tinha nada mais com que trabalhar.

Uma vez, em Gelleth, eu havia enfiado uma espada em alguma mágica dos Construtores, um espírito aprisionado atrás de vidro no recinto anterior ao salão das armas. Um choque atravessou a espada e me atirou ao chão, contorcido. A lembrança fez eu me robustecer para cada arranhada e estocada, conforme cavava um círculo em volta do anel do teto. Meus músculos se lembraram do choque e continuaram tentando se recusar a cavar uma oportunidade de renovar a experiência.

A pedra dos Construtores começou a se esfarelar com minhas investidas. Levou uma hora talvez, possivelmente um dia. A sensação foi de um dia. O suor escorria em mim em filetes quentes e meu braço doía, ficando mais fraco a cada momento, como os braços fazem quando levantados por mais do que alguns minutos. Eu furava e raspava, raspava e furava. De repente, um estrondo ensurdecedor explodiu à minha volta, a luz se apagou e eu caí com o vidro se estilhaçando embaixo.

E, pela segunda vez desde que desci pelo poço, eu estava machucado e dolorido no escuro com vidro quebrado enterrado em minha perna. Meu lampião improvisado deve ter tombado e se apagado quando caí. Em vez de procurar por ele, segurei o anel de visão contra o olho.

O anel me mostrou a cela em tons esverdeados, revelando quase tantos detalhes quanto eu poderia ver à luz do dia. Fexler estava caído no chão, esparramado a meus pés, com a arma ainda presa em sua mão estendida, e um pouquinho de fumaça saindo do cano. Em volta de sua cabeça, uma poça negra de sangue se espalhava.

"Obrigado." Fexler – meu Fexler do Castelo Morrow, uma projeção de luz branca – estava ao lado do cadáver, observando os membros esparramados, com o rosto indecifrável.

"Fexler, que bom ver você", eu disse. E era mesmo. Qualquer companhia em um lugar como aquele era bem-vinda. Eu respirei fundo, aspirando o cheiro de produtos químicos e fogo da arma, o cheiro de sangue. Os salões dos Construtores pareciam reais finalmente.

"Por que tanto silêncio e mistério?" Eu atravessei o vidro e a poeira para me encostar à parede, em parte por apoio, em parte porque é uma boa prática.

"As pessoas da minha época viveram em meio a maravilhas, mas elas eram feitas da mesma maneira que seus antepassados, que usavam peles e comiam carne crua em cavernas, ou que seus descendentes, que carregam espadas de ferro e vivem em ruínas que não conseguem compreender. Em suma, tinham os mesmos instintos de qualquer pessoa. Você confiaria em uma cópia de si mesmo?"

"Então eles jogaram feitiços em você para que nenhum fantasma de dados pudesse matar a pessoa da qual ele fora copiado?", perguntei.

"Para que nenhum eco de dados pudesse fazer mal a nenhum humano ou pedir a eles que lhe fizessem mal, ou tomar medidas que pudessem conduzir à dor. Levou mil anos de manipulação sutil, de distorções e estratagemas lógicos, para que eu chegasse ao ponto em que pudesse apontar alguém como você nesta direção, Jorg."

"E por que você faria isso?" Minha mão pousou sobre o frasco de óleo caído. Eu o girei. Talvez restasse um quinto dele.

"Ecos de dados não são apenas proibidos de prejudicar seu modelo original. Na verdade, enquanto a pessoa cujos dados criaram qualquer eco em particular ainda estiver viva, há um número enorme de restrições impostas àquele eco, para a conveniência, privacidade e paz de espírito da pessoa em questão. No mundo que habito, fui um cidadão de segunda classe por um tempo muito maior do que o da existência de seu Império."

"No Castelo Morrow?" *O mundo em que ele vive?*

Um sorriso apertado, rapidamente desaparecido. "Imagine um oceano maior e mais fundo que todos os outros, cheio de encantos e variedade, e na superfície há uma espessura de gelo quebrada apenas aqui e acolá. Os ecos que os Construtores deixaram para trás, 'ecos de dados', se é assim que você quer nos chamar, nós ecos nadamos em um oceano assim, e os lugares onde podemos ser vistos neste mundo fino de vocês são como os buracos no gelo onde podemos vir à tona. Nós existimos na complexidade conjunta do maquinário dos Construtores e, em lugares como o terminal de Morrow, nós podemos ser vistos.

"Então por que vocês não são?"

"Por que não somos o quê?"

"Vistos? Por que era só você assombrando aquele porão?"

Outro sorriso, com mais amargura do que amizade. "Cidadão de segunda classe. As obrigações servis recaíram sobre mim. Ficar de olho nos selvagens."

Eu tive que me lembrar de que o Fexler que tinha alguma coisa em comum comigo estava caído no chão, com seu sangue esfriando em volta dele. O Fexler falando comigo não era um homem, apenas uma ideia de homem, uma ideia presa em uma máquina. Eu estiquei o pé para cutucar o morto. O eco de Fexler tremeu como se a ação o perturbasse.

"Então por que ele se matou?", perguntei. "E o que o impediu?"

"Ele começou uma guerra", disse Fexler. "E a terminou."

"Porra, eu acendi um de seus sóis e isso não me fez colocar uma faca em minha garganta em seguida."

"As armas que Fexler Brews lançou não podiam ser detonadas com fogo."

"Você viu aquilo?" O fantasma de Fexler havia me assistido seis anos atrás, sob o Monte Honas?

"Nossas armas queimavam como sóis – exatamente da mesma maneira. Cada uma precisa de um gatilho para acendê-la, uma implosão menor, mais primitiva. Seu fogo no Silo Onze usando armas realocadas de Vaucluse derreteu os componentes da implosão em uma massa crítica. O que você viu foi uma ignição parcial do gatilho que então iria acender o sol. O combustível dos 'sóis' dura pouco, uma questão de meia-vida; o combustível dos foguetes que os carregavam dura um pouco mais. Tudo o que resta agora são os gatilhos."

Eu me perguntei se o Fexler original gostava tanto assim do som de sua própria voz. Em todo caso, era uma ideia preocupante saber que destruí Gelleth com uma fração da fagulha que acenderia um verdadeiro Sol dos Construtores. E, apesar do que eu dizia, os mortos de Gelleth me assombravam *sim*, literalmente e em sonhos. Queimar o mundo inteiro daquela maneira teria sido... desconfortável.

"Nem com sua arma ele conseguiu se matar?" Com brinquedos assim à sua disposição, parecia imperdoável que qualquer Construtor fracassasse no ato de tirar uma vida.

"Estes cubículos foram criados para manter pessoas-chave em estase até que as condições melhorassem e a vida lá fora pudesse existir novamente. Fexler talvez não estivesse pensando com clareza quando estava aqui lutando com sua consciência. Talvez não gostasse do fato de que os sistemas automáticos entrariam em ação para preservá-lo ou talvez não percebesse a rapidez com que eles podiam agir."

"De qualquer modo, ele deixou você na merda junto com todas as pessoas reais do mundo."

"É verdade." A imagem de Fexler piscou, com a testa franzida.

Eu sorri. Deve ter sido estranho passar mil anos amaldiçoando o homem de quem você foi copiado. "Então agora eu o libertei e você pode nadar no seu mar com os peixes grandes, sem perder tempo com os selvagens. O que eu ganho com isso?" Ainda segurando o anel de visão em meu olho, puxei a arma da mão quente e morta de Fexler, com cuidado para não apontar o cano para mim. Ele pareceu relutante em soltá-la.

"Infelizmente nós precisamos vigiar os selvagens ainda mais ultimamente", disse Fexler. "As máquinas que ainda funcionam não vão funcionar para sempre e a menos que vocês deixem para trás as espadas e as flechas não haverá ninguém para mantê-las. A manutenção requer civilização e não chegaremos à civilização até que todas as guerras terminem."

"Você não conseguiu parar suas próprias guerras, Fexler."

"Ele não conseguiu." Fexler olhou para seu cadáver. "Eu sou outra coisa."

Eu apertei os lábios. "De um jeito ou de outro, parece que você gostaria que houvesse um imperador no trono Gilden."

TRILOGIA DOS ESPINHOS

EMPEROR OF THORNS

21

— CINCO ANOS ATRÁS —

Nos salões secos e imortais dos Construtores, embaixo das terras envenenadas do Ibérico, eu estava sentado, quase delirando de febre, e falava com um fantasma que havia me ajudado a matar o homem a partir do qual ele surgiu.

"E *quem* os fantasmas em suas máquinas querem que governe este Império de criados para eles?", perguntei.

"Orrin de Arrow é favorecido por nossas projeções", disse Fexler. "Um pacificador. Um homem de progresso."

"Ha!" Eu cuspi com a boca seca e dor em todos os membros. "Então você não tem nenhum interesse real em que eu saia daqui para impedi-lo?"

"As projeções favorecem Orrin", concordou Fexler.

Eu chutei o cadáver morno a meus pés outra vez. "É possível que você... que ele se levante novamente? Aparentemente eu fiz um novo amigo, o Rei Morto. Tem um interesse doentio em mim. Eu o encontro observando de qualquer par de olhos mortos que esteja à mão. Você ficaria aborrecido se eu desmembrá-lo... você... um pouco? Só para garantir?" Parte de mim esperava que Fexler se opusesse e me livrasse do esforço daquela mutilação toda. Ele balançou a cabeça como se o assunto não tivesse importância.

"As projeções favorecem Orrin, mas alguns de nós preferem apostar em probabilidades menores para recompensas maiores", disse Fexler.

"Por quê? Quais recompensas? Eu também apostaria em Orrin se pudesse participar." As palavras saíam de lábios dormentes, o veneno latejava em mim, eu sentia o cheiro de minhas feridas. É isso que acontece quando você para. Descanse e o mundo o alcançará. Lição para a vida: continue em movimento.

"Talvez você se lembre", Fexler se aproximou, ficando entre mim e seus restos mortais, "que nós conversamos sobre uma roda. Sobre como as maiores obras de minha geração não tiveram nada a ver com novas maneiras de queimar o planeta, mas sim com formas de mudar as regras de tudo, como alterar a forma como o mundo funcionava?"

"Vagamente." Eu fiz um aceno com a mão tremendo. "Algo sobre fazer valer o que nós queremos." Não parecia estar funcionando. Eu queria que ele calasse a boca agora e me deixasse sozinho, e *aquilo* não estava acontecendo.

"Quase." Fexler sorriu. "Os físicos chamavam de um ajuste na ênfase quântica. Mas o efeito era mudar o papel do observador. Você e eu. Que a vontade do observador importasse. Para que o homem pudesse controlar seu ambiente diretamente pela força de sua vontade, em vez de através de máquinas."

Tive a impressão de que se eu morresse ele continuaria a falar com meu cadáver.

"Infelizmente essa roda não foi apenas girada – ela foi posta para girar. Ela não parou. Na verdade, como tantas coisas na natureza, o processo tem um ponto de virada e nós estamos alcançando-o. As fraturas do mundo, das barreiras entre a mente e a matéria, entre a energia e a vontade, entre a vida e a morte, estão todas crescendo. E *tudo* corre perigo de cair pelas rachaduras. Toda vez que esses poderes, a habilidade de influenciar a energia, a matéria ou a existência, são usados, a divergência cresce. Estas são as mágicas que você conhece como jurado pelo fogo, jurado pela rocha ou como necromancia e afins. Quanto mais elas são usadas, mais fáceis elas se tornam, e o mundo fica mais aberto. E esse seu Rei Morto é apenas outro sintoma. Outro exemplo de uma força de vontade singular sendo usada para mudar o mundo e, com isso, acelerando o giro daquela roda que soltamos."

Um suspiro e um painel que eu não havia visto antes se abriu na parede à minha esquerda. Luz suficiente surgiu da cavidade por trás dele para iluminar o recinto. Eu abaixei o anel de visão, mas Fexler desapareceu, então eu o pus de volta no olho.

"Tome as pílulas." Fexler apontou para a cavidade. "Engula duas por dia até elas acabarem. Elas irão curar sua sepsia."

Eu fiquei de joelhos e apanhei um punhado dos comprimidos amarelos da alcova. Eles eram as únicas coisas ali e não havia como serem entregues. Minha garganta doeu ao engolir dois deles. Aquilo poderia ser veneno, mas Fexler provavelmente tinha mil maneiras de me matar, se quisesse.

"Então o que você quer de mim, Fexler?"

"Como disse, há muitos fantasmas nas máquinas dos Construtores." Eu o vi franzir o rosto enquanto tentava formas as palavras para que eu entendesse. "Esses fantasmas, esses ecos, prestam pouca atenção à sua espécie. Mas seus olhos estão se voltando para o presente, a poeira e o pó de onde todos nós viemos. Muitos deles apoiam uma nova civilização para que as redes profundas possam ser mantidas e consertadas. Um número crescente, porém, agora se preocupa mais com a ameaça iminente, conforme os véus vão sendo retirados. Os problemas do declínio parecem menos urgentes. Eles acham que a única maneira de fazer a roda parar de girar, de manter as barreiras que mantêm a terra diferente do fogo, a vida diferente da morte, é destruir toda a humanidade. E eles tiveram mil anos para burlar as regras que antes os impediam de cometer tais atos. Sem ninguém para exercer esses poderes, sem ninguém para exercer sua vontade, o estrago será desfeito, ou pelo menos paralisado."

"Então a única culpa do pobre Fexler é que ele não acendeu sóis suficientes? Se ele houvesse matado as poucas pessoas que restavam não haveria problema?" Eu bufei. "Não vale a pena começar um trabalho e não terminá-lo."

Fexler piscou como se fosse um reflexo perturbado pela chegada de uma pedra em um lago. Ele franziu o rosto.

"E de qual lado você está, Fexler? Vai nos transformar em servos para consertarem sua carruagem ou matar rapidamente todos nós antes que destruamos o mundo?"

"Eu tenho uma terceira opção", disse ele.

Ele oscilou novamente, com a boca se contorcendo como se estivesse com dor. A luz piscou no espaço atrás do painel e se apagou.

"Uma alternativa que os outros ainda não reconhecem – ah!" Ele se esvaneceu, quase sumiu, e voltou forte demais, fazendo meus olhos se apertarem.

"Leve o anel de controle a Vyene. Embaixo do trono há..."

E ele desapareceu.

TRILOGIA DOS ESPINHOS

EMPEROR OF THORNS

22

A HISTÓRIA DE
CHELLA

"Jorg de Ancrath a envia de volta para mim outra vez, Chella."

Alguma coisa no ranger da mandíbula de Artur Elgin mexia com os nervos de Chella. Algo no jeito com que o Rei Morto rangia aquele maxilar quando ele o movia para formar as palavras.

"Eu trouxe Kai Summerson à corte, majestade, um necromante procurando serviço..."

"Você não agradou a Jorg, Chella? Ele desprezou sua proposta?"

Só o rangido daquele osso, das articulações, fazia sua pele se arrepiar. Isso e o brilho dos olhos dele. Ela pensou nas vezes em que havia nadado na imundície, nos cadáveres nos lugares mais escuros, em caçar os restos mortais de homens nas fronteiras das terras mortas, horror suficiente para tirar a sanidade de quase qualquer pessoa... E, no entanto, ela não temia nada além dos ruídos doentios da mandíbula de um morto.

"Chella?" Um lembrete bastante gentil, mas repreensões menores que aquela já tinham enviado criados do Rei Morto aos lichkin.

"Ele me recusou, majestade." Mais de cinco anos depois e o Rei Morto ainda queria reprisar seu antigo fracasso.

"E você ainda acha que ele é um jovem idiota com mais sorte que juízo?"

"Não, majestade." Embora ela achasse. Não importavam as estranhas emoções que o garoto pudesse causar nela, Chella via pouca genialidade em suas ações. Quando as pessoas apostam em chances remotas, em quantidades suficientes, algumas delas acabarão com o prêmio. Isso não significa que os vencedores vencerão amanhã.

"Eu o quero aqui, Chella, perante minha corte e respondendo a mim."

"Sim, majestade." Embora ela não fizesse ideia pelo que Jorg Ancrath tivesse de responder. Um "por quê" tremeu em seus lábios, mas ela sabia que não perguntaria.

"Traga Kai Summerson à minha presença."

Chella virou-se para levar Kai à frente, respirando aliviada por se libertar do olhar do Rei Morto, mesmo que só por um instante. Na frieza da luz fantasma, Kai envelheceu mais uma década quando o olhar do Rei Morto recaiu sobre ele.

"Kai." O nome rolou dos lábios de Artur Elgin como uma coisa morta. "Jurado pelo céu. Você já voou, Kai? Você já tocou o céu?"

"Não, amo." Kai manteve a cabeça abaixada. "Eu já vi o que a águia vê, mas apenas com minha mente. E agora eu sou jurado pela morte."

"A morte pode viajar no vento, Kai. Lembre-se disso. Por que você não voava? Era algo além da sua capacidade? Você não tinha o céu verdadeiramente dentro de você?"

"O medo me mantinha no chão, amo." Suas palavras saíram com paixão agora, pelo talento do Rei Morto em tocar todos os pontos sensíveis. "Medo de me perder." Chella sabia que poucos jurados pelo céu que levantavam voo voltavam. Os ventos os levavam. Eles perdiam a substância e dançavam em tempestades, espalhavam-se demais para serem contidos na matéria outra vez. Ela observou Kai, com os dedos apertados, unhas roídas. Será que agora ele desejava ter se perdido no azul inclemente?

"É a sua vontade, o poder do seu desejo, que conta neste mundo – em todos os mundos." Por um momento, o Rei Morto pareceu quase terno, algo mais terrível do que raiva vinda dos lábios mortos de Artur Elgin. "A força de sua convicção pode ancorar a mente à matéria, se sua sensação de quem você é, seu controle do que você é, for mais forte do que o vento. É essa mesma força de vontade que puxa o cordão de prata e atrai um necromante para voltar de suas viagens às terras secas. Esse mesmo senso de individualidade devolve o que não passa pelo céu à casca do corpo de um homem, ao que o carregou pela vida afora, à marca que ele deixou no mundo, seja ele um corpo corrompido ou até mesmo o esqueleto. E quando finalmente o osso acaba esse senso o devolve a um lugar, talvez uma casa, um recinto, para assombrar os vivos, porque o sofrimento, assim como todos os seus amigos, adora companhia."

Kai levantou a cabeça contra o peso do olhar do Rei Morto. "O medo me segurou."

"O medo segura muitos homens, o medo os afasta de suas obrigações, pais abandonam os filhos, um irmão deixa o outro para morrer."

"Sim, amo."

"Quando as tempestades vierem, Kai Summerson, mostre-me a morte sobre asas." Os dedos de Artur Elgin estalaram para dispensar Kai.

Até as portas se fecharem atrás de Kai, mais nenhuma palavra foi dita. Chella ficou, a única coisa viva na sala abobadada do trono. Talvez a única curiosidade fosse dela. O Rei Morto precisava dela. Por qual outro motivo, após todo esse tempo, ela estava aqui mais uma vez, neste restrito círculo, pagando apenas o preço dos lembretes humilhantes de seu fracasso?

"Chella Undenhert." O Rei Morto pronunciou o nome com cuidado.

"Majestade." O último a saber aquele nome morrera seis anos atrás na lâmina de Jorg Ancrath. Ninguém o dizia havia décadas.

"Alguns podem pensar que a necromancia seja uma ameaça àqueles de nós que saem das terras secas, para além da poeira, que seja no mínimo uma concorrência."

"Jamais, majestade." As palavras de Kai voltaram a ela. *Não devíamos ser nós a dar as ordens?*

"Você sabe o que eu quero, Chella?"

Ela realmente não sabia. "Jorg Ancrath?"

"Eu quero o que ele quer, o que toda a nossa espécie precisa. Governar, possuir, ter o cargo mais alto, fazer nossa vontade prevalecer."

"Ser imperador?" Chella sabia da fome dos mortos, mas ambição a pegou de surpresa, embora todos os sinais estivessem diante dela. Um rei morto em um trono de rei morto.

"O Império será para começar. Reformulado, ele pode ser o primeiro passo para conquistar tudo. Eu não sou chamado de rei disto ou rei daquilo; chamam-me de Rei Morto, senhor de tudo que não vive. Você acha que neste mundo eu me contentaria com 'Lorde de Brettan'? Ou 'imperador' de um império com fronteiras além das quais estejam terras sem dono?"

"Não, majestade." Além de todo o horror dele, o Rei Morto tinha a ganância e o orgulho de uma criança. Talvez seu interesse nos reis de Ancrath fosse pelo espelho que viravam para ele.

"Você sabe por que a Centena não se uniu contra mim, Chella?"

"Eles se odeiam demais, majestade. Coloque-os em um navio e deixe-o afundar – nenhuma mão estaria livre para escapar ou para nadar, elas estariam todas apertadas às gargantas, sufocando o ar antes que as águas o fizessem."

"Eles não se uniram porque não me temem." Artur Elgin levantou-se do trono do Rei Morto. "Os devolvidos não podem procriar, eles apodrecem, eles conhecem mais a fome do que a precaução, eles podem se colocar contra exércitos apenas onde o terreno os favorece. É de se admirar que eu tenha conseguido o que conquistei apenas com cadáveres para brincar." A mão de Artur depositou-se sobre o ombro de Chella e ela precisou de todo o seu controle para não recuar.

"Impérios são conquistados de muitas maneiras. Você conhece táticas, Chella?"

"Um pouco, majestade." Se ele simplesmente tirasse aquela mão dali...

"E quais são as únicas duas vantagens táticas de minhas legiões, Chella?"

"Eu... eu... eles não têm medo?"

"Não." Uma enorme agonia sangrou em seu ombro e o Rei Morto retornou a mão de Artur para seu lado. "Um homem que não tem medo está perdendo um amigo. Um velho fantasma me disso isso uma vez."

"Minhas tropas têm duas vantagens táticas. Elas não respiram e não comem. Isso significa que qualquer pântano, lago ou mar é uma fortaleza e que eu não preciso de linhas de abastecimento. Fora isso, eles são criados ruins, no máximo. E foram essas vantagens que me deram as ilhas e permitiram que atacássemos Ancrath pelos Pântanos de Ken."

"Além disso, minhas ambições requerem novas estratégias para serem cumpridas em um prazo do meu agrado."

O Rei Morto se sentou mais uma vez no trono de madeira flutuante de Artur Elgin. Ele passou os dedos brancos pelos braços polidos da cadeira e Chella ouviu os gritos de marinheiros se afogando.

"Thantos, Keres."

Dois lichkin deixaram seus irmãos e ladearam o Rei Morto. Os olhos de Chella ainda não os viam, percebendo apenas vislumbres de ossos envolvidos por fantasmas.

"Chella." Ele inclinou o corpo de Artur em direção a ela na cadeira. "Escolher uma estratégia é como decidir qual arma usar. E uma arma precisa ter ponta se for para furar o inimigo, não é? Você, Chella, irá furar a barriga do Império para mim. Eu a enviarei em uma jornada. Irmão Thantos e irmã Keres a protegerão. O restante de sua escolta está em um navio, aproximando-se do porto neste momento."

TRILOGIA DOS ESPINHOS
EMPEROR OF THORNS

23

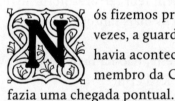ós fizemos progresso. Não muito, mas o suficiente. Às vezes, a guarda não chegava a Vyene a tempo, mas não havia acontecido durante minha vida. Até quando um membro da Centena morria no percurso, seu cadáver fazia uma chegada pontual.

Quando cidades e vilas ficavam em locais convenientes, nós passávamos a noite em acomodações requisitadas, senão tendas eram armadas em campos ou clareiras. Eu gostava mais dessas noites, com Katherine e Miana iluminadas pela fogueira em florestas onde brumas frias se entrelaçavam às árvores, cada mulher emoldurada pela gola de pele dos casacos de inverno, todos nós nos amontoando perto do fogo. Gomst e Osser em suas cadeiras, com cálices de vinho nas mãos, debatendo como os velhos fazem; Makin e Marten perto da rainha, prestes à compensar minhas faltas; Kent sentado quieto, observando a noite. Rike e Gorgoth finalizavam nosso pequeno bando, absorvendo o calor, ambos parecendo piores que o inferno.

Em uma dessas noites, com o crepitar do fogo e o brilho de muitos outros espalhados entre nós pela floresta, Miana perguntou: "Jorg, por que você dorme tão melhor fora do Assombrado?" Sua respiração formou vapor à sua frente e, embora ela estivesse de frente para mim, era Katherine quem ela observava.

"Eu sempre gostei da estrada, querida", eu lhe disse. "Você deixa seus problemas para trás."

"Não se você trouxer sua esposa." Rike riu e continuou olhando para o fogo, imune ao olhar afiado que Marten lançou em sua direção.

"No Assombrado, você sempre falava durante o sono." Miana se virou para encarar Katherine agora. "Ele praticamente delirava. Eu tive de colocar minha cama na torre leste só para conseguir descansar."

Katherine não respondeu, com o rosto imóvel.

"Mas agora ele dorme como uma criança inocente, sem nem murmurar", disse Miana.

Eu dei de ombros. "Bispo Gomst é quem tem terrores noturnos. Será que devemos nos preocupar quando os mais santos têm o sono mais agitado?"

Miana me ignorou. "Não há mais 'Sareth', não há mais 'Degran', não há mais os intermináveis 'Katherine! Katherine!'"

Katherine arqueou uma sobrancelha, delicada, expressiva e deliciosa. Miana estivera impaciente o dia todo na carruagem, mas se eu houvesse engolido um bebê inteiro e ele insistisse em chutar minhas entranhas, talvez eu ficasse menos tolerante do que normalmente sou.

Um graveto estourou fazendo um barulho alto e soltando faíscas na fogueira.

A defesa é sempre uma fraqueza e eu não estava a fim de atacar, então esperei. Katherine tinha tantas opções abertas a ela; eu queria saber qual ela escolheria.

"Creio que o Rei Jorg só chamou meu nome em tormento, certo, Rainha Miana?"

Eu me perguntei o que suas mãos estavam fazendo debaixo daquela capa de pele. Revirando-se? Deslizando em direção a uma faca? Paradas e calmas?

"É verdade." Miana sorriu, rápida e inesperadamente, desfazendo a testa franzida. "Ele nunca parecia contente em vê-la."

Katherine assentiu. "Meu sobrinho tem muitos crimes pelos quais responder, mas os mais sombrios são contra minha irmã, a Rainha Sareth, e seu filho. Talvez, como ele diz, seus pecados sejam deixados para trás na estrada. Talvez, quando pararmos em Vyene, eles o alcancem mais uma vez."

Ninguém ao redor da fogueira fez o menor movimento para me defender das acusações.

Eu falei por mim mesmo. "Se houvesse justiça, senhora, Deus em pessoa iria descer e me matar, pois eu sou culpado como diz. Mas até isso acontecer, eu vou ter que continuar vivendo e fazendo o que posso neste mundo."

Gorgoth me surpreendeu nessa hora, com a voz tão grave que a princípio podia-se pensar que era o próprio chão tremendo. Eu demorei um tempo para entender que ele havia começado a cantar, algo sem palavras, elementar como o crepitar do fogo, e fascinante. Por um bom tempo, nós ficamos apenas escutando, com as estrelas girando lá em cima, geladas na noite.

...

Durante três noites e três dias, a chuva desabou de céus carregados, abafando a conversa na carruagem e tentando afogar praticamente tudo do lado de fora. As estradas diante de nós tornaram-se rios de lama. Os próprios rios viraram monstros escuros e rodopiantes, arrastando árvores e carroças ao passarem por nós. Capitão Harran conduziu suas tropas pelas rotas alternativas planejadas para o caso de tais eventualidades, fazendo-nos atravessar cidades maiores, onde as pontes de pedra haviam superado muitas enchentes.

Eu estava de volta à sela de Brath. Após dias pressionado contra o calor da indiferença fria de Katherine, eu precisava de um banho frio.

"Fazendo sua fuga, Jorg?" Makin chegou perto de mim quando eu me afastei da carruagem de Holland.

A estrada parecia uma passagem através de um mar de pastos inundados, com as águas sendo afastadas apenas por sebes quase cobertas. Horas depois, a chuva parou e o céu se abriu com uma rachadura clara. As águas paradas por toda a parte viraram espelhos, refletindo cada árvore solitária, com os galhos expostos virados tanto para baixo quanto para cima. Tanta coisa no mundo é sobre superfícies que o olho é enganado, com a verdade nas profundezas desconhecidas e incognoscíveis abaixo.

"Caramba." Balancei a cabeça. Eu saíra da carruagem para pensar em outra coisa que não fosse Katherine!

"Senhor?" Um guarda ali perto.

"Não é nada", eu disse.

"Senhor, o capitão Harran pede sua presença à frente da coluna."

"Ah." Uma troca de olhares com Makin e nós nos apressamos para passar aqueles à frente, que já estavam diminuindo o passo.

No oeste, o sol começava a descer das nuvens para tingir de carmesim as águas da enchente. Nós alcançamos Harran após cinco minutos de lama e respingos. Uma pequena cidade, que agora era uma ilha, ficava adiante em uma elevação.

"Gottering." Harran acenou para as casas distantes.

Marten e Kent uniram-se a nós.

"A estrada está intransitável?", perguntei, com a rota mergulhando na enchente antes de aparecer novamente logo antes da entrada de Gottering.

"Não deve ser muito funda", disse Harran. Ele se inclinou para a frente e tocou a pata de seu cavalo para indicar a altura.

"Qual o problema então?", eu perguntei.

Marten sacou sua espada com um movimento lento e apontou para as cercas à nossa esquerda. Eu achava que eram os detritos normais que uma enchente carrega até qualquer cerca ou decora os arbustos, mas um olhar mais atento contava outra história.

"Farrapos?"

"Roupas", disse Harran.

Kent desceu de seu cavalo e deu alguns passos à frente pela estrada. Ao se agachar, pegou um punhado de lama. Ele ergueu a palma suja para mim.

Eu havia notado os pontos brancos, mas não prestara muita atenção. A centímetros de meu rosto, eu podia ver o que eles realmente eram. Dentes. Dentes de pessoas, com raízes longas e sangrentas.

As águas estavam vermelhas agora com o sol se afundando no oeste. O ar já estava frio.

"E isto significa alguma coisa para você, Harran?"

"A guarda viaja a muitos lugares. Já ouvi histórias." Uma antiga cicatriz sob seu olho ardeu muito branca. Eu não havia reparado nela antes. Harran aparentava sua idade esta noite. "Melhor trazer aquele seu bispo aqui. Ele pode ter mais a contar."

E então, minutos depois, Makin voltou com Gomst atrás dele na sela. E Kent, que fora escolher o bispo, não por segurança mas por causa da piedade que ficou queimada nele no Assombrado, voltou com Katherine.

"Você poderia ter deixado a princesa ficar com seu cavalo, Sir Kent. Tenho certeza de que ela não queria se agarrar a um sabujo imundo feito você."

"Eu não o deixaria chafurdar atrás de nós na lama." Katherine inclinou-se atrás do ombro de Kent e me lançou um olhar venenoso.

"Você mostrou ao bispo Gomst sua prova então, Kent?" Eu ignorei Katherine. Eu podia senti-la me desafiando a dizer que ela deveria ter ficado onde estava.

Makin ajudou Gomst a descer à beira de onde o chão subia até onde a cerca passava.

"Isso é uma coisa ruim." Gomst cambaleou e quase escorregou na grama molhada antes de chegar à cobertura escura de trapos. Sua mão ficava procurando o apoio de seu cajado, que ele deixara em cima da carruagem de Holland. "Como em São Anstals... Eu recebi um relatório." Ele apalpou sua batina procurando, e depois deixou o esforço de lado. "E nas ruínas de Tropez." Olhos selvagens me encontraram. "O trabalho do Rei Morto foi feito aqui. Espíritos e destroçadores, se tivermos sorte."

"E se não formos tão abençoados, meu velho?"

"Lichkin. Pode ser um lichkin." Ele não conseguiu conter o terror em sua voz.

Harran assentiu. "Os monstros das ilhas."

"Mãe Úrsula teve algumas visões com os lichkin atravessando as águas. Uma maré negra os traria." Gomst se abraçou contra o frio. "Dizem que os lichkin só têm uma compaixão."

"E qual compaixão é essa, sua eminência?", perguntou Kent.

"No fim, eles deixam você morrer."

Eu olhei para a silhueta escura de Gottering: telhados, uma torre de igreja, chaminés, o cata-vento de uma taverna. Vale a pena escolher seu terreno, e eu preferia escolher a cidade a uma pequena faixa de lama no meio de um enorme lago. Mas será que o inimigo já havia escolhido Gottering, já havia armado suas arapucas? Ou estavam vendo coisas demais em uns trapos e um punhado de dentes?

"Contem-nos", eu disse.

"Senhor?" Harran franziu o rosto.

"Quantos dentes, quantas roupas? Foram três aldeões que brigaram aqui e trouxeram a Guarda Gilden a um impasse ou esta é a cena de um massacre?"

Harran acenou para dois de seus homens e eles desceram para analisar mais de perto.

Eu empurrei Brath mais para perto do capitão. "Se são cadáveres contra os quais lutaremos, melhor fazê-lo com os pés secos e espaço para vê-los chegando. Qual é a profundidade da água à nossa volta? Sessenta centímetros? Um metro? Não o suficiente para se afogar? Mesmo se os mortos rastejassem por ela, um homem conseguiria ver as ondulações de seus rastros?"

"Mais fundo em trechos", disse Harran. Outro capitão discordou. Harran e dois outros capitães da guarda, Rosson e Devers, começaram a discutir a disposição do terreno.

Marten cavalgou através de uma fenda na cerca para dentro da enchente. Ele ficou de pé em seus estribos, de frente para nós na penumbra, com a água batendo nos dedos de seu pé. "Têm mais ou menos esta altura, majestade."

"Dezenas", disse o homem averiguando a cerca, retirando os trajes dela. "Talvez mais."

"Nós ficaremos aqui", eu disse. "E partiremos para Gottering à primeira luz."

Eu acompanhei Katherine e Gomst de volta à carruagem. "Dormirei aqui esta noite", eu disse a Miana quando ela abriu a porta. "Quero uma espada perto de você."

"Eu ordenarei a guarda em volta da carruagem", Makin disse de sua sela.

"Ponha Kent no teto. Rike e Gorgoth em cada porta. Mande Marten organizar patrulhas pelos campos. Melhor um ou dois guardas afogados do que ser pego de surpresa."

O frio me acordou durante a noite. Mesmo com Miana pressionada contra mim debaixo de um cobertor de pele de urso, e com o peso de Katherine através da espessura de suas próprias peles, o frio abriu meus olhos. O esparrinhar distante dos cavalos movendo-se através das águas paradas tornou-se um som fraturado, um tilintar quebradiço e crepitante. Gelo.

Eu me inclinei em direção à janela mais próxima, por cima de Katherine, e a encontrei me observando. No escuro, seus olhos brilhavam sem cor. Ela puxou para o lado a cortina da janela e juntos nós olhamos pelos furos da grade, com o vapor de nossas respirações se misturando.

Os gritos começaram baixos e não ficaram mais altos, mas a cada minuto que passava o horror aumentava. Gritos atravessando a camada de gelo, saídos lá dos contornos escuros de Gottering. Eu os reconheci como sendo de dor. O pavor tem uma característica diferente e a dor afugenta o medo bem rápido.

"Eu preciso sair."

"Fique", ela disse.

Então eu fiquei.

Katherine se sentou, com as costas eretas contra o encosto acolchoado. "Algo está vindo." Eu peguei minha espada; ela balançou a cabeça. "Vindo de outra maneira."

Por um momento, antes de ela fechar os olhos, eu juro que os vi: verdes, verdes como grama, iluminados por dentro. Ela estava imóvel, imóvel feito o gelo, pintada em preto e branco pelo luar que passava pela grade da janela. Eu a achei perfeita e a carência tremeu em mim. Gritos que eu já ouvira antes.

Ela estava sentada sem se mexer conforme a noite passava marchando, com seus lábios contraindo-se com uma palavra ocasional, murmurada e indistinta. Miana e os velhos dormiam, agitados em seus sonhos, mas não atormentados, e eu olhava para Katherine, ouvindo os uivos distantes, o crepitar do gelo e o som de sua respiração.

TRILOGIA DOS ESPINHOS
EMPEROR OF THORNS

24

ós chegamos a Gottering com a primeira luz do dia. A água espargiu-se pelo chão da carruagem no ponto mais profundo e trouxe o cheiro do rio até nós, mas não tivemos que sair.

Eu desci da carruagem na praça da cidade, com a enchente escorrendo pelo degrau atrás de mim. O lugar não apresentava sinais de danos e era uma cidade bastante aprazível na região mais próspera de Attar. As bandeirolas do festival da colheita ainda estavam penduradas ao longo da rua principal, de telhado em telhado. O bambolê de uma criança ao lado das rodas da carruagem. O canto dos pássaros.

"As patrulhas acharam que os gritos vinham da cidade?", perguntei. Harran assentiu. "Não deve fazer mais de uma hora que eles pararam."

Uma fungada no ar trouxe o cheiro de podridão e merda, passando frio pelo nariz, o que se espera de qualquer cidade. E algo mais.

"Sangue", eu disse. "Houve chacina aqui. Sinto o cheiro dela."

"Revistem as casas." Harran gesticulou para seus homens. Dúzias deles saíram, atravessando portas, com a luz do amanhecer reluzindo em suas cotas de malha.

O primeiro guarda reapareceu dentro de minutos. Ele segurava algum tipo de traje à sua frente, um troço pálido e enrugado. Seu rosto, quase tão pálido, ficou rígido em uma máscara de repugnância.

"Aqui!" Eu chamei o homem até mim e estendi as mãos para inspecionar seu prêmio.

Ele o colocou em meus braços sem aguardar um novo convite.

Mesmo com aquilo enrolado em meus braços, com o peso daquilo, o cheiro bruto, e o calor levemente obsceno ainda presente ali, levou vários instantes até eu entender o que eu segurava. Foi preciso um esforço para não hesitar e derrubar a coisa naquele instante da compreensão. Eu o levantei, deixei os braços se pendurarem e o couro cabeludo cair.

"É preciso habilidade para escalpelar um homem tão completamente", eu disse. Perscrutei os presentes, olhando nos olhos de cada soldado. "O terror é uma arma, senhores, e nosso inimigo compreende seu uso. Vamos nos certificar de que também entendemos este jogo."

Eu deixei a pele cair sobre o calçamento de pedras. Um som úmido. "Encontrem todos eles. Empilhem-nos aqui."

Cavalguei pelas ruas vazias com Kent, o Rubro, e Makin, circulando a cidade pela margem do rio sem encontrar nada. Quando o sol ultrapassou os telhados, os homens de Harran já haviam feito uma pilha de cento e noventa peles, retiradas de porões, quartos, estábulos, cadeiras diante de lareiras, pela cidade toda. Cada peça com apenas os três cortes que um caçador experiente usaria para retirar o couro de um veado. Peles de homens, mulheres, jovens, velhos e crianças estavam ali, todos os rostos enrugados agora. Eu peguei o bambolê perto da carruagem e o balancei em meus dedos enquanto o guarda montava a pilha.

Marten escoltou Miana e Katherine da carruagem até a Pousada Raposa Vermelha, o único estabelecimento de Gottering. Miana foi gingando, com sua barriga impossivelmente grande e desconforto estampado em seu rosto. Marten as instalou em cadeiras acolchoadas e lhes fez companhia enquanto elas aguardavam, com uma fogueira acesa, guardas em volta delas e Gorgoth à porta. Do lado de fora, Gomst leu uma bênção sobre os restos mortais na praça. Eu esperava que Katherine mantivesse qualquer barreira que houvesse erguido para afastar os lichkin de nossas mentes, mas ela teria que dormir em algum momento.

"Nós devemos seguir em frente", disse Harran, puxando sua égua branca para o lado de Brath. "Isto não é problema nosso."

"É verdade. O Duque de Attar não nos agradeceria por policiar suas terras em nome dele."

Harran removeu a gratidão de seu rosto tão rapidamente que muitas pessoas não a teriam percebido.

"Preparem-se para partir!", ele gritou.

Eu teria ficado feliz em seguir adiante também, mas parecia que estava sendo enxotado.

Pelas pequenas vidraças da janela da pousada, levemente tingidos de verde pelo vidro de Attar, eu vi Marten se levantar e tomar a mão de Miana com preocupação.

"Contudo", eu disse, "você não espera que outras tropas de guarda venham nesta direção, espera? A enchente reduz a opções de viagem do oeste. Quantos da Centena seguirão nosso rastro?"

"Pode ser que haja alguns." A honra não o deixaria mentir. Um problema que nunca me perturbou.

"E a guarda não é obrigada a fazer o serviço todo, a fazer com que a Centena chegue a Vyene, e não apenas aqueles em seu comando imediato?"

Harran se levantou em seus estribos. "Desconsiderem! Eu quero as vítimas encontradas. Eu quero cada casa verificada." Com um rosnado ele saiu para fiscalizar.

"Quem ainda precisar viajar por aqui provavelmente não votará a seu favor no Congresso." Osser Gant se levantou das sombras do estábulo, com sua silhueta magra apoiada em uma bengala com ponta de prata, um belo trabalho no formato da cabeça de uma raposa.

"Então por que eu estou lembrando a Harran de uma obrigação que ele preferia ter esquecido?", perguntei.

Osser assentiu. "E se arriscando."

"Você passou uma vida inteira à beira daqueles pântanos fedorentos, Gant. Quantos lichkin você já viu?"

"Um velho como eu não vai muito longe do salão de seu mestre, Rei Jorg. Mas você não encontrará muitos homens que já viram um lichkin. Você pode encontrar o corpo de um homem que já viu, e esse corpo pode tentar lhe matar, mas o homem não estará mais ali." Osser assentiu, como se concordasse consigo mesmo.

"Nem unzinho nesses anos todos?", perguntei.

"Os lichkin podem ser velhos", disse Osser. "Eu não sei. Mas eles são novos nos Pântanos de Ken. Eles vagam ali há dez anos no máximo. Talvez não muito mais do que cinco anos. Até nas ilhas eles são uma praga recente."

Marten veio até a porta da pousada e me chamou. Algo importante. Às vezes, você simplesmente sabe. Eu me balancei em minha sela e pulei. Andar, após tanto tempo na sela, dá uma sensação esquisita a algo que se faz todos os dias da sua vida, apenas por um momento, enquanto suas pernas se lembram de como foram feitas. Eu optei por cruzar a praça lentamente. Algo me disse que aquela poderia ser uma caminhada curta, mas estava demorando bastante.

Marten se aproximou. "Acho que chegou a hora dela. Com Sarah foi assim."

"Ela não pode esperar?", eu disse. "Segurar um pouco?"

"Não é assim que funciona, Jorg." A leve insinuação de um sorriso.

"Diabos." Eu levantei a voz. "Quero mais guardas em volta desta pousada. Protejam todas as saídas."

Eu espiei através de uma vidraça. Miana estava esticada em sua cadeira, com Katherine por perto, bloqueando minha visão. Eu não queria entrar. Houve um tempo que eu ficava feliz em encontrar algo que ainda me assustasse. Conforme os anos passavam, eu continuava encontrando coisas novas com que meu preocupar. O prazer transformando-se em espanto. Parece que homens têm muito mais a temer do que garotos.

Eu voltei até Osser. Makin terminou de cuidar de seu cavalo e veio com Kent unir-se a nós.

"E quantos lichkin existem, chanceler Gant?", eu perguntei.

"Ouvi dizer que há sete no mundo inteiro", disse Kent, virando o olhar para o bispo rezando perante as peles empilhadas. "Sete é demais."

"Pode ser que haja sete", disse Osser. "O bispo tem uma lista de sete nomes, escrita pelas irmãs da Ordem Helskiana."

"Eu achei que a papisa houvesse ordenado que todas as videntes fossem mortas. Ela disse que os conventos não foram feitos para abrigar bruxas." O decreto me marcou – um exemplo dos esforços que o Vaticano faz para evitar fatos indesejáveis.

"Sua santidade ordenou que se cegassem as irmãs de Helsk", disse padre Gomst, terminando ou abandonando suas orações. "E elas foram cegadas. Mas suas visões continuam."

Uma olhada em direção à janela da pousada revelou pouco, a não ser Marten olhando para fora. Katherine atravessou o recinto com uma tigela fumegante e um pano sobre um dos braços, e sumindo atrás dos ombros largos de Marten.

Rike voltou à praça principal, com uma caixa de carvalho preto debaixo do braço, abarrotada de talheres e seda fina. Alguns guardas a postos nos pontos de entrada lhe lançaram olhares de reprovação, mas nenhum chegou a desafiá-lo. Com ou sem armadura de ouro, eu ficaria surpreso se algum soldado profissional recusasse uma peça de pilhagem de sua escolha ao revistar Gottering. Mesmo assim, alguma coisa estava errada com aquela imagem. Eu franzi os lábios e o rosto.

"Irmão Rike." Ele se aproximou, carrancudo, apesar de suas mercadorias.

Eu estendi a mão e peguei a seda, de um laranja lustroso que nunca encontrara antes. "Qual é a sua com tecidos, Rike? Acho que nunca vi você sair de um prédio em chamas sem uma peça de tecido roubado. Alguma coisa que você não está nos dizendo?" A ideia de Rike usando um vestido formou uma imagem tão nojenta quanto as peles empilhadas. Mas esse não era o problema. A resposta me atingiu. "Você pode carregar mais que isso." Qual foi a última vez que vi Rike parar a pilhagem antes que o peso das coisas tornasse impossível roubar mais?

Rike deu de ombros e cuspiu, ficando corado no rosto. "Tive o bastante."

"Você nunca tem o bastante, irmão Rike."

"São os olhos." Ele cuspiu novamente e começou a amarrar a caixa a seu cavalo. "Eu não me importo com os dedos, mas os olhos não parecem mortos."

"Que olhos?"

"Em todas as casas." Ele balançou a cabeça e amarrou outra alça. "Na gaveta com as facas e os garfos, na prateleira do armário, atrás dos vidros na despensa, em todo lugar que você vai caçar alguma coisa que valha a pena levar. Eu não gosto deles." Ele amarrou a última alça.

"Olhos?", perguntou Makin.

Rike assentiu e eu tive um calafrio sem querer. Sem dúvida, eles também haviam sido removidos tão impecavelmente quanto as peles. Acho que era a precisão que me enervava. Eu já vi um corvo arrancar um olho de uma cabeça preta, de tão podre, e continuei a comer minha refeição tranquilamente. Mas alguma coisa nos cortes limpos dos lichkin parecia anormal. Eu me sacudi.

Marten saiu da pousada, expulsado por Katherine. Um momento de hesitação tomou conta de mim. Será que Katherine podia ser confiada a sós com meu filho quando ela me culpava pela morte de seu sobrinho? Será que ela havia salvado Miana da faca do assassino só pela oportunidade de tirar a vida de meu filho recém-nascido? Eu descartei a ideia. A vingança é a minha arte, não a dela.

Marten parou ao meu lado e ao de Rike, ignorando nós dois, olhando para a pilha de peles, com a boca aberta por alguma pergunta perdida.

Eu dei de ombros. "As pessoas são feitas de carne. Os lichkin gostam de brincar com os pedaços. Já vi coisas piores em um açougue. Porra, já vi pior quando os homens brigam com seus prisioneiros." Esta última parte era mentira, mas a verdade é que não era a consciência que impedia os homens de chegarem perto dos excessos dos lichkin – é que os homens simplesmente não eram açougueiros tão talentosos.

Eu observei Rike em vez de Marten. Nada que fosse natural metia medo em Rike. Algumas coisas podiam colocá-lo para correr, mas ele estaria com raiva pra caralho enquanto corria, planejando sua vingança todo o tempo. A última vez que o vi fugir apavorado foi dos fantasmas na Estrada dos Cadáveres. Dedos e olhos espalhados em casas de aldeões não eram suficientes. Eu já o vi arrancar ambos, e ele não se preocupou muito se os antigos donos haviam terminado de usá-los.

Olhei novamente para o monte de peles. Algo em minha imaginação o fazia parecer se mexer. "Queimem isso", eu disse. "Ninguém mais precisa delas."

Fui até a pousada. Hora de passar por aquela porta.

"Maldição! Jorg, porra, onde você estava?" Ela rosnou aquele "Jorg" entre os dentes pequenos e brancos. Eu sempre disse que Miana tinha um rosto lindo e uma boca suja. E dizem que até a donzela mais respeitável pode xingar como um marinheiro quando está em trabalho de parto. Quais palavras ela encontraria quando fosse a hora de empurrar? É estranho dizer que nascemos com os xingamentos de nossas mães, mas depois disso elas acham que os jovens têm ouvidos sensíveis e só podem ouvir o que puder ser dito na igreja. Eu fechei a porta atrás de mim, deixando-a apenas um centímetro entreaberta.

Lá dentro, a pousada cheirava a fumaça de lenha, quente e próxima, e odores mais antigos e menos agradáveis, talvez de assassinatos cometidos aqui antes de o sol nascer.

"Jesus amado!" Miana suspirou e cuspiu, segurando-se. Ela se recostou em uma grande poltrona cheia de almofadas. O suor pontilhava sua pele, os tendões esticando-se em seu pescoço. "Eu não quero meu bebê aqui. Não aqui." Katherine olhou para mim por cima dos seios inchados de Miana. Nas paredes, manchas marrons onde corpos sem pele haviam tocado as tábuas ásperas.

Eu não queria que meu filho nascesse na estrada. É um jeito bastante difícil de se viver, e não é uma forma apropriada para vir ao mundo, nem mesmo com uma carruagem dourada e uma guarda de honra decorada de maneira igualmente rica. E esta vila dos mortos trazia agouros ainda piores. Eu pensei em Degran pequeno, frágil, quebrado em minhas mãos. Os lichkin tinham Gottering em suas mãos, à espera, e Miana estava prestes a dar à luz.

Gorgoth virou-se da entrada da pousada, levando mais lenha para a pira na praça. Um tronco grosso em cada mão, retirados da pilha contra a parede. Os guardas aderiram, arrancando pedaços de janelas, quebrando uma carroça abandonada. Outros vieram do porão da pousada com garrafas de conhaque e frascos de óleo de lampião para acender as chamas. Eu abri a porta e fui atrás de Gorgoth.

"Volte já para cá, seu desgraçado filho de uma puta!"

Eu fechei a porta, vigiada pela Guarda Gilden dos dois lados. Sobrancelhas foram erguidas.

"A rainha não está se sentindo bem", eu disse.

Seis cabeças com capacetes dourados acompanharam conforme eu passei entre elas.

Os lichkin tomaram conta da cidade, de todos nós, embora muitos de nós ainda não soubessem disso. Talvez um pouco de fogo pudesse afrouxar o controle deles e dar uma limpada no ar. Gottering estava enfeitiçada agora, encantada, com uma única grande runa plantada em pedaços de gente. Magia de sangue.

Quando as tábuas estavam umedecidas e amontoadas em volta da pilha de peles esfoladas, eu retirei Gog de sua bainha. A lâmina brilhou sob o sol de inverno, de modo que era possível imaginar chamas dançando em seu gume. Eu a encostei à madeira. "Queime", eu disse. E as chamas realmente dançaram naquela linha afiada.

O fogo se espalhou rapidamente, saltando em meio à madeira quebrada, devorando o óleo e a bebida, metendo os dentes quentes na tábua. Quase imediatamente o cheiro penetrante de carne queimada exalou, mais forte que a fumaça. A memória me levou ao Assombrado, andando por entre corpos queimados para encontrar Egan de Arrow. E apenas um momento depois, outra lembrança, os gritos daqueles que o fogo não havia matado. Só que... não era lembrança.

"Quê?" Eu inclinei a cabeça para localizar o som. Um lamento agudo.

Capitão Harran surgiu na praça a cavalo. "Está vindo daquele bosque, na serra a oeste. Hollow Wood."

Quando viemos a Gottering, havia outra ilha nos campos alagados, trezentos metros a oeste, alguns hectares de bosques emaranhados.

A misericórdia dos lichkin, Gomst dissera, *é que no fim eles o deixam morrer.*

Mas não ainda.

As pessoas de Gottering ainda estavam vivas. Elas ainda sentiam. Em algum lugar naquele bosque, quase duzentos habitantes da cidade, esfolados, sem dedos ou olhos ou dentes, uivavam enquanto eu queimava suas peles.

"Jorg!" Um grito à beira da histeria. Katherine à porta, pálida, emoldurada por cachos avermelhados.

Eu corri, com a espada em punho. Eu passei por ela, empurrando-a.

"Ficou... ficou mais forte. Eu não consegui impedir", disse Katherine atrás de mim.

Miana estava diante da lareira e dos troncos crepitantes, em cima de lençóis dos quartos da pousada, com as saias amarradas em muitas camadas em torno de seus quadris. A dor havia retorcido suas pernas. A luz da fogueira brilhou sobre a pele esticada demais em sua barriga. Branca sobre a pele vermelha, posta sobre minha criança escondida, a marca de uma mão de três dedos.

"Miana?" Eu me aproximei, enfiando Gog de volta em sua bainha. "Miana?" Um toque frio tremeu sobre meu peito. Talvez aquela mesma mão de três dedos, tentando me alcançar. Eu não tenho nada de poeta e suas palavras floreadas, mas naquele momento meu coração realmente se congelou, virando uma ferida pesada e apertada ao vê-la ali, uma dor física que me tirou o equilíbrio. Uma fraqueza que o lichkin infectou em mim, sem dúvida.

"Miana?" Os olhos que ela virou em minha direção não me conheciam. Eu me virei em direção à porta, quase derrubando Katherine no chão.

"Você vai embora?"

"Sim."

"Ela precisa de você." Raiva. Decepção. "Aqui."

"O lichkin está atingindo tanto a ela quanto a meu filho", eu disse. "E onde quer que este lichkin esteja, não é aqui."

Eu a deixei, deixei Miana, deixei a pousada. Passei apressado pela pira onde as peles borbulhavam e derretiam, com gordura escorrendo e fumegando sobre as pedras da rua.

Com os irmãos em meu encalce, corri até a esquina perto dos fornos da padaria, até um degrau que dava vista para o oeste, por cima das águas brilhantes em direção às árvores desfolhadas onde meu inimigo esperava. Eu parei, deixando meu corpo imóvel, deixando as batidas de meu coração contarem o tempo – tempo para o juízo e a clareza me alcançarem. Momentos se passaram apenas com os uivos distantes e o reflexo preto dos galhos saindo em direção a Gottering.

"Superfícies e reflexos, Makin", eu disse. "Mundos divididos por barreiras tão finas, invisíveis, irreconhecivelmente profundas."

"Perdão, majestade?" Makin refugiou-se na formalidade, em vez de tentar me acompanhar.

Cada fibra de meu ser gritava por uma atitude. Minha esposa estava marcada e atormentada, uma estranha para mim, uma prisão para meu filho. Meu filho!

Meu pai me diria "Encontre uma nova esposa". Pregue os dois, mãe e bebê, ao chão com uma estocada da espada e siga em frente. Deixe o lichkin se sufocar com aquilo. E eu faria isso mesmo, se nenhuma opção melhor me restasse. Eu o faria. Eu disse a mim mesmo que o faria.

Permaneci parado, apenas com um tremor em meus dedos. "Considere o problema em questão, Lorde Makin. O bom bispo me diz que há pelo menos sete lichkin, talvez mais. E nós sabemos que eles estão atacando em Attar pela primeira vez. Talvez estejam atacando em outras rotas até Vyene, espalhados. Parece-me que, se eles fossem muitos e estivessem confiantes da vitória sobre os soldados, em vez de atacarem aldeões, eles teriam vindo até nós ontem à noite. Ou isso, ou eles estão brincando de gato e rato conosco."

"Bem, eu preferiria descobrir sobre novos inimigos encontrando um deles sozinho, portanto esta é uma chance que não podemos perder, e não um horror do qual devemos correr", eu disse.

Ele queria que corrêssemos. Tudo isso, tudo aqui era sobre medo. Ele queria que Miana fosse colocada em uma carruagem e que quinhentos guardas saíssem galopando pela estrada até Honth.

"E se for o gato brincando com o rato?", perguntou Makin.

Eu sorri. "Que chance melhor o rato terá de matar o gato?"

Eu saquei Gog e o fogo que invadiu a espada fez todas as chamas que queimaram ali antes empalidecerem. Eu saí em direção às árvores negras e aos gritos enfraquecidos de Gottering, vadeando águas escuras com os irmãos seguindo meu rastro. E eu andei, em vez de correr, embora um fogo ardesse em mim quase tão forte quanto o de minha espada, porque as superfícies dividem o conhecido e o desconhecido, e, embora eu possa andar por onde anjos temeriam passar, tento não me apressar como um tolo.

TRILOGIA DOS ESPINHOS
EMPEROR OF THORNS

25

Água de enchente sempre tem o mesmo fedor, de terra após a chuva, porém exagerado demais, contaminado com podridão. A temperatura gelada me fez segurar o fôlego, aumentando aos poucos conforme eu atravessava. Meu rosto ardia com o calor do fogo na lâmina de Gog, refletindo na água escura e faminta. Alguma bobagem me fez pensar no meandro suave do Rio Sane atravessando a Cidade de Crath, na curva depois da Ponte das Artes onde pilares de pedra saem da corrente lenta para demarcar uma área para nadar. Mamãe nos levava lá no calor do alto verão quando o Sane ainda se lembrava do inverno. Como éramos pequenos, nós entrávamos aos pouquinhos, guinchando. Aquele grito e sobressalto conforme o rio pegava nossas partes íntimas com as mãos geladas – eu senti o mesmo novamente e segurei a exclamação.

"Que gelo!", Sir Makin disse atrás de mim. "Acho que meu saco não vai descer de volta por um mês."

"Por que estamos indo?", Rike perguntou lá do fundo.

Eu olhei sobre meu ombro para Gorgoth quase nu, apesar do frio, empurrando uma onda de proa para a frente; Kent, o Rubro, com sua espada curta e machado levantados acima da água; Makin com um sorriso; Rike com a cara amarrada; Marten de rosto franzido, determinado, com a estampa em seu escudo de vigas pretas de uma casa queimada em um campo verdejante.

"Por quê?", repetiu Rike.

"Porque ele não quer que façamos isso", eu disse, seguindo em frente.

Eu fiz uma anotação mental para mudar meu jeito. Se você pular toda vez que um inimigo mandar você se sentar, essa previsibilidade se torna um anel em seu nariz pelo qual você pode ser puxado quando não dá para empurrar.

"Divirtam-se." Rike soou mais distante atrás de mim.

Eu parei e me virei. Rike nunca havia realmente levado a sério o fato de eu ser rei. Eu podia ter sete nações onde homens se ajoelhavam para mim aos milhares, ou por amor, ou por medo, principalmente medo, mas Rike só se ajoelhava quando seu joelho iria se quebrar se não o fizesse.

"Precisamos fazer isso agora, irmão Rike?", eu perguntei.

Ele riu. "Você vai fazer o quê? Cortar minha pele e arrancar meus olhos?"

Aparentemente, o lichkin o assustava mais do que eu.

"Claro que não." Eu balancei a cabeça, mostrando-lhe o velho sorriso. "Eu sou um rei!" Eu dei um passo em direção a ele e abaixei a ponta de Gog até a água para que ela chiasse, pulasse e esguichasse, com o vapor subindo entre nós. "Mandarei um profissional fazê-lo. Alguém que realmente goste disso. Reis não sujam as mãos."

Gorgoth soltou uma risada profunda com aquilo. Makin uniu-se a ele. No fim, até Rike soltou aquele "hur" dele e nós prosseguimos. É difícil fazer piada quando se está com o saco dentro da água gelada e rumando ao inferno, mas felizmente minha plateia não era muito exigente. E eu também não estava brincando.

Mais perto do bosque agora, com água até a cintura, cada passo afundando na maciez oculta. Eu quase caí três vezes, tropeçando em algum arbusto submerso ou cerca. Makin afundou uma vez e voltou xingando e cuspindo.

A água parecia mais fria perto das árvores, com placas de gelo muito finas deslizando atrás de nós e uma bruma subindo, misturando-se ao congelamento de nossa respiração. A neblina se elevou conosco, conforme a inclinação nos levou da enchente até as primeiras árvores negras e gotejantes.

Eu vi o primeiro fantasma apenas como um vislumbre entre os troncos, uma figura passando rapidamente mas sem agitar as águas na altura das canelas. Apenas um vislumbre, com cabelos pretos bagunçados, enlameados, uma criança. O nome Orscar passou por mim, embora eu não pudesse identificá-lo. Eu me virei para alertar os irmãos, com a espada ainda apontada para onde o menino estivera. E é claro que encontrei apenas a neblina. Neblina e uma cruz de ferro, um pingente pendurado em um galho baixo com uma marca de esmalte vermelho no ponto de cruzamento. Pelo sangue de Cristo.

"Eu conheço esse jogo de sombras, coisa morta!" Balancei Gog em um círculo lento, com as brumas se encolhendo perante as chamas. "Pode trazer minha mãe morta, William, até o bebê, se quiser. Traga os mortos de Gelleth, o fantasma de Greyson com os olhos arrancados, traga Lesha carregando sua cabeça. Você está jogando as cartas erradas comigo. Já vi pior."

"Já mesmo?"

Uma dor aguda em meu peito. Eu me virei novamente e o fogo de Gog se apagou. A espada caiu conforme meu braço perdeu a força.

Meu pai apareceu, em pele de lobo, de coroa de ferro, os cabelos de ferro e o inverno em seus olhos.

"Você não está morto." As palavras saíram de mim, suaves e sem emoção. "Não é um fantasma."

"Não sou?"

"Não é!" Por baixo de meu peitoral, o sangue escorria, bombeado por uma velha ferida, ensopando minha camisa e as lãs por cima, correndo em filetes quentes sobre minha barriga. "O Castelo Alto não sucumbiria a cadáveres do pântano." Eu balancei a cabeça. "E seus homens são medrosos demais para cortarem sua garganta." Eu pisquei. Ele estava ali, com a água ondulando em volta de suas botas altas, sólido e pior que pregos, não era um espectro cinzento.

"Você será pai em uma hora, Jorg." Ele olhou para suas mãos, esticadas à frente de seu cinto, virando-as das palmas para as costas das mãos, das costas para as palmas.

"Não..." Os dedos soltos encontraram um apoio mais firme no cabo de Gog. "Como você sabe disso?"

"Os fantasmas sabem o que sabem." Ele se virou para olhar para a névoa.

"Você não está morto." Não era possível. Ele não podia morrer. Não aquele velho. E não sem ser eu a fazê-lo. "Como..."

"O filho errado morreu, Jorg." Eu nunca conheci ninguém com o talento de meu pai para cortar as palavras de um homem sem levantar a voz. "Deveria ter sido William a ser retirado dos espinhos. Ele tinha a minha força. Você sempre foi o queridinho da sua mãe. Melhor Degran do que você. Melhor até ele."

"Quem matou você?", eu perguntei, intimando.

"Quem?" Aqueles olhos viraram-se para mim outra vez. E eu achei que estava frio antes. "Meu coração pifou, trepando com aquela minha teutona bonita. Como era que você a chamava? A puta Scorron."

As águas subiram à nossa volta, girando, remoinhando em volta das árvores. Até os joelhos, até as coxas.

Minha força me deixava a cada batida de meu coração, com os membros gelados, o único calor vindo do sangue que escorria da velha ferida, aquela que meu pai me deu, aquela que nunca deveria ter sarado. "Você será pai em breve, Jorg. Aquela sua pequena esposa sulista vai ter um filho. Em gosma e sangue, berrando para o mundo. Assim como o meu fez. O homem enviado pela papisa fracassou. Eu disse a ela 'mande três, dois no mínimo', mas a vadia idiota mandou só aquele. Disse que era o melhor que tinha. Eu tinha grandes esperanças, mas ele fracassou."

"Você sabia?" A enchente chegou a meu peito. Sem o apoio dela, duvido que pudesse ficar de pé. Quando ela alcançou a ferida eu senti a frieza sendo despejada dentro de mim, como se água negra estivesse me enchendo como uma cabaça oca.

"É bom que você não vai ver seu menino", meu pai me disse. "Você é fraco demais para criar um filho." Sua pele de lobo boiava na enchente mas aquilo não significava nada para ele. Ele me observava com apenas a insinuação de um sorriso, algo tão frio quando seu olhar.

A água se derramava em volta de meu pescoço, fazendo meus dentes baterem, meu cabelo flutuar ao meu redor, arrastado pela correnteza. O peso de minha armadura, da espada segurada pela mão dormente, a tração da lama, tudo me segurava para baixo.

Eu pensei em meu filho, em Miana com a mão branca marcada em sua barriga, e uma fagulha de raiva se acendeu em mim apesar do frio. "Era eu quem tinha de matá-lo, velho." Eu disse isso rosnando antes de a água tapar minha boca e me engolir.

Eu olhei para cima, para a superfície distante através de ervas escuras – o movimento emaranhado de meus cabelos. Muito acima de mim, impossivelmente longe, uma superfície ondulada partindo a luz do dia para enviar brilhos fracos até as profundezas gélidas. Uma mão pairava acima de mim, troncha, esticada em direção ao céu. A minha mão. A luz fraca e esverdeada estampava padrões em meus dedos.

Eu olhei. Olhei para aquele sol distante. Ele poderia estar a um milhão de quilômetros. Lundist havia dito um milhão. Mais de um milhão. As águas me seguravam. Eu estava imóvel e olhei até que aquele pedaço brilhante de luz esverdeada fosse tudo o que eu podia ver e se tornasse meu mundo.

Imagens se formaram. Tingidas de verde. E parecia, apesar das águas me segurarem, apesar de meu peito ansiar por ar e meu coração bater por trás de minhas costelas, que eu não estava olhando o céu através da água, mas pela vidraça esverdeada de Attar para um quarto da pousada. Um quarto onde o fogo queimava na lareira, onde Miana estava deitada, com Katherine agachada a seu lado.

Eu vi o lichkin ir atrás delas, com a porta voando estilhaçada. Ele entrou, lenta e calmamente, uma coisa ossuda, envolto em espaço morto onde os olhos não veem. A criatura havia nos deixado uma armadilha em Hollow Wood e esperou que saíssemos. Enquanto nós estávamos nos afogando, o lichkin entrou em Gottering.

Guardas vieram com tudo atrás dele. Atrás dela. De alguma maneira, eu sabia que o lichkin era ela. Eles caíram, sufocados, talvez afogando-se com seus próprios fantasmas, estrangulados por amores perdidos, asfixiados por pais repressores ou quaisquer fragmentos espalhafatosos de seus passados que os assombrassem. Todos nós carregamos as sementes de nossa própria destruição dentro de nós, todos nós arrastamos nossa história atrás de nós como correntes enferrujadas.

Katherine se levantou para encontrá-la.

"Você não devia ter vindo." De alguma maneira, a voz de Katherine chegou até mim, atingiu meu cérebro moribundo, atravessando o estrondo de meu coração.

A lichkin avançou em Katherine, apenas com as mãos visíveis para mim, brancas, como ossos, como raízes. Minha visão pulsou e piscou. Em um instante, eu tomaria o fôlego pelo qual meu corpo gritava.

"Você não sabe de nada, coisa morta." Katherine estava diante dela, com os vermelhos claros de seu vestido de viagem balançando em volta dela. Mesmo morrendo, eu via sua beleza. Sem desejo – apenas uma constatação, como a glória de um vitral, ou a brincadeira de luz e sombras sobre as montanhas. Eu via seu medo também, e a força que o continha.

Aquelas mãos estenderam-se até ela, rápidas, porém diminuindo, como se encontrassem alguma resistência invisível.

"Você não pode ser muito velha, coisa morta", disse ela. "Está escrito nos livros mais antigos. O sono e a morte são irmãos. O Bardo sabia disso. Pois, no sono da morte, quais sonhos virão? E acredite em mim, coisa morta, de sonhos eu entendo."

A lichkin uivou e levantou um turbilhão cinzento em volta de Katherine. Suas saias se agitaram à sua volta. Aos pés de Katherine, Miana se contorcia e gemia. Formas se moviam naquele turbilhão. Formas e insinuações.

"Basta", disse Katherine, com a voz aguda. "Fantasmas, é? Mas os sonhos são povoados por fantasmas e mais quase nada. Fantasmas são feitos de sonhos, sonhos mortos, sonhos perdidos, sonhos ruins, sonhos que se prendem em pequenos círculos apertados, que cavam seus buracos no tecido do mundo e não largam."

A mão se Katherine serpenteou e apanhou algo do redemoinho, segurando-o pelo pescoço. Para mim, era Orscar do monastério, Sunny amarrado ao poste dos Cachorros Malvados, Lesha querendo que eu a salvasse, o menino em Albaseat apanhando do ferreiro. Você não pode salvar todos, então por que salvar qualquer um? Ela o estrangulou, com os dedos ficando brancos pelo esforço. Por fim, o rosto de meu pai apareceu ali, preto de sangue. E em seguida, puf, ele sumiu em uma nuvem de fumaça, nada mais.

Katherine deu um passo à frente, um passo rápido. E a lichkin hesitou. Ela se virou para fugir, mas Katherine a pegou. Pegou a mão branca feito osso. Ela segurou a lichkin, dura pelo esforço, a mão ficando branca, as veias ficando cada vez mais escuras, mas ela se recusava a soltá-la.

"Você não devia ter vindo."

E eu rompi a superfície. Engasgado e arfando, eu me sentei, com a água em volta de mim com uns trinta centímetros de profundidade. Talvez quarenta. Não mais. Eu tomei o fôlego mais doce e reparti o véu negro de meu cabelo. Por toda a minha volta, à beira de Hollow Wood, os irmãos estavam sentados, engasgados e arquejando, cuspindo água, com os rostos roxos.

TRILOGIA DOS ESPINHOS

EMPEROR OF THORNS

26

A HISTÓRIA DE
CHELLA

A carruagem se sacudiu sobre a lama endurecida pelo gelo e Chella praguejou novamente. No banco em frente, Kai parecia bem mais confortável, quase dormindo, como se se balançasse nos braços de sua babá. Ela apertava o braço da poltrona, com os dedos brancos sobre o couro. Cinco anos privada da necromancia, cinco anos desde que o garoto de Ancrath a drenara, encolhera seu poder na tempestade de fogo dos fantasmas dele. Ela achava o Rei Morto meramente cruel por puni-la dessa maneira, por deixá-la encalhada mais uma vez nas praias da vida, atormentada pelas dores cotidianas da carne, zombada por trivialidades como a temperatura. Agora ela dava valor a sua astúcia também.

"Maldição." Chella abraçou suas peles bem apertadas. "Quem fez o outono tão frio?"

"Quem decidiu fazer o Congresso às portas do inverno?", Kai perguntou. "Esta é a pergunta mais racional."

Chella estava com frio, não estava racional. A maneira tranquila de Kai a irritava. Frequentemente voltava ao dia em que ele e a garota foram arrastados até ela pelos espíritos do lodo, atravessando os canaviais, com lama e sujeira em seus cabelos e o pavor congelado em seus rostos jovens e frescos. Cada demonstração de sua confiança retornando, cada insinuação do leve desprezo que se escondia atrás do sorriso dele a fazia se arrepender de usá-lo ainda mais. Melhor que ele houvesse morrido com aquela rameira atrevida.

A necromancia no fundo é um prazer oculto, uma rendição ao instinto mais sombrio. O fato de o Menino Dourado ter reconquistado sua autoconfiança, seu charme e seu sorriso vencedor, como se ele houvesse acabado de se envolver em um vício secreto, um mal necessário, a corroía a todo momento. Que ele provara ser tão bom naquilo a fazia querer arranhar o rosto dele inteiro. Ele parecia pensar que era algo que pudesse deixar de lado quando não fosse mais necessário, como fez com aquela garota. Qual era o nome dela? Sula? Ela se perguntou se Kai ainda se lembrava.

A necromancia precisa custar caro. Com certeza havia custado para Chella. Jorg pode ter dado uma mordida de graça, mas ele só teve um gostinho. O Menino Dourado, por outro lado, havia começado como se não fosse nada além de um malabarismo, e ainda precisava deixar uma bola cair.

"Eu odeio estar viva", Chella disse ao mundo que passava pela grade da carruagem, com arbustos tão congelados que cada galho se eriçava com espinhos de gelo.

"E mesmo assim nós nos apegamos tanto a ela", disse Kai. "Às vezes pelas pontas dos dedos."

Ele andara pelas terras secas. Achava que sabia tudo. Achava que conhecia os dois lados da moeda, por suas perambulações pelas fronteiras onde os mortos recentes às vezes perdiam seus caminhos. Chella pensou no quanto a longa viagem o mudaria. No que tiraria a tranquilidade do sorriso dele. Em algum lugar depois da

Absolvição, onde os anjos temem pisar, talvez até nas areias pretas que levam às cavernas onde vivem os lichkin. Aquilo estava esperando por ele ali e no dia de sua epifania sombria ela perdoaria as desfeitas e a superioridade dele, pois já seriam coisas destruídas que não lhe eram mais úteis. Até esse dia, porém... mais um incentivo animado e ela lhe arrancaria o rosto.

O balanço da carruagem fazia o estômago dela pular. Seus ossos doíam, então era dolorido sentar. E o frio, úmido, insidioso! Ela enxugou o nariz, deixando um rastro brilhante nas costas da mão, depois fungou, percebendo e fingindo ignorar o olhar de tênue repulsa de Kai.

Nós brincamos com cadáveres e meu muco o ofende!

Estar tão viva a tornava pequena e fraca.

A carruagem parou e o cocheiro bateu três vezes no teto.

Kai levantou a cabeça. "Problemas?"

Chella não pressentiu nada, mas em seu estado diminuído isso não significava muita coisa. Ela deu de ombros, inclinou-se para a frente e abriu a porta da carruagem.

Axtis estava de pé na lama, com sua armadura dourada brilhando ao sol do inverno, machucando os olhos dela. Outros da Guarda Gilden amontoaram-se em torno dele em seus cavalos. "Fumaça subindo na cidade à frente."

"Qual cidade?" Chella apertou os olhos. Sair da carruagem não a interessou, o sol prometeu calor, mas mentiu.

"Gottering."

"Nunca ouvi falar. Mande cavaleiros na frente e siga adiante." Ela se recostou na carruagem e fechou a porta. "Duzentos e cinquenta homens! Preocupados com fumaça. Mesmo se o lugar fosse uma grande fogueira, nós poderíamos atravessar."

"Talvez nossos amigos tenham chegado aqui antes de nós." Kai pegou o vapor de sua respiração e o transformou em um ponto de interrogação que desapareceu entre eles. Velhos truques.

"Os lichkin não são amigos de ninguém, jurado pelo vento. É bom você se lembrar disso."

A carruagem entrou em movimento novamente e em pouco tempo começou a rolar em lama mole e crostas de gelo tilintantes.

"A estrada está alagada, nós estamos vadeando", disse Kai, com a cabeça recostada nos apoios, de olhos fechados. "Há uma espécie de pira na praça da cidade. Sem ossos."

Kai dissera a ela que sua visão do vento aumentou junto com sua visão da morte. Ela o odiava ainda mais por isso. Seus olhos se reviravam sob as pálpebras, olhando para a frente deles, vendo o que ela não conseguia. Mesmo assim, ela se permitiu dar um sorriso. Havia coisas à frente que Kai não conseguiria prever, não importava a que distância o vento levasse sua visão. A astúcia do Rei Morto os havia colocado nesse caminho. Dois necromantes enviados ao Congresso. A necromancia necessária para esse propósito, tão necessária quanto o fato de que eles estavam próximos o bastante da vida para passarem incólumes – e a vocação de Kai era recente demais para causar alarme e ela estava longe demais de seu antigo poder para parecer uma ameaça.

Águas escuras vazaram pela fresta da porta conforme seguiram, e a carruagem estava meio flutuando agora. Depois, quando pareceu que eles iriam afundar, as rodas encontraram a estrada novamente e eles voltaram à terra seca. Chella sentiu o cheiro de carne queimada.

"É uma pira funerária."

"Não há ossos", disse Kai. "E as bandeiras do festival estão expostas. Uma celebração, talvez?"

Chella conhecia a morte. Ela balançou a cabeça.

Ela saltou da carruagem antes que o veículo parasse.

"O que foi?" Kai saltou atrás dela.

Chella ergueu a mão para silenciá-lo; não que ela escutasse com os ouvidos, mas a sensação de calá-lo era boa.

"Gritos...", ela disse. Uma agonia horrível. Sua pele ardeu com aquilo. Uma mão ergueu-se em frente ao seu rosto e por um instante ela não a reconheceu como sua, pendurada em um fio invisível, um único dedo longo, ossudo nas juntas, apontado. A mão indagadora parou, indicando as águas entre a cidade e um bosque próximo. "Lá."

"Eu mal posso sentir alguma coisa", disse Kai.

"Está se escondendo." Chella uniu as mãos diante de si, dando forma à sua vontade. Ela podia ter apenas um eco de seu poder, mas utilizou o que tinha com muita experiência. "Ajude-me a puxá-lo para fora."

Atrair coisas mortas de trás de um véu sempre fazia Chella se lembrar da fossa em Jonholt. Era um verão quente e o fedor subia por entre as tábuas, acre, forte o bastante para fazer seus olhos lacrimejarem naquele dia, o dia em que ela derrubou o broche de Nan Robtin. Derrubou é a palavra errada. Ela o havia pregado cuidadosamente à sua blusa, furando a lã grossa com o alfinete de aço. E mesmo assim ele caiu, girando no ar, brilhando, partindo a luz em diamantes, embora fosse apenas de vidro e espelho. Ela errou o broche duas vezes no ar, roçando os dedos nele, atrapalhando-se, fazendo-o deslizar pelas tábuas e caindo no buraco de bosta.

Durante muito tempo, Chella ficou parada olhando para o buraco. A imagem do broche brilhante caindo na escuridão se reproduzia em sua mente. Ela não havia pedido para usá-lo. Nan teria negado. *É só um empréstimo, se você devolver*, ela dissera a si mesma.

"Senão é roubo", ela sussurrou ali perto da fossa, atrás dos arbustos de lilás.

Ela se deitou sobre as tábuas, com o nariz enrugado, prendendo a respiração contra a força física do fedor. As bochechas contra a madeira, o braço esticado para baixo, as tábuas manchadas arrastando-se por seu bíceps através da blusa. Os dedos encontraram a sujeira, de uma frieza surpreendente, uma sensação rastejante de repugnância conforme ela mergulhava a mão, o estômago se revirando, a mão agora envolvida, querendo fechar os dedos porém se esticando, procurando.

A necessidade de tomar fôlego cresceu em seu peito, uma exigência insistente. Os olhos apertados, os dedos dos pés curvados, as pernas se debatendo, a mão procurando. Você vai respirar. E no fim a vontade do corpo se mostra mais forte que a da mente e você sempre respira.

Chella ficou deitada, engasgando, com um leve derramamento de vômito ácido escorrendo de sua boca arquejante e seus dedos ainda caçavam em um mundo frio, meio sólido, meio líquido.

E, após aquilo tudo, a picada repentina do alfinete do broche a fez gritar e puxar a mão para fora, vazia, espirrando imundície.

"O truque", ela murmurou para Kai, "é deixar picar."

Quando a picada veio, Kai desabou gritando e Chella aguentou com uma satisfação cruel, arrastando para fora o que estava perdido e escondido. Fraca como estava, Chella usou a vida que a preenchia para seduzir e ancorar sua presa. Finalmente, quando seus ossos ameaçaram rasgar sua carne e sua pele se ela não soltasse sua presa, Chella puxou ainda mais forte e uma névoa começou a girar na superfície da enchente. Padrões de gelo se espalharam pela bruma, correndo em uma profusão selvagem, angular, sobre a água escura.

Ela surgiu em um estilhaço de gelo, algo ao mesmo tempo mais branco que a geada e mais preto que as águas, uma criatura de membros pálidos como ossos feita da sombra da meia-noite, fina como uma lâmina, as mãos divididas como raízes em três dedos. E de alguma maneira, apesar da falta de características definidoras, inegavelmente feminina. Sem boca, sua dor aumentava em um registro diferente, ressoando em uma angústia profunda nas cavidades dos dentes de Chella. Homens da guarda cambaleavam à sua volta, sufocados, com os olhos lacrimejando.

"Keres!" Chella chamou a lichkin, selando-a de volta ao mundo.

"O que aconteceu?" Kai se levantou, tomando fôlego. "Eu posso vê-la. O que mudou?"

"Eu..." Alguma coisa *havia* mudado, a lichkin estava exposta, despida de seu manto de fantasmas.

Kai cerrou o maxilar pelo sofrimento ressoante da lichkin.

Os fantasmas haviam sumido, haviam sido arrancados.

E naquele momento Chella compreendeu.

"Ela foi esfolada."

TRILOGIA DOS ESPINHOS

EMPEROR OF THORNS

27

— CINCO ANOS ATRÁS —

Permaneci muito tempo no escuro, tomado pela febre. Eu estava na poeira ao lado do cadáver recente de um homem de mil anos e, de tempos em tempos, quando minha mente clareava o suficiente para entender as exigências enroladas de minha língua ressecada, eu bebia.

Sem luz e sem som, sonhos não se diferenciam de delírios. Eu falei sozinho – murmúrios e acusações – e às vezes com Fexler, com a cabeça para baixo e a parte de trás de sua cabeça uma bagunça molhada, macia e afiada. Eu segurava a arma dele – meu totem contra os terrores noturnos. Na outra mão eu segurava a caixa com estampa de espinho, resistindo à tentação de abri-la mesmo na loucura da febre.

Eu falei com meus demônios, dirigindo-me a cada um com longos e aborrecidos monólogos enquanto me revirava na poeira. A cabeça de Lesha me observava da alcova onde as pílulas estiveram, com a pele luminosa e o sangue escorrendo negro do toco de seu pescoço. Sunny veio sem olhos para fazer a vigília, com as palavras de sua língua chamuscada tão incoerentes quanto as minhas. William veio de mãos dadas com minha mãe, os olhos dela preocupados, os dele duros feito pedras.

"Eu tentei salvá-lo." A mesma velha história – nada de novas desculpas de Jorgy.

Ele balançou a cabeça com sangue e cachos. Nós dois sabíamos que espinhos não o segurariam.

Os mortos de Gelleth vieram para montar guarda e meus irmãos do lamaçal foram reunidos por Chella só para mim.

E com o tempo os remédios de Fexler fizeram sua mágica lenta, minha febre passou e os sonhos esvaneceram-se na escuridão. Os olhos de William foram os últimos a sumir, pendentes como uma acusação.

"Estou com fome." Os ossos de minha coluna se rasparam quando eu me sentei.

Eu não sabia quanto tempo permanecera deitado ali – tempo suficiente para Fexler começar a feder do jeito errado. Mas nem aquilo impediu o ronco de minha barriga.

Fiz uma refeição com as bolachas duras em minha bolsa, encontrando-as com os dedos e mastigando no escuro, cuspindo o que não fosse comestível, pegado por engano. Eu saqueei Fexler sem desperdiçar minha luz, uma revista com os dedos, descobrindo e explorando os muitos bolsos dele. Em uma das mãos eu segurava a faca apontada, sem confiar em seu corpo frio e duro para resistir aos meus galanteios sem protestar. Ele ficou quieto, contudo. Talvez os Construtores tivessem meios de defender seus salões de tais influências, assim como os selos que os jurados pela mente colocam nas sepulturas reais protegem suas cargas. Eu encontrei uma caixa retangular leve, como um estojo de cartas, com conteúdo pesado e barulhento; em outro lugar, vários cartões flexíveis que pareciam de plastik, tubos que podiam ser instrumentos de escrita no bolso de sua camisa. Tudo isso foi para a minha bolsa.

Finalmente, quando estava pronto para partir, eu reacendi meu lampião de frasco e pavio.

Entrar no poço acabou sendo o pesadelo que eu imaginara. Escalar até o ponto em que eu pudesse agarrar a corda foi pior ainda. Errar a corda, cair e ter que repetir o processo quase fez minha história terminar com um esqueleto empoeirado no fim de um buraco fundo e seco.

    Quando eu me atirei para fora, ao sol do meio-dia, com as mãos ensanguentadas, arfando, desidratado demais para suar, Teimoso e o garanhão estavam esperando onde eu os deixara, lançando os mesmos olhares de quando saí. O garanhão tinha gotículas de espuma branca em seu focinho e ambos apresentavam sinais de desidratação, o corpo magro e um brilho doentio nos olhos. Eu fiquei diante deles, curvado de exaustão, com a respiração ofegante, os olhos quase fechados por causa da claridade do dia. Eu me perguntei se os fantasmas dos Construtores se sentiam assim quando saíam de um mundo para outro. Será que eles precisavam se esforçar nas profundezas de sua estranha existência para emergir como Fexler fizera, pintado por máquinas para os olhos humanos? Aqueles velhos fantasmas me observaram enquanto eu me endireitei, enquanto uma mão se ergueu para proteger meus olhos. Eu sentia a atenção deles. Tão inexpressiva e ilegível quanto a do mulo – e com certeza mais estranha.

    A água do último cantil cheio nas costas do garanhão fez pouco mais do que molhar nossas línguas, quando dividida por três. Eu teria tomado tudo, claro, se não achasse que conseguiríamos os três sair dali e voltar aos barris dos Cachorros Malvados.

O acampamento dos Cachorros Malvados conservava poucos sinais de seus antigos mestres. Um osso partido aqui e acolá, as armas, alguns farrapos, pedaços de armadura, tudo com uma camada de poeira. Eu só fiquei o suficiente para tomar uma das pílulas amargas de Toltech e encher meus cantis.

    Dei uma olhada pelo anel de visão antes de sair. Parte de mim queria ver Fexler ali, dizer a ele quanto sua liberdade havia custado, para ver se ele se importava. O anel não mostrou nada além do mundo através de um círculo de aço prateado. Ao afastá-lo, a visão piscou para uma vista das encostas baixas do paraíso, com as nações cobertas de marrons e verdes, sem se preocuparem com as fronteiras nos mapas dos homens, os oceanos girando em volta com o azul mais profundo. E lá, na costa ao sul, no pequeno braço de mar que separa nossas terras de Afrique... um ponto vermelho, chamejante.

"Eu não sou seu brinquedo, Fexler. Você não pode me fazer atravessar o Império para ligar seus pontinhos."

Teimoso deu um ronco, como se perguntasse se eu enlouquecera com o calor. Guardei o anel. "Droga." Eu estava planejando uma viagem àquele ponto exato.

"Rei Honório Jorg Ancrath." O lacaio com uma vareta para bater às portas me concedeu a introdução que havia omitido em minha primeira visita.

A preboste estava sentada em sua cadeira de ébano, como se houvesse permanecido ali desde que eu parti, sentada o tempo inteiro com seus livros e registros, em meio ao esplendor geométrico de seus salões mouros. A escrivaninha ao lado dela estava vazia, talvez o escriba tenha sido dispensado enquanto a preboste checava seu trabalho. Ela me observou atravessar o recinto com interesse suficiente para parar de rabiscar com sua pena.

"A sanidade prevaleceu, Rei Jorg?", ela perguntou. "Você voltou antes dos morros? Quando mandei Lesha para guiá-lo eu tinha esperança de que as cicatrizes dela lhe mostrassem o caminho – de volta pelos portões da cidade."

"Sua neta foi tanto um alerta quanto uma inspiração, preboste." Eu me aproximei de seu trono e fiz uma reverência maior do que ela merecia. Eu trazia más notícias, afinal. "Ela era uma exploradora. O mundo precisa de mais pessoas como ela."

"Era?" A velha não deixava passar muita coisa. Eu senti, mais do que ouvi, os dois homens à porta se enrijecendo.

"Bandidos atacaram nosso acampamento enquanto dormíamos. *Perros Viciosos.*"

"Oh." Aquilo a fazia parecer velha, aquelas duas palavras. Anos que só a haviam endurecido, agora, por um momento, desabavam seu peso sobre sua cabeça. "Melhor que houvesse encontrado um fogo pela segunda vez."

"Lesha morreu no embate antes de sermos capturados, preboste. Meu soldado, Greyson, não teve tanta sorte. A dele foi uma morte difícil."

E ainda assim você sobreviveu. Ela não disse isso. A Centena e sua prole têm um instinto de sobrevivência e não vale a pena perguntar a que preço.

A preboste se recostou e pôs a pena no braço de sua cadeira. Um momento depois ela deixou seus papéis caírem. "Eu tenho dezesseis netos, sabia, Jorg?"

Eu assenti. Não parecia ser a hora de dizer "quinze".

"Todos eles crianças inteligentes e maravilhosas que correram por esses salões em algum momento, gritando, rindo, cheias de vida. No início eram poucos, depois muitos. E suas mães as colocavam em meu colo, sempre as mães, e nós ficávamos sentados olhando arregalados, jovens e velhos, um mistério para o outro. Depois a vida os levava em seus caminhos e agora eu poderia lhe dizer mais rapidamente os nomes de dezesseis marechais do distrito do que os daquelas crianças. Muitos eu não reconheceria na rua, a menos que você me dissesse para prestar atenção."

"Lesha era uma menina corajosa. Não bonita, mas inteligente e feroz. Ela poderia fazer o meu trabalho, talvez, mas nunca gostou da vida na cidade. Eu lamento agora que não a tenha conhecido melhor. Lamento mais pelo pai dela, que a conhecia ainda menos talvez, mas que irá chorar por ela, enquanto tudo que eu tenho são desculpas."

"Eu gostava dela. A mesma força impulsionava a nós dois. Eu gostava de Greyson também", eu disse.

Percebi que encontrar alguém que eu pudesse chamar de amigo era coisa rara em minha vida. E no curto espaço de três meses eu havia descoberto e perdido dois.

"Espero que o que encontrou tenha valido o sacrifício."

A arma estava pesada em meu quadril, enrolada em couro. Quase tão pesada quanto a caixa de cobre no outro quadril. A preboste pegou sua pena novamente. Nada de falar em recepções, banquetes com comerciantes, missa com o cardeal. Talvez ela primeiro quisesse contar a seu filho que a filha dele estava morta.

"Um homem que não pode fazer sacrifícios já perdeu antes de começar, preboste. Houve um tempo que eu podia despender a vida daqueles à minha volta sem me preocupar. Agora, às vezes, eu me importo. Às vezes dói." Pensei por um instante no nubano caindo após eu atirar nele. "Mas isso não significa que eu não possa e não vá sacrificar absolutamente tudo, em vez de permitir que isso me domine, em vez de fazer com que seja um modo de perder."

"Muito bem, aí está uma atitude que lhe será útil no Congresso, Rei Jorg." A preboste me deu um sorriso triste, apertando os vincos de seu rosto.

"Sua neta, no entanto, não foi algo de que eu abri mão para avançar em minha causa. Eu fiz o possível para salvá-la da dor."

A preboste pegou um pergaminho e molhou sua pena. "Esses *Perros* enfrentarão a justiça muito em breve." Ela me lançou um olhar frio. "Esses bandoleiros. Esta ordem enviará guardas da cidade suficientes para enforcar todos eles."

"Eles estão todos mortos, creio. Talvez um ou dois tenham escapado." Eu me lembrei de arremessar o machado, os braços do homem atirados para cima enquanto caía, e o segundo corredor desaparecendo atrás do monte. "Um." Eu queria voltar e caçá-lo pessoalmente. Com esforço, afrouxei meu maxilar e encontrei o olhar da preboste.

"Nós sabemos dos *Perros Viciosos* em Albaseat, Rei Jorg. As histórias são trazidas a nossos portões, muitas histórias."

"Bem, deixe que acrescentem isso à própria história de Lesha. No fim, ela deu fim aos Cachorros Malvados e salvou muitos outros de suas predações. E eu fui o fim que ela lhes trouxe." Eu pensei que talvez Lesha aprovasse aquilo.

A preboste balançou a cabeça, apenas uma fração, demonstrando sua descrença sem palavras. "Não é possível que haja menos que vinte naquele bando, não pelos problemas que eles causaram, as atrocidades..."

"Duas dúzias, talvez um pouco mais." Eu dei de ombros. "Não é preciso muitas mãos ou muita imaginação para construir uma reputação de sangue e horror."

"Duas dúzias e você matou todos exceto um?" A preboste arqueou uma sobrancelha e soltou a pena outra vez como se relutasse em registrar uma falsidade.

"Minha senhora, eu os matei, da criança mais nova à mulher mais velha. E quando acabei, tirei o gume de três machados, desmembrando seus corpos. Eu sou Jorg de Ancrath: eu queimei dez mil em Gelleth e não achei demais."

Fiz uma reverência e me virei para sair. Os homens à porta, largos e reluzentes pelas escamas pretas de suas armaduras, deram um passo para o lado bruscamente.

TRILOGIA DOS ESPINHOS

EMPEROR OF THORNS

28

— CINCO ANOS ATRÁS —

Eu fiz quinze anos na viagem até Afrique. Sempre imaginei uma viagem assim como uma resistência no mar, como as odisseias tempestuosas das lendas que terminam se segurando a uma jangada feita de destroços, protegido do sol por um retalho de lona, a ponto de beber sua própria urina até que uma leve imagem de terra surge no horizonte.

A verdade é que de Albaseat você pode viajar em boas estradas através dos reinos de Kadiz e Kordoba e chegar à costa kordobense, onde um promontório termina em uma grande rocha de quilômetros de distância – a Montanha de Tariq. Olhe para o sul, das torres no alto desta montanha banhada pelas ondas, cruzando trinta e seis quilômetros de oceano, e as costas de Afrique podem ser vistas, com os picos surgindo provocantes sobre a névoa do mar matinal. Olhe para o oeste, cruzando a Baía de Tariq, e você verá o porto de Albus, onde muitos navios aguardam para levar um homem com ouro nos bolsos a qualquer canto do mundo que ele desejar.

Não é por Afrique ser tão longe que ela tem seus mistérios. Dos reinos da Costa Equina é quase possível tocá-la, mas, como aprendi com Katherine, tocar não é conhecer. As margens de Marroc podem ser vistas das torres da rocha, mas a imensidão de Afrique espalha-se tanto ao sul que em seu extremo estão regiões mais distantes da Costa Equina do que o norte congelado dos jarls, tão distantes quanto Utter ao leste, e até com a mesma distância das Grandes Terras do Oeste, do outro lado do oceano.

Em suma, estive no mar por apenas um dia, e naquele dia, na metade do caminho entre dois continentes, fora da vista de qualquer terra – graças à persistência das névoas marinhas –, a hora de meu nascimento veio e se foi, e eu entrei em meu décimo quinto ano.

Cheguei ao porto de Albus queimado pelo sol kordobense, que na verdade é o mesmo sol de Kadiz e de Wennith e Morrow, embora os kordobenses gostem de reivindicá-lo como sua propriedade. Eu negociei a passagem pelo estreito em cais abarrotados tanto de mouros, nubanos e homens da Arábia quanto de homens da Costa Equina ou dos Reinos Portuários. O capitão Akham, do *Keshaf*, concordou em me levar naquela manhã. Esperei enquanto nubanos muito musculosos, negros como trolls, levavam a bordo a última de suas cargas. Eles empilhavam blocos brancos de sal com um palmo de grossura e trinta centímetros de comprimento, trazidos de fora através de grandes desertos em caravanas de camelos. Ao lado deles, cestos de frutas dos pomares de Marroc. Limões maiores que todos que eu provara e objetos colhidos de árvores que jamais vira antes. Eu pedi para um estivador nomeá-los para mim: abacaxi, carambola, lichia. Eu comprei uma de cada por duas moedas de cobre, ambas um pouco tortas, e embarquei uma hora depois com as mãos grudentas, o rosto grudento, a faca grudenta e a boca querendo provar mais das costas estrangeiras.

Enquanto eu esperava e comia minha fruta, um homem juntou-se a mim perto da pilha de barris, bem em frente à escada de embarque.

Ele era mais estranho do que qualquer um no cais, embora não fosse o de origem mais longínqua.

"Sir Jorg de Conaught." Eu esbocei uma reverência. "E você deve ser um florentino."

Ele assentiu, fazendo um movimento curto debaixo do cilindro alto de seu chapéu. Nenhuma parte de seu corpo estava exposta, exceto seu rosto, gordo e branco feito vela debaixo da aba curta daquele chapéu. Não sei como ele não ficava vermelho pelo sol.

"Nunca conheci um moderno antes." Eu não havia gostado da brevidade daquele aceno, então cuspi qualquer educação junto com a casca dura do pedaço de abacaxi que estava mascando.

Ele não teve nada a dizer sobre aquilo e desviou o olhar para onde dois homens esforçavam-se com sua bagagem, um baú grande, coberto com o mesmo tecido preto que sua sobrecasaca, calça, colete e camisa pareciam ter sido feitos. Uma sinfonia de preto apenas com suas luvas brancas de algodão e, lógico, seu rosto pálido para piorá-la. O suor escorria pelo lado de seu nariz, seu casaco parecia encharcado, brilhoso com gordura humana.

"Um banqueiro florentino a caminho de Afrique sem um guarda-costas à vista?", eu perguntei. "Afasto os salteadores de você por alguns dias, se tiver dinheiro." Achei que pudesse atrair menos atenção como guarda de alguém ainda mais deslocado do que eu.

Ele olhou na minha direção, sem conseguir ocultar sua aversão. "Obrigado, senhor, mas não."

Eu dei de ombros, bocejei e virei a cabeça. Imaginei que a imensidão e a brutalidade do mundo deviam ser um choque para qualquer um dos clãs dos banqueiros após a paz sem espadas que seus soldados mantinham em Florença. O próximo pedaço de abacaxi cintilou na ponta de minha adaga e desapareceu em uma bocada barulhenta.

"Seu nome, banqueiro", eu disse.

"Marco Onstantos Evenaline da Casa Ouro, Derivados Mercantis do Sul."

"Bem, boa sorte, mestre Marco." Eu virei as costas para ele e segui seu baú a bordo. Ele provavelmente precisava de toda sorte que pudesse comprar, mas a razão dizia que ele devia ter alguma coisa, ou não teria sobrevivido para chegar tão longe das mesas de contagem dos florentinos.

No convés alvejado do *Keshaf* eu passei horas na proa vendo as ondulações do mar e descobri que, embora o sul houvesse me manchado, eu nunca estaria tão queimado a ponto de o sol não conseguir me queimar um pouco mais. Na segunda parte da viagem, fiquei me escondendo na sombra das velas.

"Senhor?" O empregado do capitão me ofereceu água em uma caneca de couro.

Eu aceitei. Nunca recuse água em lugares secos – e não há lugar mais seco do que os mares de Afrique. "Obrigado." A sede me tornava grato.

Viajei como um cavaleiro maltrapilho, não como um rei, com cartas de meu avô para facilitar a passagem onde fosse necessário. Perder o peso de meu título tornou a vida bem mais simples. Eu bebi a água e me recostei em uma corda enrolada, mais à vontade do que estivera em muito tempo. Foram muitas as formalidades em Albaseat, mesmo tendo escapado das ameaças de recepções. Melhor aprender as coisas do Império incógnito, pelas ruas, pelos esgotos se for preciso, do que entre os chafarizes e a sombra perfumada dos ricos.

Em tempos assim, encontrando a paz no anonimato, eu só podia me perguntar: se eu tinha tanto prazer em deixar as amarras da realeza, por que continuava a reivindicar meu direito a um trono mais alto, a uma coroa mais pesada? Com o ranger das tábuas à minha volta, a sombra agitada das velas e uma brisa fresca do mar para espantar o suor, era difícil responder a tais perguntas. Meus dedos encontraram a resposta. Uma caixa de cobre com estampa de espinho. Mesmo aqui, no amplo mar azul, levado pelos ventos inquietos, a criança me encontrava, e embora a caixa pudesse conter meus piores crimes, muitos deles ainda estavam livres, tanto que se eu ficasse muito tempo, não importa quão iluminado seja o paraíso que eu tenha encontrado, o passado me alcançaria, erguer-se-ia ao meu redor em uma maré sombria e devoraria a paz.

Se você precisa fugir, tenha alguma coisa em cuja direção fugir, para que pareça menos covardia. E se você precisa fugir para alguma coisa, por que não para o trono do Império? Algo adequadamente distante e inatingível. Afinal, obter tudo que você deseja é uma maldição quase tão terrível quanto todos os seus sonhos se tornarem realidade.

Yusuf Malendra veio ficar a meu lado no parapeito do navio. Um homem alto, esbelto, com o vento ondulando suas roupas largas de algodão. O capitão Akham nos apresentou quando eu embarquei, o único outro passageiro além de mim e Marco, mas desde então ele havia se escondido – uma proeza difícil em um barco pequeno. O moderno de título grande, Marco, havia vomitado pela lateral praticamente antes de sairmos do porto, quase perdendo aquele chapéu chique dele. Ele desapareceu para baixo do convés logo em seguida. Talvez Yusuf estivesse se escondendo lá também.

"Impressionante, não é?" Ele acenou em direção à rocha, para a Montanha de Tariq, a quilômetros atrás de nós e ainda assim enorme.

"Demais. Esse Tariq deve ter sido um grande rei", eu disse.

"Ninguém sabe. É um nome muito antigo." Ele segurou o parapeito com as duas mãos. "Todos os nossos nomes são antigos. Os Construtores escreveram seus nomes em máquinas e agora nós não conseguimos lê-los. Os sóis queimaram tudo que estava escrito em papel, exceto os escritos mais antigos, armazenados em cofres, você sabia disso? Os escritos que encontramos eram os mais preciosos, valorizados mais por sua idade do que pelos segredos que continham. Quando as terras se tornaram habitáveis e as pessoas voltaram para elas, a maioria dos registros que eles recuperaram eram os trabalhos dos gregos e dos romanos."

"Então nós estamos atrás dos Construtores em tudo, até em relação aos nomes?" Uma pequena risada me escapou.

Durante um tempo nós observamos o movimento das gaivotas e ouvimos seus gritos.

"Você está visitando parentes em Marroc?", ele perguntou. "Um casamento?"

"Você acha que suas mulheres gostariam de mim?" Eu virei minhas queimaduras para ele.

Yusuf deu de ombros. "As filhas se casam com quem seus pais mandam."

"E você vai se casar?" Eu levantei o olhar da espada fina e curvada em sua cintura para a massa escura de seu cabelo, uma confusão de cachos apertados, aprisionados por pentes de osso.

Ele jogou a cabeça para trás e riu. "Perguntas devolvidas com perguntas. Você é um homem que já passou algum tempo na corte." Ele deixou o riso recostá-lo no parapeito e me lançou um olhar sagaz. "Estou velho demais para mais esposas, Sir Jorg, e você talvez se ache jovem demais para a primeira." Lábios escuros emolduravam seu sorriso, mais escuros do que o tom de caramelo de sua pele. Eu imaginei que ele tivesse trinta anos, certamente não mais.

Eu dei de ombros. "Com certeza jovem demais para mais uma. E para satisfazer sua curiosidade, Lorde Yusuf, estou simplesmente viajando para ver o que o mundo tem a oferecer."

Uma onda estapeou o casco, mandando uma borrifada sobre nós dois.

O marroquino enxugou o rosto. "Salgado! Espero que o mundo tenha algo melhor a oferecer do que isto, não?" Novamente o sorriso, de dentes longos, uniformes, curiosamente cinzentos.

Eu sorri de volta. Uma odisseia não seria problema para mim, tirando os destroços à deriva e o consumo de urina. Um dia no mar foi muito pouco. Além disso, entrar em um mundo novo merece um percurso de importância, não um pulo sobre um canal de cinquenta quilômetros.

"Você ficará comigo, Sir Jorg. Eu tenho uma linda casa. Venha comigo quando desembarcarmos. Não deixamos que digam que o Marroc não sabe receber. Eu insisto. E você pode nos dizer o que espera encontrar em Afrique."

"Será uma honra", eu disse.

Nós ficamos sem falar por um tempo, observando as gaivotas de novo e as ondas salpicadas de branco, até que finalmente o nevoeiro distante mostrou as montanhas mais uma vez, a costa irregular de um novo mundo. Eu me perguntei o que diria a meus anfitriões quando eles perguntassem à mesa o que me trouxera até ali. Eu podia confessar minha posição e falar do Congresso, de como a preboste de Albaseat pôs na minha cabeça que, em Vyene, o trono do Império pode ser conquistado em um tipo diferente de jogo, com menos sangue e mais mentiras. E que para jogar esse jogo eu precisava saber mais sobre as figuras principais da Centena, mais do que elas escolhiam mostrar diante dos Portões Gilden. Talvez eu pudesse falar sobre o Príncipe de Arrow. Sobre como, mais do que o vento nas velas do *Keshaf*, seu menosprezo havia me levado a ver as fronteiras do Império, a saber o que eu possuiria, a me dar motivos melhores para desejá-lo. E finalmente, se a insensatez me pegasse, eu poderia falar sobre Ibn Fayed e sobre um matemágico chamado Qalasadi. Eu passara anos em busca de vingança contra um tio que havia matado minha mãe e meu irmão, e ali estava um homem que teria matado todos os parentes de minha mãe na mesma noite e me deixado levar a culpa. Com certeza ele não merecia nada melhor do que tio Renar teve.

O porto de Kutta espalhava-se em um arco longo e poeirento do litoral, espremido entre o mar e as montanhas que se lançavam na direção do céu, com marrons e trechos de verde-escuro logo dando lugar à pedra exposta. Nós saímos para a terra firme em um cais longo e bamboleante lotado com tantas pessoas que parecia que a qualquer momento uma dúzia delas ameaçava cair na água. Eu deixei Yusuf abrir caminho. O equilíbrio entre a força que pode ser despendida em tais empreitadas e a natureza da resposta quando há ofensa varia de acordo com a geografia. Em vez de me atirar de cabeça em uma luta sem sentido, a meros metros do que eu planejava ser uma longa viagem pela Afrique, eu me deixei ser conduzido e me mantive por perto e atento.

Parecia não haver motivo para a multidão e todos eles, exceto os nubanos seminus, estavam vestidos da cabeça aos pés ou de preto ou de branco, a maioria com turbantes ao estilo de Marroc, cobrindo a cabeça e o rosto e deixando apenas os olhos de fora. E o barulho! Uma muralha de som, uma tagarelice desagradável, meio ameaça, meio brincadeira. Talvez a tranquilidade da viagem tenha feito se parecer assim, ou uma turba seja mais barulhenta quando a língua é desconhecida, ou talvez apenas o calor e os corpos apertados amplificassem o tumulto. Ao seguir Yusuf com dificuldade naquela massa humana, soube que, pela primeira vez, eu havia pisado em um lugar realmente estrangeiro. Um lugar onde se falava uma língua diferente, onde as mentes percorriam caminhos diferentes. Marroc havia feito parte do Império durante séculos e seus senhores ainda participavam do Congresso, mas pela primeira vez eu adentrara uma região que fazia fronteira com reinos que nunca fizeram parte do Império. Um lugar onde "império" não era suficiente e precisava ser qualificado com "sagrado", pois eles conheciam outros impérios. Em Utter, eles nos chamam de "cristandade", mas em Marroc nós somos o Império Sagrado, mais apropriado, já que dezenove em cada vinte pessoas de Marroc respondem ao chamado do adhan quando os muezins cantam de seus minaretes.

A multidão tinha até um cheiro diferente, com temperos sobrepujando qualquer odor de corpos não lavados: hortelã, coentro, gergelim, cúrcuma, gengibre, pimenta e outros desconhecidos saíam das próprias pessoas como se elas os transpirassem.

"Mantenha o passo, Sir Jorg!" Yusuf sorriu por sobre o ombro. "Se demonstrar o menor interesse, você estará sem um centavo quando chegarmos à cafeteria, coberto de tapetes, lamparinas de metal, erva dos sonhos suficiente para matar um camelo, e um narguilé para fumá-la."

"Não." Eu afastei tapetes bordados de dois vendedores, passando entre eles como se fosse uma entrada cortinada. "Não." Eles falavam a língua do Império bastante bem quando havia uma venda à vista. "Não." Mais uma vez e terminamos, cruzando uma praça ampla e empoeirada, perseguidos por crianças tagarelas e descalças vestindo linhos sujos e sorrisos limpos.

Ao redor do outro lado da praça, havia mais ou menos uma dúzia de cafeterias abertas, com mesas espalhadas pela sombra de toldos desbotados, verdes e vermelhos. Atrás de nós estavam o cais e os navios, barcos principalmente, com os barcos maiores atracando a cais mais importantes em frente a grandes armazéns mais para baixo da baía.

Além das crianças vestidas de branco e do que talvez fossem mulheres velhas ou homens velhos curvados e enrolados de preto, em várias jornadas lentas ao longo das margens sombreadas da praça, nada se movia. As multidões através das quais abrimos caminho permaneceram resolutamente congestionadas na passarela suspensa, com sua cacofonia abafada lá atrás, misturada ao suave som das ondas se batendo no quebra-mar. O calor do sol descia com tudo, uma mão gigante, fazendo até as moscas voarem com dificuldade, despidas de seu frenesi, quase lânguidas.

Um homem nos abordou de um dos becos entre as lojas, trazendo três cavalos, um garanhão árabe alto e duas éguas, todos brancos. Cinco garanhões daqueles haviam sido parte da compensação que meu pai aceitou pelas mortes de minha mãe e de William.

"Meu criado, Kalal. Nós podemos cavalgar até minha propriedade ou nos sentar um pouco antes e observar o mar." Yusuf acenou para a maior e a mais próxima das cafeterias. "Você vai gostar do café em Marroc, Sir Jorg. Quente, doce e forte."

Eu não gostava de café em Ancrath ou Renar, frio, amargo e fraco, e caro, acima de tudo caro. Eu duvidava que minha opinião mudasse por ele ser mais forte. Yusuf deve ter visto minha careta, embora me achasse bom em estampar em meu rosto apenas o que eu escolhesse.

"Eles servem chás também. E eu posso apresentá-lo a nosso esporte nacional", disse ele.

"Chá parece uma boa." Nunca recuse uma bebida em um lugar seco. "E esse esporte envolve camelos?"

Ambos os homens riram-se daquilo. Kalal, talvez um parente, tinha a mesma coloração e, quando ria, os mesmos dentes cinzentos.

"Dados, meu amigo." Yusuf pôs um braço sobre meu ombro. "Nada de camelos. É o jogo das doze linhas. Você conhece?"

"Não", eu disse. "Mostre-me."

Yusuf me levou em direção às mesas onde velhos estavam sentados, de túnicas brancas e barretes vermelhos, fumando seus cachimbos d'água, bebendo de pequenos copos, curvados sobre seus tabuleiros de triângulos, fichas e dados. Ele gritou duas palavras duras na língua berbere e Kalal saiu com os cavalos e um último sorriso cinza.

"Um jogo de azar?", perguntei. Os dados chacoalharam em seus copos enquanto nos aproximamos.

"Um jogo de cálculo, meu amigo. De probabilidade."

Eu pensei então no sorriso preto de Qalasadi, em como os matemágicos, apesar de sua ciência de números, ainda mantinham a tradição e o mistério para fazer magia além de reles aritmética. Eu imaginei como aqueles dentes se pareceriam sem a mancha de folha de bétele. Cinzas, talvez?

"Sim", eu disse. "Gostaria de jogar esse jogo. Conte-me as regras. Eu sempre gosto de saber as regras."

TRILOGIA DOS ESPINHOS
EMPEROR OF THORNS

29

— CINCO ANOS ATRÁS —

O tabuleiro estava entre nós, o jogo das doze linhas, as fichas ordenadas, os dados prontos no copo. Eu conhecia bem as regras: nós tínhamos esse jogo em Ancrath, quase o mesmo, mas chamado de battamon. A explicação de Yusuf dos mecanismos me deu tempo de estudá-lo, de considerar minhas opções. Pelo jeito que ele falou do jogo, das combinações, das probabilidades e das estratégias básicas, tudo indicava que ele fosse um matemágico. Se não fosse pelos dentes, eu talvez não houvesse feito minha própria aritmética e somado uma coisa à outra.

"Por que você não vai primeiro?", eu disse.

Ele pegou o copo e chacoalhou os dados.

Eles claramente haviam feito suas somas, um pouco de mágica e se antecipado a mim. Será que eles me previram com certeza ou apenas mapearam os caminhos que eu podia tomar, pesaram-nos com probabilidades e utilizaram seus recursos apropriadamente? De um jeito ou de outro, ver a mim mesmo como objeto de cálculo me perturbava.

Yusuf jogou os dados, um três e um três. A mão dele se movia quase rápida demais para ver, batendo as fichas ao longo do tabuleiro.

"Não espere que eu me saia bem, sou um aluno lento." Eu peguei o copo e os dados dele.

O mouro pareceu relaxado. Ele podia se dar a esse luxo se houvesse me compreendido, se soubesse antes de mim qual caminho eu tomaria. Quantas lousas eles haviam coberto com suas equações, quantos homens passando seus cálculos para lá e para cá para equilibrar e simplificar minhas condições? Eles já sabiam em que ponto eu poderia sacar a espada para o ataque? Será que havia um homem a postos em uma janela escura, com a balestra pronta e apontada para o local que eu escolhesse? Eles sabiam o horário em que eu escolheria sair ou a direção que eu tomaria? Se todos eles tivessem a habilidade de Qalasadi, eu não me surpreenderia se já houvessem escrito as próximas palavras a saírem de minha boca.

"Bem, essa não foi boa!" Um e dois. Eu avancei minhas fichas.

Yusuf balançou os dados. À nossa volta, homens jogavam, fumavam, bebiam suas infusões escuras e amargas. De tempos em tempos, um rosto se virava em minha direção, marcado e manchado de sol, geralmente com mais cabelos brancos do que pretos. Nada de sorrisos para o turista aqui, nada para ler naqueles olhos indiferentes. Eu me perguntei quantos deles trabalhavam para Qalasadi. Todos eles? Apenas Yusuf e seu criado?

Eu podia me levantar e voltar para o *Keshaf*, ainda atracado no cais. Mas eles já sabiam se eu faria isso ou não. De enlouquecer.

Yusuf lançou os dados e fez sua jogada. As fichas brancas varrendo o tabuleiro. Meu chá chegou, e também o café dele. Será que estava envenenado? Eu o levei aos lábios.

"Laranja?"

"É perfumado com a flor da laranjeira", concordou Yusuf.

Se eles quisessem me envenenar, o ajudante do *Keshaf* podia ter colocado um pó na água que ele me trouxe. Encostei a xícara em meus lábios, um fino trabalho de porcelana com um delicado padrão de losangos em volta. Eles iriam me fazer de refém da guerra de Ibn Fayed contra meu avô.

O chá estava bom. Eu atirei os dados e fiz meu jogo, levando mais tempo do que precisava para confundi-los. A próxima jogada de Yusuf me pareceu errada, não insensata, mas cuidadosa demais. Eu lembrei a mim mesmo de que até os matemágicos são falíveis. Eles quiseram envenenar vovô e ele ainda estava vivo. Eles quiseram apoiar a causa de Ibn Fayed e mais de uma dúzia de mortes nobres ao longo da Costa Equina agora estava empilhada à porta dele, assassinatos desonrosos. O fedor deles maculava sua casa.

Eu joguei os dados. Seis e quatro.

Por baixo da mesa, meus dedos se curvaram em volta do cabo de minha faca. "Você sabe o que eu vou fazer em seguida, Lorde Yusuf?", perguntei.

Eu podia enfiar a lâmina na garganta dele mais rápido do que poderia imaginar.

Um sorriso lento. "Não, mas posso adivinhar."

Eu fiz minha jogada.

Yusuf hesitou por um momento antes de colocar os dados dentro do copo. Sua testa se franziu. Talvez ele estivesse recalculando.

Enquanto o mouro jogava na sua vez eu fiz uma lista mental. Uma lista de seis opções, escolhas que outros homens talvez fizessem.

    1) Rike: Estenda o braço, pegue Yusuf por trás da cabeça e bata o rosto dele na mesa com muita força. Siga o fluxo a partir daí.

    2) Makin: Faça um novo amigo. Aumente o charme.

    3) Gorgoth: Vá embora sem fazer alarde. Pegue um caminho para proteger aqueles que mais dependem de mim.

    4) Meu pai: Compre quaisquer lealdades que puder. Faça qualquer justiça que puder ser paga sem perdas. Volte para casa a fim de consolidar minha força.

5) Gomst: Reze por orientação. Siga Yusuf, obedeça às regras, fuja quando a oportunidade se apresentar.
6) Sim: Não provoque. Vá com Yusuf e seu criado. Assassine os dois em um local deserto. Siga em frente disfarçado com o mouro.

Os dados vieram em minha direção outra vez. Eu peguei um deles. Se deixasse o dado escolher, se eu deixasse o acaso decidir entre opções improváveis, aquilo poderia quebrar a rede de previsões que me traíam.
"Talvez um de cada vez melhore minha sorte", eu disse.
Yusuf sorriu sem dizer nada, observando com atenção.
Eu joguei o dado. Preveja isto!
Dois. Fazer um amigo? Nem a pau!
Eu pus o outro cubo para rodar sobre a mesa. *Alea jacta est*, como César disse. O dado está lançado. Eu atrelaria meu destino a este aqui.
Ele rodou por muito tempo em um canto, foi para a borda e caiu da mesa. Yusuf se abaixou para acompanhá-lo e o trouxe na mão. "Outro dois!"
Maldição.
Eu movi minhas fichas, esperando algum tipo de inspiração. Yusuf já estava fingindo ser meu amigo. Eu não fazia ideia de como transformar aquilo em algo real. Na verdade, eu não tinha certeza de que entendia a diferença.
Uma perturbação no calor lá fora chamou minha atenção. Um gigante corcunda vestido de preto atacado por uma multidão repentina? Não, atacado por crianças, um homem rodeado de crianças maltrapilhas enquanto arrastava algo pela praça.
"Com licença, Yusuf." Eu me levantei, recompensado pela confusão momentânea nos olhos do mouro.
Com passos curtos e curvas acentuadas, passei pelas mesas amontoadas e saí da sombra. O moderno de preto, com o chapéu perigosamente torto, puxava seu baú enquanto as crianças zombavam, insultavam, atiravam pedrinhas ou tentavam meter a mão nos bolsos dele.

"Um amigo necessitado..." Eu dei de ombros e andei com passos largos, levantando os braços e fazendo uma imitação razoável de Rike assustando galinhas até a morte. As crianças se espalharam e o moderno escorregou, perdendo o chapéu no processo. Eu o peguei enquanto ele se levantava.

"Marco Onstantos Evenaline da Casa Ouro, Derivados Mercantis do Sul", eu disse. "Como é que vai?" Eu entreguei para ele o chapéu ridículo.

Eu não havia formado opinião acerca da idade do moderno quando estava no navio, e mesmo agora era difícil definir. Por baixo daquele chapéu, Marco tinha um ralo penteado de lado, com os cabelos claros fracassando em esconder o couro cabeludo reluzente. O estilo revelava um talento para enganar a si mesmo – um homem assim podia se perdoar de qualquer coisa.

"Obrigado."

Eu nunca ouvi um agradecimento com menos gratidão.

Após uma análise minuciosa e desconfiada de seu acessório, Marco o pôs de volta no lugar e tirou o pó de seu casaco.

"A Casa Ouro não pode bancar um carregador e um guarda?", eu perguntei, vendo alguns dos pivetes mais ousados surgirem das sombras novamente.

"Ninguém no cais sabia falar o idioma do Império." Marco franziu o rosto. "Eles não aceitaram meu dinheiro."

"Bem, eu já lhe disse que aceitaria sua grana, banqueiro." Eu lhe dei o que esperava ser um sorriso amigável. Não estou acostumado a fingir gostar de pessoas. "E eu falo seis línguas." Eu não disse que nenhuma delas era mouro, mas percebo que gestos e uma ponta afiada vão bem longe para desfazer mal-entendidos.

"Não", ele disse, tão rápido que pensei que ele devia ter percebido o que eu era desde o momento que aqueles olhinhos pretos me viram.

"Eu o ajudarei sem cobrar, grátis, pro bono." Eu tentei um sorriso diferente, imaginando Sir Makin chegando em terra firme distribuindo uma piada. "Você bem que precisa de um amigo, não é, Marco?"

Finalmente, ainda com muita desconfiança, o banqueiro soltou um sorriso, tão feio quanto o meu pareceu ser. "Você pode trazer meu baú e encontrar um transporte para nós." Ele estendeu a mão com sua luva branca de algodão. "Amigo."

Seu aperto de mão era fraco, úmido, apesar da luva, e eu o soltei rapidamente. "E para onde estamos indo, Marco?"

"Hamada." Ele pronunciou a palavra cuidadosamente.

"E o que há em Hamada?" Eu continuei a observar atentamente aquele rosto pálido, imaginando mais uma vez se estávamos jogando um jogo de azar ou se o azar estava jogando comigo.

"Negócios bancários", disse ele, apertando os lábios.

Eu assenti. O palácio de Ibn Fayed era em Hamada. Não haveria negócios bancários naquela cidade que não fossem também negócios de Ibn Fayed.

O baú do banqueiro pesava muito mais do que eu esperava. Eu o empurrei de costas na direção da cafeteria, com novo apreço pela força do moderno. Eu havia já suado um bocado quando chegamos à sombra.

"Vigie o baú por um instante, Marco, eu vou me desculpar com Lorde Yusuf."

Encontrei Yusuf analisando o tabuleiro, com a xícara de café repousada em seus lábios.

"Eu não sou um lorde, Sir Jorg. Nós temos nossos governantes no litoral norte, sultões, califas, imperadores e tudo mais. E abaixo disso nós temos uma enorme variedade de príncipes, mais do que se possa contar, alguns mais pobres que ratos. Qualquer um que você conheça com sedas ou uma joia e que não declare ser um comerciante é um príncipe. E abaixo dos príncipes, ou pelo menos abaixo daqueles com terras e grandes casas, há os amigos dos príncipes, na maioria soldados, mas às vezes sábios. Quando nosso patrão chama, nós estamos a serviço dele. Quando não chama, somos donos do próprio nariz."

"Então você vai viajar com esse moderno? Você devia vir até minha casa, conhecer minhas esposas, comer romã, experimentar pavão assado. Mas você não quer. Viaje com o moderno, então, e se cuide, meu amigo. Ele não é bem-vindo. Nada de mal acontecerá a ele, mas o deserto é um lugar difícil sem o apoio de companheiros. E estranhos, homens como vocês, de terras mais brandas, morrem às margens antes mesmo de chegarem à areia."

Eu estendi a mão e ele a segurou, com um aperto firme e seco. "Às vezes, os homens precisam se arriscar", eu disse e me inclinei para pegar o dado mais próximo. "Com sua licença. Nunca se sabe quando um desses pode salvar sua vida."

"Vá com Deus, Jorg de Ancrath", ele disse e voltou a estudar o tabuleiro.

TRILOGIA DOS ESPINHOS
EMPEROR OF THORNS

30

— CINCO ANOS ATRÁS —

Marco estava ao lado de seu baú, imóvel, desconfortável em sua sobrecasaca.

"Existe uma lei que diz que você não pode tirar isso?" Eu sorri e segurei o baú de meia tonelada.

"Sua couraça deve irritar neste calor, não é, Sir Jorg?"

Eu a amarrara de volta quando chegamos ao porto. Não era algo para cair no mar, mas que valia a pena aguentar em terra firme.

"Vestir preto impedirá a estocada de uma adaga?", eu perguntei.

"A tradição impede qualquer um de tentar", disse Marco.

Os privilégios do clã dos banqueiros não significavam muito para mim enquanto vivia na estrada, mas certamente nas cortes da Centena e nos corredores de Vyene eles tinham proteções acima dos reis.

"Vamos encontrar um transporte para nós." Eu acenei para um dos maiores becos que saíam da praça. Todas as ruas em Kutta pareciam estreitas, encurraladas por prédios altos para proporcionar sombra. Era apertado para vagões, mas as cargas mais pesadas seriam descarregadas mais abaixo do litoral em Tanjer, um porto maior e mais comercial.

Marco me seguiu, mantendo distância como se rejeitasse minha proteção e me colocando firmemente no papel de carregador. Talvez ele estivesse mais seguro do que eu. Todo o mundo sabia que abater um moderno era abrir uma conta com os clãs e que ouro sairia dos cofres florentinos até que a dívida fosse paga e os registros balanceados. Em um Império Destruído, porém, a promessa de uma morte eventual na lâmina de um assassino era menos proteção do que os banqueiros provavelmente esperavam, quando confrontados com a certeza de ouro imediato. Talvez em terras menos selvagens e mais honradas as tradições dos modernos trouxessem mais segurança. Certamente, os mouros tinham os comerciantes em alta estima e eram mais organizados do que nós nas terras mais próximas de Vyene.

Ao carregar aquele baú à procura de estábulos, minha decisão de deixar Brath a salvo, aos cuidados de um ferrador no porto de Albus, parecia cada vez mais tola a cada metro. Quando chegamos aonde eu queria, os xingamentos estavam saindo de mim, o suor pingando, os braços ardendo. Parecia ser uma espécie de estábulo. Camelos descansavam em volta de um cocho coberto de água, bichos nojentos com golas mudando de pelo e pele rachada nos joelhos. Eu já vira um camelo antes, muito tempo atrás, no circo do doutor Raiz-Mestra. Uma criatura ranzinza, desajeitada e propensa a cuspir. Estes não pareciam melhores.

"Espere ali." Eu tirei Marco de vista.

Eu bati a uma porta de tábuas branqueadas e quebradas, respondida depois de um tempo por um velho com um olho leitoso. Nas sombras atrás dele eu ouvi o ronco e o barulho das patas de cavalos.

"*Salaam aleikum.*" Eu desejei paz ao velho ladrão. Todos os comerciantes de cavalos são ladrões. "Duas montarias e uma mula de carga." Eu ergui três dedos e na outra mão um florim de ouro estampado com o rosto de vovô, e terminei com "*Insha'allah*". E assim esgotei todas as frases locais que aprendera com Yusuf em nossa travessia.

Ele me olhou com seu olho bom, passando os dedos pelo queixo, com uma barbicha branca, a pele da cor de café com leite. Uma sombra caiu sobre nós, um homem em um camelo. Eu olhei para ele, um guerreiro cavalgando alto sobre a corcova selada, todo enrolado de preto, apenas com o brilho dos olhos na fenda de seu turbante. Ele seguiu adiante.

"Dois cavalos", eu repeti.

O velho comerciante falou qualquer coisa e balançou a mão, negando. Ele sabia o que eu queria; qualquer um com alguma coisa à venda em Kutta entende os rudimentos do idioma do Império para conduzir uma venda.

"Dois!" Eu acrescentei uma segunda moeda e as esfreguei entre o indicador e o polegar.

Ele se magoou por ter de fazê-lo, mas balançou a cabeça e saiu resmungando e batendo os pés. A porta se fechou.

"Eles realmente não querem que você chegue a Hamada, Marco."

Eu fui até ele. Ele fazia uma careta toda vez que eu dizia seu nome, hesitando por alguma falta de boas maneiras, pela familiaridade excessiva. "Marco", eu disse, aproximando-me o bastante para sentir o azedume dele, "é uma longa caminhada. Você não tem amigos em Kutta?"

"Não", disse ele.

Eu me perguntei se ele tinha amigos em algum lugar. Sair pelo deserto até Hamada com ele, com ou sem cavalos, parecia uma incumbência de doido. Alguém influente, muito possivelmente o próprio Ibn Fayed, não queria que Marco chegasse até lá. Além disso, pelo menos três matemágicos pareciam ter previsto minha chegada, o que significava que Ibn Fayed sabia de minhas intenções. A única linha de ação sensata era dar meia-volta e velejar até o porto de Albus. Só que tal feito seria incluído nos cálculos feitos muito antes de minha chegada por Yusuf, Qalasadi e outros. Comportar-me como previsto só me atrairia ainda mais para a rede deles. Talvez até uma prisão nas docas ou um acidente no mar – combinados para minha viagem de volta enquanto eu jogava o jogo das doze linhas e bebia chá. Vir aqui, para início de conversa, havia sido um equívoco. Uma arrogância, na verdade, vaidade infantil.

"O que você quer que eu faça, Marco?" Abandoná-lo a seu destino parecia a escolha mais sensata. Mas o dado havia me dito para fazer um novo amigo e escolhas sensatas eram escolhas previsíveis que, a esta altura, acabariam me matando.

"Vou precisar de um quarto."

"Isso eu posso conseguir."

Eu fui sozinho, peguei um pivete pela gola e deixei que uma moeda de cobre nos conduzisse até uma pensão. A porta pesada e antiga aonde o menino me levou parecia pouco promissora, no meio de uma parede larga. Quando bati, uma mulher olhou para nós através da grade. Uma anciã apareceu, mais velha que a madeira desbotada e os pregos enferrujados da porta que ela abriu. Enrugada e curvada demais para que um véu mantivesse seu recato, ela me lançou um olhar de reprovação e mostrou o caminho. O interior me surpreendeu. Um corredor curto levava até um pátio interno onde cresciam limoeiros à sombra de varandas que se erguiam por quatro andares de cada lado. Ladrilhos esmaltados decoravam todas as superfícies, azuis e brancos com padrões geométricos. Uma ilusão de frescor, quiçá um frescor verdadeiro.

Eu peguei dois quartos, paguei com cobres de meia dúzia de nações e fui buscar Marco. Ele estava esperando onde a velha não podia vê-lo pela grade e eu deixei as reclamações dela, agudas e guturais, passarem por mim conforme eu carregava o baú dele, com o moderno seguindo meu rastro.

"É pequeno demais", disse Marco. O suor escorria dele como um rio, mas aquilo parecia não incomodá-lo. Eu ainda não o vira beber nada. Eu me perguntei se ele começaria a murchar em breve. Alguma coisa nele despertava a magia da morte em mim, o coração do necromante. Meus dedos formigaram.

"Pequeno demais para quê?" Eu desabei sobre o baú. Arrastá-lo por dois lances de escada havia quase me matado.

Marco fez uma careta. Eu esperava que banqueiros, especialmente banqueiros viajantes, fossem próximos de diplomatas, mestres de sua própria conduta, mas ele não fazia o menor esforço para esconder seu desprezo por mim. Talvez guardasse seu charme junto com seu ouro, pois eu ainda não vira nem sinal dos dois.

"Você me deve pelo quarto e pelo guia, banqueiro."

"Guia? Uma criança esfarrapada o conduziu."

"Uma criança que eu paguei", eu disse, ainda deitado sobre o baú.

"Estou contabilizando, Sir Jorg. Agora, se você puder me dar um pouco de privacidade..."

Eu me levantei e fui até meu quarto, onde desabei novamente. Fiquei deitado de olhos fechados, imaginando os ventos cortantes sobre os picos gelados de Halradra. Em seis meses, eu havia cruzado metade do Império. E como Cachinhos de Ouro, com seus ursos e seu mingau, achei algumas partes quentes demais e outras frias demais. E, pela primeira vez, eu queria estar de volta às Terras Altas, de volta ao lugar em que me sentia simplesmente bem. Pela primeira vez, pensei em meu reino como meu lar.

Quando você olha para um teto, branco e rachado, sua mente começa a vagar. A minha fez uma lista. Uma lista de motivos que me levaram ali. Uma lista de respostas que eu daria para aquela pergunta. Nenhuma delas era suficiente sozinha, mas juntas sua força propulsora me levara àquela loucura. Orrin de Arrow havia me mandado, com seu papo de oceanos e terras distantes. Talvez eu tenha pensado que, com meus próprios amplos horizontes, poderia capturar um pouco daquela magia que ele tinha. Fexler Brews havia me mandado com sua luzinha vermelha, que agora piscava sobre o califado de Liba. A curiosidade havia me levado até o Ibérico e me amarrado ao poste de tortura dos Cachorros Malvados. Seria justo dizer que a curiosidade tinha suas garras cravadas em mim. Exceto abrir certa caixa, a curiosidade podia me levar a fazer a maioria das coisas. Qalasadi me enviara com sua traição. Ibn Fayed, com sua ameaça. Meu avô, quando decidiu que valia a pena me salvar e me disse para não ir. No fim das contas, embora eu chamasse de vingança, desta vez talvez não fosse a necessidade de contra-atacar que me impulsionara, mas a necessidade de defender. Eu tinha uma família.

Muito tempo atrás, minha mãe havia me incumbido de vigiar William, de proteger meu irmãozinho. E embora eu tenha falhado em muitas obrigações desde então, aquele foi meu primeiro fracasso e o que me marcou mais profundamente – mais que os espinhos cujas cicatrizes gravaram o evento. Como Marco, eu tinha contas a acertar, e embora esta função fosse um substituto pior, eu iria até o fim. Eu tinha uma família novamente. Aquele velho do castelo no litoral. Aquela velha que o amava e que amara minha mãe. Meu tio, como o soldado que ele era. E sem espinhos para me segurarem. Uma ameaça pairava sobre eles e desta vez nada, nem homem, nem monstro ou fantasma iria me impedir de salvá-los.

Clareza de visão é um troço muito importante. Eu percebo que quando você vira essa visão sobre si mesmo – e vê a verdade por trás de suas próprias ações – talvez fosse melhor ser cego. Pela felicidade de não saber, eu diria a mim mesmo que apenas a vingança me impulsionava, tal qual era antigamente, quando as escolhas eram pretas ou brancas, como peças em um tabuleiro, e a vida era um jogo mais simples.

O calor, o silêncio imediato e os sons baixos que a distância tornava familiares – despidos de seus tons estranhos –, tudo conspirava para embalar meu sono. Um zumbido me devolveu os sentidos e me fez pegar a faca em meu quadril. Algo em meu peito? Eu bati a mão no metal quente de meu peitoral. O zumbido outra vez, como se uma enorme mosca houvesse entrado debaixo da armadura e ficado presa.

Os dedos espremidos encontraram o objeto vibrante entre o ferro, o tecido e a pele suada. Eu o puxei. O anel de visão dos Construtores! Peguei a tira que o prendia em volta de meu pescoço e deixei o anel girar lentamente. Ele vibrou mais uma vez, vibrações minúsculas vistas apenas como um leve desfoque da superfície. Eu o segurei contra o olho e imediatamente a parede inteira entre meu quarto e o de Marco ficou debaixo de uma luz vermelha pulsante.

"Estranho."

Eu fui até a parede e encostei a orelha a ela. Ouvi sons de uma conversa, confusos demais para entender as palavras ou até mesmo o idioma. Do lado de fora de minha janela, a varanda que dava para os limoeiros servia a todos os quartos. Eu saí e cheguei até a janela de Marco. Ele estava com as persianas fechadas.

Qualquer um no pátio lá embaixo que olhasse para cima ou qualquer hóspede em sua varanda me veria. No entanto, o clã dos banqueiros parecia mais indesejável em Kutta do que verrugas genitais, então achei improvável que alguém reclamasse sobre minha espionagem. Na verdade, a falta de atenção que tive me fez ter certeza de que estavam todos ocupados me espionando.

Olhei para as ripas da persiana. Eu não deveria conseguir ver muita coisa, estando na claridade do dia olhando para a escuridão de um quarto fechado. O fantasma dos Construtores brilhava com luz própria, contudo, descrito em tons de branco que iam do osso até a magnólia, portanto eu não tive problemas em vê-lo, ou ver Marco, projetado em relevo pálido pela luz fraca.

Espionar é bom, mas geralmente não tenho paciência para isso, e a paciência que tenho vai logo embora quando está calor. Enfiei os dedos entre as ripas e forcei a persiana a se abrir. O trinco se soltou e saiu batendo pelo chão, parando contra o couro polido do sapato de Marco. Entrei e fechei a persiana atrás de mim.

"Sinto muito." Eu esbocei a menor das reverências. "Mas eu queria muito ver o que você estava aprontando."

O moderno cambaleou para trás, com o rosto contorcido em algum ponto entre o assassinato e o pavor.

O baú estava aberto no centro do quarto, com a cama posta no canto e encostada à porta para abrir espaço. Do lado de dentro, o exterior de pele de tubarão dava lugar a metal, plastik e padrões suaves de luzes sob vidro que me lembravam o painel escondido nos cofres das armas sob o Monte Honas.

"Ah, a aberração." Este fantasma dos Construtores não falava calorosamente como Fexler. Ele soltava cada palavra como se fosse natimorta. Parecia mais jovem, talvez trinta, talvez quarenta anos, difícil dizer em uma figura feita com tons de branco. Suas roupas também eram diferentes, com muitas camadas, de corte ajustado, com botões na frente e um bolso no peito.

"Aberração? Gostei. Já me chamaram de muitas coisas, mas você é o primeiro a usar 'aberração'. E como eu devo chamá-lo, fantasma?"

"Matem-no!" Marco chiou, segurando o chapéu contra o peito como um talismã.

"Ah, isso não é jeito de se tratar um amigo." Eu dei um sorriso para Marco, aquele afiado, e em seguida olhei para o fantasma de dados. "Em vez disso, por que não me conta como é que você precisa de Marco aqui para arrastá-lo por meio Marroc, quando poderia ver através de mil olhos ocultos e sair por toda a sorte de portas escondidas em pencas de países? E o que você quer com Ibn Fayed?"

"Pode me chamar de Miguel." O fantasma sorriu, um sorriso selecionado entre milhares roubados do Miguel de carne e osso, um homem que agora era poeira de séculos atrás. Um sorriso verdadeiro, mas de alguma maneira errado, como se fosse costurado ali no rosto de um homem morto. "E eu preciso ser carregado porque Ibn Fayed tem uma nova fé, uma que ordena que ele vá atrás de qualquer sinal dos Construtores e o apague. O que logicamente responde a sua pergunta sobre meu assunto com ele, Jorg."

"Muito bem, então. Eu também tenho assuntos com o homem. Só que chegar até lá está se mostrando problemático. Talvez você tenha alguma maravilha antiga que nos fará voar até lá como pássaros?"

Marco soltou um ronco, demonstrando desdém. Mas os Construtores voaram. Eu sabia pela biblioteca de meu pai.

"Bem?", eu perguntei. Se esta virada dos acontecimentos estava dentro dos cálculos dos matemágicos, então talvez fosse melhor admitir a derrota. Mas já que eu achava que ela não estava nas tramas deles, renovei meu interesse em atravessar o deserto até a corte de Ibn Fayed com meus dois novos amigos.

"Posso fazer melhor que isso, Jorg de Ancrath", disse Miguel. "Nós podemos ir de barco."

TRILOGIA DOS ESPINHOS
EMPEROR OF THORNS

31

Dormir tornou-se coisa rara após a chegada de nossa nova companhia de viagem. Dia após dia, Gottering ficava mais para trás. No quinto dia, o capitão Harran declarou que seguiríamos em frente durante a noite para chegar a Honth ao amanhecer. Naquela longa e barulhenta jornada, um momento de calma surgiu e o cansaço me puxou para baixo mais rápido do que a lama de Cantanlona. Sacudidos por quilômetros de buracos, os ocupantes da carruagem de Holland mudavam periodicamente de parceiro. Eu abri um olho sonolento em um desses solavancos e vi a cabeça grisalha de Osser Gant aninhada no colo do bispo. Outra guinada tirou minha cabeça do ombro de Miana, e mais outra pôs a cabeça de Katherine contra a minha.

Na escuridão de meus sonhos, a pele de Katherine ardia contra a minha, mas nós não dividimos nada além de calor. Quando me afastava de meu pesadelo silencioso de espinhos e chuva, ela não avisava.

"Katherine?" Eu conhecia o toque dela. Talvez minha demonstração de angústia infantil não a tivesse afastado de meus sonhos tanto quanto o esperado. Talvez, como eu, ela simplesmente pensasse em quão burro eu havia sido por deixar o bispo Murillo me pegar. Tenho que agradecer à Igreja por me ensinar essa última lição em ler os sinais, em ver a armadilha sendo armada à sua volta, em nunca abaixar sua guarda. Uma lição que me serviu muito.

"Katherine?"

Um salão escuro. Passei através de barras enluaradas atrás de janelas fechadas. Minha cabeça se virou por mim, meus dedos percorreram a parede sem pedir permissão. Familiar. Tudo aquilo era familiar, o salão, o cheiro do lugar, a aspereza da parede e, é claro, estar aprisionado na cabeça de outra pessoa. Degraus que desciam uma escada longa e sinuosa.

"Isso é como aquela noite no Assombrado, quando o homem que a papisa enviou apareceu", eu disse, embora os lábios não tenham se mexido para dizer minhas palavras.

Fim das escadas. Eu virei uma esquina. Familiar, mas não era O Assombrado. Mais degraus para baixo. Minha mão – a mão dele – pegou um lampião a óleo de seu nicho.

"Katherine!" Eu fiz minha voz silenciosa sair mais alta, mais exigente.

"Shh! Você vai acordá-lo, seu idiota." Sua voz parecia vir de um lugar profundo.

"Acordar quem?"

"Robart Hool, claro! Seu espião lá no Castelo Alto."

Uma porta. Os dedos de Hool no ferro preto da maçaneta.

"Se ele é meu espião, por que você o está usando?" Espionagem nunca foi meu forte, mas eu estava bem orgulhoso de ter na minha folha de pagamento um homem de posição tão alta na guarda do rei. Até agora.

"Sageous o tornou acessível a sonhos reais", Katherine disse de seu poço. "Ele é sonâmbulo e a guarda do castelo sabe que não deve acordá-lo para não haver problemas. Ele é bom com a espada. Eu o uso para vigiar Sareth quando não estou lá."

"E agora..."

"Shh!"

"Mas..."

"Fique. Quieto."

Hool passou pela porta e por um corredor, com as sombras balançando em volta dele. Nós chegamos à Ponte Curta, um metro de mogno que passava sobre o recesso de onde uma porta de aço podia ser puxada para fechar as passagens subterrâneas. Ele atravessou e começou a descer os degraus em seguida.

Ficou mais frio. Nós já não estávamos mais na torre do Castelo Alto, mas debaixo dela, em um longo corredor feito pelos Construtores que saía em zigue-zague dos porões superiores até um antigo anexo escavado pela saudosa Casa de Or, construído para abrigar seus mortos. Menos antigo do que o castelo, claro, mas com a decência de sucumbir à idade mais abertamente. No porão-túmulo, as paredes tinham rachaduras e em alguns pontos o revestimento de pedra havia caído para revelar a rocha bruta marcada pelas picaretas.

Os pés de Hool estavam descalços sobre a pedra fria e seu pijama não o protegia contra o frio subterrâneo, mas sua espada batia em suas pernas, um tipo bem melhor de proteção. Sonâmbulo ou não, um espadachim sempre afivela sua espada. Makin o ensinou direito, lá na época das espadas de madeira no pátio. Espero que ele também tenha aprendido a lição que eu o ensinara na praça de duelos naquela tarde, quando saí das regras do jogo e o derrubei com um soco na garganta.

Os passos de Hool ecoaram e sua respiração fumegou. Quando os Ancrath expulsaram os Or, meus ancestrais esvaziaram rapidamente o mausoléu, aprontando cada sepulcro para novos ocupantes. E com o tempo nós começamos a encher o lugar. As velhas estátuas foram substituídas, ou às vezes apenas alteradas. Com louvável economia e falta de sentimento, meu bisavô mandou os pedreiros lascarem o bigode do fundador da dinastia Or, remodelarem o nariz um pouco e colocarem-no sobre o corpo de meu tataravô como uma representação aceitável do homem.

Se Katherine usava Hool para vigiar Sareth, por que estávamos na caverna do túmulo? A não ser que Sareth tenha morrido. O que será que Katherine queria me mostrar? Outra morte para manchar minhas mãos? Ou será que ela estava me levando ao local para onde ela havia me arrastado no dia que voltei de Gelleth, aonde ela havia me levado para impedir que meu pai terminasse o que havia começado? Lembrando-me da vida que eu devia a ela? Ele teria arrancado meu coração se isso fosse necessário para fazê-lo parar de bater, disso eu sei. Será que estávamos voltando ao túmulo de minha mãe?

A imagem de uma superfície iluminada pelo sol despertou em mim. Uma superfície muito acima de mim. A pressão da água fria. E flutuando daquelas profundezas veio uma lembrança que parecia menos real, agora no Castelo Alto, na casa dos Ancrath mortos, do que nas brumas de Gottering. Meu pai estava morto? Eu não havia dito nada a ninguém. Katherine havia me mostrado que fantasmas eram feitos de sonhos. A lichkin podia ter mentido para mim. Ela deve ter mentido. Aquele velho era ruim demais para morrer. Especialmente uma morte tranquila no conforto de uma cama. Era para lá que estávamos indo? Era por isso que viemos? Para vê-lo em seu túmulo?

Nós viramos uma esquina e vimos uma luz sumindo na curva seguinte, trinta metros à frente. Eu vi de relance dois homens ao fundo do grupo antes que a curva os ocultasse. Havia algo de errado neles. Algo familiar. O ar tinha um fedor azedo.

Pessoas se dirigindo às sepulturas, onde mamãe e William estavam, debaixo de tampas de mármore. Atrás de escudos encantados.

Hool se apressou, sem urgência em seu movimento, apenas um passo mais rápido, com o toque de Katherine leve o suficiente para não acordá-lo, firme o bastante para a aceleração. Na curva seguinte, vimos claramente as últimas três figuras. Cada uma delas tinha o corpo magro, com manchas escuras, não do sol mas do lodo, o cabelo ralo e em tufos, escorrendo em farrapos pretos. Elas carregavam tubos e dardos. Monstros do lodo.

Como tais criaturas haviam adentrado no castelo? Por que Katherine não soara o alarme quando teve a oportunidade?

Outra curva, ao fim dos corredores dos Construtores, entrando agora nas construções decadentes de Or.

Por que Katherine não soou o alarme? Porque isso acordaria Hool e ela perderia seus olhos em Ancrath, sem saber os motivos. Afinal, motivos podem valer seu peso em ouro. Fexler me enviara ao seu túmulo para dar um fim adequado a seus restos mortais, para levá-lo à sua força máxima. Os mortos não eram tão diferentes. Os necromantes os devolviam a seus corpos ou ossos para encontrarem sua força outra vez. Mas o que os levara até ali?

A poeira agora abafava os passos de Hool. Ao contrário de todos os outros porões na Cidade de Crath, decaídos e úmidos, alguma mágica nas fundações dos Construtores mantinha as câmaras secas como ossos. Um local ressecado e sussurrante como as terras secas onde as almas caem.

Meus parentes mais velhos estavam mais ao fundo, trisavô, bisavô, avô, esposas, irmãos, irmãs, e também Ancrath inferiores que foram grandes campeões, apesar do pecado mortal de terem nascido. Uma horda deles, praticamente esquecidos. Relíquias de estátuas olhando para o infinito escuro em cima de velhos ossos. Mas o brilho vinha de degraus mais próximos, que levavam a uma câmara mais familiar para mim.

Os dedos de Robart Hool se fecharam em torno do cabo de sua espada.

"Pare! Ele vai acordar!" A voz de Katherine, em meu ouvido ou no dele, não dava para saber.

A espada sussurrou ao sair de sua bainha, uma lâmina decente da ferraria de Samath, perto da Ponte da Mudança, afiada com runa. À nossa frente, os monstros estavam entrando na sepultura de minha mãe.

"Eu não vou permitir." Exatamente como eu impediria Hool de acordar não era algo que me preocupava. Talvez simplesmente querer o suficiente fizesse aquilo acontecer neste mundo que os Construtores nos deixaram. Mas, ao contrário do que Fexler dissera, parecia que querer raramente adiantava de alguma coisa.

Katherine havia feito Hool se apressar, eu o fiz correr, balançando sua espada na figura de um oito para ter uma noção de seu peso e equilíbrio. Não sei exatamente como consegui manipulá-lo. É possível que Katherine tenha sentido pena de mim e me emprestado sua força, mas percebi que quando meus parentes são ameaçados, mesmo que já estejam mortos, minha determinação aumenta.

Quando você é comprometido com a violência, é preciso um esforço quase sobre-humano para parar a tempo. É uma daquelas coisas que, depois de começadas, precisam ser terminadas; assim como o coito, interromper é um pecado, até os padres dizem isso. Eu parei, no entanto, e Robart Hool não acordou. Entrar com tudo provavelmente resultaria em um cadáver fresco para os espíritos e quaisquer amigos que os acompanhavam brincarem. Mas soar o alarme podia nos levar longe demais, demorar demais, e deixar os invasores escaparem com o prêmio que procuravam.

Em vez disso, eu fiz Hool correr de volta pelo corredor e subir as escadas até a Ponte Curta. Ele chegou a ela com a respiração mais pesada, mas não ofegante. Em recessos na parede dos dois lados da ponte estavam painéis prateados com botões prateados lisos. Alguma combinação dos botões faria a porta se erguer, uma chapa implacável de aço dos Construtores da qual mil espadas podiam ser forjadas – um dos tesouros de Ancrath.

Eu nunca vira a porta levantada. Ninguém jamais me dissera quais botões apertar.

"Meu pai nunca sonhou a combinação para você?", eu perguntei.

Katherine não respondeu, mas Hool estremeceu. Eu me perguntei se os sonhos de meu pai eram sombrios demais para ela trilhar.

"Foda-se."

Enfiei a lâmina de Hool pelo painel. A porta se levantou com tal velocidade que uma das tábuas de apoio não teve tempo de cair. Ela virou estilhaços. Ao longo do corredor atrás de mim, lâmpadas piscavam em vários lugares, criando ilhas de luz avermelhada. Em algum local distante, uma sirene começou, soando para o mundo todo como a voz da torre de vigia de Connath, embora eu duvidasse que três homens fortes estivessem girando a manivela de um dispositivo semelhante. O som era mais vivo, mais límpido, obra de uma máquina mais antiga. Correr, perfurar e quebrar portas de aço, isto não haviam conseguido, mas esse som distante começou a desfazer meu controle sobre Hool, retirando meus dedos dele, um de cada vez, erguendo-o do sono como se ele fosse um mergulhador em algum mar escuro, esforçando-se para chegar à superfície brilhante. Eu o empurrei para baixo novamente, com a ação me empurrando em direção à superfície, ao mesmo tempo próxima e distante. Os sons da carruagem começaram a vazar em meus ouvidos, o rangido da cabine, o barulho das rodas, os roncos de Gomst.

"Não."

Hool e eu corremos de volta, batendo os pés descalços, seguindo as curvas como se nos lembrássemos de um sonho acordado que está se desfazendo conforme você tenta agarrá-lo.

Agora está perto. Mais uma curva.

Dardos vieram chiando pela escuridão. Um deles atingiu o lampião a óleo e se desviou. O outro se espetou no peito de Hool, no grosso músculo peitoral à esquerda. Um pequeno círculo vermelho se formou em volta da ponta preta.

Continue correndo. Continue sonhando.

Hool provou ser rápido demais nos pés e a linha de visão era curta demais para uma segunda saraivada. Ele atirou o lampião e correu atrás dele, em vez de correr derramando óleo a cada passo. O lampião se estilhaçou contra a parede onde o corredor virava e a explosão desenhou a silhueta de dois monstros à espreita na esquina, com os dedos ágeis colocando novos dardos em suas zarabatanas. Ele chegou até eles enquanto estavam tomando fôlego para seus tiros. O movimento de sua espada destruiu ambos os tubos. Essas criaturas tinham movimentos rápidos e decididos, diferentes dos mortos que Chella punha a andar, corrompidos porém vivos, que talvez tenham sido homens, mas moldados pelos venenos das terras prometidas.

Ambos saltaram para cima de nós e o golpe seguinte de Hool abriu um deles no ar, do ombro até o quadril, com as entranhas cinzentas saindo em um turbilhão de sangue negro. O outro o derrubou ao chão, com as garras em seus ombros, e os dentes cinzentos pontudos estalando diante de seu rosto. Com a espada presa entre nós e o monstro, Hool não podia fazer muito além de rolar e empurrar. A criatura não era muito pesada, talvez metade do que um homem adulto pesasse, mas seus membros magros possuíam uma força espantosa. Seu hálito fedia como túmulos e aqueles dentes fazendo tanta força, querendo morder a carne, metiam muito medo em mim, embora não fosse o meu rosto que ele queria comer até o osso.

O desespero deu a Hool a força bruta necessária para se libertar. Ele se levantou debaixo do monstro usando a espada entre eles como uma barra. Suas garras arranharam os ombros de Hool, com o sangue escorrendo sobre seu peito. Ofegando e xingando, Hool prendeu o monstro com seus joelhos e virou a espada para espetá-lo pelo pescoço.

Ele olhou em volta, atordoado, perdido. Percebi que apesar do sangue escorrendo em nosso peito, ensopando nosso pijama de escarlate, eu não sentia dor.

"Jorg! Acorde!" A voz de Katherine em meu ouvido, o calor de sua respiração em meu pescoço, o barulho da carruagem atrás dela.
Não.
Hool se virou para seguir em frente.
Não.
Forcei a imagem do dardo para os olhos dele, agarrando-me a ele pela ponta dos dedos.

Ele tentou retirá-lo. O objeto estava firme, prendendo-se em sua pele conforme ele puxava. *É apenas um espinho! Um puxão forte, arranque-o com as farpas e tudo mais, e deixe sangrar para limpar.* E ele o fez.

"Puta que pariu!" Ele cuspiu sangue, olhou em volta novamente. "De onde diabos...?" Senti os lábios dele se moverem, senti Katherine me sacudindo a oitocentos quilômetros de distância.

Imagens do sonho dele fizeram-no se movimentar novamente. Coisas que ele vira com seus próprios olhos sonolentos. A porta que fechava as passagens, um terceiro monstro, talvez mais, entrando nos túmulos de Ancrath. Eu o alimentei com minha raiva também, ardendo contra a dormência que a esta altura estaria formigando em seus dedos.

Não muito longe dali, o som de um martelo batendo em ferro, repetidamente.

De alguma maneira, eu não o soltei quando ele correu, deixando o brilho fraco do lampião quebrado para trás. Uma curva à esquerda para a escuridão e, à nossa frente, nas câmaras funerárias roubadas da Casa de Or, outro brilho. Mais devagar agora. Devagar, subindo os degraus até o túmulo de mamãe, a luz do intruso brilhando na espada de Hool, ainda molhada com o sangue negro dos monstros.

E ali, sob a luz de um único lampião, um terceiro monstro e três mortos-vivos, com a pele manchada marcada pelas tatuagens de balança usadas pelos marinheiros de Brettan, todos eles observando o quinto elemento de seu grupo, um homem pálido, de capa preta, capuz preto, ajoelhado ao lado do menor dos dois sarcófagos, batendo com o martelo e o cinzel nas runas postas em volta da tampa.

Para seu bem, Hool não provocou nem deu um grito de guerra. Chegou por trás deles sem hesitar, alinhou seu movimento, e arrancou metade da cabeça do monstro. Mesmo durante o ataque de Hool, pensei nos mortos assistindo. A mente de tais criaturas é cheia das piores coisas que um dia viveram ali, e mera curiosidade não é pecado, pelo menos não um grande o bastante para voltar a um cadáver. E ainda assim eles observavam o túmulo, ávidos, desatentos. Hool libertou sua espada com um puxão e decepou a cabeça do primeiro morto-vivo antes de os outros dois se virarem. Não era um movimento perfeito, mas mestre Hool tinha certa habilidade, e enquanto sua espada continuasse afiada ela lhe perdoaria seus pequenos erros.

Os mortos partiram para cima dele, mais rápidos do que eu esperara. Livres de seu fascínio com o túmulo de meu irmão, eles se mostraram diferentes dos mortos trôpegos mais comumente encontrados. Hool talhou o braço de um deles, na altura do cotovelo. O morto pegou a espada de Hool com sua outra mão, e o segundo se atirou às pernas dele.

Quando Hool caiu, o necromante surgiu.

Eu podia não ter Hool em estima muito alta, mas ele morreu bem. Ele pegou a espada de seu braço aprisionado e a enterrou com a mão esquerda no pescoço do cadáver que se atirou sobre ele.

Retido pelo cadáver de um braço, preso pelas pernas pelo outro morto mordendo a carne de sua coxa, Robart rugiu e lutou para se levantar. O necromante veio rápido e tocou os dedos frios no pulso da mão que tentava libertar a espada. Todo o esforço saiu de Robart. Não a dor, nem o horror dos dentes do morto-vivo mastigando o tendão de sua coxa, mas o esforço. Eu sabia do que o toque de um necromante era capaz.

O marinheiro morto se ajoelhou e depois ficou de pé, com seu sorriso escarlate, o sangue pingando de seu queixo. Os olhos que nos observavam não eram os olhos que nos viram primeiramente. Alguma coisa olhava através deles. O necromante se ajoelhou, agora mais pálido, bem mais pálido do que eu achava que um homem pudesse ser.

"Senhor", ele disse, sem levantar o olhar das pedras do chão. "Meu rei."

"Meu senhor!" A voz esganiçada de Gomst.

"Meu rei!" Osser Gant.

"Acorde, seu menino tolo!" Um tapa forte e eu me vi olhando nos olhos de Katherine.

"Malditos sejam todos vocês!", disse Miana, e o bebê começou a chorar.

TRILOGIA DOS ESPINHOS

EMPEROR OF THORNS

32

"egure o bebê, Jorg."

Miana empurrou nosso filho para mim, com o rosto vermelho, de fraldas, tomando fôlego para berrar. Ela subiu no banco da carruagem e se ajoelhou à janela para espiar lá fora. Os muros de Honth formavam uma linha escura a oeste.

O pequeno William chegou a seu limite e fez aquele leve estremecimento que pressagiava um grito. Ele ainda não conseguia ter muito volume, mas o choro dos bebês foi desenvolvido com muita astúcia para acabar com a paz de um adulto, principalmente os pais. Enfiei a dobra de meu dedo mindinho em sua boca e o fiz esquecer-se de gritar enquanto ele o mordia furiosamente com a gengiva.

Katherine se sentou a meu lado, olhando para meu filho com olhos indecifráveis. Eu o abracei forte, com meu peitoral agora amarrado aos alforjes de Brath, embrulhado em pele de cordeiro e oleado. Eu havia descoberto que bebês não gostam de armadura. William cuspiu meu dedo e puxou fôlego para outra tentativa de berreiro. Ele viera ao mundo com o rosto vermelho, careca, exceto por uns fios pretos irregulares, com os membros magros, o corpo gordo, mais parecido com um sapo rosa do que com uma pessoa, babando, fedorento, exigente. Mesmo assim, eu queria segurá-lo. A fraqueza que contagia todas as pessoas, que é parte de nossa composição, havia encontrado um caminho até mim. E ainda assim meu pai a havia posto de lado, se é que ela um dia chegou até ele. Talvez tenha ficado mais fácil me pôr de lado conforme eu crescia.

O berro saiu da boca pequena de William com uma explosão, um som grande demais para uma coisa tão pequena. Eu o balancei para ficar quieto e me perguntei quantas pedras eu havia jogado na cruz.

Observei Katherine por um instante. Nós não havíamos conversado sobre o sonho daquela noite. Eu tinha perguntas e mais perguntas, mas eu as perguntaria sem plateia e na hora que pudesse ter tempo de absorver quaisquer respostas que ela pudesse me dar. Ela não olhou para mim e ficou analisando meu filho. Antes eu havia me preocupado com que ela pudesse querer fazer mal a ele, mas aquilo era difícil de imaginar agora, com William em meus braços.

"Há alguém por perto que mataria essa criança na primeira oportunidade." Katherine desviou o olhar ao falar, com a voz baixa como se fosse um assunto pequeno, quase perdido no barulho da carruagem.

"O quê?" Miana se virou da grade da janela rapidamente, os olhos acesos. Achei que ela não estivesse escutando, mas parece que prestava muita atenção ao que se passava entre mim e Katherine.

"Se eu explicar, quero sua palavra de que essa pessoa estará a salvo de você e de seus homens, Jorg", disse Katherine.

"Bem, isso não parece uma coisa que eu faria, não é mesmo?" Esforcei-me para não deixar a tensão em meus braços esmagar William. Miana estendeu os braços para pegar seu bebê, mas eu o segurei mais forte. "E se você contar assim mesmo?"

"Katherine!" Miana pegou a mão de Katherine por cima de mim. "Por favor."

Por um momento, vi a explosão vermelha da bomba incendiária de Miana no pátio do Assombrado. Não iria terminar bem se Katherine se recusasse.

"O homem cavalga sob a Pax Gilden", disse Katherine.

A guarda mataria qualquer um que tentasse atacá-lo e iria atrás de qualquer um que conseguisse matá-lo. Assim como vingariam ou interviriam em qualquer violência em nossa carruagem.

"Você não é a única representante de meu pai." Eu devia ter percebido desde o início, mas encontrar Katherine na carruagem de Ancrath me tirou a direção. "Ele encontrou um substituto para Lorde Nossar."

Ela assentiu. "Jarco Renar."

"Primo Jarco." Eu me recostei em meu assento e soltei os dedos enrolados nos panos de William. Eu não tinha notícias do homem desde que ele escapara de sua rebelião fracassada na Cidade de Hodd. Aquilo foi um ano antes de o Príncipe de Arrow chegar à minha porta. Nós estávamos em um embate sanguinário: guerras civis são sempre brutais, e feridas antigas que ficam purulentas por tempo demais acabam derramando seu veneno sobre novas gerações. As batalhas deixaram as Terras Altas enfraquecidas, com poucos homens e os cofres vazios. Eu achava que os fundos de Jarco vinham de Arrow, mas talvez meu pai estivesse gastando minha herança.

Nada faria Jarco mais feliz do que pôr as mãos em meu filho. Afinal, eu matei o irmão dele em Norwood, abati seu pai no Assombrado e usurpei sua herança. E é claro que tinha uma boa parcela da queda da família por vingança. Eu me perguntei se ele estava viajando como membro da guarda. Talvez ele os tenha convencido de que era a única maneira de se proteger de mim. Ou talvez eles o tenham escondido no meio dos vivandeiros que vinham atrás de nós. Encontrá-lo não seria fácil.

"Como você pôde não falar sobre isso antes?", perguntou Miana, com as mãos embranquecendo em volta das de Katherine. "Ele poderia ter atacado qualquer um de nós."

"William não está sob a proteção da guarda", eu disse. Jarco não venderia sua vida apenas pela chance de me matar, mas ele poderia matar meu filho e contar com a defesa da guarda. Aquilo podia lhe parecer uma oportunidade boa demais para perder. Uma piada e tanto.

"Bem, ponha-o sob a proteção da guarda!" A voz de Miana ficou estridente. Katherine se retraiu, embora eu não soubesse se era pelo volume ou pelo aperto de Miana.

"Crianças não podem ser assessoras ou representantes." Ela sabia as regras tão bem quanto eu. No outro banco, os homens assentiram com a cabeça.

"Mas..." Miana ficou quieta quando devolvi nosso filho a ela e fui até a porta. Pus metade do corpo para fora e dei um grito para chamar Makin. Ele apareceu bem rápido.

"Quero vocês todos em volta da carruagem – Jarco Renar está de armadura dourada e procurando uma maneira de chegar até o Príncipe William."

Makin olhou em volta para os soldados mais próximos. "Eu mesmo o matarei."

"Não. Ele é protegido pela Pax." Quando eu disse isso pensei sobre quais vidas eu estava preparado a abrir mão pela morte de Jarco. Acenei para Makin se aproximar mais e me inclinei para que só ele me ouvisse. "Pensando bem, eu sempre soube que mantinha Rike por perto por um motivo. Diga que lhe dou cem ducados de ouro se ele matar Jarco. Mas é melhor ele estar preparado para sair correndo em seguida.

Makin assentiu e puxou suas rédeas.

Gritei atrás dele. "Cem ducados de ouro e cinco garanhões da Arábia." Parecia apropriado, de algum modo.

"Você!", gritei para o guarda mais próximo. "Traga Harran aqui."

O homem concordou, com seu capacete dourado, e saiu em direção à frente da coluna.

"Dê-me Makin e Marten e nós iremos para casa nas Terras Altas", Miana estava dizendo atrás de mim.

"Eu lhe daria Rike, Kent e Gorgoth também e vocês ainda não estariam a salvo, Miana. Estamos longe demais de casa, em terras que não nos amam."

Quando o capitão Harran se aproximou, flanqueado por outros dois capitães da tropa, Katherine e Miana estavam discutindo em sussurros ferozes, com William soltando um protesto ocasional.

Harran levantou seu visor. "Rei Jorg."

"Quero falar com Jarco Renar", eu disse.

"Jarco Renar está sob minha proteção. Eu o aconselhei a não se mostrar para você, para evitar qualquer aborrecimento."

"Ah, mas eu posso lhe garantir, capitão, que haverá muito mais aborrecimento se você não o trouxer à minha presença."

Harran sorriu. "Jorg, eu tenho quase quinhentos dos melhores soldados do imperador aqui exatamente para garantir que você não possa ferir Jarco Renar e Jarco Renar não possa ferir você. Nosso trabalho é que nossos protegidos cheguem a Vyene. Pelas minhas contas, você tem quatro homens capazes de portar armas com você. Melhor deixar que sigamos em frente com nossa incumbência, não?"

"É Rei Jorg para você, capitão Harran", eu disse.

Os quatro homens que ele mencionou uniram-se a nós. Na verdade, eu tinha três, já que Gorgoth era independente e as probabilidades de ficar do lado da guarda ou do meu eram as mesmas.

Uma batida do lado da carruagem nos fez parar. "Você pode me passar isso aí, Lorde Makin?" Apontei para a balestra do nubano, amarrada à sela de Brath.

Peguei a balestra, pisei na lama e atravessei até a margem ao lado da estrada. Senti o peso da atenção deles quando me curvei para dar corda na arma.

"A guarda aqui foi designada para proteger a mim, a Lorde Makin, e a meus assessores?" Eu não olhei para cima.

"Sim", disse Harran.

"E eles usariam de violência comigo sob que circunstâncias?" Eu conhecia as regras. Só queria ouvir Harran dizê-las.

"Munição", eu disse, estendendo a mão. Makin colocou uma flecha de ferro em minha mão.

"Se você tentasse ferir qualquer membro da Centena, seus assessores ou representantes." O garanhão de Harran soltou um relincho nervoso e bateu os cascos.

"Makin, faça a gentileza de repudiar a necessidade de qualquer proteção contra mim, como meu vassalo. Só para não haver confusão." Eu coloquei a flecha no lugar.

"Eu repudio", disse ele.

Levantei a cabeça, olhei para os olhos escuros de Harran e o analisei pela última vez. "Gosto de você o suficiente, Harran, mas meu filho está naquela carruagem e Jarco Renar provavelmente tentará matá-lo, já que ele não está sob sua proteção. Portanto, preciso falar com meu primo para que cheguemos a algum acordo."

"Eu já expliquei, Rei Jorg, isso não pode..."

Atirei no rosto de Harran. Ele meio que balançou, meio que saltou da sela, ficando preso a seus estribos em um ângulo estranho, quase saindo da lateral de seu cavalo. A besta levantou voo, galopando de volta ao longo da fileira, arrastando Harran pelos arbustos desfolhados. Seu capacete dourado se prendeu nos espinhos e foi arrancado, com sangue pingando dele.

"Munição", eu disse, com a mão para fora. Makin a forneceu.

Comecei a armar a balestra novamente.

"Capitão Rosson, não é? E capitão Devers?" Minha pergunta os pegou com as espadas sacadas pela metade. "Por que vocês estão me mostrando suas lâminas quando sua única e sagrada obrigação ao Império é me proteger?" À minha volta, os guardas estavam pegando suas espadas e outros estavam trazendo seus cavalos para perto a fim de descobrir a causa da agitação.

"O senhor acabou de atirar em Harran!", disse Rosson, o homem da esquerda.

"É verdade", assenti. "E vou atirar em você em seguida. Calculo que conseguirei matar vinte de vocês antes de precisar começar a retirar as flechas de seus corpos para que possa continuar. Agora será que preciso repetir minha pergunta? Por que vocês estão sacando suas espadas contra mim? Tenho certeza de que o capitão Harran não aprovaria tal atitude. Ele pelo menos sabia de sua obrigação!"

"Eu..." O capitão Rosson hesitou, com a espada ainda não totalmente fora da bainha.

"Seu dever, capitão, é me proteger. Vai ser difícil fazer isso me cortando com sua espada, não é mesmo? A única circunstância que lhe permitiria me atacar é se eu ameaçasse outro encarregado seu. Mas não estou fazendo isso. Vou apenas matar as centenas de guardas atribuídas a mim."

"Rei Jorg, o senhor... o senhor não pode estar falando sério", disse o capitão Rosson.

Eu não consegui imaginar como poderia falar ainda mais sério, mas algumas pessoas levam tempo para se ajustarem a circunstâncias desconhecidas.

TchuuUUUuuum.

Rosson caiu na lama com um barulho abafado. A uma distância de dois metros não há armadura, não importa quão extravagante, que vá parar uma flecha de um mecanismo tão pesado quanto a balestra do nubano.

Eu me pus a dar corda novamente, começando a sentir dor em meu bíceps. "Capitão Devers? Você trará Jarco Renar para falar comigo? Lembre-se, se eu tentar matá-lo você pode fazer picadinho de mim."

Rosson se contorceu na lama. Ele tentou dizer alguma coisa, mas só sangue saiu.

Miana e Katherine se amontoaram à porta da carruagem, com Gomst olhando por cima das duas. Osser Gant parecia preferir seus livros de registro.

"Jorg!" O cabelo de Katherine caía em volta dela em cachos vermelhos escuros, com um fogo naqueles olhos. "Esses são homens honrados!"

"E eu não sou." Eu estendi a mão. "Munição."

"Homens com famílias, vidas para viver..."

Miana não disse nada, com o rosto tenso para conter a emoção e meu filho agarrado ao peito dela.

Eu ignorei Katherine e me dirigi ao guarda, levantando a voz para propagá-la na brisa fria da tarde. "Eu gostava bastante do capitão Harran. Você viu no que isso deu. O restante de vocês eu mal conheço. Meu filho recém-nascido corre perigo. Eu cacei um lichkin para garantir sua segurança. Você acha que vou hesitar em assassinar cada um de vocês?"

"Eu sugiro que Jarco Renar seja trazido diante de mim ou isso não acabará bem."

Visto pelo cabo de minha balestra, o capitão Devers parecia pálido e infeliz. Ele havia levantado seu visor e revelado um rosto magro, decorado com cicatrizes e marcas, e uma barba curta e escura envolvendo seu queixo.

"Tragam Renar aqui!", ele gritou.

Enquanto esperávamos, eu montei em Brath e o coloquei em um pequeno círculo. Ele fora bem treinado e o cheiro de sangue não o incomodava. O capacete do capitão Harran se soltou dos espinhos das sebes e eu o segurei em uma das mãos, com a balestra na outra, guiando Brath com os joelhos.

Sir Kent subiu de seu cavalo até o topo da carruagem. Escolher a posição certa havia mantido Kent vivo mais vezes do que qualquer armadura ou habilidade com a espada.

"Tragam-me mais alguns capitães." Eu apontei a balestra na direção do capitão Devers outra vez.

"Não, espere!" Ele levantou os braços, como se isso fosse impedir uma flecha. "Ele virá!"

"Mas você não estará aqui." Eu apertei o gatilho, mas antes que eu pusesse força suficiente as fileiras de guardas se abriram e Jarco Renar estava diante de mim de armadura dourada, em uma égua ruana. Eu virei a balestra na direção dele.

"Eu teria mandado outra pessoa", eu lhe disse. "Só para ver se eu sabia como você era." Mas eu sabia como era a aparência dele, embora nunca tenhamos nos conhecido.

Jarco não tinha as gordurinhas de seu irmão nem aquela amabilidade enganosa que Marclos ostentava. Um homem mais alto, de ombros mais largos, ele se parecia mais com meu tio, mais com o lobo de Renar.

Eu avancei com Brath na direção dele. As mãos apertadas nos cabos das espadas por toda a minha volta.

"Aqui." Eu dei ao capitão Devers a balestra carregada, inclinando-me para um sussurro conspiratório. "Se ele me atacar, esteja pronto para atirar nele. Você está aqui para *me* proteger, lembre-se. Primo Jarco tem seus próprios defensores, a guarda que veio com ele da Cidade de Crath."

Eu puxei a cabeça de Brath para o outro lado. "Jarco, que bom que pôde unir-se a nós."

"Primo Jorg." Seu cavalo pisou em volta do capitão Rosson, que estava levando muito tempo para morrer para alguém que levou um tiro no peito.

Um aperto dos joelhos trouxe Brath mais para perto. O capacete vazio de Harran derramou sangue escuro em minha perna.

"Não estou feliz com você, Jarco", eu disse a ele.

"Nem eu com você, primo Jorg."

"Aquela sua rebelião me deixou fraco perante meus inimigos, Jarco." Com os soldados perdidos assumindo novamente o controle sobre a Cidade de Hodd, a defesa contra o Príncipe de Arrow não teria sido tão desesperada. A batalha havia deixado Hodd bastante acabada também. Fora horrível desde o início.

"Você está sentado em meu trono, primo." Ele tinha um toque da frieza de meu pai em seus olhos e um pouco da loucura de meu tio. Eu teria pagado bem para ser um espião na corte, no dia em que Jarco foi implorar pelo favor do Rei Olidan. Como será que meu pai cumprimentou seu sobrinho? "Você governa o meu povo", disse Jarco.

"Eles gostam muito de mim." Eu sorri para irritá-lo. Jarco sabia que era verdade. Reis que trazem vitórias são sempre amados e o preço pago é logo esquecido. Os altaneiros haviam desenvolvido um novo orgulho em estar no centro de um reino de nações. Como súditos de meu tio, eles haviam sido irrelevantes nos negócios do Império, esquecidos na maioria das vezes. Mais felizes e sem dúvida mais seguros, mas as pessoas gastam dinheiro para serem mais valorizadas, pois nós somos criaturas superficiais, animalescas e criadas com sangue.

"O que você quer de mim, Jorg?" Ele fingiu um bocejo e o abafou.

"Estou percebendo que está preocupado com sua herança, primo, mas você parece ter me perdoado por seu pai." Uma encolhida de ombros e uma inclinada de cabeça para mostrar minha perplexidade. "E por seu querido irmão."

"Eu não me esqueço deles." Os músculos se apertando em torno de sua mandíbula.

"Talvez você queira algo para se lembrar deles, para se lembrar de sua linhagem perdida? Seu orgulho perdido. Pode ser duro perder sua família." Deslizando, eu tirei Gog de minha bainha, com o cabo virado para meu primo. A lâmina havia sido de tio Renar, uma obra antiga, forjada em aço dos Construtores e levada às mãos dos

Ancrath pelo avô de meu pai quando ele tomou para si as Terras Altas enquanto o Império desmoronava.

Jarco pegou a espada rapidamente. Melhor ficar nas mãos dele do que na minha. Dava para ver o ódio ardendo nele. Para algumas pessoas, não há veneno maior do que um presente, nenhum pior do que um ato de pena. Eu sei muito bem.

"Claro", eu disse, "que se algum mal caísse sobre mim, se as Terras Altas clamassem por um verdadeiro Renar no trono, não seria você a usar a coroa."

A lâmina estava entre nós dois, com seu aço ancestral.

Ele franziu o rosto, juntando as sobrancelhas. "Isso não faz o menor sentido, Ancrath. Eu tenho direito ao título antes desse seu bebê chorão." William soltou um choro oportuno antes de Miana preencher sua boca novamente.

"Mas mesmo em sua disputa pelo título de seu pai, Jarco, você precisa admitir que os direitos *dele* prevaleçam sobre os seus."

"Meu pai...?" A ponta da espada dele, da espada que eu apelidei de Gog, apontada para meu coração. Meu peitoral estava perfeitamente embrulhado atrás de mim, amarrado aos alforjes.

"Eu devia ter deixado titio morrer. Um homem melhor teria feito isso. Mas eu gosto tanto de nossas conversas. O bastante para descer todos aqueles degraus até a masmorra, várias vezes por semana. Ele fala sempre de você, Jarco. É difícil entender suas palavras hoje em dia, mas eu não acho que tio Renar esteja muito satisfeito com você."

Foi preciso mais um sorriso para fazê-lo estourar. Ele tinha um braço rápido, preciso dizer. Mesmo desviada com o capacete de Harran, a estocada de Jarco atravessou meu cabelo conforme eu me abaixei.

TchuuUUuum! E o capitão Devers fez sua obrigação.

Jarco caiu para trás de seu cavalo, com os pés para cima, saindo de seus estribos. Eu tive de rir.

Katherine desceu atrás de mim na lama, sem se preocupar com sua saia. Miana me lançou um olhar sem dizer nada. O olhar de alguém que teve o que pediu, gostando ou não, e sabe disso.

"Você não precisava matá-lo." Katherine levantou a cabeça com ódio nos olhos. Eu gosto de gente que tem a elegância de demonstrar sua raiva.

"Capitão Devers o matou", eu disse, e peguei minha balestra de volta do homem em questão e a joguei sobre o ombro.

"Minhas desculpas, irmão Rike." Eu lhe dei as rédeas de Brath e desci da sela. Alguns fios de cabelo cortado flutuaram junto comigo.

Eu peguei Gog da lama e limpei a lâmina na capa de Rosson. Ele me observava com o rosto branco.

"Alguém já lhe contou alguma vez que eu era um homem bom, Rosson?"

Ele não respondeu. Finalmente morto, talvez.

Gorgoth se agigantou sobre mim, observando em silêncio.

Eu olhei para cima. "Posso ter passado da fase de matar um homem por capricho, Gorgoth, mas esteja muito certo de que eu considero a segurança de meu filho mais que um capricho."

Embainhei Gog e depois subi de volta na carruagem. Miana esperava com William, Osser com seus livros e Gomst com o julgamento de Deus. Eu resolvi falar com Katherine, lá na lama com Jarco.

"Você sabe que ele teve de morrer. Ou pelo menos saberá disso em uma hora, ou em um dia. O que nos torna diferentes é que eu sabia disso desde a hora que você falou. E, no fim das contas, o meu jeito é mais rápido, mais limpo, e menos pessoas se machucam."

TRILOGIA DOS ESPINHOS

EMPEROR OF THORNS

33

— CINCO ANOS ATRÁS —

"Muito engraçado." Eu enxuguei o cuspe de camelo de minha perna.

Minha montaria sem nome franziu os lábios, mostrando dentes estreitos e irregulares, e depois se virou para olhar para o traseiro do camelo à frente.

"Quando terminarmos esta jornada, pretendo comprá-lo e comer seu fígado", eu disse a ele.

Montar um camelo não tem nada a ver com montar um cavalo. Você fica um metro mais alto no ar em cima de uma criatura que o considera um insulto imperdoável. O andar natural do bicho é feito para lançar o passageiro para fora a cada passo, jogando você primeiro para a frente e para a esquerda, para trás e para a direita, para a frente e direita, para trás e esquerda – em uma repetição infinita.

Omal, um dos tropeiros da caravana de camelos, veio pela lateral. "Navegue-o, Jorg. Você veio pelo mar, não? Navegue-o. Não é cavalo, é camelo."

Miguel me prometeu um barco. Os agentes dos tropeiros que foram até nosso alojamento nos buscar para a caravana riram disso. "Camelo! Camelo! Barco do deserto, efêndi." E sorrindo como loucos, como se quisessem nos agradar, eles haviam carregado o baú de Marco em um dos bichos e depois nos levaram embora para entrar na caravana.

Eu não sabia como Miguel havia arranjado para que viajássemos com a caravana, mas parecia claro que enquanto Hamada estava bloqueada aos Construtores fantasmas, eles ainda tinham maneiras de entrar em Kutta em épocas de necessidade. Eu não perguntei a ele. Em vez disso, eu me sentei em uma cadeira de vime que parecia frágil demais para seu propósito e disse: "Suponho que você seja um dos fantasmas que querem o Príncipe de Arrow como imperador para que ele conquiste a paz de que precisamos, se quisermos nos educar para manter suas máquinas".

A pequena boca apertada de Marco se abriu ao ouvir aquilo. Apesar do ditado popular, há poucas pessoas cujos queixos realmente caem por surpresa. O de Marco realmente caiu, com os lábios secos se abrindo com um estalo audível. Eu poderia ter ficado quieto com meu conhecimento, pois tais pérolas podem ser uma mercadoria valiosa, e o clã bancário adora fazer uma transação. No entanto, Fexler havia me deixado mensagens tão escassas que eu achei melhor gastá-las despreocupadamente na esperança de que, ao espalhar minhas migalhas, eu convencesse os outros de que tinha reservas de tais conhecimentos e devia ser tratado com respeito.

"Se vocês estiverem do lado daqueles que querem queimar toda a vida que há no mundo, tenho certeza de que conhecem outros lugares como as cavernas em Gelleth onde vocês podem encontrar fogo e veneno suficientes para dar conta do recado", eu acrescentei.

A boca aberta de Marco se fechou com um estalo e ele se virou para Miguel, com os olhos em brasa. Não pareceu passar por sua cabeça que eu pudesse estar mentindo, uma observação que guardei para uma necessidade futura.

Eu continuei: "Na verdade, gostaria de saber o que impede esses incendiários da terra de fazerem uma limpeza geral. Será que uma guerra assola todas as relíquias dos Construtores, zumbindo sozinhas na poeira das terras prometidas, espalhadas e escondidas em porões, encobertas em malas?"

Os olhos de Miguel eram a parte menos convincente da ilusão dele, como se algo totalmente estranho me observasse através de dois buracos abertos no rosto de um homem. Eu imaginei como o Miguel real era e a diferença que mil anos fizeram nesta criatura de seu modelo inicial.

"É muito fácil matar a maioria das pessoas", disse Miguel. "E muito difícil matar absolutamente todas elas. Fazer isso exigiria um consenso, cooperação entre todas, ou quase todas as pessoas de meu povo. Como no Congresso. Talvez no dia que finalmente elegerem um substituto para seu imperador morto vocês possam começar a se preocupar com que meu povo encontre uma união de propósito semelhante."

"E Fexler Brews?" Eu fiz uma jogada mais arriscada aqui. Fexler falou de uma terceira maneira e nenhuma das duas primeiras me agradava.

"Brews?" Foi animador ver o escárnio do Construtor fantasma. Pelo menos um pouco de humanidade persistia no eco de dados. "Um criado, pouco mais do que um algoritmo de manutenção. Ele está livre para agir agora, mas após um milênio às margens de nosso mundo ele não é a pessoa que você deve escutar. Prefere que eu o julgue pelo homem que abre seu portão para me deixar entrar?"

Enquanto me balançava pelas Margens, apenas um pouco mais à vontade em minha sela do que Marco sacolejando na montaria à minha frente, eu soube quem Fexler Brews realmente era. Um porteiro metido a besta com mania de grandeza.

As Margens do deserto do Saar são uma área ampla e árida de lama rachada. Uma geometria de fissuras se espalha por essas terras, repetida em escala cada vez maior, empoeirada, atravessando montanha, lago, árvore ou arbusto. Em alguns lugares, as rachaduras são finas como papel, em outros dá para passar o braço por elas, e há ainda outras que engoliriam um camelo. Criaturas estranhas se escondem nas fissuras, protegendo-se do sol a profundidades surpreendentes, onde a lama ainda se lembra de chuvas antigas. No escuro, elas aparecem.

Nossa caravana consistia em sessenta camelos e cinquenta homens para montá-los, mouros do deserto ou tauregue, como eles se chamavam. A maioria dos tauregues era de comerciantes ou tropeiros como Omal a serviço deles. Eles vendiam produtos dos Reinos Portuários em Hamada e voltavam com blocos de sal. O sal que eles compravam de agentes que, por sua vez, era comprado dos salash, quase humanos, capazes de aguentar o calor das profundezas do Saar onde até as mais resistentes das tribos mouras não viajavam.

Junto com os comerciantes e seus empregados, uma dúzia de ha'tari nos acompanhava, guerreiros de um clã mercenário de grande reputação. Eles relaxavam em suas montarias de dias, mortos para o mundo, e ganhavam a vida à noite, afugentando predadores que surgiam da paisagem rachada.

Na primeira noite de nossa jornada, em volta das fogueiras de estrume de camelo dos tauregues, nós nos sentamos de costas para a noite e bebemos café quente em xícaras do tamanho de dedais. Eu ainda odiava aquele troço, mas pelo valor era um insulto recusar. As estrelas iluminavam mais que a fogueira, uma chama acesa pelo céu. Os mouros conversavam em sua língua severa e eu interroguei Marco aos sussurros. A descoberta de que eu não só era conhecido dos Construtores fantasmas como também os conhecia havia moderado suas opiniões um pouco e, se ainda me desprezava, ele ao menos fez um esforço para disfarçar.

"Ibn Fayed deve saber que estamos chegando", eu disse. "Ele tentou nos impedir, mas agora ele permite nosso progresso. Com certeza uma dúzia de ha'tari não vai parar os homens dele."

"Obviamente as objeções dele à minha auditoria não são grandes o bastante para lidar com a sensação ruim que assassinar uma caravana de sal de tauregues acarretaria. Essas objeções, todavia, foram grandes o bastante para tentarem me negar transporte." Marco bebeu seu café, sorvendo-o entre os dentes.

"E ele não faz objeções à minha visita?"

Um grande escaravelho rola-bosta passou por cima de minha bota. Oito pernas, um mutante. Por um momento, a pequena Gretcha me observou do brilho da fogueira. Eu fiz uma careta e o fogo aumentou e depois diminuiu, fazendo os tropeiros se afastarem, murmurando.

"Sua visita? Por que ele saberia a respeito dela?" O franzido permanente da testa de Marco ficou ainda mais forte.

"Yusuf sabia."

"E qual a importância de Lorde Yusuf para você ou para mim?"

Para alguém que carregava consigo a possibilidade de falar com um Construtor fantasma, Marco parecia saber muito pouco.

"Yusuf é um matemágico."

Marco ergueu uma sobrancelha. "Abominações, todos eles. Mas Ibn Fayed não é dono de tais criaturas. Elas têm seus próprios interesses. Não ache que o único motivo pelo qual os homens dos números o procuram seja a vontade do califa."

Por baixo de minha capa de viagem, brinquei com o anel de visão, girando-o entre meus dedos. Um pensamento me atingiu, um petardo da noite iluminada por diamantes, percorrendo-me da cabeça aos pés. Os dedos em volta do anel se fecharam com uma força que poderia tê-lo esmagado, se ele fosse um pouco menos robusto.

"Por que você precisa carregar aquele baú, Marco? Por que ele é tão pesado?"

O banqueiro piscou para mim.

"Ele pesa mais do que nós dois juntos!", eu disse.

Ele piscou novamente. "Quão pesado ele deveria ser?"

Eu segurei o anel de visão e me lembrei de quando foi preciso que Gorgoth e Rike juntos carregassem uma obra dos Construtores de uma câmara bem funda nas profundezas do Castelo Vermelho.

A viagem pelas Margens levou três dias, com nossa jornada pontuada pela travessia das fissuras mais largas em uma ponte de três tábuas, carregadas com aquele propósito, colocadas no chão e pegadas de volta, várias vezes. Nós viajamos sem pontos de referência, envolvidos em tempestades de poeira, sempre seco demais, sempre quente demais. Em determinado momento, nós passamos pela carcaça de um enorme besouro, com sua carapaça oca grande o bastante para abrigar camelos. Em três dias, aquele esqueleto foi a única coisa a quebrar a monotonia da lama plana e rachada.

O deserto se anunciou como ondas no horizonte. Com uma velocidade impressionante, a terra dura e a poeira deram lugar à areia, erguendo-se em dunas brancas a alturas que eu não imaginaria serem possíveis.

No deserto, as habilidades dos tauregues se tornaram óbvias. A forma como eles navegavam, contando as dunas como se elas fossem marcos, em vez de massas idênticas em movimento. A forma como eles subiam cada montanha branca a favor do vento, trilhando o caminho de menor resistência, encontrando a areia mais compactada para apoiar melhor os pés, descobrindo a melhor proteção contra o vento e, à noite, intervalos abençoados de sombra.

Um mal-estar surgiu em mim. Cada quilômetro nos levava mais para dentro de uma prisão. Nem Marco nem eu poderíamos ir embora sem a boa vontade de homens como esses: o deserto nos aprisionava mais que muros altos.

As areias brancas multiplicavam o calor do sol e faziam uma fornalha na qual nós cozinhávamos. Marco não fez concessões à temperatura, vestindo todos os seus pretos, a sobrecasaca, o colete, as luvas brancas. Eu comecei a achá-lo diferente, como os salash do Saar profundo.

Nenhum ser humano poderia resistir como ele. E por baixo de seu chapéu alto a pele dele continuava branca feito vela e sem se queimar.

À noite, tremendo sob o fogo frio dos céus, nós nos sentávamos entre os comerciantes com as dunas subindo por toda parte, brancas como fantasmas, maiores que as ondas do mar mais bravio. Em noites assim, os comerciantes contavam suas histórias em frases murmuradas, com tão pouca animação que era difícil dizer quem estava falando por trás de seus véus, até que em alguma parte engraçada o narrador começava a balançar as mãos e o círculo todo se unia às palavras severas e risadas barulhentas. Atrás de nós, no círculo dos tropeiros, os homens jogavam o jogo das doze linhas em tabuleiros antigos, silenciosos a não ser pelo ruído dos dados. E em volta dos círculos da fogueira, como fantasmas da noite, andavam os ha'tari, cantando uma cantiga baixa e assombrosa e nos protegendo de perigos desconhecidos.

TRILOGIA DOS ESPINHOS

EMPEROR OF THORNS

34

— CINCO ANOS ATRÁS —

Em algum lugar na solidão do Saar, nos vinte dias de nossa travessia, nós passamos despercebidos de Marroc até Liba. Os tauregues falaram de uma terra que existiu entre os reinos muito tempo atrás, devorada aos poucos até Marroc encontrar Liba nas areias. Uma terra de gente que deveria ter prestado atenção ao ditado de se dar a mão e pegar o braço ou, como dizem os nativos, "cuidado com o nariz do camelo", por causa da história do camelo que implora para entrar aos pouquinhos na tenda e depois se recusa a sair.

Hamada surge das areias do deserto em construções baixas de lama, arredondadas pelo vento e caiadas para ofuscar os olhos. A princípio, elas se parecem com pedregulhos meio enterrados no chão. Há água aqui: dá para sentir seu sabor no ar, vê-la na grama que estabiliza as dunas e contém seus movimentos. Quando você começa a passar entre as construções brancas, dá para ver estruturas maiores mais além, aninhadas na pequena cavidade que abriga a cidade. Em alguma época antiga, um deus caiu nessa terra e fraturou o leito das rochas mais profundas, trazendo à superfície as águas de um aquífero inexplorado em qualquer outro local.

"Acho que nunca estive tão longe de algum lugar, irmão Marco." Eu protegi os olhos e observei a cidade através do brilho do calor.

"Não sou seu irmão", disse ele.

Omal, cavalgando entre nós, riu. "Longe de algum lugar? Hamada quer dizer 'centro'. Este é o coração de Liba. Hamada."

Nós chegamos com o sol da manhã jogando nossas sombras para trás, puxando nossas rédeas para impedir os camelos de saírem disparados em direção à água. Mesmo assim, eles apertaram o passo, roncando e fungando, lambendo os focinhos com suas línguas ásperas. Rostos apareceram em janelas sombreadas e os tropeiros gritaram saudações a velhos amigos. À sombra de becos minúsculos, crianças magricelas perseguiam galinhas ainda mais magricelas.

Mais para dentro, as ruas de Hamada ostentam casas altas de estuque caiado sobre tijolo com torres altas para capturar o vento. Ainda mais adiante, nossa coluna avistou grandes salões em pedra branca, prédios públicos que faziam os de Albaseat parecerem pequenos, construídos de acordo com a esparsa e grandiosa aritmética dos estudiosos mouros. Bibliotecas, galerias para escultura, banheiras com colunas onde homens do deserto possam relaxar no luxo de águas profundas.

"Nada mau." Eu me senti como o aldeão sujo que chegou à corte.

"Ganhou-se e gastou-se ouro aqui." Marco assentiu. "Ouro e mais ouro." Pela primeira vez o escárnio o abandonou. É um negócio perturbador ter de reavaliar sua visão de mundo. Nenhum de nós estava gostando disso.

Nossa caravana abandonou a da estrada central e entrou em um enorme mercado com cercados separados para camelos, cabras e carneiros, e até para alguns cavalos. Multidões vestidas de preto se amontoavam, com comerciantes que previram a caravana de camelos e estavam prestes a pechinchar. Omal e seus camaradas ajudaram Marco a descer e puseram seu baú nas pedras empoeiradas diante dele. Ele se aproximou com o andar torto de quem ficou tempo demais na sela.

"Não vou carregar esse troço de novo", eu disse, feliz por estar fora de meu próprio camelo. "Ele foi carregado por vinte dias, pode ser carregado pelo último quilômetro."

Foi só chacoalhar algumas moedas que logo encontramos um velho malandro com um burrico disposto a nos ajudar até o palácio do califa. O bicho parecia tão velho quanto seu mestre e eu esperei que suas pernas se dobrassem conforme nós colocamos o baú em suas costas. Ele se mostrou tão do contra quanto Teimoso, contudo, e apenas zurrou suas reclamações enquanto o velho amarrava a carga.

De pé no calor, suando enquanto eu assistia ao velho trabalhar, as preocupações que me desconcertaram no deserto voltaram com força. Desde aquele momento na cafeteria de Kutta em que eu compreendi a natureza da armadilha, parecia que, como o irmão Hendrick empalado naquela lança, eu estava enfiando a lâmina mais para dentro. A esperança sensata de vingança – não que ela jamais houvesse sido sensata – havia desaparecido assim que percebi que eles me conheciam, que percebi que estava sendo aguardado. Agora, no meio de um deserto que podia me manter prisioneiro, eu apontei meu caminho para a corte do inimigo, que com certeza ficava a apenas alguns metros acima das masmorras nas quais eu apodreceria em breve.

"Um brinde a você, irmão Hendrick."

"Perdão?" Marco levantou a aba de seu chapéu para me espiar.

"Vamos logo com isso", eu disse e comecei a andar. Por baixo das vestes do deserto, a caixa de cobre, a arma e o anel de visão roçavam em mim, desconfortáveis no calor. Parecia improvável que qualquer um deles me ofereceria a salvação.

Ruas largas, onde o vento varria apenas um suspiro de areia, nos levaram a passar pela casa de banhos e a biblioteca, pelo tribunal e a galeria, até uma ladeira íngreme onde, sob o céu prateado do deserto, um grande e perfeito lago refletia o palácio do califa. Entre nós e as águas, as ruínas das colunas de um anfiteatro surgiam a partir de destroços espalhados. Alguma obra dos romanos, inimaginavelmente antiga.

"E o que é aquilo?" Eu apontei para uma torre alta, a mais alta de Hamada, separada do castelo, porém lançando sua sombra escura sobre os muros altos até o coração do complexo.

"Mathema", o velho malandro disse pelas gengivas.

"Qalasadi?" Eu apontei o dedo para lá.

"Qalasadi." Ele assentiu.

"Vamos até lá primeiro", eu disse. A vingança havia me levado até ali. A necessidade de atingir de volta quando atingido. Ibn Fayed tinha comigo uma dívida de sangue, mas a dívida de Qalasadi exibia um rosto que eu liquidaria primeiro.

"Vá aonde quiser, Sir Jorg", disse Marco. "Meus negócios são no castelo."

"E que negócios são esses, Marco? Vamos lá, amigo, você pode contar ao irmão Jorg. Nós viajamos muitos quilômetros juntos." Eu lhe mostrei meus dentes.

"Nós não somos irmãos..."

Eu pus a mão em minha túnica. Por um instante, Marco hesitou, como se achasse que eu ia lhe mostrar uma faca. Em vez disso, peguei o dado de Yusuf.

"Na estrada nós somos uma família, irmão Marco."

Eu me ajoelhei e pus o dado para girar sobre o pavimento, rodando como um pião em um canto.

"Eu vim cobrar uma dívida", ele disse. "De Ibn Fayed."

O dado chacoalhou sobre o chão. Dois.

"Vá com Deus, irmão Marco", eu disse.

Eu fui sozinho até a porta da torre dos matemágicos. Nenhum guarda estava ali, nenhuma janela dava para lá. A torre chegava a cem metros de altura, um espigão elegante, com uns vinte metros de diâmetro na base. As primeiras janelas se abriam na metade de seu comprimento, formando uma espiral em direção ao topo da torre, com a pedra lisa demais para escorpiões ou aranhas.

A porta havia sido confeccionada com cristal preto, com fendas cintilando em suas camadas mais altas por onde o sol entrava. Eu bati e, onde meus dedos tocaram, apareceu um círculo de números, escritos em brilhos, os dez dígitos que os arabs nos deram inicialmente.

"Um enigma?"

Eu toquei um dígito, o "dois", outro ficou mais claro, o "quatro". Eu o toquei. O círculo desapareceu. Eu esperei. Nada.

Eu bati mais forte, mas meus dedos não faziam barulho contra o cristal, apenas chamavam o círculo de números novamente. Apertei, perseguindo os números brilhantes em círculos cada vez mais rápidos, tentando ler os padrões, acompanhando por alguns segundos e depois perdendo a sequência.

"Droga, eu não vim para jogar."

O lugar estava deserto. Algumas poucas figuras se mexiam em meio às ruínas distantes, Marco e outros visitantes subiam os largos degraus do palácio de Fayed, e um pequeno grupo se juntava ao redor das margens arenosas do lago, mas nem uma alma estava por perto.

Tentei outra vez. E outra. Eu claramente não havia sido feito para ser um matemágico. Os números brilhantes dançavam em seu perímetro, esvanecendo-se enquanto eu olhava. Fiz uma carranca para a porta, mas isso também não funcionou. Mais por frustração do que por juízo, bati novamente, e assim que o círculo de números apareceu eu arranquei o anel de visão de sua tira e bati com ele bem no centro. Imediatamente, a procissão de numerais se acelerou até ficar desfocada em um círculo de luz. A porta começou a emitir um zumbido agudo, rapidamente subindo as oitavas. Pequenos relâmpagos começaram a atravessar o cristal, espalhando-se dos pontos onde o anel de visão tocou. As pontas de meus dedos tremeram com a vibração. O zumbido virou um ganido que virou um guincho. Vertical virou horizontal. E eu me vi tentando me levantar em meio a fragmentos pretos e irregulares do que havia sido uma porta impressionante.

Com um chiado no ouvido e os dedos dormentes, localizei o anel de visão no meio do entulho cintilante e passei apressadamente pela porta. Um corredor seguia em frente, aparentemente dividindo o piso térreo. Lá no fundo, avistei degraus, provavelmente a escada que subia por dentro das paredes da torre. Meia dúzia de rapazes libanos de túnicas brancas andou em minha direção, saindo de arcos dos dois lados do corredor, com a aparência de estudantes e espanto, em vez de raiva, em seus rostos. Saquei minha espada e deixei a manga de minha túnica cair sobre ela. As aparências podem enganar.

"Algo está errado com sua porta." Sem parar, eu passei entre eles.

Ao chegar às escadas, que davam para cima e para baixo, eu escolhi subir. Amarrei de volta o anel de visão em sua tira, com nós desajeitados, os dedos ainda vibrando.

Eu soube por Omal que a mathema era mais como uma universidade, um lugar de estudo para os matemágicos. Qalasadi era uma espécie de professor. Um tutor para os filhos do califa, um guia para os estudantes que vinham estudar em Hamada, um árbitro nos assuntos dos menos esclarecidos entre os numerados, como eles gostavam de se chamar. A torre não era sua casa, nem seu domínio ou feudo, mas mesmo assim, de alguma maneira, eu achei que pudesse encontrá-lo no topo.

As equações me acompanharam enquanto eu subi os degraus gastos, escalando a torre da mathema com a faca em punho. Algumas percorriam todos os degraus, outras começavam e terminavam em alguns metros para serem substituídas por novos cálculos, todos talhados na pedra e depois incrustados com cera preta para torná-los legíveis. Eu passei por porta após porta, cada uma com uma letra dos gregos, começando com "alfa", depois "beta". Ao atingir "mu", eu havia chegado à primeira janela e uma brisa refrescante se espiralava comigo. Passei por dois matemágicos descendo, ambos velhos enrugados como ameixas secas e tão absortos na conversa que eu podia estar em chamas e passar despercebido.

E finalmente quando a última janela mostrava Hamada em um panorama amplo e iluminado, os degraus terminavam em uma porta com sinal de "ômega", feito de latão embutido no mogno. Eu me dei um tempo. Eu preferia escalar montanhas a degraus.

Deixei minha manga ocultar a lâmina outra vez e empurrei a porta. Ela se abriu com uma leve reclamação das dobradiças e ali, inclinados sobre uma mesa ampla e brilhosa no centro de uma sala circular, estavam Qalasadi, Yusuf e Kalal. Eles olharam para cima ao mesmo tempo e a cara de surpresa naqueles três rostos foi toda a recompensa que eu poderia querer por minha longa subida. Yusuf e Kalal imediatamente curvaram a cabeça de volta aos papéis, como se procurassem um erro em seus rabiscos. Ambos os homens seguravam penas e tinham os dedos manchados, tão pretos quanto seus dentes.

"Jorg." Qalasadi recuperou a compostura no espaço entre duas respirações. "Nossas projeções indicavam que você levaria consideravelmente mais tempo para passar pela porta da frente."

Yusuf e Kalal trocaram olhares, como se se perguntassem quais outros erros poderiam ter invadido seus cálculos.

"Suas projeções? Para homens que querem apagar os olhos dos Construtores, vocês certamente soam como eles."

Qalasadi abriu os braços, de mãos vazias, manchadas de tinta. "São nossas ações que nos definem, não a maneira como chegamos à decisão de agir."

Eu atirei a faca, movendo o braço sobre meu corpo para que a ação não fosse revelada. A lâmina se alojou na mesa brilhosa, com o cabo balançando, a um palmo da virilha de Qalasadi. Eu estava mirando aproximadamente naquele ponto, mas era uma jogada complicada, um ângulo raso e um movimento esquisito. Eu achei que havia uma probabilidade razoável de a faca deslizar e acabar no escroto dele.

"Isso está nos seus papéis? Você calculou isso?" Eu andei em direção à mesa. "Você tinha a trajetória da faca prevista?"

Qalasadi pôs a mão no ombro de Yusuf. Os homens mais jovens pararam de rabiscar e levantaram a cabeça, ainda franzindo o rosto como se estivessem mais preocupados com seus cálculos do que com minhas lâminas afiadas.

"Posso lhe oferecer uma bebida, Rei Jorg?", perguntou Qalasadi. "É uma longa subida, todos esses degraus." A vara de marfim que ele usara para escrever na poeira do pátio de meu avô estava em sua mão agora.

Eu fui até a mesa, cuja largura era a única coisa que nos separava, com minha faca espetando um bloco de papéis, todos cobertos com muitas simbologias, e falei com a voz calma, como homens racionais fazem. "Parte de estar no ramo das previsões, uma grande parte talvez, está na arte de dar a impressão de que as coisas estão se desenrolando de acordo com suas expectativas. Uma vítima que acredita estar sendo aguardada a cada curva é não somente prejudicada pela incerteza, mas também mais fácil de prever."

Os três homens me observaram sem responder. Nenhum sinal de nervos, a não ser talvez pelos dedos de Qalasadi esfregando os cachos curtos de sua barba, e um leve brilho de suor na testa de Kalal. Yusuf havia tirado os pentes de seu cabelo, amarrado-o para trás bem-apertado. Ele parecia mais velho agora, mais inteligente.

"Você devia saber que eu decidiria atingir a mesa com essa jogada, senão você tentaria me impedir... a não ser que não soubesse que eu ia atirar a faca?" Eu me vi caindo na incerteza paralisante do que acabara de falar.

"E aquela bebida?", disse Qalasadi.

Eu realmente estava com sede, mas isso era previsível demais. Além do mais, você não cruza nações para caçar um envenenador e depois bebe o que ele lhe oferece. "Por que você tentou matar a família de minha mãe, Qalasadi? Um amigo me disse que os matemágicos têm seus próprios propósitos. Foi só para agradar a Ibn Fayed? Para manter sua boa vontade e impedir que ele chutasse vocês deste belo oásis?"

Qalasadi esfregou o queixo sobre o alto da palma de sua mão, fechando os dedos em torno de sua mandíbula, considerando. Ele tinha o mesmo ritmo impassível que mostrara no Castelo Morrow. Eu havia gostado dele desde o princípio. Talvez fosse por isso que me exibia para ele e tenha lhe dado a informação de que precisava para deduzir minha história. Até agora, com a vingança a uma estocada da espada, eu não sentia ódio por ele.

"É uma ironia de nosso tempo que homens em busca de paz precisem guerrear", disse ele. "Você mesmo sabe disso, Jorg. A Guerra Centenária precisa ser vencida para que acabe. Vencida no campo de batalha, vencida no Congresso. São coisas idênticas."

"E Ibn Fayed é o homem que a vencerá?", perguntei.

"Em cinco anos, Ibn Fayed votará em Orrin de Arrow no Congresso. O Conde Hansa não faria isso. O voto será apertado. O Príncipe de Arrow trará a paz. Milhões prosperarão. Centenas de milhares irão viver em vez de morrer na guerra. Nossa ordem escolheu favorecer muitos em vez daqueles poucos."

"Isso foi um erro. Eles eram os meus poucos." Um calor subiu em mim.

"Erros podem ser cometidos." Ele assentiu, pensativo. "Mesmo com feitiços para domar as variáveis, a soma do mundo é complexa."

"Então você ainda pretende dar o reino de Morrow para Ibn Fayed? Deixar a maré moura voltar à Costa Equina?" Eu observei Qalasadi, seus olhos, sua boca, o movimento de suas mãos, tudo, só para tentar decifrar alguma coisa do homem. Aquilo me enlouquecia, vê-los ali tão calmos, como se soubessem a todo instante o que estava na ponta de minha língua a ser dito e em minha mente a ser feito. Mas será que eles sabiam? Será que aquilo fazia parte de seu espetáculo de fumaça e espelhos?

"Nós pretendemos que o Príncipe de Arrow conquiste o trono do Império no Congresso, no centésimo quarto ano interregno." Yusuf falou pela primeira vez, com um leve esforço na voz. "O Congresso do ano 100 será um impasse: isso não pode ser mudado."

"Pode ser que os domínios do califa sejam mais facilmente expandidos em outras direções." Kalal falou, com a voz aguda em dissonância com a boca séria. "Marroc pode cair com mais facilidade que Morrow ou Kordoba."

O tanto de alívio que aquela insinuação me trouxe foi surpreendente. "Eu vim para matá-lo, Qalasadi. Para devastar seus domínios e deixar apenas ruínas."

Ele teve graça ou bom senso e não sorriu para minha forma apocalíptica de expressão. Muito provavelmente eles sabiam de Gelleth até mesmo em Afrique. Talvez tenham visto o brilho dela, surgindo acima do horizonte. Deus sabe o quanto ela ardeu e até que altura. Ela queimou o céu!

"Espero que não faça isso", disse Qalasadi.

"Espera?" Eu afastei meu manto para o lado, pondo a mão no cabo. "Você não sabe?"

"Todos os homens precisam de esperança, Jorg. Até os homens dos números." Yusuf forçou um sorriso em seus lábios, a voz suave, a voz de um homem prestes a morrer.

"E o que suas equações dizem de mim, envenenador?" Minha espada estava entre nós agora. Eu não tinha nenhum ímpeto de sacá-la. A raiva de que eu precisava aumentou e diminuiu e aumentou novamente. Eu vi meu avô e minha avó estirados, pálidos, em seu leito de morte e tio Robert no túmulo de um guerreiro, com as mãos cruzadas por cima da espada sobre seu peito. Eu vi o sorriso de Qalasadi em um pátio ensolarado. Yusuf enxugando o mar de seu rosto. "Salgado!", ele dissera. "Espero que o mundo tenha algo melhor a oferecer do que isto, não?" Palavras ditas ao mar.

Eu bati o cabo de minha espada na madeira polida da mesa. "O que seus cálculos dizem?" Um rugido que os fez recuar.

"Dois", disse Qalasadi.

"Dois?" Uma risada se arrancou de mim, afiada, cheia de mágoa.

Ele abaixou a cabeça. "Dois."

Yusuf correu os dedos sobre páginas de rabiscos. "Dois."

"É o que a mágica nos dá", disse Qalasadi.

Alguma coisa fria formigou em minhas bochechas. "Por que dois?"

E o matemágico franziu o rosto, como fizera no pátio do Castelo Morrow, como se tentasse mais uma vez se lembrar daquela sensação perdida, recordar um sabor esquecido.

"Dois amigos perdidos nas terras secas? Dois amigos a serem feitos no deserto? Dois anos longe de seu trono? Duas mulheres que possuirão seu coração? Duas décadas que você viverá? A mágica reside no primeiro número, a matemática no segundo."

"E qual é o segundo número?" A raiva foi embora, com a imagem restante de dois montinhos tristes na terra do Ibérico se esvanecendo.

"O segundo número", disse Qalasadi sem checar seus papéis, "é 333000054500."

"Isso sim é que é um número! Nada desses dois, três ou catorze com que você me aborrece. O que diabos ele significa?"

"São, eu espero, as coordenadas de onde você abandonou Miguel."

TRILOGIA DOS ESPINHOS

EMPEROR OF THORNS

35

— CINCO ANOS ATRÁS —

Foi uma espécie de alívio descobrir que a ordem dos matemágicos não exigia minha morte, pois parecia provável que eles pudessem arranjá-la, principalmente depois que eu me entreguei nas mãos deles com tanta destreza. Também foi bom saber que agora eles consideravam haver rotas melhores do que as que levaram até Morrow, outras maneiras de pôr o poder de voto necessário nas mãos de Ibn Fayed e garantir o poder do Príncipe de Arrow. Isso significava que eu, portanto, não exigia a morte deles.

É verdade que eu tinha um histórico ruim com videntes e afins prevendo a glória do Príncipe de Arrow. Pela primeira vez, todavia, eu me senti apto a contornar aquilo e seguir adiante. Talvez eu estivesse amadurecendo. Eu me confortei com as palavras de Fexler sobre mudar o mundo e o poder do desejo. Talvez, para aqueles cujo desejo ardente fosse saber o futuro, em vez de viver no presente, fosse aquele desejo, mais do que os meios empregados, que lhes fornecia alguma janela embaçada para o amanhã. Quer fossem bruxas de Danelore jogando runas ou mouros inteligentes com equações de complexidade diabólica, talvez fosse seu desejo bruto e concentrado que lhes dava seus conhecimentos. E se meu desejo fosse o maior, talvez eu lhes provasse o contrário.

A necessidade de vingança, de retribuição a Qalasadi após seu atentado contra minha família, nunca havia sido tão forte quanto o imperativo que me levou à porta de tio Renar. De fato, foi bom deixar para lá. Lundist e o nubano teriam ficado orgulhosos de mim, mas na verdade eu gostava do homem, e foi isso, mais do que qualquer força de caráter recém-descoberta, que me permitiu deixá-la de lado.

Em alguma câmara acima de nós, um mecanismo zumbiu e um grande sino começou a soar a hora do dia.

"Yusuf e eu iremos acompanhá-lo até a corte do califa", Qalasadi disse, com a voz alta.

"Ele não vai querer me executar? Ou me trancar em uma cela?", eu perguntei.

"Ele sabe que você está aqui, então se você for à corte conosco ou for levado para lá depois com a guarda armada provavelmente não mudará os eventos", disse Qalasadi.

"Embora, se os soldados dele precisarem arrastá-lo até lá, as projeções deslizem para resultados menos desejáveis", acrescentou Yusuf.

"Mas vocês já calcularam o que acontecerá?", eu franzi o rosto para Yusuf.

"Sim." Um aceno com a cabeça.

"E?"

"E dizer a você tornará o resultado menos certo." Qalasadi fechou o livro que havia acabado de abrir e o pegou. Yusuf passou o braço sobre meus ombros e me guiou em direção à porta.

"E Kalal vai ficar aqui?", eu perguntei por cima da décima e mais alta batida do sino.

Yusuf sorriu. "Os cálculos não se fazem sozinhos, sabia?"

A seu favor, nem Qalasadi nem Yusuf se espantaram com a falta de porta frontal da torre e eu suspeitei que ela não fosse fácil de substituir. Os rapazes de branco, ainda com os dentes enegrecidos, o que lhes dava um aspecto preocupante, haviam recolhido os fragmentos em um montinho ao lado da entrada, e outros de dentro da mathema haviam se unido a eles. Dúzias de estudantes estavam sentados em círculo, murmurando, passando pedaços de cristal uns para os outros, com um grito ocasional quando encontravam dois fragmentos que se encaixassem. Eles ficaram em silêncio quando nós passamos.

"Vejo que encontrou uma nova solução para a porta, Jorg", disse Yusuf com a voz seca.

"Ela é um enigma melhor agora", disse Qalasadi, "embora seja um obstáculo pior."

Nós cruzamos a praça sob o calor do sol. Era quase possível ver o lago evaporando, mas ele dava um toque de frescor ao ar, uma dádiva mais valiosa que ouro no Saar. Os degraus até os portões do califa eram amplos e muito maiores do que degraus feitos para humanos, enganando o olho para que o verdadeiro tamanho do palácio ficasse aparente lentamente conforme se subia.

Os suplicantes se enfileiravam nos degraus à sombra de um grande pórtico. Portões que pareciam ser feitos de ouro erguiam-se acima de nós todos e guardas reais trajando aço polido estavam prontos para receber os visitantes do califa, com plumas claras e levemente ridículas balançando-se sobre capacetes cônicos. Qalasadi e Yusuf passaram pelo bando e outros pedintes de robes pretos. Eu sorri para Marco, enfiado no meio dos nativos e se esforçando para levantar o peso de seu baú mais um degrau.

"*Salaam aleikum*." Qalasadi desejou paz ao gigante que veio barrar nossa entrada. Um desejo sensato, pelo tamanho da cimitarra no quadril do homem. Hachirahs, era como o livro do tutor Lundist as chamava, e suas lâminas podiam cortar um homem ao meio.

"*Salaam aleikum, murshid mathema.*" O homem fez uma reverência, mas não tão baixa para alguém poder esfaqueá-lo de surpresa.

Mais palavras trocadas no idioma compartilhado por Marroc e Liba. Eu sabia o bastante para entender que Qalasadi estava assegurando o guarda de minha posição de realeza, apesar das aparências contrárias. Podia ter sido político gastar tempo e um pouco de ouro me limpando do deserto e me vestindo a caráter, mas me pareceu mais sensato me encontrar com Ibn Fayed antes de Marco conseguir uma audiência.

Nós entramos por um portão no meio do portão e três guardas emplumados nos levaram por corredores de mármore maravilhosamente frescos. O silêncio do palácio nos envolveu de paz, em vez da ausência estéril de som que havia nos corredores dos Construtores, e era quebrado de vez em quando pelo tilintar de chafarizes ocultos e gritos de pavões.

O palácio do califa não tinha nada em comum com os castelos do norte. Em primeiro lugar, ele havia sido construído para o lazer, não para a defesa. O palácio se espalhava, em vez de subir, com seus salões e galerias amplos e abertos, um indo em direção ao outro, onde eles deviam se dividir em funis e áreas para matar. E nós não passamos por nenhuma estátua, pintura, nada além de algumas tapeçarias retratando apenas padrões em cores vivas. Os homens do deserto não tinham nossa obsessão por edificar a própria imagem, imortalizando nossos ancestrais em pedra e tinta.

"Chegamos." O aviso de Qalasadi pareceu redundante. Portas duplas estavam à nossa frente, mais altas que casas, feitas de grandes tábuas de ébano incrustadas de ouro. Madeira é uma raridade no deserto: o ébano dizia mais sobre a riqueza do califa do que o ouro.

Guardas palacianos com alabardas ficavam em alcovas dos dois lados, com as pontas das lâminas em formatos elaborados e refletindo a luz de pequenas janelas circulares no teto lá em cima.

"Bem...", eu disse, e fiquei sem palavras. Eu já havia entrado na cova dos leões antes, mas talvez, desde que entrara sozinho no exército pessoal de Marclos de Renar, eu jamais tenha me colocado tanto nas mãos de um inimigo. Pelo menos com Marclos meus irmãos estavam a apenas algumas centenas de metros de distância, em uma posição defensável. Agora eu estava em um palácio bastante protegido, em uma cidade estranha no meio de um enorme deserto, em uma terra estrangeira a um continente de distância de minha casa. Eu não tinha nada com que negociar, nenhum presente a oferecer, exceto talvez pelo truque que havia feito no deserto. Eu não sabia dizer se as coordenadas de Qalasadi estavam corretas, mas sabia que o Construtor fantasma, Miguel, não acompanharia Marco até a corte.

"Nós esperaremos aqui. Sua audiência deve ser em particular." Qalasadi pôs a mão em meu ombro. "Não posso lhe dizer que Ibn Fayed é um bom homem, mas pelo menos ele é um homem honrado."

Um de nossos acompanhantes deu um passo à frente para bater três vezes em um ornamento colocado na junção das portas. Eu me virei para encarar os dois matemágicos.

"Uma pena que não foram três amigos que seus feitiços previram que eu faria no deserto." Seria bom ter um amigo como o califa, mesmo que aquela amizade se estendesse apenas até o momento de me deixar ir embora.

Atrás de mim, as grandes portas entraram em movimento. Uma brisa correu fria em minha nuca e eu me virei para encarar meu futuro.

"Boa sorte, Príncipe dos Espinhos." Yusuf falou em meu ouvido, com a voz baixa. "Nós ficamos amigos no mar, você e eu, então você ainda tem um amigo a fazer no deserto. Escolha bem."

O trajeto das portas até o trono, ao longo de uma passadeira de seda da cor do oceano, levou uma eternidade. Na ampla e arejada caverna de mármore da sala do trono de Ibn Fayed, andando entre trechos iluminados pelo sol como se fossem a luz e a sombra das florestas, ideias, frases, linhas de ataque, tudo borbulhava em fragmentos, agitando-se uns sobre os outros enquanto, o tempo todo, meu olhar estava na figura em seu assento, a princípio distante, aproximando-se. Em torno do perímetro da câmara estavam grandes janelas em arco para capturarem a brisa, cada uma abrigada por venezianas elaboradas, com mais perfurações do que madeira.

Toda a extensão da sala do trono estava vazia. Apenas na plataforma do trono havia algum sinal de vida. Fayed em seu trono de madeira, em meio ao brilho de pedras preciosas, com criados nubanos dos dois lados abanando-o com longos leques de penas de avestruz. Um círculo da guarda imperial no degrau mais baixo, com dez homens. Um gato selvagem enorme no terceiro degrau e um homem musculoso para segurar a corrente dele, agachado a seu lado, ambos prestes a atacar.

Eu ainda não tinha plano algum, nenhuma ideia de quais palavras podiam fluir quando minha boca se abrisse. Eu estava preparado para me surpreender. Talvez eu arrancasse a arma de Fexler de minha cintura e abrisse fogo. Duvido que isso esteja nos cálculos de qualquer um. A não ser talvez nos do próprio Fexler.

Um homem magro de roupas pretas justas se levantou de seu assento no degrau abaixo do trono. Queimado de sol, mas talvez não de nascença. Não jovem, mas com a idade oculta. Assim como os muito gordos, os muito magros brincam com suas rugas e disfarçam a idade.

"Ibn Fayed, Califa de Liba, senhor dos Três Reinos, doador de água, recebe Rei Jorg de Renar em sua humilde morada." Falava a língua do Império sem o menor sinal de sotaque.

"Estou honrado", eu disse. "Hamada é uma joia." E na verdade, estando ali no palácio caloroso e iluminado do califa, eu não conseguia imaginar o que ele acharia dos castelos e cidades do norte. O que Ibn Fayed veria nas grandes casas de minha terra natal, frias, apertadas e sujas, lugares onde homens derramavam sangue sobre extensões de terra estreitas e enlameadas, todas cheias de fumaça e sujeira?

"O califa se pergunta o que traria o Rei de Renar tão longe de seu reino, abandonando-o?" O porta-voz do califa não tinha qualquer julgamento em seu tom, mas seu olho estremeceu de repreensão ao meu estado andrajoso.

Eu observei Ibn Fayed, afundado em seu trono, muito claramente um guerreiro, apesar de suas sedas. Ele olhou para mim, com os olhos severos e pretos. Da idade do Conde Hansa, os anos o tornaram grisalho e sua barba era cortada tão rente que deixava pouco mais do que uma sombra branca sobre sua pele escura, em direção às maçãs de seu rosto.

"Eu vim para matá-lo pelo desrespeito demonstrado a meu avô."

Aquilo o pegou. Por um instante, seus olhos se arregalaram. Não havia necessidade de um tradutor sussurrar por trás de seu trono – ele sabia o que eu queria dizer.

Embora minha honestidade tenha ganhado um momento de surpresa do califa, ela quase fez seu porta-voz cair de volta em sua almofada. Por um momento muito longo, ele ficou boquiaberto e olhando fixamente. Os guardas nem se mexeram, contudo – eles ouviram apenas a tagarelice de um homem do norte.

Ibn Fayed murmurou alguma coisa e o homem magro encontrou sua língua.

"E esta ainda é sua intenção, Rei Jorg?"

"Não."

Outro murmúrio e nova pergunta: "Você não acredita mais que possa alcançar seu objetivo?"

"Duvido que possa escapar depois. Acho que o deserto me derrotaria", respondi, fazendo o califa soltar um grunhido de satisfação. "Além do mais, eu tenho uma nova perspectiva sobre o assunto e acho que talvez haja um terceiro caminho."

"Discorra." O porta-voz do califa conhecia claramente os modos de seu mestre, o bastante para não precisar de instruções a toda hora. Seu comando sucinto me convenceu de que ele realmente deveria ser tratado como nada além de um canal, falando exatamente como Ibn Fayed faria se ele quisesse levantar a voz.

"Ao me aproximar da fonte dos ataques à casa de meu avô, eu me distanciei do Castelo Morrow. Até a Costa Equina ficou pequena vista de tão longe." Eu pensei em Lorde Nossar em sua sala dos mapas em Elm, refazendo as linhas apagadas e esquecidas em cartas antigas, reivindicando coisas que acabariam colocando o filho e a menina de Marten debaixo da terra. "Eu vejo que ações tomadas a uma distância tão grande ainda podem ser as de um homem honrado, embora quando vistas dos salões do castelo de meu avô elas clamem por justiça e retribuição. Eu vejo que o Príncipe de Arrow estava certo quando me disse para viajar, para conhecer os povos contra os quais eu pudesse vir a guerrear."

"E se o assassínio era o primeiro caminho, quais são o segundo e o terceiro?", perguntou o porta-voz.

"O segundo caminho é a guerra. Que meu avô transforme a riqueza de suas terras em mais navios, uma marinha maior para varrer o litoral de Liba." Eu não falei em invasão. Enquanto os mouros viam na Costa Equina uma base de apoio, eu tinha a impressão de que as terras de Afrique engoliriam exércitos inteiros sem a necessidade dos nativos fazerem mais do que esperar o sol fazer seu trabalho. "O terceiro caminho é uma aliança."

Agora Fayed riu alto. "Meu povo governa aqui há quatro mil anos." Sua voz estava tão seca que quase rachou. Ele acenou para o homem magro que continuou sem parar.

"Uma corrente de civilização que não é interrompida há milênios. E você vem aqui maltrapilho, de mãos vazias? É somente pelo conhecimento da mathema que nós o reconhecemos como rei. É verdade que os mapas tornam pequeno o que contém muitas vidas, mas em nossa sala do mapa Renar pode ser encontrada apenas após uma busca cuidadosa e coberta com o polegar." Ele fez o gesto apropriado, como se esmagasse meu reino como um inseto. "Enquanto um homem mal consegue cobrir Liba com a mão." O homem magro abriu seus dedos. E com a mão ainda erguida, aberta e virada para mim, completou: "Há um ditado no deserto. Não tente fazer amigos de mãos vazias".

"O que o Conde Hansa pagaria para tê-lo de volta, garoto?", Fayed resmungou do trono.

Eu fiz a menor das reverências. "Minha mão apenas parece vazia, Ibn Fayed." Eu não sabia o que meu avô pagaria, mas supus que Fayed pediria mais do que dinheiro. Mesmo se eu sobrevivesse às negociações, voltar carregando tamanho fracasso comigo romperia quaisquer laços que eu houvesse feito em Morrow.

"O que ela contém, então?", o porta-voz perguntou.

"Diga-me, Excelência, foi preciso que seus mágicos lhe dissessem que eu estava a caminho?"

O porta-voz se empertigou ao ser questionado, com raiva escrita nas linhas definidas de seu rosto. Fayed fez um pequeno aceno e a resposta veio, calma e sem ofensas. "Hamada é uma fortaleza que não precisa de muros. As dunas só podem ser cruzadas em caravanas. E tenha certeza de que todos que viajam pelas estradas do sal são conhecidos por este palácio antes que apareçam na cidade. Conhecidos por nome e aparência, pelo conteúdo de sua carga, até o último figo de seus alforjes."

"E se você sabia de minha aproximação, também sabe sobre minha companhia de viagem", eu disse.

"Marco Onstantos Evenaline da Casa Ouro, Derivados Mercantis do Sul. Um banqueiro florentino."

"Ele está aguardando em seus portões, califa. Por que ele está aqui?"

Novamente o aceno para reprimir as objeções de seu porta-voz. Quando um homem não se importa em manter segredo, você sabe que está em perigo.

"Ele veio prestar queixa a respeito de um contrato. Nosso pagamento para um débito antigo afundou perto das Ilhas Corsárias. Apesar de os florentinos terem agentes a bordo e levado os fundos sob seus cuidados, eles dizem que de acordo com os termos nenhum pagamento é devidamente realizado até que se atraque no porto de Vito."

"Interessante", eu disse. "E, embora sua visita não seja bem-vinda ou encorajada, você lhe concede as proteções e os privilégios diplomáticos dados aos clãs sob a lei do Império."

"Sim."

"E esses velhos acordos podem permitir a ele alguns figos secretos em seu alforje... Talvez você deva deixá-lo entrar e eu possa lhe mostrar o que tenho nas mãos..."

O porta-voz não respondeu. Um longo silêncio, nada além do abano de penas enquanto Ibn Fayed considerava. Um aceno mínimo de cabeça.

"Ele será convocado."

Nossa audiência se mostrou menos particular do que o anunciado, pois nenhuma outra ordem foi emitida. E mesmo assim eu supus que estivesse sendo posta em prática.

"Que gato interessante você tem, excelência." Não considero a conversa fiada uma de minhas habilidades, mas nós não podíamos simplesmente olhar um para o outro pelos próximos dez minutos esperando por Marco.

"Um leopardo", o porta-voz respondeu. "Do interior."

Uma longa pausa. Eu realmente não sou bom em puxar papo.

"Então você está destruindo todas as obras dos Construtores? Estou interessado em ouvir as razões para tal."

"Não é segredo." O porta-voz pareceu desconfortável mesmo assim. "As proclamações do califa têm sido bradadas após as orações por toda a Liba há quase um ano já. Essa nova sabedoria veio a ele em um sonho ao final do Mês Sagrado. No Dia dos Mil Sóis, houve um alvorecer tão claro que muitos de nossos ancestrais que morreram naquela manhã não conseguiram enxergar o caminho até o paraíso. Eles procuraram a escuridão de suas máquinas para se esconderem daquela luz profana. Mas eles ficaram aprisionados lá, gênios, assombrando as relíquias de seu passado. É por misericórdia que agimos. Nós abrimos suas prisões e os libertamos para que ascendam à sua recompensa."

Ele disse suas falas com convicção. Se acreditava nelas ou se poderia ter sido um grande ator, aí eu não sabia.

"Espero que essas almas aprisionadas compreendam a misericórdia que vocês lhes concedem", eu disse. "E isso foi ideia de quem? Algum esquema saído da mathema?"

"Minha." Ibn Fayed fez a reivindicação de seu trono, com as mãos se fechando em punhos.

Um som distante e oco se repetiu várias vezes. Eu olhei para trás, ao longo da passadeira de seda, e vi as portas se abrirem. Marco Onstantos Evenaline passou por elas, de preto como sempre, mas com o chapéu nas mãos. Marco deve ter sido retirado da fila logo depois de passarmos por ele e seguido nossos passos.

Todos nós observamos seu trajeto lento pela extensão do salão. Ibn Fayed realmente tinha uma sala do trono dos diabos. Ocorreu-me que uma grande parte do Assombrado caberia dentro dela, e certamente as vilas inteiras de Gutting e Pequena Gutting.

Finalmente, Marco chegou ao meu lado, demonstrando satisfação pela primeira vez desde que nos conhecemos. A ausência de seu baú o mudara e ele estava mais alto, mais orgulhoso.

"Ibn Fayed, Califa de Liba, senhor dos Três Reinos, doador de água, recebe Marco Onstantos Evenaline da Casa Ouro, Derivados Mercantis do Sul, em sua humilde morada."

"Não faz mais que a obrigação", disse Marco. "Embora cortesias não sirvam de escudo para as consequências de suas ações."

"Como ousa?" O porta-voz podia ter falado uma língua estrangeira, mas o volume e o tom sacaram dez espadas curvas das bainhas da guarda imperial.

"Palavras duras por causa de uma dívida em aberto, Marco?" Eu fiz o que pude para ignorar o aço brilhando trinta centímetros à minha esquerda, pois os guardas me incluíram no insulto. "Pelo que podemos ver, eu diria que o califa pode pagar." Eu não estendi o braço para a opulência de nossos arredores, com medo de alguém arrancá-lo.

"Você chafurda na ignorância, Jorg de Renar, como um porco na lama. Ficarei feliz em vê-lo arder."

"Marco! Eu achei que fôssemos amigos." Eu tentei não sorrir, mas nunca fui bom ator.

Ele desviou o olhar de mim em direção ao trono. "Ibn Fayed, você está condenado à morte. Toda a Hamada está confiscada."

Dois longos dardos de aço apareceram no peito de Marco, saindo de ângulos divergentes. Eu demorei a perceber que eram projéteis, atirados de balestras gigantes ou coisas parecidas que deviam estar escondidas nas galerias acima de nós.

Marco cambaleou meio passo e ergueu as mãos. "Morte." As juntas se estalaram quando ele formou um punho. Aquilo me fez lembrar do escorpião no Ibérico quando eu o desenrolei. Por um instante, ele hipnotizou todos nós, parado ali, empalado naqueles dardos, com seu chapéu rolando pela aba a seus pés. O punho bateu em sua palma.

E nada.

Mas talvez tenha ficado mais claro por um segundo, como se o sol houvesse saído de trás das nuvens.

Marco bateu seu punho na palma uma segunda vez. "Não!" Ele nos lançou um olhar selvagem, olhou para as flechas em seu peito e caiu.

"Isso é o que você tem na mão?", o porta-voz perguntou. "Um louco?"

"Olhe pela sua janela, Ibn Fayed." Eu apontei para o oeste.

Uma palma botou um dos guardas para correr e abrir as venezianas.

O homem puxou uma corda oculta e as telas se abriram, com a claridade do dia nos ofuscando. Durante um longo momento, nós ficamos piscando na luz do deserto, tentando ver através do brilho do mundo lá fora. E lá ela surgiu, fervendo para cima em direção às dunas, uma coluna feroz de laranja e preto, entrelaçando o fogo e a noite, abrindo-se em uma fogueira, crescendo rapidamente sobre as areias e acima dela, impossivelmente alta, uma auréola branca de nuvem se espalhando, mais rápida que as chamas.

A parte queimada de meu rosto pulsou com um calor no limiar da dor e a luz dele encheu meus olhos e fez algo novo da nuvem-chama, dando-lhe uma beleza etérea e o aspecto de um portão, uma fissura no mundo, abrindo-se para alguma coisa que podia ser o paraíso ou o inferno.

"Você levaria dois dias de camelo para chegar ao centro daquela explosão", eu disse.

"Não estou entendendo." Ibn Fayed se levantou de seu trono.

"Mande trazer o baú de Marco aqui", eu disse.

O califa assentiu. Seu porta-voz gritou a ordem.

Nós não precisamos puxar assunto enquanto esperávamos. A explosão roubava a atenção. Nenhum de nós falou. Até os criados largaram suas hastes emplumadas para assistir. E após cinco minutos nós vimos as dunas se elevarem, a areia saltando no ar, uma após a outra, pou, pou, pou, mais rápidas que uma flecha voando. O som chegou até nós, uma pancada, alto o bastante para arrancar todas as venezianas de suas dobradiças e deixar um dedo de areia sobre cada centímetro do chão de mármore. O ruído que se seguiu se estendeu por um século, grave e cheio de terror.

Qalasadi e Yusuf entraram pelas grandes portas, com seis guardas atrás deles carregando o baú de Marco. Se eles bateram, não deu para ouvir.

Eles colocaram o baú ao lado do cadáver de Marco.

"Vocês checaram isso?" O porta-voz apontou para o baú.

"Checamos", Qalasadi assentiu. "De qualquer modo, nada da mágica dos Construtores pode passar pelos portões e fechaduras deste palácio."

"Isso n..." Eu engoli as palavras e apalpei meu peito. Nada! O anel de visão não estava lá. "Como diabos..."

"Eu cortei a alça pouco antes de sairmos da mathema", disse Yusuf. "Kalal ficou para pegá-lo do chão."

"Que mãos leves, irmão Yusuf. Não achei que você fosse ladrão." Foi desconcertante pensar que ele pôs uma lâmina em meu pescoço, mas eu suponho que estivesse com a corda no pescoço desde que pus os pés no cais do porto de Kutta.

"Roubar é questão de tempo certo, Jorg, e o tempo certo pode ser calculado." Ele não pareceu estar envergonhado.

Eu me lembro do sino tocando quando saímos da torre, chamando minha atenção, abafando os outros sentidos, mascarando o barulho no anel de visão batendo no chão.

"Além do mais", continuou Yusuf, "ele teria sido detectado e recolhido nos portões do palácio, colocando-o em uma posição muito desfavorável. Um amigo não poderia deixar isso acontecer a outro amigo."

Eu dei de ombros. Parecia haver pouco mais a se fazer. Em todo caso, eles não haviam detectado minha arma. Talvez, ao falarem sobre as obras dos Construtores, eles se referissem àquelas com mais magia e menos mecânica. Aquelas onde raios corriam aprisionados em veias de metal.

"Abram-no", disse Ibn Fayed, de volta a seu trono, olhando da janela para o baú, do baú para a janela.

Qalasadi se ajoelhou, desatou as fivelas, fez alguma mágica na fechadura – uma fechadura que eu sabia ser muito complicada – e abriu a tampa.

"Areia?" O califa inclinou-se para a frente.

O deserto me ensinou muitas coisas. Duas delas eram sobre Marco. O deserto é um lugar calmo. Não silencioso. Há sempre o vento, o chiado da areia, o barulho dos pés e a reclamação dos camelos. Mas é um lugar onde um homem pode ser ouvido e onde um homem pode ouvir. Quando ouvi Marco, percebi que ele zumbia, rangia e tiquetaqueava. Todos esses sons eram quase inaudíveis, mas uma vez percebidos eram ouvidos em todos os momentos de silêncio, especialmente quando ele fazia esforço – dava para ouvir mais claramente, aquele zumbido, como as engrenagens de meu relógio.

E ao descobrir essa estranheza eu me vi observando Marco Onstantos Evenaline, o homem branco em seu terno preto, sem se queimar com o sol, suando mas nunca esmorecendo, um homem curiosamente inadequado para o que deveria ser, excetuando-se a dureza dos livros de registro, um ramo de apertos de mão calorosos e relações humanas.

A segunda coisa eu aprendi à noite, observando as estrelas infinitas. Eu percebi que elas brilhavam. O que era esperado, é claro. Estrelas brilham. Mas me pareceu, na calada da noite, com a areia à nossa volta mais fresca e o ar frio o bastante para eu me enrolar em meus cobertores, que as estrelas acima do camelo de Marco piscavam demais. E eu me lembrei da névoa de calor que vira nos Montes Ibéricos, apenas com o olho rodeado pela queimadura que Gog me deixou como agradecimento. A névoa que vi com a segunda visão. A névoa que alertava sobre fogos secretos.

Uma semana depois, na calada da noite, a dois dias de Hamada, eu me levantei de meus cobertores. Os ha'tari estavam acostumados a homens deixando a caravana para molhar a areia. Nas Margens, nós tínhamos uma trincheira aberta para nos proteger de vagar entre as fissuras e dos horrores que se espreitavam nelas, mas no deserto nós podíamos achar um local quieto entre as dunas. Era bem menos comum um homem levar seu camelo até a areia. E eu nem estava levando o meu, estava levando o de Marco. Talvez eles me achassem um menino da cidade, por muito tempo sem a companhia de mulheres, e atentado além dos limites pela traseira contraída do camelo à frente. Provavelmente, acharam que eu queria roubá-lo do banqueiro. De um jeito ou de outro, nenhum deles gostava de Marco, mas eles gostavam de meu ouro.

Eu não fui muito longe. No declive entre duas dunas pálidas, tirei o baú das costas do camelo e comecei a mexer no fecho complicado com minúsculos palitos que guardei dos anos com os irmãos. Há pouco uso para qualquer coisa mais sofisticada que um machado ao nos depararmos com uma fechadura na estrada, mas elas sempre me fascinaram e eu aprendi algumas técnicas com homens em nosso bando que haviam caído em desgraça por caminhos menos violentos que o meu. Eu trabalhei com véu, com a gaze sobre a fenda dos olhos, usando apenas o tato.

Com tempo, eu consegui destravar o baú. Cavei uma cova na areia, mais como uma mossa – não dá para fazer um buraco fundo nas dunas, assim não se pode cavar na água. Foi preciso muita força para virar o baú de lado. Os recursos do anel de visão me disseram claramente que apenas uma fração do maquinário diante de mim era necessária para produzir a imagem de Miguel. Eu precisei imaginar para que servia o peso do restante e os punhados de fogo oculto que surgiam dele.

Eu supus que o conteúdo se separasse facilmente do recipiente. Nenhuma mão de antigamente havia esticado a pele de tubarão sobre sua estrutura, nem o interior era forrado de madeira. Marco gostaria de poder mudar a caixa sem esforço para disfarçar a carga quando preciso.

Eu abri a tampa pelo lado e inclinei o baú para a frente para que caísse aberto dentro do buraco... dentro da mossa, pelo menos. Eu fucei um pouco, enfiando a ponta de minha faca em dois lugares, e sacudi e grunhi o bastante para alarmar o camelo de Marco, e logo separei o baú de seu conteúdo. Usei um prato roubado para jogar areia sobre o bloco retangular de aço prateado e plastik. A máquina zumbiu uma vez durante o processo e depois ficou em silêncio.

Com areia encobrindo todo o dispositivo, eu dediquei minha atenção a preencher o baú. Meia hora depois, suando e com a boca seca, quase morri levantando aquela coisa até as costas do camelo novamente.

"Como você sabia que os Construtores fantasmas não explodiriam o dispositivo enquanto você o estava enterrando?" Qalasadi perguntou.

"Como eles saberiam o que estava acontecendo? E essas coisas são valiosíssimas, não dá para fazê-las de novo. Eles não a destruiriam, a não ser que não restasse qualquer esperança de recuperá-la", eu disse.

"Por que eles permitiriam que o banqueiro a detonasse, se não estava perto o suficiente do palácio para destruir Ibn Fayed?", perguntou Yusuf.

"Não tinha certeza de que eles permitiriam", eu disse. "Mas parece que os Construtores fantasmas veem menos do que pensamos, especialmente no deserto e nos lugares onde suas obras sejam alvo de destruição. Devem ter confiado em Marco para agir em interesse deles. Mesmo se eles soubessem onde o dispositivo estava, eles não podiam dizer com certeza se o califa havia entrado no raio de sua destruição. Ou talvez eles esperassem que ela fosse mais devastadora."

"Mais?" O porta-voz respirou fundo.

Eu dei de ombros. "De qualquer modo, Marco não precisava levar seu baú até a sala do trono ou até o palácio para que ele fizesse seu trabalho. Ele poderia ter destruído Hamada a dois quilômetros de distância, no meio das dunas. Se sua coragem diante do trono era instrução dos Construtores ou o que ele achava ser uma saída apropriada do mundo, isso eu não sei."

"Os Construtores jogavam seus sóis de um lado do mundo ao outro em labaredas e, onde elas queimavam, países inteiros eram reduzidos a carvão", disse Qalasadi. "Para que mandar um único banqueiro carregar a arma até aqui em cima de um camelo?"

"Não há muito que ainda funcione após mil anos." Eu fechei o baú e me sentei sobre a tampa. "Os foguetes e suas maiores armas estão desgastadas e inúteis... Apenas os gatilhos continuam intactos... as fagulhas que acendiam os sóis, se preferir. Elas precisam ser movidas por agentes até a cidade que precisa ser destruída."

"E esta é a vingança deles por minha..." Ibn Fayed pareceu velho, com um tremor nas mãos. "Eu fui orgulhoso demais. Pelo bem de meu povo eu vou..."

"Você pode ter se colocado na frente da fila, califa, mas acho que há mais em jogo do que isso. Miguel era como se chamava. Pode não ser por acaso que ele tenha o mesmo nome do arcanjo, o chefe dos exércitos de Deus. Os Construtores têm preocupações maiores do que um governante do deserto quebrando as máquinas que encontra sobre as dunas. Alguns entre eles pretendem matar todos nós. Hamada foi uma demonstração. Um modelo a ser repetido."

"Sorte nossa que você chegou ao nosso litoral na hora certa, Rei Jorg." Qalasadi abaixou a cabeça.

"Foi sorte, mágico?" Eu tentei ver seus olhos, mas ele manteve a cabeça baixa. "Você sabia que os fantasmas dos Construtores estavam planejando algum tipo de ataque. Você achou que eu estava envolvido... e me deixou entrar no palácio do califa, embora desarmado. E talvez houvesse outra mão apontando em minha direção, trabalhando naquela questão de tempo certo que parece tanto orgulhá-los..." Eu me perguntei se Fexler havia me manipulado e me empurrado para lá e para cá em seu tabuleiro, com leves toques e piscando de vez em quando aquela luz vermelha vista através de um anel de aço. Será que ele havia atrasado Marco ou acelerado seu caminho para que nós encontrássemos o porto de Albus juntos? Será que eu era o agente de Fexler em alguma competição com Miguel... com toda a sua facção?

"Explique para mim", disse Ibn Fayed, "por que esse assassino arriscaria tanto só para me dizer o que pensava antes de morrermos todos? Se meus dois arqueiros não houvessem errado seu coração, ele poderia ter morrido sem explodir..." Seu olhar se voltou às janelas. "Aquilo."

"Acho que não havia perigo de ele fracassar", eu disse.

"Mas ele morreu apenas instantes depois de completar sua missão", disse Ibn Fayed, com os olhos afiados sob sobrancelhas cinzentas e cerradas.

"Ah, Marco não está morto", eu disse. "Está, Marco?"

A cabeça do moderno se levantou. A rapidez foi chocante, como um metal flexionado que volta ao lugar, e com assassinato em seus olhos.

"Não tenho certeza de que ele estava vivo em momento algum." Eu me afastei sem sacar minha espada, no caso de arqueiros zelosos demais atirarem dardos em meu peito também.

Marco ficou de pé em uma série de movimentos espasmódicos. Ele arrancou as flechas de seu corpo e as jogou ao chão, lambuzadas de sangue, mas sem pingar. A guarda imperial sacou suas espadas novamente.

"Você só queria ouvir como foi enganado, não é, Marco? Antes de você encontrar uma boa hora para terminar pelo menos parte do trabalho."

Ele me ignorou e pulou para cima do califa, sem se preocupar com os guardas bloqueando seu caminho. Lâminas brilharam em movimento, pés se arrastaram pelo chão de areia, sangue espirrou, nacos de carne voaram e Marco apareceu a um metro de Ibn Fayed antes de o peso dos homens levarem-no ao chão. Ele lutou com a mesma rapidez assustadora demonstrada quando levantou a cabeça, com os dedos dilacerando músculos e gordura, atirando homens adultos para longe como se eles fossem menores que crianças. As espadas que caíam sobre ele fatiaram seus trajes pretos reduzindo-os a farrapos, mas por baixo da carnificina vermelha de sua pele brilhava metal, cobre e aço prateado. Zumbidos e estalos acompanhavam seus movimentos, audíveis através dos gritos, do choque dos aços e do bramido do leopardo. O barulho de dentes atravessando as engrenagens enquanto dedos apertavam pescoços com a força inexorável de um torno.

Homens morreram. Marco ficou de pé novamente. Ibn Fayed e seu porta-voz procuraram abrigo atrás do trono conforme Marco subia o terceiro degrau, com sangue escorrendo pela pedra em filetes vermelhos. Guardas feridos seguraram ambas as pernas e outros o cortavam como se ele fosse uma árvore. Diante do trono, o leopardo e seu domador hesitaram. O gato estivera puxando sua corrente, pronto para atacar. Agora ele estava sentado, com as orelhas coladas em sua cabeça. Fera sensata.

Mais guardas entraram correndo pelas grandes portas e outros atrás deles, mas, assim como tudo, foi uma questão de hora certa. Marco já havia se fartado daquilo para seu propósito, mas eles não. Ele mataria o califa antes que o impedissem.

Eu subi os três degraus, com cuidado para não pisar no sangue, e puxei minha arma debaixo de minhas roupas. Com o cano apontado para a parte de trás de seu crânio pálido, atirei quatro balas através da estrutura de metal até qualquer engrenagem que lhe servisse de cérebro.

Ele caiu, contorcendo-se entre os mortos e feridos enquanto os ecos do último tiro se extinguiram.

Eu ergui a arma. "Tecnologia velha." Eu a apontei para Marco. "Tecnologia nova. Talvez seja uma boa rever aquelas fechaduras, Qalasadi." Eu girei a arma em meu dedo e a estendi na palma de minha mão, mostrando-a para Ibn Fayed. "E isto, califa, é o que eu tenho em minha mão."

TRILOGIA DOS ESPINHOS

EMPEROR OF THORNS

36

— CINCO ANOS ATRÁS —

Ibn Fayed mandou colocarem um trono de prata um degrau abaixo do topo de sua plataforma quando voltei à corte, limpo e revigorado, trajando sedas e uma pesada corrente de ouro, e pediu que eu me sentasse ali.

"Estes são tempos lamentáveis em que fantasmas de nossos ancestrais querem tirar nossas vidas." Ele falou diretamente comigo agora, lento em suas palavras, como se as pescasse da poeira da memória.

"Eles não estão de acordo, esses fantasmas. Uma espécie de guerra os assola, lá dentro de suas máquinas. Mas poucos Construtores têm boas intenções para conosco. Até nossos salvadores nos transformariam em escravos", eu disse a ele.

"Então você se unirá a mim? Para cavar e destruir o que encontraremos deles? Começar uma nova era, livres dos fantasmas do passado?" Ibn Fayed soou curioso em vez de ávido.

"Um sábio me disse que a história não nos impedirá de repetir nossos erros, mas pelo menos nos envergonhará por fazê-lo." Eu me lembrei do sorriso de Lundist quando ele disse isso, com tanta tristeza quanto divertimento. "Você discutirá seu caso no Congresso, Ibn Fayed?"

"Seria bobagem comparecer. Qual lugar melhor para os fantasmas nos destruírem? Podemos confiar na Guarda Gilden para impedir todos os agentes como o banqueiro de chegar a vários quilômetros dos Portões Gilden?"

Eu juntei os dedos indicadores na frente de minha boca para esconder a risada que surgia ali. "Califa, eu apostaria minha vida que o último imperador, todos os seus pais antes dele, e todo Congresso desde o comissariado se sentou em cima de um dispositivo mais poderoso do que o que Marco carregou até Hamada. Os Construtores fantasmas queriam ter certeza de que podiam acabar com o Império a qualquer momento que escolhessem. O fato de eles não terem feito isso só nos diz que a facção de Miguel ainda não tem o comando entre seus irmãos nem acesso irrestrito ao que controla tais armas."

"Se os fantasmas conseguirem se unir em um nível suficiente para destruir Vyene, nenhum lugar estará a salvo. Marco só fracassou aqui por azar e pela intervenção de outros fantasmas." Agora eu tinha certeza de que Fexler havia me atirado ao moderno, ou soldado mecânico, ou o que diabos Marco realmente era.

"E quando você for ao Congresso, Jorg, como votará?", Ibn Fayed perguntou, concedendo-me a cortesia de que um único voto importasse.

"Em mim mesmo, é claro." Eu sorri, franzindo a rigidez da cicatriz. "E você, califa?"

"Orrin de Arrow é um bom homem", disse ele. "Talvez seja a hora de um homem assim."

"Um imperador não iria irritá-lo? Você não prefere governar o deserto com as mãos livres?"

Ibn Fayed balançou a cabeça, coaxando uma risada seca. "Eu vivo à beira do Império Sagrado. Ao sul, tão longe quanto Vyene, está outro imperador, um imperador cerani, e seu domínio chega até minhas fronteiras, tão grande quanto nosso Império era em seu auge. Muito em breve, talvez não durante minha vida, mas certamente antes de meu neto assumir seu trono, os cerani e suas tribos aliadas sairão do deserto e engolirão Liba inteira. Isto é, a não ser que alguém seja coroado em Vyene para recompor nossa força."

Eu passei um mês na cidade do deserto. Aprendi o que pude de suas maneiras. Por algumas semanas, estudei na mathema e até colei um pedaço de sua porta. Qalasadi devolveu o anel de visão aos meus cuidados, na condição de que ele nunca entrasse no palácio e saísse de Liba comigo.

Eu me sentei uma noite na torre da mathema, enclausurado sozinho em um quarto sem janela, no pavimento da porta marcada com "épsilon". Um simples lampião de barro iluminava o livro à minha frente, com equações e mais equações. Eu tenho o talento para matemática, mas nenhum amor por ela. Já vi uma fórmula pôr lágrimas nos olhos de Kalal, com sua elegância e a simples beleza de suas simetrias. Eu compreendi a fórmula, ou achei que houvesse, mas ela não me tocou. Se existe poesia nessas coisas, eu não consigo vê-la.

Sobre a mesa, ao lado do livro, estava o anel de visão, um troço brilhante e inerte desde a explosão, ou desde a intervenção de Qalasadi, embora ele tenha dito que não fizeram nada com ele. Eu bocejei e fechei o livro com força suficiente para fazer a chama tremer e o anel dançar como uma moeda que gira suas últimas rotações. Mas, diferentemente de uma moeda, o anel continuou a oscilar. Eu assisti, hipnotizado.

"Jorg?" A imagem de Fexler surgiu acima do anel, pintado de branco como sempre, mas não tão opaco. Se os Construtores se pusessem a recriar os fantasmas das histórias infantis, eles não fariam um trabalho tão bom.

"Quem quer saber?"

Ele se focou em mim quando eu falei e sua imagem ficou mais nítida. "Você não consegue me ver?"

"Eu consigo vê-lo."

"Então você me reconhece. Fexler Brews."

Eu pus a mão aberta sobre o livro. "Diz aqui que uma previsão diverge da verdade. Quanto mais a previsão for prolongada, maior a discrepância. Tudo envolvendo estatísticas e limites, claro. Mas a mensagem é bastante clara. Você é uma previsão. Duvido que você ainda se pareça com o homem que eu vi morrer."

"Inverdade", disse Fexler. "Eu tenho os dados originais. Eu não preciso confiar em memórias evanescentes. Fexler Brews está vivo em mim, tão verdadeiro e nítido quanto sempre esteve."

Eu balancei a cabeça e o observei. As sombras dançavam por toda parte, exceto sobre ele. Em mim, nas paredes, no teto, apenas Fexler era constante, iluminado por sua própria luz.

"Você não pode crescer se é constantemente definido por uma coleção de momentos congelados à qual você continua a se referir. E se você não pode crescer, não está vivo. Então ou você é Fexler e, assim como ele, está morto, ou você está vivo, mas é outra pessoa. Outra coisa."

"Você tem certeza que é de mim que estamos falando?" Fexler ergueu uma sobrancelha, muito humano.

"Ah..." Aquilo se fechou sobre mim como mandíbulas de aço. As piores armadilhas são aquelas que armamos para nós mesmos. Todos esses anos e foi preciso um nada, uma teia de números, para me mostrar a mim mesmo. Eu podia contar em uma mão os momentos breves e pessoais que me pregavam a meu passado. A carruagem e os espinhos. O martelo e Justiça queimando. O bispo. A faca de meu pai enterrada em meu peito. E em minha cintura, dentro de uma caixa de cobre, talvez mais um. "Eu gostava mais de você antes, Fexler. Por que está aqui?"

"Eu vim saber de seus planos", disse ele.

"Você não me observa o bastante para saber?"

"Eu estive... ocupado, em outro lugar."

"Vyene está me chamando", eu disse. "Eu pretendo pegar um barco até Mazeno e viajar pela estrada até os Portões Gilden. Provavelmente, será uma viagem de volta mais rápida do que a que me trouxe até aqui. Além do mais, eu tenho a lembrança de um sonho febril, a lembrança de você me pedindo para ir até lá, algo sobre o trono e meu anel de visão, só que você o chamava por outro nome. Anel de controle? Essa é uma lembrança verdadeira?"

"É uma lembrança verdadeira, mas não vou falar sobre isso agora. É provável que outros estejam escutando. Vá a Vyene: será um bom aprendizado."

Eu me recostei e passei o olho pelos livros enfileirados em prateleiras do chão até o teto, todo aquele conhecimento. "Esses matemágicos, são eles que defendem a tentativa de nos recivilizar, não são, Fexler? O começo de uma nova compreensão, para que possamos reparar o que os Construtores construíram."

"Um de vários começos assim." Ele assentiu.

"Eu vi o que restou de sua época. Quase nada foi escrito..."

"Foi escrito em máquinas, em memória. Você só não tem os meios para ler." Fexler olhou em volta para os livros também, como se precisasse usar os olhos para vê-los. Uma de muitas enganações, sem dúvida.

"Eu vi aqueles restos e em nenhum lugar fala-se sobre céu e inferno, vida após a morte, igrejas ou mosteiros, ou nenhum lugar de adoração."

Fexler olhou para baixo, para mim, flutuando um palmo acima da mesa, com a cabeça quase tocando o teto. "Poucos entre nós se preocupavam com religião. Nós tínhamos respostas que não precisavam de fé."

"Mas eu já falei com um anjo." Eu franzi a testa. "Pelo menos acho que falei. E com toda certeza já fui às terras mortas atrás de pedaços de almas humanas. Como você pode..."

"Para um menino inteligente você pode ser muito burro, Jorg." Algo em sua voz trouxe um leve eco daquele anjo, eterno, tolerante.

"O quê?" Falei alto demais. Minha raiva nunca está mais do que a um momento de distância. Ela faz de mim um bobo, mais vezes do que possa dizer.

"Nossa maior obra foi mudar o papel do observador. Nós colocamos poder nas mãos das pessoas, diretamente nas mãos delas. Poder demais, como se viu. Se a força bruta da vontade de um homem, a vontade do homem certo, pode fazer fogo do nada, abrir as águas, pulverizar pedra, comandar ventos, o que será do desejo sem foco e da expectativa de milhões?"

"Você..."

"Sua vida após a morte é o que você espera que ela seja, o que os milhares, milhões à sua volta esperam, o que a lenda constrói, contada, recontada, refinada, em evolução. Neste lugar, entre as areias, eles confeccionam para si um paraíso diferente e caminhos diferentes até ele, alguns escuros, alguns iluminados. Tudo isso é fabricado, construído em cima da realidade vivida pelo meu povo. O que quer que aguardasse um homem após sua morte naquela época não era mencionado em nossos cálculos. Nossos padres, quando encontravam alguém para ouvir, descreviam algo mais sutil, mais profundo e mais maravilhoso do que a mixórdia de superstição medieval feita pelo seu povo."

"Nós a fizemos?" Não parecia possível. "Nós construímos o céu e o inferno?"

"Ah, sim. Se seus padres descobrirem o poder que está na ponta de seus dedos, com a vontade de seu rebanho atrás deles... reze para que eles não descubram, ou cada palavra sobre fogo e enxofre, sobre últimos julgamentos e diabos com tridentes se tornará a verdade do evangelho, surgindo por todos os lados. Por que você acha que trabalhamos tanto para reforçar o ódio da Igreja por 'magia' e sua prática?"

O pior de tudo é que eu acreditei nele. Parecia verdade. Sem pestanejar, eu peguei o livro de cálculo e o coloquei sobre o anel de visão com força. A imagem de Fexler desapareceu como um ponto de luz quando você põe a mão sobre o buraco que o projeta. Há somente um tanto de verdade que eu consiga ouvir de uma vez só.

Qalasadi e Yusuf foram até a fronteira de Hamada para me verem partir para o deserto. Eu havia me despedido de Ibn Fayed no frescor de sua sala do trono, aceitando presentes de ouro, diamantes, âmbar e cravo-da-índia para a viagem. "Sempre há dor", o califa me disse, fechando minha mão em torno da especiaria.

Omal aguardava com os camelos, dez no total, três deles altos e brancos – presentes que ganhei do califa –, bons reprodutores e de boas linhagens, segundo os relatos. Para mim, eles eram tão mal-humorados, desajeitados e malcheirosos quanto o restante. Além de Omal, nós tínhamos mais três tropeiros e uma guarda de cinco ha'tari.

"Faça uma viagem segura, Rei Jorg." Qalasadi se curvou, com a mão sobre o abdômen.

"Ainda não tive uma dessas, mas vamos esperar que esta seja a primeira." Eu sorri e inclinei minha cabeça por uma fração.

"Da próxima vez, venha à minha casa, conheça minha esposa, veja o que tenho de aguentar", disse Yusuf sorrindo, com os olhos brilhantes.

"Da próxima vez eu vou." Eu me virei para partir, mas parei. "E o Príncipe de Arrow? Suas previsões não lhes dizem para me eliminar a fim de deixar o caminho livre para ele?" Por um instante frio, eu me perguntei se os nove homens que me acompanhavam tinham ordens de enterrar meu corpo em uma duna.

O sorriso de Yusuf ficou um pouco congelado e ele lançou um olhar constrangido para Qalasadi. O mais velho entrelaçou os dedos e levou as duas mãos ao queixo.

"Nossas projeções não mostram nenhuma probabilidade significativa de você impedir o Príncipe de Arrow, Rei Jorg. Assim, somos salvos de ter que lidar com os problemas de um em relação aos outros e dos outros em relação a um."

"Se ele for a Renar, Jorg, não fique no caminho dele." Um toque de súplica na voz de Yusuf. "Não seria prudente."

"Bem." A revelação me deixou um pouco desorientado apesar de me salvar do conflito com os matemágicos. "Que bom então." E eu saí para montar em meu camelo.

TRILOGIA DOS ESPINHOS
EMPEROR OF THORNS

37

A HISTÓRIA DE
CHELLA

Keres deixara uma sensação de irritação em seu rastro. A carruagem rangia como as juntas de um velho e todo local que ela tocava ficava áspero, descolorido, seco o bastante para sugar a umidade da pele.

"Ela encontrará seu caminho de volta até o Rei Morto." Chella virou de costas para a estrada, com Kai por perto atrás dela.

A lichkin seguiria fraturas e falhas, lugares onde os véus entre o mundo e o domínio seco da morte eram mais gastos. Ela viajaria em caixões, ensombraria os doentes, seria levada com os esporos da peste e com o tempo entraria na corte do Rei Morto, novamente envolta em espíritos inquietos, recolhidos em sua jornada.

"Nós devíamos estar nos locomovendo, delegada." O capitão Axtis, da Guarda Gilden, havia reunido suas tropas um quilômetro adiante na estrada enquanto os necromantes cuidavam das necessidades de Keres. Embora os guardas continuassem sem saber sobre a lichkin, sua presença os perturbava, minando o moral. Axtis parecia disposto a seguir em frente, deixando Gottering aos mortos.

"Façamos isso." Chella se arrastou de volta para dentro da carruagem. "Vá tão rápido quanto quiser, cocheiro."

Eles se puseram em movimento antes de Kai fechar a porta atrás dele. Ele segurou a lateral do banco para que a queda não o levasse ao colo de Chella, e se segurou por um momento, com trinta centímetros separando seus corpos oscilantes. Sua pulsação batia feroz nas veias de seu pulso.

Mãos ágeis. Por um momento, Chella saboreou o pensamento de tal emaranhamento. Kai encontrou seu equilíbrio e seu assento ao mesmo tempo que ela o empurrou – uma decisão mútua. Ela fechou as mãos, com as unhas afiadas em suas palmas, e pôs a cabeça contra o encosto. *O que eu poderia querer com uma coisa linda e loira como ele, em todo caso? Carne sem sal.*

"Estaremos em Honth logo?", perguntou Kai.

"Sim." Ele sabia disso. Os vivos simplesmente gostavam de conversar – eles passariam bastante tempo em silêncio no túmulo. A mesma necessidade contorceu os lábios dela, querendo acrescentar mais. Ela os apertou bem forte.

"Depois ao longo do Danub", disse Kai. "Você já o viu, Chella?"

"Não."

"Dizem que se você estiver apaixonado as águas ficam azuis."

Antes de Jorg, ela nunca havia viajado, nunca havia saído de Gelleth, apenas aquela curta jornada de Jonholt até a montanha. Alguns poucos quilômetros em três vidas, mas as coisas que ela viu nessa viagem...

O período de três vidas foi passado penetrando a morte, deslindando mistérios, afastando-se da vida com toda a sua bagunça, sua algazarra e suas querelas. E aqui estava ela, chacoalhando pelo caminho em direção ao coração do Império, enjoada por estar viva, com o estômago se revirando pelos solavancos e pelo pensamento do que estava à frente. Até o Rei Morto a anunciar como seu representante e colocar cinco selos de voto em suas mãos, ela nunca havia duvidado de sua genialidade. Agora sabia que era insanidade.

Na Cidade de Wendmere, o capitão Axtis parou a coluna para o almoço. A guarda colocou seus duzentos e cinquenta cavalos de guerra, seus animais de carga e os corcéis dos seguidores da coluna a pastar nos prados, sem se importar com quem os cultivava ou que necessidade a grama supria. A cauda irregular dos seguidores ainda estava se aproximando quando Kai e Chella se sentaram ao lado da lareira da melhor pousada de Wendmere. Chella notou os vagões dos armeiros passando, as carroças dos ferradores, os coureiros da tropa, o minúsculo carro das costureiras. Kai prestou mais atenção às prostitutas, uma população em constante mudança atrás da guarda, garotas em mulas, garotas em charretes e troles, e outras na casa sobre rodas de Onsa. Cada bando com um tratante de rosto cortado para proteger e guiar, caçar e negociar. Chella quase podia ver as correntes de fome e miséria que os rebocavam atrás dos homens dourados de Vyene.

Guardas trouxeram cálices e bandejas em seus estojos forrados de veludo do vagão de mercadorias, cada peça estampada com a águia imperial. Somente a própria Guarda Gilden podia ser confiada para servir seus protegidos, a Centena ou seus representantes. Chella se viu imaginando se esses guerreiros brilhosos sabiam lidar com a espada tão bem quanto lidavam com os talheres de prata sendo colocados diante dela.

"O que você acha da elite do Império, Kai? Você serviu a um exército, não serviu?"

Kai abaixou seu cálice dos lábios escurecidos pelo vinho. Ele franziu o semblante para o homem em posição de sentido prestes a enchê-lo novamente. "Quem disse que guardas são 'elite'? O terceiro filho de qualquer nobre insignificante, que é burro demais para se dar bem no clero, é mandado a Vyene onde engorda com subornos como um 'vigia' supervalorizado, e a cada quatro anos eles fazem uma pequena viagem para reunir a Centena. Armaduras bonitas não fazem um guerreiro."

Felizmente para Kai, os soldados em volta deles disfarçaram bem a ofensa.

"Acho que a verdade está em algum lugar no meio disso", disse Chella. "Ouço dizer que eles treinam muito, esses homens de Vyene. Eles são, talvez, tão bem formados quanto uma arma pode ser sem fogo."

Ela olhou para fora, através da distorção das janelas pequenas e turvas, até os telhados, até a fumaça distante. Sua verdadeira proteção espreitava lá fora em algum lugar, Thantos, mais cuidadoso que sua irmã e mais mortal.

Keres havia sido esfolada, no entanto! Um arrepio passou por Chella, apesar da fogueira, apesar do vinho. Se a lichkin lhe dissesse o que aconteceu, sua mente estaria mais tranquila. Um problema identificado é um problema resolvido.

Capitão Axtis entrou, batendo os pés contra o frio e limpando a chuva dos ombros de sua capa.

"Diga-me, capitão", disse Chella, "quando foi que a guarda foi convocada pela última vez para defender os Portões Gilden, qual foi a última vez que foram ao campo de batalha?"

"No sexagésimo ano interregno, senhora delegada." Sem hesitar. "Na batalha das Planícies Crassis, contra o sacro exército romano do falso Imperador Manzal."

Uma geração atrás. "Você já era nascido, Axtis?"

"Eu tinha dois anos de idade, senhora delegada."

E hoje mostrava os cabelos grisalhos debaixo daquele capacete. Chella se perguntou como eles se sairiam contra os mortos do exército de seu mestre, os rápidos e os lentos, os monstros e os lichkin.

"Eu vim dizer que devemos prosseguir se quiserem ter uma escolta completa por todo o trajeto até Vyene."

"Ah, nós queremos, capitão." Chella largou seu cálice e se levantou. Seria muito útil para Axtis colocar Kai e Chella em uma daquelas balsas douradas. Deixar o Danub levar embora os problemas dele, descarregar suas responsabilidades no rio, e se a balsa afundasse com todos seria um preço pequeno a se pagar para manter o Congresso fora do alcance do Rei Morto por mais quatro anos.

A carruagem prosseguiu entre a coluna da guarda, passando por bosques e campos, cidades e vilarejos. Chella se viu observando a paisagem, aproveitando o calor dos raros raios de sol entre as chuvas, respirando os aromas do interior, o fedor das fazendas. Quando o grito de "Honth" a despertou de seus pensamentos ela mordeu a língua para deixar a dor a avivar. A vida lança mais feitiços do que qualquer necromante e eles podem ser duas vezes mais mortais em sua suavidade.

"Quanto falta?", ela gritou ao cocheiro.

"Dois quilômetros, talvez três."

Eles continuaram a ranger por mais alguns minutos até pararem.

"Não é possível que já tenhamos chegado." Kai abriu a porta. Cercas vivas, gado mugindo adiante. Uma onda de cavalos e corpos em armaduras douradas, e Axtis desmontado diante deles.

"Lady Chella, outro delegado..."

"Saia do caminho." Uma voz mais alta por cima da do capitão. "Você não pode me impedir, estou em missão de paz."

Axtis bateu a porta da carruagem no rosto de Kai.

"Você não tem autoridade aqui, senhor!" Axtis usou o grito que reservava a seus homens. "Eu sugiro que retorne à coluna da frente."

O barulho de alguém saltando de seu cavalo. "Estou em visita diplomática, capitão. Seu trabalho é facilitar tais relações. Se nós delegados chegarmos às vias de fato, você pode intervir."

A porta da carruagem chacoalhou, uma mão na maçaneta. Kai bloqueou a grade, olhando para a cena lá fora.

"Só podem ser os representantes das Ilhas Submersas, não? Quem mais estaria vindo do oeste?" Uma fungada alta. "Não cheira como o Rei Morto. Quem é que você tem aí, capitão?"

Kai abriu a porta. E se afastou, meio empurrado, meio por vontade própria, enquanto Jorg Ancrath, vestido de preto e vermelho com a túnica da estrada, entrou.

"Chella!" O garoto deu um de seus perigosos sorrisos para ela, ignorando Kai.

"Jorg."

Ele se sentou no banco em frente ao deles, com as pernas esticadas e as botas enlameadas no chão, completamente à vontade. Ele jogou os emaranhados longos e pretos de seus cabelos para trás sobre os ombros, observando-a com os olhos escuros, uma satisfação tocando os ângulos agudos de seu rosto e a queimadura feia como um lembrete de seus extremos.

"Dois de vocês?" Novamente o sorriso afiado. "Esses são todos os vivos que podem ser reunidos das Ilhas Submersas? E Chella, você não é de Brettan. Eu teria percebido na sua voz."

"O Jorg?" Kai virou-se para ela.

"Um Jorg, certamente." Jorg se inclinou, com os cotovelos sobre os joelhos. Do lado de fora, a guarda se agrupava. "E parece mesmo que eu sou o objeto de uma fascinação doentia em certos meios. Não é, Chella?" Ele deixou a mão cair e repousar na saia preta sobre a coxa dela. "Eu sou casado agora, coração, então você deve tirar o romance da cabeça."

"O Rei Morto...", começou Kai.

"O Rei Morto me ama também, eu acho", disse Jorg, fechando os dedos sobre a perna dela. "Ele me observa há anos. Mandou seus lacaios invadirem a sepultura de meu irmão." Ele se virou para encarar Kai, muito rapidamente. "Você sabe por quê?"

"Eu..."

Jorg virou-se novamente, com o olhar fixo sobre Chella. "Ele não sabe. E você?"

"Não."

"Que frustrante para vocês." Jorg a soltou e se recostou no banco. A perna dela ardeu onde os dedos dele tocaram. "Devemos continuar? Minha coluna está logo adiante esperando para cruzar o Rima na ponte de Honth."

Kai bateu os pés para a carruagem prosseguir. "Pelo que ouvi, fico surpreso que você escolha viajar na companhia de lady Chella, Rei Jorg."

"Ela tem contado histórias, não é?" Jorg inclinou-se para a frente outra vez com ar conspiratório. "Verdade seja dita... Espere, eu nem sei seu nome. Eu sei que é um homem das ilhas, estou com um de seus conterrâneos em minha carruagem, um homem de Merssy, Gomst é o nome dele. Fico contente em ver que o Rei Morto mandou pelo menos tantos brettans ao Congresso quanto eu. Mas seu nome?"

"Ele é Kai Summerson", disse Chella, ansiosa para assumir um pouco de controle. "Por que está viajando conosco, Jorg?"

"Não posso gostar de sua companhia? Será que não posso estar suspirando por minha dama do lodo?" Jorg lançou um olhar lascivo para o corpo dela. Contra sua vontade, Chella sentiu o sangue corar suas bochechas. Ancrath percebeu imediatamente e sorriu ainda mais. "Você parece... diferente, Chella. Mais velha?"

Ela manteve a boca fechada. Sacolejaram mais cem metros antes que ele falasse.

"Na verdade, não consegui pensar em nenhuma maneira fácil de matar vocês todos. Então, para manter meu filho a salvo de vocês, preciso vigiá-los. De perto. Se isso fosse impossível eu teria, claro, de matá-los da maneira difícil."

"Filho?" Chella achou difícil de imaginar, e a imaginação era algo que havia voltado com força quando a necromancia desapareceu dela. "Você tem um filho?"

Jorg assentiu. "Isso mesmo. Outro William para seu avô se orgulhar. Embora eu não saiba se Olidan de Ancrath viveu tempo o bastante para ser avô."

"Se ele está morto, eu não sei nada a respeito." Foi-se a época em que ela sentia cada morte como ondas em um lago, e o Rei de Ancrath teria feito um estardalhaço e tanto. Agora, porém, ela podia ter novos olhos para o mundo dos vivos, mas estava surda para as terras mortas. Culpa de Jorg, claro. Ela disse para si mesma novamente, esperando acreditar nisso. Culpa de Jorg.

Jorg franziu o rosto, apenas por um momento, substituindo-o pelo sorriso que usava no lugar da armadura. "Não importa."

"Eu não tenho intenções com seu filho, Jorg", disse Chella. Ela se surpreendeu ao perceber que não tinha.

"E você, Kai Summerson? É um assassino de crianças?", perguntou Jorg.

"Não." Uma resposta afiada, com a ofensa estampada em seu rosto. Parecia risível que um necromante se injuriasse com tal insinuação, mas então ela se lembrou de que Kai não havia matado ninguém desde que ela o capturou. Quando se aprendem as artes sombrias em meio às hordas de cadáveres das ilhas, o assassinato deixa de ser um pré-requisito.

"Quanto a mim, eu já tirei vidas de crianças, Kai. Bebezinho, garotinha, isso é pouco. As vidas de homens significam ainda menos. Não me contrarie." Palavras descuidadas espalhadas como vidro quebrado para o brettan atravessar. Chella foi ao auxílio de Kai antes que ele se cortasse.

"Seu filho o faz feliz, Jorg?" A pergunta parecia importante. Jorg Ancrath com um bebê. Chella tentou visualizá-lo com a criança no colo.

Jorg lançou um olhar sombrio na direção dela. Ele abaixou a cabeça, protegido pelo cabelo que caiu em seu rosto, e durante um bom tempo ela achou que ele não responderia.

"Não há finais felizes para quem é como nós, Chella. Não há redenção. Não com os nossos pecados. Qualquer alegria é emprestada: risos compartilhados na estrada e deixados para trás." Ele se virou para Kai. "Eu já matei crianças, Kai Summerson. Em companhias assim você também irá." Havia algo familiar em sua voz, na articulação de suas palavras. Ela quase podia sentir o que era.

Voltando seu olhar para Chella, Jorg observou seu rosto por um instante, com tristeza em seu semblante. "Nós dois trilhamos caminhos sombrios. Não pense que o meu conduz de volta à luz. De todos aqueles que tentaram me guiar – meu pai, os suspiros do arbusto de espinhos, o conselho maligno de Corion –, a voz mais sombria sempre foi a minha."

E, em um momento de reconhecimento, Chella soube quem o Rei Morto era.

TRILOGIA DOS ESPINHOS
EMPEROR OF THORNS

38

Quando Makin relatou que o contingente das ilhas estava se aproximando de nossa tropa dourada, eu sabia que Chella estaria entre eles. Sabia com toda certeza, sem prova ou motivo. E eu deixei nossa carruagem, minha esposa, meu filho e minha tia tentadora com mais rapidez do que era decoroso, e com menos apreensão do que quando fui à carruagem de meu pai, apesar desta poder trazer o próprio Rei Morto. Eu fechei a porta para todos eles, para todas as minhas fraquezas. A despeito de meu endurecimento ao longo dos anos, alguma parte de mim ainda buscava a felicidade da família, a redenção que o amor pudesse trazer. Esperanças partidas que não me seriam úteis. Eu fechei a porta para eles e cavalguei em direção ao que eu conhecia bem – em direção aos amaldiçoados. Meu passado era negro, o futuro ardia, e no fino pedaço entre eles o mundo esperava que eu fosse pai, que segurasse um filho, que o salvasse, que salvasse todos eles? É pedir demais de um homem com tantos pecados. Talvez seja pedir demais de qualquer homem.

A carruagem do Rei Morto, embora não tão grandiosa quanto a de Lorde Holland, não tinha nada de funesta. Nem a presença de dois necromantes havia estragado o clima. Na verdade, eu não sabia ao certo se Kai Summerson praticava as artes da reanimação: ele parecia muito jovem, muito cheio de vida. E a própria Chella havia mudado, sem sombra de dúvida. Nos encontros passados, ela ardia com uma alegria profana, tão feroz que sua luz se tornava uma pós-imagem na memória, obscurecendo a verdade. Nos pântanos e cavernas, uma ambiguidade da carne tornava-a todas as coisas para todos os homens, ou pelo menos para este aqui, madura com o suco mais escuro. Agora parecia que uma estranha estava sentada à minha frente, mais velha, mais pálida, ainda com certa beleza, os cabelos muito pretos, ângulos altos e delicados em seu rosto, uma elegância não vista antes e os olhos escuros de segredos que, em momentos desprotegidos, se transformavam em feridas.

"Ainda pretendo matá-la", eu disse, em parte para passar o tempo enquanto percorríamos as ruas de Honth.

Ela deu de ombros, menos à vontade em sua indiferença do que antigamente. "O nubano me perdoou. Você devia fazer o mesmo."

Aquilo me sobressaltou. "Não perdoou nada!" Mas ele provavelmente o fez. O nubano nunca guardava rancores. Ele dizia que já tinha o bastante para carregar e um longo caminho para percorrer.

"Então, conte-me sobre o Rei Morto." Eu perguntei a Kai e ele se arrepiou com as palavras. Apenas por um momento, rapidamente disfarçado.

O brettan olhou pela janela antes de responder, como se procurasse tranquilidade na luz do dia, conforto na passagem de casas estreitas de estuque e sapê, cada uma recheada de vida: mãe, pai, pirralhos berrando e idosos desdentados, repleta de discussões e risadas, com todas as pulgas pulando.

"O Rei Morto é o futuro, Rei Jorg. Ele fechou a mão em volta das Ilhas Submersas e logo estenderá a mão para o mundo. Ele reina nas terras mortas, e todos nós passamos mais tempo mortos do que vivos."

"Mas quem é ele, Chella? O que ele é? Por que o interesse em Ancrath?" Ela sabia de alguma coisa. Talvez me dissesse na esperança de me fazer sofrer.

"Ancrath é a porta de entrada para o continente, Jorg. Você é um menino esperto, devia saber disso."

"Por que eu?", perguntei.

"Você faz muita gente prestar atenção. Destruindo montanhas, defendendo exércitos enormes em seus portões. Tudo muito grandioso. E é claro que o Rei Morto sabe que você está de olho em Ancrath. Já é ruim o suficiente que seu pai seja tão teimoso em resistir, talvez fosse pior ainda se o filho estivesse no lugar dele."

"Hummm." Parecia plausível, mas não acreditei nela. "E certamente esse Rei Morto nem pensa em fazer amigos no Congresso? Ele espera diplomacia? Negociações com coisas mortas rastejando em lodo e pó?"

Chella sorriu para si mesma, de uma maneira tão suave que a deixou bonita. "Há monstros piores na corte do imperador, Jorg. A Rainha de Vermelho está a caminho do Congresso. A Irmã Silenciosa está com ela, para aconselhar, e Luntar de Thar. Você se encontrou com Luntar, se eu bem entendi?"

"Só uma vez." Eu não tinha lembrança alguma dele, mas nós nos conhecemos. Ele me deu aquela caixa de cobre e a encheu. "Eles podem ser monstros, talvez piores que eu, mas eles nasceram de mulheres, eles vivem e irão morrer. Diga-me, de onde vem esse Rei Morto? As terras secas não descem? Não vão até o inferno? Será que ele soltou Lúcifer e saiu do abismo?"

"Ele não é um demônio." Chella balançou lentamente a cabeça, como se fosse melhor ter um demônio ressurgido entre nós. "E o que acontece aqui, na lama e na poeira deste mundo, é muito importante para ele. Céu, inferno e Terra, três que são um – não pode haver mudança acima ou abaixo que não se reflita aqui. Este mundo, onde nossas vidas se passam, é ao mesmo tempo uma fechadura e uma alavanca. Isso é o que o Rei Morto diz."

"E o Diabo não se opõe a esse acampamento errante em sua porta? Roubando o que é dele?" Parecia absurdo estar debatendo a política do inferno, mas eu havia chegado às terras mortas com minhas próprias mãos, sentido o ar, e eu sabia que elas eram um caminho para a porta de Lúcifer.

"O Rei Morto planeja destruir os portões do céu", disse Kai. "Você acha que ele se importa com o que mais possa vir?"

"Tudo está mudando, Jorg." Chella abaixou a cabeça. "Tudo."

"Você ainda não me disse de onde ele veio, esse messias de vocês. Por que os antigos não falam dele? Em quais livros ele está registrado?" Eu ainda esperava grãos de verdade em meio às suas mentiras e loucura. "Quantos anos ele tem?"

"Jovem, Jorg. Muito jovem. Mais jovem que você."

TRILOGIA DOS ESPINHOS

EMPEROR OF THORNS

39

A HISTÓRIA DE
CHELLA

A ponte em Tyrol atravessava o Danub em dezessete arcos, com uma ampla pista sobre os pilares de pedra. A grande ponte lá em Honth saltava o Rima em um impressionante arco, mas Chella gostava mais da ponte do Tyrol. Ela conseguia imaginá-la sendo construída e ver, com os olhos da mente, os homens que trabalharam ali.

"Como o rio lhe parece, Chella?" Jorg esperou atentamente pela resposta.

"Barrento e agitado." Ela o descreveu fielmente. "O que você vê, Kai?"

Kai quase ficou de pé, olhando pela grade da janela, balançando com o movimento da carruagem. "Marrom."

"Não temos amantes entre nós?", perguntou Jorg. "A lenda de que as águas parecem azuis aos apaixonados é mais antiga que esta ponte."

"O rio é marrom. Marrom feito merda. É uma questão de sedimentos e escoamento e dos esgotos de Tyrol, não das fantasias açucaradas com que as pessoas querem envolver suas fodas." Chella não viu motivo para guardar para si seu amargor.

"Nada disso", disse Jorg. "Se o homem certo amar a mulher certa, ele pode fazer esse rio ficar azul."

"Jurados pela água." Kai se sentou novamente nas sombras, concordando com a cabeça.

"Blé." Jorg balançou a cabeça. "Tantos juramentos, tantos caminhos estreitos. Uma pessoa pode pegar qualquer coisa e virá-la a seu favor. Não é vontade, nem desejo, apenas certeza. A certeza de que qualquer coisa que você toca o toca de volta."

Ele pôs as botas no espaço entre os assentos, descansando entre Kai e Chella. "Você já amou alguma vez, Kai? Houve alguma garota que faria as águas ficarem azuis por você?"

Kai abriu a boca e depois conteve a resposta. Ele chegou para a frente e depois parou. "Não."

"Amor." Jorg sorriu. "Isso sim é algo que o toca de volta."

A carruagem saiu da ponte para a margem norte onde as estradas eram mais bem cuidadas.

"Talvez você deva voltar para sua própria carruagem, Jorg, para sua rainha, para ver se gosta mais da vista de lá." Chella não queria que ele saísse, mas atormentá-lo era tudo que sabia fazer. Por um momento, ela viu a agulha que usara para furar Kai e a sentiu entrando na pele novamente.

Ele puxou seus pés e se inclinou na direção dela, bem perto, com a mão repousando mais uma vez sobre sua coxa. "O que é que você espera conseguir no Congresso, Chella? O Rei Morto nem pensa em ganhar alguns convertidos, não é? Não estou nem certo de que o mestre Summerson aqui tenha sido adequadamente convertido. Então qual é o propósito?"

"O propósito é que temos direito de participar e que o Rei Morto quer que participemos. Um dos dois deve ser o suficiente para você, Jorg de Ancrath." Chella se retraiu pelo aperto em sua perna. A vida e a dor andavam de mãos dadas, e nenhuma das duas a agradava.

Ele semicerrou os olhos – quantas pessoas haviam visto aquele olhar e depois nunca mais viram nada? – e se aproximou, com sua respiração fazendo cócegas na bochecha dela. "Você está aqui para nos mostrar o rosto humano da maré de mortos? Para tranquilizar o Congresso? Bajular velhos reis, e um rapaz bonito para flertar com suas rainhas e princesas?"

"Não." A raiva borbulhou dentro dela, quente sob a frieza da respiração dele, e suas mãos se agarraram. "Nós estamos aqui com trapaças e traições, para enganar e matar, assim como você, Jorg de Ancrath. O que mais coisas perdidas como nós podemos levar ao mundo?"

"Renar."

"Quê?" Sua coxa ardeu novamente, onde ele a tocou.

"Jorg de Renar."

"Tomar o nome dele não o perturba, aquele que assassinou o pequeno William? A doce mãe Rowan?"

"Melhor do que usar o nome de meu pai."

"Em vez disso, você usa o nome do irmão dele? Um homem que lhe causou tanto sofrimento? Não seja cínico, eu ouço a guarda comentando como você matou Harran e outro bom homem até chegar ao filho."

Ele chegou bem perto. "Talvez eu mantenha o nome para me lembrar da cor de minha alma." Ele exalou, ela inalou. Ela sentiu gosto de canela.

"Era só isso que eu precisava para seduzi-lo, Jorg? Ser só um pouco menos maldita?"

Ele se virou e olhou para Kai em seu canto escuro. "Saia."

E ele o fez, com um lampejo rápido e desagradável da luz do dia, fria e lúgubre, e Kai sumiu.

"Eu ainda vou matá-la", disse Jorg muito perto.

Chella fechou a boca dele com a sua.

Ela correu os dedos pelos ombros dele, desceu as mãos e as colocou sob as pregas de sua túnica de viagem, passando-as pelo calor e a rigidez dos músculos das costas dele, marcada por velhas cicatrizes, o corte de uma lâmina pesada, incisões e cortes, uma centena de lesões dos espinhos. Ele ficou por cima dela, alto, pesado, com a onda negra de seu cabelo caindo sobre eles, seu rosto queimado raspando enquanto sua boca encontrava o buraco no pescoço dela.

Algo quente, úmido e vital a atravessou, uma torrente repentina que tirou seu fôlego e a elevou. A força vital a que ela estava resistindo, rejeitando, lavou toda a resistência, implacável como a primavera. Ela foi para cima dele, com raiva, fúria, desejo. Ele a levantou, sem pausa ou esforço, batendo as costas dela contra a parede acolchoada. Uma pequena parte dela ficou preocupada com que o motorista pudesse achar que aquilo fosse o sinal para parar, e que a guarda se reuniria ao redor. Jorg atirou-se contra ela e todas as outras vozes se calaram. O desejo dele despertou uma resposta nela, a necessidade se derramava com cada frase dele, dita em sua respiração irregular.

Seus corpos se uniram em um reconhecimento selvagem da carne, os membros dela se esticavam sob o peso dele, a mão se espalmava um segundo, depois se apertava, as almofadas se retalhavam. Do lado de fora, o ronco desconfortável dos cavalos, o relinchar das éguas, a pisada dos garanhões reagindo às energias dispersas, ao cheiro de sua luxúria. Jorg a bateu contra a parede mais uma vez, mais forte, e a carruagem balançou para a frente, com a junta começando a trotar a despeito dos gritos do cocheiro. As saias pretas se amontoaram em volta de seus quadris.

Jorg a penetrou, brutal, rápido, ávido – uma cópula indomada, ambos dilacerados pela necessidade bruta. Chella ergueu-se para encontrá-lo, com toda a sua força presa contra ele, cavalgando e sendo cavalgada, sem receber nem dar descanso. Eles copularam como gatos selvagens, com a agressão instintiva mantida a distância, uma trégua imposta por alguma ordem mais profunda, mais antiga, mas incapaz de conter a violência que transbordava, pronta para começar a gritar no momento que eles se soltassem.

"Chega!" Jorg a empurrou de cima dele e se jogou de costas no banco oposto, longe do alcance das unhas dela, ofegante e com sangue no canto da boca.

"Eu... eu é que digo quando chega, Rei de Renar." Ela cuspiu as palavras entre as arfadas. Ela queria mais, mas aquilo podia matá-la. Cada centímetro dela formigava, queimava com um fogo de vida recém-despertada. Jorg havia sido a chave que abriu a fechadura. Talvez qualquer homem servisse, mas parecia certo que havia sido ele.

Jorg puxou para trás os cabelos ensopados de suor e amarrou as calças, com o cinto destruído demais para segurar. "Não sei nem se você consegue ficar de pé, senhora." O brilho de um sorriso travesso. Ele pareceu muito jovem nesse momento.

"Então é assim que a diplomacia é conduzida no Congresso?", ela perguntou, com o coração ainda palpitando, deitada de costas no calor e na umidade.

"Quando chegarmos lá nós veremos." Jorg pegou alguns botões soltos pelo chão e pôs a mão na porta. "E quando eu for coroado nós daremos nosso último beijo."

Como se ela fosse se ajoelhar e beijar a mão dele. A arrogância daquilo a fez rir.

"Vai voltar para sua amada agora, Jorg?" Chella pôs um sorriso em seus lábios, mas não lhe caiu bem.

"Ela é boa demais para alguém como eu, Chella. Eu sou mercadoria defeituosa, sem conserto. Eu pertenço à nossa laia." Ele deu aquele sorriso novamente e empurrou a porta para fora. "Se chegar perto de meu filho eu mato você, Chella." E ele se foi.

TRILOGIA DOS ESPINHOS

EMPEROR OF THORNS

40

u mantive Brath em um trote suave, passando pela guarda da delegação das Ilhas Submersas e chegando cada vez mais perto do exército dourado que rodeava as delegações de Ancrath e Renar: Katherine, com os dois votos de meu pai, e eu, com meus sete.

Katherine saberia. De alguma maneira ela saberia, mesmo que não invadisse meus sonhos ela sentiria o cheiro de Chella em mim. Miana apenas balançaria a cabeça daquele jeito que a fazia parecer a mãe de alguém, em vez da criança que ela é. "Nunca me conte e nunca deixe que me contem." Isso é tudo que ela pedia de mim. E eu cumpri, até onde sei. Ela claramente merecia mais, mas seria preciso um homem melhor para dar mais.

Eu percebi um sorriso bobo em meus lábios e o apaguei. Minha língua doía e eu tinha linhas de fogo em minhas costas. Feridas de unha sempre doem mais do que o corte superficial de uma lâmina. Possuir Chella havia sido imprudente, mas minha vida inteira tem sido uma série de escolhas perigosas que acabavam tendo resultados melhores. Não que tenha sido uma escolha, não mesmo. Há horas em que percebemos que somos apenas passageiros, como todo o nosso intelecto e pontificação, carregados por aí em carne e ossos que sabem o que querem. Quando a carne encontra o fogo ela quer se retrair – e o faz, não importa o que você tenha a dizer sobre isso. Há vezes, quando um homem encontra uma mulher, que a mesma força age ao contrário.

Makin me acompanhou do fundo de nossa coluna até a carruagem de Holland.

"Você está deixando-os sozinhos para tramar agora?" Ele estava com a aparência desconfiada, como se soubesse que eu estivera aprontando alguma coisa.

"Uma impressão", eu disse. "Tenho a impressão de que eles não virão nos visitar. E se vierem..."

"Sentiu nossa falta, foi?" Makin chegou do lado, ombro a ombro, deixando no ar o cheiro do cravo-da-índia. Eu me preocupava por ele usar tanto, debilitando o verdadeiro Makin, mas eu não podia aconselhar ninguém. Kent, o Rubro, uniu-se a nós quando fomos mais para a frente da coluna. "Deu saudades?", ele ecoou Makin.

"Saudades de você? Você se lembra de Chella dos salões das leucrotas, do pântano. Quanto tempo você gostaria de andar na carruagem dela?"

Ambos os homens cavalgaram em silêncio por um minuto, olhando para os campos ao longe. Qual parte daqueles encontros eles poderiam estar visualizando, não dava para dizer. A carruagem de Holland apareceu à vista quando terminamos uma longa curva.

"Apenas o suficiente", disse Makin, respondendo minha pergunta esquecida. "Eu andaria com ela apenas o suficiente."

Kent estendeu o braço e levantou a gola de minha túnica de viagem, algo que ele não fazia desde que eu tinha dez anos, e certamente nunca desde que eu me tornei rei. "Picada de mosquito", ele sussurrou com aquela voz queimada dele e tocou o pescoço. "Um bem grande, pelo que parece, tipo aqueles que encontramos lá no Pântano de Cantanlona."

Eu subi no apoio para pés da carruagem direto da sela de Brath, sem fazer com que o cocheiro parasse.

"Sentiu minha falta, padre Gomst?" Eu bati a porta atrás de mim e me atirei entre Katherine e Miana, uma retirando rapidamente seu livro do caminho e a outra puxando meu filho para longe.

"Alguma vez Orrin contou a você sobre o dia que nos conhecemos na estrada, Katherine?" Eu não dei ao bom bispo a chance de me responder.

Ela fechou seu livro, um volume pequeno e surrado de couro vermelho. "Não."

"Humm. E eu pensando que havia causado uma impressão."

"Mas Egan contou, várias vezes. E Egan era um homem de poucas palavras", disse ela. Atrás de mim, William começou a se alvoroçar pedindo o peito.

"Ele disse que Orrin era um tolo por brincar com você, por deixá-lo viver, disse que ele o teria matado em três segundos."

"Bem, eu tinha apenas catorze anos", eu disse. "No fim das contas, fui eu que *o* venci em menos de três segundos. Em todo caso, eu estava com um amigo naquele dia que teria assado Orrin dentro de sua armadura como prêmio pela vitória. Portanto, mais uma vez, mesmo em retrospecto, Orrin foi a pessoa mais sábia ali."

Conforme a carruagem prosseguiu, peguei o anel de visão e o usei com facilidade para focalizar o Castelo Alto. Anos de observação como essa revelaram pouco sobre os planos de meu pai, a não ser para entender que eles não estavam escritos em letras de dois metros de altura e deixados sobre o telhado. Agora eu vi nuvens de fumaça passando sobre a cidade. Mesmo das alturas do céu dava para ver a obra negra dos fogos, espalhando-se sobre o Castelo Alto, sobre as ruas de Crath. Parecia que o Rei Morto estava queimando meu passado, assim como os Construtores pretendiam queimar nosso futuro. Se sua enchente negra se transformasse em uma maré, os Construtores acabariam com todos nós antes de tais magias abrirem um buraco no mundo.

Uma análise mais cuidadosa encontrou velas pretas no Sane e colunas marchando nas duas margens. Eu acompanhei o progresso delas. As legiões do Rei Morto já haviam passado por Gelleth. Se apertassem o passo dia e noite, havia a possibilidade de nos alcançarem antes dos portões de Vyene. Era difícil estimar o tamanho da horda, espalhada e solta pelas margens como estava, talvez dezenas de milhares. E outros poderiam se unir pelo caminho. Mesmo assim. Homens mortos contra cavalaria pesada e muros das cidades? Parecia uma jogada audaciosa.

"O que você vê?", Gomst perguntou enquanto eu fazia meus cálculos.

"Problemas."

Só de pensar naquelas coisas mortas marchando, pilhando os jardins de Ancrath, aquilo colocava uma lâmina fina entre minhas costelas e fazia-a girar. Eu me perguntei se até os túmulos de Perechaise haviam cedido seus mortos. Posso não ter impedido a horda do Rei Morto de chegar ao Castelo Alto, mas em outra época, ao lado da menina-que-aguarda-a-primavera e da sepultura em que enterrei Justiça, eu teria tomado tal posição.

Eu me recostei, com o olho doendo após mais de duas horas olhando pelo anel. Miana dormia, com nosso filho sobre seu peito. Eu pensei em meu pai sentado em seu trono, com o diadema de ferro sobre sua cabeça. O velho desgraçado estava morto? Eu não sabia o que fazer com aquilo. Não encaixava, não importa como eu encarava. Era eu quem devia matá-lo, acabar com ele. O destino havia me atraído a esse momento por todos esses anos... Eu esfreguei os olhos até doerem, inclinei-me para a frente, com os cotovelos nos joelhos, o queixo sobre as mãos. Papai não podia estar morto. Eu deixei o assunto de lado, para absorvê-lo quando parecesse mais palatável.

Do outro lado da carruagem, o bispo Gomst cochilava, com os cabelos grisalhos descabelados, a boca aberta. Osser Gant me observava, no entanto, calado e com o olhar atento. Chanceler de Makin, trazido por seu conselho, mas segurando a língua.

Nesse momento, pensei em Coddin, meu chanceler, apodrecendo no Assombrado, e em Fexler Brews perdido em suas máquinas, ambos com suas conversas de endireitar o mundo: Coddin querendo que eu quebrasse o poder das mãos ocultas, e a ambição de Fexler ainda maior, de girar uma roda inexistente e voltar à maneira como as coisas deveriam ser, fazer o mundo ser de novo como nos havia sido dado.

Dois Ancrath, o sábio dissera, dois para desfazer toda a magia, para girar a roda de Fexler! Um sorriso amargo contorceu meus lábios. Melhor eles rezarem, os dois, Coddin e Fexler, o moribundo e o fantasma, para que a profecia não significasse nada, pois só haveria um Ancrath em Vyene e ele não fazia a menor ideia de como consertar um Império Destruído, muito menos uma realidade destruída.

Havia mais em jogo nessa questão do que o poder e a influência de alguns feiticeiros, mais do que os encantos dos colegas de Sageous, homens como Corion e Luntar, que brincavam com vidas. A terceira opção de Fexler recaía sobre a restauração do que havia sido normalidade. Miguel e sua irmandade viam a carne como uma doença que podia ser extinta, assim cessando o movimento daquela roda e impedindo o mundo de se rachar. Fexler cogitava pensamentos maiores: ele acreditava que poderíamos reverter o que havia sido feito e salvar a humanidade do fogo que ele fizera desabar sobre nós uma vez.

Na verdade, eu estava levando meu primogênito ao local onde os Construtores começariam seu incêndio. Se Fexler estivesse tão enganado quanto Miguel sugerira, se ele não pudesse mudar a natureza da existência, Vyene arderia e novos sóis nasceriam no último dia da humanidade.

Nós estreitamos a distância até Vyene e o tempo se fechou à nossa volta, com o frio do fim do outono, a neblina do rio rejeitando o sol, chuvas persistentes, geladas e enfraquecendo os ânimos, transformando a terra em lama. O interior ficava mais severo a cada quilômetro que passava debaixo de nossos cascos. Nós encontramos vilas inteiras abandonadas, reavivando lembranças de Gottering e enchendo cada árvore de ameaças. A guarda descobriu covas recém-desenterradas, colheitas tardias achatadas no campo, maçãs apodrecendo nos galhos.

Viajantes passaram por nós, com os cavalos esbaforidos e andrajosos, e as pessoas em condições não muito diferentes. Todos eles contavam histórias das forças do Rei Morto, de seu ataque a Ancrath, sua passagem por Gelleth e agora a ameaça a Attar, abrindo uma fenda negra até o Império pelo caminho que havíamos percorrido apenas dias antes.

Pode-se dizer que a destruição e o desastre sempre vieram em meu encalço, mas nunca antes essa maldição havia sido tão evidente. Eu viajei a Vyene e o inferno seguiu meu rastro.

Nós paramos naquela noite na Cidade de Allenhaure e comemos à mesa em uma grande cervejaria que podia abrigar umas trezentas pessoas da Guarda Gilden. Em Allenhaure, pelo menos, à porta do coração do Império, nem o inverno nem a influência maligna do Rei Morto, por ora, deram as caras. Os habitantes trouxeram enormes coxas de carne assada em bandejas de madeira, cordeiro em crosta de alho, ervas e avelãs, e carne de boi sem enfeites e sangrenta. Cerveja também, loira com colarinho branco e grosso, em canecas feitas como barris de madeira amarradas com argolas e em canecas de vidro para a mesa principal. Eles pareciam genuinamente contentes em nos ver, um clima festivo por toda parte. Eu pensei, no entanto, se aquela festa toda não era simplesmente para que a guarda decidisse reabastecer seus suprimentos na cidade seguinte.

A cerveja tinha um sabor limpo, forte, e eu bebi demais, talvez para apagar as imagens da carruagem de Chella, que passavam e repassavam várias vezes em minha mente, fazendo-me sentir ao mesmo tempo sujo e querendo mais. Mais tarde, à noite, eu me inclinei por cima de Miana e peguei nosso filho do berço ao seu lado.

"Não o acorde, Jorg!"

"Fique quieta, vou levá-lo para dar uma volta. Ele vai gostar." William, ainda parecendo apenas meio-humano, como geralmente são os bebês novos, ficou imóvel de sono enquanto eu o coloquei contra meu peito, e pareceu imune a qualquer tipo de perturbação. Um arrepio frio passou por mim quando eu me lembrei de Degran em minhas mãos, sem vida, um boneco de pano. Eu afastei a lembrança, impedindo-a de me paralisar toda vez que segurava meu menino. A morte havia se extinguido de meu toque no dia que quebrei o cerco ao Assombrado.

"Pelo menos o embrulhe bem quente, leve o..."

"Cale-se, mulher." Para uma pessoa tão pequena, ela possuía uma quantidade infinita de aporrinhação. "Agradeça por eu não deixá-lo em uma encosta como os espartanos."

Eu o carreguei entre as fileiras da Guarda Gilden, todos curvados sobre suas carnes e cervejas, com as vozes elevadas em meia dúzia de canções. Perto das portas principais, abertas para ventilar o fedor e o calor das centenas de estradeiros lá dentro, eu avistei Gorgoth, inconfundível, do lado de fora à beira da luz da tocha. Eu saí, com William agarrado a meu peito.

"Gorgoth." Um nome gostoso de dizer.

"Rei Jorg." Ele virou seus olhos de gato para mim, com sua grande cabeça virando lentamente sobre o pescoço de tronco de árvore. Ele tinha uma seriedade em sua conduta, algo leonino.

"De todas as pessoas que conheço", eu me mexi para ficar ao lado dele e acompanhei seu olhar focado na noite, "de todas elas, desde que o nubano morreu, é a sua amizade, o seu respeito, que eu queria. E você é o único que não os dá para mim. Não é que eu queira porque você não dê, mas eu realmente quero." Talvez a cerveja falasse por mim, mas ela dizia a verdade.

"Você está bêbado", disse ele. "Não deveria estar segurando um bebê."

"Responda a pergunta."

"Não foi uma pergunta."

"Responda assim mesmo", eu disse.

"Nós nunca poderemos ser amigos, Jorg. Você tem crimes em sua alma, sangue em suas mãos, que somente Deus pode perdoar." Sua voz se distanciou de nós, mais profunda e mais sombria que a noite.

"Eu sei disso." Segurei William mais perto de meu rosto e dei uma cheirada nele. "Você e eu sabemos disso. O restante deles, de alguma maneira, se esquece e se convence de que isso pode ser descartado, ignorado. Só você e Katherine veem a verdade. E Makin, embora seja a si próprio que ele não consegue perdoar, não a mim."

Eu passei William a Gorgoth, pressionando-o para a frente até a leucrota levantar uma enorme mão de três dedos para recebê-lo. Ele ficou imóvel, com os olhos arregalados, olhando para meu filho quase perdido na largura da palma de sua mão.

"As pessoas me evitam. Eu nunca segurei um bebê", disse ele. "Elas acham que o que me corrompeu vai passar a seus filhos se eu tocá-los."

"E passa?", perguntei.

"Não."

"Então pronto."

Nós ficamos ali, observando a subida e a descida de um tórax minúsculo.

"Você está certo de não ser meu amigo", eu disse. "Mas você pode ser amigo de William, como já foi uma vez de Gog?" O menino precisaria de amigos. Homens melhores do que eu.

Um movimento muito lento assentiu com aquela cabeça enorme. "Você me ensinou isso. De alguma maneira, você me ensinou o valor de Gog." Ele ergueu William próximo de seu rosto. "Eu o protegerei, Jorg de Ancrath. Como se fosse meu filho."

TRILOGIA DOS ESPINHOS

EMPEROR OF THORNS

41

A HISTÓRIA DE CHELLA

"Não há lugar na pousada." Kai retorceu um sorriso para ela. "Allenhaure está cheia." Ele entrou de volta na carruagem, retirando as botas enlameadas.

"Cheia de...?"

"Da escolta do Rei Jorg", disse Kai.

"Então mande Axtis seguir até a próxima cidade", disse Chella.

"É um longo caminho até Gauss e os guardas são sempre bem-tratados aqui. Estou ouvindo rumores de descontentamento, como se houvesse homens de verdade sob todo aquele dourado e aquelas expressões sisudas."

"Não é problema meu. Vamos embora." No entanto, conforme ela disse as palavras, pareceu que talvez fosse problema dela. Ela sentiu primeiro, algo de errado no ar. "Espere."

Kai parou, com a bota quase de volta em seu pé. "O quê?"

Pelo comichar de meus polegares, sei que deste lado vem vindo um malvado... "Apenas espere." Ela ergueu a mão.

Algo de errado. Uma sensação seca e aguda de algo errado, como areia atrás dos olhos dela. A temperatura caiu, ou talvez seu corpo tenha apenas achado isso, pois sua respiração não fumegou.

"Lichkin." Kai sentiu também.

"Escondendo-se", disse ela. "Thantos."

"O que ele quer?" O aprumo de Kai desabava quando um lichkin se aproximava. Keres o aterrorizara. Thantos era pior.

"É um lembrete", disse Chella. Uma parte dela estava esperando que o plano fosse esquecido ou mudado, uma grande parte que crescia conforme a vida a regenerava. Ela amaldiçoou Jorg Ancrath e se armou de coragem para esta nova tarefa.

"Vá até a cidade, pegue uma carroça e mande carregá-la com barris de cerveja. Vamos acampar nos campos em direção ao rio. A guarda pode fazer sua festa."

Kai fungou. "Parece que vem chuva."

"Mande-os fazerem fogueiras. Eles não vão perceber a chuva por um bom tempo."

"A cerveja faz isso por você", Kai concordou. Ele não conseguiu sorrir, contudo, não com a morte à espreita, tão perto, deixando os nervos à flor da pele.

Chella pegou a bolsa no cinto de seu vestido. "Pegue isto." Ela pôs quatro pedaços pesados de ouro na mão dele, barras de Brettan.

"O que..." Ele cutucou o pequeno frasco de vidro preto na palma de sua mão em meio ao ouro. Pela mudança em seu rosto, ela soube que ele compreendeu.

"Água do Estige. Uma gota por barril."

...

"Que coisa seria." Chella segurou o cálice à sua frente, mexendo lentamente a cerveja, com a espuma quase inexistente, apenas ilhas em um mar escuro e enluarado. "Voar."

"Sim." Kai olhou para seu próprio mar escuro, e sua própria espuma eram ilhas espalhadas. Talvez aquilo o lembrasse de sua terra alagada.

Um longo silêncio. A chuva fraca não fazia barulho. Ao longe, aplausos abafados de Allenhaure, alguma celebração da guarda de Jorg.

"Eu quase voei." Kai pôs seu cálice de prata na mesa entre eles. "Uma vez."

"Como é possível quase voar?" Chella balançou a cabeça.

"Como é possível quase amar?" Ele olhou para o céu, sem estrelas e preto como uma Bíblia. "Eu estava na beira de uma rocha, em cima do Mar do Canal, onde as ondas batem nos penhascos brancos. E lá o vento sopra tão frio e constante que tira o calor de seu corpo e envolve seus ossos. Eu me inclinei na direção dele, sem nada para me segurar além do vento, e aquelas ondas escuras batendo muito lá embaixo. E aquilo me preencheu, como se eu fosse feito de vidro, ou de gelo, ou de ar, e a única coisa em minha cabeça fosse a voz daquele vento leste, a voz da eternidade me chamando."

"Mas...?"

"Mas eu não me soltei. Se tivesse voado, eu teria ido para longe de tudo que conhecia. Para longe de mim." Ele balançou a cabeça.

"E o que nós não daríamos para voar para longe de nós neste instante?" Chella derrubou seu cálice e se levantou enquanto o líquido se esparramava sobre a mesa. Por todo o campo, os homens da guarda estavam espalhados como se estivessem dormindo, deitados, alguns deles com suas armaduras douradas, na grama enlameada. Capitão Axtis acabou de costas, metade para fora de seu pavilhão, espada em punho, os olhos virados para o céu e cheio de chuva. De quase trezentos soldados, apenas onze não haviam pelo menos provado da cerveja de Allenhaure. O lichkin havia encontrado aqueles homens no escuro e fez seus jogos, primeiramente calando-os com o barulho da carne úmida se rasgando.

"Será que Thantos vai precisar dos outros também?" Kai afastou o braço branco de uma garota do acampamento, com o vestido encharcado, os cabelos escuros pela chuva, de cara na lama. Ele se levantou de sua cadeira e passou sobre ela para se unir a Chella.

Ela assentiu. "Eles irão até a floresta e se unirão à força do Rei Morto quando ele chegar."

Kai fechou sua capa. Uma bruma estava em torno deles até os tornozelos, surgindo do nada como se brotasse do chão, branca feito leite.

"Está começando."

A sensação de algo errado que a havia importunado a noite inteira, contorcendo-se como vermes sob a pele, agora se cristalizava em horror. Quando os mortos voltam, há uma sensação de tudo correr na direção errada, como se o próprio inferno os vomitasse.

Axtis foi o primeiro a se sentar, antes de seus homens, antes das putas mortas, dos meninos com as bandejas e panos de polir. Ele não piscou. A água correu de seus olhos, mas ele não piscou. Errado.

Por toda parte, os homens de armadura dourada se levantaram. A água do Estige não deixara marcas neles, a não ser nos poucos que caíram nas fogueiras, é claro. A água do Estige faz seu trabalho sem pressa, entorpecendo os sentidos, trazendo o sono, paralisando primeiro a voz, depois os grupos de músculos maiores. Por fim, a morte que ela oferece é uma agonia de músculos torturados lutando e fracassando. Chella tinha necromancia suficiente em seus dedos para saber que eles não morreram facilmente. A dor ecoava nela.

"Eu ainda não entendo", disse Kai. "Não vai demorar muito até que alguém descubra que há algo de errado com eles. E então toda aquela conversa de diplomacia vira apenas barulho. Teremos sorte de escapar sem sermos decapitados e queimados. É isso que fazem com gente como nós, sabia? Isso se você tiver sorte. Senão, queimam primeiro e depois decapitam o que sobra."

"O Rei Morto tem seus motivos", disse Chella.

"Tudo isso para espalhar o terror? Parece extravagante."

Chella deu de ombros. Melhor que Kai não soubesse dos motivos do Rei Morto. Ela mesma preferia não sabê-los. "Nós vamos cavalgar a partir de agora. Na sela."

"Quê? Por quê?" A chuva caiu mais rápida, mais forte, só para enfatizar seu argumento.

"Bem, você pode ficar na carruagem se quiser." Chella enxugou a água de seu rosto e cuspiu. "Mas Thantos estará lá dentro e os lichkin não são a melhor das companhias de viagem."

TRILOGIA DOS ESPINHOS
EMPEROR OF THORNS

42

yene é a melhor cidade da Terra. Eu podia estar errado, claro. Talvez na vastidão de Ling, ou além do Saar no coração de Cerana, ou em algum lugar nas poeiras dos hindus haja uma obra humana mais fabulosa. Mas eu duvido. A riqueza de um Império foi gasta em Vyene, ano após ano, século após século, em troca de pedra e talento.

"Incrível." Makin tirou seu capacete como se ele de alguma maneira pudesse prejudicar sua habilidade de absorver as glórias por todos os lados. Rike e Kent não disseram nada, estupefatos. Marten ficou por perto, do meu lado, parecendo um fazendeiro novamente, como se seis anos guerreando e liderando exércitos à vitória houvessem saído dele, assustados pela grandiosidade de nosso entorno.

"Lorde Holland seria um camponês aqui", disse Makin.

Das cidades que eu havia tomado no ano seguinte à minha conquista de Arrow, poucas tinham um único prédio que se comparasse às estruturas grandiosas que alinhavam nosso caminho até o palácio. Aqui, nobres do antigo Império haviam construído suas casas de veraneio, de todas as formas e tamanhos, de construções de mármore rosa a edifícios de granito que arranhavam as nuvens, todos competindo para impressionar o imperador, sua corte e uns aos outros. Meu bisavô havia sido um nobre desses, o Duque de Ancrath, arrendando as terras em nome do Império e como aprouvesse ao comissário. Quando o comissário morreu e o Império desmoronou em seus pedaços, vovô fez sua própria coroa, tomou Ancrath para si e se autointitulou rei.

Até mesmo em Vyene, no entanto, havia um nervosismo corrente pelas ruas. Mais do que a agitação do Congresso. Havia uma tensão no local, uma respiração presa aguardando ser solta. Fogueiras ardiam em becos e praças distantes, com cadáveres jogados às chamas por medo de que algo pior os levasse. As multidões que assistiam à nossa procissão estavam inquietas. Um guarda em um cavalo arisco perdeu seu capacete e os habitantes locais riram, mas soou estridente demais, à beira da histeria.

As estradas que levam ao palácio – há quatro delas – são tão largas que um homem não conseguiria atirar uma lança dos portões das residências de um lado até aqueles do outro lado. Nossa coluna passou pelo centro, com quinze homens de largura e trinta de comprimento, com as carruagens no meio e os vagões atrás. Os seguidores e os filões, incluindo a casa sobre rodas de Onsa, cheia de afeição negociável, haviam se dissipado nas fronteiras da cidade. Capitão Devers mandou avisar que nenhum indesejável devia se aproximar do Portão Gilden. Eu tive de rir daquilo. Tenho certeza de que uma casa sobre rodas cheia de prostitutas carregaria menos pecado através daqueles portões do que a Centena em seu melhor dia.

Eu prossegui e meu humor estava ficando pior. Eu fui para trocar uma coroa por outra, para substituir meu trono por uma cadeira menos confortável. Talvez encontrasse a terceira opção de Fexler Brews e ocultasse as rachaduras que atravessavam o mundo. Eu não sabia. Mas sabia que o Jorg que usasse aquela nova coroa, que se sentasse no maior trono, não seria diferente. Nem melhor. Nem mais capaz de se libertar de seu passado e dos espinhos que se afundaram demais.

O palácio do imperador fica no meio de uma praça tão grande que os casarões do outro lado parecem minúsculos. As quatro estradas convergem na cúpula do palácio, passando por uma área pavimentada desprovida de estátuas, chafarizes ou monumentos. Em dias normais, os cidadãos abastados podiam se reunir nesse espaço, gastando dinheiro em barracas e estandes aptos a atender a seus excessos. Perto do Congresso, os ventos de outono passam desimpedidos.

"Puta merda!" Makin interrompeu meus devaneios. Ele ficou de pé em seus estribos.

Até Sir Kent fez uma careta ao ouvir aquilo. Não gostava muito de blasfêmias desde sua conversão.

"Que linguajar!" Eu repreendi Lorde Makin. "Diga o que há de errado."

"Você teria visto por si mesmo se não estivesse montado em sua dignidade", disse ele, meio sorrindo mas ainda piscando com incredulidade.

Eu suspirei e fiquei de pé também. Ao longe, na metade do caminho até o palácio, uma estreita fileira de soldados de capa preta se espalhava de um lado a outro pela Rua Oeste. Havia algo familiar nos elmos com crista vermelha, na maneira como a armadura de chapa brilhante dava lugar a ridículas pantalonas listradas de azul e amarelo.

"Caralho, é a papisa." Eu me sentei novamente.

"A papisa?", perguntou Rike, como se não conhecesse a palavra.

"Sim, irmão Rike." A coluna começou a desacelerar. "Velha gorda, chapéu interessante, infalível."

Nós nos aproximamos, com os cascos batendo na estrada de pedra. A guarda papal esperava, impassível, com as alabardas em pé, os galhardetes balançando e as lâminas para o céu. O capitão Devers fez seus homens pararem diante da fileira. Atrás dos soldados da papisa, estava uma liteira, uma construção enorme e ornamentada, fechada em todos os lados para proteger contra o tempo e olhos curiosos. Os dez carregadores estavam em posição de sentido ao lado dos mastros.

"Sua santidade falará com o Rei Jorg." O guarda do meio gritou a ordem, talvez o líder do esquadrão, mas sem nenhuma marca diferente dos outros.

"Isto vai ser interessante." Eu desci de minha sela e andei em direção ao começo de nossa coluna.

Miana abriu a porta quando eu passei pela carruagem de Holland. "Faça isso direito, Jorg", ela me disse. "Da próxima vez, pode ser que Marten não esteja lá para salvar o dia."

Eu me virei, peguei sua mão e sorri para ela. "Conseguir este encontro me custou quarenta mil em ouro. Eu não vou desperdiçá-lo, minha rainha. Posso ser tolo de vez em quando, mas não sou idiota."

"Jorg." Um tom de advertência conforme sua mão deslizou da minha.

As fileiras da frente se abriram e eu me aproximei da guarda papal. O homem que me chamou à frente agora olhava intencionalmente para Gog, embainhada em minha cintura.

"Bem, leve-me até sua santidade, então. Não posso esperar o dia todo, tenho negócios a tratar." Eu acenei para a grande cúpula do palácio atrás dele.

Uma pausa e ele se virou para me conduzir através da fila. Nós chegamos à carruagem-caixa e três dos carregadores se apressaram à frente com cadeiras, dois carregando um amplo banco com estofado roxo e um com uma simples cadeira de ébano para mim.

Outro carregador apareceu e eles ficaram em dupla ao lado da porta da carruagem-caixa. Uma porta bem larga, eu percebi. Um quinto homem se apressou até o fundo e eu ouvi a porta oposta se abrir. Supus que sua tarefa era empurrar.

A porta mais próxima se abriu e uma imensidão de seda roxa, esticada sobre a carne balançando, começou a aparecer. Os carregadores esticaram os braços e pegaram braços curtos e mãos rechonchudas sobrecarregadas de anéis com pedrarias. Eles puxaram. O quinto homem empurrou. A montanha rosnou e uma cabeça surgiu, curvada para a frente, com o suor fazendo o fino cabelo preto se perder sobre o couro cabeludo carmesim. Um crucifixo de ouro pendia sob as pelancas e as dobras de seu pescoço, um troço pesado de um centímetro de espessura e trinta de comprimento, com um rubi no ponto de cruzamento pelo sangue de Cristo. Ele devia pesar mais do que um bebê.

E lá veio ela, a suma-pontífice, pastora de muitas ovelhas, como uma lesma arrancada de seu ninho. O forte cheiro florido de perfumes e óleos não escondia o ranço que surgia com ela.

Eles a sentaram no banco, transbordante. O guarda da fila ficou ao meu lado. Ele tinha aquela aparência, olhos claros, vigilantes, mãos marcadas por cicatrizes. Eu não deixei as pantalonas me distraírem. Homens vigilantes são para serem vigiados.

"Sua santidade." Pio xxv, se fosse para chamá-la pelo nome.

"Rei Jorg. Achei que fosse parecer mais velho." Ela não devia estar longe dos setenta, mas não tinha uma ruga. Tudo esticado pelo seu tamanho.

"Sozinha?", perguntei. "Sem cardeais, sem bispos presentes dançando? Nem mesmo um padre para carregar sua Bíblia?"

"Meu séquito é convidado de Lorde Congrieve em sua casa de campo, investigando relatos de irregularidades no convento Irmãs de Misericórdia, famoso por seu histórico de altos e baixos." Ela usou um lenço roxo para enxugar a saliva no canto de sua boca. "Eu vou me reunir a eles no momento oportuno, mas achei que uma reunião particular entre nós seria mais... propícia. As palavras que trocarmos aqui não aparecerão em nenhum registro." Ela sorriu. "Mesmo para uma papisa, que fala por Deus, não é tarefa simples contrariar a vontade dos arquivistas do Vaticano. Para eles, há poucos pecados maiores do que deixar as palavras de uma papisa se perderem." Outro sorriso e a dobra de muitos queixos.

Eu apertei os lábios. "Então, a que devo a honra?"
"Peço a Tobias para trazer vinho? Você parece estar com sede, Jorg."
"Não."
Ela fez pausa para uma gentileza ou explicação. Eu não ofereci nenhuma.
"Você está construindo uma catedral na Cidade de Hodd." Olhos escuros me observaram, como cassis enterrados no pudim pálido que era seu rosto.
"As notícias correm rápido."
"Você não é o único que fala com *Deus in machina*, Jorg."
Os Construtores fantasmas falavam com ela – Fexler havia me dito. Ele me contara que eles conduziam a Igreja contra a magia de todas as maneiras, tanto para que os padres não enxergassem seu próprio potencial para controlar a força das massas quanto para reprimir seu uso por outros. Qualquer tipo de fé que estivesse por trás de uma crença ou título podia amplificar a vontade da figura relevante a um grau assustador. Foi bom vê-la abatida pelo que ela considerava um segredo e um conhecimento sagrado.
"Por que construir a catedral agora?", perguntou ela.
"A catedral está em construção há mais de vinte anos", eu disse. "Minha vida inteira."
"Mas logo ela estará concluída e as pessoas esperarão que eu vá abençoá-la antes da primeira missa." Ela movimentou seu corpanzil no banco. "Eu recebi essa notícia em minha excursão a Scorron e vim aqui falar com você. Você deve saber por quê."
"Você se sente mais segura aqui", eu disse.
"Eu sou a vigária de Cristo, ando em segurança em qualquer lugar da cristandade!" Havia raiva em sua voz agora, mas mais fanfarra do que indignação verdadeira.
"Anda?"
Ela deixou isso passar, com os olhos frios sobre mim. "Eu ouvirei sua confissão, Jorg. E oferecerei perdão ao penitente."

"*Eu* vou me confessar a *você*?" Eu virei minha cabeça, estalando as vértebras de meu pescoço. "Eu a você?"

O guarda dela se aproximou meio passo. Eu imaginei que outros papéis ele desempenhava. Executor? Assassino? Talvez ele houvesse treinado com o manipulador de sonhos branquelo que visitou O Assombrado em nome do Vaticano.

"Você enviou um assassino atrás de minha mulher e de meu futuro filho." Em alguma escuridão interior, ventos frios se agitaram e a brasa de uma velha raiva brilhou outra vez.

"Nós caminhamos em um vale de lágrimas, Jorg, a única coisa que importa é como damos nossos passos."

"O que isso significa?" Será que eu devia assentir com sabedoria? Supor que a sabedoria dela ultrapassava a necessidade de significado?

"O enterro de seu pai será realizado em breve, sem dúvida. Ter a própria papisa para apresentá-lo ao paraíso durante a cerimônia faria um bem inenarrável à sua posição no Congresso. Sem falar na pequena questão da sanção papal sobre a herança."

"Ele realmente está morto?" Eu vi o rosto dele, sem emoção, olhando sua corte. Ele não pareceria diferente deitado no túmulo. Não pareceria menos humano.

"Você não sabia?" Ela ergueu uma sobrancelha pesada.

"Eu sabia." Eu o vi na ameia da torre mais alta, com o pôr do sol iluminando-o de carmesim e sombra, os cabelos ao vento. Eu o vi com minha mãe, rindo, longe demais para ouvir.

"Quatro dias. Foi o tempo que as defesas de Ancrath se seguraram sem ele. As criaturas do Rei Morto estão em marcha agora." Ela olhou para mim esperando uma reação. "Bem em seu encalço."

"E como você as impedirá, santidade?" Os mortos não iriam sitiar castelos, não reivindicariam terras, nem cobrariam impostos. O Rei Morto não governaria, apenas arruinaria.

"Nós iremos rezar." Ela se mexeu. "Este é o final dos tempos, meu filho. Tudo que podemos fazer é rezar."

"Seu filho?" Eu inclinei a cabeça, vendo o assassino de olhos claros sem olhar para ele. Olhos da estrada, é como chamam. Ver sem olhar. Eu respirei muito fundo e aquela brasa oculta ficou branca de tão quente.

Tobias mexeu seu pé direito, apenas uma fração. Ele sabia. A papisa contava apenas com os melhores. Ela achava seus guardas uma mera formalidade. Como tantos antes dela, apesar da evidência clara do rastro de corpos atrás de mim, ela pensou em me refrear apenas com convenções. Tobias, no entanto, conhecia meu coração e compartilhava de meu instinto.

"Você não é minha mãe, velha."

É difícil matar gente gorda com as próprias mãos. Elas carregam sua própria armadura acolchoada. Eu tentei estrangular Burlow, o Gordo, uma ou duas vezes. Até Rike achou aquilo um desafio. Tobias deixaria sua alabarda cair na hora que se mexesse para agir. Aquilo era um adereço, nada mais, outra peça de tolice papal, convenção. Ele pegaria sua faca, escondida em algum lugar. E eu pegaria a minha, sem tempo para espadas. E, apesar de todos os ensinamentos do irmão Grumlow, eu estava em uma cadeira de costas para ele, e ele estava de pé. Eu morreria antes que a cadela gorda gritasse, antes mesmo que eu a arranhasse.

"Seja bonzinho, garoto." Ela não ficou com raiva. Você não conquista os cardeais gritando. Ter a casca grossa, paciência, tempo, pressão inexorável, isto é o que leva até o traseiro mais pesado ao trono papal se o proprietário dele for suficientemente sagaz.

Eu pisquei. "Eles não lhe contaram a meu respeito? Murillo não bastou como indicação?" Mãos rápidas, é isso que importa em uma luta com facas. Mas mãos rápidas não importam se você está procurando sua arma enquanto os dedos do outro homem estão envolvendo a dele. Não desperdice sua velocidade no início do primeiro movimento. Tudo o que isso faz é anunciar que aquilo *é* um movimento. "Você mandou um assassino para matar..."

"Um rei governa pela vontade de seu povo." Apenas um toque de irritação agora. "As pessoas confiam em Roma para sua salvação eterna. Você tem idade suficiente para saber onde seus interesses residem. E os de seu filho. A catedral..."

Eu me inclinei para a frente em meu assento, sem pressa, como um ouvinte atento, depois estendi o braço, lenta, mas seguramente: hesitação é o que mata. Depois rápido. Arrancando o crucifixo do pescoço dela. Eu o atirei, com o máximo de força, rompendo-o em um arco e soltando-o para que voasse em linha reta e certeira. Tobias o pegou. O pegou direitinho entre os olhos, com um braço pesado da cruz atravessando sua testa, de modo que o negócio todo ficou pendurado ali enquanto ele caía. Agora minha faca. *Para tudo há o tempo certo, e há tempo para todo propósito sob o céu.* Lembranças dos padres do bispo Murillo brotaram enquanto eu enterrei a lâmina entre as dobras de gordura do pescoço da papisa. "Hora de morrer."

Ela atingiu o chão primeiro, depois Tobias, e depois a alabarda. Em seguida, por um momento muito longo, aqueles de nós que não estavam morrendo no chão ficaram ali olhando uns para os outros.

TRILOGIA DOS ESPINHOS

EMPEROR OF THORNS

43

"Capitão Devers, creio que estou prestes a ser atacado durante seu turno!" Eu gritei para ele, achando melhor adiantar o assunto em vez de mencioná-lo quando uns quarenta guardas papais começassem a tentar me perfurar.

Eu vi um movimento entre os capacetes dourados lá perto de nossa carruagem. Levaria pouco tempo até que Devers compreendesse a situação.

"Ah, por favor, eu acabei de matar a maldita papisa. Vocês *vão* me atacar, não vão?" Eu saquei Gog e sorri convidativamente para os guardas mais próximos. De pantalonas ou não, eles seriam mortais o bastante. Várias alabardas contra uma única espada ao ar livre não é competição. Eu comecei a recuar em volta do banco. Os carregadores se espalharam. Não eram devotos, aparentemente.

Ainda meio atordoados, os cinco guardas mais próximos de mim apontaram suas armas. Por toda a fileira, as alabardas caíram em uma onda, apontadas para mim.

"Esse homem está sob minha proteção!" Devers encontrou sua voz e impulsionou seu garanhão para a frente.

De alguma forma, aquilo galvanizou os soldados da papisa e eles avançaram, gritando com fúria incoerente. Até os carregadores pensaram em participar, vindo para cima de mim com os braços muito longos e muito musculosos, embora eu achasse que eles ficariam gratos por não ter de carregá-la mais.

A Guarda Gilden se apressou por trás e eu brinquei de "encontre o Jorg", pulando para lá e para cá do banco, costurando o caminho entre os carregadores, enquanto nós fazíamos uma boa matança à moda antiga.

Ela acabou cedo demais. Alabardas têm alcance maior que espadas, mas se estiverem apontadas na direção errada a luta será curta. Elas estavam apontadas para mim. Eles deviam ter prestado atenção à guarda.

Gog ficou presa na espinha de um homem e teve que ser puxada com ambas as mãos sobre o cabo e um pé no peito do camarada. Felizmente, ele era o último dos carregadores. Eu libertei a lâmina e me virei bem na hora que Makin me pegou pelo peitoral e me jogou no banco da papisa.

"Que diabos você está fazendo?"

Devers chegou ao lado dele, com a espada pingando. "Você matou a papisa!" Como se eu não houvesse percebido.

"Ela matou a si própria quando foi atrás de meu filho." Eu me recostei no encosto de madeira do banco, relaxando do aperto de Makin.

"Você matou a papisa", Devers disse outra vez, olhando para a bagunça ensopada de sangue que ela virou, com um carregador sem braço caído em cima de suas pernas sagradas.

"O que você precisa fazer, capitão Devers, é mandar seus soldados carregarem a carcaça dela nesta conveniente caixa atrás de mim. E enquanto eles fazem isso, e carregam todos os outros corpos para longe, você precisa tirar o Lorde Comandante da Guarda daqui."

"Eu desconfio que quando o Lorde Comandante Hemmet perceber o fogo que se alastrará da chama que eu acendi aqui, ele desejará que isso nunca tivesse acontecido. Desejará que a Guarda Gilden não houvesse massacrado o destacamento pessoal de soldados da papisa. E ele terá um grande interesse em saber que não há testemunhas sobreviventes de Roma. Tudo que acontece sem testemunhas nunca aconteceu de verdade."

"Em três dias, eu espero ser coroado imperador e aqueles que não me apoiaram viverão para se arrepender de sua falta de discernimento. Mas não por muito tempo."

"Se porventura eu não for coroado, estarei ocupado demais para deixar que isso me preocupe em demasia: reunirei um exército de nove nações para marchar até Roma para que eu possa reduzir aquele antro de corrupção a cinzas. Portanto, no fim das contas, se seu Lorde Comandante quiser evitar rios de sangue e se tornar um inimigo pessoal do próximo imperador por causa de uma papisa... ele dirá que Pio e seus guardas foram vítimas de um lichkin. Mande os restos mortais dela à Cidade do Vaticano e acabe com isso. Posso até sugerir um substituto..."

Makin me soltou, permitindo-me deslizar alguns centímetros para baixo do encosto do banco, da ponta dos pés até o calcanhar. Eu não havia percebido que estava quase fora do chão. "Isso não vai dar certo. Não dá para abafar algo assim."

"Olhe à sua volta, Makin." Eu estendi um braço. "Isto é uma terra devastada. Todo o mundo que importa está no palácio e ninguém está olhando para fora, isso eu posso lhe garantir. E os criados deles estarão trabalhando duro lá do outro lado." Eu acenei para as mansões distantes. "E as pessoas boas de Vyene estão se escondendo em suas casas. Até certo ponto porque não foram convidadas para a festa. Mas principalmente porque a Guarda Gilden está ocupada com seus deveres de escolta, sem deixar ninguém para protegê-los, e os mortos estão a caminho."

"Não importa. Alguém saberá. Alguém falará. Haverá rumores..."

"Rumores são bons. Rumores só dão uma vantagem às coisas, acrescentam um peso ao que eu tenho a dizer. Acusações... não tão boas. Ataques? Então é hora de marchar até Roma. E não se esqueça, um guarda mediano tem muito menos respeito pela Igreja do que pelas mulheres da casa itinerante de Onsa."

Aquilo o fez parar. A guarda realmente detestava qualquer coisa que cheirasse à influência de Roma nos negócios do Império. Ter a papisa em pessoa em Vyene, atocaiando membros da Centena sob escolta da guarda, deve tê-los irritado demais.

"Não pode dar certo." Makin balançou a cabeça.

"De qualquer modo, a vadia está morta." Eu o afastei. "Devers!" Eu estalei os dedos na frente do rosto dele. "Acorde, homem! Você se lembra do que eu disse? O Lorde Comandante – acobertamento ou derramamento de sangue. Sim? Dê um jeito ou então eu irei até Roma com a cabeça dela em um espeto."

Capitão Devers fez o aceno de um homem que não estava convencido de não estar sonhando. Eu passei por ele, pisando ao redor dos cadáveres. Nunca é uma boa ideia passar por cima de um homem caído. Você pode levar uma facada entre as pernas.

"Estarei no palácio se precisarem de mim."

Rike e Marten ficaram limpando suas espadas. O machado de Kent estava pendurado em sua mão, ainda carmesim. Ele parecia perdido.

"Se Deus fala com alguém, Kent, não é com aquela velha maligna ali. Essa fé que você encontrou, não foi na Igreja, foi? Você a encontrou na dor e no sangue. O que quer que tenha lhe tocado, não foi um padre de batina."

"O espírito sagrado me encontrou, Jorg. Jesus Cristo, ressuscitado, tirou-me da escuridão e resfriou minhas queimaduras." Nada de "rei" hoje, nem "majestade".

Eu não respeito muitos homens e Kent nunca teve a inteligência muito afiada, nunca foi sábio o bastante, nunca virtuoso o bastante para me inspirar. E seu novo credo, desde o fogo, parecia emprestado, o dogma de outros homens usado como escudo. Mas eu respeitava seus instintos como assassino e gostava da sinceridade do homem. E quem era eu para julgar? Eu havia fodido uma necromante e matado uma papisa na mesma semana.

"Preciso confiar em você, Kent." Eu abri os braços. "Preciso de um pouco dessa fé. Então ouça esse espírito. Escute bem. E se eu preciso morrer por meus crimes, que seja por obra daquele que me derrubará."

O vento frio soprou entre nós. E eu percebi que quis dizer cada palavra. Eu o desafiei, como desafiei a tempestade muito tempo atrás. Derrube-me. Eu vi Gretcha escorregando de minha lâmina, com uma leve surpresa em seus olhos, e desmoronando em uma pequena pilha de ossos e pele em roupas de criança.

"Se alguém tivesse feito isso por mim quando eu era criança, teria evitado muitos problemas para todo o mundo." Eu havia dito isso a ela. Eu disse isso à tempestade em uma noite de loucura no alto do Castelo Alto. Eu disse isso a Kent, o Rubro, com as mãos brancas naquele machado nórdico dele. "Faça-o!"

Kent soltou o machado. Balançou a cabeça. "Estamos nisso até o fim, Jorg."

Eu voltei à carruagem. Miana, com o bebê nos braços, Katherine, Gomst e Osser estavam todos do lado de fora, encolhidos em peles e capas contra as garras geladas do vento. Eles observaram minha aproximação através da guarda como se o fedor de meu delito já houvesse chegado até eles, uma mistura fria de horror e aversão naqueles rostos pálidos.

"Jorg? Nós ouvimos lutas... há sangue em você." Miana deu um passo em minha direção.

"Eu fiz direito, minha senhora. Como você me pediu."

"Você a matou." Katherine disse as palavras, não como acusação, mas para ouvi-las em voz alta, para ver se elas poderiam ser verdade.

"Ela morreu. A maneira é um assunto para se discutir, para um debate teológico. E daí? A mão de Roma apoia o povo deste Império ou o sufoca? E esse controle não tem ficado maior ao longo dos anos que Pio passou se esparramando sobre o trono papal? Chegou a hora de sangue novo, eu acho, de alguém que realmente acredite em Deus usar o chapéu mais ridículo da cristandade."

Eu passei o braço em volta dos ombros do bispo Gomst. "Hora de alguém que não queira ser papa ser o papa. O que você acha, padre?"

Ele olhou para mim. Eu não havia percebido quão baixo ele era, curvado prematuramente pelos anos e preocupações, ou talvez quão alto eu havia ficado. "Você realmente a matou?"

Eu abri um sorriso, embora ele amargasse, e disse: "Perdoe-me, padre, por ter pecado".

E o velho Gomsty, embora estivesse duro por causa da carruagem e com o coração doído, abaixou a cabeça para ouvir minha confissão.

TRILOGIA DOS ESPINHOS
EMPEROR OF THORNS

44

— CINCO ANOS ATRÁS —

"Vyene é a maior cidade do planeta." O guarda fungou novamente e enrugou o nariz. Eu provavelmente fedia mesmo. Havia sido uma longa jornada desde a costa de Liba. "Nós não deixamos qualquer um entrar."

A grandeza ou não da cidade ainda estava em debate. Até agora, eu havia passado por um monte de indústrias e sobrados, tavernas e mercados espalhados por quilômetros ao longo do Danub. Nada daquilo era particularmente bom ou grande, mas certamente próspero. A verdadeira Vyene ficava atrás dos grandes muros que no passado abrigavam a cidade inteira. E o guarda à minha frente tinha suas dúvidas se um jovem sujo da estrada como eu tinha direito de vê-la.

"Espero que você deixe viajantes entrarem se eles tiverem dinheiro para gastar." Eu abri a mão para revelar cinco cobres surrados de vários países. Uma inclinação de minha mão fez as moedas deslizarem e ele as pegou enquanto caíam.

"Não quebre nenhuma regra, senão vai quebrar a cara." E ele deu um passo para o lado.

Eu atravessei com meu cavalo. Mais de dez guardas estavam fazendo o mesmo tipo de controle de qualidade em outros candidatos e a maioria das conversas era pontuada por negociações ruidosas e prolongadas.

"Vamos embora." Eu puxei as rédeas. A égua – Hosana, como o vendedor a chamava – seguiu em frente. Só depois de montar um camelo, e em seguida uma égua de costas balançantes, é que você começa a perceber o quanto sente falta de seu próprio cavalo. Brath sempre fora um substituto temporário para Gerrod, mas eu me vi desejando que Yusuf tivesse cumprido sua promessa e tomado providências para que ele fosse levado de volta ao Castelo Morrow.

Uma forte chuva começou a cair ao meu redor enquanto eu rumava em direção à cidade velha de Vyene, com a água vomitando em torrentes das calhas altas. O verão havia começado a rumar para o sul. Nas baías frias dos jarls, o inverno estaria afiando suas armas, aguçando o vento norte e preparando sua chegada.

Hosana e eu encontramos abrigo do aguaceiro nos estábulos da primeira hospedaria que vimos. Isso pelo menos nos poupou da chateação de escolher um lugar para ficar. Eu passei as rédeas dela a um rapaz com palha no cabelo e saí para o saguão para garantir uma cama e uma banheira para lavar um pouco da sujeira da estrada. "Quero que ela esteja seca antes de chegar às cocheiras, senão vou tirar satisfação." Eu joguei uma moeda para ele.

A hospedaria fedia a lúpulo e suor. Uma dúzia de viajantes salpicados pelas mesas e cadeiras, talvez alguns bebedores diurnos entre eles. Eu peguei o braço do estalajadeiro quando ele passou com um prato de carne fumegante com molho. Não dava para saber que tipo de carne, cartilagem principalmente, e nervos, mas aquilo fez meu estômago roncar.

"Quero um quarto. Mande um prato disso aí se conseguir encontrar mais cachorros. Uma cerveja também."

Ele assentiu. "Pegue o sete. Fim do corredor. Expulse Elbert de lá, ele não paga mesmo."

E então eu acabei no sete em um colchão de palha, com certeza cheio de bichos, com o pinga-pinga da chuva lá fora e os gemidos de Elbert do lado de fora da porta enquanto ele recolhia as coisas que se soltaram quando ele bateu na parede. Comer, beber, cagar, dormir. De manhã, eu me limparia e gastaria um pouco de dinheiro para vestir algo mais próximo de minha função. Seria preciso mais que veludos e camurças para eu entrar no palácio, todavia. Ninguém lá acreditaria que o Rei Jorg de Renar fora sozinho aos Portões Gilden, sem arautos nem comitiva.

O corte em minha bochecha ainda doía. Um momento de descuido no porto de Mazeno, um marinheiro bêbado com uma faca. Com a cabeça deitada na palha, eu podia ouvir os insetos sugadores de sangue se mexendo, com os minúsculos pés secos fazendo cócegas sobre o lençol. As tábuas do teto seguraram minha atenção e meus olhos vasculharam os padrões em busca de significado até o sono me levar.

O conforto de fazer a barba com sua faca está em saber que ela foi amolada à perfeição. Fora isso, é uma chateação e deixa você coçando, não importa quão afiada seja a lâmina. Eu desci para tomar o café com o pão escuro da região e uma jarra de cerveja fraca. Do lado de fora, a rua estava iluminada pelo sol e o ar carregava o cheiro da geada.

Segui andando e entrando mais na cidade, deixando Hosana estabulada na estalagem. Os Braços de Olidan, para dar o nome completo; eu não havia percebido no aguaceiro que me levou até lá. O nome não era por causa de meu pai, é claro, mas por um dos comissários mais famosos que mantiveram Vyene em nome do Imperador Callin durante os anos que ele passou em campanha para expandir nossas fronteiras ao leste.

Crianças pedintes me seguiram, embora eu não parecesse ser endinheirado. Até na mais rica das cidades. Criancinhas loiras, muito possivelmente descendentes remotas de escapulidas de imperadores passados, morrendo de fome nas ruas.

Eu continuei até bairros mais exclusivos onde as autoridades locais afugentaram os pivetes e me lançaram olhares que diziam que fariam o mesmo por mim se eu fosse um pouco menos assustador. Depois de duas curvas e uma ponte, passando por casas cada vez mais imponentes, eu cheguei a uma das quatro grandes estradas que levam ao coração de Vyene: a Rua Oeste. Lá, ainda a quase dois quilômetros do palácio, encontrei casas comerciais que ladeavam as margens. Nada de tendas de mercado ou barracas de comerciante, mas casas grandes de pedra, revestidas de ardósia, abertas para a rua, com mercadorias expostas do lado de fora e salas lá dentro para negociar a venda.

Eu fui até uma dessas casas, de um alfaiate, com o nome do proprietário escrito em uma tábua de dez metros de comprimento entre as janelas do primeiro e do segundo andar. "Jameous da Casa da Folia", sem alusão a seu ramo, nem mesmo a imagem de tesouras para tecido. Se não fosse por um homem saindo pela porta de trás com dois rolos de tafetá sobre os ombros e outro saindo pela frente com uma sofisticada capa para casa em uma espécie de cabide, eu não saberia que tipo de negócio era feito ali. Ao contrário do coureiro ao lado e dos prateiros mais adiante, Jameous estava com as venezianas fechadas por causa do frio ou talvez por conta dos olhos dos curiosos. Afinal, não há nada como uma sensação de exclusividade para atrair dinheiro dos tolos. E sim, também fui atraído, embora eu pudesse alegar que foi minha necessidade que me atraiu. A necessidade de adotar a mesma plumagem dos galos empertigados da região, para que eu pudesse começar a desempenhar o papel de rei mais uma vez.

A porta, um negócio pesado de carvalho, havia se fechado atrás do homem que saiu com sua capa, ou melhor, com a capa de seu mestre, já que ele vestia trajes de criado, embora de corte mais refinado e em melhor estado que minhas próprias roupas. Eu me aproximei e dei uma batida.

A porta se abriu um pouco. "Esta é a Casa da Folia." A criatura que se dirigiu a mim parecia indecisa entre os dois sexos, com os olhos grandes, estrutura esguia e voz suave, mas com cabelos bem curtos e o peito plano. Uma mão se moveu para fechar a porta, como se simplesmente identificar o lugar fosse o suficiente para que eu fosse embora.

Eu coloquei meu pé na porta. "Eu sei disso. Está escrito em letras maiores que a sua cabeça logo acima de nós."

"Oh", disse a mulher. Eu decidi que era mulher. "Quem lhe disse isso?"

Eu empurrei a porta e entrei.

Um ambiente bem decorado, cadeiras estofadas onde dava para se afogar, um único tapete macio e grosso cobrindo o chão de parede a parede, lampiões de cristal queimando óleos que não faziam fumaça. Um homem grande, calvo, mais para gordo, estava com os braços levantados enquanto um segundo homem se movia em volta dele segurando uma fita métrica. Um terceiro camarada estava com um bloco, anotando suas medidas. Todos os três olharam em minha direção.

O homem que fazia as medições se endireitou. "E quem seria este, Kevin?"

Kevin se levantou do tapete. "Senhor, eu sinto muito, senhor... este... cavalheiro..."

"Eu entrei à força, digamos assim." Eu lhes lancei meu sorriso mais vencedor. "Eu preciso de algumas roupas apropriadas, e às pressas."

"Apropriadas para quê? Trabalhar?", o homem grande zombou. Kevin cobriu a boca para esconder um sorriso. "Ande logo, Jameous, bote-o para fora e vamos terminar com isso. Preciso estar na casa de Lorde Kellermin em uma hora."

Eu decidi ser ao menos meio civilizado. Afinal, eu estava na capital do Império, um lugar onde as ações de alguém tendem a repercutir, onde as palavras de alguém podem se espalhar. Eu peguei uma moeda de ouro e brinquei com ela de um dedo para o outro, passando por trás de cada articulação. "Não há necessidade nem possibilidade de me expulsar. Eu simplesmente preciso de roupas. Talvez algo que Lorde Kellermin possa aprovar."

"Faça-o sair. O homem é louco varrido e sabe Deus quem ele acabou de roubar para conseguir essa moeda." Manchas vermelhas apareceram no alto das bochechas do homem corpulento.

"Claro, conselheiro Hetmon." Uma rápida reverência ao conselheiro e Jameous bateu palmas, uma ordem como nunca havia visto. Ele virou-se novamente para mim. "Nós somos bem seletivos com nossa clientela, meu jovem, e eu posso lhe garantir que um conjunto completo de roupas adequadas para as recepções de Lorde Kellermin custariam mais do que um ducado, em todo caso."

A moeda girou, ouro sobre as juntas. Na Cidade de Hood, eu podia esvaziar uma alfaiataria com um único ducado inteiro.

Uma dupla de homens surgiu da traseira da loja, oficiais de alfaiate pela aparência, em túnicas pretas elegantes. Um segurava tesouras de plissagem e o outro uma régua de metro. Eu respirei fundo, daquele jeito que fingimos que nos acalmará. A qualidade custa caro. Boas maneiras não custam nada.

"Será que isto basta?" Eu peguei um punhado de ouro: dez, talvez quinze moedas. Há um peso naquela quantidade de ouro que lhe diz que aquilo tem valor.

"Chame as autoridades para esse aí, ele claramente matou alguém importante ou o deixou sangrando em uma viela." O conselheiro Hetmon deu meio passo em minha direção até perceber que não havia ninguém a postos para segurá-lo.

Calma.

Eu respirei fundo mais uma vez. Os dois alfaiates, com a tesoura e o metro, avançaram, cada um tentando ser mais lento que o outro, ninguém querendo chegar primeiro.

Já que o meio passo de Hetmon fez pouco para encurtar a distância entre nós, eu mesmo o fiz. Fique calmo, eu disse a mim mesmo. Com quatro passos rápidos eu o peguei pelo cinto e pelo ombro.

Um homem pesado, mas consegui atirá-lo com velocidade suficiente para que ele fizesse um buraco com o seu formato nas venezianas. Eu me virei para achar o menor dos dois alfaiates balançando seu metro em minha direção. Eu o deixei quebrar na couraça por baixo de minha capa. Atrás de mim, o restante da veneziana se soltou e caiu fazendo barulho. Acontece que não acato bons conselhos nem quando sou eu quem os dá.

"A seleção da boa clientela é com certeza uma prioridade", eu disse a Jameous. "Mas já que você parece não ter outros compromissos, talvez você possa me encaixar para uma consulta imediata."

O mestre alfaiate recuou, olhando para os fragmentos pendurados da veneziana. O ajudante com as tesouras as deixou cair prontamente; o outro parecia fixado pela ponta quebrada de sua régua de metro.

"Roupas!" Eu bati palmas para chamar um pouco de atenção, mas Jameous continuou a olhar para a rua.

Eu mesmo dei uma olhada, pensando se as autoridades haviam aparecido para dar uma mão ao conselheiro e testar minha paciência. Em vez das armaduras acolchoadas e porretes de ferro da polícia local, fileiras e mais fileiras de nórdicos barbudos passaram marchando, com o sol fraco brilhando nas cotas de malha, cores berrantes em seus escudos grandes e redondos, e capacetes com chifres cerimoniais dos dois lados. Eu cheguei à janela a tempo de ver o meio da parada se aproximando. Quatro figuras a cavalo e os guerreiros à frente deles rodeados por serpentões.

"Caramba!" Eu saí através da madeira estilhaçada. O conselheiro Hetmon saiu engatinhando rapidamente, mas eu perdera o interesse nele, e também em todas as minhas ambições com indumentárias. "Sindri!" Montado naquele capão branco dele, com um casaco de pele branco, os cabelos agora sem tranças e presos com um arco de ouro, mas era Sindri mesmo assim.

"Sindri!" Eu gritei para ele, logo quando os dois guerreiros que marchavam à frente de seu cavalo sopraram seu serpentões e abafaram todos os outros sons.

Por um instante pareceu que ele não ouvira, e depois ele virou seu cavalo, passando entre as fileiras, pondo os marchadores em desalinho.

"Que diabos você está fazendo aqui?" As palavras dele chegaram a mim conforme o som dos serpentões diminuiu.

"Eu vim ver meu trono." Minhas bochechas doíam com um sorriso que não precisou ser forçado. Era bom ver um rosto conhecido.

"Você está com uma aparência horrível." Ele desceu de sua sela, agitando as peles, alguma espécie de raposa do ártico, pela aparência. "A princípio, achei que você fosse um sarraceno. Um mercenário que não estivesse com muita sorte."

Eu abaixei a cabeça e olhei para mim. "É. Bem, acho que peguei algumas coisas na Afrique. Um belo bronzeado, para começar." Eu coloquei meu pulso escurecido perto de seu pulso pálido.

"Afrique? Você não para nunca?" Ele olhou para trás, para a coluna parada na rua. "Enfim, você precisa vir conosco. Pode cavalgar ao lado de Elin. Você se lembra de minha irmã Elin?"

Claro que eu lembrava. Visite-nos no inverno, ela havia dito. "Meu cavalo está lá na pousada", eu lhe disse. "E aonde vocês estão indo? E para quê? Ficou frio demais no norte?"

"Casar." Ele sorriu. "Ande comigo, se não estiver aquém da dignidade de um rei."

"Dignidade?" Eu sorri também e dei um peteleco em uma farpa em meu ombro.

Sindri reuniu-se a sua coluna a pé e eu tomei o lugar do guerreiro ao lado dele. "Minha dama." Eu acenei para Elin, pálida, de veludo preto, com os cabelos loiríssimos cascateando-se para trás.

"Você não conheceu meu tio Thorgard, e Norv, o Bruto, nosso vassalo do Vale Hake?" Sindri apontou para os outros cavaleiros, homens mais velhos, sérios, com capacetes e cicatrizes.

Eu bati o punho em meu peitoral e inclinei a cabeça, lembrando-me das opiniões desfavoráveis que tais homens tinham das gentilezas trocadas em Vyene. "E seu pai?"

"Suas obrigações o mantêm em Maladon. Coisas mortas surgindo das terras tumulares. Além disso, sua saúde está..."

"Um resfriado, nada mais." O irmão de Duque Maladon inclinou-se à frente de seu sobrinho.

A coluna recomeçou com um sopro dos serpentões. Nós seguimos marchando no silêncio de seu rastro. "Casar?", perguntei. "Com uma moça do sul?"

"Uma moça de Hagenfast, de boa estirpe viking. Dos aliados de meu pai, mas ela é bonita. Uma megera na cama."

Elin grunhiu do outro lado.

"Então vocês todos marcharam até Vyene...?"

Sindri levantou o braço e mexeu em um dos chifres de touro de seu capacete. "Nós somos tradicionalistas. Antigos em nossos modos. Nós mal nos libertamos dos antigos deuses três mil anos após o Cristo vir. No norte, qualquer casamento de grande importância precisa ser testemunhado pelo imperador e isso significa vir até a corte. Mesmo que não haja imperador. Ou comissário. Então aqui estamos."

"Bem, é bom ver você." E eu falei a verdade.

TRILOGIA DOS ESPINHOS
EMPEROR OF THORNS

45

— CINCO ANOS ATRÁS —

Eu fui ao Portão Gilden vestido com a capa e a túnica sobressalentes de Sindri, com botas de um ou outro de seus guerreiros e minha posição reconhecida pela Guarda Gilden por atestação de Sindri. O portão ficava bem para dentro do palácio e não era uma entrada, mas um rito de passagem. Eu sempre imaginara que o portão fosse alto, tivesse largura suficiente para um coche e cavalos, e precisasse de dez homens para abri-lo.

"É só isso?"

"Sim." Hemmet, o Lorde Comandante da Guarda Gilden, não entrou em detalhes. Ele deve ter se deparado com essa reação dezenas de vezes.

Nós ficamos, Sindri, seu grupo íntimo, Hemmet e eu, em uma antessala do tamanho da sala do trono de meu pai e decorada com mais pompa e mais bom gosto do que qualquer coisa que a maior parte da Centena pudesse almejar. E no meio da extensão da parede oeste, decorada com bustos de imperadores passados, todos de mármore branco, observando o tempo dentro de seus nichos, estava o Portão Gilden. Uma entrada modesta, na qual ficava um antigo arco de madeira, sem suporte. De carvalho, talvez, enegrecido pelo tempo, e com todos os relevos suavizados pela passagem dos anos.

"Por quê?", perguntei.

Hemmet virou seus olhos para mim, muito azuis, com rugas nos cantos. Ele coçou a barba branca em seu queixo. "Atravesse." Ele gesticulou com seu báculo oficial, um bastão de aço e ouro que terminava em uma crista estranha de línguas de veludo vermelho.

Eu dei de ombros e andei em direção ao arco, que tinha menos de três metros de altura e um pouco menos de largura. Nada até os dois últimos passos. Mais um e a agonia bruta de minha queimadura despertou novamente nas velhas cicatrizes por todo o lado direito de meu rosto. Ao mesmo tempo, a dor aguda e crítica da faca de meu pai penetrou meu peito mais uma vez, espalhando-se por minhas veias como ácido. E a caixa com estampa de espinho em minha cintura ficou tão pesada que me fez cambalear, puxando-me para baixo. Eu consegui me balançar para trás, com a mão sobre a cicatriz de minha queimadura, praguejando e cuspindo.

"Nada maculado pode passar", disse Hemmet. Ele guardou seu bastão em seu cinto. "Quando a Centena se reúne, nenhuma mágica pode ser levada para dentro, ninguém jurado pela mente pode entrar para influenciar a lealdade das pessoas, ninguém corrompido por poderes ímpios pode entrar para ameaçar seus colegas governantes com mais do que alguém deveria ter. Quaisquer influências exercidas sobre uma pessoa serão apagadas se elas conseguirem passar pelo portão."

Eu me endireitei e a dor passou com a mesma rapidez que surgiu. "Você podia ter me alertado." Eu enxuguei saliva e sangue do canto de minha boca.

Hemmet deu de ombros. "Eu não sabia que você era envenenado." Um homem grande, sólido para a idade. A meia-armadura dourada que usava mal pesava sobre ele. Uma peça deslumbrante, jogada sobre os ombros e passando por sua nuca onde ela subia até um capacete que mais se assemelhava a uma coroa.

"Tente você", eu lhe disse.

Ele entrou, virou-se e abriu os braços. Dava para ver que ele se importava pouco com a Centena, quer eles se chamassem de rei, duque ou de lorde. Havia muitos na Centena, mais nomes do que a maioria dos homens poderia trazer à mente, mas somente um Lorde Comandante da Guarda Gilden. Hemmet.

"Então vou ser deixado do lado de fora?" Eu tentei fazer aquilo não parecer um choramingo.

"Capitão Kosson lhe mostrará uma das passagens laterais." Hemmet sorriu. "É apenas no Congresso que você será excluído, ou se quiser dirigir um requerimento ao Imperador quando o trono for ocupado novamente."

E então eu tomei o caminho mais longo até a sala do trono imperial. Enquanto Sindri, Elin e os outros nobres imaculados eram conduzidos através do Portão Gilden, o pobre Jorgy teve de entrar pelos fundos como um serviçal. Kosson me levou por corredores escuros, segurando um lampião para iluminar o caminho.

"A maioria dos palácios pode pagar uma iluminação melhor." Era uma diferença muito grande do grandioso lar de Ibn Fayed.

"A maioria dos palácios é habitada pela realeza", respondeu Kosson, sem olhar para trás. "Ninguém mora aqui, a não ser alguns criados para espanarem o pó. A guarda entra e sai durante os anos entre os Congressos, mas nós somos soldados, não precisamos de lampiões a óleo em cada nicho. Sombras não assustam a guarda."

Eu estava prestes a dizer que talvez eles devessem se assustar, mas algo levou as palavras embora. "Não há nichos." Nenhum lugar para lamparinas, lampiões nem mesmo tochas, nenhum local para exibir estatuaria, bugigangas ou qualquer forma de riqueza como os nobres são propensos a fazer.

Kosson parou e olhou para cima. Seu olhar me conduziu a um pequeno círculo de vidro embutido na pedra branca do teto. "Luz dos Construtores", disse ele.

Agora eu as via, a cada dois metros.

"Elas não funcionam, no entanto." Ele deu de ombros e continuou a andar, com as sombras se balançando ao nosso redor.

"Este é um salão dos Construtores? Mas..." Não parecia ser possível. "Ele é tão... gracioso. A cúpula, os arcos e as antessalas..."

"Nem tudo que eles fizeram era feio. Este era um lugar de poder. Algum tipo de legislatura. Eles o fizeram grandioso."

"Eu aprendo algo novo todos os dias", eu disse. "Você acha que eles podem ter tido almas, portanto, esses Construtores?" Eu estava somente meio de brincadeira.

"Se for aprendizado que você procura, eu lhe mostrarei algo que a maioria dos visitantes não chega a ver." Kosson virou à esquerda para um corredor menor e depois de novo à esquerda.

"Isso é... incomum." Eu parei ao lado dele.

Um homem estava de costas para nós. Ele parecia estar correndo, mas não fazia o menor movimento, como se alguém tivesse o trabalho de vestir uma estátua muito bem feita com uma túnica e calça beges, amarrada na cintura. Em uma das mãos, um longo bastão, quase como uma vassoura, mas com um monte de fitas vermelhas na ponta, estranhamente familiar, e na outra um copo estranho, extremamente fino, meio amassado, com um líquido escuro derramando, indo a lugar nenhum. Aquilo me fez lembrar de gotículas de sangue explodindo de um crânio quebrado, penduradas para sempre no ar. Aquilo me fez lembrar de Fexler.

"Então vocês têm um Construtor em estase." Eu olhei em volta procurando algum tipo de projetor como o que havia congelado o tempo ao redor de Fexler. A seção do corredor parecia idêntica ao restante.

Kosson me lançou um olhar magoado por um instante, como uma criança com seu entusiasmo frustrado. "Sim, mas veja *quem* nós temos aqui!"

Nós contornamos o vidro invisível em volta do homem. Era assim que parecia. Vidro liso, frio ao toque, à beira do tempo que as horas e os minutos morrem para o nada.

"Viu?" Kosson apontou para um retângulo branco preso ao peito do homem, à esquerda. Parecia um pedaço de plastik e trazia a legenda "ZELADOR" em preto. "Isso significa que ele é o guardião, o protetor. Os guardas arquivistas têm livros que dizem o significado das palavras antigas."

"Ele parece mole para mim." Fraco, branco, com medo nos olhos.

"A força dos Construtores nunca esteve nos braços deles. Isso é o que o Lorde Comandante diz. Eu concordo com você, ele não é nada guerreiro. O Lorde Comandante rastreou seus antepassados até o primeiro zelador: este homem. Ele é o santo padroeiro da família."

E naquele momento entendi por que aquela espécie de vassoura do homem me pareceu familiar. "Aquele bastão que Hemmet usa. É copiado deste aqui, não é? É mais curto, mais bonito, mas é isso."

Kosson assentiu.

"Santo padroeiro, você disse?" Eu chupei meus dentes tentando entender essa. "Você está me dizendo que Roma canonizou um Construtor?"

"Isso você vai ter que perguntar ao Lorde Comandante." Kosson balançou a cabeça. "Vamos." E ele voltou pelo caminho por onde viemos.

Nós estávamos reunidos diante do trono, uma cadeira simples de madeira, com o encosto alto e resistente, um trabalho antigo, grosseiro. Aqui e ali, pontas brilhantes de flechas atraíam a atenção, nos descansos para os braços, nas pernas da frente, dos lados, achatadas sobre a madeira. A lenda diz que os reis dos Construtores se sentaram nesse mesmo assento, e o mesmo fogo secreto que corria dentro de suas máquinas corria em suas veias. O trono fora levado de navio, atravessando um grande oceano, muito tempo atrás.

"Você me ajuda a manter distância? Ficando aqui? Já que eu sou impuro." Eu parei alguns metros atrás.

Sindri sorriu e acenou para que eu continuasse. Elin me interceptou quando me aproximei, erguendo os dedos para tocar minhas cicatrizes. "O norte sabe como você ganhou suas feridas, Rei Jorg, e elas não são defeito algum."

O trono ficava em uma plataforma de dois degraus altos. A própria sala do trono chegava até a grande cúpula que cobria todo o complexo do palácio e ficava em um grande círculo rodeada por muitas câmaras.

"A cerimônia de casamento será realizada aqui, diante do trono, com uma guarda de honra de cento e cinquenta soldados, as tropas designadas para escoltarem cada um de seus antepassados ao Congresso", Lorde Comandante Hemmet disse a Sindri.

"Um padre de Roma pregando a palavra dentro do Portão Gilden", eu disse. "Isso deve irritar, não é, Lorde Comandante?" O desrespeito que a guarda tinha com a Centena não era nada perto daquele reservado à papisa e a seus subordinados, fosse cardeal ou coroinha.

"Jamais, Jorg. Os imperadores mantinham um padre particular que jurava não ser leal a Roma. Tais clérigos ainda estão disponíveis em uma igreja dentro do palácio. A papisa não tem influência dentro dessas paredes e sua corrupção da fé não chega até a guarda; nós nos atemos aos modos mais antigos. Eu duvido que o Portão Gilden permitisse passar qualquer padre com o fedor de Roma."

"Que bom", eu disse. "Eu mesmo me atenho aos modos antigos." E me aproximei de Elin. Seu cheiro era bom, de mulher e de cavalo, e o pescoço esbelto, os olhos malvados. Eu acenei para que Hemmet continuasse sua apresentação. Não que ele estivesse aguardando minha permissão.

"No Congresso, a Centena se divide em seus grupos de discórdia e eles se isolam nos salões de preparação." Lorde Comandante Hemmet abriu o braço para abranger todas as câmaras laterais. "Lorde Sindri e Lady Freya podem pegar uma câmara cada para abrigar seus respectivos grupos do casamento."

"Eles podem escolher quais?", eu perguntei.

"Perdão, Rei Jorg?" Ele tinha uma maneira de falar que fazia "rei" parecer uma palavra muito pequena.

"Eles podem ficar com qualquer câmara que quiserem? Deve haver trinta ou mais."

"Vinte e sete, e sim, eles podem ficar com qualquer uma", ele assentiu.

"Bem, vamos explorar então", Elin disse e pegou minha mão, levando-me em direção a uma passagem distante.

Eu ouvi Sindri rir atrás de mim. "Venha, tio Norv."

"E eu devo saber o que estou procurando?" Eu ouvi o tio grunhir atrás de nós. "É apenas um maldito quarto."

Nós fizemos uma boa caminhada até a primeira câmara. A sala do trono imperial caberia dentro da de Ibn Fayed, mas sem sobrar muito espaço, e eu a julgava mais antiga, convertida para este fim numa época em que o Império ainda estava no início.

Nós paramos diante de portas duplas de carvalho incrustado com pau-santo, com a marchetaria retratando duas águias confrontando-se pela linha divisória. A mão de Elin estava fria sobre a minha. Ela quase tinha a minha altura e sua brancura a tornava um pouco estranha, porém intrigante. Ela empurrou uma porta e me fez entrar.

A sala estava cavernosa e escura, iluminada em partes por luz vinda de pequenas janelas no teto, envidraçadas usando habilidades perdidas ou vidro roubado.

"Não há nada para ver", eu disse. "E, além do mais, é apenas um quarto, o que há para escolher?"

"E eu achando que isso fosse ideia sua, para início de conversa", disse Elin, passando por mim e me puxando para as sombras. Alguma coisa na maneira como ela roçou em mim acendeu uma chama.

Pensei em mandar Sindri e seu grupo embora à procura de um quarto adequado para ocuparem, de preferência com o Lorde Comandante a tiracolo, para que eu pudesse bisbilhotar o trono imperial em um momento de privacidade. Em vez disso, nós havíamos deixado Hemmet lá no trono e eu estava perdendo meu tempo com...

"Nós não temos muito tempo." Elin serpenteou seus braços em volta de mim, com os dedos fortes e finos amassando os músculos em minha coluna.

"Eu não quero que Sindri..."

Ela me beijou, desafiadora, ávida, interrompendo-me. Em seguida, afastando-me, disse: "Ah, cale-se, ele me conhece". Ela tirou sua capa de veludo.

"Eu preciso chegar até o..."

"Eu sei do que você precisa, meu rei." Ela puxou sua túnica por cima da cabeça, preta como pele de toupeira, em um movimento fluido que a deixou nua, exceto pela saia. A pele feito leite, mostrando apenas um leve rosa nas pontas dos seios fartos e pesados.

Era verdade. Ela realmente sabia do que eu precisava.

TRILOGIA DOS ESPINHOS
EMPEROR OF THORNS

46

— CINCO ANOS ATRÁS —

"Quem diabos é você?" Eu me afastei de Elin e a deixei encostada à parede, ainda ajeitando a saia.

"Um homem que vê o futuro." O intruso que, a julgar por suas roupas era um padre, observava-nos com olhos leitosos. Pelo bem da honra de Elin eu esperava que ele visse tão pouco quanto a catarata sugeria.

"Então você já sabe que estou prestes a repetir minha pergunta?"

"Eu sou o padre Merrin, da Igreja Livre de Adão."

"Você é quem vai casar meu irmão com a esposa de Hagenfast", disse Elin puxando sua blusa, notavelmente sem vergonha de si mesma, na verdade um tanto satisfeita.

"Sim", respondeu o padre Merrin.

Alguma coisa me incomodou, algo familiar em um homem olhando para os anos vindouros. Eu cocei a cabeça como se isso fosse ajudar em alguma coisa. Não ajudou.

"Podemos ajudá-lo?" Eu fiquei de olho para ver se Sindri e seu tio apareceriam à porta. Eles se mantiveram ocupados visitando os outros quartos. Elin disse que Sindri a conhecia. Eu esperava que ele aprovasse, como ela dissera que iria. Eu havia impedido Ferrakind de atiçar os vulcões deles, afinal. "O senhor precisa de alguma coisa?", eu perguntei.

"Creio que não", disse o padre Merrin. A luz do lampião que vinha do salão principal reluzia em sua careca e tornava cômicas suas orelhas, grandes demais, como as de qualquer homem velho. "Na verdade, eu vim ajudá-lo, Rei Jorg."

"Como assim?" Alguma coisa naquele homem me importunava. Eu duvidei que ele entrasse pelo Portão Gilden para realizar a cerimônia. Ele escolheria outra entrada. Parecia improvável que o portão o deixasse entrar tanto quanto a mim.

"Você está querendo procurar embaixo do trono, Jorg. Alguma coisa a ver com um anel que está carregando. Mas você não vê como fazer isso. Hemmet não permitirá que suba na plataforma. Você pensou em distrações que poderia causar. Cada plano mais louco e menos promissor que o anterior. Você até pensou em causar algum escândalo com esta dama aqui e tentar alcançar seu objetivo na confusão."

"Tudo verdade", eu disse. Elin me deu um soco no ombro. Com força. "E por que você quer me ajudar a fazer isso? O que vai acontecer quando eu usar o anel?"

Padre Merrin deu de ombros. Aquilo o fez parecer jovem, apenas um garoto vestindo todas aquelas rugas. "Eu não vejo muita coisa com estes olhos, apenas um vislumbre ou outro. Tudo que eu sei é que de algum modo isso fará o Lorde Comandante lhe dever um favor."

"E por que isso é bom para você?", eu perguntei.

"Isso também é turvo e distante", ele disse. "Mas o apoio do Lorde Comandante Hemmet e a certeza de que sua proteção dá irão lhe ajudar em alguma decisão tomada daqui a anos. Essa decisão ajudará a Igreja Livre – e o que ajuda a Igreja Livre enfraquece Roma e ajuda as pessoas."

"Ajuda as pessoas?" Eu peguei o anel de visão de dentro do justilho que Sindri me dera e o girei diante dos olhos de Elin. "Ah, bom. Se isso for realmente necessário."

Eu gesticulei para que o padre conduzisse o caminho. "Vá em frente", eu disse, lembrando que ele era cego.

Sindri, seu tio e vassalo haviam reencontrado o Lorde Comandante e o capitão Kosson perante o trono.

Sindri gritou para nós enquanto nos aproximávamos. "Você encontrou um bom quarto para nós, Jorg?"

"Bem, eu gostei." Nós dois sorrimos, como meninos travessos no colégio. Nem ele nem eu estávamos realmente casados ainda e crescer podia esperar um pouco.

"Lorde Comandante", disse o padre Merrin, com a voz projetando a entonação das preces. "É necessário que o trono seja posto de lado por um curto período."

Hemmet fez uma careta, como se a ideia de ser tocado, muito menos mudado de lugar, o perturbasse. "Tem certeza, padre? É uma de suas visões?"

Padre Merrin assentiu. Careca, magro em sua batina, com orelhas grandes como alças, eu acha difícil levá-lo a sério, mas ele tinha influência com o Lorde Comandante. Hemmet bateu palmas e quatro guardas apareceram trotando por uma entrada distante.

"Leve o trono... para lá." Ele os observou pegá-lo. "Cuidado. Tenham respeito."

"E o tapete também", disse o padre Merrin.

O Lorde Comandante ergueu as sobrancelhas ainda mais com aquilo, mas acenou para seus homens prosseguirem. Dois deles enrolaram a tapeçaria pesada, uma peça grossa de estampas complexas feitas de seda, que cintilava com a iridescência da asa de uma borboleta.

Uma chapa de cobre, redonda, com um palmo de largura, jazia pregada ao chão no ponto onde o trono estava. Eu dei um passo à frente para subir na plataforma. Ao meu redor, os guardas se empertigaram, tensos, prontos para intervir.

"Permita isso, Hemmet", padre Merrin disse sem se exaltar.

O Lorde Comandante puxou uma longa respiração e a soltou em um suspiro. Ele acenou para que eu continuasse, com um gesto desdenhoso, como Merrin sabia que ele faria. Deve ser um inferno conviver com os jurados pelo futuro.

Eu mantive o anel de visão escondido em minha mão e me ajoelhei ao lado da placa de metal. Nada de alça ou dobradiça, nem fechadura. Eu me lembrei da porta da torre da mathema e simplesmente segurei o anel sobre o cobre, bem debaixo da minha palma. Após um instante de calor, um Construtor fantasma brotou acima de mim. Eu puxei minha mão para trás. Feito em tons claros como todos os outros, esse fantasma parecia familiar. Não era Fexler, nem Miguel, mas...

"Zelador!" Lorde Comandante Hemmet caiu de joelhos. Os guardas em volta dele seguiram seu exemplo.

O Zelador ficou calado por um tempo. Ele piscou, franziu a testa e se afastou uns trinta centímetros do disco de cobre, talvez mais. Um leve ruído de vibração do anel e lá estava Fexler. Os fantasmas cruzaram olhares, com as sobrancelhas franzidas por concentração ou por fúria, deram as mãos... e desapareceram.

"Extraordinário!" Lorde Comandante Hemmet apertou as palmas das mãos contra os olhos. "O que aconteceu? Havia dois santos? Eles estavam brigan..."

Todas as luzes se acenderam. Cada luz dos Construtores acordou ao mesmo tempo e a cúpula acima de nossas cabeças cintilou como céus estrelados. A luz ofuscava tanto que era preciso semicerrar os olhos e fazia as chamas dos lampiões a óleo invisíveis, como se estivéssemos do lado de fora no alto verão.

"As luzes...", disse Norv, o Bruto, como se pudéssemos não ter percebido.

Antes que outras constatações do óbvio pudessem ser feitas, portas de aço brilhante começaram a descer dos recessos acima de cada entrada, menos do Portão Gilden. A ação veio acompanhada de um barulho alto que me fez ranger os dentes, como o som de pregos se arrastando na lousa de Lundist.

"As portas...", disse Norv. Eu resisti à tentação de dar um tapa em sua cabeça.

Demorou uns dez segundos para as portas se fecharem, metal sobre a pedra, e sem parar elas começaram a se abrir com a mesma velocidade. Guardas entraram com tudo quando as portas se levantaram, tendo sido chamados pelo ruído do mecanismo. Durante alguns minutos, soldados correram para lá e para cá, em várias missões definidas pelo Lorde Comandante para determinar que nenhum ataque estava acontecendo, ver que outras mudanças podem ter sido causadas, acalmar os criados, tranquilizar as mentes de outras unidades de guarda e afins.

Todo aquele frenesi parou completamente quando eles trouxeram o Zelador, o homem de verdade cujos dados fantasmas nós havíamos visto antes de Fexler levá-lo embora novamente. Ele veio escoltado por quatro soldados da guarda e outros se aglomerando atrás, sem disciplina, como crianças curiosas perseguindo um estranho na feira. Fexler havia rompido a estase do Zelador.

"Que coisa", eu disse. Para o grupo de Sindri, o Construtor era um estranho com roupas estranhas carregando um bastão com um monte de fitas curtas vermelhas na ponta. Eles teriam de ser espertos para reconhecê-lo pela rápida olhada em seu fantasma na plataforma. Para os guardas, porém, uma lenda andava entre eles. Para Lorde Comandante Hemmet, um santo se aproximava, seu ancestral venerado e uma parte da base de sua autoridade. Hemmet ergueu a mão e o burburinho cessou. "Bem-vindo, Zelador! Bem-vindo!" Havia um amplo sorriso em seu rosto.

O Zelador parecia desnorteado e talvez assustado, mas ele havia dormido por mil anos, eu supus, então ele tinha o direito.

Uma pausa e depois ele falou. Mas não sei em qual idioma. Uma língua dura, gutural, que parecia estar à margem da compreensão. Eu entendi uma palavra que parecia com "alerta": ele a disse mais de uma vez.

"Talvez ele fale outra língua", eu disse. "Eu li que havia muitos idiomas entre os Construtores e quase o mesmo número pelo Império quanto há reinos. E, mesmo que fale a língua do Império, pode ser que ela tenha mudado ao longo dos séculos. As coisas mudam, nada fica parado, muito menos as palavras."

Hemmet fez uma careta para mim, mas a raiva não durou muito, como uma nuvem sobre o sol. "Você fez isso, você o despertou, trouxe a luz de volta ao palácio. E eu não esquecerei disso, Rei Jorg." Ele pôs a mão no ombro do Construtor e depois ficou ao seu lado, com o braço em volta dele, protegendo-o. "Eu falarei com o Zelador em particular. Capitão Kosson, conceda a nossos convidados todas as cortesias possíveis e acompanhe-os na saída do palácio quando suas necessidades forem atendidas."

E Hemmet nos deixou, levando seu santo consigo.

Eu me abaixei e peguei o anel de visão. "Bem, padre Merrin, você estava certo. Hemmet me ama agora." Eu franzi a testa. "Achei que alguém houvesse me dito... Eu pensava que não era possível dizer a um homem seu futuro, pois dizê-lo o faz mudar."

Merrin sorriu e virou aqueles olhos leitosos para mim. "Depende do futuro, Jorg, e do quanto você lhe conta. Minhas visões são tão confusas que há poucos detalhes a contar."

"Então o que mais você pode me contar sobre meu futuro, padre?" Eu me aproximei para que o que restasse da visão dele pudesse me enxergar.

"Nem queira saber, Jorg", disse ele. "O futuro é um lugar sombrio. Todos nós morremos lá."

"Conte-me assim mesmo."

E talvez por saber que eu insistiria – *esse* futuro era bem claro para nós dois – ele respondeu: "Você irá matar e matar mais, cometer os piores atos, trair aqueles que deveria amar, destruir seu irmão e trazer ruína a todos nós".

"Nenhuma grande mudança, então?" Eu ignorei a expressão no rosto de Elin e de Sindri. A decepção afiou minha língua. Eu achei que pudesse crescer, ser melhor, ser mais. "Diga-me, padre." E aqui eu usei "padre" como se acreditasse. "Por que todos os homens importantes não encontram para si um vidente jurado pelo futuro para planejarem o caminho para a glória?"

Uma calma tomou conta do homem. O tipo de arrependimento que não dá para fingir. Ele falou com um humor suave, autodepreciativo, mas eu sei que falou a verdade. "Prever o que será não é diferente de abusar de si mesmo. Assistir a si passando pelas possibilidades, acompanhar a verdade através de todas aquelas reviravoltas, pode impedir seu crescimento, mesmo que só um pouco." Eu pensei em Jane, minúscula e mais velha que Gorgoth. "Ou fazê-lo ficar cego." Sua catarata parecia opalina à luz dos Construtores. "E se você olhar longe demais, se você procurar o que nos aguarda no final..."

"Diga-me."

Padre Merrin balançou a cabeça. "Arde."

E por um instante eu vi uma mão sem pele segurando uma caixa de cobre.

TRILOGIA DOS ESPINHOS
EMPEROR OF THORNS

47

om o corpo da papisa caído em meio à carnificina, nós prosseguimos para o palácio do imperador, uma grande cúpula feita de milhares de blocos enormes de arenito, encaixados uns aos outros sem argamassa, apenas com a gravidade para mantê-los no lugar. Cem guardas de minha comitiva ficaram para cuidar dos mortos enquanto o capitão Devers ponderava suas opções.

"É grande." A eloquência de Makin, desaparecida nos portões da cidade, ainda não havia voltado.

"Como seria ter vindo aqui à frente de um exército. Ter cem mil lanças atrás de mim. Simplesmente tomá-lo, em vez de buscar aprovação."

Nenhum deles respondeu. Havia apenas o puxão gelado do vento e o barulho dos cascos sobre a pedra.

Naquela longo e lento percurso pela grande praça de Vyene, a morte de meu pai finalmente me atingiu. Ela havia sido comunicada aos poucos. Um fantasma mostrado pelo lichkin, um sonho do Castelo Alto invadido, as comiserações de um clérigo. Nada tão sólido ou repentino quanto vê-lo cair, olhando para seu cadáver abaixo. Nada tão definitivo ou condenatório quanto desferir o golpe que o liquidasse, enxugando o sangue de minhas mãos como se ele nunca fosse sair.

Eu me senti... vazio. Sua morte havia me tocado como um martelo toca um sino e eu soei com ele, um som partido indicando uma época partida.

"Nada pode ser corrigido, irmão Makin."

Makin olhou para mim. Não disse nada. As palavras mais sábias.

Eu poderia ter posto as mãos em volta do pescoço daquele velho. Estrangulado e visto a luz morrer em seus olhos. Gritado minhas reclamações, ralhado contra velhas injustiças. E eu teria ficado tão vazio quanto. Nada sairia certo daquilo.

Eu corri o dedo sobre a mão que segurava as rédeas, descendo até as cicatrizes em meu pulso. "Eu poderia tomar o trono maior. Os padres escreveriam meu nome para a posteridade. Mas o que os espinhos escreveram aqui, essa é a minha história, o que me foi tomado, o que não pode ser mudado."

Makin franziu o rosto e ainda não tinha resposta. Que resposta há?

Meu nome para a posteridade? *Que posteridade?* Marco Onstantos Evenaline da Casa Ouro havia sido um teste. Nem o início, nem o fim. Um teste com o qual aprender. Durante anos, Miguel e os outros de sua ordem ficaram posicionando suas armas. Os fogos dos Construtores, os venenos e as pragas. E aqui estávamos nós, os novos homens, nascidos das cinzas e abrindo as rachaduras do mundo conforme brincávamos com nossas mágicas, com os brinquedos que o pessoal de Fexler havia nos deixado. Se rachássemos um pouco mais, seguiríamos o aviso de Miguel: os fantasmas de nosso passado ressuscitariam, trazendo uma solução definitiva para todos os problemas. E o que me acompanhava? O que vinha em meu encalço? Um exército de mortos, um bando de necromantes atrás de mim e rumando para

Vyene. Uma cunha grande o bastante para rachar todos nós. Não me admira a cegueira do padre Merrin. Nosso futuro era brilhante demais para ele. A chuva caía, uma garoa fria de outono, sem desafio. Ela encheu meus olhos. Eu deixara os espinhos me segurarem, tomara o que eles me ofereciam e perdi o primeiro de meus irmãos. Sangue do meu sangue, sua proteção havia sido a primeira obrigação que eu impusera a mim mesmo. Eu o traí e o deixei morrer sozinho. Embora não houvesse preço que eu não pagasse para desfazer esse mal, nenhum imperador teria o dinheiro para consertá-lo.

O domo do palácio, antes tão distante, engolfou-nos em sua sombra. Eu espantei aquelas lembranças e deixei mãe, pai e irmão para trás na chuva.

Em volta do perímetro do palácio, havia mais de uma dúzia de entradas baixas, com aberturas altas o bastante para passar um homem a cavalo e largas o suficiente para trinta. Os guardas estacionavam ali conforme cada um da Centena chegava e seus protegidos se separavam para ocupar os salões atrás daquelas aberturas. Se algum inimigo ameaçasse – talvez eu, com minhas cem mil lanças –, eles atacariam para defender o Congresso.

Marten bateu em meu ombro e apontou para o oeste. Uma coluna de fumaça subia, inclinada pelo vento – fumaça preta.

"Há muitas chaminés em Vyene", eu disse.

Marten mexeu o braço para uma segunda coluna, mais adiante, subindo para se unir à nuvem negra. Eu me perguntei se já havia mortos reunindo-se na entrada da cidade, recém-despertos, talvez à frente do ataque do Rei Morto. Mesmo os mais ágeis em sua força principal deviam estar a um dia ou mais de distância. Ainda assim, uma estranha nuvem de fumaça pairava sobre aqueles telhados distantes. Será que as partes externas da cidade estavam em chamas?

"Talvez alguém tenha chegado antes de mim e trazido um exército", eu disse.

As estações das guardas em torno do palácio são preenchidas em ordem, começando pela mais longe da entrada principal. Nossas centenas se enfileiraram na mais próxima dos portões reais. Talvez a delegação das Ilhas Submersas atrás de nós fosse a última da Centena a chegar. Alguns dizem que ser o primeiro a atravessar o Portão Gilden no Congresso é cair nas graças de imperadores mortos. Os mais práticos dizem que isso dá dias extras nos quais influenciar seus colegas governantes e fortalecer sua facção. Eu acho que isso só lhes dá tempo de se encherem de olhar para você. Em minha visita anterior, tive de aguardar do lado de fora da sala do trono, maculado demais para ser admitido, e o único vislumbre que a Centena teve de mim foram os olhares terríveis que eu lhes lançava através do Portão Gilden.

Nós desmontamos dos cavalos. Osser Gant surgiu de dentro da carruagem, depois Gomst e Katherine desceram, e Miana com William, enrolado em peles para protegê-lo do vento. Diminuídos pela boca cavernosa do Portão Real, nós marchamos para dentro, com apenas um guarda de honra entre dez soldados de dourado para nos guiar. Capitão Allan os comandou, já que Devers ficou do lado de fora em consideração à carcaça da papisa.

Os portões cerimoniais estavam abertos, coisas monstruosas de tábuas enegrecidas pelo tempo presas com latão. Seria preciso cem homens para fechá-los – se as dobradiças estivessem lubrificadas. Nós os atravessamos e caminhamos pelo Hall dos Imperadores onde cada homem era lembrado em pedra: pais, filhos e avôs, usurpadores, bastardos regenerados à grandeza, assassinos e caudilhos, pacificadores, construtores de impérios, cientistas, estudiosos, loucos e degenerados, todos representados como heróis, de armadura, segurando os símbolos de seu governo. Luzes dos Construtores, uma centena de pontos brilhantes no teto, transformavam cada estátua em sua própria ilha iluminada.

"E você quer ficar no fim dessa fila?", Katherine falou ao meu lado. Eu não a ouvira se aproximar.

"Orrin de Arrow queria", eu disse. "Minha ambição é menor que a dele?"

Ela não precisou responder.

"Talvez o Império precise de mim. Talvez eu seja o único homem que possa salvá-lo de afundar no horror ou de arder na fogueira de seu passado. Você já pensou nisso? Mande um ladrão para apanhar um ladrão, eu lhe disse uma vez. Agora eu digo que mande um assassino para impedir o assassinato. Combater fogo com fogo."

"Esse não é seu motivo", ela disse.

"Não."

E nós chegamos ao fim das estátuas, passando o Imperador Adão III, passando Honório em sua cadeira de comissário, sério, olhando para o infinito. Mais adiante, estava uma antessala com mais guardas e, pelo visto, outros viajantes.

"Suas armas serão tomadas de vocês e guardadas em segurança com o maior respeito." O olhar do capitão Allan direcionou-se a Gog em meu lado e depois piscou nervosamente na direção de Rike. "Vocês estarão sujeitos a várias revistas, necessárias para o ingresso na sala do trono durante o Congresso. Se vocês não passarem pelo Portão Gilden antes do voto final, as revistas não precisarão ser repetidas. É claro que vocês compreendem que essas precauções garantem sua segurança, bem como a de outros delegados."

"Você se sentiria seguro, desarmado, perto do Rike aqui?" Eu acenei para Allan na direção de Rike.

"S-suas armas serão..."

"Sim, nós entendemos." Eu olhei para além dele. "Por Deus, será que aquele... aquele é... Raiz-Mestra! Venha para cá, seu velho malandro!"

E, separando-se do grupo à frente, veio o doutor Raiz-Mestra, com seu inconfundível andar rápido e errático, os braços voando para cima e um largo sorriso no rosto estreito. "Vejam só! Se não é o Rei Jorg em carne e osso! Senhor de nove nações! Meus pêsames por seu pai, meu rapaz."

"Seus pêsam..."

"Suponho que você quisesse matá-lo com as próprias mãos, mas o tempo faz o que quer conosco, nós ardemos na fogueira do tempo. Olhe para mim." Suas mãos se agitaram perto de suas têmporas. "Ficando grisalho. Cinzas, estou lhe dizendo. Ardendo na fogueira do tempo. Observe-me."

"Eu estou observando-o, meu velho."

"Velho? Vou lhe mostrar quem é velho! Eu..."

"E por que você está aqui, doutor?", perguntei.

"O circo está na cidade?" Rike assomou atrás de nós, enorme e esperançoso. Nós dois o ignoramos.

"É o Congresso, Jorg. A cada quatro anos, um homem que sabe das coisas tem muita procura. Tem, sim. Uma procura lucrativa. Observe-me! Eu sou pago para cochichar. Cochichar que esse duque gosta de garotos, que aquele lorde tem uma irmã casada lá, que esse rei acha que sua linhagem descende de Adão I. Pequenos cochichos de ouro para ouvidos ávidos. Observe-me! Quem me dera fosse assim todos os anos, o ano todo."

"Você ficaria entediado sem seu circo, Raiz-Mestra. Homens entediados murcham e morrem. Viram combustível para a fogueira."

"Mesmo assim, é bom ser requisitado de vez em quando. É bom ficar por dentro." Suas mãos fizeram formas abstratas, como se ele pudesse desenhar seu conhecimento no ar.

Eu estendi a mão rapidamente – é preciso ser rápido com Raiz-Mestra – e peguei seu ombro. "Vamos ver exatamente quanto você sabe, sim?"

Raiz-Mestra olhou para mim, imóvel desta vez, sem um único tremor.

"Seja meu conselheiro. Um dos representantes de meu pai teve um acidente. Você pode substituí-lo."

Um homem gordo de veludo preto com forro carmesim se aproximou de nós, com sua corrente de ouro balançando na pressa. "Raiz-Mestra! O que significa isto?"

"Este homem deseja adquirir meus serviços, Duque Bonne." Raiz-Mestra não desviou o olhar. Olhos rápidos e escuros ele tinha, como se fossem ocupados demais para terem cor, sorvendo o mundo.

"Ele pode desejar o quanto quiser." O Duque Bonne segurou sua barriga. Um homem baixo, mas esperto, a julgar pela aparência. "Qual é o nome dele, qual é o seu conselho? Ganhe o seu sustento, homem. Deixe-o ver o que está perdendo."

Makin e Marten vieram ficar ao meu lado agora. Rike afastado em um dos lados. O restante de meu grupo assistindo ao lado da estátua do comissário.

"O nome dele é Rei Honório Jorg Renar, Rei de Ancrath, Rei de Gelleth, Rei das Terras Altas, de Kennick, Arrow, Belpan, Conaught, Normardy e de Orlanth. Você deveria saber que ele não é um bom homem, mas também não é um homem que possa ser modificado, e caso o inferno bata contra estas paredes – e eu acredito que isto possa muito bem acontecer antes do que qualquer um de nós queira –, Rei Jorg ficará contra essa corrente.

"Meu conselho a você, Duque Bonne, é colocar-se a serviço dele, assim como estou prestes a fazer. Se há um homem capaz de soltar o leão do Império para rugir mais uma vez, é este homem que você vê diante de si."

Eu sorri na parte do "leão do Império". Raiz-Mestra não havia esquecido aquele seu saco fulvo de ossos e pulgas que eu havia libertado de sua jaula.

E então nós deixamos nossas espadas serem levadas. Eles levaram o anel de visão também, minhas adagas, um punhal em meu cabelo e um garrote em minha manga. O bastão de pau-santo de Miana eles tentaram levar, mas eu estalei os dedos e o padre Gomst – bispo Gomst – aproximou-se com o pesado volume que eu lhe havia confiado na carruagem de Holland. Nós folheamos o *Registro Ecthelion de Sentenças Judiciais, Adão II e Arthur IV, Ano Imperial 340-346* em conjunto, o capitão do portão Helstrom e eu, com o doutor Raiz-Mestra prestando atenção ao meu lado. E após um pequeno debate ganhei o dia: eu podia, como Lorde de Orlanth, carregar meu bastão oficial (de madeira) a qualquer porra de lugar que eu bem quisesse! Por ordem imperial.

O Duque de Bonne pigarreou, rosnou e me lançou olhares sombrios, mas esperou nosso grupo, então mandei Makin na direção dele com um aceno e uma piscadela, sabendo que não são muitos que resistem aos seus encantos.

E, em uma hora, nós estávamos novamente diante do Portão Gilden, a antiga moldura de madeira que havia me impedido de tomar meu lugar de direito no último Congresso. É claro que minha mácula havia sido queimada de mim durante o rompimento do cerco ao Assombrado. Mesmo assim, eu não quis me aproximar do portão. A mão que foi queimada não quer voltar ao ferro, mesmo quando todos os seus sentidos, a não ser a memória, dizem que o calor já passou.

"Primeiro você, minha querida." E eu conduzi Miana com o bebê. Acontece que outra sentença registrada pelo eficiente Ecthelion no AI 345 decidiu que, embora crianças não pudessem ser nomeadas conselheiras, elas podiam ser levadas ao Congresso se acompanhadas de ambos os pais. Coisas úteis, os livros. E as leis. Se aplicadas seletivamente.

"Eu não a aconselharia a fazer isso, representante", eu disse quando Katherine foi atrás de minha esposa.

"E desde quando eu acato seus conselhos, Jorg?" Katherine virou aqueles olhos para mim e aquela ideia tola de que eu pudesse ser um homem melhor, de que eu pudesse mudar, passou por mim outra vez.

"O portão irá rejeitá-la, senhora. E suas rejeições não são gentis." Nenhuma rejeição é gentil.

Ela franziu o rosto. "Por quê?"

"Meu pai não conhecia você tão bem quanto eu a conheço e quanto o portão a conhecerá se você tentar passar. Você é jurada pelos sonhos. Maculada. Ele irá rejeitá-la e isso vai doer." Eu bati em minhas têmporas.

"Eu... eu devo tentar." Ela acreditou em mim. Acho que nunca mentira para ela.

"Não faça isso", eu disse.

E ela se afastou balançando a cabeça, confusa.

"Rike", eu disse, e um após o outro os irmãos adentraram no Congresso. Marten, Sir Kent, Osser e Gomst em seguida. E então Lorde Makin com Duque Bonne.

Katherine ficou sentada em um banco de mármore com as mãos cruzadas em suas saias escuras, observando os últimos de nós: Gorgoth, Raiz-Mestra e eu.

"Eu não sei o que acontecerá", eu disse à leucrota. "O portão pode rejeitá-lo ou não. Se acontecer, você estará em boa companhia." Eu acenei em direção a Katherine.

Gorgoth flexionou seus enormes ombros, os músculos amontoados debaixo da pele vermelha. Ele abaixou a cabeça e foi para a frente. Ao chegar ao arco do portão ele desacelerou, como se andasse contra um vento forte. Ele se moveu um passo de cada vez, recolhendo-se antes do próximo. O esforço o fez tremer. Eu achei que ele fosse fracassar, mas ele continuou. A força o fez soltar um rosnado muito grave. Ele entrou no arco. Eu podia imaginar como seu rosto estava pelas linhas tensas de seus ombros. E, quando ele o atravessou, o Portão Golden rangeu e se dobrou, resistindo a ele, mas finalmente admitindo sua entrada. Ele se curvou ao chegar à sala do trono, quase caindo.

"Eu devo tentar." Katherine se levantou, insegura.

"Gorgoth só molhou os dedos dele no rio. Você nada nele." Eu balancei a cabeça.

Por cima dos ombros dela eu vi três figuras entrando pelo outro lado da antessala, antecedida por uma dupla de guardas. Esse trio chamava atenção. Seria difícil imaginar três representantes mais diferentes. Eu mantive o olhar neles e deixei Katherine se virar.

"A Rainha de Vermelho, Luntar de Thar e a Irmã Silenciosa", Raiz-Mestra cochichou atrás de mim, usando meu corpo para se esconder da vista deles. Katherine respirou fundo.

Luntar e a irmã flanqueavam a Rainha de Vermelho, uma mulher alta, magra, mas que havia sido formosa. Ela devia ter uns cinquenta anos, talvez mais. O tempo a havia queimado, em vez de fazê-la murchar, e sua pele se esticava sobre as bochechas pontudas, com o cabelo do vermelho mais intenso puxado para trás sob presilhas de diamante.

"Rei Jorg!" Ela me saudou de uns vinte metros de distância, com um sorriso forte. O emaranhado preto de sua saia reluzia um brilho de joias conforme ela andava em nossa direção e sua gola surgia por trás dela, com hastes de barbatana de baleia espalhando-se em uma crista carmesim por cima de sua cabeça.

Eu esperei sem comentários. Luntar eu havia conhecido, mas não tinha a menor lembrança. Ele encaixotou minhas memórias nas brasas de Thar. Perto do esplendor da rainha, ele parecia sisudo com uma túnica cinza e capa branca, mas poucos observariam suas roupas: suas queimaduras exigiam atenção. Eu imaginei que Lesha devia ter ficado assim antes das feridas infligidas a ela nos Montes Ibéricos se fecharem em cicatrizes feias. As feridas de Luntar estavam úmidas. As peles queimadas e finas se partiam com cada movimento, revelando a carne viva por baixo.

"A Irmã Silenciosa é a tal", chiou Raiz-Mestra. "Cuidado com ela! Ela passa despercebida."

E, era bem verdade, eu já havia me esquecido dela, como se houvesse apenas eles dois, Luntar e sua rainha, aproximando-se. Com esforço, do tipo que se faz ao confrontar uma tarefa desagradável, eu me obriguei a vê-la. Uma mulher velha, verdadeiramente velha, como a madeira do Portão Gilden, com uma capa cinza ondulando à sua volta, quase uma névoa, e o capuz escondendo a maior parte de seu rosto: apenas rugas e uma centelha dos olhos, um deles cego e perolado.

"Rei Jorg", a Rainha de Vermelho disse outra vez quando estava diante de mim, da mesma altura que eu. Ela enrolou meu nome em sua língua. Perturbador. "E uma princesa, eu suponho. Uma teutona, pela aparência." Ela olhou para a Irmã Silenciosa, uma piscada muito rápida. "Mas seu nome não pode ser obtido. Jurada pela mente? Uma operária dos sonhos, talvez."

"Katherine Ap Scorron", disse Katherine. Meu pai é Isen Ap Scorron, Lorde do Eisenschloß."

"E o doutor Raiz-Mestra. Por que você está se encolhendo aí atrás, Elias? Isso são modos de cumprimentar uma velha amiga?"

"Elias?" Eu dei um passo para o lado para expor Raiz-Mestra.

"Alica." Raiz-Mestra fez uma longa reverência.

"Não vá me dizer que você estava esperando passar pelo portão sem me ver, Elias?" A rainha sorriu com o desconforto dele.

"Não, eu..." Raiz-Mestra estava sem palavras. Isso foi novidade.

"E você vai ficar do lado de fora conosco, Katherine querida." A rainha deixou Raiz-Mestra procurando sua resposta. "Com os 'maculados', como o Lorde Comandante gosta de nos chamar."

Eu me peguei pensando que "nós" eram apenas elas duas, quase com convicção, para em seguida me sacudir como se faz quando o sono tenta levá-lo. Concentrar-me na Irmã Silenciosa era difícil, mas eu fixei meu olhar sobre ela e ergui um muro em volta de meus pensamentos, relembrando Corion e o poder de sua mente.

"Já ouvi falar de você, Irmã", eu lhe disse. "Sageous falou sobre você. Corion e Chella sabiam a seu respeito. Jane também. Todos se perguntavam quando você iria colocar as cartas na mesa. Será que você vai colocá-las agora?"

Nenhuma resposta, apenas um pequeno e apertado sorriso naqueles lábios secos e velhos.

"Suponho que a dica esteja no nome?"

Novamente o sorriso. Aqueles olhos possuíam um poder de atração, como a correnteza. "Continue assim, velha, e eu deixarei você me puxar. Aí nós veremos o que acontece, não é?"

Ela não gostou daquilo. Ela desviou rapidamente o olhar, o sorriso desapareceu.

"E Luntar. Eu não me lembro de você. E me parece que isso é culpa sua, não? Talvez você tenha me feito um favor com sua caixinha, talvez não. Ainda não me decidi."

Seu rosto se rachou quando ele abriu a boca para falar, com um fluido transparente escorrendo sobre a pele queimada. Os ecos da velha agonia soaram em minha bochecha, assim como o Portão Gilden os despertara anos atrás, quando tentei atravessá-lo pela primeira vez. O fogo ainda me assustava, não havia outro jeito.

"Você gostaria de se lembrar de mim, Jorg?", perguntou Luntar.

Eu realmente não queria. Gostaria de me queimar novamente? "Sim", eu disse.

"Pegue minha mão." Ele a estendeu, molhada, pingando.

Eu tive de morder a língua, engolir de volta a bile, mas peguei sua mão, fechei os dedos em volta da ferida dele e senti a pele rachada se mexer.

E lá estava ela, uma sequência cintilante de recordações, a loucura, a longa jornada amarrado à sela de Brath, delirando enquanto Makin nos conduzia ao sul até a terra marcada que chamam de Thar.

Clique. Eu estou olhando para uma caixa, uma caixa de cobre, com estampa de espinho. Ela acabou de ser fechada e a mão que a fechou está queimada.

"Quê?", eu digo. Não é a indagação mais inteligente, mas parece abranger tudo.

"Meu nome é Luntar. Você está doente." Os lábios se estalam após cada palavra.

Eu levanto a cabeça, meu cabelo cai dos dois lados e eu o vejo, um horror de homem, uma massa tão densa de feridas abertas que vira uma só ferida.

"Como você aguenta a dor?", eu pergunto.

"É apenas dor." Ele dá de ombros. Sua capa branca, suja de poeira, gruda como se ele estivesse molhado.

"Quem é você?", eu pergunto, embora ele tenha dito seu nome.

"Um homem que vê o futuro."

"Eu conheci uma garota assim, uma vez", eu digo, procurando em volta por meus irmãos. Há apenas poeira e areia.

"Jane", ele diz. "Ela não via muito além. Sua própria luz a cegava. Para ver no escuro é preciso ser escuro."

"E quão longe você consegue ver?", eu pergunto.

"Até o fim", diz ele. "Até nos encontrarmos novamente. A anos daqui. Essa é a única coisa que me faz parar. Quando eu me vejo no caminho à frente."

"O que há dentro da caixa?" Alguma coisa naquela caixa a faz parecer mais importante do que todos os anos à frente.

"Uma coisa ruim que você fez", diz ele.

"Eu já fiz muitas coisas ruins."

"Esta aqui é pior", diz ele. "Pelo menos aos seus olhos. E está misturada ao veneno de Sageous. Ela precisa fermentar ali por um tempo, perder um pouco da força, antes que seja seguro sair."

"Seguro?"

"Mais seguro", ele diz.

"Então me conte sobre o futuro", eu digo.

"Bem, o negócio é o seguinte." Ele estala aqueles lábios queimados, com fiapos de carne derretida entre eles. "Contar a alguém seu futuro pode mudá-lo."

"Pode?"

"Escolha um número entre um e dez", ele diz.

"Você sabe qual eu vou escolher?"

"Sim", diz ele.

"Mas você não pode provar."

"Hoje eu posso, mas não sempre. Você escolherá três. Ande, escolha."

"Três", eu digo e sorrio.

Eu pego a caixa dele. É bem mais pesada do que achei que seria.

"Você pôs minha memória aqui dentro?"

"Sim", diz ele. Paciente. Como o tutor Lundist.

"E você vê meu futuro até o fim, até nos encontrarmos novamente daqui a muitos anos?"

"Seis anos."

"Mas, se você me contar, não será mais meu futuro e se você me contar o novo futuro ele também mudará?", eu pergunto.

"Sim."

"Então me conte assim mesmo. E leve essa lembrança também. E, quando nos encontrarmos, devolva-a a mim. Assim eu saberei que o homem que está diante de mim realmente pode ver o futuro."

"Uma sugestão interessante, Jorg", diz ele.

"Você sabia que eu iria sugeri-la, não sabia?"

"Sim."

"Mas se você me contasse, talvez eu não a fizesse."

"Sim."

"E o que você se viu dizendo a respeito dessa sugestão?"

"Sim."

Então eu concordo. E ele me conta. Tudo que iria acontecer. Tudo.

"Jorg?" Katherine puxou meu ombro. "Jorg!"

Eu olhei para minha mão vazia, úmida, com pedaços de pele queimada aderindo à minha. Ao levantar a cabeça, encontrei o olhar de Luntar. "Você estava certo", eu disse. "Sobre tudo." Até Chella. Eu rira dessa parte e o chamado de mentiroso.

"Então agora você conhece um homem que vê o futuro", disse ele.

TRILOGIA DOS ESPINHOS
EMPEROR OF THORNS

48

"ntão agora você conhece um homem que vê o futuro", disse Luntar.

"Um homem que viu longe demais e se queimou", eu disse.

"Sim."

"E como nós impedimos esse futuro no qual todos nós nos queimamos?", perguntei.

"É improvável que possamos", disse Luntar. "Mas, se for possível, esta é a melhor chance que temos." Ele me entregou um pedaço de pergaminho dobrado, manchado pela umidade de seus dedos. "Quatro palavras. Não as leia até o momento certo."

"E como eu saberei qual é o momento certo?"

"Você simplesmente saberá."

"Porque você já viu", eu disse.

"Mesmo assim."

"E como funciona?", eu perguntei.

Uma rápida sacudida. "Tente de qualquer maneira", disse ele. "Nem todos os finais podem ser previstos."

A Rainha de Vermelho continuou a assistir, com Katherine e a Irmã Silenciosa, as três me analisando como se eu fosse um quebra-cabeça que pudesse ser solucionado. Luntar apontou com a cabeça para o trio. "O que acha, Jorg? Temos aqui a anciã, a mãe e a donzela? A antiga deusa tríplice estre nós?"

E por um instante realmente pareceu que elas pudessem ser três gerações da mesma mulher. Katherine possuía a força da rainha em seu rosto e o conhecimento da irmã em seus olhos.

"Melhor andar logo, garoto", disse a rainha. "O tempo está passando."

E então eu me aproximei para beijar Katherine, ousado como são os homens quando as areias estão se esvaindo. E ela me impediu com a mão em meu peito. "Faça isso direito, Jorg", disse ela. E eu passei pela primeira vez através do Portão Gilden.

A sala do trono imperial, embora não lotada, estava certamente ocupada. Cerca de cento e cinquenta lordes do Império e seus diversos assessores circulavam em volta da plataforma do trono. O trono parecia flutuar acima deles, um troço lúgubre de madeira exposta esperando uma vítima.

Eu fiquei parado por um momento, observando. Grupos se separavam para ocupar as câmaras laterais, outros surgiam em concordância ou ainda mais arraigados em oposição, guardas observavam de seus postos à beira do salão e por toda parte a barulheira de conversas e mais conversas.

"Você aí!" Um homem alto, pouco mais velho do que eu, separou-se de seu grupo a poucos passos do Portão Gilden. Ele estava discursando para um grupo de uns doze, agitando os braços enquanto falava, brilhando em seu veludo bordado com pedrarias.

"Quê?" Respondi na mesma moeda e por um momento ele ficou boquiaberto de surpresa. Ele claramente havia me tomado por um coroa-de-cobre, vagando desacompanhado com meu único voto. Eu não tinha idade para ser confundido com um assessor.

"Qual é sua posição na questão Mortrain?" Ele tinha bochechas vermelhas e carnudas que me lembravam o primo Marclos.

"Não é uma coisa na qual eu tenha pensado." Os homens atrás dele tinham tanta semelhança em estilo e coloração que talvez fossem todos da mesma região. Algum lugar para o leste, pela aparência. Algum lugar onde a questão Mortrain pudesse ter significância política.

"Bem, você precisa pensar um pouco nisso." Ele apontou o dedo na direção do meu peito.

Antes que o dedo encostasse ao aço polido de minha armadura, eu o peguei. "Por que você faria isso?", eu perguntei ao mesmo tempo que ele se sobressaltou. "Por que você me daria uma alavanca para sua dor?" Andei para a frente, dobrando o dedo para baixo, e ele recuou diante de mim, para o grupo de seus simpatizantes, gritando, curvando-se para diminuir o ângulo agudo com que eu segurava o dedo.

Em meio ao grupo de nobres orientais, homens das estepes com suas coroas cônicas ou chapéus bordados espalhafatosos, eu coloquei mais pressão e pus o homem de joelhos. "Seu nome?", eu perguntei.

"Moljon, de Honeere", ele chiou entredentes.

"Jorg, do Ocidente." Eu tinha reinos demais para recitar em benefício dele. "E você cometeu dois erros, Moljon. Primeiro você me deu seu dedo. Pior do que isso: quando ele foi pego, você o deixou ser usado contra você, deixou-o separá-lo de seu orgulho. Não aumente seus erros, homem. O dedo foi perdido no instante que eu o peguei. Você devia ter atacado, deixando-o se quebrar, um sacrifício pequeno para recuperar a vantagem e me derrubar de bunda no chão." Olhei ao redor para os reis reunidos do Oriente. "Seria um erro depositar sua fé neste aqui. Ele não tem a força necessária."

Eu quebrei o dedo de Moljon. Um estalo agudo. E saí para encontrar meu grupo.

"Vejo que conheceu o Czar Moljon. Um título recém-herdado, aproveitando-se da reputação de seu pai." Doutor Raiz-Mestra andou ao meu lado e me conduziu até Makin e os outros.

"Jorg!" Makin bateu a mão em meu ombro. "Agora mesmo eu estava dizendo ao Duque Bonne que você seria o homem para interceder em seu favor junto aos seus vizinhos do norte. Primos de nosso grande amigo Duque Alaric."

Eu assenti e sorri, ciente de que meu sorriso de lobo, em meu rosto marcado, podia parecer mais feroz do que amigável.

"E onde está Miana?", eu perguntei. "E meu filho?"

"Ela saiu para encontrar o pai dela, majestade. Sir Kent foi junto. Gorgoth também, embora ele tenha ido por farejar trolls", disse Marten.

"Trolls?" Eu me virei para Raiz-Mestra.

"Há relatos de que o último imperador tinha uma guarda de elite, uma guarda dentro da guarda, digamos. A descrição que eu li deles é 'não humanos'." Ele desconsiderou o assunto com um encolher de ombros, um gesto tão eloquente quanto o resto de sua linguagem corporal.

"Diga-me qual é nossa posição, Raiz-Mestra", eu disse.

"Observe-me!" E ele desenhou para mim com carvão em um pedaço de pergaminho. "Você tem nove votos. Duque Alaric tem dois e pode conseguir mais dois, junto com Gothman de Hagenfast – a esposa dele tem certa influência por lá, creio."

"Elin." Eu sorri, agora mais suavemente.

"Seu avô tem dois votos, o pai de Miana tem outro e, juntos, Conde Hansa e Lorde de Wennith têm chance de arrastar mais três com eles. Observe-me!"

"Eu estava apenas..."

"Ibn Fayed comanda cinco votos. E isso leva nosso total a..."

"Vinte e cinco", eu disse. "Nem metade do que eu preciso."

"Vinte e seis se Makin fizer sua mágica com o Duque Bonne." Raiz-Mestra marcou Bonne no papel ao lado dos votos do califa. "O fato de seu apoio vir desde o norte cruel até os desertos de Afrique conta muito. Um homem que pode atrair votos tão díspares certamente tem algo a oferecer. A Centena olha para homens como

Moljon, com seu sólido bloco de nações vizinhas apoiando sua jogada, e tudo que eles veem são interesses particulares – uma ameaça. Quando olham para um homem que conta com o apoio de califas saídos das areias quentes e de duques nórdicos em seus salões de hidromel, eles podem começar a achar que estão vendo um imperador." Raiz-Mestra desenhou a coroa sobre minha cabeça. "E considere que você precisa de cinquenta e um votos apenas se todos os votos forem depositados."

"Interessante", eu disse. "Saiam você e Makin entre a Centena e vejam quem pode ser influenciado, quem nossos inimigos são, e quem lidera facções que possam competir com a nossa. Quando uma facção se rompe, muitas vezes os cacos podem ser varridos com facilidade." Um pouco de sabedoria da estrada. Mate a cabeça e o corpo é seu. "Mande Miana e Osser fazerem isso também. E Gomst. Use Gomst com os que são religiosos."

Raiz-Mestra assentiu. Ele já ia saindo quando agarrei seu pulso. "Ah, doutor – pode ser que haja um boato circulando dizendo que a papisa foi assassinada. Não deixe de dizer que eu não tive nada a ver com isso. Se não houver tal boato, espalhe-o."

Raiz-Mestra ergueu ambas as sobrancelhas ao ouvir aquilo, mas assentiu novamente e saiu em seu caminho.

"Jorg!" Lorde Comandante Hemmet surgiu do meio da Centena como se eles fossem ovelhas e ele o pastor. "Jorg Ancrath!" Atrás dele o Zelador se apressava em seu encalço, com os lábios marcados e apertados. Dizia a história que ele havia emergido sem língua de seu sono secular. Meu palpite é que, quando o Lorde Comandante finalmente desfez o emaranhado do idioma antigo, ele não gostou do que o Zelador tinha a dizer.

"Lorde Comandante", eu disse. Seu rosto estava como um trovão, com as energias reprimidas soltando faíscas dele.

"Jorg!" Ele pôs as duas mãos em meus ombros. Houve um tempo que ele teria recebido minha testa em seu rosto por fazer um movimento assim, mas a vida na corte havia me acalmado. "Jorg!", ele repetiu meu nome outra vez, como se de alguma maneira não acreditasse nele, e me puxou para perto, de modo que nossas cabeças baixas quase se encostavam, e abaixou a voz. "Você matou a papisa? Você realmente fez isso?"

"Espero que sim", respondi. "Se ela sobreviveu àquilo, ela é mais resistente do que eu."

Uma saraivada de risos se irrompeu dele, atraindo olhares de todo o salão. Em seguida, forçando-se a sussurrar: "Você realmente fez isso? Você realmente fez isso! Porra. Porra, você teve muito colhão".

Eu dei de ombros. "Matar velhas é fácil. Mas se não sair do Congresso como imperador talvez eu viva apenas por pouco tempo para me arrepender da decisão. Não houve, no entanto, testemunhas além de meu pessoal e da Guarda Gilden, e estamos em uma época perigosa. Até uma papisa pode encontrar um fim terrível na estrada hoje em dia." Quando você precisa que algo seja acobertado em Vyene é bom contar com o apoio do Lorde Comandante.

Hemmet sorriu, uma coisa horrível. "Sim." Depois fez uma careta. "Mais perigosa do que eu jamais pensei. Os mortos estão em nossos portões. Passando por eles, aliás." Ele me soltou. "Não é um assunto para perturbar o Congresso, contudo. Eles são muito poucos para chegarem até o palácio. Nós os colocaremos para fora dentro de uma hora."

E com isso ele se foi, com o Zelador indo atrás dele como um vira-lata chicoteado.

TRILOGIA DOS ESPINHOS

EMPEROR OF THORNS

49

A HISTÓRIA DE CHELLA

As cidades e vilas ao longo do Danub ficavam mais próximas conforme a coluna de Chella se aproximava de Vyene. Logo elas se reuniriam em uma expansão ininterrupta, chegando até os muros da cidade imperial.

"Parem!"

Era irritante ter que gritar suas ordens, mas a necromancia que ainda a envenenava havia se retraído demais para que os mortos respondessem diretamente ao desejo dela.

A cavalaria parou desorganizadamente. Os cavalos não aceitavam bem os cavaleiros mortos, ainda que fossem os mesmos que carregaram na noite anterior e durante semanas antes dela. Alguns se recusaram, relinchando e dando pinotes quando seus donos mortos tentavam amansá-los. Chella pensou em cortar suas gargantas, mas Kai a convencera a libertar os animais e enviar os cavaleiros extras de volta ao grupo do Rei Morto.

"Por que paramos?" Kai inclinou-se na direção dela, guiando seu cavalo com os dois joelhos.

"Preciso perguntar algo a Thantos", disse ela.

Há uma ladeira que desce em direção ao mal, com uma inclinação suave que se pode ignorar a cada passo, sem senti-la. É só depois de olhar para trás e ver a altura distante onde você morava que é possível entender sua jornada. Chella olhou para cima lá de baixo, em uma epifania repentina. Momentos assim haviam pontuado sua vida, sua meia-vida, traçada ao longo de mais de cem anos. Nem uma vez eles lhe deram um descanso maior. Nem uma vez ela dera um passo para trás.

"Venha", ela lhe disse, com um toque de ternura em sua voz. Isso devia ter sido suficiente para colocá-lo para correr.

Eles foram juntos. Kai não queria, mas reprimiu seu medo.

Chella pôs a mão na porta da carruagem. A maçaneta de metal deixava sua pele seca, deixava-a velha. Ela a puxou para abrir.

"Agora?", perguntou ela, falando para o horror vazio da carruagem.

Como resposta, saiu um veneno cinza. Kai gritou conforme ele o envolvia. Por um instante, Chella teve um vislumbre do lichkin, com seus ossos finos se insinuando para dentro do corpo de Kai, atravessando as roupas, passando pela armadura. Demorou um tempo. Tempo demais. Séculos. Os gritos sufocados de Kai abafaram todos os outros sons e seu corpo se contorcia para acomodar seu novo ocupante, até que finalmente sua mandíbula se fechou com um estalo e deixou seus ouvidos com um zumbido.

Thantos virou a cabeça de Kai para olhar Chella, com os ossos rangendo. Ele não falou. Os lichkin estavam além das palavras. Nada que lhes interessava cabia em pacotes tão insignificantes.

"Ele resistirá. Ele é forte", disse Chella.

Thantos entrou novamente na carruagem. Mesmo drogada, a equipe que puxava a carruagem estava arisca. Dois haviam morrido e sido substituídos. Não havia possibilidade de um cavalo levá-lo até o palácio, nem mesmo agora que ele estava vestido de carne.

"Você pode me ouvir aí dentro, Kai?" Algo em seus olhos me disse que ele talvez pudesse estar ouvindo agora que seus gritos eram silenciosos. "Você nunca achou estranho que viemos com cinco votos, mas só dois representantes? Será que o Rei Morto não podia despender mais três necromantes ou homens mais limpos que apoiassem sua causa? Nós viemos em dupla. Um anfitrião e um para proteger o anfitrião, pronto para ficar contra ele, caso desconfiasse de seu destino." Os segredos são mais bem guardados em uma boca só.

Thantos estendeu o braço e fechou a porta, um movimento esquisito dentro de seu corpo roubado.

"Mas você nunca desconfiou." Chella disse as palavras para a porta fechada e balançou a cabeça. "Você devia ter aprendido a voar", ela soltou. Culpá-lo tornava aquilo mais fácil.

De cima da expansão distante das casas vyenenses, pequenos lares ajeitados com telhados de madeira e pilhas de lenha para a chegada do inverno, vinha o cheiro de queimado. Em muitos lugares, a fumaça das lareiras subia branca pelas chaminés de pedra, mas em outros a fumaça saía em nuvens pretas e raivosas. O horror estava à espreita nas ruas, levantava os cobertos de terra dos túmulos familiares e chegava pelo campo e pela floresta. A maré do Rei Morto vinha do oeste, era verdade, das Ilhas Submersas, atravessando Ancrath e Gelleth, passando por Attar, Charland e os Reichs, mas ela também surgia do próprio chão, como se um oceano escuro esperasse debaixo do solo, a braças de profundidade, e agora viesse das profundezas pelo chamado do Rei Morto, levantando os mortos de suas tumbas.

Aos portões de Vyene, soldados dourados da guarda passavam retumbando em ambas as direções. As notícias chegavam de oeste a leste. Reforços, unidades regulares do exército de Conquence na maioria, marchavam do leste para o oeste. Havia mais guardas Gilden ao portão do que seria necessário até mesmo durante o Congresso. Tropas adicionais cercavam os muros, arqueiros com uma mescla equilibrada de arcos e balestras. Eles obviamente tinham pouca experiência se achavam que flechas parariam os mortos.

"Passe depressa, senhora, você é a última e vamos fechar os portões." O capitão do portão fez sinal para a coluna, sem se preocupar com nenhum relato dos capitães da escolta, sem exigir que eles explicassem seus números diminuídos ou sua formação irregular. Nem mesmo a falta de seguidores atiçou seu interesse: talvez o capitão tenha pensado que eles procuraram abrigo pelo caminho ou se apressaram para chegar antes da guarda.

A carruagem de Thantos atravessou ruidosamente sem problemas, embora os homens mais próximos dela tenham ficado pálidos, com o desespero penetrando sua pele.

Seguiram pelas amplas ruas de Vyene, até a larga Rua Oeste debaixo do Arco Ocidental. A grandiosidade por todos os lados fez seu próprio feitiço sobre Chella. Durante toda a sua longa vida ela não vira nada parecido. Dela eram as sepulturas e o lamaçal, os ossos de homens esquecidos e os túmulos erigidos em memória deles. Perante obras dos homens como essas, ela se sentiu suja e pequena, uma apanhadora de ossos, um produto de pesadelos e do escuro.

"O Rei Morto fará uma necrópole aqui." Dizer as palavras a fez se sentir melhor. Não que ela quisesse viver para sempre em meio aos renascidos – com vida pulsando nela, aquela ideia fazia seu estômago se revirar –, mas a plena maravilha de Vyene insultava sua existência de maneiras inexplicáveis, e ela preferia vê-la reduzida a pó a aguentar o julgamento de suas janelas vazias.

Outro contingente de guardas passou por eles ao se aproximar do final da Rua Oeste, onde ela se abre em uma ampla praça. Várias centenas de homens, talvez mil, cavalgando, com o Lorde Comandante à frente. O Rei Morto havia mencionado o Lorde Comandante

Hemmet, falado sobre a capa e o bastão que o identificariam. Um homem a se prestar atenção.

Durante o trajeto até o palácio, parecia que a cúpula nunca chegaria mais perto, que seu tamanho havia passado de incrível a impossível conforme eles avançavam. Em determinado ponto, talvez na metade do caminho entre as mansões distantes e a grandiosidade do palácio, o calçamento estava manchado de sangue. Algum esforço havia sido feito para limpar a área, mas o cheiro de carnificina é difícil de disfarçar. Uma pulsação de alegria macabra saiu da carruagem, breve e logo desaparecida, mas o suficiente para fazer os cavalos pinotearem e saltarem de medo. Essas mortes agradavam ao lichkin. Um inimigo em potencial aniquilado. O vento ainda trazia consigo sorte do Ocidente.

A tropa de Chella aproximou-se de seu posto, o último a ser preenchido, logo à esquerda do Portão Imperial. Eles se desviaram de seu caminho reservado somente no último momento e cavalgaram na direção da grande entrada diante do portão. A estreita fileira dourada de guardas de plantão caiu em desordem, todos confusos com seus camaradas da estrada desmontando na grande entrada. Antes que eles tivessem muito a dizer, o lichkin desceu de sua carruagem e todas as atenções dos homens foram atraídas para ele, assim como um homem olha para o toco sangrento onde seu polegar estava antes de cortá-lo fora.

TRILOGIA DOS ESPINHOS
EMPEROR OF THORNS

50

"Isto precisa ser rápido."

"Já são cento e vinte e oito anos até agora, Rei Jorg", disse Raiz-Mestra. "E nem chegamos perto de escolher um imperador. Não importa o resultado deste Congresso, rápido é a única coisa que você pode ter certeza de que ele não será."

"Nós não temos tempo. Você não está sentindo?" Aquilo batia em mim como um tambor, a ameaça, o perigo se aproximando.

Raiz-Mestra apenas arregalou os olhos sem compreender. "A guarda está nos cercando..."

"Isso precisa ser feito rapidamente." Eu passei os olhos pela turba, pelos grandes e poderosos. "Quem lidera a maior facção?"

"Eu diria que você", respondeu Raiz-Mestra. "Observe-me." Um adendo.

"Bem, isso é bom. E depois?"

"Czar Moljon, a Rainha de Vermelho e Costos dos Reinos Portuários. Seu pai também tinha um apoio considerável."

Eu avistei meu avô no meio da multidão, com Miana a seu lado. "Moljon está derrotado; seus seguidores procurarão novas alianças. A rainha está de fora... Então é Costos. Aponte-o para mim."

Por algum motivo, eu esperava um pavão, mas Costos era mais alto que eu, com porte de guerreiro, vestido do pescoço aos pés com uma malha de aço polido, pintada no peitoral com um sol por trás de um navio negro, com detalhes primorosos.

"Existem leis sobre aproximar-se do trono?", perguntei.

"Quê? Sim – não, acho que não. Qualquer tolo sabe que isso não se faz." O desconforto de Raiz-Mestra vivia na ponta de seus dedos, puxando cabelos, botões e gravatas.

Eu andei até a plataforma, lentamente, com Raiz-Mestra afobado atrás. Subi a plataforma com dois pulos e estava diante do trono. "Espero que possa me ouvir, Fexler. Eu quero saber se você pode mexer nas portas e nas luzes para mim. Se não puder, bem, não sei para que serviu minha última visita." Eu falei em um tom baixo que pudesse ser confundido com uma oração.

Por um momento, a iluminação ficou mais intensa à minha volta, apenas um pouquinho e apenas por um instante, como se lá no alto as luzes do teto direcionadas ao trono brilhassem um pouco mais forte. Isso me fez lembrar da vez, debaixo do castelo de meu avô, em que Fexler me fez passar por seu caminho com as lâmpadas queimadas. Tenho certeza de que Fexler, há quatro anos, tinha motivos mais importantes para querer ser trazido aqui fisicamente, em vez de nadar em seu oceano oculto. Talvez eu o ajudasse a passar por paredes que não pudesse ver. E talvez nós devêssemos à residência dele o fato de Vyene ainda não ter virado poeira envenenada – mas qualquer que fosse sua motivação, eram luzes e portas o que mais me importava neste momento.

"E você irá me ouvir toda vez que eu falar?" Novamente o brilho.

"Você, garoto!" Costos andou em minha direção, eriçado, indignado e reverberante.

"Garoto?" Eu esperava que fosse ele. Cabia a Costos me repreender agora. A ordem das bicadas entre a realeza é tão rígida quanto entre as galinhas.

"Este garoto tem vinte e seis votos nas costas, Costos Portico. Talvez seja melhor me chamar de Rei Jorg e ver quais incentivos possam me persuadir a torná-lo imperador."

Aquilo fez Costos olhar novamente, com atenção. O ultraje a meu atropelamento das convenções guerreou com seu desejo por aqueles vinte e seis votos. Ele se aproximou do pé da plataforma. Eu sabia que tipo de imagem aquilo projetava nas mentes da Centena. Costos a meus pés. Um suplicante.

"Nós devemos conversar, Rei Jorg." Ele abaixou a voz até um sussurro grave. "Mas não onde ouvidos desocupados possam nos ouvir. A sala romana pode nos proporcionar alguma privacidade. Venha com quaisquer de seus vassalos que não escondam nada."

Eu assenti, o soberano para o súdito, e esperei que ele se afastasse antes de descer da plataforma.

"Esse Costos é um malandro, observe-me!" Raiz-Mestra ao meu lado novamente. "Temperamento violento, venceu o torneio do Reino Portuário três anos seguidos quando era jovem. Ele foi o terceiro filho e não esperava herdar. Preste atenção a seu auxiliar, Rei Peren de Ugal, um negociador arguto e frio como gelo. O baixinho com a cicatriz, ali! Está vendo?"

Costos moveu-se pelo salão, tocando um homem aqui, um homem acolá, reunindo seu séquito. Lento demais para o meu gosto. Atrás dele, Gorgoth se assomava acima da multidão, ignorando todo o mundo, com a cabeça ereta como se estivesse escutando.

"Qual é a sala romana?" Raiz-Mestra acenou para uma das entradas, escondendo um sorriso. Era a câmara que Elin havia me mostrado antes. Ela podia muito bem estar lá dentro agora, mostrando-a para seu marido. Será que não havia nada que o bom doutor não soubesse?

Eu contei quinze homens entrando na sala romana. Costos foi o último.

"Eu devo reunir seus defensores", prontificou-se Raiz-Mestra. Seria preciso mais do que sua palavra para reunir minha discrepante coleção de nobres perante Costos.

"Eu vou sozinho." Eu o deixei parado ali.

A Centena me observou sair, alguns confusos, alguns curiosos, alguns com o nome "Pio" em seus lábios.

Eu parei na entrada. Os partidários de Costos estavam diante de mim em círculo, confiantes, sabendo exatamente como essas coisas funcionavam.

"Você veio sozinho?" Costos expressou seu descontentamento em alto e bom som.

"Achei melhor", respondi. "Feche a porta." E, a um palmo atrás de mim, a porta de aço se fechou sem fazer barulho.

Demorou vários segundos para que qualquer um deles conseguisse falar. "O que significa isso?" Rei Peren de Ugal se recuperou primeiro, o choque ainda emudecia os outros.

"Você não queria privacidade?" Eu andei em direção a eles. Vários deles recuaram, sem saber por quê: o instinto que tira a ovelha do caminho do lobo.

"Mas como...?" Costos acenou o punho à placa de aço atrás de mim.

Eu deixei o bastão de gabinete de Orlanth deslizar de minha manga, pegando-o pela ponta antes que ele escapasse. No mesmo movimento, golpeei Costos. Dizer que sua cabeça explodiu não seria exagero. Eu já vi de perto, congelado no tempo, o estrago que uma bala faz ao passar pelo crânio de um homem. No arco brilhante de sangue atrás do movimento de meu bastão, os mesmos pedaços reluziram. Eu cheguei a matar o Rei Peren antes de a primeira gota do sangue de Costos atingir o chão.

Mais dois homens caíram com as cabeças quebradas antes dos outros se espalharem fora de alcance. Ambos os homens, velhos e lentos. Eu havia começado com Costos por ser o perigo maior, mas outros entre os onze restantes eram saudáveis, e muitos da Centena conseguiram o que possuem à força.

"Isto é loucura!"

"Ele está enlouquecido."

"Recomponham-se. Ele está preso aqui dentro conosco." Isso veio de Onnal, um dos assessores de Costos e um guerreiro nato.

Tantas coisas na vida são uma questão de perspectiva. "Eu prefiro pensar que vocês estão presos aqui comigo", eu disse a eles.

Tutor Lundist foi quem me ensinou a lutar com um bastão. Ele tinha vários argumentos a favor dessa prática. Primeiramente, há várias ocasiões em que você pode estar sem uma espada, mas um bom pedaço de pau raramente é difícil de encontrar. Segundo, ele se mostrou extraordinariamente bom nisso. Não costumo atribuir motivações básicas ao velho, mas todo o mundo gosta de se exibir – e quantas pessoas que me conhecem há tempos não teriam prazer em me dar uma boa surra com um pedaço de madeira?

"A última e principal razão", ele dissera, "é para incutir disciplina. Suas aulas de esgrima podem chegar a isso com o tempo, mas por ora eu vejo poucos sinais. Ser um lutador com bastão Ling requer harmonia de mente e corpo."

Eu me deitei de costas, ao lado do Pátio do Púlpito, recuperando meu fôlego e cuidando de meus hematomas. "Quem lhe ensinou, tutor? Como você ficou tão bom?"

"Outra vez!" E ele avançou, com a vara cinza transformada em um borrão no ar.

Eu rolei de um lado e depois do outro, fracassando em evitar ambos os golpes. "Ai!" Tentei bloquear e esmaguei os dedos. "Ai!" Tentei levantar e encontrei a ponta de seu bastão abaixo do meu pomo de adão.

"Eu aprendi com meus mestres em Ling, no pátio onde meu pai educava principelhos. Meu irmão Luntar e eu treinamos juntos durante muitos anos. Estes são os ensinamentos de Lee, guardados antes dos Mil Sóis em cofres debaixo da Cidade de Pekin.

Eu assumi a posição, dobrei o bastão de pau-santo debaixo de meu cotovelo e acenei para Onnal se aproximar, apenas flexionando os dedos, como Lundist havia feito comigo tantas vezes.

TRILOGIA DOS ESPINHOS

EMPEROR OF THORNS

51

A HISTÓRIA DE
CHELLA

Thantos andou com o corpo de Kai para longe dos guardas recém-
-mortos entre os portões imperiais. Parecia uma bobagem para
Chella terem construído aqueles portões para deixá-los abertos. Se
eles não estavam fechados agora, quando é que eles se fechavam?

Os cadáveres começaram a se levantar, esquisitos, espasmódicos,
puxados por cordas invisíveis, ocupados agora somente pelos instintos mais básicos dos homens que os possuíam, abrigando apenas
seus pecados. O lichkin gastava seu poder com total descaso, mas o
Rei Morto assim havia ordenado e então era assim que seria.

"Segure o portão", disse Chella com a voz suave.

Thantos se virou para ver e seu olhar era como o toque de uma
tristeza repentina, de uma perda inconsolável, intolerável. A criatura a fez se sentir como se houvesse perdido um filho só de olhar para
ela. Como seria tê-lo dentro de seu corpo?

Kai desabou quando Thantos fluiu para fora dele, libertado em
um único sopro avermelhado. Dentro de um instante, o lichkin

estava por toda parte, insinuando-se nas sombras da grande entrada, assombrando os espaços vazios. Seria preciso o mais corajoso dos homens para entrar, com a luz do dia se apagando lá fora. Seria preciso mais do que coragem para sair novamente. Pelo menos vivo.

Chella removeu o cordão de seu pescoço. O frasco preto que pendurava-se nele havia pendido em cima de seu coração durante metade da viagem, aninhando-se como uma aranha pelas longas horas na estrada e balançado ali quando Jorg de Ancrath a possuiu. Ela se apressou até o lado de Kai e pingou o conteúdo em sua boca enquanto ele engasgava e olhava sem enxergar. O frasco continha icor de um túmulo forrado com chumbo. Um agente do Rei Morto havia cavalgado com tudo para levá-lo até ela na estrada, alcançando a coluna em algum lugar próximo a Tyrol. Três cavalos morreram sob o comando do homem entre a Cidade de Crath e Tyrol. Ele não contou a ela qual túmulo havia sido violado. Mas Chella sabia.

"Você devia ter aprendido a voar. Você podia ter levado aquela bela insignificante com você, Kai." Ela cuspiu as palavras e tentou odiá-lo.

A infusão do Rei Morto funcionou rápido. Kai parou de engasgar. A consciência voltou a seus olhos. A coisa que havia olhado para Chella da última vez através de Artur Elgin agora a observava de dentro de Kai. Embora ele pudesse se apossar de quase qualquer cadáver, o Rei Morto não podia exercer seu pleno poder através deles. Levava tempo para se estabelecer em um homem morto e fortalecê-lo o bastante para torná-lo um condutor para os terrores comandados por ele. Um necromante, no entanto, se devidamente preparado, dava um anfitrião mais robusto. E o conteúdo do frasco acelerava o processo além da conta.

"Este é o palácio?" Ele se sentou.

Quando se está entre os lichkin, não dá para imaginar nada pior. O Rei Morto é pior. Chella tentou falar, mas as palavras não saíam de sua boca seca.

O Rei Morto ignorou o silêncio dela. Ele flexionou os braços de Kai, apertou os dedos dele formando punhos e fez seu rosto soltar um sorriso de morte. "Isto é bom. Muito bom." Ele ficou de pé. "Eu estou aqui em meu poder. Morte na vida." Novamente o sorriso, com uma alegria repentina e profana por trás dele. "Mais! Mais do que em meu poder!" Sua voz mal se elevara, mas os ouvidos dela doeram mesmo assim. "Eu estou regenerado. Tenho minha base mais uma vez. Eu sou mais."

Ao redor dela, os mortos se avivaram. Os corações parados dos guardas bateram rápida e alteradamente, não mais aquelas coisas trôpegas que foram quando retornaram da primeira vez, mas criaturas mais sombrias e mais fortes, como os mortos-vivos do Pântano de Cantanlona. O trabalho que ela fizera em meses lá foi realizado aqui em segundos pela vontade de seu mestre.

Por um momento, a exultação do Rei Morto a contagiou. A força que emanava dele entusiasmava e aterrorizava. Mas a alegria se esvaiu dele mais rapidamente do que veio, deixando apenas o propósito sinistro.

"Vá na frente." O Rei Morto se levantou. "Eles estão todos lá dentro, é isso?"

Chella assentiu. O horror pairava ao redor dele, uma sensação de dor e perda, de traição de todas as coisas preciosas. Nunca o vira cometer uma atrocidade, nunca ouvira falar de nenhum ato mais perverso do que a destruição daqueles que se opunham a ele, mas ainda assim ela sabia sem dúvida que ele era o pior de todos.

"Agora." A palavra a feriu. Ela obedeceu sem hesitar desta vez, conduzindo pelos portões enormes e abertos, com o Rei Morto atrás, mais de duzentos homens mortos de armadura dourada, com os olhos brilhantes e o mesmo apetite do Rei Morto.

"Chegou a hora", disse o Rei Morto pela boca de Kai, "de visitar o Congresso. Matem a cabeça e o corpo será nosso. Meu."

TRILOGIA DOS ESPINHOS

EMPEROR OF THORNS

52

"Abra a porta."

Eu passei rapidamente. "Feche-a." E o aço se fechou rapidamente atrás de mim.

Os dirigentes de muitas nações se aglomeravam à minha volta. Eu havia encontrado uma substituta para minha capa ensanguentada, limpado o bastão de pau-santo e o escondido debaixo de minha manga, do punho até o ombro. Eu estava pronto para responder as perguntas deles.

"Onde está Costos Portico?"

"O que aconteceu lá dentro?"

"Como as portas estão funcionando?"

E mais dúzias delas, todas ao mesmo tempo, em tons que iam de raivoso e indignado até temeroso.

"Luzes em mim." E bem acima de nós a constelação de luzes dos Construtores enfraqueceu, a não ser por um grupo pequeno e brilhante que iluminou o espaço ao meu redor.

Aquilo os fez calar.

Eu andei até o meio do salão e a luz me seguiu, com o ponto de luz movendo-se sobre o teto e o chão. Nas sombras diante do trono, Gorgoth estava agachado, com os dedos nas pedras do pavimento. Dois pulos rápidos me levaram acima dos degraus da plataforma e eu me sentei sobre o trono, deixando o bastão oficial sair e colocando-o sobre meu colo.

Foi a sentada que quebrou o encanto. Um clamor raivoso surgiu entre eles. Estes eram, afinal de contas, governantes de nações.

"Costos está morto", eu disse, e a Centena caiu em silêncio para me ouvir. "Seu voto passa a seus assessores. Seus assessores estão mortos. Seus vassalos também."

"Assassino!", esbravejou o Czar Moljon, ainda segurando seu dedo quebrado.

"Muitas vezes", eu concordei. "Mas os eventos da sala romana são um mistério que nenhum de vocês presenciou, que passou despercebido pela guarda. Haverá, é claro, um inquérito, eu posso ser acusado, um tribunal imperial pode ser convocado. Esses, porém, são assuntos para outro dia. Isto aqui é o Congresso, cavalheiros, e nós temos questões de Estado a decidir."

"Como você ousa se sentar na cadeira de Adão?", perguntou um rei de cabelos brancos do leste.

"Nenhuma lei me proíbe", eu disse. "E eu estava cansado. Em todo caso, ela foi a cadeira de Honório por último e se alguém quiser contestar minha ocupação, pode se aproximar para discutirmos a questão." Eu pus uma das mãos sobre o bastão de pau-santo. "Não são os assentos que fazem os imperadores, senhores. É por isso que estamos aqui para votar."

Eu fiz sinal para Raiz-Mestra e me recostei no trono, a cadeira mais desconfortável em que já me sentara. Raiz-Mestra subiu os degraus rapidamente, saindo das sombras e aparecendo sob a luz. Eu gesticulei para ele chegar ainda mais perto.

"Você já descobriu quem são meus amigos e quem são meus inimigos?", eu perguntei.

"Jorg! Você nem me deu tempo. Eu mal comecei a socializar. Eu..." A seda de seu gibão se agitava em volta dele.

"Mas você descobriu, não é? Você já sabia."

"Eu sei de alguns deles, observe-me!" Ele assentiu e deu um sorriso acentuado que logo se desfez. Ninguém é imune à bajulação.

"Então vá para lá e mande Makin, Marten, Kent e Rike ficarem perto de quatro deles que me queiram mal. Gorgoth também, se ele quiser. Diga-lhe que todo o mundo irá morrer se eu não conseguir ser imperador. Com essas palavras."

"Todo o mundo? O Congresso inteiro? Jorg! Excesso não é..."

"Todo o mundo no mundo todo", eu lhe disse. "Apenas diga a ele."

"No mundo todo?" As mãos dele ficaram paradas por um instante.

"As luzes se apagarão daqui a pouco. Diga a meus irmãos para estarem prontos. Quando a luz voltar, estes homens precisam estar mortos. Tenha outra lista de nomes pronta e depois outra. Se for preciso, eu mesmo me elegerei imperador."

E Raiz-Mestra saiu da plataforma mais rápido do que chegara.

"Você está me ouvindo, não está, Fexler?"

Sem resposta.

"O Rei Morto está chegando." Eu não sabia como eu sabia, mas eu sabia. "E ele arruinará o mundo. A começar por aqui." Eu girei o bastão em minhas mãos. Para lá e para cá. "E para impedi-lo seria preciso tamanha força, tamanho ato de magia, de vontade, que giraria essa sua roda e faria o mundo se rachar ao meio... e se isso acontecer... Miguel conseguirá o que queria e vocês máquinas queimarão todos nós."

Uma leve pulsação na luz.

"Seria correto supor que em algum lugar embaixo de mim há uma bomba enorme, não é?"

Novamente o tremor na luz.

Eu me recostei em meu trono desconfortável e girei o pau-santo como se fosse uma baliza. Provavelmente, eu seria o imperador com o reinado mais curto da história. Lá, em meio à Centena, Miana me observava. O homem ao lado dela, corpulento, com costeletas grisalhas e meu filho nos braços, era meu sogro, Lorde de Wennith. Ele não parecia ser o mesmo homem de seis anos atrás, mas quem entre nós parecia?

Um lorde de meia-idade, de camurça marrom e correntes de ouro, estava tentando chamar minha atenção ao pé da plataforma e agora havia passado a tossir e levantar a mão.

"Pois não, Lorde...?"

"Antas de Andaluth." Seu reino fazia fronteira com Orlanth ao sul. "Eu tenho assuntos a tratar, Rei Jorg. Os direitos ao Rio Parl..."

"Isso garantirá seu apoio, Lorde Antas?"

"Bem, eu hesito em ser tão direto..."

"Os direitos ao Rio Cathun compraram a absolvição pela morte de minha mãe e de meu irmão William. Você sabia disso, Lorde Antas?"

"Nossa, não..."

"Você não acha que há coisas que não podem ser compradas, Antas? Vote em mim se você acredita que o Império precisa de mim no trono. O destino de uma centena de nações não deveria depender de direitos fluviais, negociatas ou troca de favores."

Ele franziu a testa. Kent, o Rubro, estava atrás dele um pouco à esquerda. Eu supus que o apoio de Antas nunca fosse ser meu, não importava quantos rios nós negociássemos.

"Luzes apagadas", eu disse, e a sala do trono caiu na escuridão.

Eu contei lentamente até dez debaixo do alvoroço. "Luzes acesas!"

Antas estava esparramado na base da plataforma, com o pescoço quebrado. Kent já havia seguido adiante.

Eu me levantei do trono e as luzes brilharam mais fortes, e eu senti o calor delas. Tinha de ser agora.

"Homens do Império!" Eu levantei a voz para chegar aos cantos do grande salão, para que até a Irmã Silenciosa, a Rainha de Vermelho e Katherine pudessem ouvir do outro lado do Portão Gilden.

Todos eles pararam para olhar para mim, mesmo com os assassinados caídos a seus pés.

"Homens do Império. Um homem melhor teria conseguido seu apoio com a bondade de seus atos, a clareza de sua visão e a veracidade de suas palavras. Mas esse homem melhor não está aqui. Esse homem melhor fracassaria perante a maré negra que vem em nossa direção. Orrin de Arrow era o melhor homem e ele não sobreviveu nem para pedir seu apoio."

"Tempos sombrios exigem escolhas sombrias. Escolham a mim."

Eu andei pelo perímetro da plataforma com passos calculados, olhando na direção das cabeças sombreadas dos chefes de Estado. "Há um inimigo em nossos portões. Neste momento. Enquanto gastamos nossas palavras aqui, o Lorde Comandante gasta o sangue de homens bons para proteger esta cidade. Esta cidade sagrada no coração de nosso Império Destruído. Esta cidade sagrada *é* o coração de nosso Império. E se vocês, homens a serviço deste Império, não refizerem o antigo pacto, se vocês não colocarem neste trono um único homem que assuma a responsabilidade sobre todos os nossos povos, este coração será arrancado."

"Vocês podem sentir, não podem, senhores? Não é preciso ter a mácula que o Portão Gilden impede de entrar para sentir o que se aproxima. Ele apodreceu nos seus reinos. Os mortos renascendo, as velhas leis sendo desfeitas, as magias se derramando e se espalhando como uma doença contagiosa. A certeza nos deixou: os dias cheiram a coisa errada."

"Façam isso agora. Façam como um só. Pois o homem neste trono terá de encarar o que vier. E, se não houver imperador, não haverá ninguém para ficar contra a corrente. E digam para mim, do fundo de seus corações: vocês realmente querem ser esse homem?"

"Melodrama! Como vocês podem dar atenção a isso?", gritou o Czar Moljon, talvez encorajado por sua dor. "Além do mais, nenhuma votação será realizada pelos próximos dois dias."

"Raiz-Mestra." Eu fiz sinal para ele se aproximar.

"O Congresso deve votar em seu último dia, secretamente, mas qualquer candidato pode forçar um voto antecipado e aberto, no entendimento de que não ganhar tal votação o exclui de mandatos futuros." As mãos de Raiz-Mestra fizeram o movimento de fechar um pesado livro, embora ele tenha falado de cabeça.

"Votem!", eu disse, e as luzes se acenderam.

"O voto de Morrow vai para meu neto." A voz de meu avô soou claramente.

"E o das terras de Alba." Meu tio ao lado dele.

As mulheres ao Portão Gilden se afastaram em um movimento apressado.

"Eu estou com Jorg de Renar." Ibn Fayed ergueu seu punho e os quatro guerreiros mouros ao lado dele acompanharam seu movimento.

"Wennith a favor de Jorg." O pai de Miana.

"E o norte!" Sindri, em algum lugar atrás de mim. "Maladon, Charland, Hagenfast."

"Nós estamos com o rei queimado." Gêmeos de cabelos brancos, jarls das terras geladas, trajando peles negras e aço.

A Guarda Gilden apareceu pelo portão, uma porção de soldados. Eles avançaram e todo homem que passava desmoronava, mole. O barulho fez a Centena se virar.

Talvez um punhado de guardas estivesse imóvel do lado de cá do portão, sem ter conseguido passar mais do que um metro dele. Muitos outros estavam quase tão imóveis, preenchendo a antessala do outro lado.

Todos nós sentimos a aproximação *dele*. Não havia como não sentir.

"Conaught por Jorg."

"Kennick por Jorg."

Meus assessores deram seus votos permitidos, de Arrow a Orlanth. Outros se seguiram, com uma sensação de urgência agora, como se cada um de nós ouvisse os passos *dele* em meio às proclamações.

E lá estava ele, emoldurado pelo Portão Gilden, uma criatura que usava a pele e os ossos de Kai Summerson. Eu esperei que Katherine tivesse corrido – e corrido rápido.

"Olá." Ele sorriu. Tanto a palavra quanto o sorriso eram coisas anormais, arrastadas de algum lugar que ninguém gostaria de ver.

O Rei Morto se aproximou do Portão Gilden, com as mãos levantadas, as palmas para fora. Parecia ter encontrado uma superfície de vidro, pois parou com os dedos achatados contra a obstrução. Ele inclinou o pescoço de Kai para um lado, olhando para todos nós como se fôssemos ratos em uma armadilha.

"Um portão engenhoso", disse ele. "Mas é apenas feito de madeira."

Ele recuou e seus guardas mortos se aproximaram com alabardas para destruir a moldura do portão dentro do arco.

"Marcha Vermelha para Jorg." Uma corpulenta mulher grisalha com o voto da cadeira hereditária da Rainha de Vermelho.

"Os thurtos para Jorg." O homem enfiado em um manto de pelo de cavalo e uma coroa de ferro em sua testa.

E mais e mais outros.

"Como estamos, Raiz-Mestra?", eu perguntei.

"Trinta e sete dos quarenta necessários."

Pedaços rachados do Portão Gilden desabaram. A presença do Rei Morto entrou e os homens caíram de joelhos em desespero. Mesmo agora, mais da metade dos votos estava sendo segurada, anos de preconceito e disputas. O Congresso era um mercado e colocar de fato um imperador no trono, acabar com a supremacia deles naqueles cem reinos... muitos prefeririam morrer. Mas há mortes boas e mortes ruins. O Rei Morto oferecia apenas as da pior espécie.

"Attar para Jorg."

"Conquence para Jorg." O irmão de Hemmet, abrindo mão da supremacia do Lorde Comandante em Vyene.

O restante do portão desabou.

"Scorron para Jorg." Um velho austero, olhando para mim com desgosto.

Eu voltei ao trono.

"Homens do Império, o Congresso me acha digno?"

O "sim" que ecoou pelo salão continha mais desespero do que entusiasmo, mas foi suficiente. Eu me sentei como imperador em Vyene, Lorde da Centena – o Império Destruído refeito.

Raiz-Mestra foi até o meu lado, curvando-se perto enquanto o Rei Morto atravessava o Arco Gilden, com suas tropas atrás dele.

"Bom trabalho", eu disse ao doutor Raiz-Mestra. "Pensei que não estávamos nem perto de trinta e sete quando perguntei."

"Os números nunca mentem, meu imperador." Raiz-Mestra balançou a cabeça. "Apenas as pessoas."

A Centena recuou diante do Rei Morto; ninguém estava preparado para se manter firme.

"Parece mesmo ter sido uma vitória sem valor, meu imperador. Era tão importante assim você ser confirmado no trono antes de todos nós morrermos?"

"Isso é o que nós vamos descobrir, não é?" Eu me levantei outra vez, feliz por sair daquela cadeira. "Suponho que você não consiga fechar o arco, não é, Fexler?"

Nenhuma resposta, apenas o fluxo contínuo de homens mortos entrando na sala do trono. O arco sempre teve a aparência de uma adição posterior, algo feito por pedreiros com mais poesia em seus dedos.

O Rei Morto se aproximou da plataforma, uma figura sombria de alguma maneira, apesar do azul-celeste da capa de Summerson. Atrás dele, um grupo dourado da guarda do imperador. Minha guarda, com Chella no meio. E eu me mantive firme, sobre a plataforma, diante do trono, com a Centena alinhada atrás de mim em seu próprio grupo. Gorgoth uniu-se a mim na plataforma, ao meu lado esquerdo, Makin à minha direita, Kent atrás dele, Marten atrás de Gorgoth, todos sem uma única arma. Sindri subiu no primeiro degrau, tio Robert tomou o mesmo lugar do lado oposto. A guarda que antes vigiara nosso Congresso, doze homens no total, estava com a Centena, exceto um que inventara de quebrar o pescoço na confusão e doado sua espada para Rike.

Lancei um olhar para os homens dos dois lados. Eu os havia chamado de irmãos na estrada muitas vezes, encarado perigos com eles, dividido comida e bebida. Uma irmandade da estrada, com certeza, mas uma coisa importante, homens para se morrer com eles, em vez de por eles. Neste lugar, no entanto, diante deste inimigo, que trazia consigo a certeza e a canção da morte, que metia um medo pior do que qualquer um que houvesse sentido na Estrada dos Cadáveres, quando os fantasmas apareceram, muitos anos atrás. Neste lugar, parecia que os homens que estavam de pé comigo eram irmãos verdadeiros.

"Olá, Jorg." O Rei Morto olhou para mim da base da plataforma.

Seu olhar permanecia o mesmo, não importava de quais olhos ele me olhasse. De alguma maneira familiar, sobrecarregados de acusação, uma inspeção fria que despertava em mim todas as tristezas que já havia sentido.

"Por que você está aqui?", eu perguntei.

"Pelo mesmo motivo que você." Ele nunca desviava o olhar. "Porque os outros diziam que eu não podia."

"*Eu* digo que você não pode", eu lhe disse.

"Você vai me impedir? Irmão Jorg?" Seu tom era leve, mas com um fundo muito amargo, como se o "irmão" queimasse sua língua.

"Sim." Só a proximidade dele já tirava a força de meus braços. Ele trazia a morte, ela saía por cada poro, sua existência era um insulto a todas as coisas vivas.

"E como você fará isso, Jorg?" Ele subiu o primeiro degrau da plataforma.

Eu o golpeei como resposta, o pau-santo desfocando-se pelo ar. Uma pancada úmida encontrou o corpo do Rei Morto. Ele fechou a mão de Kai em volta dele, arrancou o bastão de minha mão e o quebrou em dois pedaços à beira do segundo degrau.

"Como você me impedirá, irmão?" Ele subiu o segundo degrau. "Você não tem poder. Nada. Um barco vazio. A pouca mágica que você teve já se foi há muito tempo."

Nós estávamos frente a frente, perto o suficiente para agarrarmos o pescoço um do outro, embora eu soubesse como isso terminaria.

"E qual é a mágica que você traz, eu me pergunto?"

Pois ele trazia algo mais complexo do que a necromancia, mais do que o horror e a reanimação bruta de corpos mortos. O desespero, a saudade e a perda que ameaçavam afogar a todos nós, que faziam os reis das nações se acovardarem e empalidecerem, aquilo não era uma arma, não era algo feito para nós, mas apenas um eco do que passava por ele.

"Apenas a verdade, irmão Jorg", disse ele.

E com aquelas palavras, a amarga encenação da minha vida ergueu-se à minha volta, com a música de minha mãe ao fundo, mas tocando alta demais, uma discórdia dissonante de notas ácidas. Eu vi os momentos espalhados ao longo dos anos, crueldade, covardia, orgulho cruel, o fracasso, em cada momento, em ser o homem que eu poderia ter sido, um caminho repleto dos destroços das vidas que eu não tive a coragem de proteger ou de consertar.

"Eu fui um homem mau?" Eu me esforcei para conter a fraqueza em minha voz. "O rei das coisas mortas chafurdou em sangue para me dizer que eu não atingi a santidade? Eu pensei que você tivesse vindo aqui para a batalha. Para colocar uma espada em minha mão e dançar comigo. Você..."

"Você foi um covarde, você fracassou a cada passo em proteger aqueles que ama." Todas as suas palavras caíam como julgamentos, com peso esmagador, embora eu procurasse me desvencilhar de todos eles por negação.

"Você veio pelo trono do Império, então que obsessão é essa com meus fracassos? Se você acha que sou fraco, se quiser o trono... tente tomá-lo."

"Eu vim aqui por você, irmão Jorg", disse ele. "Por sua família."

"Tente." A palavra queimou minha garganta, mais forçada que um rosnado. A ligação com um filho pode se formar no mesmo instante ou crescer aos poucos, até você não conseguir mais ficar longe, como se fosse sua própria pele. Naquele momento, eu soube que amava meu filho. Que a força de meu pai havia passado batida por mim, não só que minha única vontade não era manter o trono do Império, mas que eu morreria na defesa inútil de uma criança chorona e pequena demais para saber que eu existi, em vez de fugir para ser pai de outras depois.

Sem ordem, sem grito de guerra e quase sem som, a guarda morta avançou, ágil e desarmada, retirando os capacetes de suas cabeças para que pudéssemos ver o apetite deles.

Dos homens ao meu lado, somente Gorgoth deu para trás, descendo da plataforma. Se pressionado a escolher qual homem fugiria, eu diria Makin ou Kent. Eles tinham visto os mortos-vivos no Pântano de Cantanlona e conheciam o horror deles, a terrível força, a maneira como continuavam a lutar embora cortados quase em pedacinhos.

"Fuja", disse o Rei Morto. "Eu deixarei você ir. Só deixe a criança para mim. E deixe essa sua putinha de Wennith."

Os mortos avançaram e Makin, Kent e Marten foram ao encontro deles, passando dos dois lados do Rei Morto e de mim. Apenas alguns momentos nos restavam e eu não tinha nada. Luzes e portas. Mãos vazias. Alguns guardas, encontrando sua coragem, surgiram pelas entradas laterais para atacar seus camaradas mortos. O primeiro dos vivos caiu em cima do morto com uma rapidez apavorante.

Alguma coisa explodiu no chão em volta da plataforma. Algumas coisas. Em meia dúzia de lugares, as pedras do chão se partiram em pedaços pontudos e coisas vermelhas atravessaram os estilhaços enquanto ainda estavam no ar. Demorou um bom tempo até conseguir enfocar as criaturas enquanto elas dilaceravam as tropas do Rei Morto. Trolls, mas de pele vermelha, parecidos com Gorgoth, em vez de seus primos debaixo de Halradra, e de porte maior. O primeiro deles pegou um homem de armadura e o atirou sobre as cabeças da legião atrás para atingir a parede acima do Arco Gilden. Garras ceifaram o pescoço do homem seguinte, rasgando sua cota de malha. Descendentes do guarda-costas do imperador defendendo o trono. Eles eram seis, terríveis, mas muito poucos.

Eu vi Kent pegar a espada de um homem caído logo antes de outro o derrubar ao chão. Os mortos nos assolavam ao redor, transformando a plataforma em uma ilha, cortando a Centena atrás de nós.

"Fuja!" o Rei Morto disse novamente. "Eles o deixarão ir."

"Não."

"Não? Mas não é nisso que você é bom, irmão Jorg? Você não é especialista em deixar a criança morrer enquanto foge para se esconder? Talvez você possa encontrar outro arbusto no qual se encolher."

"O quê... quem é você?" Eu olhei dentro dos olhos de Kai Summerson, tentando ver por trás deles.

"Você já deixou mãe e filho morrerem antes, Jorg, escape de novo. Eu não conto a ninguém." Cada palavra ácida como se eu houvesse pessoalmente lhe causado um mal profundo.

De alguma maneira, eu estava com as mãos no pescoço dele, embora soubesse que ele não precisava respirar, mas eu sabia que ele podia quebrar meus braços. "Você não sabe nada sobre eles, nada!" Eu o girei e ele não tentou resistir.

Por cima do ombro dele, vi Gorgoth contra a parede, com alguma figura pequena por trás e alguma coisa escura em uma das mãos, apertada contra o peito dela. Dois dos seis trolls lutavam ao redor dele, uma extravagância de violência, velocidade, força e habilidade impossíveis contra probabilidades impossíveis. Membros, vísceras e armaduras voando em arcos carmesins e ainda assim os mortos continuavam a avançar. Gorgoth se debruçou sobre seu minúsculo fardo, protegendo-o dos mortos com seu próprio corpo, agachando-se mais, mais, perdendo-se no tumulto. O rosto branco de Miana agora aparecia visível sobre o ombro dele.

O Rei Morto sorriu para mim, um sorriso destruído, feio, e minhas mãos pálidas debaixo de seu queixo, com as cicatrizes da roseira-brava lívidas no pulso e no antebraço. A dor daqueles espinhos ardeu novamente e, embora um teto de pedra se arqueasse intacto no alto, parecia que uma tempestade de vento uivava ao meu redor, que a chuva açoitava fria dos céus negros.

"No final", eu disse, "não há magia, só vontade."

Eu golpeei o Rei Morto, concentrando nele cada parte de meu desejo de ver sua destruição. Eu vivi uma vida impulsionada pelo desejo, o desejo de vingança, de glória, de ter o que me é negado. Uma ordem simples, pura e afiada como uma arma. E tal desejo, tal vontade concentrada, é a base de toda magia – assim me disse o Construtor.

Pelos olhos semicerrados, vi os olhos do Rei Morto se arregalarem, como se eu realmente o estivesse enforcando.

"Você fracassou com Corion, Luntar mergulhava em sua mente à vontade, até Sageous o manipulava." Ele tossiu as palavras que passaram por minhas mãos, ainda contorcendo aquele sorriso. "E você acha que pode *me* impedir?"

Eu poderia ter dito a ele que era mais velho agora. Eu poderia ter dito que eu não estava entre aqueles homens e meu filho. Mas, em vez disso, respondi: "Feitiços experimentados escritos em livros funcionam melhor do que algo recém-estabelecido. As runas e símbolos usados durante séculos servem mais do que a invenção de ontem. Eles são canais onde a vontade dos homens traçou caminhos através do que é real. Eu vou derrotá-lo porque tenho o apoio de um milhão agora. Porque meu desejo de vencer agora corre pelos canais mais antigos". Contei a ele por que há um poder em dizer a verdade e por que a razão tem a borda afiada.

"Fé? Você encontrou Deus agora?" Ele riu, imperturbado pela força em volta de seu pescoço. "A vontade dos fiéis não lhe servirá apenas porque você matou a papisa, Jorg. Não é bem assim que funciona."

"As pessoas podem acreditar em outras coisas, homem morto", eu lhe disse. Gritos à nossa volta, mãos vermelhas arrebatando, homens ricos morrendo.

"Não há nada..."

"Império", eu disse. "Um milhão de almas espalhadas por um Império vasto e destruído, rezando por paz, rezando pelo dia em que um novo imperador se sentará sobre o trono. E este sou eu."

Eu o golpeei novamente. Imperador no coração do Império, regenerado. E o Rei Morto cambaleou, enfraquecido, aprisionado no corpo.

"Eu vim por vingança", o Rei Morto disse, embora eu não soubesse de que vingança ele estava falando. "Para lhe mostrar o que eu me tornei após você me abandonar. E veja o que eu fiz!" Sem se preocupar com o aperto de minhas mãos, ele abriu os braços, abrangendo a horda dourada agitando-se à nossa volta. "Eu lhe trouxe o reino dos mortos. Deixe eu me juntar a você, irmão. Deixe-me liderar nossos exércitos e eu levarei o Império além de todas as fronteiras, deste mundo e do próximo, e o tornarei pleno, inteiro – e nosso. Ponha de lado estes amigos, esta esposa não escolhida..." Ele olhou na direção de Miana.

Eu o golpeei com toda a força de meu ser. Eu o golpeei com a força do Império, a força de um milhão naquele lugar sagrado, o coração do Império, onde o poder e a majestade de imperadores passados e a fé de gerações haviam traçado os caminhos de meu poder no tecido da realidade. Um vento uivou à nossa volta, frio e rodopiante, com Kai Summerson lutando para se soltar, lá no fundo de seu próprio corpo, pois embora os santos possam falhar a qualquer momento, os amaldiçoados podem, a qualquer momento, buscar a redenção. A ventania soou e o Rei Morto reagiu.

Minha determinação era a mesma do Rei Morto; nem ele nem eu cedíamos minimamente. A mente enorme e dormente do Império do meu lado, esperanças perdidas, sonhos desfeitos, tudo empurrava, tudo pressionava. As terras mortas do lado dele, a desolação de vidas terminadas, a necessidade, a sede de voltar. Pressões impossíveis cresceram, e cresceram, e cresceram mais. Eu senti a roda girar, o tecido de tudo e de sempre começar a rasgar. E naquele instante eu soube quem estava diante de mim.

Naquele segundo, Kai Summerson aprendeu a voar. Ele tirou os pés do Rei Morto do chão e o vento varreu os centímetros vazios debaixo deles. Uma vitória pequena, mas uma que balançou meu inimigo.

Em um instante duro e frio, eu soube quem pendia de minhas mãos e, mesmo assim, com William fraco à minha frente, vulnerável, aberto, mesmo sabendo que eu trilhara o caminho de meu pai quase à risca... eu o apunhalei.

Deslizei a mão de sua garganta, peguei a faca de Kai em seu cinto e a enterrei fundo em seu coração, com o metal arranhando suas costelas.

Uma única risada incrédula irrompeu escarlate de seus lábios e em seguida ele caiu, como se a faca houvesse cortado todas as suas amarras.

Eu o soltei e ele caiu, debatendo os braços, com sangue escorrendo de seu peito. Ele caiu e demorou muito. Meu próprio irmão. William, que eu havia decepcionado nos espinhos. Que eu decepcionava agora. Cuja morte havia arruinado minha vida. Espinhos me prenderam outra vez. Eu não pude pegá-lo enquanto caía. O corpo de Kai atingiu o chão com o som de término, com William já fora dele, de volta às terras mortas, de onde ele havia me observado durante tantos anos, de tantos olhos mortos.

O papel de Luntar voou de minha manga. Eu o peguei conforme os guardas mortos desabavam, aos montes, depois centenas, por todo o salão.

"Você pode salvá-lo." Quatro palavras. Os jurados pelo futuro veem menos do que pensam. Eu havia apunhalado meu irmão.

"Eu não estou entendendo." Makin empurrou um cadáver de cima dele, com filetes de sangue escuro em cima de metade de seu rosto, em três linhas paralelas. Ele falou no momento sem palavras. "Como você o matou?"

"Eu o vi morrer." Murmurei as palavras. "Eu fiquei escondido e deixei que o matassem."

Makin meio que escalou, meio que engatinhou até mim.

"O quê?" Ele pôs a mão em meu pulso, parando o tremor do punhal gotejando. Eu deixei a faca cair.

"Eu não o matei. Ele já estava morto. Ele morreu onze anos atrás."

Marten chegou por trás, com o ombro exposto até o osso, sem uma orelha. Ele pegou de mim o papel, com os dedos trêmulos. "Salvar quem?"

"Meu irmão, William. O Rei Morto. Sempre mais ágil, mais esperto, mais determinado. E mesmo assim nunca me ocorreu que a morte não pudesse contê-lo."

"A morte não é o que costumava ser." Talvez as palavras mais sábias que já saíram dos lábios de Kent, o Rubro. Ele estava caído entre os mortos, entre os inimigos que abatera, tão dilacerado que só podiam lhe restar minutos. Makin foi ficar ao lado dele.

"Miana!" Quando gritei, tive ideia da dor que sentiria se ela não respondesse. Menos de metade da Centena ainda sobrevivia, muito menos. Eu não vi sinal de Sindri, de meu avô ou de meu tio. Ibn Fayed eu vi. Pelo menos sua cabeça.

"Aqui." E eu a encontrei, quase pregada à parede atrás da corpulência de Gorgoth. Os trolls vermelhos estavam destruídos na carnificina. Gorgoth se desdobrou, pingando e estraçalhado. Em uma das mãos, ele segurava meu filho contra seu peito.

Alguma coisa me atingiu ao ver meu filho ali naquele momento. Algo mais afiado que pontas. Uma certeza. A certeza de que meu pai não conseguiu me moldar à sua imagem. Eu amava aquele bebê, pequeno e ensanguentado e feio como estava. A negação fora embora. E com aquele conhecimento veio outro: a certeza de que eu só poderia magoá-lo. Que a mácula de meu pai sairia de meus dedos sem eu querer e transformaria meu filho em outro monstro.

Cambaleei para trás e caí em meu trono. Uma folha de outono rodopiou em volta de meus pés, trazida pelos mortos. Uma única folha de bordo, vermelha com o pecado da estação. Um sinal. Naquele momento, eu soube que estava cheio demais de veneno para fazer qualquer coisa a não ser cair. O outono fora me buscar. Com os dedos dormentes, soltei as alças de meu peitoral.

"Ainda assim..." Marten balançou a cabeça e se agachou ao lado de Kai. "Uma criança. Um menino. Ele tinha o quê? Dez anos?"

"Sete."

"Um menino de sete anos. Perdido nas terras mortas. Lutou para sair? Tornou-se rei?" A cada pergunta ele balançava a cabeça. Eu podia ver as possibilidades borbulhando dentro dele.

Você pode salvá-lo. Palavras de Luntar. Um homem que via o futuro.

"Aposto que ele os infernizou." Dei um sorriso triste. Eu me perguntei se aquele mesmo anjo, o que veio até mim à beira da morte, visitara o pequeno William. Eu imaginei a pequena confissão que ele fizera a ela. "Aposto que ele tomou o caminho mais difícil." Como a lança de Conaught, William teria se arrastado ainda mais para as profundezas, mirado no coração da escuridão, encontrado o lichkin. O resto estava além da minha imaginação.

Kai estava esparramado, quebrado e vazio, sem William, os mortos caídos, com apenas Chella de pé entre o brilho das armaduras. Meus inimigos derrotados e, no entanto, a tristeza permanecia, mais forte, mais verdadeira, mais limpa, pois eu sempre a possuíra. Ela ecoava de volta aos espinhos, o som de um sino ressoando pelos anos. Nós somos feitos de nossas tristezas, não de alegrias. Elas são a corrente mais profunda, o refrão. A alegria é passageira.

"Deixei os espinhos me segurarem e uma rachadura atravessou todos os meus dias, mais profunda do que os sentimentos que ela divide." A caligrafia daquelas cicatrizes ainda estava escrita em mim, branca sobre minha pele. "Para tudo há o tempo certo." Recitei o Eclesiastes. "Tempo de nascer. Tempo de morrer."

"Ele vai voltar: você não pode destruí-lo", disse Chella dos corpos empilhados, suas antigas tropas. Ela não parecia feliz nem triste, mas perdida.

"Eu não quero destruí-lo", eu disse. "Ele é meu irmão. A mim cabe a tarefa de salvá-lo." Eu sabia o que fazer. Sempre soubera. Eu coloquei a mão no trono. "Não sabia que isso seria ao mesmo tempo amargo e doce." Do outro lado do salão, meu filho chorou nos braços da mãe, os dois lindos. Meu irmão sempre voltaria e meu filho nunca estaria a salvo, pois nossa dor havia se tornado uma roda e o mundo estava destruído. Meu irmão, meu filho, minha culpa.

Uma lágrima fez sua lenta passagem sobre minha bochecha.

De alguma maneira, eu me levantei, embora a força tivesse me deixado. E me juntei a Makin, de pé acima dele enquanto ele se ajoelhava com Kent. Marten ao meu lado. Rike veio até nós, ensanguentado porém inteiro, com uma corrente de ouro decorada com diamantes e vísceras pendurada em um pulso, quase como um apêndice.

"Não quero destruí-lo", eu disse. "Quero salvá-lo. Eu deveria tê-lo salvado quando os espinhos me seguraram. Nada foi certo desde então." O medo me abalou, repentino, feroz, medo do que eu tinha de fazer, medo de que eu não tivesse coragem.

"Não." Marten, atrás de mim. Marten sempre seria o primeiro a compreender. Marten que havia decepcionado seu filho, que havia deixado seu menino morrer. Não há certo e errado nesses assuntos. Apenas erros. "Não faça isso." As palavras embargadas.

"A morte não é..." e, antes que pudesse terminar, Kent, o Rubro, morreu no círculo dos irmãos que o amavam, cada um à sua maneira. "Não é o que costumava ser", eu terminei para ele.

Chella se aproximou. Ninguém se mexeu para impedi-la. "Ele foi para onde você não pode segui-lo, Jorg."

"Você não pode fazer isso." A voz de Marten soou cheia de conhecimento.

"Até agora eles dizem que eu 'não posso', Makin", eu disse, meio triste, meio alegre por terminar. O amargo e o doce. "Eles me dizem 'não' e pensam que deve haver algo que eu não vá sacrificar para conseguir o que quero." O que eu preciso.

Makin levantou a cabeça, confuso, mas entendendo que nenhum de nós estava falando sobre Kent. Ele se levantou com dificuldade e foi quando eu o atingi. Um homem como Makin é preciso pegar sem equilíbrio. Eu o golpeei com força suficiente para quebrar minha mão – e quebrei. Ele caiu mole, com um braço jogado quase aos pés de Chella.

"Quê?" Rike tirou os olhos do irmão Kent, espantado.

"Ele teria tentado me impedir. Diga a ele que será um comissário. É uma ordem, não uma escolha." Eu segurei minha mão e deixei a dor aguçar a tristeza. "Ele teria tentado me impedir. Mesmo com sua garotinha morta por todos esses anos, ele não compreenderia. Não Makin."

"Foda-se Makin. *Eu* não estou entendendo." Rike ralhou, com a espada em seu punho ainda pingando.

Movimento no Arco Gilden. Katherine, segurando uma espada de lado, instável.

"Rike, glorioso Rike! Eu sabia que o havia mantido por perto por um motivo, irmão." Eu arranquei o peitoral de mim e abri os braços. "Faça."

"O quê?" Ele me olhou como se eu fosse louco.

"Eu preciso ir atrás dele, Rike. Eu preciso encontrar meu irmão."

"Eu..."

"Mate-me. Você já ameaçou fazer isso tantas vezes. Agora eu estou pedindo."

Rike apenas me encarou com os olhos arregalados e brilhantes. Atrás dele, Katherine começou a correr em nossa direção, gritando, implorando que eu parasse ou me incitando a fazê-lo – não dava para saber.

"Eu sou a porra do seu imperador. Eu o ordeno."

"Eu..." E o grande idiota olhou para sua espada como se ela fosse um troço estranho. "Não." E a soltou.

E foi quando Chella me apunhalou. Com a faca de meu irmão, retirada de seu cadáver, enfiada bem perto da ferida que meu pai me deu. Ela foi mais além, no entanto, e girou a lâmina. Nosso último beijo.

"Vá para o inferno, Jorg Ancrath." As últimas palavras que eu ouvi.

TRILOGIA DOS ESPINHOS
EMPEROR OF THORNS

53

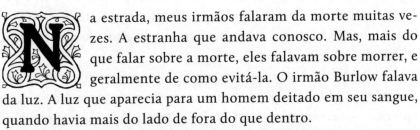 a estrada, meus irmãos falaram da morte muitas vezes. A estranha que andava conosco. Mas, mais do que falar sobre a morte, eles falavam sobre morrer, e geralmente de como evitá-la. O irmão Burlow falava da luz. A luz que aparecia para um homem deitado em seu sangue, quando havia mais do lado de fora do que dentro.

"Já ouvi homens dizerem que ela começa tão fraca, como um alvorecer, irmãos. E você olha e se vê no túnel da sua vida, o qual percorreu na escuridão durante toda a vida."

Burlow gostava de ler, entende. Não vale a pena confiar em um homem letrado na estrada, irmãos. As cabeças deles são cheias das ideias de outros homens.

"Mas não olhe para aquela luz", ele disse. "Por mais cativante que ela possa ser, não há como voltar de lá, e ela vai atraí-lo, ah, se vai. Eu já estive perto de homens demais, destruídos, à beira da morte, e os ouvi cochichar sobre essa luz pelos lábios secos. E nenhum deles caminhou pela estrada novamente."

Pelo menos era assim que Burlow, o Gordo, contava. E talvez sua luz fosse cativante, irmãos. Mas eu olhei para aquela luz e ela vem primeiro como uma estrela fria na calada da noite. Pouco a pouco ela se aproxima, ou você se aproxima – essas coisas são iguais em um lugar sem tempo –, e você vê o que ela realmente é. Um fogo ardente, irmãos, a incandescência incineradora da boca da fornalha, pronta para consumi-lo por completo.

Aquela luz me pegou e me cuspiu para longe do mundo.

Eu achava que conhecia a morte. Eu pensava que ela fosse seca. Mas a morte na qual eu caí era um oceano, frio e infinito, da cor da eternidade. E eu fiquei lá, sem tempo, sem altos nem baixos. Esperando, sempre esperando, por um anjo.

Essa morte caiu molhada sobre mim.

Eu cuspi a água da boca seca. Um grito me escapou e a dor voltou, forte demais para suportar. Um relâmpago piscou e os espinhos e galhos da roseira-brava projetaram formas pretas contra o céu. A chuva caía fria e eu fiquei pendurado naquele abraço, sem poder cair.

"Os espinhos." Meus sentidos me abandonaram por um instante.

Um segundo relâmpago, sobre o trovão retumbante do estalo anterior. A carruagem estava do lado da estrada, com pessoas se mexendo em volta dela.

"Eu estou nos espinhos."

"Você nunca saiu deles, Jorg", disse ela.

Ela estava ao meu lado, meu anjo, com calor e luz e possibilidades.

"Eu não estou entendendo." A dor ainda me lancinava, minha carne ficando carmesim em volta de cem farpas, mas com ela ao meu lado era apenas dor.

"Você entende." A voz dela era apenas amor.

"Minha vida foi um sonho?"

"Todas as vidas são sonhos, Jorg."

"Nada... nada daquilo foi real? Eu estive pendurado nos espinhos durante toda a minha vida?"

"Todos os sonhos são reais, Jorg. Até este aqui."

"O que..." Meu braço se contorceu e a agonia vermelha me inundou. Encontrei meu fôlego novamente. "O que você quer de mim?"

"Eu quero salvá-lo", disse ela. "Venha." E ela me estendeu a mão. Uma mão na qual a cor se movia como a película levemente sombreada na prata derretida. Pegar aquela mão acabaria com toda a dor. Ela me ofereceu a salvação. Talvez aquilo fosse tudo que a salvação sempre tivesse sido. Uma mão estendida prestes a ser tomada.

"Aposto que meu irmão mandou você ir para o inferno", eu disse.

Um relâmpago caiu novamente e não havia anjo algum, apenas um soldado de Renar carregando William pelos tornozelos como a caça de um caçador. Carregando-o em direção àquele marco de milha, carregando-o para abrir a cabeça dele.

A natureza formou a garra para prender e o dente para matar, mas o espinho... o único propósito do espinho era machucar. Os espinhos da roseira-brava são feitos para encontrarem o osso. Eles não saem facilmente. Se você transformar sua mente em pedra, se você se debater e rasgar, se você quebrar e puxar e morder, se fizer essas coisas você sairá do arbusto, pois ele não pode prender alguém que não queira ficar preso. Você escapará. Não você inteiro, mas o suficiente para rastejar. E, rastejando, eu deixei o arbusto. E alcancei meu irmão.

Nós morremos juntos. Como sempre deveríamos ter feito.

Uma sala de pedra fria. Ecoando. O teto preto de fumaça. Gemidos de dor. Não de dor humana, mas mesmo assim familiares.

"Mais uma", meu pai disse. "Ele ainda tem uma perna na qual se apoiar, não tem Sir Reilly?"

E pela primeira vez Sir Reilly não respondeu ao seu rei.

"Mais uma, Jorg."

Eu olhei para Justiça, quebrado e lambendo as lágrimas e o catarro de minha mão. "Não."

E com aquilo meu pai pegou a tocha e a atirou no carrinho.

Eu rolei para trás com a explosão repentina do fogo. O que quer que meu coração me dissesse para fazer, meu corpo se lembrava da lição do atiçador e não me deixava ficar. Os uivos do carrinho faziam tudo que havia acontecido antes parecerem nada. Eu chamo de uivos, mas eram gritos. Homem, cachorro, cavalo. Com dor suficiente, todos nós soamos iguais.

Eu olhei para a chama e encontrei a mesma incandescência incineradora que esperou por mim no fim de meu túnel, ofuscante, com apetite ardente, ofuscante, com dor ardente. O corpo sabe o que quer e recusará o fogo, não importa o que você tenha a dizer sobre o assunto.

Mas às vezes é preciso mandar no corpo.

"Eu."

Eu não pude fazê-lo, irmãos.

"Não posso."

Você alguma vez já ousou dar um salto, talvez de alguma altura enorme para águas límpidas, e descobriu lá na beira que simplesmente não conseguia? Você já ficou pendurado por quatro dedos acima de um espaço vazio de metros, pendurado por três dedos e por dois, e soube naquele momento que você não podia cair? Enquanto ainda existir qualquer força, seu corpo irá salvá-lo contra todas as probabilidades.

O calor daquele fogo. A fúria daquela chama. E Justiça se contorcendo lá no meio, gritando. Eu não conseguia fazê-lo.

Eu não podia.

E então eu pude. Eu saltei. Eu me deixei cair. Eu segurei meu cachorro. Eu ardi.

Um céu escuro, um vento forte. Podia ser qualquer lugar ou qualquer época, mas eu sabia que nunca havia estado aqui.

"Você me encontrou, então?"

William, com sete anos, cachos dourados, a pele macia de criança, com Justiça enrolado aos seus pés. O velho cachorro levantou a cabeça ao sentir meu cheiro, com sua cauda batendo uma, duas vezes contra o chão. "Calma, garoto." William pôs a mão entre aquelas longas orelhas.

"Eu o encontrei." Nós sorrimos juntos.

"Eu não posso entrar." Ele acenou para os portões dourados que elevavam-se atrás de nós.

Eu andei até lá e pus a mão neles. O calor me encheu de promessas. Eu me afastei.

"O céu é supervalorizado, Will."

Ele deu de ombros e acariciou nosso cachorro.

"Além do mais", eu disse, "não é real. É um negócio que nós criamos. Uma coisa que os homens construíram sem saber, um lugar feito de expectativa e esperança."

"Não é real?" Ele piscou ao ouvir aquilo.

"Não. Nem o anjo. Não são de mentira, mas também não são de verdade. Um sonho sonhado por gente do bem, se preferir."

"Então o que é a morte, na verdade?", ele perguntou. "Acho que eu tenho o direito de saber. Já estou morto há anos. E aqui está você, cinco minutos depois de chegar, sabendo de tudo. O que é real, senão isto?"

Eu tive de sorrir com aquilo. O irmão mais velho novamente.

"Não sei o que é realmente real", eu disse. "Mas é mais profundo que isto." Eu acenei aos portões dourados. "Fundamental. Puro. E é o que precisamos. E se há um paraíso ele é melhor que isto e não precisa de portões. Vamos descobrir?"

"Por quê?" Will se recostou, ainda coçando entre as orelhas de Justiça.

"Você viu seu sobrinho?", eu perguntei.

Will assentiu, escondendo um sorriso tímido.

"Se não fizermos isso, ele irá arder. Ele e todos os outros. E vai ficar muito lotado por aqui. Então me ajude a encontrá-la." Sem meias medidas. Sem concessões. Salvemos todos eles, ou nenhum.

"Encontrar o quê?"

"Uma roda. Foi assim que Fexler descreveu. E as expectativas parecem importar aqui."

"Ah, aquilo?" Will escondeu um bocejo e apontou.

A roda estava no alto de uma colina, preta contra o céu violeta, horizontal sobre uma haste elevada que se fincava na pedra. Nós andamos até ela. O céu clareava acima de nós, com fissuras se espalhando por ele, pelas quais saía uma luz mais branca.

Do alto da colina, nós podíamos olhar para baixo até as terras secas, caindo para a escuridão.

"Eu sinto muito por ter deixado você, Will."

"Você não me deixou, irmão", disse ele, espantando o fragmento de um sonho.

Eu pus as duas mãos na roda, de aço frio, brilhante. Feita pelos Construtores. De aço dos Construtores. "Nós precisamos girar isto para trás e travá-la. Vai ser preciso que nós dois façamos isso." Eu esperava ter a força necessária. Meus braços pareciam fortes, lisos e cheios de músculos. Por algum motivo, aquela lisura me surpreendeu, como se devesse ter alguma coisa escrita ali, talvez velhas cicatrizes. Será que houve cicatrizes alguma vez? Mas aquilo era passado e eu o deixara para trás. Ele havia me libertado. "Nós precisamos girá-la."

"Se alguém sabe como empurrar, somos nós." Will pôs as mãos sobre o aço. "Será que isso pode salvá-los?"

"Acho que sim. Acho que pode salvar todos eles. Todas as crianças. Até as que já morreram. Até o filho de Marten, Gog, Degran, a filha de Makin, libertadas dos sonhos dos homens e entregues ao que tenha sido feito para elas.

"Pelo menos as máquinas dos Construtores não irão carbonizar todo o mundo que já conhecemos da face da Terra."

"Parece bom o suficiente."

E nós nos esforçamos para girar a roda.

Não havia roda nenhuma, é claro, nenhum portão dourado, nenhuma colina, nenhuma terra seca. Apenas dois irmãos tentando consertar um erro.

TRILOGIA DOS ESPINHOS
EMPEROR OF THORNS

54

E é preciso admitir que eu consegui. Afinal, nós ainda estamos aqui. Eu estou escrevendo este diário, em vez de ser um pó envenenado soprando no vento estéril. E a magia que finalmente uniu-se a nós, que me permitiu ver além da morte com os olhos dele, essa magia acabou. Toda a magia acabou, cortada pela raiz; a roda girou e a velha realidade, da qual nos distanciamos por tanto tempo, foi restabelecida novamente.

Eu escrevo as palavras aqui em tinta de Afrique, tão escura quanto os segredos que foram moídos para fabricá-la. Minha mão traça seu caminho sobre a brancura da página e o caminho negro de meus dias pode ser seguido. Seguido desde o dia que eu agitei aquele globo de neve e compreendi que às vezes a única mudança que importa deve ser operada de fora. Seguido daquele dia até este dia – este dia que acordou com o sol da manhã sobre Vyene, com o Danub azul correndo silencioso e rápido pelo coração do Império Refeito.

O pequeno Will entra correndo na sala. Ele vem bastante agora, embora sua mãe lhe diga para não fazê-lo.

"Jorg!", ele diz, e eu apareço.

"Sim."

"Você não é meu pai. Marten que disse."

"Eu sou uma lembrança dele. E as pessoas são feitas de lembranças, Will." É o melhor que eu tenho para dizer a ele.

"Tio Rike diz que você é um fantasma."

"Tio Rike é algo que caiu da traseira de um cavalo, grosseiramente moldado na forma de um homem feio", eu digo.

Will dá uma risadinha. Depois, sério: "Mas você é branco feito um fantasma. Vovó Wennith diz que dá para ver através dos fantasmas e eu posso ver..."

"Sim, meu imperador", eu digo. "Eu sou um fantasma. Um fantasma de dados, uma extrapolação, uma compilação. Um bilhão de momentos capturados. Seu pai viveu grande parte de sua vida em uma construção feita mil anos atrás."

"O Castelo Alto." Ele sorri. "Eu já fui lá!"

"Um edifício com muitos olhos antigos e muitos ouvidos antigos. E mais tarde na vida ele carregava um anel especial. Ele olhava através dele e era observado por ele. Um homem... um fantasma, chamado Fexler, precisava entender seu pai, precisava saber se podia confiar nele para salvar o mundo."

"Ele queria saber se ele era bom o suficiente", diz Will.

Eu hesito e escondo meu sorriso. "Ele queria saber se Jorg era o homem certo. Então ele fez o que as máquinas fazem quando têm uma pergunta complicada a responder. Ele construiu um modelo. E esse modelo sou eu."

"Eu queria ter meu pai de verdade", diz Will. Ele só tem seis anos. Talvez o discernimento ainda chegue.

"Eu também queria que você tivesse, Will", eu digo. "Sou apenas um eco e sinto apenas um eco do amor que ele teria por você. Mas é um eco muito forte."

Ele sorri e naquele instante eu sei que nem toda a magia desapareceu do mundo. O tipo que arde, esse sumiu. As pessoas não irão mais voar ou trapacear a morte de seu curso. Mas um encantamento mais profundo, mais antigo e mais sutil persiste. Do tipo que tanto quebra quanto repara corações e sempre corre pela medula do mundo. O tipo bom.

Will sorri novamente e sai correndo da sala. Meninos pequenos têm pouca paciência. Eu observo a entrada pela qual ele saiu e me pergunto o que poderá atravessá-la em seguida. Eu poderia prever, é claro. Eu poderia construir um modelo. Mas qual seria a graça de fazer isso?

Uma coisa que eu sei é que não será Jorg de Ancrath a entrar por aquela porta. As pessoas é que devem ter medo de fantasmas, não os fantasmas das pessoas. Um homem pode temer sua própria sombra, mas aqui está uma sombra fraca que teme o homem que a projeta. Jorg de Ancrath não retornará, no entanto. A mágica foi desligada, o encantamento desapareceu do mundo. A morte é, mais uma vez, o que era.

Eu olho para a porta mas ninguém vem. Entristeço Miana. Ela passa seu tempo observando o jovem imperador crescer. Katherine me acha um nada, apenas números tentando contar a si mesmos, tentando medir um homem que estava além de medidas, talvez até além dos sonhos dela. Eu olho para a porta e depois desisto. Fexler irá observá-la para mim. Ele observa todas elas.

Então eu me afundo nos mares profundos e infinitos dos Construtores. Rodas dentro de rodas, mundos dentro de mundos, possibilidades sem fim.

Todos nós temos nossas vidas. Todos nós temos nosso momento, ou dia, ou ano. E Jorg de Ancrath certamente teve o dele, e coube a mim contá-lo.

Agora ele já está além de mim, contudo, e eu não tenho mais nada a dizer. Talvez, em algum lugar, Jorg e seu irmão tenham encontrado o verdadeiro paraíso e estejam ocupados infernizando-o. Fico contente em pensar nisso.

Mas a história terminou.

– Finis –

TRILOGIA DOS ESPINHOS
EMPEROR OF THORNS

ADENDO

Se chegou até aqui, você leu três livros e centenas de milhares de palavras sobre a vida e os momentos de Jorg Ancrath. Agora está evidente que não haverá mais nada para ler e você pode se perguntar, com certa razão, por que eu escolhi matar o que poderia muito bem ser uma galinha dos ovos de ouro.

A resposta mais fácil, e a melhor, é que a história exigia isso. Reconheço que poderia ter mandado a história para as cucuias e virado os acontecimentos em uma direção que me permitisse produzir um livro IV, um livro V, VI etc. Nos anos que virão, quando eu estiver comendo comida de gato gelada direto da lata, talvez eu deseje ter feito isso. A verdade, porém, é que eu queria que você se separasse de Jorg no auge. Prefiro que os leitores terminem o livro III querendo mais, em vez de se afastarem após o livro VI sentindo que já tiveram mais que o bastante. Há uma tendência que faz com que os personagens continuem depois de sua data de validade e se tornem caricaturas de si mesmos, trilhando o mesmo caminho, ficando mais sem graça a cada passo. Eu espero que Jorg tenha evitado esse destino e que juntos nós tenhamos construído algo de valor.

E também espero muito que você compre meu próximo livro!

AGRADECIMENTOS

Preciso agradecer a minha leitora, Helen Mazarakis, por ler esta trilogia um pedaço de cada vez ao longo de muitos anos e me dizer o que achava.

Sharon Mack, que me fez enviar meu manuscrito de *Prince of Thorns*, merece outra menção. Obrigado, Sharon.

Minha editora, Jane Johnson, é uma maravilha e ajudou minha carreira imensamente de várias maneiras – e provavelmente em ocasiões das quais eu nem sei. Eu também amei ler seus livros.

Também na Voyager, Amy McCulloch trabalhou duro por mim. Eu lhe desejo um grande sucesso com seu primeiro romance de fantasia, publicado em 2013.

E finalmente uma salva de palmas para meu agente, Ian Drury, por colocar meu trabalho na frente de pessoas que estavam dispostas a lhe dar uma chance e por continuar a vender meus livros pelo mundo. Gaia Banks e Virginia Ascione, que trabalham com Ian na Sheil Land Associates Ltd, também superaram minhas expectativas ao levar a história de Jorg a ser traduzida em tantos idiomas.

AGRADECIMENTO ESPECIAL
AOS LEITORES BRASILEIROS

A história de Jorg tem sido publicada em mais de vinte línguas e é incrível ver a reação dos leitores de todo o mundo. O sucesso de um livro depende da qualidade da história original, da competência com a qual foi traduzida e de como seu espírito coincide com o espírito e a evolução do gênero fantástico em cada país. A Trilogia dos Espinhos tem encontrado muitos leitores em diversos países, mas em nenhum a resposta tem sido tão calorosa e entusiasmada como no Brasil. Meus sinceros agradecimentos a todos vocês. (E talvez eu também devesse felicitá-los pelo seu bom gosto!)

EMPEROR OF THORNS

SI VIS PACEM, PARA BELLUM

PRIMAVERA ALÉM DOS ESPINHOS.2014

DARKSIDEBOOKS.COM